Atlas der Liebe

Almudena Grandes

Atlas der Liebe

Roman

Aus dem Spanischen
von Sybille Martin

Fretz & Wasmuth

Die Originalausgabe erschien unter dem Titel
«Atlas de Geografía Humana» bei Tusquets Editores, Barcelona.

Erste Auflage 1999
Copyright © 1998 by Almudena Grandes
Alle deutschsprachigen Rechte beim Scherz Verlag,
Bern, München, Wien.
Alle Rechte der Verbreitung, auch durch Funk, Fernsehen,
fotomechanische Wiedergabe, Tonträger jeder Art und
auszugsweisen Nachdruck, sind vorbehalten.

Für Luis,
der in mein Leben trat
und das Konzept dieses Romans änderte.
Und das Konzept meines Lebens.

Meine Liebe, wir sind in einem Alter, das uns genau in das
Epizentrum der Katastrophe befördert.

*Eine Vertraulichkeit von Mercedes Abad an die Autorin
irgendwann nach ihrem dreißigsten Geburtstag*

Heute, wo alles schon fast zwanzig Jahre zurückliegt.

Jaime Gil de Biedma

Rosa

SEIT JAHREN ÜBERRASCHT MICH MEIN GESICHT NICHT MEHR, nicht einmal, wenn ich mir die Haare habe schneiden lassen.

Dennoch kam an dem Abend das Wimperntuschepinselchen in meiner rechten Hand nicht mit den starren, unbeweglichen und perfekt ausgerichteten Wimpern am unteren Rand der hochgezogenen Lider in Berührung, denn einen Augenblick bevor es sein Ziel erreichte, bemerkte ich, daß meine Augen zu stark glänzten. Ohne die Füße vom Boden zu heben, bog ich den Oberkörper nach hinten, um meinen Kopf im ganzen sehen zu können, und entdeckte nichts Neues oder Überraschendes an ihm, außer diesem schwachen Aufblitzen wie eine staubverklebte Lackschicht, die über ein paar unbegreiflicherweise feuchten Pupillen auffällig glänzte. Ein paar Sekunden analysierte ich das Phänomen, dann rekapitulierte ich eilig. Ich bin keine Jugendliche mehr. Auch war es mir den ganzen Tag über nicht schlechtgegangen. Es war kein Fieber und auch nicht unbedingt Ergriffenheit. Sind das schon die Wechseljahre, fragte ich mich, die verrückt spielen, genau wie das Klima...? Eine vereinzelte, hartnäckige und absurde Träne löste sich aus meinem rechten Auge und kullerte schwerfällig über mein Gesicht, ohne daß dieses auch nur einen Muskel verzog. Da begriff ich, daß ich es an diesem Abend tun mußte. Schon seit fast zwei Monaten trotzte ich dem länglichen Umschlag aus grobem, festem Papier, fast ein cremefarbener Karton, in einer Schublade meines Schreibtisches. Ich hatte mich daran gewöhnt, ihn dort liegen zu sehen, zwischen den Fotos von den Kindern und dem

Durcheinander an Rechnungen, und ich vertraute auf ihn mit einem so tiefen Glauben wie ein verzweifelter Agent auf seine letzte, geheimste Waffe, aber dann begriff ich, daß mir das in der flachen Wüste der Realität, in der es keine Schlupfwinkel gibt, nichts bringen würde. Es muß heute abend sein, wiederholte ich mir, heute abend, heute abend. Der Name des Adressaten war kurz, wie seine vollständige Anschrift, im ganzen vier Zeilen, ein quadratischer Fleck aus blauer Tinte mitten in einem blasseren Rechteck, hintendrauf nur mein Vorname, vier hinzugefügte Buchstaben; ich hatte den Brief selbst abgeleckt und zugeklebt, und dieser bittere Geschmack explodierte plötzlich mit Verspätung auf meiner Zungenspitze, als die törichte und lästige Träne in den Spalt zwischen meinen Lippen gelangte. Es muß heute abend sein. Genau in dem Augenblick begann Clara an die Tür zu hämmern.

«Mama...! Mach auf, Mama, ich muß aufs Klo!»

Ich wusch mir mit kaltem Wasser hastig das Gesicht und durchquerte mit drei Sätzen das Bad, aber als ich den Riegel zurückschob, schrie meine Tochter, als hätte sie Feuer unter den Füßen.

«Warum bist du nicht auf das kleine Klo gegangen?» fragte ich sie, während sie sich auf die Kloschüssel setzte und mich, die Arme locker auf die Beine gestützt, ansah. «War es besetzt?»

«Du hast verschmierte Augen, weißt du das?» eröffnete sie mir statt dessen und lächelte. Im Lächeln der eigenen Kinder steckt etwas Unwiderstehliches, das es einem, solange es anhält, unmöglich macht, sich auch nur vorzustellen, daß man ohne sie besser leben könnte. «Ich pinkle lieber hier. Dieses Klo ist viel größer.»

Ich nahm sie in die Arme und küßte sie schnell auf die Wangen, auf die Stirn, auf das Haar, ohne auf ihre Proteste zu achten, dieses gespielt verzweifelte Gezeter, mit dem sie meine Küsse immer quittiert. Vor geraumer Zeit habe ich begriffen, daß es keine zuverlässigere Methode gibt, sie mir vom Hals zu schaffen. Kaum daß ihre Füße wieder den Boden berührten, lief sie laut lachend hinaus, überzeugt davon, daß sie mir zumindest zwei Dutzend Küsse vorenthalten hatte. Ich schob den Riegel wieder vor und sah auf die Uhr. Mir blieb eine knappe Viertelstunde, um mir das Gesicht zu reinigen, mich erneut zu schminken, mich anzuziehen, der Babysitterin Anweisungen zu geben, in die Garage zu gehen und das Auto zu starten. Statt von vorn anzufangen, setzte ich mich auf den Wannenrand und schloß die Augen.

Selbstverständlich konnte ich nicht vorhersehen, wo sie genau hinführen würden, diese zweieinhalb Jahre, die seit jenem Abend, jenem dem heutigen offensichtlich so ähnlichen Abendessen vergangen waren. Damals, im Oktober 1992, war ich zur gleichen Zeit ins Bad gegangen, hatte mich geschminkt, angezogen und Marisa auf dem Weg in dasselbe Restaurant abgeholt, in das Fran immer die gleichen Leute einlud. Das Sammelwerk[*] war noch nicht erschienen, aber die ersten sechs Nummern waren praktisch fertig, und die dreißig ersten Seiten des Heftes im Plastikeinband, das auf meinem Schreibtisch lag, versprachen zumindest ein weiteres Dreivierteljahr Ruhe. Ich hätte geschworen, daß der einzige Grund dieses Treffens darin bestünde, unsere Bedeutung abwechselnd herunterzuspielen, nachdem wir eine mehr als schmeichelhafte Ansprache vernommen hätten – «Ihr seid wunderbar, Mädels, ich kann mir nicht vorstellen, was ohne euch aus mir geworden wäre» –, und deshalb machte ich gar nicht erst den Versuch, den finsteren Blick zu interpretieren, den mir Ana, die Fotoredakteurin, zuwarf, kurz bevor Fran ohne Vorwarnung herausplatzte:

«Uns fehlt die Schweiz.»

«Was sagst du?» fragte ich, noch unschlüssig zwischen Überraschung und dieser nachgiebigen Sanftmütigkeit, mit der blöde Witze am besten aufgenommen werden, schwankend.

«Wie du gehört hast» – Fran wirkte völlig ruhig – «es gibt keine Fotos von der Schweiz.»

«Das ist unmöglich...»

«Doch.» Ana nickte in meine Richtung, als könnte ihre Bestätigung mich trösten. «Es ist unmöglich, es ist unglaublich, aber es ist wahr. Von Luzern und Zermatt gibt es keine Fotos. Das heißt» – sie machte eine fast dramatische Pause, bevor sie mit den Fingern zu zählen begann – «es gibt schlechte Fotos, es gibt Fotos ohne Nachdruckgenehmigung, es gibt gute, aber so alte Fotos, daß sie nicht zu reproduzieren sind, es gibt gute Fotos von Skifahrern mit bunten

---

[*] In Spanien erscheinen große Enzyklopädien und Atlasse als Sammelwerke in Einzelheften. (Anm. d. Ü.)

Mützen, und schließlich gibt es so teure Fotos, daß sie das Illustrationsbudget des ganzen Heftes durcheinanderbrächten. Resultat: Es gibt keine Fotos.»

Ich ballte die Fäuste und schlug auf den Tisch.

«Verdammte...!» Bevor ich mich noch für das geeignete Wort entscheiden konnte, das den Fluch angemessen vollendete, legte Fran ihre rechte Hand auf eine meiner Fäuste. Mit der linken Hand reichte sie mir das Heft im Plastikumschlag, das sie aufmerksamerweise vor Verlassen des Büros von meinem Schreibtisch geholt hatte.

Da erst zog ich meinen Mantel aus, setzte mich und leerte mein Weinglas auf einen Zug. Wenn ich merke, daß meine Nerven beginnen, in alle Richtungen zu wachsen, sich verspannen, anschwellen und mir ihre unmittelbar bevorstehende Absicht kundtun, sich über die neutralen Zonen meines Körpers auszubreiten, versuche ich mich wie irgendeiner der verführerischen Mutantenhelden zu verhalten, deren fast klassisches tragisches Schicksal jeden Nachmittag meine Kinder vor den Fernseher lockt, jener schönen, athletischen, besseren oder schlechteren, aber immer unschuldigen Wesen, die fähig sind, in Sekundenschnelle der Entfesselung des Prozesses zuvorzukommen, der sie in wirkliche Monster verwandeln wird, als würde das zweifelhafte Privileg, sich den Augen der Normalsterblichen zu entziehen, in irgendeiner Form die unheilvolle Beliebigkeit ihrer Existenz kompensieren.

«Die Schweizer Alpen beginnen in Nummer achtundzwanzig», verkündete ich, ohne eine von ihnen anzublicken, während ich darum kämpfte, die imaginären Krallen unter Kontrolle zu behalten, die unter meinen Fingerspitzen hervorzuschießen drohten. Mein Notizbuch brauchte ich nicht zu bemühen, ich wußte die Planung bis zu Nummer fünfzig auswendig. «Wir können die französischen und die italienischen vorher bringen. Damit würden wir fünf Wochen gewinnen, und wenn wir mit den österreichischen weitermachen, hätten wir weitere zwanzig Tage. Aber das mit den Fotos muß selbstverständlich erledigt werden, ich begreife nicht –»

«Es tut mir so leid.» Ana zwirbelte den Tischdeckensaum zusammen. Ich hätte ihr in dem Moment den Hals umdrehen können. «Hans hatte mir gesagt, daß er mehr als genug Material hat, um Mitteleuropa abzudecken. Die Bilder von Deutschland sind sehr gut,

Österreich, Polen... Ich habe so viele Probleme mit Afrika und Asien, daß mir gar nicht in den Sinn gekommen ist, das zu überprüfen. Als heute morgen die Sendung eintraf, dachte ich, ich würde sterben. Das aktuellste Foto ist zwanzig Jahre alt. Es tut mir sehr leid, Rosa, wirklich.»

«Ist nicht so wichtig, Ana.» Fran kam mir zuvor, um großmütig an meiner Stelle zu antworten, wie immer, wenn sie beschlossen hatte, die große Verlegerin zu mimen. «Das hätte jeder passieren können.»

Nein, sagte ich zu mir selbst, ohne es auszusprechen, nicht jeder, mir nicht... Die scheußliche Selbstverständlichkeit dieser Feststellung wirkte merkwürdig beruhigend auf mich, aber zumindest ein übriggebliebener Funke meiner früheren Loyalität hinderte mich, laut daran zu erinnern, daß es Anas Pflicht gewesen wäre, ihre unmittelbare Vorgesetzte, nämlich mich, unverzüglich über das Mißgeschick zu informieren, statt schon vorab den Schutz unserer beider Chefin zu suchen.

«G-gut...» In heiklen Situationen stotterte Marisa. «Das ist nicht so sch-schlimm. Mir m-macht es wirklich nichts aus. Die B-bearbeitung des Bildes ist für die ganzen Alpen die gleiche...»

Im ersten Studiensemester erhielt ich fünf Auszeichnungen. Im zweiten und im dritten fiel ich bei einer Prüfung durch, aber ich begann mein Fachstudium wie ein Elefant im Porzellanladen. Ich war die beste Studentin des Semesters, aber das war mir egal, denn ich war davon überzeugt, daß MEIN LEBEN, eine riesige, in rotes Glanzpapier gehüllte Schachtel, die mit Dutzenden farbiger Bänder verschlossen war, die in raffinierten Schleifen und Schlingen endeten, nicht mit «Universität» gefüllt war. Im fünften Semester stürzte ich endgültig ab. Ich ging sehr viel aus, trank sehr viel, machte sehr viele Jungs an und hatte Hunderte von Plänen: Ich würde ins Ausland studieren gehen, ich würde die Schauspielschule besuchen, ich würde Klavier spielen lernen, ich würde in exotische Länder reisen, aber vorübergehend fand ich mich damit ab, Sängerin einer neuen spanischen Popgruppe zu sein, der es nicht gelang, auch nur im mickrigsten Sender von Alcobendas ein Demo-Band unterzubringen. Ignacio war der große Bruder des Bassisten. Als ich mit ihm auszugehen begann, sagte ich mir, daß ein so intelligentes Mädchen wie ich keinen Universitätsabschluß brauchen würde, und ich ging nicht einmal mehr zum

Examen. Als wir heirateten, war ich mir sehr wohl bewußt, daß ich auf Hunderte von Plänen verzichtete, auf das Ausland, auf das Theater, auf das Klavier, auf die exotischen Länder, aber keiner dieser Verluste bedrückte mich, weil es plötzlich sehr lustig war, verheiratet zu sein, und MEIN LEBEN blieb weiterhin eine riesige, randvolle Schachtel, an der ich kaum ein Zipfelchen der Verpackung berührt hatte.

«...he, Rosa?» Das war Frans Stimme, und als ich den Kopf hob, sah ich mich mit derselben Frage in drei unterschiedlichen Augenpaaren konfrontiert.

«Tut mir leid.» Ich versuchte, unbefangen zu wirken.

«Machen wir uns nochmals auf die Jagd oder lassen wir neue Fotos machen?»

«Wenn es uns nicht den Kostenvoranschlag kaputtmacht, ginge es schneller und wäre sicherer, neue Fotos zu machen. Außerdem» – ich machte eine Pause, bevor ich Gerechtigkeit walten ließ – «wenn Ana sagt, es gibt keine Fotos, dann gibt es keine.»

Ich heftete die Augen auf die Tischdecke, um dem dankbaren Blick der besten Bilddokumentarin auszuweichen, mit der ich jemals zusammengearbeitet hatte, ein wandelnder Katalog aller Fotoarchive der Welt, ein Prachtexemplar und fähig, was auch immer zu bebildern, von einem Werbefolder für die galizische Kartoffel bis zu einem Artikel über Toxoplasmoseprävention, und als ich spürte, wie ihr Vertrauen mit jeder Silbe wuchs, fragte ich mich wieder, was mit mir los war, warum ich mich jeden Tag mehr in eine verabscheuungswürdige Person verwandelte.

«Wenn du willst, kann ich ein paar englische und amerikanische Archive durchforsten, die ich noch nicht gesichtet habe.» Ich brauchte sie nicht anzusehen, um zu wissen, daß sie mit mir sprach. «Ich fürchte nur, daß es billiger wäre, sie bei uns in Auftrag zu geben, statt sie bei denen zu kaufen, aber ich kann natürlich die Preise abfragen und vergleichen...»

Wenn mich an meinem Hochzeitstag jemand darauf aufmerksam gemacht hätte, daß ich Gefahr laufe, eines Tages eine so armselige Vorstellung meiner selbst abzugeben, hätte ich mich totgelacht. Aber damals hatte ich noch nicht begonnen, die Jahre zu verlieren. Wenn ich zurückblickte, fand ich sie immer an ihrem Platz, ordentlich aufgereiht, zuverlässig und klar, bereit zum Gänsemarsch, wie ein Heer von Spielzeugsoldaten, da waren sie alle, und bevor ich zweiundzwanzig wurde, war ich einundzwanzig und davor zwanzig und davor neunzehn, es war so einfach, wie mit den Fingern zählen zu lernen. Jetzt werde ich siebenunddreißig und achte darauf, mich nie umzudrehen, weil ich nicht genau weiß, wo mein letztes Jahrzehnt geblieben ist, ich begreife nicht, in welchem Loch ich zum Beispiel mein vierundzwanzigstes Lebensjahr verlor oder wohinein das sechsundzwanzigste gestürzt ist oder was mit mir war, als ich neunundzwanzig wurde; ich erinnere mich nicht an sie, ich bin mir nicht bewußt, sie gelebt zu haben, es ist, als hätte sich die Zeit selbst verschlungen, als würde jeder Tag, der vergeht, mir einen vorangegangenen rauben, als würden sich die Jahre selbst tilgen. Heute weiß ich, daß der Feind mit gezinkten Karten spielt und ich nichts mehr ausrichten kann gegen diese Orte, all diese Menschen, all diese Morgen und Abende, die ein Fehler waren, aber zumindest versuche ich nicht, die Welt auszupressen, um sie zu zwingen, mein Leben alle zwölf Stunden zu rechtfertigen. Das ist das schäbige, trostlose Maß, in dem das Schicksal sich großmütig mit mir gezeigt hat in den letzten zweieinhalb Jahren, die seit jenem Essen vergangen sind, als mich noch immer der Schlag treffen konnte, wenn ich hörte, daß uns Fotos von der Schweiz fehlten.

«Sehr gut, also dann einverstanden.» Fran übernahm das, was sie aufs Wesentliche zurückkommen nannte, und zog mit Blick zu Ana die Augenbrauen hoch. «Das einzige, was wir nicht wissen, ist der Name des Fotografen.»

«Da wäre zunächst zu entscheiden, ob es günstiger ist, hier einen zu beauftragen oder eher dort, in der Schweiz direkt. Morgen mittag kann ich eine Liste der in Frage kommenden Fotografen vorlegen.»

«Und wenn nicht» – wenn sie kicherte, beherrschte Marisa die Aussprache perfekt – «können wir immer noch auf Foro zurückgreifen.»

Carpóforo Menéndez, für Freunde Forito, war unser Abteilungsfotograf, das Kreuz, das schwer auf Anas Schultern lastete, und der Hauptschützling von uns allen, ihrer zuallererst. Obwohl er sicherlich jünger war, wirkte er wie fünfundfünfzig, war ein Meter neunzig groß, wog kaum mehr als sechzig Kilo, und seine Produktivität beschränkte sich auf zirka acht technisch perfekte Fotos – soll heißen, gut ausgeleuchtete, gut eingestellte und mit akzeptabler Bildschärfe bei bloßem Auge – pro eingereichten Film. Wenn wir der Versuchung widerstanden, sie durch einen Fadenzähler anzusehen, konnten wir manchmal eines oder zwei davon veröffentlichen, aber wir suchten immer viel mehr aus, auch wenn sie überbelichtet, verwackelt oder an den Rändern verschwommen waren, um vor der Buchhaltung sein Gehalt zu rechtfertigen, das er jeden Monat bezog. Er dankte es uns von Herzen und verlangte nichts weiter. Er hatte nicht eine Sekunde gezögert, den Posten anzunehmen, den Ana sich für ihn ausgedacht hatte, als sie begriff, daß es sich schwierig gestalten würde, ihn als Fotografen für ein Projekt wie unseres zu halten, für das wir Fotos bei Agenturen in fast allen Ländern der Welt kaufen mußten. Das Kontrollieren des Eingangs und das Sortieren der Zusendungen schienen eher eine angemessene Aufgabe für einen Praktikanten denn für einen aktiven Fotografen zu sein, aber er schien die Gelegenheit zum beruflichen Fortkommen nicht zu vermissen. Sein Name in Achtpunktkapitälchen, der am rechten unteren Rand eines Bildes hochkletterte, verursachte bei ihm nicht die geringste Regung, denn in seinen guten Zeiten war er daran gewöhnt gewesen, ihn täglich größer und zentriert in bebilderten Zeitungen und Zeitschriften zu lesen. Bevor er zu trinken anfing – oder bevor er genug gelebt hatte, um mit dem Trinken anzufangen –, war Forito einer der gefragtesten Stierkampffotografen von Madrid gewesen, der Gewinner aller Trophäen für das beste Stierkampffoto, der Lieblingsporträtist der zwanzig ersten Namen der Rangliste; aber als ich ihn kennenlernte, nahm er zum Frühstück bereits nur noch Cognac zu sich, und seine Hand zitterte derart, daß er unfähig war, zwei Löffel Zucker in einer Kaffeetasse umzurühren, ohne mehr als nur einen Tropfen zu verschütten.

Ich nehme an, daß jede von uns aus anderen Gründen Zuneigung für ihn empfand, und ich fürchte, daß es ihm, sosehr er sich auch bemühte, seine übertriebenen Komplimente ausgewogen zu verteilen, mehr oder weniger genauso erging, obwohl Marisa selbstverständlich sein Liebling war. Wenn mich etwas im Stile von «Wie du heute aussiehst, meine Güte, da muß ich mir ja die Sonnenbrille aufsetzen, um dich anzusehen, du blendest ja richtig!» traf, wußte ich schon, daß Forito es sich früher oder später einzurichten wüßte, im Computer-Glaskasten zu landen und, mit gekreuzten Armen vor Marisas Tisch kniend, die Füße im Begriff, das superheikle Gewirr zu zerstören, das die Netzkabel auf den Kunstkorkfliesen bildeten, ein Volkslied von

Miguel de Molina zu singen. Sogar Fran, die immer so ausgesprochen ernst und in Eile war, wurde hoffnungslos schwach, wenn Forito vom anderen Flurende als Gruß einen Kriegsschrei ausstieß: «Schön, schön, schön, sieh doch, wie schön du bist, aber haaalllo!» Mich rührte er auf ganz andere Weise an.

Ich dürfte noch nicht ganz einen Monat in der Redaktion gearbeitet haben, denn ich investierte noch den größten Teil des Morgens in den Empfang von Redakteuren, Übersetzern, Korrektoren, Illustratoren und Kartographen, und es war nicht das erste Mal, daß ein Bewerber zum Termin nicht erschien, aber bisher war ich nicht auf die Idee gekommen, in einer durch ein ausgefallenes Vorstellungsgespräch entstandenen Pause auf einen Kaffee rauszugehen. Ich hatte keine Mühe, ein Lokal zu finden. Der nagelneue Hauptsitz der Verlagsgruppe, zu der der Verlag gehörte, befand sich in einem luxuriösen Gewerbegebiet, das nicht gerade wie ein solches aussah, so prächtig die Gebäude auch waren, die auf den streng quadratischen, mit dem Lineal abgegrenzten Grundstücken standen, und sosehr auch jede Straße statt eines Großbuchstabens oder einer schlichten, schmucklosen Nummer ostentativ den Namen des entsprechenden Kolosses des nationalen Zeitungswesens trug. Zu unserer Linken surrte die Schnellstraße nach Barcelona zu jeder Stunde wie ein Käfig mechanischer Grillen, aber zwischen der Umzäunung, die unseren Sitz und das Autobahngelände begrenzte, waren ein paar flache Häuschen eingeklemmt stehengeblieben, die das Ministerium für Öffentliche Bauten seinerzeit aus irgendeinem unbekannten Grund nicht enteignet hatte. Kleine, flache und getünchte Häuschen mit ihren verkümmerten Bäumchen und ihren Rosenstöcken, angegriffen von der kontinuierlichen Rauchplage, die die Abgasrohre auf der vielspurigen, aber unendlichen Ellipse ausstießen, die der Verkehr zwischen Madrid und dem Flughafen beschrieb, wirkten sie schon wie ein katalogisiertes, denkmalgeschütztes, archäologisches Überbleibsel, wie eine Reliquie, die sorgfältig bewahrt wird, um zukünftigen Generationen zu zeigen, wie man in diesem Land gelebt hatte, als die Kluft zwischen Armut und Überfluß nicht mehr schwindeln machte, so daß eine einzige Generation sie fast gleichzeitig kennenlernt. Mir gefielen diese Häuser, es gefiel mir, aus einem der riesigen Fenster unseres High-Tech-Gebäudes auf sie hinabzusehen, es gefiel mir zu wissen, daß sie da waren, daß sie unerschütterlich der Spekulation und der Synthese so vieler unaussprechlicher Materialien widerstanden und mit ihrer heroischen Bescheidenheit zum großen Paradoxon des kommenden Jahrhunderts beitrugen, wenn sich diese ungeliebte, mißbrauchte, übel zugerichtete Stadt gerade dank solcher Nachlässigkeit, solcher Lieblosigkeit, dank so vieler wissentlich begangener Verbrechen und dank der ungeahnten Kraft ihres Wesens in einen kompletten Monumentalkatalog der Stadtarchitektur des vergangenen Jahrhunderts, des unseren, verwandeln wird, weil fast nichts, das man hätte zerstören können, um darauf etwas zu errichten, sich restlos hatte zerstören lassen; auch die Haut von Städten altert, wie die ihrer Kinder, aber die Zeit ruht in ihren Poren aus Stein, Glas, Zement, eine schöne, goldgelb glänzende und straffe Patina, und ihre Macht ist so unerbittlich wie die, die die Falten vertieft, die dieselbe Zeit erbarmungslos in unsere Mundwinkel, unsere Augenwinkel und unsere Stirn gräbt.

Madrid ist eine geborene Widerstandskämpferin. Ich auch. Geduld ist der vorherrschende Wesenszug unseres Charakters; deshalb wählte ich ohne zu zögern das Kneipenrestaurant Mesón de Antoñita, das wie alle anderen auf dem Gelände auf gegrillte Koteletts und Kaninchen in Öl mit Knoblauch spezialisiert war und dem Verlag am nächsten lag, und ließ die mit Plastikfolie überzogenen Angebote der Lokale im Einkaufszentrum, das ich zu Fuß in weniger als zehn Minuten erreicht hätte, außer acht. Ich habe es nicht bereut, denn als ich das Restaurant zum ersten Mal betrat, spürte ich, daß ich in einem spanischen Spielfilm der fünfziger Jahre gelandet war. Im Lokal war es dunkel und kühl, und das Mobiliar wirkte wie eine unbeholfene Nachbildung jenes der Familie Feuerstein, eine veraltete Version gehobenen kastilischen Wohnstils auf der Grundlage von kaum bearbeiteten Baumstämmen, die mit schwarzköpfigen, suppenlöffelgroßen Nägeln vernietet waren. Die Dekoration hingegen war schreiend andalusisch. Fenstergitter, grüne und weiße Papierlaternen, auf einem langen Regal hinter dem Tresen wechselten sich als Flamencotänzerinnen gekleidete Puppen mit importierten Whiskyflaschen ab, und das Radio war auf einen Sender eingestellt, der vierundzwanzig Stunden lang Volkslieder brachte. Ich weiß nicht, ob es mir gefiel, aber es amüsierte mich. Damals wußte ich nicht, daß das Mesón de Antoñita sich in eine Art Filiale des Verlags verwandeln würde, in eine unwiderstehliche Zufluchtsstätte, wenn das Tagesgericht in der Kantine uns schon am Vormittag zum Würgen brachte, ein Zeichen für all die kleinen Arbeitserfolge, die es unvermeidlicherweise mit einem besonderen Essen zu feiern galt, ein Plätzchen für die unentbehrliche Privatheit, um sich auf Vertraulichkeiten einzulassen, die man niemals laut hätte bekennen wollen. An jenem Morgen wirkte das Lokal jedoch so, als würde es zu der Sorte verfluchter Geschäfte gehören, die sich niemals füllten, und der einzige Gast, der auf einem Barhocker saß, drehte sich nicht um, als ich die Tür aufstieß. Forito fuhr sich ganz langsam mit der Hand vorne über den Schädel, eine unsichere Bewegung, die nicht wie eine Gewohnheit, wie irgendeines der alltäglichen kleinen Rituale aussah, in denen wir jeden Tag ein bißchen Trost suchen. Als ich ihn grüßte, wandte er den Kopf in meine Richtung und zog die Augenbrauen hoch. Das bauchige Glas vor ihm war bis auf einen Rest zäher teefarbener Flüssigkeit leer, aber ich setzte mich trotzdem neben ihn.

«Was willst du trinken?» fragte er mich. «Ich lade dich ein.»

Obwohl Cognac bestimmt teurer war, verzichtete ich mit gewissem Bedauern auf das frischgebackene Croissant, dessen eingebildeter Duft mich hierhergelockt hatte, und gab mich mit einem Milchkaffee zufrieden. Er bat darum, sein Glas nachzufüllen, und sagte nichts weiter. Seine Hand hörte nicht auf, die wenigen Haare zu kämmen, die man oberhalb seiner Stirn zählen konnte, sie hörte nicht auf, diese fast haarlose Haut auf Hochglanz zu polieren, auch trocknete sie keine in diesem Lokal eher unwahrscheinlichen Schweißperlen, wo die Klimaanlage einziger, aber schrecklicher Zeuge des wirklichen Ablaufs jener Szene war und die Hitze eines Julimorgens Lügen strafte. Es gelang mir nicht, herauszufinden, worin der Sinn der rhythmischen, kalkulierten Bewegung seiner Finger lag, die nie innehielten, aber als es mir peinlich wurde, ihn weiter anzustarren, hob ich den Kopf und sah mich um. Die Wände wirkten eher von Schwarzweißfotos überschwemmt denn dekoriert, ein paar Porträts und viele Schnappschüsse, viele kleine Mädchen, viele schiefe Haltungen und triumphale Drehungen, und auf fast allen derselbe Schriftzug, eine dicke schwarze Linie, die mit einem großen C begann und dann in ein paar unleserliche Schnörkel auslief, ein Gekritzel, das ich sehr gut kannte.

«Vielen Dank für den Kaffee, Forito.» Ich verabschiedete mich, als hätte ich nichts bemerkt. «Ich schau mal, ob ich wieder ein bißchen arbeiten gehe...»

«Nichts zu danken, meine Liebe», sagte er und lächelte mich an. «Ich komme auch gleich.»

Während ich den respektvollen Gruß des Portiers und den Gruß der respektvollen Empfangsdame erwiderte, an den Aufzügen vorüberging, um ganz langsam die zwei Stockwerke zu Fuß hinaufzusteigen, durch den Flur lief, die Tür zu meinem Arbeitszimmer öffnete und mich hinter meinen Schreibtisch setzte, fragte ich mich die ganze Zeit, ob mir das Leben eines Tages das Maß an Würde zugestehen würde, das mir gerade der mickrige Körper eines glatzköpfigen, ruinierten Mannes vermittelt hatte, der sich schon vor vielen Jahren aufgegeben hatte und sich um halb zwölf mit Cognac betrank. Während ich der monotonen Selbstdarstellung der zigsten Illustratorin von Märchenbüchern lauschte, die versuchte, Illustratorin für Erwachsenenbücher zu werden, weil der Kinderbuchmarkt gesättigt war, fragte ich mich, was geschehen würde, wenn auch ich der ewigen Versuchung erläge, ohne großes Aufsehen und ohne ein Geräusch zu verursachen, auf Zehenspitzen davonzuschleichen, eines Morgens nicht aufzustehen und zur Arbeit zu gehen, einfach im Bett liegenzubleiben und dann zu beschließen, daß ich diesen Tag kein Essen zubereiten würde, nachmittags allein ins Kino zu gehen und dann wieder zu schlafen, lange Zeit zu schlafen. Dann würde ich keine Jahre mehr verlieren, denn dann gäbe es keine Zukunft mehr für mich, kein Ziel, das in aufeinanderfolgenden Stunden erreicht werden müßte, nichts zu erwarten... Ich brauchte eine ganze Weile, um diesen behaglichen Rausch abzuschütteln, aber die Folgen des Katers habe ich noch immer nicht überwunden, und ich lache nie bei den Witzen über Forito, denn das Schweigen, das er wählte, um mit mir über seine alten Erfolgsfotos zu sprechen, wird ihn in meiner Erinnerung immer in die Eleganz eines Schiffbrüchigen, der aufrecht ertrinkt, hüllen.

Ich hingegen schnappte mit meinen halb mit Wasser gefüllten Lungen verzweifelt nach Luft, als Fran mir vorschlug, die Koordination der einzelnen Teile des *Universalatlas der Geographie* zu übernehmen. Mehr noch als Geld brauchte ich Illusionen, denn die Seltenheit interessanter Aufträge hatte mich vor Monaten gezwungen, wieder bei Gerichtsverhandlungen zu dolmetschen, eine der undankbarsten, monotonsten und entmutigendsten der dreizehn oder vierzehn Beschäftigungen, mit denen ich mir unregelmäßig mein Auskommen verdiente. Über zweihundert Druckseiten gebeugt, auf denen auf engstem Raum ein Verwendungszweck nach dem anderen, alle technischen Besonderheiten eines nagelneuen japanischen Mikrochips beschrieben waren, der dazu dienen sollte, die Programmierung von Waschmaschinen, Spülmaschinen, Staubsaugern, Trocknern, Klimaanlagen, ferngesteuerten Sprinkleranlagen und von fünfzig oder sechzig Maschinen mehr zu revolutionieren, fühlte ich mich nicht nur verpflichtet, mich jeden Augenblick zu fragen, welcher Idiot wohl darunter leiden würde, wenn er wüßte, daß ich im Begriff war, den schmutzigsten Verrat zu begehen – meine Lippen flüstern ins Ohr eines Unbekannten, daß der IJ150e der Hausfrau Energieeinsparung von ± 2% im Verhältnis zur Leistung des IJ145e oder irgendeines entsprechenden Geräts der Konkurrenz garantiere –, sondern ich wünschte mir auch jeden Morgen, daß irgendeine Gangsterbande, egal welchen Alters, welcher Größe oder welcher Nationalität, mein Haus überfallen, die Tür zu meinem Arbeitszimmer einschlagen und uns, mich und die zweihundert Seiten technischer Besonderheiten, im Auftrag des geheiligten Interesses irgendeines Konzerns entführen würde, wohin, war mir egal, obwohl ich ein Versteck in Südamerika vorgezogen hätte, weil es am aufregendsten erschien. Und das war nicht das Schlimmste. Schlimmer noch war, daß ich – weil die Gangster nie kamen – auf den Nachbarn im zweiten Stock aufmerksam wurde.

Irgendwann zwischen der Geburt meines Sohnes und der meiner Tochter, als ich schon über dreißig war, erinnerte ich mich an MEIN LEBEN, diese große, in rotes Papier eingewickelte und mit so vielen Bändern verschnürte Schachtel, und ich fragte mich, wofür ihr Inhalt nützlich gewesen war. Seit damals ist das einzige, was mir die wenigen Dinge darin ersetzt, die Gewißheit darüber, wieviel Liebe ich für diese wenigen Dinge empfinde, dieses Dutzend farbiger Lichter – zwei Kinder, ein paar Bücher, die mir ein wenig gehörten, während ich sie übersetzte, gewisse Freunde, gewisse Freundinnen, die Erinnerung an einen Geliebten, der mein Ehemann wurde, das kleine Talent, das mich zu einer autodidaktischen Köchin machte, das überraschende Gefühl, das ich noch immer beim Sprechen dreier Sprachen empfinde, die nicht die meinen sind, der eine oder andere Geschmack, verschiedene Gerüche, ein paar erinnerungswürdige Nächte, das eine oder andere Lachen, das noch nicht ganz verhallt ist –, die im Innern der vier Kartonwände, im schwarzen, dichten Nichts meiner Unzufriedenheit, leuchten.

Selbstverständlich bin ich nicht der Typ Mensch, von dem eine solche Analyse zu erwarten ist. Ich lächle oft und sehr gern, ich esse gern, ich trinke gern und genieße Gespräche, ich habe noch nie an einer Depression gelitten, ich telefoniere gern und habe immer einen Orgasmus, wenn ich es will, und das bedeutet, überwältigend oft. Im allgemeinen stört es mich nicht, zu arbeiten und mich gleichzeitig um die Kinder zu kümmern, und wenn ich beispielsweise nach einem gemeinsamen Kino- und anschließenden McDonald's-Besuch erschlagen nach Hause komme und feststelle, daß ich keine Lust habe, zu Abend zu essen, mich dann ins Bett lege mit dem Gefühl, daß mich der Schlaf gnadenlos überwältigen wird, sobald mein Kopf auf dem Kopfkissen liegt, läßt mich eine schwer zu beschreibende Wonne erschaudern, das Bewußtsein, den Nachmittag in wirkliche Dinge investiert zu haben, die köstliche Wirkung einer objektiv meßbaren körperlichen Erschöpfung, die einzige, die Schlaflosigkeit verbannt und mit ihr all diese unerträglich törichten Fragen über die Zukunft, das Schicksal, wohin mein Leben führen wird und alles andere. Jedesmal wenn ich eine Familienmutter sagen höre, daß sie Zeit für sich selbst brauche, stehen mir die Haare zu Berge. Was ich brauche, ist weniger Zeit, daß sie mir abgenommen wird, daß sie verschoben wird, daß sie nicht zählt, denn wenn es etwas gibt, was sich all die Jahre, die ich verloren habe, erübrigte, dann genau das: Zeit. Vielleicht ist es ja nur so, daß meine Unzufriedenheit dem statistisch belegten Unzufriedenheitsmuster der emanzipierten, in der Stadt lebenden Mittelschichtsspanierin meiner Altersgruppe mit Studium widerspricht. Das hoffe ich, denn ich habe unzufriedene Frauen immer verabscheut.

Deshalb war ich so erschrocken, als mir klar wurde, daß ich wie eine, die es eigentlich nicht will, mit dem Nachbarn im zweiten Stock zu turteln begonnen hatte. Von allen Typen unzufriedener Frauen, die ich verabscheue, bringt mich jener, der sich auf das beliebte Axiom «Was ich brauche, ist ein Abenteuer» beruft, am meisten auf die Palme. Dämlicher kann eine Frau einfach nicht sein. Denn es wäre etwas anderes zu sagen: Wie gerne ich doch ein Abenteuer hätte, das ja, oder: Ich würde mir so gerne einen Geliebten zulegen, natürlich würde das auch mir gefallen; aber diese Art, das Verb «brauchen» zu konjugieren, indem man sich zwei Nummern kleinere Kleidung als gewöhnlich kauft, zum Friseur geht, sich wie eine Tür anmalt und wie eine Nutte auf die Straße geht, bereit, den erstbesten Leichtgläubigen, der auftaucht, mit dem Lasso einzufangen, um um halb fünf im Morgengrauen vorschriftsmäßig alkoholisiert, verschwitzt und mühsam mit ihm zu vögeln, dann um dreiviertel fünf das fremde Bett zu verlassen und kein Taxi zu finden, sich anderthalb Stunden vor dem Weckerklingeln ins eigene Bett fallen zu lassen, später die dunklen Ringe unter den Augen zu rechtfertigen und im Büro zu verkünden, den Himmel gesehen zu haben und daß dein Körper wie ein Uhrwerk wiederaufgezogen wurde, das geht mir auf die Nerven, das tut wirklich weh. Ich glaube, es gibt keine unwürdigere Art zu altern. Und um ehrlich zu sein, der einzige Vorzug des Nachbarn im zweiten Stock war, daß er nur nachmittags arbeitete, und wenn mein Überlebensinstinkt mir befahl, den Mikrochip liegenzulassen und einen Spaziergang durchs Haus zu machen oder kurz runterzufahren, um aus der Kneipe nebenan ein paar Biere zu holen, traf ich ihn manchmal im Fahrstuhl, oder er grüßte mich von seinem Fenster auf der anderen Seite des Hofes aus.

Er war ein großer Junge, für meinen Geschmack zu blond und mit einem eigenwilligen Gesicht, nicht so sehr wegen einzelner Züge oder wegen ihres Verhältnisses zueinander, sondern wegen eines gewissen ständigen Ausdrucks von Erstaunen in seinen weit aufgerissenen Augen und seinem offenstehenden Mund, wobei er eine Reihe sehr weißer und ausgesprochen gesunder Zähne sehen ließ, zu denen ihn sein Aussehen eines jungen Athleten verpflichtete. Es gelang mir nicht herauszufinden, ob er nur besonders eingebildet oder noch unschuldig oder einfach strohdumm war, aber da ich mich morgens so langweilte und er immer zur Hand war, lud ich ihn ein paarmal zum Frühstück ein, und er nahm nicht nur an, sondern das letzte Mal fragte er sogar laut, warum wir denn in ein Lokal gingen, wenn wir doch ebensogut zu mir nach Hause oder zu ihm gehen könnten. «In der Kneipe ist der Kaffee viel besser», antwortete ich, «und außerdem gibt es da Churros.» – «Das schon», räumte er nach einer recht langen, aussichtslosen

Suche nach einem Gegenargument ein und sagte dann nichts mehr, aber seine plumpe Ausdrucksweise hatte schon gereicht, um alle Alarmlampen einzuschalten.

So leer die Schachtel auch sein mochte, in MEINEM LEBEN konnte es keinen Platz geben für den notdürftigen Zeitvertreib mit einem Kerl wie dem Nachbarn aus dem zweiten Stock, und deshalb dachte ich nicht lange nach, bevor ich mich an den universalen Hals der Geographie hängte, der, wie um mir zu Hilfe zu eilen, die Gestalt eines wunderbaren Arbeitsvertrages angenommen hatte. Zum ersten Mal in meinem Leben hatte ich drei Jahre der Beständigkeit vor mir, ein festes Einkommen an jedem Monatsletzten und sogar eine Sekretärin, die ich mir mit Ana teilte. Ich hatte noch nie ein Sammelwerk alleine betreut, aber ich hatte schon vielen Koordinatoren und Herausgebern, unter ihnen Fran, zugearbeitet und mich um jede der Abteilungen gekümmert, die ich jetzt zu beaufsichtigen hatte, mit der einzigen Ausnahme der Zeichnungen und der Karten. Das ist der geeignete Augenblick, um ein Arbeitsangebot in einen Glücksfall zu verwandeln, sagte ich mir, und ich fühlte mich wieder wie die Klassenbeste, aber diesmal war es mir nicht nur nicht gleichgültig, sondern es reichte mir nicht mehr, daß ich das wußte. Jetzt sollten alle davon erfahren.

Das war mein Hauptanliegen die ganzen sechs Monate lang, die wir uns als Frist zur Vorbereitung der Ausgabe eingeräumt hatten, und außer der Panne mit den Fotos von der Schweiz war nichts mißlungen, und niemand hatte versagt.

«Laß Forito in Ruhe!» Der autoritäre, ja leicht drohende Tonfall, der seit den letzten Monaten spontan aus meiner Kehle drang, erstickte das Kichern, dem ich mich nie angeschlossen hatte, sofort. «Der Fotograf muß Spanier sein, und wenn er hier lebt, um so besser. Wir können jetzt kein Risiko eingehen.»

«Ana?» fragte Fran, damit niemand vergaß, wer hier das Sagen hatte.

«Ja, ich bin einverstanden.»

Erst von diesem Augenblick an wurde das Treffen ein wirkliches Abendessen, aber obwohl ich den leckeren Schinken und ein paar hervorragende, mit Seehecht gefüllte Paprikaschoten gegessen hatte, obwohl ich fragte und antwortete und meine Meinung sagte, wenn sie erwünscht war, konnte ich mich auf keines der Gesprächsthemen einlassen, den voraussehbaren altbekannten Reigen, der bei den so günstigen Monatsangeboten jener Kette von Möbelgeschäften, die alles aus dem Fernen Osten importierten, begann und bei Richard Geres Hintern endete und bisweilen am unvermeidlichen Verlagsklatsch – wer kauft, wer verkauft, wer steigt auf, wer hört auf – hängenblieb. Über eineinviertel Stunden tat ich nichts weiter, als Fran anzusehen, sie zu beobachten, zu studieren, in der Entspanntheit ihrer Schultern zu lesen, in der sorglosen und präzisen rechten Handbewegung, mit der sie sich den Pony aus dem Gesicht strich, in ihrer eleganten Art, zu rauchen, zu essen, zu lächeln – die Zufriedenheit eines aus der Elite stammenden Kindes, das nie aufgehört hat, alles unter Kontrolle zu haben, und ausnahmsweise zweifelte ich nicht an meiner Fähigkeit, zu erreichen, was ich mir vorgenommen hatte, aber als der Kellner kam und die Bestellungen für den Nachtisch aufnahm, wußte ich nicht mehr, ob ich mehr davon hatte, das klügste Mädchen in der Klasse zu sein, oder davon, auf die Gelegenheit zu warten, mit dem Nachbarn aus dem zweiten Stock wunderbar zu vögeln. Wenigstens wußte ich genau, welchen Nachtisch ich bestellen wollte.

«Ich nehme ein Vanilleeis mit Nüssen und heißer Schokolade.»
«Ein großes oder kleines?»
«Ein großes.»
«Mit Sahne?»
«Ja, mit viel Sahne.»

Ignacio junior schlug mit beiden Fäusten und kräftiger als seine Schwester auf die Badezimmertür ein, aber ihm gedachte ich nicht nachzugeben, er war schon fast elf Jahre alt.

«Wenn du die Tür noch einmal anrührst, fängst du eine!» schrie ich.

«Es ist Marisa, Mama!» Er schrie lauter als ich und unterdrückte ein fieses Lachen, bevor er fortfuhr: «Wwwann du lllosfahren wwwirst...»

«Sag ihr, daß du mich nicht finden konntest», jaulte ich hinter der Badezimmertür, wobei ich mir mit einem feuchten Wattebausch die Augen abtupfte, «daß ich schon die Treppe runter sei..., und äff meine Freunde nicht nach, wenn du willst, daß deine weiterhin zu uns kommen können, verstanden?»

Selbstverständlich antwortete er nicht, aber ich hatte keine Zeit, hinter ihm herzulaufen; außerdem hatte ich beschlossen, mit ungeschminktem Gesicht zu dem Essen zu gehen.

Später entschied ich mit noch größerer Selbstverständlichkeit, meinen Entschluß von vorhin nicht aufzuschieben. Es mußte heute abend sein. Obwohl ich wußte, daß ich ihn nie in den Briefkasten werfen würde, nahm ich vor Verlassen des Hauses den Brief und klebte eine der Briefmarken darauf, die ich immer im Portemonnaie habe. Ich hatte schon schlechtere Briefe geschrieben, trotzdem verbrannte mir dieser die Fingerspitzen, als ich ihn in die Tasche steckte.

Marisa

Vor zwei Jahren begann ich wieder Geräusche zu hören. Es war das erste Mal, daß Fran uns in eines ihrer Lieblingslokale im Stadtzentrum einlud, ein so kleines, elegantes, ausgesuchtes Lokal, wie ich es mir vorgestellt hatte, aber eigentlich hatten wir nichts zu feiern. Ganz besonders ich nicht. Ich arbeitete gerade erst sechs Monate für sie und war mir sicher, daß sie mir eröffnen würde, es sei besser, die Arbeit außer Haus zu geben, weil die Computer ausflippten und uns mehr Probleme verursachten als vorhergesehen, sosehr sich auch alle bemühten, mich zu trösten, und dabei die Vermutung aussprachen, daß das anfangs normal sein dürfte. Ich hatte mich natürlich geirrt, denn es stellte sich heraus, daß nur ein paar Fotos von was weiß ich wo fehlten und deshalb die Planung geändert werden mußte, um Zeit zu gewinnen. Aber die Angst ist nicht nur frei, sie ist auch töricht, und deshalb erklärte sie nach einem kurzen Waffenstillstand von ein paar Wochen mein Haus für wieder zum Leben erweckt. Es war natürlich Rosas Schuld, weil sie immer zu spät kam und weil ich ein Dummkopf bin, denn statt den Fernseher anzustellen oder unten vor der Haustür auf sie zu warten, blieb ich wie früher mit gespitzten Ohren mitten im Wohnzimmer stehen, bis es sich einmal wiederholte, dann noch einmal und noch einmal.

Mein Haus atmet. Ich weiß schon, daß mir das niemand glauben würde, wenn ich es erzählte, deshalb habe ich mich nie getraut, mit jemandem darüber zu sprechen, ich weiß es, weil ich es höre, und obwohl nicht einmal ich es glauben kann, weiß ich, daß das Haus atmet, denn es holt zuerst Luft, genau wie ein Mensch, und bläst sie dann ganz langsam wieder aus. Dann rufe ich mir in Erinnerung, daß das Haus sehr alt ist. Alle Balken sind aus Holz, sage ich mir, und die Ziegel massiv und schwer wie Stein, und über den Decken, die meine Eltern noch vor meiner Geburt mit Zwischendecken abgesenkt hatten, dürften noch die Reste vom Schilfrohrgeflecht liegen, an dem vor etwa einem Jahrhundert der Originalstuck angebracht wurde. Holz quillt bei Hitze auf oder bei Kälte, ich weiß es nicht mehr genau, und der Jahreszeitenwechsel versetzt es in seinen Originalumfang zurück, das ist das erste, was ich mir wiederhole, und daß die Luftziegel hinter der Temperamalerei sogar in den Zwischenwänden so schwer sind, daß sich die Wände täglich absenken, das ganze Gebäude sackt, wenn auch nur ein Tausendstelmillimeter pro Jahr, all das hat mir mein Cousin Arturo, der Architekt, erklärt und hinzugefügt, daß das alte Rohrgeflecht über meinem Kopf außerdem immer knirscht, vor lauter Trockenheit aufspringt und langsam einstürzen wird, um bei seinem Zusammenbruch die Kacheln mitzureißen, die sich unaufhaltsam wölben, daran erinnere ich mich auch, er erklärte mir, daß alte Häuser niemals aufhören, sich zu setzen, aber als Mama noch lebte, hat das Haus nicht geatmet, und jetzt atmet es.

Ich war schon fünfunddreißig Jahre alt, als ich zum ersten Mal in meinem Leben allein wohnte, und in der ersten Nacht hörte ich kein Geräusch, auch am nächsten Morgen nicht, und es vergingen Wochen, ganze Monate, bevor die Stille mit mir zu spielen begann, denn manchmal denke ich, daß es nichts anderes ist als zu viel Stille, und das, nachdem ich sie mein halbes Leben lang vermißt habe. Noch frage ich mich lieber nicht, ob ich meine Mutter wirklich so geliebt habe, wie ich es immer öffentlich kundtat, wie ich es heute noch behaupte, wenn das Thema darauf kommt. In Tat und Wahrheit gehörte sie zu den chronisch Kranken, die Jahr für Jahr regelmäßig die Agonie ihrer schlimmsten Schmerzen überleben, zu jenen Patienten, denen sogar der Hausarzt einen guten schnellen Tod verordnen würde. Ich hatte es mir gewünscht, allein zu sein, und sei es zu dem Preis, erneut durch die städtischen Bestattungsinstitute ziehen zu müssen.

Mit neunzehn Jahren debütierte ich als Organisatorin von Bestattungen. Mein Vater war durch den Tod seiner Mutter völlig erledigt und meine Mutter viel zu beschäftigt damit, alle Kleidungsstücke in die Reinigung zu bringen. Ich bin die einzige Tochter, und meine Tante Piluca, auch sie die einzige väterlicherseits, bot nicht an, mich zu begleiten, so daß ich allein losging und einen Eichensarg mit Bronzebeschlägen bestellte, der eher teuer denn billig war, und drei Kränze, einen mit weißen Nelken – «Du bleibst Deinem Sohn unvergessen» –, einen mit roten Rosen – «Du bleibst Deinen Töchtern unvergessen» –, und einen bunten – «Du bleibst Deiner Enkelin unvergessen» – aus Margeriten, Lilien, Bartnelken und viel Grün, der für meinen Geschmack der schönste von allen war, obwohl er weniger als die beiden anderen kostete und mir zu Hause nach dem Begräbnis einen Rüffel einbrachte, weil sie ihn offensichtlich zu frivol fanden. Er sähe wie einer dieser modernen Brautsträußchen aus Ibiza aus, sagte meine Mutter sogar. Ich hatte keine Ahnung, woher Mama ihre Vorstellung darüber hatte, was auf Ibiza modern war, aber wie auch immer, als ihre Mutter starb, mußte ich die Bestattung wieder allein organisieren, weil meine Cousins und Cousinen alle zu jung waren, außer Arturo, der mit einer Freundin in Amsterdam war, und Milagritos, eine Cousine von beiden, die sechs Monate zuvor von zu Hause abgehauen war, auch sie offensichtlich mit einer Freundin. Ich bestellte außer dem vorgenannten Eichensarg – mein Vater sagte, daß er nicht zulassen würde, daß seine Schwiegermutter ein luxuriöseres Begräbnis bekäme als seine Mutter – vier absolut gleiche Kränze «Du bleibst Deinem Mann, Deinen Kindern, Deinen Enkeln und Enkelinnen unvergessen», rote Rosen, weiße Rosen, rosa Rosen und gelbe Rosen. Meine Familie war so zufrieden, daß beim Tod des Vaters meiner Mutter kaum darüber geredet wurde, wer sich um die nötigen Schritte kümmern würde, ein Euphemismus, der bei uns zum Umschreiben jeglicher Art von Unannehmlichkeiten traditionell Anwendung fand, eine Formel, auf die man nach Tante Pilucas Tod nicht ausdrücklich zurückgreifen mußte, weil ich direkt um Geld für das Taxi bat und niemand sich damit aufhielt, mir Anweisungen zu geben. Ich erledigte alles hervorragend. Meinen Vater wollte ich allerdings nicht begraben, aber es blieb mir nichts anderes übrig, weil ich keine weiteren Verwandten mehr hatte und meine Mutter schon zwei Jahre lang krank war.

Das Ende dieser schrecklichen Epidemie schien bevorzustehen, aber es dauerte noch elf Jahre, und danach beschloß ich, ohne zu zögern, ohne Angst, ohne irgendeinen Gewissensbiß, beim Kiefernsarg mit nur zwei Metallgriffen zweiundzwanzigtausend Peseten zu sparen. Trotzdem wagte ich es nicht, einen Kranz im Stile Ibizas auszusuchen, und bestellte im letzten Moment die traditionellen Rosen, wenn auch in verschiedenen Farben.

Ich glaube, ich kannte bis zu meinem sechsten Lebensjahr, als ich in die Schule kam, kein anderes Kind außer meinen Cousins mütterlicherseits, die ich, wenn es hoch kam, dreimal im Jahr sah, zu Weihnachten, am Dreikönigstag und zum Geburtstag der Großeltern, die altersmäßig nur ein paar Tage auseinanderlagen und aus Spargründen zusammen zu feiern pflegten. Mir kam das nicht sonderlich merkwürdig vor, denn in meiner Familie wurde immer eingespart, was nur möglich war, das war das einzige, in dem sich alle drei Hausfrauen einig waren. Wenn meine Großmutter Pilar beschloß, den vom Vortag übriggebliebenen Braten mit einer Tomatensoße und gebratenen grünen Paprikas zuzubereiten, schlug meine Tante Piluca gleich vor, daß es besser sei, aus dem Fleisch und einem halben Dutzend Eiern Rührei zu machen, und meine Mutter meinte dann, daß es viel köstlicher sei, wenn man es mit ein bißchen gehackter Zwiebel in Fett anbrate. Eine halbe Stunde lang gab keine von ihnen nach, und soviel Geschrei der methodische Aspekt der Angelegenheit auch verursachte, es wurde nie darüber diskutiert, daß wir zwei Tage oder mit ein bißchen Glück – wie eine zu betonen pflegte – sogar drei Tage lang Reste essen würden. So verbrachte ich meine Kindheit.

Zu Hause waren alle Kleidungsstücke gebraucht, denn wenn meiner Großmutter, meiner Mutter oder meiner Tante etwas zu eng wurde, halfen sie sich untereinander aus und trugen sie, bis der Stoff zu glänzen begann und die Säume so abgewetzt waren, daß das Gewebe nicht nur ausfranste, sondern sich schon in winzige bunte Staubteilchen auflöste. Als meine Mutter dicker zu werden begann – meine Tante Piluca blieb glücklicherweise immer ein Besenstiel –, erbte natürlich ich ihre Kleidungsstücke, strenge, hochgeschlossene Blusen in diskreten blassen Tönen – beige, cremefarben, blaßrosa, nie weiß, das so unanständig ist – und Röcke von undefinierbarem Schnitt und aus sehr grobem Stoff, immer dunkel – dunkelbraun, dunkelblau, dunkelgrau und schwarz, das, was man auch immer sagen mochte, am längsten hielt –, die ich ohne aufzumucken anzog, weil ich überzeugt davon war, daß wir sehr arm seien, und zu Weihnachten wünschte ich mir immer Jeans.

Ich lernte, die Bleistifte so lange zu benutzen, bis sie nur noch ganz winzig und nicht mehr zu spitzen waren, ohne daß sie einem aus den Fingern flutschten, und bis ein mehr als winziger Radiergummi sich beim Versuch, etwas damit zu radieren, zerbröselte, und das alles nur, um das kleine Drama zu verhindern, das ich im Wohnzimmer auslöste, wenn ich um Geld bat, um mir ein Lineal oder ein Heft oder einen der gewöhnlichen BIC-Kugelschreiber, die am billigsten waren, kaufen zu gehen.

«Was du alles brauchst, mein Kind! Die Nonnen könnten etwas mehr Rücksicht nehmen...»

Lange Zeit bevor ich entdeckte, daß meine Familie ausschließlich für Beerdigungen bereit war Geld auszugeben, lebte ich gepeinigt von dem Verdacht, daß bei meiner Ausbildung genauso gespart wurde wie beim Einkaufen. Ich erinnere mich an die Angst, wie an eine Bombe der Leere, die mir die Luft abschnürte, die mich in der ersten Schulstunde Montagmorgens überfiel, jedes Schuljahr wieder, meine ganze Schulzeit über, wenn die Lehrerin öffentlich den Inhalt der Sammelbüchse für den Weltkindertag nachzählte, die sie uns am Freitag zuvor mitgegeben hatte, um zu Hause um eine Spende zu bitten. Dann schrieb sie neben meine Nummer eine beträchtliche, kaum vom Klassendurchschnitt abweichende Summe an die Tafel, und ich schwieg, aber ich war mir sicher, daß das ein Irrtum war, es mußte ein Irrtum sein, denn schon der Anblick dieses gelben Plastikbehälters mit einem blauen Deckel mit Drahtverschluß und Bleiplombe reichte aus, um in meinem Elternhaus Empörung hervorzurufen.

«Klar, Mensch», schrie meine Großmutter, «für Almosen bin ich gut genug!»

«Sollen die uns doch Geld geben!» Meine Tante Piluca stemmte die Hände in die Hüften, um ihre Entrüstung zu unterstreichen. «Die haben doch genug Kohle...!»

«Ungeheuerlich!» betonte meine Mutter. «Tut mir leid für dich, mein Kind, und für die Negerlein, aber ich denke nicht daran, auch nur fünf Peseten zu spenden...»

Ich leerte meine Spardose, vier lächerliche Münzen, und wenn es hoch kam, entlockte ich meinem Vater, der nicht weniger knauserig war, zehn Peseten, aber ich haßte es zu streiten und hob niemals die Stimme, und Sonntagnacht konnte ich nicht schlafen, und am Montag ging ich zitternd zur Schule, aber es geschah nie etwas. Im Frühjahr zitterte ich wieder, denn beim Ankündigen des jährlichen Schulausflugs wandte sich die jeweilige Lehrerin mit einer Überheblichkeit, die ich nie wieder an einem anderen menschlichen Wesen erlebt habe, an zwei oder drei Mädchen, die wir alle kannten, um den häßlichen Zusatz auszusprechen, der mich bis auf den Grund meiner Seele beschämte: «Und ihr braucht euch um nichts zu sorgen, wir wissen ja, daß eure Eltern das Geld nicht haben, ihr Armen, wir werden euch den Bus schon bezahlen...», aber sie sagten nie: «Dir auch, Marisa», doch ich erwartete es immer, «Dir auch, arme Marisa», und ebensowenig, wie ich glauben konnte, daß meine Mutter die Sammelbüchse für den Weltkindertag nachts heimlich füllte, konnte ich glauben, daß sie, nachdem sie mich in die Schule gebracht hatte, ins Sekretariat gegangen war, um den Ausflug zu bezahlen, aber ich reiste nie aus Barmherzigkeit mit. Statt dessen begann ich damals zu stottern.

Als der Notar das Testament verlesen hatte, wußte ich nicht, ob ich lachen oder weinen sollte. Natürlich wußte ich schon, daß ich die Wohnung erben würde, dieses Stockwerk hatte uns immer gehört oder, besser gesagt, meinem Großvater Anselmo, denn in meiner Familie pflegte man mit sorgfältigster Genauigkeit den Besitzer eines jeden Gutes, das von allen genutzt wurde, so geringfügig es auch war, zu benennen, aber ich konnte mir einfach nicht vorstellen, daß diese Papiere, die mich mein Vater vor so vielen Jahren mit dem Hinweis hatte unterschreiben lassen, ich solle mir bloß nicht einfallen lassen, irgendwelche Fragen zu stellen, mich jetzt zur Alleinerbin eines halben Dutzends Festgelder erklärten, aus denen seit über zehn Jahren, seit seine Witwe keine Kraft mehr hatte, das Haus zu verlassen, nicht eine einzige Pesete entnommen worden war. Ich hatte auch nicht gewußt, daß meine Tante Piluca in Fuenlabrada eine Wohnung besessen hatte. Zu Beginn meiner Berufstätigkeit war mir völlig klar, daß meine Mutter meine Beteiligung an der Hälfte der laufenden Kosten erwartete, und dafür richteten wir ein gemeinsames Konto ein, aber sie sagte mir, daß die nicht ausgewiesenen etwa dreißigtausend Peseten, die pünktlich an jedem Ersten auf der Bank eingingen, aus einer Invalidenrente meines Vaters stammten, die sie rechtmäßig bezog, und ich bezweifelte ihre Worte nicht, denn ich hatte keinen Grund dazu.

Bis dahin war ich sogar ein bißchen stolz darauf gewesen, mich am Unterhalt der Wohnung zu beteiligen, mich um meine Mutter zu kümmern, die Haushaltshilfe, die morgens für sie sorgte, und andere Leistungen zu bezahlen, die, laut ihrer eigenwilligen Version der Dinge, keine Kosten verursacht hätten, wenn sie allein gewesen wäre. Seither jedoch fühle ich mich wie ein Dummkopf, und keine der Maßnahmen, die ich nach ihrem Tod ergriff, alle ganz dreist nach meinem Geschmack, hatte bewirkt, diese Vorstellung von mir als einer Idiotin zu verscheuchen.

Vielleicht wären die Wände lieber ockerfarben, sie haben sich an jene diskrete Trübheit gewöhnt, so geeignet zum Verbergen der Flecken, die das empfindliche, leuchtende Weiß so schnell schäbig werden lassen. Vielleicht beklagen sich die Löcher, verlangen ein schmutziges Braun, sehnen sich nach den vergammelten Rahmen dieser Türen und Fenster, die ich gegen neue, frischgestrichene und weißlackierte Holzrahmen habe austauschen lassen. Kann sein, daß die Decken meine Lampen ablehnen, die schlichten, fast klassischen Milchglaskugeln, die den Flur an denselben Stellen erleuchten, wo früher jene traurigen verrosteten Metallaternchen mit vergilbten, geschliffenen Glasschirmen hingen, die meine Eltern von einem Domherrn aus Toledo, dessen genaue Verbindung mit ihnen ich nicht mehr rekonstruieren kann, zur Hochzeit geschenkt bekommen hatten. Ich warf das Beistelltischchen mit seiner abscheulichen grünen, abgewetzten Samttischdecke und die in schlichte Leisten gerahmten Bildchen von der Jungfrau mit dem Kind, die über jedem Bett hingen, weg. Die Küchenmöbel versuchte ich der Hausmeisterin zu schenken, aber sie wollte sie nicht, und schließlich mußte ich einem Trödelhändler zweitausend Peseten zahlen, damit er sie mitnahm. Es war mir egal. Ich atmete zum ersten Mal durch, als ich mich von den verhaßten Formicaschränken in dem verhaßten Hellgrau befreit sah, die durch die schäbige, vierzig Jahre alte Fettschicht nachgedunkelt waren, die ich mit keinem der marktüblichen Reinigungsmittel runterbekommen hatte, und ich tauschte sie gegen neue mit überraschender, modernster Ausstattung aus, ein Obst- und Gemüsefach im Eckschrank, das mit dem Öffnen der Schranktür automatisch nach vorne schwenkte, ein Element mit eingebautem Mülleimer, ein vertikaler Flaschenständer in einer scheinbar toten Ecke, eine äußerst schicke Dunstabzugshaube, die beim Ziehen an der Blende anging und dabei ein Licht einschaltete, das direkt auf den Glaskeramikherd fiel... Ich beschäftigte mich wochenlang mit dem Kücheneinrichtungsspiel, und noch immer kann ich beim Betreten meiner eigenen Vorstellung von Licht und Fortschritt den Jubel kaum unterdrücken: weiße Kacheln, weiße Schränke, ein schwarzweißer Boden wie ein Damespiel, die Badezimmerwände, die neue Badewanne und die neue Toilette, alles weiß, damit es schmutzig werden kann, wie die Stadt schmutzig wird, wie Kinder und mein Körper schmutzig werden, wie alles, was lebendig ist. Aber vielleicht war meine Wohnung zu alt und sehnte sich nach seiner alten, wie für eine altmodische Totenfeier bestimmten Ausstattung und erschreckt mich deshalb.

Die wichtigste dekorative Extravaganz, die ich mir gewährte, als alle Handwerker schon gegangen waren, hat dieselbe Farbe wie alles andere, aber eine ganz andere Geschichte. Ich kannte die Bewohner jener Wohnung nicht, eine chaotische, überbelegte und von einer einheitlichen frischen Schmutzschicht überzogene Studentenwohnung, in der dieses raffinierte, einzigartige Objekt wie ein großes Geheimnis hing, oder wie der Schlüssel zu einem anderen, tieferen Geheimnis, das ich nicht entschlüsseln konnte. Deshalb habe ich es nie vergessen, auch wenn ich die Wohnung nie wieder betreten habe. Es war ein seltsamer, abgenutzter, lärmender Ventilator, schon damals vor bereits zwanzig Jahren schrecklich aus der Mode gekommen. Seine Flügel aus dunklem Holz und Messing quietschten rhythmisch und hinterließen an der Decke tiefe, längliche Schattenbündel, die das Licht in Streifen schnitten, und die weiße, an seiner Achse befestigte kugelförmige Lampe leuchtete unbeweglich, wie gleichgültig gegenüber der Bewegung. Unter ihrem Glasbauch stand ein ungemachtes Bett, und in diesem Bett lagen ein Junge namens Pepe, von dem ich wenig mehr wußte als von dem Freund, der ihm seinen Wohnungsschlüssel geliehen hatte, und ich, beide sehr jung, und in meiner Erinnerung wird er immer jung bleiben, denn ich sah ihn nach diesem Sommer nie wieder, und es erscheint mir schier unglaublich, selbst einmal so jung gewesen zu sein. Er war keine große Trophäe, ich habe auch nicht sehr viele an die Wände meines Lebens hängen können, aber der Ventilator war köstlich gewesen, so absurd, so daß ich einen kaufte mit einer Lampe darunter, genau wie jener andere, und ihn über mein Bett an die Decke hängte, mich hinlegte und ihn eine Nacht und noch eine und noch eine betrachtete, es war so romantisch, es fiel mir nicht schwer, mich selbst mit einem unerwarteten, noch unbekannten, harten und zugleich zärtlichen Liebhaber in seinem Schutz vorzustellen, wie wir uns in den Laken wälzten, ich würde sehr schwitzen, wie im Film, und er würde auch schwitzen, die Feuchtigkeit schlüge sich in winzigen Tropfen nieder, die seinen Rücken hinunter eine Landkarte der Gefühle und der Lust zeichneten, mächtige Zeichen, die nie trockneten, während die Flügel aus weißem Holz langsam über unseren glücklichen und schuldigen Körpern und unserer gesättigten Haut kreisten, und dann diese selige Ungewißheit, nicht zu verstehen, sich nicht wiederzufinden, sich plötzlich verloren zu haben in den vertrauten Winkeln der Landschaft des Alltags.

Der Gemüsekorb und die äußerst schicke Dunstabzugshaube mit eingebautem Licht langweilten mich bald, aber von dem Ventilator konnte ich nicht genug bekommen, und ich wiegte mich Nacht für Nacht unter seinen Flügeln, wochen- und monatelang, viel zu lange, um ihn von einem leeren Bett aus zu betrachten. Dann begann der Absturz, und mein Haus fing an zu atmen. Als ich aufhörte, auf das Ende des Abhangs zu starren – «Und wer wird mich beerdigen?» –, peinigte Schwindel meine Arme, lähmte meine Beine und schloß sich über meine Lungen wie die Hand jener altbekannten Angst, die mich nicht atmen ließ, und ich sagte mir, daß der Zeitpunkt gekommen sei, um eine wichtige Entscheidung zu treffen.

Am nächsten Tag notierte ich mir die Adressen von drei oder vier Reisebüros, die größten und bekanntesten der Stadt, die ich nach der Arbeit aufsuchen wollte, aber am späten Vormittag rief mich mein Chef – oder besser gesagt, mein unmittelbarer Vorgesetzter in dieser gigantischen Pyramide aus Teams, Abteilungen, Unterabteilungen und Firmen, nicht unähnlich der schwerfälligsten der Bürokratien –

zu einer Notsitzung, um mit mir das höchst komplizierte Layout einer neuen Sammlung «Meisterwerke» zu besprechen, eine umfassende Kunstgeschichte in sehr hübschen kleinen Bändchen mit 128 Seiten, die zum Verkauf am Kiosk bestimmt waren, und ich weiß nicht genau, warum, aber jener winzige Abschnitt meines Lebens, der die Möglichkeit zur Veränderung barg, veränderte sich in eine ganz andere Richtung, als ich es vorhergesehen hatte.

Ramón hatte auf mich vor allem immer wie ein Genie gewirkt, ein wirkliches, ein echtes Genie. Als ich ihn kennenlernte, war ich eine einfache Stenotypistin in der Lithographie, und er kam aus der EDV-Abteilung, wo er hauptsächlich Flickarbeit erledigte – Rechnungsformulare und Briefpapiervorlagen entwerfen, für die Buchhaltung programmieren, unterschiedliche Datenbanken den Bedürfnissen eines jeden Zwischenpostens anpassen und einrichten –, eine so abstumpfende und deprimierende Arbeit, daß er nicht lange überlegen mußte, als man ihm vorschlug, im Haus die DTP-Abteilung aufzubauen. Auch ich zögerte nicht, als ich erfuhr, daß er Personal suchte. Zum Ende des Vorstellungsgesprächs stellte er mir nur zwei Fragen.

«Machen dir Computer angst?»

«Nein», antwortete ich. «Im Gegenteil, ich m-mag sie.»

«Gut, aber ich nehme an, daß du in einer Kneipe noch nie an einem Videospielautomaten gespielt hast.»

«N-natürlich!» protestierte ich heftig, einen Sekundenbruchteil bevor ich argwöhnte, in die Falle getappt zu sein. «Na ja, manchmal... *Tetris* oder *Pac Man* vor allem.»

Dann stellte er mich ein, und vom ersten Augenblick an war mir klar, daß alles gegen ihn sprach, und genau deshalb – und weil er sehr dunkel war, sehr kurzsichtig, sehr pummelig, sehr ungeschickt mit den Händen und absolut reizend und besonders weil er ein Genie war – entschied ich, in sein Boot zu steigen und mich den Tomaten und faulen Eiern auszusetzen. Das ganze Haus erwartete, daß Ramón scheiterte. Meine vorigen Chefs aus der Lithographie – die von niemandem abhängig sein wollten –, die Verantwortlichen der Produktion – die die Repro- und Druckmaschinen in Kommission hatten –, die Schulbuchverleger – die weder Ahnung von der neuen Technologie hatten noch Lust, das zu ändern –, die Layouter und Graphiker – die nicht bereit waren, sich umschulen zu lassen –, die Bildredakteure – die sich weigerten, Veränderungen an Illustrationen über die Tastatur vorzunehmen – und sogar die Verwaltung – weil wir uns für die Installation des ersten Computer-Glaskastens die Hälfte ihres Raumes einverleibt hatten –, mit anderen Worten, nahezu alle Mitarbeiter der Verlagsgruppe widmeten den größten Teil der Arbeitspausen ihren Verschwörungen am Kaffeeautomaten, stellten auf das bevorstehende Datum unseres Scheiterns Wetten auf, kalkulierten es, beschworen es und kosteten es im voraus aus.

Aber als wir zwei auch die außergewöhnlichsten Schwierigkeiten überwunden hatten, die grundlegende Nutzlosigkeit aller auf dem Markt erhältlichen EDV-Nachschlagewerke bestätigt sahen und gelernt hatten, daß die fehlenden Informationen in Spanien niemals zu erhalten wären und wir sie deshalb zwei Monate im voraus in Adobe Valley – California, USA – bestellen mußten, als wir ganze Wochenenden damit verbracht hatten, unverständliche Handbücher zu entziffern und sie richtig ins Spanische zu übersetzen, und uns wieder und wieder den Kopf zerbrochen hatten, um uns Kugeln, diagonale Pfeile, Händchen mit ausgestrecktem Finger, siebenzackige Sterne auszudenken – die fünfzackigen waren unbrauchbar, stell dir vor, die sechszackigen oder achtzackigen ebenfalls – und jedwede andere graphische Gemeinheit, die diese Bande von Schweinehunden uns aus irgendeiner Abteilung in Auftrag gegeben hatten, um sich auf diese Weise darüber hinwegzutrösten, daß sie uns mit ihren Steinwürfen nicht das Genick hatten brechen können, alles in allem, als uns klar war, daß wir einen Sieg davontragen würden, erreichte Ramón, daß ich eine Stufe höher stieg, und im ersten Augenblick des Friedens begann er in einem Tonfall mit mir zu reden, in dem noch nie jemand mit mir gesprochen hatte.

«Du weißt ganz genau, daß dies die Zukunft ist, Marisa, wir haben nichts anderes gemacht als einen Anfang.»

So pflegte er loszulegen, er sprach langsam, in neutralem, informativem, fast professionellem Ton, wie ein entwaffneter Soldat mit einer weißen Fahne in Händen.

«Binnen kurzem, vielleicht bis zum Jahr 2000, in zehn Jahren, vielleicht in nur fünf, werden alle Verlage dieses Konzerns, die außerhalb bis hin zu den unabhängigen, ihr DTP installiert haben. Es ist billiger, es ist schneller, direkter, besser, du kannst es drehen und wenden, wie du willst, und in der Computerbranche sind die Preise ordentlich am Purzeln, das ist offensichtlich, aber ich erzähle dir ja nichts Neues...»

Dann kam er langsam in Fahrt und sah mir in die Augen, als wollte er sie aufsaugen, und noch hörte ich ihm aufmerksam zu, obwohl sich in meinem Innern rasend schnell Mutlosigkeit ausbreitete.

«Wenn sie mir die Schulbücher und die ‹Meisterwerke› übergeben, werde ich es hier nicht mehr schaffen, und ich versichere dir, daß sie über uns herfallen werden, ich werde hier praktisch zusammenbrechen, ich werde nicht noch mehr schaffen können, und früher oder später werden sie zu ihrem großen Ärger neue Leute einstellen müssen, um neue Abteilungen einzurichten. Und nicht alle sind Arschlöcher, glaub das ja nicht, Fran Antúnez, die von den Nachschlagewerken, ist schon zuckersüß, und ich verstehe das, denn um Lexika zu machen, ist dies hier das Paradies. So sieht's aus, Marisa.»

Dieser letzte Satz zeigte mir an, daß der Angriff begonnen hatte, und ich verteidigte mich durch Rückzug, wodurch er die Distanz locker überwinden und ganz langsam auf mich zukommen konnte.

«Ich werde nie eine bessere Assistentin als dich haben, und ich ziehe es tausendmal vor, an deiner Seite zu arbeiten, als mir Netze, Quellen, Maschinen und Systeme mit irgendeinem pomadisierten Blödmann zu teilen, der vom andern Ende der Welt mit einem Scheiß-Master daherkommt und einen Scheiß weiß, denn sie wissen alle einen Scheiß, Marisa, zumindest zur Zeit, du kennst sie ja, und das hier ist kein Universitätsstudium, das hier ist ein Geheimnis, und was die Handbücher auch immer sagen mögen, wenn ein Computer sich aufhängt, muß man ihn abschalten, einen Kaffee trinken gehen und ihn wieder einschalten, und dann läuft das Miststück wieder...»

Ihm zuzuhören machte mir angst, weil ich wußte, daß er recht hatte, völlig recht, und ich konnte nicht an ihm zweifeln, denn wenn er an mein Wohl dachte, rettete er damit auch seine eigenen Interessen, und er war aufrichtig. Ramón sah in mir eine Projektion seiner selbst, der hochbegabte Botengänger, der die Welt auf den Kopf stellt, wie man einen Handschuh umdreht, um zu siegen und von oben diejenigen zu zermalmen, die ihn unter sich zu haben glaubten. Er schaffte das, ja, aber ich nicht, ich war mir sicher, daß ich es nicht könnte, ohne seinen Schutz, ohne seine Anweisungen, ohne sein

Selbstbewußtsein würde ich nirgendwohin kommen. Sosehr er auch insistieren mochte, mein Erfolg würde seinen nie fortsetzen, denn ich würde schlichtweg niemals Erfolg haben.

«Du weißt eine ganze Menge, die nur wenige Leute wissen, und du vertrödelst deine Zeit, denn du beherrschst die Praxis, kennst aber kaum die Theorie, du solltest dich hinsetzen und lernen, aber ja, QuarkXPress, Ventura Publisher, Photoshop, MacLink... Bitte, mach nicht so ein Gesicht! So viele sind es auch nicht, und du hast oft genug mit ihnen gearbeitet.»

Wenn wir an dem Punkt ankamen, schüttelte ich schon hysterisch den Kopf, zerpflückte den letzten Rest meiner Gelassenheit, die wie ein Faden war, der am Zerreißen ist, wie eine Batterie, die ahnt, daß sie sich verbrauchen wird, wie meine eigene verdammte Zunge, die spürt, daß sie sich an den Zähnen verheddern wird.

«N-n-nein, nein, nein, Ramón, wirklich», gelang es mir nach einer Weile zu sagen. «Ich bin nicht geeignet dafür.»

«Ach nein?» insistierte er mit einem fast wilden Zug um den Mund. «Nun, ich glaube doch, meine Liebe, denn du hast ein gutes Gedächtnis und bist sehr klug.»

«Ich b-bin n-nicht klug.» Wie konnte ich auch, wenn ich so redete, fragte ich mich immer dann, wenn ich mich gegen seine enthusiastische Behauptung wehrte. «Ich w-war n-nicht auf der Uni.»

«Na und? Du kannst mir ja mal sagen, was hat es mir gebracht, das BWL-Studium zu beenden, um dann beim DTP zu landen?»

«Aber du... Das ist was anderes. Ich bin schon ziemlich a-alt.»

«Genau deshalb. Du arbeitest seit zehn Jahren mit Computern. Die Geräte kennen dich, sie lieben dich, sie gehorchen dir.»

«D-danke, Ramón, aber nein.»

«Aber ja, meine Liebe, ja doch! Hör auf mich und denk mal nach. Du würdest viel mehr verdienen, es ginge dir viel besser, du würdest eine interessante Arbeit machen, und du könntest hingehen, wo immer du willst, denn in ein paar Jahren werden wir so gefragt sein wie Opernsänger, da kannst du sicher sein, der erste zu sein hat Vorteile, wie auch nicht...? Es muß sie geben, verdammt!»

Als ich die Sexta bestanden hatte, war bei mir zu Hause schon für mich entschieden worden, daß ich nicht an der Universität studieren würde. Mir war es egal. Mir fehlte eine klare Berufung und ich hatte meine Prüfungen immer nur haarscharf bestanden, so daß ich mich in einer Fachhochschule anmeldete, um mir die Berufsbezeichnung einer einfachen Sekretärin anzueignen, denn ich schämte mich, auf englisch oder französisch zu stottern, mir reichte schon mein Stottern in der Muttersprache. Mit zwanzig bekam ich eine Stelle in diesem Verlag, aber ich begriff bald, daß ich wegen des Stotterns und der fehlenden Fremdsprachenkenntnisse und weil ich sehr klein bin und, nun ja, weil ich wirklich nicht sehr hübsch bin, nie Chefsekretärin werden würde. Deshalb wurde ich Stenotypistin, und bis ich mit Ramón zu arbeiten anfing, machte ich diese Arbeit gern. Ich habe schnelle Finger und ein gutes Gedächtnis, das stimmt, ich mache keine orthographischen Fehler, denn ich habe den größten Teil meines Lebens mit Lesen verbracht, und als ich den ersten Computer sah, begriff ich, daß diese Geräte mir gefallen würden.

Als sie erfunden wurden, hat sicherlich niemand an Leute wie mich gedacht, aber sie scheinen für uns gemacht zu sein wie die roten Sportwagen für James Bond oder die Lycragewebe für Klassefrauen. Wir, die wir quasi ohne Zähne, um uns die Welt einzuverleiben, geboren wurden, können nur danach trachten, durch den Bildschirm zuzubeißen, der keine Augen und keine Ohren hat, der aber wie Aladins Geist zum treuen Sklaven wird; ihn beeindrucken keine Lebensläufe, er versteht nichts außer seiner eigenen Sprache, und gutes Aussehen bewertet er auch nicht. Er ist so dumm oder so gescheit wie der, der ihn bedient, und ebenso nützlich oder nutzlos und noch mehr. Ein Computer ist eine Macht, die einem Schüchternen, einem Lahmen, einem Dicken oder einer Stotterin zugänglich ist. Niemand, der mehr Glück im Leben hat, kann sich das Triumphgefühl vorstellen, das Ramón und mich wie eine Ohrfeige des Glücks, wie ein Orgasmus ohne Sex, wie ein köstlicher Geschmack, der ganz langsam gegen den Zungenbogen explodiert, durchzuckte, wenn irgendein superhübscher, supergebräunter und ordentlich gekämmter Hornochse des oberen Managements unseren bescheidenen Glaskasten betrat und uns um einen Gefallen bat. Denn es stimmt, sie konnten schon nicht mehr ohne uns leben, und obwohl der einzige echte Luxus, den ich mir gönnte, als ich erbte – die Renovierung meiner Wohnung war pure Notwendigkeit gewesen –, darin bestand, mir den besten Macintosh mit dem besten Farbbildschirm, dem besten Drucker und eine ganze

Menge Software zu kaufen, antwortete ich trotzdem immer dasselbe, wenn Ramón das Thema wieder anschnitt: «Ich nicht, ich kann nicht, tut mir leid.»

An diesem Tag sagte er nichts. Er hatte mich wohl schon abgeschrieben, aber als ich sein Arbeitszimmer mit diesem Projekt der *Universellen Kunstgeschichte* in niedlichen Bändchen von 128 Seiten verließ, fiel mir wieder ein, daß ich eine wichtige Entscheidung getroffen hatte, und das Vorhaben, drei oder vier Reisebüros, die größten und bekanntesten der Stadt, aufzusuchen, kaum daß ich Feierabend hatte, erschien mir plötzlich eher wie eine Riesendummheit.

«Hör mal» – ich drehte mich kurz vor Erreichen der Tür um und spürte, daß ich flüssig reden würde, und ich sagte mir, das sei das beste Zeichen – «kannst du mir ein Handbuch über QuarkXPress geben?»

«Natürlich», antwortete er, aber seine Augen waren auf den Bildschirm gerichtet, und er schenkte meiner Frage nicht mehr Aufmerksamkeit als seiner Antwort. «Wofür brauchst du es?»

«Ich glaube, ich werde mich durchpauken.»

In Sekundenschnelle wirbelte er auf seinem Schreibtischstuhl herum und sah mich lächelnd an. Ich lächelte matt zurück.

Vier Jahre nach dieser Szene, als nur noch fünf Jahre bis zur Jahrtausendwende fehlten, lud Fran uns zum Abendessen ein, um zu feiern, daß der Atlas, dessen Layout ich allein ersonnen, entworfen und ausgeführt hatte, endgültig abgeschlossen war. Ich mußte den Berg an Reisebroschüren wegräumen, die sich auf dem Wohnzimmertischchen stapelten, um das Telefon zu finden und Rosa anzurufen, die schon eine knappe halbe Stunde früher hätte eintreffen müssen, und ich erinnerte mich an jenes andere Abendessen, das erste von allen, als sie sich wie immer ziemlich verspätet hatte und ich wieder Geräusche hörte.

Mein Haus atmet. Zuerst holt es wie ein Mensch Luft, und dann bläst es sie ganz langsam aus, aber seit ein paar Monaten achte ich nicht mehr darauf, denn ich bin im Begriff, eine große Dummheit zu machen, das habe ich mir verdient, und ich achte auf nichts anderes mehr. Ich habe mich daran gewöhnt, sein Stöhnen zu hören, aber woran ich mich nie gewöhnen werde, ist, zu spät zu einer Verabredung zu kommen, zu grüßen, als wäre nichts geschehen, und die Schuld auf die Babysitterin zu schieben. Ich nehme an, daß alle Menschen, die lange allein leben, schließlich ihre eigenen Neurosen entwickeln, und die Pünktlichkeit ist eine von meinen, ich kann es nicht verhindern. Ich war entschlossen, sofort bei Rosas Erscheinen aufzubegehren, aber als ich mich bei laufendem Motor neben sie setzte, bemerkte ich, daß ihre Augen seltsam aussahen.

«Ist was passiert?» fragte ich in düsterem Tonfall.

«Nein», erwiderte Rosa und lächelte mich an, und sekundenlang hatte ich den Eindruck, daß sie sich zum Lächeln verpflichtet fühlte, aber ihre Lippen dehnten sich weiter, bis sie ein normales Lächeln, ihr übliches Lächeln, formten. «Warum?»

«Ich weiß nicht. . .» zögerte ich. «Es kam mir vor, als hättest du verweinte Augen.»

«Ach das. . .!» In dem Moment zog ein Taxifahrer ohne zu blinken nach links, und wir hätten ihn beinahe erwischt. «Hast du das gesehen? Scheißkerl! Also. . . Ignacio ist noch nicht da, und die Babysitterin ist zu spät gekommen. Ich mußte mich so schnell herrichten, daß ich mit der Wimperntusche ins rechte Auge gekommen bin, und dann, um es auszubessern, bin ich beim Abschminken abgerutscht und habe mir den Wattebausch ins Auge gerieben, also. . . Sehe ich schlimm aus?»

«Nein, aber sie sind etwas gerötet.» Als das Rätsel gelöst war, ersetzte meine Empörung mühelos meine Neugier. «Jedenfalls passiert dir das deshalb, weil du immer zu wenig Zeit hast, und alles für nichts, denn wir werden um Mitternacht zu Abend essen, schau bloß, wie spät es ist. . .»

«Glaub das nicht. Sicher wird Ana schon dasein, aber heute ist Donnerstag.»

«Und. . .?» Dann begriff ich, was sie sagen wollte. «Ach nein, Fran geht doch nicht mehr ins Fitneßstudio.»

«Ja? Bist du sicher. . .? Das hab ich gar nicht mitgekriegt.»

«Ausnahmsweise.»

«Jedenfalls werden wir zu spät kommen, da wette ich, was du willst. . .»

Ana war allerdings noch nicht da, als wir in dem Restaurant eintrafen. Fran erwartete uns allein, und sie fand ich auch seltsam, denn sie war nicht geschminkt, trug ausgebleichte Jeans und einen hellblauen, so weiten Pullover, daß er ganz sicher ihrem Mann gehörte, aber vor allem fand ich sie seltsam, weil ich den ganzen Abend nicht herausfinden konnte, ob sie sich wegen etwas sorgte oder im Gegenteil sehr glücklich war.

Fran

SIE WAR JÜNGER, ALS ICH ERWARTET HATTE, und außerdem eine Frau, aber ich war nicht mutig genug, einfach wegzulaufen.
«Warum haben Sie sich einen Männernamen ausgesucht?»
So begann alles. Es war ein Donnerstag und ich hatte das Team für zweiundzwanzig Uhr zum Essen eingeladen, denn es gab ein Problem zu lösen, ein paar Fotos von was weiß ich, ich erinnere mich nicht mehr, eine Kleinigkeit, wir hatten noch nichts veröffentlicht und alles lief gut, aber ich hatte keine Lust, von diesem kalten, sachlichen Raum, der meinem Büro im Verlag so ähnelte, direkt nach Hause zu gehen.
«Sehen Sie», entgegnete ich ihr in ausreichend trockenem Tonfall, um anzudeuten, daß sie keinerlei Antwort von mir erwarten konnte, «bevor wir anfangen, möchte ich ein paar Dinge klarstellen. Erstens würde ich es vorziehen, wenn Sie mir keine Fragen stellen würden. Ich komme jede Woche hierher, ich erzähle Ihnen mein Leben, und Sie hören mir zu. Wenn Sie meinen, es sei wesentlich, daß wir an einem bestimmten Punkt ankommen, können Sie mir das gleich zu Beginn sagen, und ich wäre Ihnen sehr dankbar dafür, denn ich habe keinerlei Absicht, mein Geld zum Fenster rauszuwerfen. Zweitens möchte ich Sie bitten, keine Notizen zu machen, wenn ich hier bin. Es tut mir sehr leid, aber als ich Sie da sitzen sah, mit dieser Mappe und dem Kugelschreiber, habe ich mich wie ein Affe im Zoo gefühlt. Wenn Sie nicht auf Ihr Gedächtnis vertrauen, können Sie notieren, was Sie wollen, wenn ich weg bin. Bei Ihrem Beruf sind Sie, vermute ich,

bestimmt fähig, während der anderthalb Stunden eine beträchtliche Menge an Aussagen zu behalten, so lang sind die Sitzungen ja auch nicht.»

Sie schloß die Mappe, legte sie auf den Schreibtisch und den Kugelschreiber obendrauf. Sie wirkte nicht verärgert, nicht einmal irritiert über mein Verhalten, und ich nahm mir vor, meinen schroffen Ton noch zu steigern, um die Rede zu verlängern, denn ich war im Begriff, innerlich zusammenzubrechen, ich würde unweigerlich in dem Augenblick, in dem ich zu sprechen aufhörte, abstürzen.

«Drittens möchte ich Ihnen vorab versichern, daß mir all dies, einschließlich meiner selbst in der Rolle, die ich gerade spiele, wie eine Art altmodische und nutzlose Farce vorkommt, so daß ich Ihnen nicht garantieren kann, ob Sie mich lange zu Ihren Patienten zählen werden können. Ich bin nur hergekommen, weil ich mich schlecht fühle und nicht weiß, warum. Das passiert mir nicht zum ersten Mal, aber ich hatte es noch nie so stark. Grundsätzlich verpflichte ich mich selbst, über alle möglichen Methoden zur Problemlösung zu verfügen, und Sie sind für mich im Augenblick nichts weiter als genau das, eine mögliche Methode. Ich hoffe, daß ich Ihnen nicht unerträglich arrogant oder unangenehm erscheine, aber ich ziehe es vor, ehrlich zu sein. Ich habe niemandem erzählen mögen, daß ich mich analysieren lassen werde, niemand weiß das, weder zu Hause noch auf der Arbeit. Für den Rest der Welt bin ich jetzt im Fitneßstudio. Das ist eine gute Ausrede, weil Bewegung eine der Methoden ist, die ich bis jetzt häufig angewandt habe.»

Ein andermal werde ich ihr die Wahrheit sagen, sagte ich mir, während ich halb log und jedes Wort in die kalkulierte Distanziertheit einer mechanisch gewichtigen Sprache hüllte, oder besser ausgedrückt, das, was ich unter Wahrheit verstehe, nämlich eine gigantische Kugel, perfekt wie alle runden Dinge, die plötzlich der Geburt von Millionen kleiner und versplitterter Wahrheiten entspringt, unbearbeiteter, wehrloser Zellen einer Realität, die ebenfalls zerbrochen ist, ohne mir Anweisungen zu ihrer Wiederherstellung zu hinterlassen. Ein andermal werde ich ihr Bruchstücke davon erzählen, versprach ich mir selbst, ohne die Lippen zu bewegen, aber das wird sein, wenn alle Antworten auf die einfachen Fragen gegeben sind, das nächste Mal, an irgendeinem Abend.

«Gut, ich glaube, jetzt bin ich an der Reihe.» Als ich es schon nicht mehr erwartete, bot mir diese Unbekannte mit betont gelassener Stimme die Stirn, wie um mich nicht zu verschrecken, aber ohne sich zu bemühen, ein gewisses Maß an Strenge zu verschleiern, die mir andeutete, daß im Gegensatz zu dem, was ich unterstellt hatte, kurz bevor sie zu sprechen ansetzte, sie hier die Kontrolle hatte. «Wenn ich gerade ein Buch beendet hätte und darüber nachdächte, es Ihnen in Ihren Verlag zu schicken, bliebe mir nichts anderes übrig, als diesen Tonfall zu ertragen, aber ich versichere Ihnen, daß das im Augenblick nicht der Fall ist. Ich nehme an, Sie sind hergekommen, weil Sie ein Problem haben und Sie glauben, daß ich Ihnen helfen kann, es zu lösen. Wenn dem nicht so ist, vergeuden wir beide unsere Zeit, und es wäre das beste, wenn Sie jetzt gingen und nicht mehr wiederkämen.»

Ich erinnere mich nicht mehr, wann ich entdeckte, daß die einzige Formel, die mir garantierte, die Dinge gut zu machen, hieß: jegliche Situation unter Kontrolle haben, noch bevor die anderen Beteiligten mir die Kontrolle streitig machen können. Seit damals, und ich muß von einer Zeit sprechen, in der meine Statur kaum einen Meter fünfzig überstieg, definierte sich meine Beziehung zum Rest der Welt, zu Menschen, Geschehnissen, Gemütszuständen und sogar Objekten in der Notwendigkeit, jeden Moment die Kontrolle zu behalten, ohne jemals in meiner Wachsamkeit nachzulassen. Martín ist die einzige Ausnahme dieser Regel, das einzige Lebewesen, dem ich zugestehen kann, Macht über mich auszuüben. Außer bei ihm wußte ich mich in von anderen kontrollierten Situationen nicht zu entfalten, habe es nie können. Ich hasse es, dazu gezwungen zu sein.

Ich starrte die Unbekannte an, die meinen Blick ohne zu blinzeln ertrug, während ich innerlich die Antwort einstudierte, die sie erwartete. Ich bin siebenunddreißig Jahre alt und begreife gerade, daß ich sicherlich schon mehr als die Hälfte meines Lebens hinter mir habe. Sie werden es nicht glauben, aber bis jetzt war mir das nicht bewußt gewesen. Vor drei Monaten ist meine beste Freundin an Gebärmutterkrebs gestorben. Die Welt hat sich auch in anderer Hinsicht verändert. Ich habe zwanzig Jahre lang – und das ist keine Redensart, es sind wirklich zwanzig Jahre, eines nach dem anderen, auch wenn es sogar mir wie eine Lüge erscheint – die Utopie einer besseren, für alle gerechteren und glücklicheren Welt kultiviert, mit derselben eifrigen und affektierten Haltung, mit der die eitlen Mäuschen aus den Märchen, die sie mir in meiner Kindheit nicht erzählten, ihren Garten bearbeiteten. Und plötzlich waren alle meine Rosenstöcke weg, ich weiß nicht, ob Sie das verstehen, aber es ist so, sie sind verschwunden, verduftet, sie haben sich in Luft aufgelöst, wie sich alle Dinge auflösen, die nie existiert haben, wie Utopien beispielsweise. Inzwischen habe ich Erfolg. Ich verdiene sehr viel Geld, lebe sehr gut, selbstverständlich nicht so üppig wie meine Eltern, obwohl dieses Detail für sie – oder vielleicht wäre es richtiger, nur von meinem Vater zu sprechen, denn meine Mutter hat immer in seinem Schlepptau gelebt, wie ein Wohnwagen ans Auto an ihren Mann gekoppelt – nie wichtig war. Er war ein Verlierer, der Sohn von Verlierern, würdig und unversehrt im Ruin. Ich bin von niemand ruiniert worden, und selbstverständlich wird mich auch niemand ruinieren, das ist klar. Ich habe keine Kinder bekommen, weil meine hochgesteckten Ideale den Horizont meines Verstandes weit überstiegen, und jetzt habe ich nicht einmal mehr einen Horizont, ich bereue es, aber ich habe es noch nicht gewagt, mich zu ergeben, denn obendrein, auch wenn es nicht so wichtig ist, pflegt mein Mann in letzter Zeit mit anderen Frauen zu vögeln. Ich nehme an, auch ihm ist bewußt geworden, daß er die Hälfte seines Lebens schon gelebt hat, daß auch er die Erinnerung an nicht existente Rosenstöcke und all das begraben mußte, aber er war immer schon pragmatischer und klüger als ich. Natürlich hat er mir nichts erzählt. Wir beide sind sehr gut erzogene Menschen, wir stammen aus guten Familien, das können Sie sich ja vorstellen. Aber ich weiß es, und ich weiß, daß er mich möglicherweise verläßt, obwohl ich gar nicht daran denken mag, und ich weiß auch, daß ich über all das mit ihm reden sollte, aber ich kann es nicht. Ich habe vergessen, wie ich mit Martín reden soll. Früher haben wir es getan, aber heute kann ich mich nicht einmal daran erinnern, wie wir anfingen. So hatte ich immer die Kontrolle über mein Leben und die Kontrolle über meine Arbeit und die Kontrolle über meine Freundschaften und über meine Familienbeziehungen und über meine Ideologie und über meine Zukunft, aber jetzt, obwohl ich fast dreißig Zentimeter größer bin als am Anfang, nützt mir das nichts, denn ich weiß nicht, wohin mich strecken, was mit den mir verbleibenden Jahren anfangen, die sicherlich weniger sein werden als die, die ich schon gelebt habe, vergessen Sie das nicht. Und

Martín, dem es als einzigem gelungen ist, mich zu kontrollieren, wirkt nicht besonders interessiert daran, es weiter zu tun. So sieht es aus. Was sagen Sie dazu?

Ich rauchte meine Zigarette bis zum Filter auf, dann noch eine, und schließlich wühlte ich in meiner Tasche herum, bis ich ein Schächtelchen mit Kräuterbonbons ohne Zucker fand, steckte mir eines in den Mund und lutschte es praktisch zur Hälfte auf, drückte es mit der Zunge an den Gaumen und fragte mich währenddessen, was ich als nächstes tun würde. Die vernünftigste Lösung wäre gewesen, auf diese Frau zu hören, aufzustehen und für immer von hier wegzugehen. Die zweite, besonnenere Möglichkeit bestand darin, die Rede, die ich gerade gedanklich zwischen dem Geschmack von Tabak und Eukalyptus vorbereitet hatte, laut vorzutragen. Trotzdem entschied ich mich für die unbesonnenste Möglichkeit, denn ich hasse es, die Kontrolle zu verlieren, wenn das geschieht, weiß ich nicht genau, wie ich mich verhalten soll, und deshalb beantwortete ich schließlich ihre erste Frage, als wäre dazwischen nichts geschehen.

«Ich heiße Francisca. Francisca María Antonia Antúnez, wenn Sie es genau wissen wollen. Das sind keine besonders schönen Namen, aber es ist selbstverständlich auch keine Tragödie, so zu heißen, besonders, da jeder von ihnen etwas bedeutet. Die Großmutter meines Vaters hieß Francisca Merello de Antúnez – kommt Ihnen der Name bekannt vor?» Sie schüttelte den Kopf. «Natürlich, sicherlich haben Sie nie Noten lesen gelernt.» Sie wiederholte die Verneinung, um mir recht zu geben. «Trotzdem war sie eine wichtige Frau, eine erstklassige Musikpädagogin, Lehrerin am Madrider Gymnasium, einer Schule, die dem Geist der freien Schulbildung sehr verpflichtet war. Sie hatte vier Kinder, alle Jungs, aber sie ließ keinen Zweifel daran aufkommen, daß sie, hätte sie eine Tochter gehabt, diese Elise genannt hätte, wie Beethovens Muse. Ich hätte so heißen sollen, denn ich bin das erste Mädchen in drei Antúnez-Generationen, aber mein Vater nannte mich ihr zu Ehren Francisca. Das mit der María war ein Einfall meiner Mutter, eine Dummheit, sie versuchte diesen Namen immer den anderen voranzustellen, aber es gelang ihr nie. Meine Großmutter, zuerst Schülerin und später Schwiegertochter von Francisca, hieß Antonia Valdecasas. Sie wurde in Granada geboren und kam zum Studieren nach Madrid. Sie war Malerin, Tochter eines Freundes von Ángel

Ganivet und Schwester eines kommunistischen Abgeordneten. Sie war sehr talentiert und hatte großes Pech. Im Frühjahr 1936 fuhr sie ihre Eltern besuchen und erkrankte an Typhus. Als die Nationalisten ihren Bruder holen kamen, fanden die nur Antonia mit Fieber im Bett vor. Sie zerrten sie heraus, schubsten sie auf einen Lastwagen und erschossen sie vor einer Friedhofsmauer. Sie war vierunddreißig Jahre alt. Ihr Mann überstand den Krieg in Madrid und floh schließlich nach Frankreich. Dort starb auch er ein paar Monate später in einem dieser entsetzlichen Konzentrationslager, in die die Franzosen die spanischen Republikanerflüchtlinge steckten. Niemand erfuhr jemals, woran er genau gestorben ist. Mein Vater war siebzehn Jahre alt, als er ihn zum letzten Mal gesehen hat; er hatte ihn zu überreden versucht, ihn mitzunehmen, aber sein Vater lehnte das ab und ließ ihn bei seinen Eltern in Madrid zurück, meinen Urgroßeltern Antúnez, die wirklich fortschrittlich, aber immer so vorsichtig und zurückhaltend waren, daß sie kaum mehr als den Krieg verloren. Der Familie meiner Großmutter Antonia erging es hingegen sehr schlecht, denn in dieser so grausamen Stadt, die plötzlich so klein wurde, kannten sie alle...

Als ich dreizehn Jahre alt war, glaubte ich meine berühmte Urgroßmutter auf einem Bild in einem Schulbuch wiederzuerkennen, und das erschütterte mich so, daß meine Hände beim Umblättern der Seite zitterten, aber es stellte sich heraus, daß die explosive Kombination von mürrischem, fast männlichem Ausdruck und unübersehbarem opulent weiblichen Körper, dessen Kinn sich auf ein Doppelkinn stützte und dessen Augen mit einer fast theatralischen Überheblichkeit auf die Kamera gerichtet waren, Doña Emilia Pardo Bazán war. Ansonsten der gleiche Knoten aus weißem Haar, das gleiche schwere, bis zur Hüfte taillierte Kleid aus schwarzglänzender Seide, eine ganz ähnliche Brille, die an einer Goldkette baumelte, und ein halboffenes Buch in Händen, obwohl ich bei genauerem Hinsehen und nicht ohne einen Anflug von Enttäuschung einräumen mußte, daß Francisca sehr viel häßlicher gewesen ist.

Antonia hingegen, ohne recht eigentlich eine Schönheit gewesen zu sein, wirkt fast wie eine Stummfilmschauspielerin auf den wenigen Fotos, die ich von ihr gesehen habe. Dunkelhaarig, klein und zart, schaut sie mit weit offenen Augen in die Kamera und vermittelt dabei immer den Eindruck von Verwirrung. Sie wagte es, das Haar offen zu tragen, eine dunkle Lockenmähne, die sie wie die Zigeunerinnen in der Höhe der Schläfen mit einem Arsenal von Haarnadeln und bunten Kämmen feststeckte, und sie benutzte verschwenderisch viel Modeschmuck. Auf den Fotos, wo ihre Hände zu sehen sind, stecken an ihren Fingern je zwei, manchmal sogar drei Ringe, und die Haut ihres immer freien Dekolletés ist unter einem Dickicht von unzähligen Ketten mit seltsamen, vielleicht südamerikanischen, vielleicht afrikanischen Anhängern kaum zu sehen. Sie mochte es, wenn ihre Brustwarzen unter der Bluse durchschimmerten, und hängte sich riesige Ringe an die Ohren. Vielleicht blieb deshalb jeder kultivierte Besucher – in meinem Elternhaus sind die unkultivierten Menschen nie weiter als in die Küche gekommen – beim ersten Mal unweigerlich am verblaßten Foto dieser geheimnisvollen Frau hängen, die noch vor ihrem zwanzigsten Geburtstag meinen Großvater heiratete, und murmelte früher oder später, ohne den Blick von ihr abzuwenden und in ihre Ausstrahlung vertieft, daß sie eine typische Intellektuelle der dreißiger Jahre sei. Ich fürchte, daß auch ich als eine typische Frau meiner Zeit wahrgenommen werde, aber manche Archetypen begünstigen einen wie manche Farben mehr als andere.

In der Schule beschloß ich, meinen Namen abzukürzen. Dort fiel auch auf, daß es eine der häufigsten Abkürzungen für Jungs war, aber niemand nahm Anstoß daran, im Gegenteil, ich wurde dafür gelobt. Meine Lehrer störte es nicht besonders, wenn wir nicht wußten, wo genau die Donau entlangfließt, sie legten vor allem anderen Gewicht auf die Persönlichkeitsentwicklung, und der von mir gewählte Name garantierte ihrer Meinung nach, daß ich auf dem richtigen Weg war. Wenn ich mich entschlossen hätte, mich Paquita zu nennen, wäre die freie Ausübung meines Willens mit ein paar Selbstmorden beglichen worden...» Ich hielt inne, bevor ich das obligatorische, abscheuliche Vorwort zum Verlauf meines Lebens in Angriff nahm. «Um die Wahrheit zu sagen, stamme ich aus einer in keiner Hinsicht normalen Familie, wissen Sie, aber ich habe eine besonders ausgesuchte Erziehung genossen, die extravaganteste, die man einem 1955 geborenen Mädchen in Madrid angedeihen lassen konnte. Ich ging auf eine Schule von Laienschwestern. Heute, jedesmal wenn ein neuer Erfolg des politisch Korrekten die Alarmglocken läuten läßt, biege ich mich vor Lachen, denn ich habe das ganze Programm absolviert, als die Welt nicht unkorrekter sein konnte. Der Klerus bleibt immer Klerus, ob nun der rechte oder der linke, der katholische oder atheistische, der traditionelle oder alternative, ist egal, er bleibt Klerus, unerbittlich, dogmatisch, unflexibel, blind und taub und stumm, erbarmungslos, völlig gleichgültig gegenüber jeder Realität, die nicht seinem Glauben entspricht. Die Welt ist eine Klassengesellschaft, aber meine Erziehung berücksichtigte das nicht. Die Straßen waren voller Faschisten, Sexisten, Rassisten, Mördern und Scheißkerle jeglicher Art im allgemeinen, aber meine Erziehung war nicht eben wettbewerbsfähig, und wir wurden überdurchschnittlich gut benotet, damit wir nicht so leicht sitzenblieben. Lediglich Märchen waren uns verboten. Bei der Anmeldung eines Kindes im Vorschulalter wurden die Eltern darüber aufgeklärt, daß, gemäß den Kriterien des Lehrkörpers, diese blutrünstigen Geschichten von blanken Waffen niedere Gewalt mit sexuellen Konnotationen vermittelten, die voller Vorurteile steckten, stellen Sie sich vor, ich kann es noch auswendig aufsagen. Sie können sich den Quatsch nicht vorstellen, den wir im Unterricht lasen, über den solidarischen Lokomotivführer, den verantwortungsbewußten Chirurgen, den Baum, der sich mit einer Schnecke anfreundete, das Gewehr, das sich zu schießen weigerte... Jeder weiße Protagonist hatte einen schwarzen oder chinesischen Freund, und die Geschlechtszugehörigkeit war streng ausgewogen, dieselbe Zahl an Jungen wie an Mädchen. Wenn eine erwachsene Frau auftauchte, war sie Ingenieurin oder Dirigentin. Die Männer andererseits spülten Geschirr und konnten nicht Auto fahren. Das taugte für eine virtuelle Realität. Alles gelogen. Und unsere Tage wirkten wie aus einer dieser Geschichten. In jedem Schuljahr hatten wir einen Außenseiter als Schulkameraden, wissen Sie, einen Zigeuner oder den Sohn eines Alkoholikers oder schlicht einen Armen, der nur zur Zierde diente, und unsere Eltern zahlten monatlich ein Vermögen, denn der Francostaat subventionierte den Feind selbstverständlich nicht. Stört es Sie, wenn ich rauche?»

«Überhaupt nicht, besonders nicht nach dem, was Sie mir gerade erzählten...» Sie lächelte mich an, und ich bedachte ihre Ironie ebenfalls mit einem Lächeln und dem Gefühl, einen Nichtangriffspakt zu unterschreiben.

«Es wäre mir nicht recht, wenn Sie mich falsch verstünden», fuhr ich in sanfterem, vielleicht aufrichtigerem Ton fort. «Selbstverständlich glaube ich nicht, daß diese Schule schlechter war als eine Klosterschule. Aber sie war auch nicht viel besser, das ist alles. Es ist schlimm, wenn dir von einem Podest herab gesagt wird, daß du blind wirst, wenn du masturbierst, aber es ist genauso schlecht, wenn dich dein Naturkundelehrer von einem ähnlichen Podest herab zum Masturbieren animiert. Der Unterschied besteht darin, daß es viel aufregender ist, wenn du es schließlich tust und du dich nebenbei als Sünderin und schuldig fühlst, aber du trotzdem weiterlebst. Doch in anderen Zusammenhängen waren wir im Vorteil, das muß ich schon einräumen.»

Ich hielt plötzlich inne und verbrachte ein paar Minuten damit, eine Ecke an der Zimmerdecke zu studieren. Seit Jahren redete ich so, viele Jahre festgefahren in der abscheulichsten Ketzerei für diejenigen, die aus ihrer Ketzerei eine Lehre gemacht haben, viele Jahre im Zweifel am Wesen gewisser Privilegien, aber erst vor kurzem hatte ich bemerkt, daß ich im Grunde anfing, genau wie meine Mutter zu reden, wenn auch mit anderen Wörtern, und daß die Auffassungen, die sie ausdrückten, fast entgegengesetzt waren.

Als sie geboren wurde, hieß sie Inmaculada Concepción de María Martínez Pacheco, Tochter von Hauptmann Martínez aus dem Ingenieurkorps der Landstreitkräfte und von Doña Mercedes Pacheco, von Beruf Hausfrau. Ihre Schulkameradinnen, Exschülerinnen der Trinitarierinnenschule, kannten sie bis zum Abitur als Inma Martínez. Sie war eine sehr eifrige, ordentliche und verantwortungsbewußte Schülerin, fromm, ohne frömmlerisch zu sein, fröhlich, umgänglich, ein glückliches Mädchen, das im allgemeinen gute Noten und in der ersten Fremdsprache eine Eins bekam. Zur Abschlußfeier des letzten Schuljahrs rezitierte sie auswendig und in tadelloser Aussprache Corneille. Sie hatte bereits die aufsehenerregendste Figur im Bezirk Mitte, und kein Kurzsichtiger hätte einen Augenblick gezögert, darauf zu wetten, daß ihre Schönheit in kürzester Zeit unerbittlich von Pickeln und Mitessern zerstört werden würde, die den jugendlichen Teint, die Röte, die die Wangen überzog, auflösten und das runde Gesicht einer Abiturientin in eine Art halbgare, mit Sesamkörnern übersäte Pastete verwandelten. Sie brach ihr Studium ab. Ihr Vater hätte es lieber gesehen, wenn sie zu Hause geblieben wäre, aber eine Freundin der Familie, die Frau eines Regimentsobersten, eröffnete in der Eingangshalle des Hotels Palace eine kleine Luxusparfümerie und bot ihr eine leichte, ruhige und vernünftig bezahlte Arbeitsstelle an, die sie auf besonderen Zuspruch ihrer Mutter annahm, die sich daraufhin ihr restliches Leben die Haare raufte, weil sie ihrem Mann in dieser Angelegenheit widersprochen hatte.

Miguel Antúnez Valdecasas verließ die Palace-Bar mit einem Paket unter dem Arm, als er sie zum ersten Mal durch das Schaufenster erblickte. Sie gefiel ihm so sehr, daß er den Laden betrat, ohne darüber nachzudenken, was er dann tun würde. Als sie ihn fragte, was er wünsche, bat er lediglich um ein Stück Seife, einfach so, und nahm die anmutige Verwunderung dieser großen Augen auf, die in dem winzigen Laden, den nur gelegentlich ein verirrter Fremder betreten hatte, um eine dieser Kleinigkeiten zu kaufen, plötzlich verloren wirkten. «Parfümiert oder unparfümiert?» fragte sie einen Augenblick später. «Parfümiert», präzisierte er. «Einheimische oder importierte?» – «Importierte.» – «Wildrose oder Aprikose?» – «Wildrose», und seine Stimme wurde hohler, rauher, tiefer, als er dieses Wort aussprach, das sich in der Atmosphäre dehnte wie ein obszöner Schwur. «Klein oder groß?» – «Groß», antwortete er so sicher, daß niemand vermutet hätte, daß er dieses Stück Seife nicht unbedingt brauchte, aber sie hielt es noch einen Augenblick in den Händen, bevor sie die letzte Frage stellte: «Ist sie für eine Dame oder für Sie selbst?» – «Ich werde sie selbst benutzen», antwortete er, «um damit Schrauben zu schmieren.» Da lachte sie auf, sie konnte es nicht unterdrücken, bevor sie sich wieder wie ein gutgezogenes Mädchen, das sie ja war, verhielt und sagte: «Bestimmt werden Sie in irgendeiner normalen Drogerie ein gewöhnliches Stück Seife zu weniger als dem halben Preis kaufen können.» – «Schon» – er nickte zustimmend, als hätte sie ihm nichts Neues enthüllt – «aber ich möchte diese, denn meine Schrauben sind sehr empfindlich...» Vor dem Bezahlen sah er auf die Uhr, Viertel nach sieben. Hinter dem Ladentisch verkündete ein gerahmtes kleines Schild – genauso beschämend fade und gewöhnlich wie alles andere, dachte er –, daß dieses Geschäft um acht Uhr dreißig schloß. Miguel Antúnez' Verantwortungsbewußtsein meldete sich, und er mußte seine ganze Kraft aufbringen, um ihm zu widerstehen. Die Verkäuferinnen bewahren vergessene Gegenstände ein paar Tage unter dem Tresen auf, sagte er sich, bevor sie sie der Polizei übergeben, und eigentlich kann mir eine alte französische Freundin der Großeltern in Paris in einem so trivialen Päckchen nichts Wichtiges anvertraut haben, ich werde es auch nicht verlieren, nichts dergleichen, ich setze mich jetzt in einen dieser Sessel in der Halle, verberge mein Gesicht hinter einer Zeitung und warte bequem ab, schließlich handelt es sich nur um eine Stunde, die Risiken sind so gering, daß es sie gar nicht gibt... Das Paket blieb absichtlich auf dem scheußlichen, weißgestrichenen und mit Goldbronze verzierten Holztresen liegen, und mein Vater verließ den Laden mit langsamen, einstudierten Schritten, während die Sicherheit der fast einzigen antifaschistischen spanischen Organisation, die im Landesinnern im Untergrund operierte, bei jedem seiner wohlgesetzten Schritte in den handgenähten Schuhen knirschte und rissig wurde.

Ich habe immer unterstellt, daß es meiner Mutter gefallen hat, hinter jenem Verkaufstresen zu stehen, und als Kind fragte ich mich jedesmal, wenn ich diese Geschichte je nach meinem Alter, der Szenerie oder der Ideologie der Anwesenden mit mehr oder weniger Details hörte – er erzählte sie begeistert vor Publikum, und sie errötete und korrigierte ihren Mann nie –, wie es möglich gewesen war, daß sie ihn zurücklassen konnte, um meinem Vater zu folgen. Aber ich war noch nie ein schlaues Mädchen gewesen.

Sie war allein im Geschäft und wartete trotzdem bis genau halb neun, bevor sie aufzuräumen begann. Da entdeckte sie das Päckchen, und als sie die Kasse gemacht, alle Proben auf ihren Platz in den Regalen gestellt und die Schränke und Vitrinen verschlossen hatte, nahm sie es zusammen mit ihrer Tasche, um es an der Rezeption abzugeben. Von seinem Sessel in einiger Entfernung sah er sie voller Genugtuung herauskommen. Es hätte nicht besser laufen können, dachte er und stand auf, um ihr entgegenzugehen, bemerkte jedoch nicht, daß im selben Moment am anderen Ende der Halle ein Infanterieoffizier in vorschriftsmäßiger Uniform aufstand, um wie in einer unsichtbaren Konvergenz auf denselben Punkt zuzugehen. Sie sah zuerst den Unbekannten und hob die rechte Hand, als freue sie sich sehr, ihn zu treffen. Dann rief der Leutnant: «Conchita!», und sie wandte sich um und lächelte ihn an. Du bist angeschissen, Antúnez, sagte sich der, der einen Augenblick lang alle Hoffnung verlor, mein Vater zu werden, aber total angeschissen, verfluchte Schutzheilige der Infanterie!, und blieb mitten auf dem riesigen geometrischen Teppich abrupt stehen.

Inma/Conchita Martínez war zu schnell bei ihm, um Zeit gehabt zu haben, irgend etwas zu bemerken. «Das gehört doch Ihnen, nicht wahr?» sagte sie und hielt ihm das Päckchen hin, und er nahm es und antwortete: «Ja, natürlich, vielen Dank, ich bin gerade zurückgekommen, weil ich bemerkte, daß ich es vergessen hatte...» Leutnant Barrachina war ihr Verlobter und grüßte zackig. «Ich hole sie jeden Abend ab», sagte er in diesem markigen, vertrauensvollen Tonfall, den Männer annehmen, um mit ihresgleichen zu reden, «denn ich mag es gar nicht, wenn dieses Bonbon allein unterwegs ist, Sie verstehen...» – «Ja, natürlich», sagte mein Vater, «das ist sehr vernünftig», und als er sich an der Hoteltür von ihnen verabschiedete, schwor er sich, sie nie wiederzusehen.

Dennoch drückte er am nächsten Abend Viertel nach sieben die Glastür auf, ging auf den abscheulichen Tresen zu und bat um ein Stück Seife. Insgesamt kaufte er achtundzwanzig – ich weiß es genau, weil ich sie mein Leben lang in Originalverpackung und sorgfältig aufgereiht wie Jagdtrophäen in einer kleinen englischen Holzvitrine habe liegen sehen, dem einzigen Möbelstück in seinem Arbeitszimmer, in dem keine Bücher stehen –, bis sie einwilligte, nach der Arbeit ein Bier mit ihm trinken zu gehen. «Aber nur, weil mein Verlobter Dienst hat», versicherte sie ihm, während sie sich ganz ernst den Mantel überzog. Inzwischen hatte er, über den Tresen hinweg mit ihr plaudernd, einiges über sie erfahren, und er hatte Hoffnung geschöpft. Über sich selbst hatte er ihr nur das Nötigste erzählt, daß er einziger Sohn und Waise sei, daß er von klein auf sehr unter der Abwesenheit der Eltern gelitten habe, daß er sich alles selbst hatte beibringen müssen, daß er eine Buchhandlung und einen kleinen, mit Hilfe der Großeltern aufgebauten Verlag besaß – und daß er, um ehrlich zu sein, ziemlich viel Geld verdiene, warum es leugnen? –, daß er keine Verlobte hätte, weil ihn triviale Geschichten nicht interessierten, sondern nur die wirkliche Liebe für ein ganzes Leben lang. Sie glaubte ihm nicht die Hälfte davon. «Ja, ja», sagte sie, «du bist mir ein schöner Strolch», aber zum Schluß lächelte sie immer, als würde sie das nicht sonderlich stören. Das zweite Mal gingen sie ins Kino auf der Gran Vía. Es gab einen Film mit John Wayne, dem Lieblingsschauspieler meiner Mutter. Mein Vater beobachtete sie den ganzen Film über und sagte kein Wort, aber er stellte fest, wie sehr ihr dieser übertriebene

Macho gefiel, und machte sich noch mehr Hoffnungen, denn obwohl er nicht so gut aussah wie sein Rivale, war er doch fast doppelt so breit. Und das ohne Uniform, die beeindruckt noch mehr, präzisierte er gerne. Dann fuhr Leutnant Barrachina für einen Monat zum Manöver nach Bárdenas Reales. So gut waren die Dinge nicht einmal für König David gelaufen, dachte Miguel Antúnez.

Er nutzte die günstige Gelegenheit und die Freiheit seiner Beute vom ersten Abend an und begann den Angriff mit einem Gedichtband, *Gedichte* von Rubén Darío. Dann bemühte er Bécquer – *Gedichte* –, Lorca – *Zigeunerromanzen* –, Juan Ramón Jiménez – *Tagebuch eines frischverheirateten Dichters* –, und als er sich sicher fühlte, Salinas – *Die Stimme, die ich dir verdanke* –, mit der Poesie hat es sich schon immer gut vögeln lassen, das ist noch immer sein Lieblingsmotto. Er las ihr die Gedichte vor und kommentierte sie gewandt, schmückte sie mit der Art erbaulicher Geschichten aus, die am besten dazu paßten, wie König Salomos Liebschaft mit der Königin von Saba, Verlaines Flucht mit Rimbaud oder der Leidenschaft des Lord Byron für seine Schwester Augusta, aber immer von weit entlegenen, klassischen oder ausländischen Dichtern, um sie nicht zu sehr zu erschrecken, und sie sah ihn beim Zuhören aufmerksam und mit feuchten, glänzenden Augen an und sagte zum Schluß: «Gott sei Dank, daß in Spanien solche Dinge nicht geschehen», um gleich darauf nach Einzelheiten zu fragen.

Es war sie, die, ohne es zu wissen, den entscheidenden Schritt tat. Sie kamen gerade aus dem Kino, es war wie immer ein Western gewesen, und an der Metrostation Callao gingen sie auf der rechten Straßenseite der Gran Vía Richtung Calle de Alcalá. Sie wollten im Circulo de Bellas Artes einen Kaffee trinken, aber eine rote Ampel hielt sie auf der Höhe der Plaza Red de San Luis. Sie nutzte das, um sich die Auslagen von Alexandre anzusehen, dem luxuriösen Modeschmuckgeschäft, das heute ein trauriger Hamburgerladen ist, aber sie entfernte sich nicht so weit, daß sie nicht die rauhe, schnapsgefärbte Stimme gehört hätte: «Gibst du mir Feuer, mein Hübscher?» Sie drehte sich brüsk um, als hätte ihr ein Skorpion treffsicher in den Nacken gezwickt. Eine Frau um die Dreißig, mit einem weißen Mantel über den Schultern, einem hohen und ziemlich üppigen Haarknoten, die wie ein mit mehreren Schichten kanariengelber Schminke großzügig verputzter Wolkenkratzer wirkte und deren Lippen, rot wie getrocknetes Blut, nicht so sehr angemalt als eher wie eine Wunde waren, näherte Miguels Feuerzeug in seiner Rechten eine Zigarette, und dabei richtete sie es so ein, daß sie ein schwarzes, enganliegendes Kleid mit einem so tiefen V-Ausschnitt sehen ließ, daß man es nicht mal mehr verführerisch nennen konnte. Die Lieblingstochter Hauptmann Martínez' handelte aus purer Intuition. Noch bevor die Zigarette zu glimmen anfing, hatte sie sich schon bei ihrem Begleiter eingehakt. «Schon gut, Mädchen, ich geh ja schon», sagte die Frau. «Na Wahnsinn, als hätte ich etwas verbrochen...!»

Die Ampel wurde grün, aber keiner der beiden machte Anstalten, die Straße zu überqueren. Er beschloß abzuwarten, bis sie das Wort ergriff. «Das war eine Nutte, nicht wahr?» sagte sie schließlich, und er nickte. «So kam es mir vor... Gustavo will mir nie etwas erzählen», vertraute sie ihm dann an und nannte Leutnant Barrachina zum ersten Mal beim Vornamen. «Er sagt, daß er noch nie mit einer geschlafen hat, aber das glaube ich nicht, ehrlich, aber vielleicht doch, wo er doch so eine Schlafmütze ist... Gehst du zu Huren, Miguel?» Er sah ihr ein paar Sekunden tief in die Augen und dachte über die Antwort nach, die sie gerne hören würde, aber schließlich erwiderte er aufrichtig: «Ja, natürlich gehe ich zu Huren», und sah den Funken, der in ihren Augen aufblitzte, und ging noch etwas weiter: «So wie die Dinge in diesem Land stehen, gibt es keine andere Möglichkeit», und noch ein bißchen weiter: «Warum fragst du mich das? Interessiert es dich?» Sie war verwirrt und sehr nervös – das hat sie immer eingeräumt und jedesmal kräftig genickt, wenn er die Geschichte erzählte. «Ich weiß nicht», sagte sie schließlich, «ich schau sie gerne an, die Kleider, die sie tragen, so stark geschminkt, ich verstehe sie nicht ganz, manchmal frage ich mich, was sie wohl fühlen, wie sie so leben können...»

Miguel Antúnez nahm Inma/Conchita Martínez' Arm, überquerte mit ihr die Calle Montera, und ein paar Meter weiter spielte er eine sehr zweifelhafte Karte aus. «Gegenüber ist das Chicote», flüsterte er ihr fast ins Ohr, «sollen wir reingehen?» Sie schüttelte nicht sehr überzeugend den Kopf. «Na gut», räumte er ein, «aber ich versichere dir, daß nichts Seltsames geschehen wird. Da drin gibt es viele Huren, aber auch ganz normale Paare, Gruppen von Freunden, sogar Schriftsteller, Maler, Journalisten, gewöhnliche Leute, die ein Glas trinken, das ist keine Sünde.» Ihr Gesichtsausdruck, ihre Hände, ihre Augen, ihr ganzer Körper zögerte. «Bist du sicher?» fragte sie schließlich. «Ganz sicher», war seine Antwort, und meine Mutter schaffte es nie, einzuwilligen, aber er blieb an einer weiteren Ampel stehen, sie überquerten die Gran Vía, und ein paar Meter bevor sie bei der Drehtür anlangten, zwang er sie stehenzubleiben, stellte sich hinter sie und fing an, die Haarklemmen herauszuziehen, die den Pony befestigten, bevor er ihre Frisur zerstörte, das zurückgekämmte Haar einer anständigen Frau, und eine breite, mit Stoffblumen verzierte Haarspange löste, die er in eine seiner Jackentaschen steckte. Sie sagte nichts, bis eine eiskalte Hand mit ausgestreckten Fingern von ihrem Nacken den Kopf hinaufwanderte, um das am Schädel klebende Haar zu lockern. «Warum tust du das?» fragte sie endlich, und er bemerkte, daß sie zitterte, so daß er sich einen witzigen Tonfall anzuschlagen bemühte. «Du bist hübsch genug, so wie du bist, es ist nicht nötig, daß du dich so auffällig schmückst, als wolltest du auf dich aufmerksam machen...»

Der Club war ein viel kleineres Lokal, als sie es sich vorgestellt hatte, aber sie war trotzdem nicht enttäuscht, denn er war vollgestopft mit Menschen, sehr verraucht, und in der Luft mischten sich alle möglichen frivolen Laute – das Echo von Lachen, von Küssen, von aufflammenden Feuerzeugen, von Flaschen, die entkorkt wurden, von Gläsern, mit denen unentwegt angestoßen wurde –, die die sanfte Hintergrundmusik fast übertönten. Miguel entdeckte ein Paar, das gerade von zwei Barhockern aufstand, und nachdem sie sich gesetzt hatten, bestellte er einen Whisky auf Eis. «Was willst du trinken?» fragte er sie. «Ich weiß nicht», gestand sie nach kurzem Zögern, «ich trinke nie Alkohol, aber... Und wenn ich einen trockenen Martini nehme, der wird doch im Film immer getrunken.» – «Wunderbar», sagte er, und sie trank schließlich drei, einen nach dem anderen, wobei sie herausfand, daß diese Frauen nicht so verloren wirkten, wie sie immer unterstellt hatte, und daß einige von ihnen sich sogar verhielten, als ginge es ihnen wirklich gut. Er verschwand kurz auf die Toilette. Als er zurückkehrte, versuchten ein paar ältere, gutgekleidete Männer mit der Verlobten des Leutnants, die so betrunken war, daß sie lächelte, ohne den Sinn der Worte richtig zu verstehen, ins Gespräch zu kommen. «Ich werde dich küssen», kündigte er an, «damit kann man sie am besten vertreiben, dann wissen sie, daß du mit mir hier bist, es ist das beste und sicherste, einverstanden?», und er küßte sie einmal und noch einmal und noch einmal, und anfangs ließ sie sich küssen, aber dann schlang sie die Arme um seinen Hals und küßte ihn ihrerseits, und sie protestierte auch nicht, als er seine Hand auf ihre Taille legte, auch dann nicht, als diese Finger an ihrer Seite entlang bis zum Brustansatz hochwanderten, dann wieder bis zur Hüfte hinab und ihren Schenkel streichelten, bis sie eine Atempause nutzte, um ihm zu gestehen, daß sie sich nicht sehr wohl fühle. «Gehen wir zu mir», schlug er daraufhin vor, «ich werde dir einen Kaffee machen», und sie folgte ihm wortlos, und ihm zitterten zum ersten Mal, seit er sie kannte, die Beine, denn er hatte es in ihrem Gesicht gelesen, ein kaum wahrnehmbares Anschwellen der Lippen, das lüstern gespannte Kinn und diese verwirrten feuchten Augen, es gab keinen Zweifel, sie ist heiß, stellte er für sich fest, absolut heiß, und es wird heute nacht geschehen, das sagte er sich, es wird heute nacht geschehen oder nie...

Wenn die Geschichte an diesem Punkt anlangte und bis zum höchsten Gipfel hinaufkletterte, erzählte mein Vater, daß er in jenem Augenblick noch nicht begreifen konnte, wie es möglich war, daß sie sich so sanftmütig ihrem Schicksal entgegenführen ließ. Ein paar Tage später jedoch gestand meine Mutter ihm, daß sie ihm das mit dem Kaffee aufs Wort geglaubt hatte, ein schrecklich nettes, höfliches Angebot, und beide lachten, und sie lachen noch immer, wenn sie sich daran erinnern. Hier endet die Geschichte, denn den Rest kann sich jeder leicht vorstellen.

In einer kalten Nacht im März 1949 beging Inma/Conchita zumindest einen Fehltritt, vielleicht auch mehr. Und es gefiel ihr. Als Gustavo Barrachina aus Bárdenas Reales zurückkehrte, hatte er keine Verlobte mehr. Noch bevor das Jahr zu Ende ging, heirateten meine Eltern in der Kirche Santa Bárbara, die eine wunderbare Treppe für die Fotos einer Hochzeit hatte, die zugleich ein heimliches Begräbnis war. Inmaculada Concepción de María Martínez Pacheco starb an diesem Tag für immer. Die Frau meines Vaters hatte nie einen anderen Namen als Coco Antúnez, und sie hatte auch nie wieder einen eigenen Ort auf der Welt.

«Entschuldigen Sie.» Die Pause war so lang geworden, daß ich mich für das Schweigen entschuldigte, als wäre sie es, die dafür bezahlte, mir zuzuhören. «Aber beim Erzählen von der Schule bin ich an den Geschichten von damals hängengeblieben. Es ist komisch, wissen Sie, aber jetzt, wo ich auf die Vierzig zugehe, erinnere ich mich immer besser an meine Kindheit, es ist, als wäre sie viel näher als andere Zeitabschnitte, die später folgten. Es fällt mir nicht schwer, mich mir als Mädchen vorzustellen. Kürzlich sprach ich mit einer etwas jüngeren Arbeitskollegin darüber, und sie erzählte mir, sie empfinde es so, als ob sie die Jahre verlöre, als würde die plötzliche Erinnerung des vergangenen Jahres die Erinnerungen eines anderen, acht oder zehn Jahre früher gelebten, auslöschen. Es ist komisch, aber ich kann nicht sehr gut beschreiben, wie ich in die Pubertät gekommen bin, ich erinnere mich nicht einmal mehr genau an die Universitätszeit, nun ja, im allgemeinen, meine ich... Vielleicht liegt es nur daran, daß ich zu einer viel zu eigenwilligen und in ihrer Extravaganz viel zu selbstgefälligen Familie gehöre, was auf andere Menschen sehr reizvoll wirken kann, aber es erstickt die Mitglieder. Es ist schwierig, es mit der Erinnerung an eine geniale Urgroßmutter aufzunehmen, die eine gleichermaßen geniale Schwiegertochter hatte, die darüber hinaus auch noch eine Märtyrerin war, aber, auch wenn es unglaublich klingt, es ist noch viel schlimmer, eine so verwirrend schöne Mutter wie meine Mutter zu haben und die einzige ihrer Kinder zu sein, die ihr Aussehen nicht geerbt hat, sondern das Aussehen meines Großvaters, der in Frankreich starb... Wie auch immer, ich kann mich auch nicht allzu sehr beklagen. Als ich das Studium abschloß, kümmerte sich mein Vater noch um die Buchhandlung seiner Großeltern und begann auf eigene Rechnung Bücher zu publizieren, ein kleiner, sehr moderner und vor lauter Kleinheit elitärer Verlag, Sie verstehen schon, eine Reihe Gedichtbände, eine geisteswissenschaftliche Reihe, kurz und gut, anfangs war es eher ein Hobby, aber später begann es richtig gut zu laufen, dank einer Reihe von wissenschaftlichen Texten marxistischer Autoren aus dem ganzen Land. Unglaublich, aber wahr. Noam Chomsky machte uns reich. Und der Verlag, der schon nicht mehr so klein war, schloß sich mit anderen unabhängigen Unternehmen zusammen, die auf dieselbe Art gewachsen waren, also... Sicherlich kennen Sie die restliche Geschichte schon. Ich habe sechzehn Prozent am Aktienpaket der Verlagsgruppe, einen Posten im Verwaltungsrat und die Abteilung der Nachschlagewerke für mich ganz allein. Mein Vater ging vor langer

Zeit in Pension, teilte seine Anteile gleichmäßig unter seinen drei Kindern auf und fällt niemandem auf den Wecker, der Arme. Irgendwann werde ich Ihnen seine Geschichte erzählen, sie wird Ihnen gefallen, sie ist sehr romantisch, außerdem glaube ich, ich fange erst jetzt allmählich an, sie zu verstehen. Als Mädchen war ich nicht sehr schlau...»

«Und auch nicht sehr hübsch», fügte sie hinzu, und der Klang ihrer Worte schreckte mich auf, als hätte ich vergessen, daß sie auch sprechen konnte.

«Genau, weder sehr schlau noch sehr hübsch, und außerdem heiße ich Francisca.» Ich lächelte. «Was sollen wir tun?»

«Meiner Meinung nach sind Sie eine sehr attraktive Frau.»

«Ja? Was Sie nicht sagen... Vielen Dank, aber ich gedenke Sie jedenfalls trotzdem zu bezahlen.» Ich lachte lustlos, während ich verstohlen auf die Uhr sah. «Ich muß jetzt gehen. Ich werde nächste Woche wiederkommen, in Ordnung?»

Sie nickte, und ich sammelte schweigend meine Sachen ein. Ich steckte die Zigaretten in die Tasche, zog meine Jacke an, und als ich schon gehen wollte, hielt mich ihre Stimme zurück.

«Kann ich Ihnen noch eine Frage stellen?» Ich nickte. «Sind Sie verheiratet oder mit jemandem zusammen?»

«Ja, ich bin verheiratet.»

«Und sind Sie glücklich?»

«Das ist eine andere Frage... Ich weiß es eigentlich nicht. Vermutlich nicht ganz. Aber ich bin sehr verliebt in meinen Mann. Sehr, im Ernst. Wirklich sehr, ich... ich wüßte nicht, was ich ohne ihn tun sollte.»

Sie sagte nichts weiter, und ich verließ ihr Sprechzimmer, die Praxis, das Gebäude und fühlte mich körperlich schlechter als bei meiner Ankunft. Und dennoch, so falsch und so verzweifelt sogar mir selbst dieses letzte Plädoyer geklungen hatte, war alles, was ich gesagt hatte, wahr. Die einzige Wahrheit, die mir blieb.

Jeden Tag, zwei Jahre lang, verspürte ich die Versuchung, zu fliehen, aufzugeben, es für immer zu lassen. Jeden Morgen streichelte ich das Telefon, dachte mir einen Vorwand, eine unnötige Formel aus, um etwas so Einfaches auszusprechen: Ich möchte den nächsten Termin und alle zukünftigen absagen, ich werde nicht wiederkommen, tut mir leid, vielen Dank für alles. Jeden Donnerstag ging ich allein und lustlos um halb neun abends hin. Ich fühlte mich unglaublich schwach, absolut gescheitert, nur weil ich in diese Praxis ging. Und dennoch verspürte ich beim letzten Mal nichts Besonderes. Und danach rief ich nicht an, um den nächsten Termin abzusagen. Plötzlich brauchte ich nicht einmal mehr das Telefon.

Sechs Monate nachdem ich auf eigene Faust entschieden hatte, daß die Analyse für immer beendet sei, hatte ich mich mit meinem Team zum Abendessen verabredet, und an diesem Abend lud ich ein, wir mußten den Abschluß des Atlas feiern. Als ich im Begriff war, eines meiner Kostüme mit Uniformjacke auszusuchen, sah ich den Pulli, der über einem Sessel hing. Martín hatte ihn gerade erst ausgezogen, er war noch warm. Ich ließ die Jeans an, zog ihn über mein T-Shirt und fühlte mich gut, ich hatte lange nichts mehr von ihm angehabt. Ich betrachtete mich im Spiegel und fand mich merkwürdig. Ich war früher im Restaurant als die anderen, aber auf einmal erschien es mir auch nicht mehr lächerlich, mich allein an einen Tisch zu setzen und auf sie zu warten.

Rosa

UM HALB SECHS FRÜH MUSSTE ICH AUFSTEHEN, um rechtzeitig auf dem Flughafen zu sein, und allein das verursachte mir schlechte Laune. Ich konnte nicht aufhören, an Clara zu denken. Am Abend zuvor, genau in dem Augenblick, als ich sie zur Tür hereinkommen und nicht automatisch den Fernseher ansteuern sah, sich wie immer auf dem Flur ausziehend und über ihre eigenen Schuhe stolpernd, um ja nichts von den Heldentaten ihrer Lieblingsmutanten zu versäumen, Lobezno und Júbilo – auch wenn es nur darum ging, sich mit ihrem Bruder zu zanken, einem alten Fan von *X-Men* –, ahnte ich nicht nur, was los war, sondern auch, was in den nächsten Stunden los sein würde, und es blieb mir kaum etwas erspart.

Als erstes gewährte sie mir freiwillig einen dicken Kuß auf jede Wange, eine seltene Gnade, und folgte mir zum Wohnzimmersofa – ich mag die Mutanten auch, obwohl ich keinen speziellen vorziehe, da ich viel später in die Serie eingestiegen bin –, wo sie auf meinen Schoß kletterte, eine Anwandlung von Tochterliebe, die absolut nicht mit gutem körperlichen Befinden zusammenpaßte.

«Mir tut ein bißchen der Bauch weh, Mama...» war das einzige, was sie sagte, und sie schlief ein. Ich brauchte ihre Stirn nicht zu berühren, um ihre Temperatur einzuschätzen. Während ich sie aufs Haar küßte, die Stirn, die Hände, wettete ich mit mir selbst: siebenunddreißigeinhalb Grad. Das Thermometer korrigierte mich nur um ein einziges Zehntelgrad.

«Ignacio...» Mein Ältester lag bäuchlings auf dem Teppich und gab vor, mich nicht gehört zu haben. Manchmal denke ich, daß er als «der Junge, den man immer zweimal rufen muß» in die Geschichte eingehen will. «Ignacio!» insistierte ich, und er wandte den Kopf. «Deine Schwester hat ein bißchen Fieber, hat sie dir auf dem Nachhauseweg etwas gesagt?»

«Nein, nichts.» Seine Augen kehrten zum Fernseher zurück, noch bevor seine Lippen widerstrebend die erste Silbe formten.

«Sie sagt, ihr tut der Bauch weh. Ist ihr das Essen schlecht bekommen?»

«Weiß ich nicht.»

«Was habt ihr heute gegessen?»

«Weiß ich nicht.»

«Wieso weißt du das nicht?» Ich war so verärgert, daß ich die Stimme hob und riskierte, die Kranke zu wecken. «Was ist los, hast du heute nichts gegessen?»

«Doch, aber ich erinnere mich nicht mehr...»

«Na gut.» Die Fernbedienung ist eine Macht, und sie lag in meiner rechten Hand. Mein rechter Zeigefinger sprach Gerechtigkeit. «Vielen Dank.»

«Hey, Mama, bitte...!» Endlich konnte ich sein Gesicht sehen, seine vom plötzlichen, schnellen Sprechen verzerrten Gesichtszüge, seine Hände, die große Kreise in die Luft malten, um sie einen Moment später in der Handfläche zu zermalmen. «Wirklich, du bist... das ist unglaublich. Gut, Mama, ist ja schon gut, mach den Fernseher an, bitte, bitte, ich bitte dich darum, los... Aber ich habe doch gar nichts getan! Das ist ungerecht!»

«Was habt ihr heute gegessen, Ignacio?»

Er brauchte nicht eine Zehntelsekunde, um sich zu erinnern.

«Paella, paniertes Schnitzel und Bananen.»

«War etwas schlecht?»

«Na ja, die Paella in der Penne ist ekelhaft, igitt! Die tun grüne Bohnen rein, aber das ist immer so. Das Schnitzel war sehr gut und die Banane... auch gut, wie Bananen eben.»

Ich schaltete den Fernseher wieder ein und starrte eine Viertelstunde lang auf den Nacken meines Sohnes. Als Fran mir erzählte, daß sie gegen namentliche Erwähnung als Projektsponsor vom Schweizer Tourismusverband nicht nur ein, sondern zwei Flugtikkets plus Ausgaben für den Aufenthalt herausgeholt hatte, und mir vorschlug, das zweite zu nutzen, damit sie hinterher behaupten konnte, ich hätte mich persönlich um sämtliche Bildtexte gekümmert – «Wir beide wissen natürlich, daß es nicht nötig ist, für die Informationen extra hinzufahren, aber wenn du schon umsonst reisen kannst, meine Liebe...» –, hatte ich zuerst die finanzielle Last im Auge, die wir uns mit dem Kauf eines Hauses aufgebürdet hatten, das mir nicht gefiel, und dann, wie gut mir eine kleine Reise nach Mitteleuropa bekäme, die mich vier Tage lang von Kindern, Tagesplänen, Schulden, Schulen, Arbeit und allem weiteren befreite. Ich rechnete nach, wie viele Stunden ich im Büro nacharbeiten müßte und wie viele Samstag- und Sonntagmorgen ich bräuchte, um ein paar Dutzend kurzer, sehr leicht zu schreibender Kolumnen über Geschichte, Kunst, Traditionen, Merkwürdigkeiten, Gastronomie und Ähnliches abzufassen, aber nachdem ich schließlich alles in Stunden und Peseten errechnet hatte, vergaß ich ganz, die wankelmütige Gesundheit meiner beiden Kinder zu berücksichtigen.

Ich weiß nicht, ob alle Kinder auf der Welt gleich sind oder ob das nur meinen passiert, aber das Phänomen stellt sich regelmäßig ein. Ein paar Stunden bevor Clara zur Welt kam, erbrach Ignacio, der damals dreieinhalb Jahre alt war, das Frühstück, was ein virulentes Darmleiden einleitete, das ihm ständige Übelkeit, Durchfall und sogar ein bißchen Fieber bescherte. Als mein Vater ins Krankenhaus eingeliefert wurde, weil ihm ein Tumor aus dem Magen entfernt werden sollte, von dem niemand sagen konnte, ob er sich am Ende als kanzerogen herausstellen würde, denn er sah schrecklich aus, steckten sich beide Kinder gleichzeitig mit Windpocken an. Als ich die Koffer packte, um mit meinem Mann nach Barcelona zu fahren, wo eine seiner Schwestern am nächsten Tag heiraten wollte, bekam Clara plötzlich und ohne vorhergehende Symptome Fieber, das ein paar Stunden später, nachdem ich auf die Reise verzichtet hatte, um mich um sie zu kümmern, in der Kinderarztpraxis genauso plötzlich wieder verschwunden war. Der Kinderarzt diagnostizierte ein symptomfreies Fieber und grinste breit, aber ich begann mich zu fragen, ob es mir irgendwann einmal möglich sein würde, ohne Aufregungen außer Haus zu schlafen oder ohne die unvermeidliche Angst ein Flugzeug besteigen zu können. Im Laufe der Zeit beantworteten mir die Geschehnisse diese Frage mit nein, es schien nicht möglich zu sein.

Als Ignacio nach Hause kam, fand er mich auf Claras Bettkante sitzend an. Sie war nicht aufgewacht, als ich sie aus dem Wohnzimmer trug, sondern schlief weiter und atmete ausgesprochen gleichmäßig und tief wie alle kranken Kinder.

«Schon wieder!» Mein Mann beschränkte sich auf diese beiden Wörter, während er sich auf den Türgriff stützte und als einzigen Hinweis auf einen mäßigen Anfall von Verzweiflung den Kopf zurücklegte.

«Ja», flüsterte ich, «schon wieder. Tut mir sehr leid, aber mach dir keine Sorgen, ich habe schon alles organisiert...»

Ich stand auf, küßte ihn flüchtig auf den Mund wie jeden Abend und zog ihn am Arm in den Korridor.

«Paulina ist schon benachrichtigt.» Ich schloß die Tür, bevor ich weiter die positiven Ergebnisse aufzählte, die ein halbes Dutzend Telefonate hervorgebracht hatten. «Ich habe ihr gesagt, daß sie morgen zum Essen nur weißen Reis kochen und ihn in seinem Wasser lassen soll und daß sie sie nichts anderes essen lassen darf, außer einen Joghurt zum Nachtisch, wenn sie will. Ich habe den Eindruck, daß es etwas mit dem Darm ist, ich weiß nicht, ich habe den Kinderarzt angerufen, und er hat mir gesagt, daß ihn schon nichts mehr wundert. Meine Schwester Natalia wird um halb neun vor der Uni herkommen und wird eine Stunde bleiben können, Paulina hat mir gesagt, daß es ihr nichts ausmacht, um halb zehn zu kommen, und wenn sie es schafft, sogar noch früher. Du stehst auf, ziehst Ignacio an, bringst ihn zur Schule, und alles ist erledigt. Wenn Paulina eintrifft, geht meine Schwester in ihr Seminar, und nachmittags nach dem Essen kommt deine Mutter, die mir gesagt hat, daß sie nichts Besseres zu tun hat. Übermorgen wiederholen wir das Spiel, am Mittwoch fängt Natalia nicht vor elf Uhr an, aber dann kommt am Nachmittag meine Mutter, du mußt dich um nichts kümmern. Ich habe Paulina eine Einkaufsliste an die Kühlschranktür gehängt und eine Notiz, damit sie eine Kartoffeltortilla zum Abendessen macht, aber Clara ißt nichts davon, klar? Clara kriegt zwei Scheiben Kochschinken, noch einen Joghurt, und das war's. Wenn du abends einmal wegmußt, ruf Natalia an, die mir versichert hat, daß es ihr nichts ausmache, unter der Woche Babysitterin zu spielen. Als ich das nebenbei deiner Mutter erzählte, hat Alvarito im Hintergrund gerufen, daß seine Freundin auch kommen könne, daß es ihnen finanziell sehr schlecht ginge. Du weißt ja, wenn du Julia anrufst, wird Alvaro mitkommen, und sie werden auf dem Futon im Arbeitszimmer vögeln, mich stört das nicht, besonders, weil sie das Bettzeug immer in die Waschmaschine stecken, bevor sie gehen, ich finde das ziemlich witzig, daß dein Bruder so umsichtig ist... Ah! Und am Freitag findet die Geburtstagsfeier meines Neffen Pablo statt, Ignacio will sie um nichts in der Welt versäumen. Meine Eltern werden sicher hinfahren und, ich nehme an, auch fast alle meine Geschwister, aber wenn du keine Lust hast, diese Ziege von meiner Schwägerin zu sehen, was ich völlig verstehen kann, ist es nicht notwendig, hinzugehen. Ruf die Großeltern an, sie sollen ihn mitnehmen, einverstanden? Wenn Clara wieder ganz in Ordnung ist, kann sie mitgehen, wenn nicht, bleibt sie zu Hause, so viel sie auch heulen mag. Mein Flug geht am Samstag um elf Uhr ab Zürich. Ich werde zum Essen dasein, nehme ich an, und selbstverständlich werde ich jeden Tag anrufen. Mach besonders du dir keinen Streß, sicher ist das mit der Kleinen nichts Ernstes.»

Ich hielt inne, um Luft zu holen, und erst dann sah ich ihn wieder an.

«Du bist unglaublich», sagte er lächelnd. «Wenn ich eine Sekretärin wie dich hätte, müßte ich nur halb so viel ackern, im Ernst.»

Und vielleicht, dachte ich, könnten wir dann sogar wieder vögeln wie am Anfang.

Jetzt, wo ich angefangen habe zu zweifeln, daß diese Geschichte wirklich einmal stattgefunden hat – so viel habe ich von mir hineingesteckt, so viel Energie, so viel Zeit, so viele Neuronen verschwendet, um ein paar wenige Stunden zu rekonstruieren, wie ein obsessiver, pedantischer Uhrmacher, der von seiner eigenen Verrücktheit dazu verdammt ist, jeden Morgen einen komplizierten Uhrmechanismus auseinanderzunehmen, um ihn gleich darauf wieder zusammenzusetzen –, jetzt, wo ich sie mühsam heraufbeschwöre, sie erinnere und zerstöre, beginne ich zu fürchten, daß ich sie mir ausgedacht haben könnte, manchmal denke ich, daß das, was in Luzern geschah, und besonders das, was nach Luzern mit mir geschah, nur damit zu erklären ist, daß es jenen alten, guten Anfangszeiten so ähnlich war.

«Der Fotograf heißt Nacho Huertas», hatte mir Ana mit einem etwas zu breiten Lächeln, um harmlos zu sein, ein paar Wochen zuvor mitgeteilt, als wir nach dem Essen in den Verlag zurückgingen. «Er ist sehr gut, auch sonst. Groß, blond, mit sehr breiten Schultern, um das ganze Zubehör zu schleppen. . .»

«Ui, ui, ui.» Marisa lachte auf und zog dabei wie ein Warnzeichen die Augenbrauen hoch, eine ihrer kindlichsten Mienen. Normalerweise macht mich dieses Lachen nervös, aber an jenem Nachmittag reizte es mich ebenfalls zum Lachen, denn es waren zwei Flaschen Wein zu dem Rebhuhn mit weißen Bohnen geflossen, ein Gericht, das das Mesón de Antoñita jeden Donnerstag anbietet, und wir vier waren etwas mehr als ausgelassen.

«Sei vorsichtig.» Ana hob sanftmütig, freundlich, fast komisch den Zeigefinger. «Das wird sehr gefährlich. . .»

«Ui, ui, ui, ui!»

«Und sag später nicht, daß ich dich nicht gewarnt habe.»

«Uiiii!»

«Es reicht jetzt!» protestierte ich, während sich die beiden im Gang vor Lachen bogen und Fran mit gespitztem Mund aufseufzte, um zu etwas mehr Ernst anzuhalten.

«Hör mal» – Marisa streckte Aufmerksamkeit heischend den Kopf vor – «w-wenn noch ein Ticket übrig ist, fahre ich mit, ich habe es am n-nötigsten.» Und da mußte sogar Fran lachen.

Aber als ich ins Flugzeug nach Zürich stieg und mich auf den Weg zum Ursprung der ganzen Aufregung machte, hatte ich Anas Warnungen, die drohende Gefahr, die ich nie ernst genommen hatte, schon vergessen. Die Duty-free-Tüte vom Flughafen Barajas, die ich nicht in den Koffer hatte stecken mögen, war voll mit allen möglichen Cremes und Kosmetika, und das zu einem Preis, der das Opfern einer halben Stunde Schlaf ebenso wie die Zeit rechtfertigte, die ich mir beim Kauf gespart hatte, weil ich keine Schachteln zu öffnen, keine Flaschen aufzuschrauben, keine Düfte zu vergleichen und danach in den Prospekten zu lesen brauchte, wie wunderbar ich mich Monate später damit fühlen würde. Ich genoß es sehr, obwohl mir diese Vorgehensweise, weil so neuartig, pervers erschien. Ich war gerade vierunddreißig Jahre alt geworden, und jeden Abend beim Ausziehen konnte ich diese Jahre in den Winkeln meines Körpers zählen, obwohl ich angezogen noch heute, drei Jahre später, acht oder zehn Jahre jünger wirken kann. Vielleicht verstand Ignacio deshalb nie, was er als eine viel zu teure Neigung, als daß sie nützlich sein könne, begreifen mußte. Zumindest konnte er mich in der Öffentlichkeit und vor seinen Freunden weiterhin genauso wie früher herzeigen.

Ich bemerkte es sofort, vielleicht schon am ersten Abend, den wir zusammen ausgingen. Seit er uns im Haus seiner Eltern angetroffen hatte, wo er die Tür zu seinem früheren Zimmer so ungestüm aufmachte, daß der Plattenteller unserer Anlage hüpfte, und seinen Bruder Enrique, unseren Bassisten, auszuschimpfen anfing, hatte er mich mit gierigen Augen angesehen. Er hatte eine ziemlich übertriebene Szene gemacht, aber die ganze Zeit, während ein Schrei dem anderen folgte, hatte er mich angesehen, ich habe es sofort bemerkt, und er wirkte wie ein Blödmann auf mich, denn wenn er nicht mehr dort wohnte, was konnte es ihm dann ausmachen, wenn wir in diesem Zimmer übten? Domingo, unserem Akustikgitarristen, hatte man zu Hause nahegelegt, uns in die Garage zu verziehen, die genau unter dem Wohnzimmer lag, und die Wohnung von Enriques Eltern war so groß, fast zweihundert Quadratmeter, daß wir dort niemanden belästigten, seine Eltern hatten auch nichts dagegen, wer war er denn, sich schreiend mit seinem Bruder anzulegen, so daß er mir wie ein Blödmann vorkam, aber ein Blödmann, der mir, ehrlich gesagt, gut gefiel, deshalb freute ich mich sehr, ihn so schnell wiederzusehen. Eine Woche später tauchte er mit zwei Freunden bei den Proben auf, war zu allen sehr freundlich und zu mir ganz besonders, und ich weiß nicht mehr genau, wann alles anfing, aber es war völlig klar, daß er zum Anmachen gekommen war, daß er seinen Freunden zeigen wollte, wie er ein Mädchen anmachte. Es war alles ziemlich dreist, obwohl sein Verhalten mich in Wirklichkeit nicht sonderlich beeindruckte, denn ich schäkerte zu jener Zeit viel herum, war fast daran gewöhnt, daß ich den Jungen gefiel, bevor sie mich interessierten, und bemühte mich, meinen Erfolg höchst unbefangen hinzunehmen. Die Erfahrung half mir, ruhig zu bleiben, als er auf mich zukam, sich mit mir unterhielt und auch später auf dem Weg in die Bierkneipe, wo wir uns jeden Donnerstag zusammensetzten – schwierig zu sagen, ob zum Begießen der gerade beendeten Proben oder zum Jammern darüber –, es floß das Bier, eines nach dem anderen, literweise Bier, und die homogene Gruppe, die wir vor dem Tresen bildeten, zerfiel langsam in kleine Einheiten, meine Musiker unterhielten sich zu zweit miteinander, Ignacio mit mir und einem seiner Freunde, und irgendwann bemerkte ich, daß seine Augen strahlten, daß eine schwache orangefarbene Flamme in ihnen loderte, entfacht an der verwirrenden Hitze des Begehrens und einem sehr kühlen, ganz dünnen Faden, Zeichen der Kühnheit und des Kalküls, und im Schatten dieses Lichts wurde ich verrückt, ich verlor die Kontrolle und meinen Verstand und gewann im Austausch dafür eine Zukunft, wie ich sie mir nie vorgestellt hatte.

Dieser Blick war eine viel zu schwache Entschädigung für meine Verrücktheit, denn er verbrauchte sich schnell und unvermittelt, wie eine alte flackernde Neonröhre, die beim Verlöschen noch den Bruchteil einer Sekunde erstrahlt, bevor sie schließlich den ihr eigenen gleichmäßigen Rhythmus unterbricht und nur noch gelegentlich, unerklärlicherweise und eigensinnig aufblitzt, wobei sie immer völlig zu verlöschen droht, und deshalb begann ich mich zu fragen, ob Ignacio, der nach Ablauf einer sanften, schmerzlosen Übergangszeit aufgehört hatte, ein fast perfekter Geliebter zu sein, um sich in den Vater meiner Kinder zu verwandeln, irgendwann einmal ein Ehemann für mich gewesen war. Ich liebe dich mehr als mein Leben, heißt es in einem Lied, und es fällt mir so schwer zu glauben, daß ich sterben könnte, ohne dies jemals zu irgendwem gesagt zu haben, daß es mich manchmal, wenn ich bei einer Party oder einem Abendessen mehr als zwei Gläser intus habe, immer noch bewegt, den Funken, den Knopf eines unsichtbaren Schalters, der mühsam gedrückt wird, und den schwachen Lichtschein in älteren, müderen Augen zu erahnen, die sich nur noch vom Begehren anderer nähren. Die anderen, seine Freunde, meine Freunde, die Freunde und Männer seiner Freundinnen und meiner Freundinnen, alle Männer, auf die wir treffen, wenn wir zusammen irgendwo hingehen, sehen mich nicht nackt. Ignacio auch nicht, denn der mit sich selbst und dem zur Schau gestellten Gegenstand zufriedene Exhibitionist, der mich am frühen Morgen der immer längeren, immer seltsameren Nächte zum Bett schleppt, um sich schwankend und mit plötzlicher Gier, die keinen Aufschub erlaubt, auf mich zu stürzen, hat weder die Zeit noch den Spielraum, mich anzusehen. Ich werfe es ihm nicht vor. Der einzige Unterschied zwischen uns besteht darin, daß er mit seinem Schicksal zufrieden zu sein scheint und ich nicht, und deshalb, nehme ich an, zieht er junge, entzückende Geliebte vor, die ihm nicht das Leben schwermachen, ich hingegen wünsche mir einen echten Mann, der mir unwiederbringlich und für immer das Leben schwermacht, auch auf die Gefahr hin, daß es von außen betrachtet wie ein fiebriger, pathetischer Hürdenlauf nach einem Ehebruch wirken könnte. Aber ich bin fast sicher, daß er dies letztere nicht einmal ahnt, und deshalb versteht er nicht, daß ich so viel Geld in Kosmetik stecke.

Nacho Huertas, ein wankelmütiger, unentschlossener, aber in einem echten menschlichen Körper vollkommen getarnter Mutant, stellte sich nicht als echter Mann heraus, aber zumindest vermittelte er, wie Clark Kent, den Eindruck, und obwohl er nicht fliegen konnte, wußte er mich doch anzusehen. Dennoch hatte ich trotz Anas Warnungen keinen Augenblick mit ihm gerechnet; es kann sein, daß diese Sorglosigkeit auch etwas mit dem zu tun hatte, was in Luzern geschehen ist oder was nach Luzern mit mir passiert ist, denn ich war so daran gewöhnt, die wenigen prächtigen Männer, die meinen Weg kreuzten, (immer falsch) zu taxieren, daß Nacho mir wie ein Zeichen vorkam, ein Geschenk des Himmels, eine angemessene Verkörperung von etwas Konkretem. Ich hatte es mir selbst wiederholt eingeredet, daß ich meine Probleme so nicht lösen könnte, um mir kontinuierlich und mehr oder weniger energisch klarzumachen, daß meine Probleme weder so ernst seien noch daß es irgendeine Lösung für sie gäbe, aber ich war nicht stark genug, um auf meine Phantasien zu verzichten, es schien so einfach, wieder jemanden verliebt zu machen, sich erneut zu verlieben und jemanden zu vernaschen, mit dem grauen Leben, mit der Verschwendung der Jahre, mit der Sehnsucht nach so vielen Dingen, die ich nie besessen hatte, aufzuhören. Andere Frauen träumen vom Umzug in einen anderen Stadtteil, von einem Aufstieg ihres Mannes, von Einbauschränken, vom Kinderkriegen oder davon, einen der Söhne in der Uniform eines Generals oder als Minister oder Diplomaten zu sehen. Ich beneide sie sehr. Ich will nur schweben, und sosehr ich auch bereit bin, dem Schicksal den Hals umzudrehen, um dies zu erreichen, scheint niemand bereit zu sein, mir das Rezept dazu zu verraten.

Ich weiß nicht mehr, ob sich in Luzern meine Fußsohlen vom Boden hoben, obwohl meine Augen mehr als trainiert waren, um optische Täuschungen aufzudecken. Als ich, besorgt um Clara, erledigt vom Kofferschleppen durch Zürichs Straßen auf der Suche nach verschiedenen Touristeninformationsbüros, die jeweils in allen vier Himmelsrichtungen verstreut lagen, nach drei Stunden Wartezeit auf einem Bahnhof so sauber wie die Küche meiner Schwiegermutter – deren bloße Vorstellung reicht, mich verrückt zu machen –, von der Zugfahrt erschlagen und entsetzt über den Preis der Taxe, im Hotel eintraf, gelüstete es mich einzig danach, die Badewanne mit heißem Wasser zu füllen, mich auszuziehen und bis zur Nasenspitze hineinzutauchen, so daß ich nur flüchtig auf die Notiz achtete, die mich auf dem Fächerschrank des Zimmers erwartete. Der Fotograf, der am Tag zuvor aus Zermatt eingetroffen sein dürfte, wollte mit mir reden, aber als ich die Badezimmertür öffnete, hatte ich es schon wieder vergessen. In einer Viertelstunde machte ich eine Wandlung durch, die nur mit der der Comicfigur Hulk vergleichbar war, wenn dessen ungeheuerliche grünliche Muskelmasse, die er überall wie ein geheimnisvolles, unerforschliches Rätsel mitschleppte, zu wachsen und zu wachsen beginnt, bis seine bescheidene Kleidung eines verzagten Junggesellen platzt. Ich beschied mich nicht mit weniger, um mit vollem Bewußtsein und heiligem Zorn diese Schweine von Mitteleuropäern zu verfluchen, die seit Gründung des Heiligen Römischen Reiches Deutscher Nation Generation für Generation auf einen so unerläßlichen Ort wie eine Badewanne verzichtet hatten, um sie schließlich durch ein erbärmliches, mit halbversenkten Fliesen und einer kümmerlichen, beweglichen Dusche ausgestattetes Quadrat zu ersetzen. Ich vergaß meinen Namen, den meiner Kinder, meine Adresse und jede andere unvergeßliche Angabe, und als das Telefon klingelte, ging das Rumoren in meinem Innern weiter: Ja, ja, glänzend gewienerte Kacheln in den Bahnhöfen, und wie mußten erst die Uniformen der Putzfrauen riechen.

«Allo!» sagte ich in meiner besten deutschen Aussprache.

«Rosa?» Die nuancierte Betonung des R verriet sofort den Landsmann. Es war er, aber ich empfand nichts Besonderes.

Als wir uns eine Stunde später in der Hotelhalle trafen, erkannte ich ihn sofort, sein Aussehen stimmte genau mit Anas Beschreibung überein, groß, blond, weißmeliert, mit sehr breiten Schultern und sehr gefährlich, ebendieser Typ Mann, der dich schon von hinten und von oben bis unten taxiert hat, ehe er dir die Hand gibt, und der fähig ist, mit geringfügigen Abweichungen deine Kleidergröße zu schätzen, aber einer von denen, die es gut machen, ohne zudringlich oder lästig zu wirken, als ob sie brav ihrer Natur gehorchten und ihre Natur genau darin bestünde, Frauen von hinten zu taxieren und wortlos darauf zu warten, daß sie in die Falle der Verführung tappten, die nie wie eine solche wirkt. Während er mir erklärte, daß er sehr froh darüber sei, mich hier zu treffen, denn das Zentrum von Luzern sei viel größer und interessanter, als er es sich vorgestellt hätte, und daß er nicht genau wüßte, welche Gegenden, welchen Stil und welche Art von Gebäuden er stärker berücksichtigen müsse, fragte ich mich, ob ich in Form sei, und jede Minute fühlte ich mich mehr geneigt, ja zu sagen, aber es kam mir überhaupt nicht in den Sinn, daß diese belanglose, flüchtige Versuchung zum Kokettieren irgendwelche Folgen haben könnte.

«Anita hat mir nichts Genaues gesagt», setzte er an, und als ich diese Verniedlichung für eine Frau hörte, die größer als einssiebzig und gerade fünfunddreißig geworden war, schmunzelte ich innerlich. Es ist mir immer noch ein Rätsel, warum Anmacher so gerne Verniedlichungen benutzen. «Aber Zermatt war leicht. Dort gibt es Berge und Skilifte, weiter nichts, aber hier weiß ich nicht genau, wo ich anfangen soll. Wir könnten einen Spaziergang machen, wenn du willst», schlug er abschließend vor.

«Nach dem Abendessen», versprach ich. «Ich hatte noch keine Zeit zum Essen und bin sehr hungrig.»

«Ich finde es immer witzig, wie ihr Frauen ankündigt, daß ihr Hunger habt.»

«Ja?» Selbstverständlich öffnete er die Tür, damit ich vor ihm das Hotel verlassen konnte. «Und warum?»

«Ich weiß nicht, aber es klingt mir immer ein bißchen kokett, wie...» Er wagte es nicht, den Satz zu beenden, und lächelte mich statt dessen an. «Nun, ich kann es nie wirklich ganz glauben.»

«Und wenn ein Mann sagt, daß er hungrig sei?»

«Dann glaube ich es und weiß, daß ich bis zum Nachtisch warten muß, bevor man sich weiter unterhalten oder Witze machen oder über irgendwas diskutieren kann. Hungrige Männer denken nur ans Essen, hungrige Frauen können gleichzeitig denken oder von anderen Dingen reden. Das amüsiert mich. Und außerdem...» Er machte eine Pause, damit ich Silbe für Silbe erahnen konnte, was er sagen wollte. «...wirken Frauen auf mich im allgemeinen interessanter, denn ich mag keine Männer.»

Ich gab vor, unterrichtet zu sein, aber er erklärte sofort, daß er Frauen sehr mochte, als wollte er keinen Zweifel aufkommen lassen. Während ich nach einem geistreichen Kommentar suchte, der ihn subtil darauf hinwies, daß ich nicht dumm sei, blieb er vor einer sehr einladend wirkenden Brasserie stehen. Er studierte mit expertenhafter Miene die Karte, und ich sagte zu allem ja, denn abgesehen von dem Loch, das sich in Sekundenschnelle in meinem Magen ausbreitete, war es verdammt kalt, es war der dritte Dezember.

Wir wurden an einen abgelegenen kleinen Tisch geführt, der vollgestellt war mit einer roten brennenden Kerze, einer Blumenvase mit einer Rose, riesigen runden verchromten Untersetzern und Servietten, die so kompliziert gefaltet waren, daß sie wie Blumenkohl aussahen, alles sehr romantisch, und obwohl mein Hunger so echt war wie der irgendeines hungrigen Mannes, beschlich mich das Gefühl, daß das Schicksal begonnen hatte, die Karten zu zinken.

«Magst du gebackenen Camembert?» fragte ich ihn, und er nickte. «Wir könnten uns einen als Vorspeise teilen.»

«Natürlich, aber... Warst du nicht halb verhungert? Iß einen ganzen.»

«Nein, ich würde ja gerne, aber ich kann nicht», sagte ich mit gesenkter Stimme und in fast spaßhaftem Tonfall, denn im Grunde geniert es mich ein bißchen, immer dasselbe zu sagen. «Er macht ziemlich dick.»

Er lachte auf. «Aber du bist nicht dick.»

«Glaub das nicht... Es ist nur so, daß ich nicht dick wirke, weil ich ein Kindergesicht habe und zierlich bin und auch nicht sonderlich groß, oder? Und außerdem habe ich einen schmalen Knochenbau, und deshalb nehme ich nicht rund zu, sondern quadratisch, verstehst du?» Er schüttelte den Kopf und lächelte. «Wundert mich nicht, ist auch egal, es ist nur so, daß ich allein keinen ganzen Camembert essen kann.»

«Ihr Frauen nehmt diese Diätgeschichten viel zu ernst, ehrlich», fuhr er fort, als der Kellner den Wein serviert hatte und es schon so aussah, als hätten wir das Thema begraben. «Mir gefallen sehr schlanke Frauen nicht, weißt du, und ich habe viele kennengelernt, sehr viele und superschlanke. Ich war fünfzehn Jahre lang Modefotograf, ich habe Hunderte von Modeschauen hinter mir und Tausende von Reportagen, Titelbildern, Katalogen gemacht... bis die Mode selbst mich rauswarf. Es kam der Augenblick, in dem ich glaubte, ich würde verrückt werden. All diese Leute, die von der Tendenz des langen Ärmels sprachen, als würden Ärmel leben, als wären sie etwas Wichtiges, als würde die Welt untergehen, wenn Chanel beschlösse, die Ärmelaufschläge zu kürzen, alle immer hysterisch, immer rennend, immer eilig, ich weiß nicht... Selbstverständlich bin ich ein leichtsinniger Mensch, doch so leichtsinnig auch wieder nicht, aber der Schwachsinn ist ansteckend, so daß ich eines schönen Tages beschloß, mein Studio aufzugeben und nie mehr in meinem Leben ein Porträt zu machen. Jetzt fotografiere ich Landschaften, Städte, Gebäude und die Menschen, die darin leben, gewöhnliche Menschen, die nicht dafür kassieren, in Rollen zu schlüpfen. Ich verdiene weniger, aber es geht mir besser, und ich habe auch keine Magenschmerzen mehr.»

«Hast du auch Fotos von bekannten Models gemacht?»

«Viele.»

«Von spanischen Models?»

«Auch von ausländischen.»

Er begann sie an den Fingern aufzuzählen, nannte mindestens ein Dutzend bekannter Namen, eine ganze Liste vor allem amerikanischer Models, aber auch die eine oder andere deutsche, französische, italienische von diesen neuen Göttinnen, bevor er zur spanischen Auswahl überging, bei der mich eine äußerst auffallende Auslassung aufmerken ließ.

«Ach, nein!» Er winkte heftig ab. «Die nicht, auf keinen Fall. Weißt du, was die ist? Ein Trampel, nicht mehr und nicht weniger. Sie ist sehr groß, das ja, und kann sein, daß sie wenig wiegt, aber so sieht sie nicht aus. Sie hat keinerlei Klasse, nicht einen Funken natürlicher Eleganz, die man bei Models eigentlich erwarten könnte. Mir ist es immer gelungen, sie mir vom Hals zu halten. Ich würde sie für nichts auf

der Welt fotografieren, außer im Badeanzug... Das könnte was werden, aber alles andere wäre Zeitverschwendung.»
«Ich verstehe nicht ganz», sagte ich lachend. «Ich habe mir eingebildet, daß dir Frauen wie Ana gefallen...»
«Welche Ana?» Er sah mich mit plötzlichem Interesse an, die Stirn gerunzelt, die Augenbrauen hochgezogen, einen Ausdruck reinsten Erstaunens im Gesicht.
«Anita», erläuterte ich einigermaßen ironisch, und er lachte.
«Ach, Anita!» wiederholte er. «Ja, klar gefällt sie mir, sehr sogar. Anita ist wunderschön.»
«Nun, sie ist sehr groß und viel üppiger als der Trampel.»
«Schon, aber sie ist kein Model.»
«Sicher, aber ich verstehe nicht», insistierte ich. «Ich dachte, daß dir schlanke Frauen nicht gefallen.»
«Mir nicht. Meiner Kamera schon.» Er machte eine Pause, bevor er sich erklärte und dabei seine Worte sehr sorgfältig wählte. «Das ist nicht dasselbe. Hast du dir einmal die Form von Kleiderständern angesehen oder die Holzgestelle, die gute Schneider benutzen? Als ich Modefotograf war, war der Designer mein Kunde, nicht das Model. Meine Aufgabe war es, die Kleider zu fotografieren, nicht den Körper, der sie trug. Und als erstes lernt man beim Modemachen, daß der Körper die Schwächen immer enthüllt und der Kleiderständer sie verbirgt. Kann sein, daß du einmal in einem Geschäft ein Kleid gesehen hast, das langweilig aussah und das dir dann angezogen sehr gut gefiel, aber sicher ist das Gegenteil millionenfach öfter passiert. Deshalb habe ich immer die Models bevorzugt, die einem Kleiderständer am ähnlichsten waren, glatt, flach, mit dem geringstmöglichen Volumen, und wenn ich arbeitete, sagte ich ihnen, wie wunderbar sie wären, wie wunderschön, wie entzückend, wie unwiderstehlich, damit sie mir nicht zusammenbrachen. Sie haben es immer geglaubt.»
«Aber du nicht...»
«Nein, ich nicht, weil ich sie früher oder später nackt zu sehen bekam, obwohl ich viel dafür gegeben hätte, es vermeiden zu können.»
«Aha.» Ich lächelte wie zur freundlichen Einleitung meiner ironischen Frage. «Sehen sie so schrecklich aus?»
«Wie Auschwitz.» Er mochte nicht in meinen Ton einfallen und antwortete ernst, als störte ihn die Vorstellung, daß ich seine Worte

spöttisch aufnehmen könnte. «Die meisten hatten Oberschenkel im Umfang meiner Unterarme. Ich nehme an, daß es Menschen gibt, denen sie gefallen, aber ich habe nie eine Berufung zum Folterer verspürt.»

Der Nachhall dieses Wortes schnitt durch die Luft wie die Schneide einer Axt, bevor sie sich mitten in den Tisch bohrt, und brachte beide Seiten merkwürdig zum Schweigen. Manchmal überträgt sich die Spannung von einem Wort zum anderen, bis ihre Gesamtheit ein unerträgliches Gewicht annimmt für denjenigen, der sie ausspricht, für den, der sie hört, bis das Gespräch erstirbt, erschlagen von einem einzigen Wort wie diesem. Mit zusammengepreßten Lippen sah ich ihn aufmerksam an und ahnte, daß er die Wirkung seiner Worte nicht eingeschätzt hatte, bevor er sie aussprach. Auch ich, die ich nur zu einem Abendessen zurückkehren wollte, bei dem ich mich bis zu diesem Augenblick wirklich amüsiert hatte, schätzte die Wirkung des Satzes, den ich auszusprechen wagte, um das Schweigen zu brechen, nicht richtig ein.

«Mit anderen Worten, mich würdest du nicht fotografieren...»

Ich hatte sehr leise gesprochen, fast geflüstert und auf die Tischdecke gestarrt, und er antwortete mir nicht gleich. Als ich den Kopf hob, bogen sich meine Lippen automatisch und formten ein Lächeln, das mir nicht bewußt war, als hätten sie geahnt, sie ganz allein, daß auch er lächelte.

«Angezogen nicht.»

Mein Lächeln wurde breiter und mündete in ein zartes, zurückhaltendes, fast intimes Lachen, das meine Freude stärker übertrug als den Absichten einer ironischen und selbstsicheren Frau angemessen, das jedoch einer Catwoman würdig gewesen wäre, die ich andererseits in genau diesem Augenblick nicht mehr sein wollte.

«Sei dir deines Instinkts als Fotograf nicht so sicher», warnte ich ihn jedenfalls. «Der Körper enthüllt die Fehler der Kleidung, aber manchmal verhüllt die Kleidung die körperlichen Mängel.»

«Mein Instinkt versagt nie», antwortete er heiter, bevor er die Stimme senkte und plötzlich gefühlvoll klang. «Und außerdem... siehst du angezogen sehr gut aus. Sehr schön. Du kannst dir eine Menge erlauben.»

Da fing ich den Glanz in seinen Augen auf, ich sah mich in weichem orangefarbenem Licht und entdeckte gleichzeitig Kälte und Hitze, Kalkül und Begehren, und der Preis waren fünfzehn Jahre auf einen Schlag, all diese Jahre, die ich in den Winkeln meines Lebens verloren hatte, kamen zu mir zurück, ich war wieder neunzehn Jahre alt, denn ich wurde so nervös, daß mir ein hysterisches Lachen entschlüpfte, ich mit einer ungeschickten Bewegung meiner linken Hand ein Glas Wasser umstieß und meine Serviette durch das hektische Beinzappeln zu Boden fiel.

«Würdest du einen Nachtisch mit mir teilen?» fragte ich ihn am Ende.

«Einen Nachtisch und noch mehr», antwortete er mir.

Als das Swissair-Flugzeug vier Tage später pünktlich auf dem Flughafen Barajas landete, ließ nichts darauf schließen, daß die Frau, die hinten bei den Raucherplätzen aus dem Flugzeug stieg, sich in einen überfüllten Bus zwängte, geduldig auf das vorletzte Gepäckstück wartete und danach feststellte, daß niemand gekommen war, um sie abzuholen, eine andere war als die, die sechsundneunzig Stunden zuvor alle Etappen des genau umgekehrten Prozederes absolviert hatte. Selbstverständlich war ich euphorisch, denn ich hatte ein Abenteuer hinter mir, und ein Abenteuer ist fast das Beste, was einer im Leben passieren kann, wenn danach alles gutgeht, und in Luzern war bis hin zum Schwierigsten alles gutgegangen, aber wenn ich das alles einem engen Freund hätte erzählen können und er, oder sie, mich gefragt hätte, ob es mich erwischt hat, hätte ich nein gesagt und wäre ehrlich gewesen.

Nacho Huertas, so unverschämt, so ungestüm, zuweilen sogar wild, war ein sanfter Mann. Kein zärtlicher Mann aus dem Handbuch, kein effeminierter Softie, kein komplexbeladener Macho, kein moderner Verführer wie die, die Weichheit wie eine Schleuderwaffe einzusetzen gelernt haben, sondern ein sanfter Mann, der imstande war, mich mit seinen Armen zu umschlingen, wenn er mich umarmte, mir seinen Geschmack zu kosten zu geben, wenn er mich küßte, sanft in mein Ohr zu atmen, bis ich einschlief, und vor allem, den all das keine Anstrengung kostete, der sich nicht dazu zwingen mußte, all diese Dinge zu tun, die so grundlegend erscheinen, trotzdem selten als solche gelten und die ich selbstverständlich nicht zu vermuten gewagt hätte bei einem ungestümen, wilden Liebhaber, der sich am Tresen der einzigen noch geöffneten Kneipe auf mich gestürzt und mir auf die Lippe gebissen hatte, während er mit dem linken Ellbogen – diesmal er – die leeren Gläser hinunterfegte, die ein vom Nichtstun müder Kellner nicht weggeräumt hatte, bevor er mit seinen großen Händen meinen kleinen Körper zu erforschen begann und damit fürchterliches Entsetzen beim Publikum verursachte. All diese sauberen Bürger der Schweizerischen Eidgenossenschaft konnten bestimmt die Verstärkung meiner Strümpfe sehen, schwarzer Krepp an meinen Oberschenkeln, und meinen weißen Spitzenbüstenhalter, während ich mich diesen riesigen Händen ergab, die mir eher dazu geeignet schienen, einen Stechspaten zu handhaben, als die ausgetüftelten Mechanismen von Präzisionslinsen einzustellen. Er hielt so unvermittelt inne, wie er angefangen hatte, und mochte mich nicht ansehen, er weigerte sich, die aufsteigende Hitze wahrzunehmen, die meine Wangen, meinen Hals und meine Stirn rot färbte, und ich fragte mich, ob er es bereute, so schnell so weit gegangen zu sein, oder ob er einen plötzlichen Anfall von Schüchternheit erlitten hatte, die hinter einem als Witz und Schlagfertigkeit verkleideten Schutzwall zu erahnen war, aber ich irrte mich, denn er suchte nur in seinen Hosentaschen nach Geld, und als er es gefunden hatte, ließ er es auf dem Tresen liegen und flüsterte:

«Ich habe große Lust auf dich», und von dieser Sekunde an ruhten seine Augen fest auf den meinen, «sehr große, seit ich dich gesehen habe... Das passiert mir nur gelegentlich, und ich muß mich sehr bemühen, sie zu beherrschen.»

Da rutschte ich vom Barhocker, warf mich auf ihn und biß ihn meinerseits in die Lippen, und im Hintergrund klatschten ein paar alte Männer. Ich erinnere mich nicht einmal mehr, wie wir ins Hotel gelangten, welch geheimnisvoller Instinkt ihn leitete, während wir stolpernd zurückgingen, seine Hände unter meinem weiten Mantel herumfingerten, alle meine Knöpfe waren offen, mein Rock hielt sich wunderbarerweise von selbst auf meinen Hüften, die Strümpfe zerbarsten mit einem leisen Geräusch in parallele Laufmaschen, wir waren mehr ineinander verwickelt, als daß wir uns umarmt hielten, und hatten uns verirrt, wie ich glaubte, bis ich die Hoteltür erkannte und durch sie hindurchging, ohne mir dessen bewußt zu sein. Er hatte augenblicklich wieder Haltung angenommen und war zum Empfang gegangen, um die Schlüssel zu holen, hielt mir einen hin und führte mich an der Hand zum Aufzug. Sein Zimmer lag im vierten Stock, meines ebenfalls. Als wir dort anlangten, ließ er mich vor und folgte mir, und wir beide blieben im Flur stehen, standen voreinander und blickten uns schweigend an, als wüßten wir plötzlich nicht mehr, was wir tun sollten, was wir sagen sollten.

«Wir können in dein Zimmer gehen, wenn du willst», flüsterte er nach einer Weile, und um seine Ungeduld, vielleicht seine Verwirrung mit Galanterie zu verschleiern, fügte er als altbewährte Distanzierungshilfe hinzu: «Es wäre viel bequemer für dich.»

Ich lächelte ihn an und fragte mich, ob ich wirklich mit ihm schlafen wollte, und ich erinnere mich ganz deutlich – obwohl ich mich später weigerte, mich daran zu erinnern –, daß mich die Vorstellung träge machte, aber ich war sehr gerührt, es ist merkwürdig, jetzt bin ich fast sicher, daß die Rührung viele andere Gefühle verdrängte, sie gar nicht erst in mir aufsteigen ließ, als wären sie noch vor ihrem Aufkeimen erstickt – Begehren, Unsicherheit, Wollust, Komplizenschaft, Zärtlichkeit, Bewunderung oder Selbstmitleid, nichts von alledem fand ich in mir, nur Rührung, das Versprechen eines zweifelhaften Sieges, ein Schlüssel, der genau in das Schloß jener Tür paßte, durch die die Zeit, meine Zeit entflieht.

Ich antwortete nicht mit ja, aber ich ging auf mein Zimmer zu, und er folgte mir.

Alles weitere ähnelte sehr dem klassischen Abenteuer zweier gewöhnlicher Sterblicher, viel mehr, als ich gewünscht hätte, und obwohl ich weder seinen Körper noch er meinen kannte, erkannte meine Haut die seine von Anfang an, und ich konnte ihn küssen, umarmen, streicheln, ohne diese irritierende Stimme zu hören, die mir bei anderen Gelegenheiten aus meinen Eingeweiden heraus empfohlen hatte, so schnell wie möglich und mit fest auf den einzigen Ausgang gerichtetem Blick davonzulaufen, keine Zeit zu verlieren und nichts zu sagen, und ohne daß meine Hände, meine Füße, mein Gedächtnis und dessen ganzer Inhalt sich überschlugen in der eiligen Rettung meiner Würde. Aber nichts davon geschah, Nacho Huertas war ein sanfter Mann.

«Soll ich hier schlafen?» fragte er mich danach. «Ich weiß nie genau, was ich tun soll, ich weiß nicht, ob es besser ist, zu gehen oder zu bleiben. . .»

«Na ja. . .» sagte ich, um Zeit zu gewinnen, denn ehrlich gesagt hatte ich mir schon ausgemalt, wie wunderbar und gut ich mich allein in diesem großen, warmen Bett fühlen und jedes seiner Worte, jede seiner Handlungen, den genauen Druck jedes einzelnen seiner Finger auf meiner Hautoberfläche heraufbeschwören würde. «Bleib, wenn du möchtest, aber nur, wenn du Lust hast, und wenn nicht. . . Mach, was du willst.»

Er stand auf und ging ins Bad, und ich stellte fest, daß er einen wunderbaren Hintern hatte, rund und fleischig und fest, einen Po zum Anbeißen, zum Kneten, ich mag Männerhintern und sagte es ihm, darauf hörte ich ihn auf der anderen Seite der Tür lachen. Bevor er wieder ins Bett kam, löschte er das Licht, umarmte mich, fuhr mit beiden Händen meinen Rücken hinab, küßte mir dabei sanft das Gesicht und wiegte mich wie ein kleines Kind.

«Mein Instinkt versagt nie», hörte ich noch, bevor ich einschlief. «Du hast es ja gesehen. . .»

Ich wachte auf der einen Seite des Bettes auf, und er lag ganz auf der anderen Seite, aber es gefiel mir, ihn unter derselben Bettdecke vorzufinden. Entgegen allen Erwartungen war das Aufwachen auch sanft, so sanft, daß ich mich traute, ihn um etwas zu bitten. Ich hatte immer geglaubt, daß es eine Verwandtschaft der Zeichen gibt, kaum ein Dutzend kleiner, unauffälliger Hinweise, die ausreichen, um einen Mann in etwas so Kostbares, so Unersetzliches und so Lebendiges zu verwandeln, wie es nur ein paar wenige Männer zu sein vermögen. Eines davon hatte mit dem Frühstück zu tun. Ein Mann, der fähig ist, das Telefon zu nehmen und von sich aus nachdrücklich und entschieden zwei Kontinentalfrühstücke mit Orangensaft zu bestellen, kann der Mann des Lebens für jede Frau sein, das dachte ich, obwohl ich so weit zu gehen nicht wagte, als ich ihn darum bat.

«Aber ich spreche kein Deutsch», entgegnete er mir. «Und ich frühstücke lieber unten, so verliert man keine Zeit, oder?»

«Natürlich, klar», antwortete ich und gestattete mir nicht den leisesten Hauch von Enttäuschung.

Ein paar Tage später, als ich in Anas Arbeitszimmer ging und ihr berichtete, wie alles gelaufen war, ertappte ich mich dabei, fast ohne es mir vorgenommen zu haben, wie ich ihr von Nacho erzählte, und bemerkte nicht einmal, daß das, was ich ihr erzählte, immer weniger mit dem zu tun hatte, was wirklich geschehen war, so sehr hatte ich mir jeglichen Anflug von Enttäuschung verboten.

Ana

ICH KENNE NICHTS, WAS DEMORALISIERENDER WÄRE, als kaputt nach Hause zu kommen und dreiundzwanzig Anrufe auf dem Display des automatischen Anrufbeantworters vorzufinden.

«Klick. Piep. Ana Luisa, mein Kind, ich bin's, Mama. Ich habe gerade deine Nachricht gehört und kann es nicht glauben, mehr brauche ich dir nicht zu sagen... Diese Besprechungen, die man dir auf deiner Arbeitsstelle zumutet, es scheint fast, als würden sie die böswillig einberufen, ich weiß nicht... Und mit wem soll ich jetzt in die Oper gehen? Wenn du vom Büro aus deinen Anrufbeantworter abhörst, ruf mich bitte an, ich habe so ein Pech, also, ich weiß nicht, was ich tun soll. Küßchen./ Klick. Piep. Anita, mein Kind, ich bin's, dein Vater. Was glaubst du, wer mich gerade angerufen hat? Deine Mutter! Ist das nicht unglaublich? Und sie hat mir etwas vorgeheult, weil ich nicht mit ihr in die Oper gehen will, *Rigoletto*, ich kann dir sagen! Wofür denn haben wir uns getrennt, na, darf man das erfahren...? Nun, ich dachte mir schon, daß du nicht zu Hause bist. Ruf mich heute abend an und wir reden, Küßchen, Schatz./ Klick. Piep. Ana Luisa, mein Liebling, ich weiß ja, daß du nicht zu Hause bist, aber im Verlag hat man mir gesagt, daß du gerade was weiß ich wohin gegangen bist, nun, wundert mich nicht, daß du verabredet bist, immer triffst du dich mit jemandem... Ich bin's, Mama. Papa hat mich gerade schrecklich verstimmt, stell dir vor. Ich habe mich an ihn gewendet, weil mir niemand weiter eingefallen ist, den ich anrufen könnte. Nun ja, meine Freundinnen konnten nicht, Elena ist verreist, Angela hat sich mit diesem äußerst merkwürdigen Freund verabredet, den sie sich zugelegt hat, und Marisol hat schon zugesagt, ihre Enkelin zu hüten, also, was habe ich zu ihm gesagt, bitte, Pablo, willst du mich in die Oper begleiten. . .? Wo er doch immer so gerne ausgegangen ist, du kannst dir nicht vorstellen, wie viele Streitereien wir deshalb hatten, gut, ihm fiel nichts anderes ein, als Gemeinheiten zu sagen, und er kam mir mit ein paar unverzeihlichen Grobhei. . ./ Klick. Piep. Ich bin's noch immer, mein Kind, unglaublich, was du für einen ungeduldigen Anrufbeantworter hast. . . Was habe ich dir gerade erzählt? Ach ja, das mit deinem Vater, du weißt ja nicht, wie sehr er mich verärgert hat, denn es ist eine Sache, daß wir getrennt leben, und eine andere, daß wir nach dreißig Jahren Zusammenleben jetzt nicht einmal einen Abend zusammen ausgehen können, also, ich meine. . . Nun, ist auch egal, ist nicht mehr zu ändern. Ich habe dich lieb. Ruf mich bitte an, Küßchen./ Klick. Piep. Mama, ich bin's, Amanda. Ruf mich an, du weißt ja, daß Papa nicht möchte, daß ich so viel Geld fürs Telefonieren ausgebe, aber ich muß ganz dringend mit dir reden. Ciao./ Klick. Piep. . . Hallo. . . Hallo, Ana, hier ist Angustias. . . Nun, ich mußte eine halbe Stunde früher gehen, weil ich einen Termin beim Versicherungsarzt hatte. . . wegen des Rückens meines Mannes, weißt du. . .? Die für die Waschmaschine sind nicht gekommen. . . Gut. . . Also tschüs, ich weiß nicht, was ich auf dieses Gerät sprechen soll. . ./ Klick. Piep. Anita, ich bin's, dein Vater. Ich weiß nicht, ob ich es mir mit deiner Mutter verscherzt habe, mein Kind, na ja, wahrscheinlich habe ich es mir verscherzt. Aber wenn ich doch die Oper nicht mag! Und sie weiß das, wie sollte sie es nicht wissen? Also, und ich weiß wirklich nicht, warum sie so hartnäckig darauf bestanden hat, daß wir uns trennen. . . Wenn du mit ihr sprichst, sag ihr, daß es mir sehr leid tut, zu ihr gesagt zu haben, sie soll mir nicht auf den Sack gehen, und das andere, sie weiß schon. . . Ich will sie nicht verärgern. Ruf sie an und ruf dann mich an. Küßchen./ Klick. Piep. Ana? Hier ist Paula, ich weiß schon, daß du nicht zu Hause bist, aber ich rufe dich lieber rechtzeitig an. Mama hat mich gerade angerufen, weißt du, sie hat geweint, weil sie wieder mit Papa Streit gehabt hat und so weiter. Das Übliche eben. Ich glaube, daß sie sich auch wieder vertragen werden. Nun, wohin das auch führen mag: Kannst du heute abend auf meinen Sohn aufpassen? Dann könnte ich Mama in die Oper begleiten. Bis halb acht ist das Mädchen bei dem Jungen, und sie kann ihn dir dann vorbeibringen, wenn sie geht. Adolfo ist in Asturien auf einem Histologenkongreß. Ich ruf dich noch mal an, tschüs./ Klick. Piep. Ana, ich bin's, Forito, ruf mich bitte an, wenn du nach Hause kommst, ich muß mit dir reden./ Klick. Piep. Mama, hier ist noch mal Amanda, du hättest ja schon zurücksein können. Also, ruf mich bitte an. *Au revoir.*/ Klick. Piep. Ana, hier ist Félix, wenn du Amanda anrufst, sag ihr, sie soll mir den Hörer geben. Wir haben noch eine offene Angelegenheit zu regeln, es sind Schulden beim Fiskus, tut mir leid. Ich werde in einem Monat, höchstens zwei, nach Madrid kommen, dann erzähle ich dir alles. Tschüs./ Klick. Piep. Guten Tag, hier ist der Technische Kundendienst. Wir waren heute morgen bei Ihnen, konnten aber die Reparatur nicht durchführen, weil niemand geöffnet hat... Wiederhören... Danke./ Klick. Piep. Ana Luisa, mein Kind, ich bin's, Mama. Es scheint, daß Paula mich in die Oper begleiten kann, wenn du auf den Jungen aufpaßt, nachdem das Mädchen gegangen ist. Die Vorstellung beginnt um acht. Ich hoffe, daß du vor halb acht kommst, wenn nicht... Also, Küßchen. Ich liebe dich. Deine Mama./ Klick. Piep. Anita, Liebling, ich bin's, dein Vater. Paula hat mich gerade angerufen und sehr mit mir geschimpft, aber ich glaube, sie ist im Unrecht. Warum muß ich denn die Oper mögen, bitte, warum? Ich will nicht, daß ihr mir am Ende alle böse seid. Ruf mich heute abend an, klar?/ Klick. Piep. Ich hoffe, daß das der Anrufbeantworter von Ana Hernández Peña ist. Ich heiße Marta Peregrin und... Ich weiß nicht, warum, aber meine Rechnung von diesem Monat wurde noch nicht bezahlt, und es waren vier Reportagen. Selbstverständlich brauche ich das Geld, ich kann nicht von Luft leben. Gut, ich nehme erst mal an, daß es nicht deine Schuld ist, aber es wäre nicht schlecht, wenn du mich zurückrufen würdest. Bis dann./ Klick. Piep. Hallo, Ana, hier ist Mariola. Wir haben heute abend eine wichtige Verabredung, und unsere Babysitterin ist ausgefallen. Falls du nichts anderes vorhast... Aber ich höre ja, daß du nicht da bist. Wenn du früh heimkommst, rufe jedenfalls an. Danke./ Klick. Piep. Aniiita! Hier ist dein Bruder Antonio. Mama dröhnt mir den Kopf voll wie eine Pauke und meint, daß du mir schon alles erzählen wirst, denn ich denke selbstverständlich nicht daran, den Anrufbeantworter abzuschalten... Gut, wir sehen uns dann. Gruß und Kuß, Süße./

Klick, Piep. Ana Luisa, mein Kind, ich bin's, Mama. Es ist alles geregelt, mach du dir um nichts Sorgen. Ich habe meine Freundin Marisol angerufen und sie hat mir gesagt, daß es ihr egal ist, ob sie nur auf ihre Enkelin oder auch auf meinen Enkel aufpaßt, so daß Paula und ich in die Vorstellung von *Rigoletto* gehen. Ich freue mich so! Ich erzähl dir später. Küßchen./ Klick. Piep. Hallo, Ana, hier ist Paula. Schlußendlich wird Jorge bei Marisol bleiben, alles organisiert. Ich hoffe, daß ich in der Oper nicht einschlafe. Ich ruf dich später an, tschüs./ Klick. Piep. Ana? Hier ist Félix. . . Bist du noch immer nicht zu Hause? Verdammt, du läßt's dir gutgehen! Ruf uns an. Amanda will mit dir sprechen und ich auch./ Klick. Piep. Anita, Kind, hier ist dein Vater. . . Zu Hause bei Mama ist niemand, bei Paula auch nicht, bei Antonio und dir ist der Anrufbeantworter an, und Mariola hat zur Abwechslung von nichts etwas mitgekriegt. Ihr seid mir nicht böse, nicht wahr? Bitte, ruf mich zurück. Ich liebe dich sehr, mein Kind, Küßchen./ Klick. Piep. Gute Nachrichten, Ana, hier ist Fran. Ich nehme an, du hattest keine Zeit mehr, nach Hause zu fahren, aber ich muß dir erzählen, daß im ISBN-Register bis jetzt noch kein *Atlas der Humangeographie* in Einzelheften verzeichnet ist. Du warst genial! Daß du das weißt. Bis morgen und tschüs./ Klick. Piep. Ana, hier ist Forito. . . Es ist dringend, es ist nämlich so. . . ich habe diesen Monat mein Geld noch nicht bekommen. Ich weiß nicht, ob sie das mit allen gemacht haben, oder. . . Nun, bitte ruf mich an./ Klick. Piep. Anita? Hier ist Nacho Huertas. Ich rufe an, um dich um die Telefonnummer von Rosa Lara zu bitten. Sie hat. . . sie hat mich angerufen, und ich muß auch mit ihr sprechen. Ich hoffe, daß alles wunderbar läuft. Tschüs./ Klick. Piep. Klick. Klick. Piep.»

Es gibt nichts Entmutigenderes, als ebendiese dreiundzwanzig Anrufe abzuhören, wenn ich kaputt nach Hause komme, hätte ich mir sagen können, aber ich tröstete mich mit dem Gedanken, daß zumindest der Atlas gerettet war und daß ich ihn gerettet hatte. Ich werde noch immer rot, wenn ich an jenes Abendessen denke, das Mißgeschick mit den Fotos von der Schweiz, dieser blöde Fehler, den ich mir nie werde verzeihen können, besonders weil es passierte, als Rosa in so schlechter Verfassung war, in der kritischsten Phase der Haifischkrankheit, ein äußerst gefräßiges Virus, das sie befallen hatte, kaum daß sie ihren Namen an der Bürotür sah, um sie schlagartig in eine Art mißgestaltete Hybride von Fran zu verwandeln und die amüsante, intelligente und ganz normale Redakteurin, die sie war, als ich sie kennenlernte, in ein anderes Büro zu verfrachten. Im allgemeinen sind mir die Leute sympathisch, aber zu Rosa habe ich sogar Zuneigung entwickelt, deshalb machte es mich so wütend, ihr noch einen Grund mehr dafür zu liefern, auf die Niederträchtigkeit einer unerbittlichen Vorgesetzten zu bestehen. An jenem Abend jedoch, als Fran uns unangekündigt in ihr Büro rief, ohne auf Entschuldigungen einzugehen und ohne ein Glas auf dem Tisch, eine nüchterne Einladung in einer wirklich dringlichen Angelegenheit, vermittelte mir Rosas abwesendes Lächeln, ihre unnahbare Miene, als wären seit dem Tag, als sie nach der Rückkehr aus Luzern vor einer Woche zu mir kam, ihre Lippen mit Sicherheitsnadeln verschlossen, den Eindruck, daß die Medizin schlimmer sein könnte als die Krankheit selbst.

«Scheiße!»

Das war alles, was sie sagte, und es war natürlich das mindeste. Ich kam erst gar nicht so weit, denn als ich eine sitzende, schweigende und ernste Fran vorfand, die nicht wie üblich zu einer fast komisch wirkenden Rede voller Phrasen ansetzte – «Ich habe euch gerufen, um Eindrücke auszutauschen, ich glaube, es wäre angebracht, das Programm nochmals zu aktualisieren, es ist der geeignete Augenblick für eine Bilanz» – und nicht wie eine frischgebackene PR-Masterabsolventin lächelte, erwartete ich schlechte Nachrichten, aber nicht eine solche Gemeinheit.

«Bei Planeta Agostini erscheint nächsten Montag ein *Universalatlas der Geographie* in 122 Einzelheften zum Verkauf am Kiosk.» Sie beschränkte sich darauf, uns in trockenem, verhaltenem Tonfall zu informieren. «Die Werbekampagne im Fernsehen beginnt am kommenden Wochenende bei vier Sendern.»

«Scheiße!» sagte Rosa. Und keine von uns wagte es, noch etwas hinzuzufügen.

Als das Schweigen sich so verdichtete, daß ich das Rauschen in meinen Ohren hören konnte, wagte ich mich mit der unvermeidlichen Schlußfolgerung vor:

«Wir werden den Namen von unserem Atlas ändern müssen.»

«Selbstverständlich.» Fran nickte, denn ich erzählte ihr nichts Neues. «Aber das ist beschissen, weißt du, weil es einen *Atlas der Allge-*

meinen Geographie schon gibt, einen *Atlas der Universalgeographie der Welt* ebenfalls, den haben wir selbst als Schulausgabe herausgebracht. *Allgemeiner Atlas der Geographie* ist ein registrierter Titel, aber es wurde nie ein Werk mit diesem Namen publiziert. Wenn ich euch sage, daß es einen *Atlas der Erde* gibt, sagt das schon genug. *Länder der Welt, Die Welt in Bildern* – es gibt Titel für jeden Geschmack. Mit *Weltatlas der Geographie* hat es noch niemand versucht, aber das klingt auch grauenhaft.»

«Ja», flüsterte Marisa naserümpfend, «klingt ein bißchen w-witzig.»

«Na wunderbar...» faßte ich zusammen, und das Schweigen breitete sich erneut aus, während Rosa weiter wie blöd grinste, zur Decke hoch sah, als könnte sie von dort in sich hinein oder sonstwohin sehen.

«Wir müssen einen anderen Begriff finden.» Fran kam nach einer langen Pause auf das Thema zurück. «Aber was? ‹Planetarisch› ist lächerlich, ‹irdisch› klingt ein bißchen nach Sünde, *Atlas des Planeten*...? Nein, das klingt wie ein Scherz. ‹Allgemeiner›, ‹umfassender›, ‹vollständiger›... Ich zerbreche mir schon zwei Stunden lang den Kopf, und nichts. Ich finde es nicht. Wir könnten ihn *Universalgeographie* betiteln, aber dann wird er mit dem von Planeta verwechselt, und der wird früher erscheinen. Obwohl ich bereits beschlossen habe, daß wir die Erstausgabe um mehr als einen Monat verschieben, können wir kein Risiko eingehen.»

«Und w-wie wär's mit so was wie ‹ökologisch›?» Marisa sah uns erwartungsvoll an, und Fran brauchte ein paar Sekunden, um den Kopf zu schütteln. «Na ja, w-wo das doch so modern ist...»

«Schon, aber es paßt nicht zum Text. Das ist mir vorher nicht eingefallen, und es ist keine schlechte Idee, wirklich, aber es paßt nicht, denn wir haben den Schwerpunkt auf das genaue Gegenteil gelegt, die Kunst, die Kultur, Sitten und Bräuche...»

«Nein!» schrie ich auf. «Ich hab's, es ist mir gerade eingefallen, und ich glaube, das ist gut, sehr gut sogar, wirklich... Wir betiteln ihn mit *Atlas der Humangeographie*, und auf geht's. Wie ist das?»

«Phantastisch, Ana.» Fran wagte sogar zu lächeln. «Einfach... spitze, wirklich.»

Vom Vortragen des Problems bis zu seiner Lösung hatte sich Rosas Miene kein bißchen verändert, und ich fragte mich, wie es möglich war, daß eine so vernünftige, so kluge und offensichtlich in allem so geschickte Frau in die Fänge eines Kerls wie Nacho Huertas hatte gelangen können. Die Nachricht auf meinem Anrufbeantworter hatte mich zweifeln lassen, als ich jedoch das Band zurückspulte und in Ruhe die Liste der Nachrichten durchging, um die Reihe derer, die ich beantworten mußte, auf die kleinstmögliche Zahl zu reduzieren, stellte ich fest, daß ich zuvor unbewußt einen Kringel um seinen Namen gemacht hatte, als wäre er eine Chiffre, eine Lösung oder das Ergebnis einer verzwickten mathematischen Aufgabe. Ich beschloß, ihn auf jeden Fall ans Ende zu setzen.

Bei Amanda war besetzt. Ich wählte die extrem lange Nummer ein weiteres Mal, um sicherzugehen, daß ich mich nicht verwählt hatte, das tat ich immer, wenn ich in Paris anrief, und ich ließ ein paar Minuten verstreichen, bevor ich noch einen dritten Versuch machte, wenn auch nur aus Treue zu der riesigen Nummer eins, die ich beim Auflisten der unvermeidlichen Rückrufe vor den Namen meiner Tochter geschrieben und dreimal kräftig unterstrichen hatte.

Die Trennung von Amanda hatte mich mehr Mühe gekostet, als ich es mir jemals hätte vorstellen können, und auch später noch, fast sechs Monate nach ihrer Abreise, wenn ich sie anzurufen versucht und sie nicht angetroffen hatte, befiel mich unerklärlicher Kummer, verspürte ich die absurde Versuchung, mir mein Leben rückwärts zu erzählen, wie eine unsinnige Notwendigkeit, mich sofort und absolut schuldig zu fühlen, weil ich sie verloren hatte. Eigentlich habe ich sie gar nicht verloren, aber manchmal brauche ich eine gewisse Zeit, um mich daran zu erinnern, um das vertraute Glücksgefühl wiederzufinden, das mich an jenem frühen sonnigen Sommermorgen überkam, als wir ganz früh im Swimmingpool des Appartementhauses, in dem jetzt mein Vater lebt, badeten und ich ihre Stimme hörte. In dem Augenblick war mir klargeworden, daß ich schon alles getan hatte und daß ich es gut gemacht hatte. Meine gerade fünfzehn Jahre alt gewordene Tochter argumentierte wie eine Erwachsene, als sie lautstark für mich und mit mir die Vorteile und Schwierigkeiten ihres neuesten Vorhabens, ihres ersten wirklichen Vorhabens, zu ihrem Vater nach Paris zu ziehen, rekapitulierte und alle kleinmütigen Kommentare ihres Großvaters überging. Ich hätte nie geglaubt, daß sie wirklich gehen würde.

Es hat mir nie gefallen, daß Amanda ihren Ballettunterricht so ernst genommen hat. Er war eine Idee meines Mannes gewesen, und anfangs erschien sie mir gar nicht so schlecht, besonders, weil es sich um eine normale, fast gewöhnliche Betätigung handelte, eine gesunde körperliche Betätigung, der mehrere Millionen Mädchen auf der ganzen Welt nachgehen. Seine Alltäglichkeit bedeutete für mich ein unendlich erleichterndes Aufatmen angesichts des hirnrissigen Plans, den Félix, ohne sich dessen besonders bewußt zu sein, ausgetüftelt hatte, um unsere Tochter in das Wunderkind zu verwandeln, als das er sich, wie ich vermute, immer selbst gesehen hatte. Als ich mich zu diesem verrückten Kursus für Schwangerschaftsgymnastik anmeldete, hing ich noch so an ihm, daß ich meine Begeisterung nicht einmal vortäuschen mußte. Ich war neunzehn Jahre alt und keineswegs zufällig schwanger geworden. Der berühmte Maler ging auf die Dreißig zu und wollte ein Kind haben, bevor er die erste kritische Grenze überschritt, diese Barriere, die das spezifische Gewicht der Zeit verändert, diese Bedrohung der sich aushöhlenden Jahre, der Tage, die sich abwetzen und abnehmen, bis sie an Konsistenz verlieren, Wochen, die zunehmend kürzer werden, die unfähig sind, der Entfernung von Freitagen und Samstagen zu trotzen, die immer mehr den Montagen und Dienstagen gleichen, das waren seine Worte und daß man das Alter mit der Leichtigkeit der Zeit bezahlt, als würde sich das Leben nur in seiner alten Dichte, der Währung der Jugend, bezahlt machen, die ebenso wie diese verfällt, und er hatte recht, aber das weiß ich erst jetzt, da auch ich jenseits der Dreißig angekommen bin und aufhöre, so vieles zu bereuen.

Amanda ist die erste von allen. Ich habe sie geliebt, wie jeder andere glückliche Mensch seine Kinder lieben kann, und noch viel mehr, denn seit dem Tag, an dem sich meine Augen in jenen von Félix verloren, um ihm gleichermaßen bewundernd wie ahnungslos mitzuteilen, daß ich die Mutter seines Kindes sein würde, das er so dringend zu brauchen schien, hatte es kein anderes Ventil zur Regelung meines Lebens gegeben; dennoch habe ich jahrelang geglaubt, daß Amanda einer meiner größten Fehler gewesen ist. Zumindest irrte ich mich nur halb.

Ich begriff es an jenem Dezembermorgen nicht, als die Welt in meinen Händen explodierte. Es war bitter kalt, aber sehr sonnig, dieses gesegnete Licht, das die Luft bis in die Mitte des kleinen Studios durchdrang, in dem damals mein Bruder Antonio wohnte, der jedesmal, wenn ich nach Madrid kam, zu seiner Freundin zog und mir seine Wohnung überließ. Amanda war gerade vier Jahre alt geworden. Ich ließ sie auf dem Boden mit den Holzbausteinen spielen und trat auf den Balkon, um durchzuatmen, um zu frösteln, um mich vollzusaugen mit diesem Wunder, einem Wintermorgen in Madrid, die reinste Kälte, eine strahlende Sonne und ein Himmel so blau, als wolle er mich beleidigen, sich über mich lustig machen, während er mich mit seiner intensiven, klaren Wasserfarbe schmückte, ein Feind des anderen, bleiernen, grauen, schmutzigen und trüben Himmels, der unter meine Lider drang, Tropfen für Tropfen, um Traurigkeit und Kummer, Überdruß und Wehmut und Groll über meine Wimpern zu vergießen. Hungrig nach Licht, hörte ich weder die Tür gehen noch Amandas Schritte, Antonio mußte auf den Balkon kommen, um mich zu fragen: «Was ist los mit dir?» – «Mit mir?» – «Ja, du bist so komisch, Ana.» – «Ach was, es ist gar nichts, wirklich.» – «Sollen wir ein Bier trinken gehen?» Da lächelte ich und sagte ja, denn nichts auf der Welt mochte ich lieber, als diese Worte zu hören: ausgehen, ein Bier trinken, eine Kneipe nach der anderen abklappern, Was möchten Sie für Tapas?, spazierengehen, Schaufensterbummel, sich auf eine Terrasse setzen – ich genoß alles wie in meiner Kindheit, mehr als damals in meiner Kindheit, langsam auf Gehwegen voller bummelnder Menschen voranzukommen, ständig irgendwo stehenzubleiben, um eine Auslage zu betrachten, um ein Geschäft zu betreten und nach einem Preis zu fragen, andere Spaziergänger, die Nachbarin von oben, einen Arbeitskollegen, den Obsthändler, den Schuster, die Zigeunerin, die an der Ecke Blumen verkauft, zu grüßen und sie mit ihrem Namen anzusprechen, sich daran zu erinnern, wer an Arthrose leidet und wer ein Kind mit Grippe im Bett liegen hat, zu fragen, zu kritisieren, zu raten, zu tratschen, jemanden, der es sich gefallen läßt, auf den Arm zu nehmen, einen Fernsehfilm vom Vorabend zu kommentieren, ein bißchen spazierenzugehen, ein bißchen zu plaudern, noch eine Runde zu drehen, eine Runde Karten mitzuspielen, einen Kaffee oder eine Tasse Schokolade zu trinken und Churros zu essen, in einer Stadt, in der es so viele kleine Zerstreuungen gibt, die man mit Diminutiven belegt, und so viele Menschen, so viele Kneipen, so viele Straßen, so viele

Millionen Arten, die Zeit zu verbringen, ich vermißte das, ich vermißte das so sehr, daß mir die Backsteinfassaden bei jeder Rückkehr wie Menschen vorkamen, freundliche, vertraute Gesichter, dunkle Augen in den Balkonöffnungen, und mein Blick jedes Gebäude vom Bürgersteig bis zum Dach hoch grüßte, Blumentöpfe wie grüne Flecken auf den Dachterrassen und rote, leuchtendrote Ziegelkanten im Kontrast zu dem knallblauen Himmel, denn Farben verlieren ihr Dasein als Eigenschaften, um sich in vollständige Wesen zu verwandeln, wenn jemand sie zurückläßt, um in einem rissigen, traurig-grauen und schmutzig-schwarzen Kasernenhof zu leben.

Als wir die Glastür meiner Lieblingskneipe öffneten, einer großen Bierkneipe in der Calle de Eloy Gonzalo – Bier vom Faß, Wermut aus dem Fäßchen, Flaschenweine aus allen spanischen Bodegas und ein unglaublich großer Tresen in U-Form, übersät mit Glaskasten, in denen sich Tabletts und Platten mit vielleicht Hunderten von verschiedenen Tapas häuften –, empfing uns ein monotoner Singsang von Nummern, die vorgeschriebene Litanei eines heidnischen Einweihungsrituals. Ich werde mich immer an das Datum, den zweiundzwanzigsten Dezember, erinnern, denn alle hingen gebannt an der Weihnachtslotterie, ich spielte nicht, Antonio schon, mit Beteiligungen in unterschiedlicher Höhe an zehn oder zwölf verschiedenen Nummern, tausend Peseten von meinen Eltern und ein ganzes Zehntellos zusammen mit seiner Freundin, aber ich spielte nicht, das war das erste, was ich dachte, und in meinem Hals bildete sich ein Knoten, weil ich nicht spielte, die Lotterie war noch das Wenigste, und diese kleine Glasflasche, gefüllt mit einer sehr klaren, gelblichweiß schimmernden Flüssigkeit und einem Korkverschluß mit Metallöffnung obendrauf, die der Kellner zu unseren beiden Bieren neben ein Tellerchen mit sieben oder acht Herzmuscheln stellte, war noch viel nebensächlicher, aber ich freute mich riesig, sie zu sehen, sie zu heben, sie vorsichtig über die winzigen nackten Weichtiere zu neigen: Es war eine Gewürzmischung aus Wasser und Salz, Weißwein und ein paar Tropfen Zitrone, ich kannte sie von klein auf, erinnerte mich aber kaum an ihren Geschmack, ich hatte so viele Geschmackserinnerungen verloren. «Worauf hast du Lust?» Mein Bruder hatte sich über den Tresen gebeugt, um das Angebot zu begutachten. «Anchovis in Essig?» – «Ja», antwortete ich und kaute auf einer Herzmuschel herum. «Anchovis mag ich sehr.» Er sah mich nicht an beim Bestellen, und dann war es zu spät. «Gib mir ein paar Pommes frites und ein paar Oliven für die Kleine... nein, keine gefüllten.» Er machte eine Pause, bevor er für mich entschied: «Besser die aus Camporreal, die magst du doch so sehr, nicht wahr, Ana?», aber ich konnte nicht mehr antworten, ich beschränkte mich aufs Kopfnicken. Klar mag ich die, wollte ich antworten, und ich mag sie noch immer, Oliven aus Camporreal, meine liebsten, die nicht grün sind wie die Sevillanas, nicht ganz schwarz wie die dicken aus der Dose, aber sie haben eine einzigartige Reife, eine bittere Note in der süßen Kräuterbeize, diese glänzenden dunklen Früchte, die mich in der Erinnerung schmerzen, Oliven aus Camporreal, der Inbegriff des Verlusts, Oliven aus Camporreal, ein Name für etwas, das fehlt, die Oliven, die ich besonders mag...

«Was ist los mit dir, Ana?» Antonio konnte mein Gesicht kaum sehen, so schnell versteckte ich es zwischen den Aufschlägen seiner Lederjacke. «Was ist los mit dir?» Er konnte mich nicht sehen, aber er hörte mich weinen, zwangsläufig mußte er mich weinen hören, denn so hatte ich noch nie in meinem Leben geweint, mein Weinen war noch durch das Echo der Fernsehlotterie, durch das Rascheln der Papierservietten, durch das Klirren der Gläser auf dem Tresen, durch den Lärm der Gespräche, die das ohrenbetäubende Getöse in einer vollen Kneipe zur Geltung bringen, zu hören, aber ich konnte kaum mein eigenes Weinen und eine einzige, tausendmal wiederholte Frage «Was ist los mit dir, Ana?» hören, ich konnte nicht antworten, mein Gesicht brannte, und meine Mundwinkel schmerzten in der verstörten, angespannten Grimasse, die groteskerweise einem breiten Lächeln ähnelte, aber ich konnte nichts für sie tun, konnte nichts für mich tun, nur weinen, und ich weinte, als wäre es möglich, die Tränen ausbluten zu lassen. Nach einer Ewigkeit, die auf der Uhr kaum länger als fünf Minuten gedauert hatte, beruhigte ich mich langsam wieder, aber nicht einmal dann war ich imstande, meinem Bruder zu erklären, was mit mir los war, aber ich fühlte mich schon vor Anbruch des Morgens nicht mehr allein. Unerklärlicherweise spürte ich, daß die Stadt, meine Stadt, mir Gesellschaft leistete. In derselben Nacht eröffnete ich Félix telefonisch, daß ich mich entschieden hatte, nach dem Dreikönigstag nicht nach Paris zurückzukehren.

Viele Jahre später entsetzte ich Dutzende von Gesprächspartnern mit dem so vehement-aufrichtigen wie unschuldig-kühnen Eingeständnis, daß ich Paris für eine abscheuliche Stadt halte. Und es stimmt, daß ich sie verabscheue, aber außerdem war ich dort sehr unglücklich.

Jede Stadt hat ihr eigenes Gesicht, ihren eigenen Geschmack, ihren eigenen Charakter, und die Zeit vergeht nicht in jeder gleich schnell. Unter den schwarzen Kugeln der gigantischen Trommel, die sich zu drehen beginnt, wenn ein Mensch geboren wird, damit das Schicksal, wie die bösen Hexen, die überraschend bei einer Taufe erscheinen, die Hebel mit einer besonders launischen, unsensiblen, erbarmungslosen Hand in Bewegung setzt, befindet sich auch jene der Unvereinbarkeit gewisser Gesichter, gewisser Geschmäcker, gewisser Charaktere mit dem Willen der Stadt, in der ein Mensch landen wird. In genau diesem Bereich erhielt ich eine weiße Kugel, aber die Dinge wären nicht besser gelaufen, wenn Félix und ich in Madrid wohnen geblieben wären und seine schwarze Kugel damals sehr wenig gewogen hätte. Trotzdem, man weiß ja, daß sogar Mütter, denen das Los ihrer Kinder, die auf dem Hof mit sich selbst reden, gleichgültig ist, verrückt vor Freude werden, wenn sie eines zurückgewinnen, das sie verloren haben. Die liebevollen, viel gefährlicheren Mütter filtern aus diesen Gelegenheiten einen dickflüssigen, ausgesprochen süßen Likör, der mit dem Geschmack der Schuld imprägniert und zäh wie die Reue ist, einen flüssigen Kuß, der ewig auf der Zunge desjenigen weiterleben kann, der bereit ist, für immer auf eine andere Liebe zu verzichten. Deshalb zögerte ich nicht und akzeptierte freudig die heiße Erpressung der Stadt, die ihre Arme nach mir ausstreckte, deshalb lief ich los, um mich an ihre Brust zu flüchten, und ich schloß gedankenlos die Augen und stimmte eiligst alle Zahlen meines Lebens aufeinander ab, um eine Null zu erhalten und noch einmal von vorne anzufangen und mich in den ovalen Wänden dieser weisen Zahl, die das Nichts ausdrückt, hin- und herzuwiegen. Ich war vierundzwanzig, hatte eine vierjährige Tochter, eine Familie, die aufgehört hatte, meinen Verlust zu beklagen, und keinerlei Abschluß, keinerlei Erfahrung, nicht einmal annähernd eine Vorstellung davon, wie ich es schaffen sollte, mich selbst zu unterhalten.

Nach fast zehnminütiger erzwungener Warterei telefonierte Amanda immer noch, und ich beschloß, sie zu überspringen, um mir das Risiko, ungerecht zu sein, zu ersparen. Ich wagte es nicht laut auszusprechen, aber es ist doch so, daß ich jedesmal innerlich die Fassung verliere, wenn ich mich daran erinnern muß, daß sie nicht mehr bei mir in Madrid, sondern in Paris bei ihrem Vater lebt, und das würde genau jetzt geschehen, wo ich doch gerade anfing, den beunruhigenden Eindruck von mir als lebenslanger Geisel meiner eigenen Tochter abzuschütteln.

Nach ihrer Abreise konnte ich anfangs der Versuchung nicht widerstehen, mich mit dem Gedanken zu trösten, wieviel besser es gewesen wäre, wenn ihr Vater sie vor elf Jahren eingefordert hätte, als ich ein wahnwitziges Leben mit Babysittern, Einkaufslisten und Essensvorbereitungen zu führen begann, viele Jahre ohne einen Kinobesuch, ohne mir etwas Neues zum Anziehen zu kaufen, ohne daß es mir gelang, die regelmäßig aufsteigende Angst zu unterdrücken, wenn ich einen Umschlag von der Bank im Briefkasten entdeckte. Das Kind verschlang mehr als die Hälfte meines ersten Lohnes als Rezeptionistin und Botengängerin in einer Fotoagentur, deren Hauptaktionär zugleich Hauptgesellschafter der Galerie war, die nur Félix' Bilder ausstellte, der beste Kontakt, den ich finden konnte bei meiner Rückkehr in eine Stadt, die ich zu einem Zeitpunkt verlassen hatte, als alle meine Freundinnen zugleich Schulkameradinnen waren. Mein Mann war nicht bereit, in irgendeiner Weise die nüchterne, konventionelle, kleinbürgerliche und teilweise jeglicher Kreativität entbehrende Erziehung, die ich seiner Meinung nach dem Kind angedeihen ließ, zu unterstützen, so daß ich eine normale Schule bezahlte und er die Kosten für den Ballettunterricht, die Suzuki-Violine und die Werkstatt für schauspielerische Ausdrucksfähigkeit am Samstagmorgen übernahm – wobei mir letztere gewiß sehr recht kam, um einkaufen gehen zu können –, und er weigerte sich rundheraus anzuerkennen, daß Amanda neben der geistigen Bedürftigkeit auch einen Körper hatte, der Nahrung, Kleidung, heißes Wasser, elektrisches Licht, im Winter eine Heizung und im Sommer ein bißchen frische Luft benötigte. «Unser Zuhause ist hier», sagte er zu mir, «hier gibt es Licht und Wasser und Heizung und Platz und Dinge, die uns gehören. Komm zurück...» Das sagte er zu mir, und als ich das die ersten Male hörte, lief ich vor Wut und Empörung rot an. Später war es mir egal, und am Ende mußte ich immer schnell auflegen, damit er nicht merkte, daß ich mich kaputtlachte. An manchen neunundzwanzigsten irgendeines Monats hingegen, wenn ich mit den Rechnungen Patience spielte – die bezahle ich, die nicht, die bezahle ich, die nicht –, bevor ich resigniert ein weiteres Mal, das nie das letzte sein würde, auf die gefährliche Großzügigkeit meiner Eltern zurückgriff, erschien mir meine Situation weniger komisch, aber selbst dann verlangte ich mir eine Art innerer Wachsamkeit ab, die mir unerläßlich erschien, um nicht irgendwann doppelt zu sehen, denn es stimmte ja, ich war weggegangen, ich hatte Amanda mitgenommen, ich lebte mit ihr, und ich war nicht bereit, auch nur einen Millimeter vor den Konsequenzen all dieser Entscheidungen zurückzuweichen. Und wenn ich in jener Zeit keinen anderen Henker kannte als meine eigenen, unerbittlichen und fortwährenden Fehler, erschien es mir elf Jahre später schwer nachvollziehbar, wie ich Félix' Fehler mit dem trüben Anstrich hinfällig gewordener Ansprüche hatte übertünchen können. Wenn er elf Jahre zuvor meine Tochter eingefordert hätte, hätte ich mich einfach geweigert, sie ihm zu überlassen, aber ich mußte mich zwingen, mich daran zu erinnern, bevor ich akzeptierte, daß Amanda freiwillig mit ihm zusammenlebte, und basta.

Mein armer Vater, der den zweiten Platz auf der Liste der dringlichen Rückrufe besonders verdiente, telefonierte auch. Forito jedoch, mein bester Freund in jenen alten und schlimmen Zeiten der Rückkehr, nahm nach dem zweiten Klingelzeichen ab.

«Mach dir keine Sorgen, Forito», versuchte ich ihn im ersten kurzen Moment des Schweigens zu beruhigen, das auf die überstürzten Erläuterungen seiner Nöte folgte. «Ich weiß nicht genau, was diesen Monat passiert ist, aber allen anderen Mitarbeitern geht es genauso.»

«Natürlich, wenn die Rechnungen nicht weitergeleitet werden –»

«Nein, darum geht es nicht, im Ernst. Fran hat deine Rechnung abgezeichnet, ich bin mir sicher.» Ich hörte ihn am anderen Ende der Leitung nervös atmen und sprach lauter, um ihn zu überzeugen. «Auf Fran ist absolut Verlaß, das versichere ich dir. Sie ist ziemlich anstrengend mit den Fristen, sehr fordernd bei der Arbeit und was immer du willst, aber mit der Knete ist sie superkorrekt, das schwöre ich dir, da hat sie nichts mit ihrer restlichen Familie gemein. Schau, dem Mädchen, das ihr Bruder Miguel uns vor die Nase gesetzt hat, der geht's genauso, sie hat mich auch angerufen. Und du weißt ja, daß er ein Gauner ist, aber er vögelt sie vermutlich, so daß er für die Rechnung, die sie ihm serviert –»

«Ja, ja, aber... Was mache ich?»

«Nun, nichts, im Augenblick nichts, warten. Morgen werde ich als erstes, wenn ich ins Büro komme, bei der Buchhaltung vorbeigehen und nachfragen, sei ganz beruhigt... Und wenn es nötig ist, rede ich mit Fran, sie soll einen Aufstand machen, es wäre nicht das erste Mal.»

«Nein, das stimmt.»

Wenn ich es wagte, einen Schritt weiter zu gehen, dann deshalb, weil ich so überzeugt davon war, daß er mir vertraute und daß ihn meine Worte noch nicht ganz beruhigt hatten.

«Noch etwas, Foro. Wenn ich dir für die Miete oder... wofür auch immer du es brauchst, etwas leihen kann, sag mir Bescheid. Ich gebe es dir gerne.»

«Auf keinen Fall, auf keinen Fall, auf keinen Fall.» Mein Angebot hatte bewirkt, daß sich der naß gewordene alte Vogel, der ein paar Sekunden zuvor in mein Ohr piepste, wieder in den ungestümen, höflichen und alkoholisierten Mann verwandelt hatte, den ich kannte. «Das sagst du nicht noch einmal, sonst werde ich böse.»

«Aber warum denn nicht?» insistierte ich, denn es ärgerte mich sehr zu wissen, daß ihm in Notfällen wie diesem nichts weiter übrigblieb, als auf seine Ersparnisse zurückzugreifen, die zusammenzutragen ihm wunderbarerweise gelang und mit denen er seinem Sohn die Ausbildung bezahlte, und weil meine Worte außerdem aufrichtig gemeint waren. «Wirklich, mir macht es nichts aus, es handelt sich nur um ein paar Tage. Diese Scheißkerle halten die Zahlungen zurück, weil sie womöglich wochenweise oder vielleicht nur tageweise Geld angelegt haben, wer weiß das schon...»

«Ach nein.» Auch er war hartnäckig und tat übertrieben ruppig, bevor er einen spöttischen, lüsternen Tonfall anschlug, der mir kundtat, daß ich ihn endlich überzeugt hatte. «Ich habe noch nie zugelassen, daß Frauen mich für nichts aushalten. Wenn du etwas bräuchtest, wäre das schon was anderes... Darüber könnten wir nachdenken.»

«Na klar.» Ich lachte, und er fiel am anderen Ende der Leitung in mein Lachen ein. «Das hat mir noch gefehlt, ausgerechnet mir, zuzugeben, daß ich etwas bräuchte! Du bist ein alter Lustmolch...! Gut, komm morgen so um elf zu mir, einverstanden? Übrigens: Geht's dir gut?»

«Mir geht's nicht allzu schlecht. Und dir?»

«Mir könnte es auch schlechter gehen.»

Und trotzdem war ich gründlich verärgert, als ich auflegte. Von allen unvermeidbaren, je nach Alter auftretenden Katastrophen, die mir meine Mutter genußvoll vorhergesagt hatte, als ich gerade erst in der Pubertät war, ist das die einzige, die sich nicht in der absehbaren Frist erfüllt hat. Ich habe in meinem Leben hochmütig Dummheiten gemacht, ich habe es bereut, nicht studiert zu haben, ich hatte bittere Tränen vergossen, weil ich meine Jugend an der Seite des falschen Mannes vergeudet hatte, ich hätte andere Jungs kennenlernen sollen, bevor ich mich mit dem ersten, der mir über den Weg lief, verlobte, nichts tröstete mich darüber hinweg, drei Monate nach Erreichen der Volljährigkeit geheiratet zu haben, und der schlimmste Fehler von allen, die ich machen konnte, war der, frisch verheiratet in ein anderes Land zu ziehen, und niemals hätte ich so jung ein Kind bekommen sollen, dies alles, ja, ich gebe es zu, ich räume es ein, ich bedaure es, aber eines hat sich mit dem Alter nie verändert: Ich bin immer noch viel zu schnell verärgert, mein halbes Leben lang war ich verärgert und ich zelebriere es, denn ich verfüge über keinen anderen Hinweis zu der Vermutung, daß mein Leben, ich selbst, vielleicht auch anderes auf dieser Welt in Ordnung zu bringen ist. Der Tag, an dem ich endlich aufhöre, mich zu ärgern, wird mein Todestag sein, oder aber ich werde beginnen, mit dem, was ich bin, in Einklang zu leben, mit anderen Worten, ich werde glücklich sein. Schon die wunderbare Perspektive der zweiten Hypothese kompensiert das uneinschätzbar grausame Risiko der ersteren.

Niemand, der an ein Leben ohne ständiges Nachrechnen gewöhnt ist, der ohne lange darüber nachzudenken ein paar Runden Bier ausgibt, der die Tage nach jedem Monatsletzten gelassen und in der unerschütterlichen Gewißheit verbringt, daß dieses Datum mit dem Bezug des nächsten, vollen Gehalts auf dem Girokonto zusammenfällt, kann sich die heimliche Angst vorstellen, die die Betroffenen schnell altern läßt. Niemand, der nie gespürt hat, wie seine Beine bei jedem Schritt nachgeben, wenn er einen sonst langen und nun plötzlich sehr kurzen Flur entlanggeht und feststellt, daß sein Mund ganz trocken ist, und sich wütend räuspern muß, um mit gezwungener Höflichkeit, die eher zu einer Bittstellung paßt, durch ein Fensterchen mit Metallrahmen irgendeinen kleinen Angestellten mit mißmutigem Gesichtsausdruck zu grüßen – sie schauen immer mißmutig drein, als gehörte das Geld, das sie auszahlen, ihnen, und sie haben es sich im lautersten, verachtungswürdigsten Wurmdasein gemütlich eingerichtet –, niemand kann sich überhaupt vorstellen, wie erniedrigend es ist, ein oder zwei oder drei Monate später noch ausstehendes und fast immer schon längst ausgegebenes Geld einzufordern, das zu erhalten dann keine Freude mehr macht. Ich hingegen habe diesen Weg so oft einschlagen müssen, bevor ich, wie alle in diesem Beruf, durch eigene Anstrengung einen Arbeitsvertrag zu akzeptablen Bedingungen erhielt, daß ich die rücksichtslose Nachlässigkeit jener, die keinen Finger rühren, damit ihre Mitarbeiter rechtzeitig bezahlt werden, nicht nachsehen kann. Rosa, die auch weiß, was es bedeutet, abhängig von nichtbezahlten Rechnungen zu leben, zeigte sich hingegen vom ersten Augenblick an bereit, mit mir zusammenzuarbeiten. In meiner Abteilung bekommen die Fotografen, die auf eigene Rechnung arbeiten, ihr Geld noch vor den unabhängigen Fotoagenturen und diese wiederum vor denen, die zu Konkurrenzverlagen gehören. Zumindest versuchen wir es so zu handhaben. Und wenn ich mich so ärgerte, nachdem ich Foro beruhigt hatte, dann deshalb, weil ich sicher war, daß die Ketten, die Fran fesselten, noch nicht gerissen waren.

Doña Francisca Antúnez, ein gefürchteter Name unmittelbar an der Spitze des gigantischen Organigramms, das die Empfangshalle beherrschte, ist eine ziemlich eigenwillige Frau, wie wohl alle Menschen, vermute ich mal, die genau am Schnittpunkt eines halben Dutzends fortwährender Widersprüche leben. Ich kenne sie seit vielen Jahren und weiß kaum etwas über sie, aber ich habe immer unterstellt, daß sie viel glücklicher wäre, wenn sie ein anderes Leben führen würde, irgendein anderes Leben, das leichter wäre, wenn auch schwieriger, das bequemer wäre, wenn auch härter, das reicher wäre, wenn auch viel weniger als das, das sie in Wirklichkeit lebte. Trotzdem würde es mich nicht wundern, jemanden zu treffen, der genau das Gegenteil behauptete, denn der Saldo einer jeden Schlacht mit ewig ungewissem Ausgang besteht immer in genau diesem Maß an Zweideutigkeit, die Fran – wie alle sie zu nennen verpflichtet sind, Laufburschen, Sekretärinnen und Portiers eingeschlossen – innerlich und äußerlich mehr als jedes andere Merkmal bestimmt.

Eher schlaksig als groß, eher knochig als schlank, ähnelt keine Frau mehr einem ungeschickten Storch als sie. Sie verschanzt sich hinter geschmackvoller und sorgfältig ausgesuchter Kleidung – in der sie jedoch eher Schutz als die gefällige Sicherheit einer eleganten Frau zu suchen scheint –, und ihr kantiges Gesicht mit den harten, fast maskulinen Zügen fällt manchmal unmerklich in sich zusammen. Dann weiten sich einen Augenblick lang ihre Augen, die sehr schön und sehr warm sind, und füllen sich mit dem flüssigen Glanz von Unschlüssigkeit, wie Kinderaugen kurz vorm Weinen, aber Fran weint nie. Statt dessen bekommt ihr Mund, wenn er ihre Anordnungen schneidender, unwiderruflicher und verärgerter als gewöhnlich formuliert, einen angespannten Zug. Es gibt wenige, aber ehrliche Menschen, die sie attraktiv finden. Viele sagen, sie sei häßlich, obwohl sie einräumen, daß dieses Adjektiv nicht genau trifft, aber ich bin mir sicher, die meisten Menschen, die sie kennen, wären unfähig, sie in herkömmliche Schubladen einzuordnen, und nicht nur bezüglich ihres Aussehens. Ich habe noch nie für einen Menschen gearbeitet, der so nachdrücklich so viel angeordnet hat und der sich gleichzeitig in der Führungsrolle so unbehaglich zu fühlen schien. Nie hat ein linker Unternehmer so viel Seele in seine Position als Unternehmer und Linker gesteckt, so wie sie daran gelitten, einem so exotischen Projekt und gleichzeitig ihrer Familie und ihrem Mann treu zu bleiben, einem Arbeitsrechtler und Anwalt – Gründer und Eigentümer einer Kanzlei, in der mindestens zwanzig weitere Arbeitsrechtler arbeiten –, der ausgesprochen klug, sehr rot und sehr reich ist und der alle seine Konflikte vor vielen Jahren mit einem Federstrich löste, indem er als erstes den Kontakt zur Familie seiner Frau abbrach, mit Ausnahme des Kontakts zu seinem Schwiegervater, der sich mit seinen Söhnen auch verkracht hatte. Wenn Fran den Namen ihres Mannes erwähnt, senkt sie die Stimme, als hätte sie Angst, ihn abzunutzen. Ihre Liebe zu ihm nach so vielen Jahren erscheint mir überwältigend, so außerordentlich beneidenswert, und bewirkt bei mir, daß ich ihr alles verzeihe, sogar ihre schlimmsten Tage. Ihre Brüder sind dagegen ein anderes Thema.

Antonio Antúnez ist ein sehr fähiger, ehrgeiziger, eleganter, taktvoller, besonnener, absolut höflicher Mann und ein echter Scheißkerl. Miguel, der jüngere, ist weniger fähig, viel weniger ehrgeizig, aber eleganter, weniger taktvoll, überhaupt nicht besonnen, aber ebenfalls absolut höflich, das ja. Wenn sich die Qualität eines Menschen an der Zahl seiner moralischen Skrupel messen läßt, ist er besser als sein Bruder, aber unendlich viel durchtriebener und außerdem der schönste Mann, mit dem ich je geschlafen habe.

Als ich mich mit ihm einließ, kannte ich Fran nur vom Sehen. Ich hatte erst knapp zwei Monate zuvor im Verlag zu arbeiten angefangen und das in einer anderen Abteilung, gewiß, die nichts mit seiner Herrschaft über die Schulbücher zu tun hatte, aber schon bei unserer ersten Begegnung auf dem Flur hatte er ein Auge auf mich geworfen, ich hatte es bemerkt, und es schien mir in Ordnung, Kerle wie er laufen normalerweise nicht so frei herum. Er überragte mich locker um einen Kopf, so daß er größer als einsneunzig sein dürfte, und er hatte einen gutproportionierten Körper, eine Pracht für Frauen wie mich, die wir nicht richtig tanzen können, weil wir es mit ziemlich kleinen Jungs lernen mußten. Er hatte schwarzes Haar, schwarze Augen, schneeweiße Zähne und eine perfekte, glatte und straffe Haut, die glänzte, als wäre sie ständig mit Öl eingerieben – ganz anders als die Pickel und Flecken und kleinen Warzen, die Frans Ausschnitt und Schultern zierten, wenn sie im Sommer Kleider mit Spaghettiträgern trug –, und er war sehr schön, so schön, daß seine Lippen bei jedem Lächeln anzuschwellen und zu knistern schienen, und seine superlangen Wimpern machten beim Blinzeln fast Geräusche. Er kam mir wie ein unübertrefflicher Mann vor, und deshalb ließ ich mich in den Büros und Fluren ein wenig hofieren – der alte Trick mit der Warteschlange vor dem Kopierer – und hielt nur das erste Mal stand, als er mir vorschlug, ein Glas zusammen trinken zu gehen, nachdem ich durch ein Fenster beobachtet hatte, wie er die Zeit in der Empfangshalle des Gebäudes verplemperte, mit den Empfangsdamen und dem Portier plauderte, die Zeitungen für die Besucher durchblätterte und darauf wartete, daß ich herauskam.

Das zweite Mal sagte ich zu ihm, daß ich gleich nach der Arbeit keine Zeit hätte, weil ich die Babysitterin meiner Tochter ablösen müßte, aber bevor seine Lippen einen bitteren, mutlosen Ausdruck annahmen, erklärte ich ihm, daß wir uns an einem der nächsten Abende verabreden könnten, wenn er mir rechtzeitig Bescheid gäbe. Und er gab mir rechtzeitig Bescheid, er tat es einfach gleich an Ort und Stelle. «Morgen», schlug er vor. «Nein», antwortete ich, «morgen kann ich ni. . .» – «Übermorgen», verbesserte er sich, und ich lächelte in mich hinein, geschmeichelt von seiner Ungeduld, machte eine Pause, bevor ich zusagte, und so verblieben wir, ich brachte Amanda zu meinen Eltern, für den Fall, daß es später als gewöhnlich werden würde, aber zu einem Kneipenbummel kam es gar nicht, wir tranken nur ein Glas, die Situation explodierte, noch bevor wir Zeit zu mehr gehabt hätten. «Laß uns gehen», sagte er nur, «laß uns gehen» – er hatte mich ausdrücklich in der Nähe meiner Wohnung treffen wollen mit der Ausrede, daß er sicherlich später käme und mich nicht warten lassen wolle, so daß wir gingen und sofort ankamen, und es war wunderbar, denn nackt war Frans Bruder der schönste Mann, mit dem ich je geschlafen habe, und außerdem wußte er Bescheid; ich habe nie einen Geliebten gehabt, der sich im sumpfigen Gelände der ersten ehebrecherischen Nacht mit solcher Sicherheit bewegte, er hatte viel Erfahrung, klar, und er riskierte nichts, aber mir erschien das alles sehr gut, denn nie und nimmer, in keinem Moment, ging mir durch den Kopf, daß es auch nur die entfernteste Möglichkeit geben könnte, mich am Ende in einen Mann wie Miguel Antúnez zu verlieben, so daß ich ihm alles erlaubte, und er wußte es auszunützen. Als wir zu vögeln aufhörten, war die Bettwäsche über den Teppichboden verteilt und ich geheimnisvollerweise mittendrin, ohne daß ich die Etappen eines Prozesses hätte rekonstruieren können, der weit weg, an meiner Wohnungstür, begonnen hatte, gegen die er mich noch mit dem Schlüssel in der Hand gepreßt hatte – am nächsten Morgen kam ich zu spät ins Archiv, weil ich über eine halbe Stunde nach ihm suchte, um unter anderem zu entdecken, daß Miguel ohne Strümpfe gegangen war; ich hob schwerfällig den Kopf und sah ihn an, und es schien mir, als sei er sogar noch bewegter als ich. Damals dachte ich, ich hätte vielleicht einen guten Liebhaber gefunden, und war sehr zufrieden, denn in den drei langen Jahren, die ich allein in

Madrid lebte, hatte sich mein Sexualleben auf Félix' Besuche, ein Dutzend sentimentaler Vögeleien, beschränkt, die ich hinterher immer bereute.

Trotzdem hielt meine Freude nur kurz an. Zwei Tage später, gleich nach dem Mittagessen – ich selbst hatte ihm vorsichtig erklärt, daß dies die beste Zeit sei, mich zu Hause anzutreffen, denn es war mir gelungen, meine Arbeitszeit zu verkürzen und um drei Uhr aufzuhören, um zwei freie Stunden herauszuschlagen, bevor Amanda um halb sechs aus der Schule kam –, machte mir ein Anruf das Ausmaß meiner Täuschung klar.

«Mädchen», sagte er, wobei er diese beiden Silben in schmachtendem Tonfall kaute, klebriger und eitler, als ich es je gehört hatte, und bevor mir noch Zeit blieb, entsetzt zu sein, fuhr er fort: «Stell eine Flasche Champagner in den Kühlschrank, ich komme.»

Manchmal ist ein einziger Satz geeignet, denjenigen zu beschreiben, der ihn mit erstaunlicher Bündigkeit ausspricht.

Deshalb wunderte ich mich erst und rief mir dann die Folgen der Geilheit in Erinnerung, die grundlegendste all meiner Schwächen, die dazu beigetragen haben, mein Leben zu ruinieren. Denn ich, die ich noch eine Sekunde vorher über einen Tisch voller Fotos von buddhistischen Tempeln in Sri Lanka gebeugt war, war nicht geil, und plötzlich begann eine Knochenschneidemaschine, so eine, wie es sie in allen Fleischereien gibt, in meinen Ohren das Skelett einer ganzen Kuh zu zerlegen, wohlwissend, daß ich nicht den leisesten dieser Kreischer ertragen kann. Ich erinnerte mich flüchtig daran, ihn an jenem anderen Abend Ähnliches sagen gehört zu haben und außerstande gewesen zu sein, es richtig zu verstehen, da mein Körper wie ein Baiser angeschwollen und meine Ohren zugunsten anderer Sinne verstopft waren.

«Nein, hör mal...» gelang es mir einen Moment später zu formulieren, «komm besser nicht.»

«Was?» Es klang eher wie ein Protest, aber ich beantwortete seine Frage.

«Nun, erstens habe ich keinen Champagner im Haus.»

«Und zweitens?» Seine jetzt heitere Stimme klang wieder vertrauensvoll, als wollte sie mir anzeigen, daß er zu spielen bereit war, wenn ich es wollte; er dürfte gelächelt haben, seine Lippen dürften angeschwollen sein und geknistert haben, und ich war im Begriff nachzugeben, aber ich kannte mich gut genug, um zu wissen, daß ich es bereuen würde, ich war mir sicher, daß dies nie wirkliche Liebe werden würde, und außerdem war ich an jenem Nachmittag einfach nicht scharf.

«Nun, zum zweiten und letzten, weil ich keine Lust habe.»

«Und warum?»

Weil du ein blöder Schnösel bist, dachte ich für mich, aber meine Antwort lautete, daß ich es nicht wüßte.

Seit jenem Tag hatte es Miguel Antúnez auf mich abgesehen. Zwar strich er mich an jenem Nachmittag nicht von der Mitarbeiterliste des Verlags, weil er mehr Skrupel hatte als sein Bruder Antonio und weil wir beide wußten, daß ich ihm viel zu sehr gefiel, als daß er mich aus den Augen verlieren wollte, aber in den vergangenen acht Jahren hat er keine noch so geringfügige Gelegenheit ausgelassen, es mir heimzuzahlen. Marta Peregrin – dreiundzwanzig Jahre alt, einen Meter siebzig groß, lange Beine, riesige Brüste, schmale Taille, unermeßlich schlechte Fotos – ist die letzte auf der Liste.

Im Laufe meines Lebens habe ich alle Konsequenzen kennengelernt, genutzt und erlitten, die sich aus der Tatsache, einen Körper wie ein Covergirl zu besitzen, ableiten lassen, angefangen bei der altbekannten Unsicherheit über meine intellektuellen Fähigkeiten, die denjenigen ins Auge sticht, die mich zum ersten Mal sehen, bis zu der überwältigenden Ernte an Vorteilen, die man einheimsen kann, ohne je etwas gesät zu haben. Ich bin daran gewöhnt, daß Frauen zunächst regelrecht unangenehm zu mir sind, aber ich weiß nicht, ob mich das mehr stört als die plötzliche schmierige Zuwendung, die ich bei einem großen Teil der Männer auslöse, und ich sorge dafür, mich von beidem fernzuhalten. Ich hätte Marta Peregrin anrufen müssen, um ihr das alles zu erzählen, aber ich verwarf diese Idee gleich wieder, als ich mich an jene Szene erinnerte, ihr Geschrei, ihre Hysterie, das Türenzuschlagen, mit dem sie unser Gespräch beendete. «Dieses Gespräch wirst du bereuen», hatte sie mir zugeschrien, aber ich habe es nie bereut, ich habe sie einfach, zwanzig Minuten nachdem ich sie rausgeworfen hatte, wieder eingestellt, denn das konnte ich nicht verhindern, weil Miguel Antúnez die Tür zu meinem Arbeitszimmer aufriß, Marta wie ein verzerrter, verheulter Schatten hinter ihm, und mir das

Übliche erklärte: «Ich glaube, du hast dich geirrt, Ana» – sie versuchte geräuschlos die Nase hochzuziehen – «Marta macht ihre Arbeit sehr gut, du solltest berücksichtigen...» Ich sah ihm in die Augen und wußte, das war genug. «Willst du, daß ich sie wieder einstelle, Miguel?» fragte ich. «Ja, das finde ich unumgänglich», antwortete er. «Na gut, dann rede mit deiner Schwester, sie ist die Chefin des Projekts...» Fran sagte schließlich ja – «Ich habe eine Menge Probleme, Ana, ernsthaft, ich habe mich mein Leben lang mit ihm herumgeschlagen, eine Fotografin mehr oder weniger, was macht uns das aus?» –, und ich stellte sie wieder ein. Das einzige, was ich bedaure, ist, daß ich jedesmal, wenn ich sie sehe, unweigerlich an mich selbst vor zwanzig Jahren denken muß.

Als Belén Rupérez, der schon die Zahnspange entfernt worden war, die aber noch immer eine ganz starke Brille trug, mir erklärte, daß sie sich die Spickzettel mit einem BIC-Kugelschreiber auf die Schenkel schrieb, war mir noch nicht ganz klar, was es bedeutete, eine Klassefrau zu sein, aber ihr Trick schien mir fabelhaft, nicht nur, weil kein Lehrer, so mißtrauisch er auch sein mochte, es wagen würde, eine Schülerin aufzufordern, vor ihm den Rock hochzuziehen – selbst wenn uns eine Lehrerin erwischte, jede würde verstehen können, daß ein Mädchen sich weigern würde, eine solche Anordnung zu befolgen –, sondern weil außerdem auf einen Schenkel viel mehr Buchstaben paßten als auf diese mickrigen Zettelchen, auf denen man so klein schreiben mußte, daß man sie später bei den Klassenarbeiten unmöglich entziffern konnte, und die unauffällig aus dem Blusenärmel zu ziehen schon schwierig genug war. So änderte ich mitten in der Sechsten meine Kleidung, verzichtete auf meine Hosen und langen Blusen, um schlagartig – für meine Mutter das Opfer einer unverständlichen Leidenschaft – Mitglied im Verein der recht kurzen und ziemlich weiten Röcke zu werden, mit immer sehr hellen, dünnen Strumpfhosen darunter, wobei ich sorgfältig die mit der schlechtesten Qualität aussuchte, damit die verstärkte Zone am Oberschenkel so durchsichtig wie möglich war. Das neue System stellte sich als so lohnend heraus, daß ich es auch in der Orientierungsstufe für die Universität anwandte, trotz der schlechteren Bedingungen – einerseits war meine Klasse kleiner und wir hatten viele neue Mitschüler, fast alles Jungen, und andererseits wurden die Klassenarbeiten nicht mehr in den Klassenzimmern geschrieben, sondern in viel größeren Sälen mit Reihen abgestufter, durch lange Flure getrennter Sitzplätze, die vom Lehrerpodium aus gut zu überblicken waren. Ich wurde nie entdeckt, nie, niemand hegte auch nur den geringsten Verdacht, bis zu jenem Morgen, als er mich erwischte.

Das Thema lautete «Cánovas del Castillo und die Restauration der Bourbonenherrschaft», ich werde es nie vergessen können; ich wußte alles, das war das Schlimmste, daß ich alles wußte, Geschichte war immer eines meiner Lieblingsfächer gewesen, aber an jenem Morgen befiel mich im letzten Moment plötzlich Panik; Eigennamen, Daten, Schlachten, Gesetze, plötzlich glaubte ich nichts mehr zu wissen, so daß ich auf die Toilette ging, meine Strumpfhose hinabrollte, das Buch öffnete und zu notieren begann, als hinge mein Leben davon ab. Und mein Leben hing tatsächlich davon ab, aber anfangs lief alles gut, ich fand einen freien Platz fast in der linken Saalecke, den ersten Platz in der vorletzten Reihe, häufte einen Berg Bücher und Mappen in dem Gang auf, der mich vom beruhigenden Schutz der Wand trennte, und begann, den Rock bis zu den Knien hinuntergezogen, zu schreiben, wobei ich darauf achtete, mich völlig auf die Klassenarbeit zu konzentrieren. Die Einleitung gelang mir sehr gut, und ich bemerkte nicht einmal, daß ein Lehrer langsam den Gang heraufkam, bis er auf meiner Höhe anlangte, sich runterbeugte und schweigend, um mich nicht zu stören, meinen Kram zur Seite schob, bevor er die letzte Stufe hinaufstieg und dort mindestens fünf Minuten lang stehenblieb.

Ich erkannte ihn sofort, Félix Larrea, Kunsterziehung, mein jüngster Lehrer, platonische Liebe aller Mädchen meiner Klasse und Liebling der gesamten Schule, denn als er die Stelle bekam, war er ein Niemand, aber jetzt hatte er sich in die große Verheißung verwandelt, der Tabacalera- und der Coca-Cola-Konzern hatten Bilder von ihm gekauft, und er war sogar einmal im Fernsehen gewesen. Ansonsten der ideale Lehrer, denn im Unterricht war er immer abwesend, als wäre es ihm schnurz, ob wir Fortschritte machten oder nicht, aber er war sehr sympathisch, ließ nie jemanden durchfallen und zeichnete so gut, daß er beim Korrigieren einer Zeichnung quasi eine neue malte und ihn der erfreute Schüler, die Hände im Schoß, sagen hörte: «Das ist so, das kommt dahin, ein Ohr sieht so aus, siehst du?» Wenn er zeichnete, sahen ihm alle zu.

Ich hatte keine Angst vor Larrea, und außerdem ging er gleich darauf weiter, schlenderte den Gang hinter der letzten Reihe entlang, und nach einer Weile begann mein linkes Bein zu jucken, ich zog den Rock hoch und kratzte mich, Herrschaft von Amadeus I., gut, das stand genau dort, wo ich es erwartete, und ich schrieb weiter, und da juckte mich das rechte Bein, und ich mußte mich natürlich wieder kratzen, aber ich fand die zweite Phase des dritten Karlistenkrieges nirgendwo und das, obwohl ich es notiert hatte, ich war mir ganz sicher, denn ich verwechselte sie immer mit der ersten, und ich verfluchte Carlos VII. in alle Ewigkeit, bevor ich wieder auf meinem linken Schenkel nachsah, aber nichts, ich wurde ziemlich nervös, und am Ende schob ich den Rock mit beiden Händen hoch, obwohl ich wußte, daß dies hoch gefährlich war, neigte den Kopf, als müßte ich nachdenken, und da konnte ich alles sehen, die winzige Aufschrift – 2P 3KK 1873–75 – auf der Innenseite des rechten Schenkels, und ein Stückchen weiter zwei Schuhe aus braunem Büffelleder auf der nächstliegenden Stufe. Ich traute mich nicht, den Kopf zu heben, aber ich hob den Blick und entdeckte eine ziemlich abgewetzte, ausgebleichte, unverwechselbare Jeans, kein anderer Lehrer trug Jeans. Es war Larrea, und er hatte mich erwischt.

Ein paar Sekunden lang war ich stumm, ruhig, die Hände auf dem Pult, die Schenkel nackt, den Kopf gesenkt, bis ich merkte, daß auch er stumm und unbeweglich dastand, ganz nah. Da hob ich den Kopf und sah ihn an, und er blickte mit feuchtem und auch wütendem Blick auf meine vollgeschriebenen Schenkel, aber das beeindruckte mich nicht so wie die Bewegungen seines offenen Mundes, seine Zähne kauten den unmöglichen Bissen seiner nach innen gestülpten Zunge, als würden meine Beine ihn schmerzen, als könnten meine Beine ihn verletzen oder verrückt machen. Das war es, was passierte, sagte er mir später oft, in dem Augenblick bin ich verrückt geworden; aber ich habe ihm nie erzählt, wie es mir erging, ich habe mich nie getraut, das jemandem zu erzählen, ich nahm es mit außergewöhnlicher Schärfe wahr, als wäre in meinem Kopf plötzlich eine riesige Glühbirne explodiert, um Ozeane voller Licht über die Dunkelheit meiner Neuronen zu verschütten, denn genau in dem Augenblick entdeckte ich, daß ich eine Klassefrau war, daß ich so geboren war, genau so, wie ich rothaarig oder klein oder mit musikalischem Talent auf die Welt hätte kommen können. Damals hatte ich alle Vorteile auf meiner Seite, denn niemanden beeindrucken Mädchen im Alter von sechzehneinhalb Jahren besonders, und es ist normal, daß alle Jugendlichen hübsch sind, und alle jagen dieselbe Angst ein, und ich hatte nicht allzuviel Zeit zum Nachdenken, denn ich war im Begriff, meine Geschichtsarbeit aufs Spiel zu setzen. Als hätte er es zur gleichen Zeit wie ich begriffen, streckte er unauffällig die linke Hand aus, legte sie auf mein rechtes Knie und wanderte langsam und mit leichtem Druck der Fingerkuppen auf meinen hochgeschobenen Rock zu, auf dem er einen Moment innehielt, ihn dann ebenso zärtlich und langsam nach unten zog, bis er schließlich wieder an seinem Platz war. Ich folgte allen seinen Bewegungen mit abwesendem Blick, meine Haut fröstelte trotz der seidenen Hitze seiner Berührung, und erst als ich gewahr wurde, daß er die Stufen hinabging, sah ich hoch. Er drehte sich ein paar Stufen weiter unten zu mir um, sah mich an und lächelte.

Danach passierte nichts weiter. Er ging es nicht der Geschichtslehrerin mitteilen, er kam nicht mehr meinen Gang entlang; bis es klingelte, sah er mich nicht einmal mehr an. Mein Herz schlug weiter viel zu schnell, bis zu dem Augenblick, wo ich aufstand, meine Sachen zusammensuchte, mit einigen Koordinationsschwierigkeiten die Stufen hinabstieg, meine Beine plötzlich nachgeben fühlte, als wären sie mit Gelatine gefüllt, und ihm mit verschwitzten Fingern das Corpus delicti überreichte. In dem Augenblick fühlte ich mein Blut röter und heißer werden, meine Haut sich straffen, meine Augen brennen und die Luft versengen, und ich empfand einen nie zuvor gekannten Rausch. Der Sieg breitete sich in mir aus, verwirrte mich bis auf die Knochen, und als ich Larrea an der Tür traf, konnte ich ein kurzes, lautes Aufkichern nicht zurückhalten, das an einem verwirrten, konzentrierten, fast nüchternen und unerklärlicherweise ängstlichen Blick erstarb, der den Kunstlehrer in meinen Augen zum ersten Mal in einen Mann verwandelte.

Anfangs war mir nicht ganz klar, wie ich die fabelhafte Macht einsetzen sollte, deren ich mir unverhofft bewußtgeworden war, mir war nicht einmal klar, ob es mir zustand, sie irgendwie auszuüben, vielleicht, weil es sehr schwierig war zu akzeptieren, daß die Welt sich so schnell ändern konnte. Bis zu jenem Tag hatte ich nie etwas mit einem Jungen gehabt, kann sein, weil alle meine Klassenkameraden kleiner, schmächtiger und schwächlicher waren als ich und es mit einem anderen Mädchentyp versuchten, kleineren, zarteren, niedlichen und selbstverständlich hübschen Mädchen von der rundlichen, wehrlosen Schönheit jener damals so beliebten Engelchen auf den Weihnachtspostkarten, die immer von einem sogenannten Ferrándiz signiert waren, gelenkige, noch sehr kindliche Körper, deren Schultern sehr gerade und nicht wie meine nach vorne gekrümmt waren, in diesem freiwilligen Buckel, mit dem ich vergeblich versuchte, meine Brüste zu verbergen, wenn ich sie nicht mit meiner Schultasche in den gekreuzten Armen plattdrücken konnte. Wenn wir samstagabends zusammen ausgingen, wirkte ich wie die Mutter irgendeiner meiner Mitschüler, und sie kamen nur vor den Diskothekentüren näher an mich heran, denn oft war ich die einzige der Gruppe, die eingelassen wurde, um sofort darauf wieder herauszukommen, wenn ich feststellen mußte, daß ich allein im Vorraum stand. Ich glaube, wegen alledem verlor ich den Kopf und weil endlich jemand meinem Vater, meiner Mutter und allen Verwandten recht gab, die mich immer für gefährlich hübsch erklärt hatten, obwohl ich bis dahin noch nie gevögelt hatte, was ihrer übertriebenen Sorge um meine Jungfräulichkeit eine unerträglich kränkende Note verlieh. Und weil Félix es außerdem sehr gut machte. Einwandfrei.

Als ich ihn wie jeden Mittwoch zur selben Zeit ins Klassenzimmer kommen sah, wußte ich noch nichts von der Geschichtsarbeit, aber ich glaubte etwas über ihn zu wissen. Eine Stunde später mußte ich einsehen, daß ich von nichts etwas wußte. Larrea, der mir plötzlich eher schön als interessant erschien, wie ich ihn vorher bezeichnet hatte, um seine Anhängerinnen zu ärgern, wurde nicht einen Moment lang nervös, wie ich es törichterweise erwartet hatte, und er errötete nicht, als er auf mich zukam, seine Hände zitterten nicht, seine Stimme schwankte nicht, sein Blick wich dem meinen nicht aus, es passierte eher das Gegenteil. Er sah mich die ganze Unterrichtsstunde über an und streifte mich sogar ein paarmal im Vorbeigehen, er wirkte selbstsicher und heiter, zufrieden und sehr gelassen, während er feststellen konnte, daß ich immer nervöser wurde und sich meine Wangen zunehmend röteten, bis meine Hände zu zittern anfingen und meine Stimme im Hals steckenblieb, meine Augen seinem Blick auswichen, und dann ertönte das Pausenklingeln. Am nächsten Tag erfuhr ich, daß ich für die Geschichtsarbeit eine gute Zwei bekommen hatte, und gewann schlagartig wieder vollstes Vertrauen in die Macht meiner Beine. Dann kam mir eine Idee.

Ich kreiste das ganze Wochenende darum und fand, es sei Wahnsinn, aber ich hatte solche Lust dazu, ihn erneut zu besiegen, ihn ein weiteres Mal zu besitzen, daß ich mich am Ende zum Angriff entschloß, gut geschützt durch eine große, tiefe Distanz wie der beste Schützengraben. Am nächsten Mittwoch stand ich etwas früher als üblich auf und nahm einen dicken blauen Filzstift, der auf dem Karton, auf dem ich ihn ausprobierte, ebensogut wie auf meiner Haut funktionierte, auf die ich so perfekt verkehrt herum schrieb, als hätte ich mein Leben lang nichts anderes getan. Dann zog ich einen so kurzen Rock an, daß an der Klassenzimmertür eine Mitschülerin auf mich zugelaufen kam und besorgt fragte, ob wir an diesem Morgen eine Klassenarbeit schreiben würden. Nachdem ich sie beruhigt hatte, setzte ich mich in die erste Reihe vor das Lehrerpult und ließ absolut gleichgültig zwei Stunden Spanisch und Philosophie über mich ergehen, starrte auf die Uhr, die Minuten, die sich zu vergehen weigerten, als könnten sie sich mit unsichtbaren Fingern an diesen blöden Zeigern festklammern, die mit unerträglicher Langsamkeit über das Zifferblatt wanderten. Die dritte Stunde kompensierte die Grausamkeit der Zeit mehr als nötig. Larrea fuhr zusammen, als er mich so nahe vor sich sah, aber er begrüßte die anderen wie gewohnt, und ein paar Minuten später forderte er uns zum Zeichnen auf. «Heute machen wir keine Theorie», sagte er nur, und als alle Köpfe einschließlich des meinen, denn ich mußte ein Lächeln verbergen, schon über die Pulte gebeugt waren, stand er langsam auf, ging um das Pult herum und lehnte sich genau mir gegenüber an die Tischkante. Ich wußte, daß er mich ansah, und hob den Kopf, ich sah, daß er mich anlächelte, und ich lächelte zurück. Antón González zu meiner Linken saß mit dem Rücken zu mir und dem Licht zugewandt. Rechts von mir beobachtete uns Esther García Aranaz verstohlen und neugierig, als röche sie etwas. Ich verschob meinen Block und hielt den Deckel vertikal, denn meinem Schauspiel genügte ein einziger Zuschauer. Ich rutschte auf dem Stuhl unvermittelt nach vorne, bis ich praktisch in der Schwebe hing, und streckte meine Beine unter dem Pult aus. Larrea wirkte verwirrt, aber er würde noch viel verwirrter sein, wenn ich eine Sekunde später meinen Rock hochschieben würde, um ihm die Botschaft meiner bemalten Schenkel zu übermitteln. VIELEN, sagte mein rechtes Bein, DANK, ergänzte mein linkes Bein, und die ganze Welt explodierte in meinen unbedeutenden Handflächen.

«Ana...» sagte er so leise, wie er konnte, am Ende der Schulstunde, in beunruhigtem Tonfall und mit weißen Lippen, «kannst du noch einen Moment hierbleiben? Ich möchte mit dir das Projekt zum Schuljahresende... besprechen..., du weißt schon.»

Wenn die anderen es nicht so eilig gehabt hätten, in die Pause zu kommen, wären sie verblüfft gewesen über einen so idiotischen Vorwand, denn ich war weder Klassensprecherin noch deren Stellvertreterin, nichts dergleichen, und es hatte auch niemand aus der Klasse je etwas von irgendeinem Projekt im Zusammenhang mit dem Schuljahresende gehört. Als er jedoch die Tür geschlossen hatte und wir alleine zurückblieben, war er wieder derselbe selbstsichere, fröhliche Larrea wie in der vergangenen Woche.

«Was du mit mir machst, ist nicht in Ordnung», sagte er ohne jede Einleitung, er kam mir aber näher als nötig.

«Das sagt meine Mutter auch ständig zu mir», antwortete ich ebenso fröhlich, während ein unbekanntes Gefühl, Wellen rasender, stechender Hitze, gewissen Regionen meiner Haut ungewohnte Bedeutung verlieh. Er schwieg ein paar Sekunden.

«Und weiß deine Mutter, was du für ein Spiel spielst?»

«Nein. Meine Mutter weiß, daß ich nicht spiele. Ich bin schon zu alt zum Spielen.»

Meine Brustwarzen schmerzten, daran erinnere ich mich gut und daran, daß mein Kopf immer leichter wurde, denn mein Mund überzog eiligst den Rest meines Gesichtes, verband sich mit meinem Kinn, verschlang meine Nase, bedrohte meine Augen, mein ganzes Gesicht war ein einziger Mund, während Félix seine linke Hand ausstreckte und in der Luft hängen ließ, als wüßte er nicht genau, wohin er sie legen sollte, als hätte er Angst weiterzumachen.

«Du kannst mich anfassen», sagte ich zu ihm. «Ich brenne nicht.»

Sein Zeigefinger legte sich auf meine Stirnkante und fuhr mein Gesicht entlang, diesen riesigen Mund, von oben nach unten, um sich dann etwas weiter vorzuwagen, an meinem Hals entlang eine unsichtbare Linie zu zeichnen und eine Sekunde auf mein Schlüsselbein zu drücken.

«Doch, du glühst», antwortete er mir, und der Klang seiner Worte zerriß mich innerlich. «Natürlich glühst du.»

Zwischen uns beiden gab es nichts weiter als eine dünne Trennwand aus schlechter, dichter und nutzloser Luft, die keinerlei Widerstand zeigte, als ich den Kopf neigte, um ihn zu küssen. Er zögerte, mir den Kuß zurückzugeben, aber seine Hand war klüger und preßte sich auf eine meiner Brüste, als wir hinter der Tür leichte, aber noch entfernte Schritte hörten. Der Klang der Realität löste den zerbrechlichen, schwerst erarbeiteten Zauber augenblicklich auf.

«Verschwinde», bat er mich, denn er konnte mir nichts mehr befehlen, und da ich mich nicht von der Stelle bewegte, insistierte er mit dem passenden Wort: «Bitte...»

Ich war so jung, daß ich das Klassenzimmer in der Überzeugung verließ, die Macht in Händen zu halten.

Als es mir endlich gelang, mit Amanda zu telefonieren, war ich schon seit vielen Jahren überzeugt, niemals die Mächtige gewesen zu sein, aber ich wunderte mich immer noch über das verwirrend hohe Maß an Macht, das Félix auch jetzt noch über mich zu haben glaubte.

«Mir geht's hervorragend, und du weißt ja, daß ich dich sehr liebhabe, Mama, aber ich habe keine Zeit für Grüße und Küsse, weil ich verabredet bin und zu spät kommen werde», war alles, was sie mir sagte, nachdem sie sich über den späten Rückruf beklagt hatte. «Du mußt mir das Geld fürs Ballett schicken. Nächste Woche läuft die Frist ab.»

«Hast du die Zahlungsanweisung nicht bekommen? Sie müßte schon seit mindestens... drei Tagen dasein.»

«Ja? Na gut, dann sage ich Papa, er soll bei der Bank vorbeischauen. Er sagt, daß er sehr viel zu tun hat, du weißt schon, und da noch kein Zahlungsbeleg eingetroffen ist...»

Früher hatte Félix Amandas Ballettunterricht allein bezahlt. Er war es, der eine andere, prächtige und bewundernswerte Tochter haben wollte. Aber seit sie bei ihm lebte, trug ich die Hälfte der Ausgaben dieser Tänzerinnenausbildung, die meine Tochter gegen meinen Willen angefangen hatte. «Jetzt ist alles anders», hatte er mir zu Beginn des Schuljahres mitgeteilt, «der Unterricht ist viel teurer geworden, und außerdem muß ich auch noch für die alltäglichen Ausgaben aufkommen, Essen, Fahrten, also, es erscheint mir nur gerecht –» Ich hatte mich so sehr geärgert, daß ich den Hörer aufknallte und beschloß, ohne Murren zu bezahlen. Seit jenem Tag habe ich kein einziges Wort mehr über dieses Thema verloren.

«Gut, mein Schatz», fügte ich nach einer ausreichend langen Pause hinzu, um den Abschied zu erleichtern. «Dann. . .»

«Hör mal, Mama.» Ihre Stimme klang fest, und ich fürchtete die schlimmsten Nachrichten zu hören, aber meine Tochter, die hübsch, intelligent und fleißig sowie fähig war, auf viele Arten glücklich zu sein, war noch nicht bereit, einzugestehen, daß sie nie eine geniale Tänzerin werden würde. Ich war gewappnet, all die Zeit, die nötig wäre, abzuwarten, bevor ich sie darüber hinwegtrösten konnte. Der Grund für ihre Besorgnis lag woanders und überraschte mich. «Sag mir die Wahrheit. . . Hast du dir einen Freund zugelegt?»

«Ich. . .?» Die Frage erschien mir so sonderbar, daß ich fast zu lachen begann. «Nein. Natürlich nicht. Warum fragst du das?»

«Nein, also mir gefiele das, ehrlich. . . Es ist nur, weil ich dich kaum zu Hause antreffe.»

«Weil ich im Verlag viel zu tun habe.»

«Ja, das hat Papa auch gesagt.» Sie schien es zu bedauern. «Wir haben darüber gesprochen, weil. . . Er sagt, daß du nie mit einem anderen Mann wirst leben können.»

«Was?» Hätte in dieser Sekunde die Kraft meiner Stimme von meinem freien Willen abgehangen, wäre das ganze Universum von der beispiellosen Resonanz einer einzigen Silbe erschüttert worden.

«Na, du weißt schon, ich mag ihn sehr, aber wenn er so eingebildet ist. . . Jedenfalls habe ich zu ihm gesagt, daß er nicht recht hat, eh, daß er das ja nicht glauben soll. . . Gut, Mami, jetzt muß ich wirklich los, ich komme sonst viel zu spät. . . Einen dicken Kuß, ich hab dich lieb. Adiós.»

Ich stand wie angewurzelt da, den Telefonhörer in der Hand, nahe am Weinen, und wußte nicht einmal, warum. Ich habe diesen Kummer schon überwunden, mußte ich mir in Erinnerung rufen, der ist schon verkraftet. Der Plastikhörer, den ich einen Moment zuvor mit meinen Fingernägeln hätte zerkratzen mögen, sank langsam hinab, gehorchte dem Rhythmus des Verses, den meine geschlossenen Lippen formten: Ich lebe sehr gut, sagten sie mir, ich habe großes Glück, eine Arbeit, die mir gefällt, eine gesunde Tochter, mir fehlt nichts... Das erste Klingeln verwirrte mich, das zweite war ohrenbetäubend, das dritte drängte mich zu einer automatischen Reaktion.

«Ja?»

«Ana Hernández Peña?» Es war eine mir unbekannte Männerstimme.

«Ja, das bin ich.» Ich war überzeugt, daß es jemand vom Kundendienst wegen der Waschmaschine war.

«Hier ist Javier Álvarez. Ich habe gerade erfahren, daß der Titel meines Werkes geändert wurde, und –»

«Welches Werk?» Aber noch bevor ich die Frage ganz ausgesprochen hatte, erinnerte ich mich wieder an alles.

«Nun, meins. Gut, das, von dem ich glaubte, daß es meins war, weil ich jetzt nicht mehr sicher bin, ob ich meinen Namen dafür hergeben will. Fran Antúnez hat mir erzählt, daß es Ihre Idee gewesen sei, und ich wollte Ihnen selbstverständlich persönlich meinen Glückwunsch aussprechen, denn es ist, als würde man ins Guinness-Buch der Rekorde kommen, also, so was habe ich noch nicht erlebt...»

Er war verärgert, und ich verstand nicht, warum, so daß ich dazu ansetzte, ihn höflich, wenn auch nicht sehr überzeugend zu beruhigen.

«Nun ja, ich weiß nicht, ob Fran Ihnen gesagt hat, daß Planeta einen Monat vor uns ein ganz ähnliches Werk herausbringen wird, und deshalb –»

«Das ist mir egal, Señorita!» Jetzt schrie er, und seine Schreie verursachten eine diffuse Unruhe in mir, wie ein flüchtiges Bedauern, denn ich hatte ihn vor ein paar Wochen kurz im Verlag kennengelernt, und er hatte wie ein interessanter Mann auf mich gewirkt, er hatte mir sehr gut gefallen. «Es gibt einen Zweig der Geographie, der sich Humangeographie nennt, und das hat gewiß nichts mit dem Inhalt meines Buches zu tun. Berge sind nicht menschlich, wissen Sie, auch Flüsse nicht, auch die Kontinente nicht. Es tut mir leid für Sie, aber mit diesem Titel werden wir uns nur lächerlich machen...»

«Hören Sie» – auch ich konnte schreien – «Sie mögen sich in Geographie auskennen, das spreche ich Ihnen nicht ab, aber Sie haben keine Ahnung, wie ein Buch gemacht wird. Wissen Sie, wie viele Leute an diesem Projekt mitgearbeitet haben? Fotografen, Kartographen, Redakteure... Können Sie sich vorstellen, wie viele Menschen sich mit dem, das Sie ‹Ihr Werk› nennen, ihren Lebensunterhalt verdienen? Und die viele Zeit, die wir in das Diskutieren, Planen und Verbessern eines Projekts gesteckt haben, das wir Ihnen in Auftrag gegeben haben? Es ist nicht unsere Schuld, daß man uns den Titel weggeschnappt hat. Was wollen Sie, alles zum Fenster rauswerfen?»

«Ich verlange ein bißchen mehr Präzision, Señorita!» Er ging so heftig zum Gegenangriff über, daß ich fast das rasende Pochen des Bluts in seinen Adern hören konnte. «Ein bißchen Präzision, mein Gott! Nur das.»

«Dann finden Sie einen Titel, der noch nicht registriert ist!»

Ich verzichtete auf seine Antwort, und nachdem ich das Gespräch unterbrochen hatte, steckte ich das Telefon aus, damit ich keinen Anruf mehr von wem auch immer entgegennehmen mußte. Wenn mir jemand angeboten hätte, nie wieder in meinem ganzen Leben zu telefonieren, ich hätte das ohne zu zögern unterschrieben.

Aber manchmal ändern sich die Dinge.

Als das letzte Einzelheft unseres *Atlas der Humangeographie* (im nicht ganz strengen Wortsinn) veröffentlicht war, konnte ich die Wohnung nicht verlassen, ohne vorher eine Nummer zu wählen, die ich auswendig kannte, um eine Nachricht auf einem Anrufbeantworter zu hinterlassen, zu dem man durch einen anderen Anrufbeantworter Zugang hatte, der seinerseits eine Botschaft in einem merkwürdig euphorischen Tonfall enthielt: «Guuuten Tag!», einer von denen, die neuerdings in öffentlichen Einrichtungen so modern geworden sind. Ich sagte kaum etwas: «Hallo, ich bin's, ich gehe jetzt. Ich muß meine Mutter zum Kauf eines Badeanzugs begleiten, und dann werde ich mit denen vom Verlag essen gehen... Ich habe eingekauft, der Kühlschrank ist voller Dinge, die du magst und die man kalt essen kann, direkt aus der Tupperbox auf den Teller, obwohl ich hoffe, daß du einen anderen Grund findest, mich zu vermissen. Keine Ursache. Ich glaube nicht, daß ich spät heimkomme. Ich liebe dich. Küßchen.»

Denn manchmal ändern sich die Dinge.

Ich weiß schon, es scheint unmöglich, es ist unglaublich, aber manchmal geschieht es.

Marisa

ICH WOLLTE IHM SCHON SAGEN, WAS ICH DACHTE, aber ich erinnerte mich rechtzeitig an die Kritik, die mir meine Aufrichtigkeit vor ein paar Monaten eingebracht hatte, als das Thema zuletzt zur Sprache gekommen war.

«Verdammt, Marisa!» hatte mich Ramón damals in eigentümlichem, leicht empörtem Tonfall unterbrochen. «Gibt es denn irgendeine Frau auf dieser Welt, die dir in Ordnung erscheint?»

«Natürlich», antwortete ich so beleidigt wie ein Kind, das gerade beim Schwindeln ertappt worden ist.

«Und welche, laß hören.»

«Ava Gardner zum Beispiel.»

Er schnalzte halb spöttisch, halb ungeduldig, fast schon geringschätzig mit der Zunge.

«Nein...» fügte er dann hinzu, «ich meine eine, die lebt.»

Während meiner Sekretärinnenausbildung und später, als ich zu arbeiten begann, bin ich samstags oft mit meinen Freundinnen, oder anfangs eher Klassenkameradinnen, und dann mit Bekannten aus dem Verlag ausgegangen, fast immer nur mit Frauen, denn keiner einigermaßen vernünftigen Frau kommt es in den Sinn, den Freund mitzunehmen, wenn sie mit zwei oder drei Gleichgesinnten zum Essen verabredet ist und danach auf die Piste geht, um zu sehen, was kommt, und das sollte ja nicht ausgerechnet der Freund sein. Aber im Laufe der Jahre verwandeln sich die Freunde in junge Ehemänner, es werden lange Wochenenden zu zweit und träge

Samstage mit langen Siestas in ausdauernden Bettlaken eingeführt, und an den Sonntagen, nach der Rückkehr vom Rastro-Flohmarkt, wo man eines der typischen Kiefernregale oder aus einer Laune heraus einen wertlosen antiken Gegenstand, der nie benutzt wird, gekauft hat, wird zusammen gekocht. Wenn endlich alle Bücher eingeordnet sind und keine einzige Ecke mehr übrig ist, wo man ein Tischchen aufstellen könnte, werden wieder alle Möbel umgestellt oder ein Zimmer ausgeräumt, um es blau oder rosa zu streichen oder um eine Bordüre mit bunten Bärchen am oberen Rand der Wände anzukleben. Die horizontale Phase, die dekorative Phase, die Kinderphase, immer dasselbe, währenddessen ich mich daran gewöhne, jeden Samstagabend zu Hause zu verbringen, ohne zu ahnen, daß je nach Laune der Zeit eine neue Phase lauert, die Phase der Zweifel oder die Phase der Langeweile, die mir eine nach der anderen meine Freundinnen zurückgibt, die plötzlich versessen darauf sind, sich in das Nachtleben der Stadt zu stürzen. Ich folgte ihnen wenig überzeugt, freute mich aber trotzdem über jede Minute ihrer Gesellschaft, zufrieden, daß es mir gelungen war, dem Sofa meiner Großmutter, meiner Tante, meiner Mutter entkommen zu sein – später dem meiner Tante und meiner Mutter und am Ende nur meiner Mutter –, von dem aus sie sich dem Varietéprogramm des ersten Fernsehkanals mit demselben blinden Starrsinn aussetzten, den man bei einem schwachsinnigen Soldaten vermutet, wenn er allein das feindliche Feld überquert.

«Sie ist eine falsche Blonde, nicht wahr?»

«Natürlich, und diese Lippen sind bestimmt nicht echt...»

«Auch der Busen nicht, das sieht man sofort.»

«Wie dumm die Männer doch sind, mein Gott!»

«Wem sagst du das... Schau mal, die da rechts, die mit dem dunklen kurzen Haar...»

«Wie dick die ist! Mit diesen Schenkeln würde ich sicherlich keine Netzstrümpfe anziehen.»

«Und ihre Taille sitzt ziemlich hoch, oder?»

«Hoch? Die sitzt in den Achselhöhlen...»

«Unglaublich, wirklich, die Männer sind dumm!»

«Die da im Hintergrund... Die da im Hintergrund, die ist ja ein Verbrechen.»

«Welche? Ah ja, die vollbusige.»

«Vollbusig ist untertrieben... Sie ist unproportioniert, schau mal, die kann gar nicht richtig gehen.»

«Und dann die Beine, sieh nur, wie dünn die sind... Das paßt nicht zusammen. Und im Gesicht ist sie eigentlich ziemlich häßlich.»

«Na ja, im Gesicht ist genaugenommen keine sehr hübsch.»

«Die sind alle so zugeschminkt, alle gleich, und diese falschen Wimpern... Sie sehen wie Schaufensterpuppen aus.»

«Aber die Männer merken's ja nicht! Es ist nicht zu glauben.»

«Schrecklich! Und die, schau mal, die da, die Rothaarige. Die hat einen Hängearsch, den sollte sie besser verstecken.»

«Aber meine Liebe, was könnte sie dann noch herzeigen?»

«Also, es gibt keine hübschen Frauen mehr.»

«Wie zu unserer Zeit...? Nein, keine.»

«Natürlich nicht. Grace Kelly, Ava Gardner, Rita Hayworth.»

«Also hör mal, wie kannst du das vergleichen...»

Ich lauschte ihnen schweigend, ersparte ihnen meine Meinung, die sie ja auch nicht hören wollten, aber ich hätte gerne den Mut gehabt, sie daran zu erinnern, daß die Männer so dämlich nicht sein konnten. Denn meine Großmutter betete im Alter nur noch eine Andacht nach der anderen, damit ihre Tochter einen guten Jungen fände, doch kein heiratsfähiger Einfaltspinsel hatte es je gewagt, sich meiner Tante Piluca, die immer, buchstäblich und sinnbildlich, ein Aas gewesen ist, auf weniger als einen halben Meter zu nähern. Und wenn mein Großvater Anselmo eines schönen Tages gegangen ist und über dreißig Jahre lang nicht einmal mehr eine Spitze seines Schnurrbartes in unser Haus gesteckt hat – meine Großmutter erfuhr von seinem Tod, als ich noch ganz klein war, dank einer anonym geschickten Todesanzeige aus der Tageszeitung *Faro de Vigo* aus Pontevedra –, dann deshalb, weil ihm alle Tricks, aller Schwindel, alle Listen und alle Laster dieser verkommenen Person, mit der er sich wie ein Dummkopf eingelassen und davongemacht hatte, von nahem betrachtet nicht so schlecht erschienen sein dürften. Der einzige dumme Mann, den ich kannte, war mein Vater, der alle drei ohne zu murren ertrug und der es ab und zu wagte, das Offensichtliche zu verteidigen: «Aber wie könnt ihr nur so was sagen? Die Blonde ist doch hübsch, das sieht man doch gleich!», um dann allein die Beschimpfungen über sich ergehen zu lassen, die allen Männern der Welt galten: «Du bist wirklich dumm, Anselmo, ein hoffnungsloser Dummkopf, mein Sohn, ich weiß nicht, wie du so dumm sein kannst...»

Damals mit fast zwanzig Jahren und auch später, wenn auch noch weit von den Dreißig entfernt, sah ich sie distanzierter, aber ich wagte nicht, sie ganz zu verachten, verstand sie aber überhaupt nicht, und ich gestattete mir sogar einen leichten Anflug von Mitleid, das auf der festen Überzeugung beruhte, daß ich nie sein würde wie sie, und ich bin es nicht geworden, dessen bin ich mir sicher. Aber an jenem Morgen beim Frühstück kam ich nach vielen Jahren ins Zweifeln, denn Ramón war am Abend zuvor im Kino gewesen und wollte mir unbedingt den Film erzählen, ein verzwickter Krimi mit viel Sex, wie sie seit ein paar Jahren in Mode sind, obwohl ihm offensichtlich als einziges die Hauptdarstellerin gefallen hatte, die wunderschön sei, aber wirklich wunderschön, da kann man sagen, was man will, so schloß er, und ich sagte ihm meine ehrliche Meinung, daß sie mir nicht so hübsch vorkam, niedlich im Gesicht, das ja, aber sonst normal und körperlich ebenso, gut, aber nichts von überirdisch, ein bißchen zu klein, um als Sexsymbol durchzugehen, nicht wahr...? Er dachte ein paar Sekunden darüber nach und gab mir ein Fünkchen recht. «Ja, selbstverständlich», bestätigte er nickend wie ein guter Junge und Klassenbester, «als Sexsymbol zum Ende des Jahrhunderts gibt es besser plazierte Kandidatinnen», und dann nannte er zwei Namen, die ich sofort ablehnte. «Aber nein, aber was sagst du da?», und mein Entsetzen war ehrlich. «Die sieht aus wie ein Kerl, wirklich, die hat extrem breite Schultern und ausgesprochen muskulöse Beine, die gefällt mir gar nicht, alles ist riesig, selbst das Gesicht, und wenn du genau hinschaust, wirkt es immer so, als sei sie schlecht gelaunt... Und die andere, na schön, hmmm, ja, sie ist zum Anbeißen, sie hat eine einigermaßen gute Figur, es ist nur so, daß sie wie ein Schweinchen aussieht, ihr Gesicht mag ich gar nicht, ich –» Und da unterbrach mich Ramón mit diesem «Verdammt, Marisa! Gibt es denn irgendeine Frau, die dir in Ordnung erscheint?».

Ich verstand erst nicht ganz, was da vorging, bis ich mich dabei ertappte, den Namen Ava Gardner auszusprechen, einen festen Klassiker aus der Liste, die meine Tante Piluca früher oder später gegen jede Schönheit, nicht nur die aus dem Fernsehen, anführte. Seitdem habe ich keine einzige Bemerkung mehr über gepriesene Schönheiten verlauten lassen, denn ich weigere mich, das Erbe dieser armseligen, vor Rache blinden Matronen anzutreten, aber auch wenn mir die Männer nicht so dumm vorkommen, habe ich immer noch meine Meinung, und es gelingt mir nicht, gnädiger zu sein – vielleicht realistischer – als meine Mutter oder meine Großmutter in besseren Zeiten. Ich bin überzeugt, daß ich nie wie sie werde, denn ich habe aufgehört, darauf zu warten, daß das Schicksal mich besser behandelt, aber vielleicht ist es so, daß glücklose Menschen sich am Ende ähneln. Das ist das Schlimmste von allem, und ich werde es nie laut auszusprechen wagen.

Als ich klein war, sammelte ich Briefmarken. Ich fing mit zwei sehr alten, am Buchrücken eingerissenen Alben an und entdeckte unter der feinen Erscheinung des weichen schwarzen Leders – vom Kalb, präzisierte meine Mutter, als sie es mir gab – gewöhnliche billige Pappe in so diffuser Farbe, daß sie kaum den Namen Farbe verdiente. Trotzdem verwandelten sich diese Alben in meinen wertvollsten Schatz. Drinnen steckten mehr als hundert sehr alte Briefmarken mit lesbarem Stempel und vollzähligen Zähnchen, zwei unabdingbare Kriterien laut meinem Urgroßvater Tirso, meiner Mutter Großvater aus der väterlichen Linie, der friedfertig und glücklich mit seiner Frau gewesen war und genauso starb, im Schlaf. Ich übernahm seine Qualitätsanforderungen, um seine Sammlung weiterzuführen, und ein paar Jahre lang wanderte ich den einen oder anderen Sonntag die Kolonnaden der Plaza Mayor entlang, in den Händen jede Menge Kataloge, deren Daten ich hätte auswendig hersagen können, die mir aber den rentablen Anstrich einer noch ganz unerfahrenen Briefmarkensammlerin verliehen, einer Blauäugigen, die einen sehr hohen Preis für eine Briefmarke bezahlen würde, die jedoch mit Glück das Zwanzigfache des vom Verkäufer festgesetzten Preises wert sein konnte.

Ich lernte diese Art Glück nicht oft kennen, aber immer war es erinnerungswürdig, das Herz hüpfte in meiner Brust wie ein Gummiball, und ich mußte den Kopf abwenden, um es zu verbergen, und setzte eine fast echte, mutlose Miene auf, denn ich zweifelte insgeheim daran, genau dieses Stückchen Papier, genau dieses und kein anderes, eine Zeichnung, ein winziges Etikett, zwei oder drei Zahlen gesehen zu haben, die ich jedoch tatsächlich wieder vorfand, wenn ich mich dem Stand erneut zuwendete und nach irgendeiner billigen Sammlung fragte, sechs oder sieben große Exemplare mit auffälligen Motiven, die aus irgendeinem Emirat oder aus der Sowjetunion zu stammen pflegten, in glänzendes Zellophan gewickelt, für das ich kurz vorgab, mich zu interessieren, bevor ich mich auf andere, gleichermaßen auffällige und billige Angebote konzentrierte, Gedenkausgaben, unentzifferbare Kalligraphien, ein paar falsche Fährten, und am Schluß, wenn ich die begehrte Briefmarke in die Hand nahm und eine Sekunde lang spürte, wie mir das Blut in den Adern stockte, stellte ich wie zufällig und lustlos eine Frage und hatte gewonnen. Diese Art Glück habe ich kennengelernt, aber später beim Heimkommen, wenn ich die nagelneue Errungenschaft an ihrem Platz betrachtete, der vorher ein ärgerliches Loch gewesen war, spürte ich, daß sich meine Leidenschaft bald abkühlen würde, denn diese kleinen Siege konnten mir andere, zukünftige Niederlagen nie ganz wettmachen. Es gibt Menschen, die sind fähig, für eine Briefmarke zu töten, aber so viel Glück hatte ich nie.

Mit etwa fünfundzwanzig begann ich, ermutigt vom mütterlichen Beispiel, meine Kleider selbst zu schneidern. Anfangs war es sehr amüsant, zuerst Modezeitschriften zu kaufen und sie aufmerksam zu studieren, um die vorteilhaftesten Schnitte auszusuchen, dann den Stoff zu wählen, das Schnittmuster aufzuzeichnen, auszuschneiden und zu nähen, und es zu wagen, die Schere an diesen formlosen Haufen anzusetzen, aus dem nach etlichen Stunden wirklich ein Kleidungsstück wurde. Ich war nie wieder so gut angezogen und habe nie wieder so wenig Geld für mich verbraucht, aber eines Abends, als ich einen Parka halb fertig genäht hatte, sah ich ihn befremdet an, als hätte er sich in etwas Bedrohliches verwandelt, und ich entschied, ihn nicht fertigzumachen. Damit war das Abenteuer Schneiderei beendet. Sein Nachfolger, das Aerobic, zeigte vom ersten Augenblick an einen Vorteil und viele Unannehmlichkeiten. Ersterer beschränkte sich auf mein Körperbefinden, das so viel besser wurde, daß man es als sensationell bezeichnen könnte, wenn mir dieses Adjektiv nicht etwas zu groß gewesen wäre, wie Stiefelgröße 56. Ich bin von Natur aus blond, das schon, und es hat etwas, echt blond und nicht eine von diesen Dunkelblonden mit vielen Strähnchen zu sein, die sich seit ihrer Kindheit die Haare mit Kamille waschen, sondern eine echte Blondine mit goldgelbem Haar vom Scheitel bis zu den Spitzen, und ich habe grüne Augen, das stimmt auch, grün wie saure Äpfel, wie Efeublätter, wie Pfefferminze, grüne, aber winzige und so weit auseinanderstehende Augen wie eine Flunder. Manchmal sage ich mir, daß mein Gesicht ein Witz ist, denn ich bin umgeben von Frauen, die sich die Haare blondieren, bis sie fast weiß wirken, die sich die Augenlider mit Lidschatten vollkleistern, um den unbedeutenden grünen Schimmer zu unterstreichen, den sie anscheinend in ihren gewöhnlichen kastanienbraunen Augen ausmachen, und die sich sogar grüne Linsen einsetzen. Ich hingegen habe mir mein Leben lang ein gewöhnliches, rundes Gesicht gewünscht und nicht eines in Birnenform, ein glattes, vernünftiges und nicht mit Leberflecken übersätes Gesicht, nicht eines wie ein Katalog unterschiedlicher Züge, großer Mund, kleine Nase, kaum sichtbare Augen, breites Kinn: das Gesicht einer Außerirdischen. Für all das konnte Aerobic nichts tun, obgleich es wenigstens meine Körperformen leicht ausglich, die mir schon in der Pubertät bewiesen hatten, daß sie bevorzugterweise von der Taille abwärts zunahmen, ohne den ewig kindlichen Oberkörper zu berücksichtigen. Als ich jedoch einsah, daß weder Ratgeber noch Apparaturen es jemals schaffen würden, auch nur die Hälfte meines Poumfangs auf meinem Oberkörper in Form zweier Brüste hervorzubringen – nicht einmal große, eben einfach Brüste –, kapitulierte ich bedingungslos. Der Sport war sehr teuer; der einzige mit meinem Arbeitsrhythmus zu vereinbarende Zeitpunkt war nachts, und außerdem halfen mir diese erschöpfenden Stunden auch nicht, die Wochenenden zu überstehen, diese wiederkehrende Verurteilung zu einer Freiheit, die immer mehr einer echten Gefangenschaft glich.

Nur die Samstagmorgen zeigten sich einigermaßen nachsichtig mit mir, obwohl mich die Krankheit meiner Mutter zwang, jeden Morgen zur gleichen Zeit aufzustehen. Als der unfolgsamen vernaschten Diabetikerin ein unkontrollierter Blutzuckeranstieg eine einseitige Lähmung bescherte, die ihre linke Körperhälfte nachhaltig lähmte, verlor sie, die nie ein liebenswürdiges Wesen hatte, schlagartig ihre wenigen heiteren Züge. Seitdem war sie so hilflos wie ein Baby und ich so unentbehrlich für sie wie eine Mutter; trotz dieses plötzlichen Rollentausches begriff sie die moralische Ordnung unseres Lebens nicht, und mir gelang es nie, Macht über eine Person zu gewinnen, die aus dem Rollstuhl heraus Befehle erteilte und sich nie damit abfinden konnte, daß die schlimmste Vergeltungsmaßnahme, die ihr Zustand ihr erlaubte, nur darin bestand, den letzten Löffel Suppe auszuspucken, den ich ihr gerade in den Mund geschoben hatte. Die Samstagmorgen zumindest hatte ich für mich, und meine Geduld war wie ein Gummi gespannt, wenn ich sie in den Rollstuhl setzte, ihr Zimmer lüftete, sie ins Badezimmer rollte, sie wusch, kämmte und anzog, um danach das einzige richtige Frühstück der Woche zu genießen. Dann ging ich einkaufen, füllte die Speisekammer auf, kochte für mehrere Tage vor, und nach einem kargen Nachtisch landete ich schließlich in S-Form, so wie sich sehr müde Kinder hinlegen, mit zwei Kissen und einer Reisedecke auf dem Wohnzimmersofa und gab mich dem Vergnügen hin, mit einem geschlossenen und manchmal einem offenen Auge zu dösen, wobei ich von weitem das Schicksal des blonden, großen und treuen Piraten verfolgte, der sich früher oder später bis auf den Tod mit einem anderen Korsaren schlug, der immer dunkelhaarig, einäugig und ein Verräter war, alte Filme, die irgendein Sender ständig wiederholte. Aber am Spätnachmittag änderte sich das Programm, und die Stille gab mich den zeitweilig unterbrochenen Klagen meiner Mutter und ihrer einzigen Frage: «Marisa, bist du da?» zurück, die immer gleiche Formulierung einer trügerischen Neugier, das Lasso, das sie alle zehn Minuten auswarf, um sicherzugehen, daß ich sie nicht verlassen hatte, als hätte sie auch nur ein Mal Grund gehabt zu glauben, daß ich zu so etwas fähig sei. Damals begann es mit mir bergab zu gehen, und da ich mich und die Folgen dieser unermeßlichen Stille mit ihren rhythmischen Unterbrechungen kannte, vergrub ich mich in ein Buch, um dem Elend zu entgehen, das mich tödlich verwundet, aber noch lebend am Sonntagabend auf den Fußbodenfliesen in der Küche erwartete, wenn mir nichts anderes übrigblieb, als mit dem Lesen aufzuhören, aufzustehen und das Abendessen zuzubereiten.

Wenn Schriftsteller nicht wissen, was sie auf irgendeine heikle Frage antworten sollen, pflegen sie zu sagen, daß das Leben ein einziger Roman sei. Wenn sie recht hätten, und ich glaube, das haben sie nicht, hätte ich in einem dieser stinklangweiligen Experimente gelebt, die zu beweisen versuchen, daß man ein Buch schreiben kann, in dem nichts geschieht, über eine Hauptfigur, die nichts erlebt, in einem Haus, in dem nichts passiert. Selbst den hartgesottensten, stur auf solch stupiden Romanprojekten beharrenden Schriftsteller würde es vor Langeweile grausen, wenn jemand ihn nötigen würde, mein Leben zu lesen. Deshalb, weil das Leben in nichts einem Roman ähnelt, brauche ich die Bücher, damit sie mich im Leben selbst verankern.

Sie waren immer dagewesen, in Reichweite einer hoffnungsvollen Jugendlichen, einer abtrünnigen Briefmarkensammlerin, einer unbeständigen Schneiderin, einer nächtlichen Turnerin, unwahrscheinliche, realistische, phantastische, grausame Bücher, Chroniken eines Lebens, das ich nie kennen werde, das wirkliche Leben, in das ich mich nur über diese Seiten hineinversenken kann, ein Rausch, der sonntagabends die Rechnung präsentiert, wenn ich gewahr werde, daß ich wieder ein Wochenende, ein weiteres Wochenende mit all seinen Stunden damit verbracht habe, in einem Roman zu leben, der nicht das Leben ist, der nicht mein Leben ist. Ich habe kein Glück. Wie auch meine Großmutter, meine Tante Piluca oder meine Mutter keines hatten, wobei letztere es immerhin geschafft hat, viel mehr zu besitzen als ich. Aber das werde ich nie laut eingestehen und jetzt noch weniger, wo ich ein Alter erreicht habe, in dem meine Forderungen weit jenseits der Grenzen der Lächerlichkeit über ihr eigenes Gewicht stolpern. Der Zufall will es, daß ich in einer glücklichen Welt lebe, in der es keinen Verfall, keinen Mangel und keine Einsamkeit mehr gibt, und deshalb bin ich keine alte Jungfer, sondern ein Einpersonenhaushalt. Alte Jungfern gibt es nicht mehr, sie sind jetzt alleinstehende Frauen. Ich bin viel mehr als alleinstehend, aber zumindest fühle ich mich vom Fortschritt nicht benachteiligt, weil mir die EDV so spät wie wirkungsvoll zu Hilfe kam. Wenn ich über die Zeit erschrocken bin, die ich mit Lesen verbringe, kann ich aufstehen und den Computer einschalten oder umgekehrt. Ich habe ernsthaft an virtuellen Sex zu denken begonnen, ohne mich schmutzig und verrückt zu fühlen.

Als ich kurz nach dem Tod meiner Mutter fünfunddreißig wurde, begann sich der Vorgang zu wiederholen, der mich mit zwanzig Jahren zum Alleinsein verdammt hatte. Ich zog es vor, nicht so viel daran zu denken, aber es stimmt, daß sich alle meine Freundinnen, die es satt hatten, verheiratet zu sein, alle diese Frauen, die so nach Alleinsein hungerten, daß sie an jeder Ecke schworen: «Nie wieder, niemanden und zu keinem Preis», all diese unvorhergesehenen Bewunderinnen meines Lebensstils und Befürworterinnen eines einfachen Lebens mit One-night-Stands, ganz langsam, aber so sicher wie beim ersten Mal wieder zurückzogen, auch wenn sie selbst nicht ganz davon überzeugt waren, daß sie im Grunde sehr glücklich mit ihren Männern waren, und später uns, die wir die Geduld aufgebracht hatten, ihren vorhersehbaren, herzzerreißenden Klagen zu lauschen, einzureden versuchten, daß ihre Ehe nie, aber wirklich nie in einer Krise gesteckt habe.

«Meine Liebe», pflegten sie anzusetzen, als hätten sie mir etwas vorzuwerfen, «es ist eine Sache, wenn der Körper so ein Abenteuerchen braucht, und eine ganz andere, den Mann zu verlassen, oder?»

Ich, die ich nie einen Ehemann hatte, antwortete: «Na klar, das ist nicht dasselbe», aber ihre behelfsmäßige Euphorie erinnerte mich an das Aroma von eher feuchtem denn verbranntem Holz, wie es die Reste einer alten Kriegsgaleone verströmen, die plötzlich nahe der Küste Schiffbruch erleidet, noch bevor sie die Schlacht auf offenem Meer erreicht hat. Und trotzdem ertrug ich diese Frauen viel besser als die anderen, die den Mut und die Gelegenheit gehabt hatten, ihre Vergangenheit abzustreifen und noch einmal fast bei Null anzufangen, die Szenerie einer Horizontalphase so furios und angespannt wie ein riesiges Tau, das fähig ist, den ganzen Planeten in der Schwebe zu halten. Sie glaubten nicht mehr daran, noch alle Zeit der Welt vor sich zu haben, so daß sie das Risiko eines Irrtums nicht eingehen konnten. Und sie irrten sich nicht. Ich sah sie im Verlag in den Fluren und manchmal auch außerhalb einen Kaffee trinken, hastig essen, mit entrücktem Gesicht, mit glänzender Haut, ich sah ihren immer halboffenen Mund, hörte sie kurz und plötzlich über gewisse geheimnisvolle Einzelheiten auflachen, die sie sich laut auszusprechen nie erlauben würden. Dennoch unterließen sie nicht einmal in den extremsten Momenten des freischwebenden Zustands, das Immergleiche zu behaupten: «Du lebst doch wirklich gut, Marisa», als beabsichtigten sie, mir wirklich den letzten Nerv zu rauben, ihre Stimme gelangte von weit oben zu mir, sie schwebten anderthalb Handbreit über dem Boden, aber nicht einmal dann schwiegen sie: «Du mußt niemanden ertragen, hast deine Wohnung, deine Geschichten, deine Sachen, du bist zu beneiden, meine Liebe!» Eine seltsame Leidenschaft, der Neid. Grün und stinkend und unvermeidlich, aber mehr noch unentbehrlich. Manchmal bedeutet der Verzicht auf den Neid einen mineralischen Zustand anzunehmen, ein Dasein ohne Hoffnung.

Ich beneidete sie, mir blieb nichts anderes übrig, als sie zu beneiden, denn gute Liebschaften, ja sogar schlechte, verjüngen, sie sprachen plötzlich wieder von Schwangerschaften und Kinderärzten, von Hypotheken, und ihre Augen füllten sich mit Tränen, während aus ihren Mündern feuerwerksartig Unsinnigkeiten hervorsprudelten – «Und ich schwöre dir, so was ist mir noch nie passiert, und ich versichere dir, dies sind die besten Jahre meines Lebens» –, aber sie logen nicht, ihre Gesichter erlaubten nicht einmal den Trost der Unterstellung, sie würden lügen. Nie waren es mehr als zwei auf einmal, fünf oder sechs in den letzten Jahren, und manchmal kannte ich sie besser, andere Male weniger, und einige mochte ich wirklich, Rosa mochte ich noch, als sie aus Zürich zurückkehrte, aber schon am selben Tag konnte ich sie nicht mehr ertragen, denn Ignacio ist ein guter Ehemann, gut aussehend, ruhig, manchmal witzig, und die Kinder sind gesund und sehr niedlich, sie sind sogar gut in der Schule, sie hatte ein zu gutes Leben, um tagelang zu seufzen und zu behaupten, daß sie schweben wolle, und sie war tatsächlich geschwebt, und deshalb konnte ich sie nicht mehr ertragen, aber Ramón konnte ich nicht einen Bruchteil von alledem erzählen, weil seine Freundschaft die einzige war, die es mir zu bewahren wert war, die einzige, die ich um jeden Preis aufrechtzuerhalten bereit war.

«Hör mal.» Er hob den Blick vom Bildschirm und sah mich an, während sein Computer mir die Disketten eines Redakteurs konvertierte, der sich aus unerklärlichem Grund, es sei denn, um andere zu ärgern, geweigert hatte, die Texte in einem der achtzehn Textverarbeitungsprogramme abzugeben, die mein System lesen konnte. «Was ist denn mit Rosa los? Sie ist ziemlich merkwürdig. Ich habe sie heute morgen am Kaffeeautomaten getroffen, sie wirkte wie ein Zombie. Sie brauchte eine halbe Stunde, um die Knöpfe zu studieren, und dann konnte sie sich nicht entscheiden. Schließlich mußte sie eine Schokolade nehmen. Ich habe sie gefragt, ob sie müde sei, und sie antwortete mir: ‹Ach was, wenn ich dir erzählte...›»

«Nun, dann soll sie es dir selbst erzählen.» Es sollte bloß kurzangebunden klingen, statt dessen klang es herausfordernd, vielleicht weil meine Zunge bei keiner Silbe über meine Zähne stolperte.

«Ist was passiert? Sag's mir, Marisa, ehrlich...» Ramón, der immer ein ziemliches Klatschmaul gewesen ist, schaute mich jetzt wirklich interessiert an.

«Auf der Arbeit nicht. Aber sie hat w-was mit einem Kerl und ist ziemlich durcheinander.»

«Wirklich?» Er lächelte, als hätte ihm keine andere Nachricht mehr Vergnügen bereiten können. «Aber sie ist doch glücklich verheiratet, oder?»

«Eher langweilig», erläuterte ich.

«Aha... Nun, das wundert mich nicht, so toll, wie sie aussieht, könnte sie jeden Tag einen anderen Liebhaber haben...»

Damals verzichtete ich darauf, auszusprechen, was ich dachte, denn Ramón hätte nie mit mir darin übereingestimmt, daß Rosa, so attraktiv sie auch sein mochte, eher ein niedliches Mädchen als alles andere war, und ich mochte nicht wie meine Tante Piluca klingen. Obwohl ich mich eine Sekunde lang für feige hielt, bereute ich meine Vorsicht nicht, denn wenn wir uns in eine ähnlich heftige Diskussion verwickelt hätten wie ein paar Monate zuvor, hätte er mir vielleicht nie das folgende erzählt.

«Um ehrlich zu sein, ich verstehe sie sehr gut, weißt du? Vor ein paar Tagen, ich weiß nicht, vorgestern, glaube ich, als der Wecker klingelte, hüpfte Flora ganz flink aus dem Bett, weil sie mit ihrer Mutter verabredet war, um sie zum Arzt zu bringen. Normalerweise stehe ich früher auf, aber an dem Tag blieb ich liegen und sah sie durch das Zimmer laufen, die Jalousien hochziehen, den Schrank öffnen, Kleider aussuchen... Sie hatte in einem dieser sehr weiten Hemden geschlafen, so eine Art Strandkleid mit einem riesigen verwaschenen roten Mickymaus-Gesicht genau über dem Bauch. Ich weiß nicht, warum, aber ich bemerkte, daß ich sie ansah, als wäre sie die Frau eines anderen, ein Zootier, ein Objekt, das mir nie gehört hat, weil ich es auch nie haben wollte, und ich sagte mir: Ist das das Leben, verdammt? Sie wird immer dicker, und ich liege hier und sehe sie an...»

«Es geht nicht darum, glücklich zu sein, vermute ich, das ist es gar nicht...»

Ramón begann zu reden, als wir durch das Zauntor gingen, das den Verlag vom Rest der Welt trennte, und redete ununterbrochen weiter, während wir keinen gezielten Weg einschlugen. «Laß uns etwas trinken gehen», hatte er zu mir gesagt, als ich ihn in der Empfangshalle traf, und ich hatte zugestimmt.

«Niemand ist so richtig glücklich, nicht wahr, denn es gibt immer ein Problem, fast jeden Tag taucht etwas auf, was es zu lösen gilt, oder man muß eine schwierige Entscheidung treffen, oder es geht in der Küche etwas kaputt, oder ein Kind fällt bei einer Klassenarbeit durch, ich weiß nicht, zumindest geht es mir so, ich beklage mich auch gar nicht darüber, nicht glücklich zu sein, ich strebe nicht einmal danach, aber ich würde mich gerne wieder einmal darauf freuen können, abends nach Hause zu kommen, stell dir vor, das ist nicht viel, aber ich verlasse den Verlag völlig erschlagen, und trotzdem habe ich keine Lust, nach Hause zu gehen, und das macht mich fertig... Ich kann die Schuld auch nicht Flora geben, obwohl sie ihren Anteil daran hat, denn sie ist immer gleich, sie war schon immer so, nur hatte ich früher Geduld und jetzt nicht mehr, früher habe ich sie ertragen, und jetzt ertrage ich sie nicht mehr, früher habe ich sie entschuldigt, und jetzt bringe ich es nicht mehr über mich, mehr ist es nicht, und es geht nicht darum, daß ich sie besser oder schlechter kenne, was weiß ich... Weißt du, warum ich Flora geheiratet habe?»

«Weil sie schw-wanger war», antwortete ich ohne lange nachzudenken, er hatte es mir, kurz nachdem wir uns kennengelernt hatten, selbst erzählt.

«Nein, schon... Ich meinte etwas anderes. Weißt du, warum ich mich mit ihr eingelassen habe?» Ich schüttelte den Kopf. «Nun, ganz einfach weil sie es wollte. Das tut weh, nicht wahr? Aber bis sie wollte, hatte ich noch keine Frau geliebt. Ich war immer sehr niedlich, du weißt schon, so dick und mit Brille, strebsam, aber ein guter Biertrinker, nun... Ich hatte Tausende von Freundinnen, die Mädchen erzählten mir Dinge, die sie niemandem erzählten, ich war der beste Kommilitone der ganzen Fakultät, ich war stolz darauf, die Seminararbeiten für all die tollen Frauen zu schreiben, die ich kannte, aber sonst nichts, aber gar nichts, ich habe mit keiner gevögelt, es war zum Verzweifeln. Und dann lernte ich Flora kennen, sie war die Freundin einer Freundin von einer Studienkollegin, die mir sehr gefiel, so sehr, daß ich sogar für sie in die Apotheke ging, um ihr Neogynona zu kaufen, denn sie schämte sich, das zu verlangen, stell dir vor, was für ein Einfaltspinsel ich war, ein totaler Dummkopf, das war ich. Nun, da tauchte Flora auf und bestand darauf, sich mit mir zu verabreden. Ich war schärfer als ein Messer, ich schwör's dir, ich dachte keinen Moment nach, das ist die Wahrheit... Sie war zweiundzwanzig Jahre alt, ein Jahr älter als ich, und sie war nicht schlecht, gewiß, hübsches Gesicht und ein bißchen mollig, aber anmutig. Tatsächlich fand ich sie einfach witzig, denn alles wunderte sie, alles ging über ihre Kräfte, sie fand alles zum Lachen oder es machte ihr angst, sie kreischte sogar im Kino, diese Dinge eben. Ich fühlte mich gut mit ihr, denn für mich war alles neu, sie auf der Straße zu küssen, eng umschlungen zu gehen, das Popcorn miteinander zu teilen... Außerdem konnte ich mir den Luxus nicht gestatten, mir einzugestehen, daß die einzige Frau auf der Welt, die mit mir schlafen wollte, nicht wunderbar war, also stürzte ich mich kopfüber hinein, wie du dir vorstellen kannst... Sie war keine Jungfrau mehr, ich schon. Die ersten Male, die wir miteinander schliefen, war sie sehr besorgt, weil man es mir nicht anmerkte, mir fiel nicht mal ein, sie zu fragen, ob sie etwas nimmt. Ich unterstellte, daß sie mehr Erfahrung hatte, und da sie nichts zu mir gesagt hatte, na ja... wurde sie schwanger. Und du wirst es nicht glauben, aber ich brach nicht einmal zusammen, als ich es erfuhr. Plötzlich freute ich mich sogar auf das Heiraten, es ist zum Verrücktwerden, so sind wir Menschen. Sie war eine Zuflucht, weißt du, ich fühlte mich wie ein richtiger Mann, verantwortlich, gewissenhaft... Verflucht! Also, nachdem ich sieben Monate mit der ersten Frau ging, die ich kennengelernt hatte, zack! Bis daß der Tod euch scheidet... Und die paar Vögeleien sind nun der Ursprung dieses ganzen Schlamassels.»

Er machte eine Pause, um die Wirkung seines Witzes abzuwarten, und ich enttäuschte ihn nicht.

«Lach nicht, das ist nicht witzig... Im Ernst. So fing alles an. Ich wollte ein eigenes Haus, aber seit dem ersten Tag erinnert mich jeder Morgen, jeder Tag, Samstag und Sonntag inklusive, daß die Wohnung, in der ich lebe und deren Rate ich andächtig jeden Monatsletzten bezahle, eigentlich meinen Schwiegereltern gehört, die uns das Geld für die Anzahlung gaben, nicht wie meine Eltern, die nur den Kindern Geschenke machen. Meine Schwiegermutter füllt uns hin und wieder die Speisekammer auf, schenkt uns Lampen, Aschenbecher und solche Dinge, bezahlt den Englischunterricht ihrer Enkel und kauft jedem Kind zu jeder Familienfeier einen neuen Anzug. Und wir brauchen das gar nicht, weißt du? Ich meine, ich brauche das nicht, das Bankkonto braucht das nicht, mein Gehalt braucht das nicht, aber Flora schon. Floras Leben hängt davon ab, um in den einzigen beiden Zielen, die ihr Leben bestimmen, auftrumpfen zu können, das erste, mich zu demütigen, das zweite und abgeleitet vom ersten, wie ein weiblicher Pascha zu leben, so wie sie es seit ihrer Geburt tut. Anfangs sagte sie immer, daß sie bei ihren Eltern arbeiten würde – die haben eine Möbelfabrik –, sobald Ramón, der Älteste, zur Schule kommt, aber vorher wurde sie wieder schwanger und wir bekamen Isabel, gut, alles hatte seinen Sinn, es war in Ordnung. Aber als die Kleine mit zwei Jahren in den Kindergarten ging, hatte sie keine Ausrede mehr, und damals beschloß sie, mich anzugreifen, denn im Grunde fühlt sie sich schuldig, verstehst du? Mir ist es Wurscht, ob sie arbeitet! Ich schwöre dir, daß es mir Wurscht ist! Aber sie soll mich nicht fertigmachen. Eines Tages werden meine Kinder in der Schule gefragt werden, was ihr Vater ist, und sie werden antworten, ein armer Mann, denn das ist das einzige, was ich zu Hause bin, ein armer Mann, und alles nur, weil meine Frau sich nicht entscheiden kann... Wenn sie Hausfrau sein möchte, dann soll sie es sein, aber im guten und wirklich, und ich wäre zufrieden. Und wenn nicht, dann soll sie ihr Leben so einrichten, wie sie es möchte und noch besser, denn dann wäre sie viel zufriedener, mir macht das nichts aus, ehrlich, ich mag meine Arbeit, du weißt das, und jetzt verdiene ich viel Geld, ich würde meine Arbeit für nichts auf der Welt eintauschen, und ich will Flora nicht anmachen, wirklich nicht, aber ich ertrage die immergleiche alte Platte nicht mehr: ‹Du halt den Mund, wenn es mich nicht gäbe, hätten wir diese Wohnung nicht! Du halt den Mund, denn wenn du mehr verdienen würdest, könnte die Zugehfrau jeden Tag kommen und deine Hemden bügeln! Du halt den Mund, weil meine Eltern uns schon so viel mehr geben, als ich bei jeder Arbeit verdienen würde! Du halt den Mund, denn wenn du geglaubt hast, daß ich deine Sklavin bin, hast du dich getäuscht! Du halt den Mund, denn es wird dir nicht gelingen, mich meiner Würde zu berauben! Du halt den Mund, ich habe schon genug mit dem Rauf- und Runterrennen im Haus und mit den Kindern am Hals...› Verdammt! Dann soll sie doch gehen! Wo sie doch die einzige Frau in diesem Land mit einem gesicherten Arbeitsplatz ist! Was erzählt sie mir das alles? Wenn sie eine frustrierte Hausfrau sein will, soll sie doch, und wenn nicht, dann soll sie was anderes machen, aber alles auf einmal geht nicht, oder? Aber doch, es scheint doch zu gehen, und weißt du, warum? Weil ich ein armer Mann bin, nicht mehr und nicht weniger. Und das ist natürlich nicht das Schlimmste...»

Ich hatte ihn noch nie so erlebt, nicht einmal, wenn alle Computer des Stockwerks sich gegen uns verschworen hatten und gleichzeitig abgestürzt waren, niemals, und ich kannte seine Leidenschaftlichkeit schon, diese heftigen Ausbrüche, wenn er jede Silbe betonte, seine ungestüme Ehrlichkeit, die wie eine Schleuderwaffe auf den Horizont zustürzte, es war sein Charakter, er brauchte nur eine Tausendstelsekunde, um sich von Herzen über irgend etwas aufzuregen, genau wie Ana. Ich kannte das schon, aber mich überraschte seine Gesichtsfarbe, nichts von dem strahlenden Flaggenrot, das sonst sein Gesicht erleuchtete. Seine Haut wirkte schmutzig, wie ein gräulicher, schlecht zusammengefalteter Lappen, braun die vormals rosigen Stellen, traurige violette Wangen, eine kleine Verzweiflung, aber deshalb nicht weniger tief, drang aus seinem Mund, hängte ein Wort an das andere, in ungläubigem, grausamem Tonfall, wie einer, der sich selbst verboten hat, zu bedenken, daß es Lösungen gibt. Ich kannte diese Stimme, ich kannte ihren Klang, aber ich hätte es keinesfalls gewagt, Ramón einen simplen Gleichklang zu unterstellen, deshalb hörte ich ihm absolut schweigend zu, schweigend im Wortsinn und auch im bildlichen Sinn, ein Schweigen des Gedächtnisses und des Herzens. Ich war ihm nie so nah gewesen. Und bis dahin hatte mich seine Nähe auch nie beunruhigt.

«Das Schlimmste ist, daß es mich letztendlich verrückt macht, ganz klar. Daß sie mir, offen gesagt, zu dick ist. Ist das zu glauben? Kannst du dir vorstellen, was es heißt, mit einer Frau ins Bett zu gehen, die dir nicht nur nicht mehr gefällt, sondern dir nicht einmal mehr sympathisch ist? Nun, das habe ich gestern getan, und das werde ich heute abend tun. Natürlich werde ich heute abend, wenn es Zeit zum Schlafengehen ist, bereuen, dir das alles erzählt zu haben, und ich werde mich daran erinnert haben, daß ich meine Kinder anbete und daß es den Kindern in Biafra viel schlechter geht, was weiß ich, du hast ja keine Ahnung, was mir für ein Haufen Blödsinn durch den Kopf geht, wenn es mir schlechtgeht, und heute geht's mir sehr schlecht, vielleicht deshalb, weil ich weiß, daß ich nie Rosas Probleme haben werde... Da kann man nichts machen, weißt du? Es gibt keine Abhilfe. Ich bin sicher, daß es keine Abhilfe gibt. Flora wird sich nicht mehr ändern und ich auch nicht, und von außen wird mich auch niemand da rausziehen... Welche Frau will sich schon mit mir einlassen, einem so dicken Mann mit Brille und diesem ganzen verdammten Scheiß am Hals...? Na, keine natürlich. Das ist es eben. So ein Glück werde ich nicht haben...!»

Seine Beichte mündete hier in eine längere Pause als zuvor. Später verstand ich, daß er mit gewisser Sorgfalt die Auswirkungen einzuschätzen versuchte, die die Episode, die er mir anschließend erzählte, haben könnte. Doch nie hätte er meine Reaktion erahnen können.

«Du wirst es nicht glauben, bestimmt nicht, aber vor ein paar Wochen, ich glaube, an einem Freitag, kam ich früh nach Hause, so etwa um halb sieben herum, und kaum hatte ich die Tür aufgeschlossen, merkte ich, daß etwas Seltsames geschehen war. Noch bevor ich die Tür schloß, hatte ich begriffen, was es war, Stille, Frieden, absolute Ruhe, kein Fernseher lief, noch kreischten Kinder, es war weder Poltern im Korridor noch eine telefonierende Flora zu hören, nichts. Ich verstand es nicht, so blieb ich ein paar Minuten mit der Aktentasche in der Hand in der Diele stehen und lauschte nach dem geringsten Anzeichen von Leben, und da niemand angelaufen kam, sagte ich laut hallo. Nichts. Ich rief alle mit dem Namen, aber sie antworteten nicht. Es war absolut merkwürdig, denn meine Frau geht nicht gerne aus dem Haus, wenn die Kinder aus der Schule zurück sind, und wenn sie etwas zu erledigen hat, sagt sie mir Bescheid, daß ich bei ihnen bleibe, aber an jenem Tag hatte sie mir nichts gesagt. Ganz im Gegenteil, ich war es, der glaubte, zu spät gekommen zu sein, denn ich hätte eine Sitzung mit denen von den Klassikern gehabt, die im letzten Moment abgesagt worden war, so daß sie mich noch nicht erwarteten. Das war es, was mich ärgerte, daß sie mich nicht erwarteten, und dann schoß mir plötzlich eine Idee durch den Kopf. Ich ging langsam in die Küche und sagte mir dabei, nein, auf keinen Fall, das ist unmöglich, und dort war sie, mit einem Magneten von Danone an der Kühlschranktür befestigt, eine lange Notiz, die wie ein Brief wirkte, mit Floras Namen und allem darunter... Ich hätte sie gleich lesen sollen, aber ich hatte diese Idee im Kopf, und ich konnte ihr nicht mehr widerstehen, es war zu schön. Lieber Ramón, las ich in meiner Vorstellung, verzeih mir, aber ich kann nicht mehr mit Dir leben, weil ich mich in einen anderen Mann verliebt habe... Also, ich wagte es nicht, die Notiz am Kühlschrank zu lesen, ist das zu glauben? Ich las sie nicht. Ich ging direkt ins Wohnzimmer, schenkte mir ein Glas Whisky ein, zog die Schuhe aus, stellte mir, ausgestreckt auf dem Sofa und in kleinen Schlucken trinkend, genußvoll vor, wer wohl dieser Wohltäter der Menschheit sein könnte, der sich Flora künftig aufhalsen würde... Dann widmete ich mich ganz methodisch der Umgestaltung der Regale. Ich entfernte alle Gegenstände, Väschen, Tabletts, Püppchen, die Flora zu Hunderten besitzt, und befreite die Tische von diesen Häkeldeckchen, die mir immer auf die Nerven gegangen sind. Sie wird sie mitnehmen wollen, sagte ich mir, während ich sie ausgesprochen sorgfältig zusammenlegte, und wir werden das mit den Kindern lösen müssen, denn ich bin nicht bereit, auf die Kinder zu verzichten, keinesfalls, natürlich war dafür noch Zeit... Dann machte ich Musik an und tanzte sogar ein bißchen, während ich die Möbel umstellte, es ist unglaublich... Seit langem hatte ich mich nicht mehr so wohl gefühlt; das ist nichts im Vergleich zu dem, was dich erwartet, versprach ich mir selbst und stellte mir ein tolles Leben vor, ich allein in diesem Haus, meine Geräte, meine Bücher, meinen Pizzaservice... Uff!»

«Und dann kam Flora zurück», wagte ich lächelnd das Ende der Geschichte vorwegzunehmen.

«Nein, ach was...! Das Schlimmste war, daß sie erst zwei Stunden später zurückkam. Als ich den Schlüssel gehen hörte, war ich beim vierten Whisky angelangt und völlig betrunken. Und sie kam nicht behutsam herein, glaub ja nicht, nichts dergleichen. Isabel war in ihren Armen eingeschlafen, und Flora kreischte wie ein angestochenes Schwein, bis ich aufstand und zu ihr ging... Sie kamen aus dem Kino, stell dir vor, was für ein Schwachsinn. Auf der Notiz stand, daß meine Schwiegereltern einen Streit gehabt hätten, weil er am Abend zuvor beim Überprüfen der Kontoauszüge eine Notiz der Bank entdeckt hatte, laut der ein nicht abgezeichneter Scheck nicht gebucht worden war, ich weiß nicht, kaum fünfzehntausend Peseten, glaube ich, eine Lappalie... Er hatte seine Frau beschuldigt, das Geld für sich ausgegeben zu haben, und sie, die völlig erledigt war, hatte das Kinoprogramm genommen, hatte entdeckt, daß in einem dieser Multiplexe, die man immer verwechselt, in Aluche oder so, einer ihrer Lieblingsfilme gezeigt wurde, und hatte angerufen, um uns alle in *Susi und Strolch* einzuladen, du siehst schon, was für eine Vergeltung. Offensichtlich hatte Flora im Verlag angerufen, um mir das mitzuteilen, aber meine Sekretärin hatte vergessen, es mir auszurichten. So habe ich mir den Film erspart, aber von allem anderen befreit mich niemand... Ich habe noch für lange Zeit eine Ehefrau.»

Wir hatten die Stierkampfarena hinter uns gelassen und gerade gemessenen, fast müden Schritts die Plaza Manuel Becerra überquert, als Ramón plötzlich stehenblieb.

«Bleiben wir hier?» fragte er, und ich hatte ganz vergessen, daß der eigentliche Grund unseres Spaziergangs war, irgendwo etwas trinken zu gehen, ich sagte ja, denn einerseits war ich vom Gehen müde und andererseits spürte ich, daß mir ein paar Gläschen sehr gut tun würden.

Wir betraten ein ziemlich düsteres Lokal mit zwielichtigen Figuren, irgendwas zwischen einer klassischen Tapas-Kneipe mit dem Tresen nahe an der Tür und der armseligen Imitation eines englischen Pubs, mit ein paar Tischen im Hintergrund, wo wir uns setzten. Als ich schon eine Handvoll gesalzener Erdnüsse verschlungen hatte, wurde mir klar, daß ich endlich etwas sagen mußte.

«Es ist merkwürdig, w-weißt du, Ramón, aber ich lebe allein und meine Probleme sind fast das Gegenteil von deinen, und trotzdem verstehe ich dich sehr gut, ehrlich...»

«Klar.» Er sah mich nicht an, aber er gab mir kopfnickend recht.

«Weil wir derselbe Menschenschlag sind... Sei nicht beleidigt, aber du und ich, wir verstehen uns so gut, weil wir beide klein und unbedeutend sind, der Typ Mensch, der nie Glück in der Lotterie hat, in keiner Lotterie... Ich will nicht fatalistisch sein, aber an manchen Tagen kann ich den Verdacht nicht loswerden, daß es ein Schicksal gibt, das uns unterjocht. Oder vielleicht fehlt uns eine besondere Gabe, die uns erlaubt, glücklich zu sein... Ist dir schon mal aufgefallen, wie wenig manche zum Glücklichsein brauchen? Dinge, die wir haben: Arbeit, ein Gehalt, eine Wohnung...»

«Man braucht immer das, was man nicht hat.»

«Ja, das stimmt. Aber es stimmt auch, daß es Menschen gibt, die die Gabe haben, glücklicher zu sein als andere...»

«Rosa sagt das auch und daß m-manche Frauen davon träumen, Einbauschränke zu haben oder eine neue Küche oder ein Kind, das studiert, und daß sie gerne wie die sein würde...»

«Sie hat recht. Das würde mir auch gefallen... Weißt du, was mir an dem Ganzen am meisten angst macht?» Ich schüttelte den Kopf. «Nun, manchmal... ich weiß nicht... sehe ich mich in ein paar Jahren mit über Vierzig regelmäßig jeden Freitag zu Prostituierten gehen, zum Beispiel, oder mit einer Sekretärin, die nicht einmal richtig toll aussieht, in einem hinter Floras Rücken gemieteten Appartement vögeln und ihr nach jedem Fick heuchlerisch schwören, daß ich mich von meiner Frau trennen werde, aber ja, gleich nächsten Monat... Und ich frage mich, was aus mir, aus dem jungen Rebellen, der ich einmal war, geworden wäre, mit dem großen Wunsch, mich in eine bewundernswerte Frau zu verlieben, der mich dahin gebracht hat, wo ich gelandet bin, das frage ich mich, und die Antwort lautet, daß in Wirklichkeit nichts geschehen ist, nur das Leben ist vergangen, und dann tu ich mir selbst sehr leid. Aber das ist es, was mich erwartet.»

«N-nein», fuhr ich dazwischen, so empört über seine plötzliche Verzagtheit, daß ich sogar meine eigene vergaß. «Warum?»

«Weil ich ein unbedeutender Mann bin, Marisa.» Er sah mich an, und ich glaubte, einen flüssigen Schimmer in seinen Augen zu erkennen. «Ein armer Mann, und ich habe kein Glück, Männer wie ich haben kein Glück und zahlen am Ende fürs Vögeln, Schluß, aus.»

«D-das stimmt nicht. Du bist ein sehr intelligenter, in deiner Arbeit herausragender Mann, du bist charmant, lustig, loyal... Es gibt viele Menschen, die dich mögen.»

«Ja», sagte er lächelnd, «das leugne ich ja nicht. Aber es ist wie auf der Universität, du erinnerst dich? Sehr niedlich, der kleine Dicke mit der Brille, sehr schlau... Ja und?» Ich wußte nichts zu antworten. «Trotzdem hast du in einer Sache recht... Los, trink etwas, und ich werde dir die dunkelste Nische meiner Seele öffnen.»

Meine von unterschiedlichsten Gefühlen gefärbte Neugier mußte sich nicht länger als über das kurze Auftauchen des Kellners hinaus gedulden.

«Um ehrlich zu sein, denke ich manchmal, die wirkliche Gemeinheit ist, daß ich unter solchen Bedingungen in dieses Alter gekommen bin. Ich weiß, es ist schäbig, das zu sagen, ziemlich erbärmlich, ich weiß, aber wenn ich es, sagen wir, zehn Jahre länger, oder etwas weniger, als Junggeselle ausgehalten hätte, bis zu meinem Dreißigsten beispielsweise... wäre ich jetzt eine Superpartie, das ist die Wahrheit, weil die Frauen, ehrlich, Marisa, weil ihr Frauen unglaublich seid... Ich will sagen, daß ich immer nur Umgang mit Frauen in ähnlichen Umständen wie den meinen hatte, dasselbe Alter, ein ähnlicher Werdegang, all das. Und da mußte ich nichts tun, denn ich konnte mit keinem der Männer konkurrieren, die um mich herum waren, aber wenn ich jetzt Junggeselle wäre... Es gibt einen Haufen zwanzigjähriger Frauen, die für ein Gehalt wie meines bereit sind, jegliche Sondergröße zu verzeihen, jeglichen Bauchumfang, jede Extra-Dioptrie, das ist die Wahrheit, tut mir sehr leid. Und sie mögen verachtenswert sein, ich sage nicht, daß dem nicht so ist, aber sie sind auch fügsam. Und bequem. Und tun, was man sagt. Und sie sind sehr hübsch.»

«D-das ist e-ekelhaft», protestierte ich nicht sehr überzeugend, vielleicht einfach nur, weil ich annahm, daß ich protestieren sollte, obwohl ich inzwischen wußte, daß Flora eine Hexe ist, ein boshaftes Weib, fähig, ihren Mann zu zermalmen und die letzte Spur seiner schon mehr als angegriffenen Persönlichkeit auszulöschen.

«Na wenn schon.» Er hingegen schien sich herausgefordert zu fühlen. «Ist mein Leben etwa nicht ekelhaft? Ich bin es leid, an allen Fronten zu kämpfen, Marisa... Was ist daran ekelhaft, daß eine Zwanzigjährige mich nur meines Geldes wegen liebt? Schau mal, dann hätte ich schon etwas gewonnen, weil Flora mich nicht einmal mehr deswegen liebt. Daß ich mich verkaufen und meine Würde verlieren würde? Also gut, aber zumindest würde ich im Austausch etwas dafür bekommen, denn so, wie es jetzt ist, wird nicht einmal danke gesagt, weißt du? Es ist doch so, daß ich alles falsch gemacht habe, aber wirklich alles, grundfalsch. Ich werde weiter bis zu meinem Todestag Raten abzahlen, so ist es doch, und meine Tochter wird sich schlußendlich Maribel nennen, du wirst schon sehen...»

Ich bedachte die zigste Version dieser Prophezeiung mit einem Auflachen; mit ihr pflegte Ramón seine schlimmsten Tiefs zusammenzufassen, vielleicht weil das Versprechen, niemals den schönen Namen seiner Tochter Isabel abzukürzen, das erste der Versprechen war, die Flora so frühzeitig wie unsensibel gebrochen hatte. Dann fragte ich mich, was nun geschehen würde. Ich hatte fast eine halbe Stunde lang eine Hälfte meiner Konzentration Ramóns Monolog gewidmet, während die andere Hälfte still und viel interessierter den wahren Sinn dieser Botschaft zu entziffern suchte, die wirkliche Absicht hinter diesem unerhörten Ausbruch an Ehrlichkeit. Ich war noch zu keiner Schlußfolgerung gekommen, als Ramón den Arm hob und um die Rechnung bat, und obwohl ich mich beeilte, vorschriftsmäßig zu protestieren, ließ er mich nicht aussprechen.

«Kommt nicht in Frage», sagte er und gab dem Kellner einen Schein. «Ich lade dich ein. Das fehlte gerade noch, wo du mich schon den ganzen Abend erträgst...»

In diesem Augenblick ahnte ich mit peinlichster Genauigkeit das Ende der Episode voraus. Bevor Ramón noch aufgestanden war, wußte ich schon, daß er es tun würde und daß ich ihm zur Tür folgen würde und daß wir uns dort mit zwei Küßchen und noch einer zärtlichen Geste verabschieden würden, die ihm meine Loyalität bewies, die Loyalität derjenigen, die bereit sind, über alles hinweg Partei zu ergreifen. Ich sah ihn in einem Taxi davonfahren, und obwohl ich noch ziemlich weit weg von meiner Wohnung war, entschied ich mich, zu Fuß zu gehen. Eine gute Stunde später, als ich mir endlich die Schuhe abstreifen und mich auf dem Sofa ausstrecken konnte, war ich noch immer nicht fähig zu präzisieren, was ich fühlte, obwohl ich innerlich fröstelte. Wenn sich Gefühle in Gradzahlen ausdrücken ließen, wäre das Klima meines Körpers einer plötzlichen, unerklärlichen Abkühlung erlegen, einer plötzlichen Eiszeit ohne spezifischen Namen wie

«Verzweiflung» oder «Enttäuschung» oder «Überraschung» oder «Demütigung». Im Verlaufe von Ramóns Erzählung hatten mir ein paar Details den Eindruck vermittelt, daß er vielleicht nur eine angemessene Stimmung herstellen wollte, um in mein Bett zu schlüpfen, und anfangs konnte ich es selbst nicht glauben. Als ich mich dann zwang, das Unglaubliche zu betrachten, konnte ich mich nicht entscheiden zwischen der Gewißheit, daß alles ein Desaster geworden wäre, und der reinen, schlichten Versuchung zu vögeln, die sich ein paar Minuten lang vor mir aufgetan hatte. Und als ich begriff, daß ich mir alle meine Vermutungen hätte sparen können, war ich weder erleichtert noch enttäuscht, sondern fror, fühlte die verhaßte Berührung von eisigem Moder, der mich innerlich überzog. Ich verdankte Ramón einen der wichtigsten Fortschritte meines Lebens, und er verdankte mir viele Stunden verzweifelten Arbeitens, einen Haufen mutmachender Zusprüche und sogar ein paar geniale Einfälle. Wir hatten uns gegenseitig ausgesucht, und wir ergänzten uns so gut, daß die Geräte wohl dachten, daß wir eine Person in zwei Körpern seien. Und wir mochten uns sehr. Vielleicht war er der Mensch, der mich zu dem Zeitpunkt am meisten mochte, und auch ich mochte ihn, aber ich hatte mir Ramón nie als möglichen Liebhaber vorgestellt. Er gefiel mir überhaupt nicht, und ich hätte nicht mit ihm schlafen mögen, deshalb hätte ich keines seiner Angebote angenommen, aber er hatte ein Taxi genommen und war weggefahren, ohne es erfahren zu haben. Er hatte mir nicht die Möglichkeit gegeben, ihn wie eine enge Freundin mit einem verschwörerischen Lächeln zurückzuweisen, und in diesem Augenblick war mir das Blut gefroren.

Das Kleid war rot, und ich stolperte fast zufällig am selben Abend darüber. Ich hatte keine Lust, Schaufenster zu betrachten, aber dieses Kleid hing in einem Winkel und sprang mir ungefragt ins Auge. Ich hatte mir schon oft versprochen, mich nicht mehr herumzutreiben, doch das Bild von Ramón, der mit einem Tanz alleine feiert, daß seine Frau ihn für immer verlassen hat, wollte nicht aus meinem Gedächtnis verschwinden; die Tage und Wochen vergingen, und mein Körper fand seine Wärme nicht wieder. Fast zwei Monate später betrat ich endlich den Laden und fand das Kleid noch an derselben Stelle vor, als hätte es mich ein Leben lang erwartet. Als ich mich dann traute, damit auf die Straße zu gehen, hatte ich schon alle nötigen Accessoires zusammen, um es zur Geltung zu bringen: schwarze Ausgehschuhe, eine passende Tasche, eine rote Stoffhaarspange, einen neuen Namen, einen erfundenen Ehemann, reizende Kinder und sogar ein Hausmädchen, eine wunderbare persönliche Geschichte, die ich der erstbesten Person am Tresen einer Bar erzählte, an der ich den ersten Whisky des Abends bestellte.

Fran

NUR DEN MUSKELKATER HATTE ICH VERGESSEN. Eine Woche zuvor, als ich mit Pauken und Trompeten verkündete, daß ich mich wieder in einem Fitneßclub angemeldet hätte, hatte ich die Wohnung mit der ganzen Ausrüstung verlassen, Trikot, Sweatshirt, Gelenkwärmer, weiße Gymnastikschuhe mit einem Gummi über dem Rist und sogar zwei Paar saubere Socken, alles in einem Segeltuchbeutel, den ich am nächsten Morgen gewissenhaft in den Korb mit Schmutzwäsche geleert hatte, während ich Martín erzählte, wie das Abendessen verlaufen war. Nicht einen Tag in der ganzen Woche hatte ich über Muskelkater geklagt, und das war ihm aufgefallen, denn am nächsten Donnerstag, als ich ihm mitteilte, daß ich später heimkommen würde, tat er mir erfreut kund: «Wie schön, nicht wahr? Du scheinst gut in Form zu sein...» Ich fühlte mich von Anfang an so schlecht, ihn belogen zu haben, und ich kam mir so dumm vor, daß ich in dem Moment nicht einmal auf den Gedanken kam, in seiner Bemerkung könnte ein Hintergedanke stecken.

Dieser Verdacht kam mir erst später bei der Arbeit, und obwohl ich mich theoretisch – diese geheimnisvolle Theorie, die ich nie ganz begreifen konnte – über die Hypothese hätte freuen sollen, daß Martín etwas Geheimnisvolles an meinen Donnerstagabenden argwöhnte, brach ich in der Praxis zusammen. Ich glaube, sie spürte es, kaum daß ich vor ihr saß, aber sie sagte nichts. Ich wich aus, indem ich ihr die raffinierteste und einschüchterndste Geschichte auftischte, die mir einfiel, eine Ablenkungshilfe, die ich Woche für Woche bis zur Erschöpfung betrieb, obwohl mir bewußt war, daß mein donnerstägliches Aufsuchen einer Unbekannten, der mein Leben im Grunde gleichgültig war, um vor ihr ein Dutzend Belanglosigkeiten aneinanderzureihen, eine wunderbare Methode war, um mich noch dümmer zu fühlen. Von genau dem Augenblick an, wenn ich die Tür hinter mir schloß, bis zu der Sekunde, in der ich sie wieder öffnete, vermied ich es, an diese Sitzungen zu denken, aber dann kam der Tag, an dem ich glaubte, bereits die erste Grenze der Schwachsinnigkeit überschritten zu haben, und ich zwang mich, kühl abzuwägen, bevor ich eine endgültige Entscheidung traf. Die Analyse in diesem Stadium zu unterbrechen wird mir keinerlei Nutzen bringen, sagte ich mir, so daß es klüger wäre, sie ernst zu nehmen. Und trotzdem war ich nach dieser Erkenntnis nicht fähig, die passenden Worte für einen Einstieg zu finden. Vielleicht ahnte sie es dieses Mal auch, oder vielleicht wog mein Schweigen einfach zu schwer.

«Nun gut», sagte sie, nach langen fünf Minuten des Schweigens, als ich mir mit gesenktem Kopf und auf den Teppich gehefteten Augen schon die zweite Zigarette anzündete. «Sie haben keine Lust zu reden?»

«Nein», antwortete ich, «um ehrlich zu sein, nicht viel...»

Sie ließ ein paar Sekunden verstreichen, bevor sie in einem zwiespältigen Tonfall, zart, aber fest, oder vielleicht andersherum, auf jeden Fall eher beruhigend als motivierend, nachhakte.

«Ich weiß, daß Sie es nicht mögen, wenn ich Ihnen direkt Fragen stelle, aber ich könnte Ihnen vorschlagen, wo wir anfangen.»

Ich überdachte dieses Angebot rasch. Ich hatte keine Lust zu reden, aber ich war ein bißchen neugierig auf ihre Wahl, auf den Faden, den sie aussuchen würde, um meine Zunge zu lösen.

«Ist in Ordnung», stimmte ich schließlich zu. «Verteilen Sie die Karten.»

«Erzählen Sie mir aus Ihrer Studienzeit.»

«Warum?» Sie überraschte mich wirklich.

«Am Tag unseres Kennenlernens sagten Sie, daß Ihnen diese Jahre entfallen seien.»

Er war an jenem Morgen in einem roten Hemd und dem vollendetsten Agitatorengehabe, das ich je gesehen hatte, aufgetreten... Es gelang mir, diesen Satz im Kopf zu formulieren, aber meine Lippen konnten sich nicht entschließen, ihn auszusprechen. Ich war mir nicht sicher, ob ich über diese Zeit sprechen mochte, sosehr in ihr auch einige der besten Ereignisse meines Lebens wurzelten. Deshalb wählte ich einen indirekten Ansatz, um in diesen Zweig meiner Vergangenheit zurückzukehren.

«Ich habe natürlich Geisteswissenschaften studiert, genaugenommen Philosophie. Ich nahm an, daß alle von mir erwarteten, so ein Fach zu wählen, und das tat ich mehr oder weniger... Ich weiß, das klingt nicht sehr intelligent als Erklärung, aber so war es. Als ich das Abitur machte, wurde bei mir zu Hause vorausgesetzt, daß ich Geisteswissenschaften studierte. Die Naturwissenschaften interessierten mich auch, obwohl ich in Mathematik ein bißchen den Faden verloren hatte. In meiner Erinnerung ist jene Zeit ausgesprochen verwirrend. Ich war eine zurückhaltende Studentin, wissen Sie, oder vielleicht wäre es richtiger zu sagen, daß ich gut war, aber nie brillant, ich weiß nicht, ob Sie mich verstehen... Ich bestand alles, aber oft konnte ich mir einfach nicht vorstellen, warum, ich war mir nicht bewußt, daß ich wirklich das Wissen..., die Fähigkeiten besaß, die meine Noten bescheinigten. Und wenn ich eine Prüfung nicht bestand, verstand ich ebensowenig, was passiert war. Zeichnen war eine Qual für mich. Ich glaube, daß ich mich dem Willen meiner Mutter, die ständig wiederholte, Philosophie und Sprachwissenschaft sei ein ausgezeichnetes Studium für ein Mädchen, nur beugte, um den Zeichenunterricht hinter mir zu lassen. Als Kind war ich sehr brav, ich fürchte, Folgsamkeit ist ein ungesunder Charakterzug von mir. Ich habe lernen müssen, erbarmungslos dagegen anzukämpfen, denn ich weiß, daß es nur wenige noch gefährlichere Anlagen gibt...»

Ich machte eine Pause, um sie anzusehen, aber ihr Gesicht war völlig ausdruckslos und blieb diesmal so stumm, als hätte sie beschlossen, sich meinen Augen zu verweigern, und ich riskierte es, zum ersten Mal bewußt ehrlich zu sein.

«Meine Mutter wechselte die Religionszugehörigkeit, wechselte ihre Weltanschauung und sogar die Haut, um sich in die Frau meines Vaters zu verwandeln und nur ihn zu bewundern. So lange ich zurückdenken kann, grenzte ihre Fügsamkeit fast an Dummheit, aber wenn ich es gewagt hätte, das einmal laut auszusprechen, wäre niemand einer Meinung mit mir gewesen. Für die anderen, allen voran meinen

Vater, war meine Mutter eine Göttin. Schön, perfekt, geheimnisvoll... Bewundernswert wie eine Statue. Und ebenso verschwiegen wie Marmor, denn sie pflegte ihre Meinung nicht öffentlich zu sagen. Ich nehme an, daß sie nicht viel zu sagen hatte, aber die Leute, ich weiß nicht warum, interpretierten ihre kontinuierliche Teilnahmslosigkeit als eine weitere ihrer unbegrenzten Fähigkeiten als Verführerin, als ein weiteres Merkmal ihres faszinierenden Wesens. Sie irrte sich natürlich nie, sie machte nie etwas falsch, denn sie mischte sich immer genau dann in ein Gespräch ein, wenn ihr Geist bedenkenlos glänzen konnte. Sie war besonders begabt, über andere zu spotten, jegliche Bemerkung boshaft zu kommentieren, sich die besten Spitznamen auszudenken, Wortspiele zu erfinden... Das ist immer noch ihre große Spezialität. Die Götter, das weiß man ja, sind grausam, niemand darf ihnen das vorwerfen. Und tatsächlich diente dieses Zeichen der Vortrefflichkeit meinem Vater mindestens ebenso wie ihre elegante Aufmachung oder die perfekte Organisation der sommerlichen Gartenfeste in ihrem Sommerhaus. Er hatte sie geschaffen, und sie wirkte glücklich in diesem Kleid, das ihr nie zu eng wurde, oder zumindest glaubte ich das, denn ich kannte an ihr auch eine andere Seite, die sich bestimmt keiner ihrer Bewunderer auszumalen gewagt hätte. Bis ich sie verachtete und sie keinerlei Interesse mehr an mir hatte, aber gleichzeitig eine bestimmte Art von Vertrauen entwickelte, ließ mir meine Mutter eine ähnliche Erziehung angedeihen, wie sie sie von ihrer Mutter kannte, eine strenge Erziehung, die sie meinen Brüdern nicht im entferntesten auferlegte, obwohl auch sie genügend Gelegenheiten hatten, die Schatten der Widersprüche zu erkennen, die unser Leben regierten...»

Ich hielt eine Sekunde inne, als müßte ich mich überwinden, das Echo dieser Betrachtungen wiederzufinden, so etwas wie den Soundtrack meiner Kindheit: «Du wirst am Ende mir ähneln, du wirst schon sehen, mach dir keine Sorgen um deine Nase, aber was sagst du da? Deine Beine werden nicht immer so knochig bleiben, eines schönen Tages wirst du dich verändern, du wirst dich nach sechs Monaten nicht wiedererkennen, wirklich, du wirst schon sehen...» Das sagte sie, aber ich konnte nichts sehen, denn mit elf Jahren sah ich aus wie eine Bachstelze und mit dreizehn immer noch, und mit vierzehn begann ich endlich ein bißchen zuzunehmen, aber meine Beine sahen nicht besser aus, und ich sah sie an, wie alle anderen bewunderte ich sie, so gut proportioniert, so wunderschön, so rund, wo sie rund sein sollte, so schlank, wo sie schlank sein sollte, Knochen und Fleisch in einem glücklichen Verhältnis zueinander, Zeichen einer fast musikalischen Harmonie, unerbittlich wohlklingend. Ich wollte wie sie sein, ich mußte wie sie sein, um in ihre Pläne zu passen, um der Richtlinie zu entsprechen, die sie für mein Leben aufgestellt hatte, ich hatte sie oft davon reden hören und kannte ihre Pläne, das Projekt meiner bevorstehenden Vergöttlichung. Ich war geboren worden, um die Erinnerung an sie zu sichern, um ihren Thron zu besteigen, um ihr nach und nach das Gewicht allzu großer Schönheit von den Schultern zu nehmen. Aber die Natur sagte nein, und alle ihre Prophezeiungen scheiterten. Da begriff sie, daß ich ihr nie Konkurrenz machen würde, und diese Gewißheit dürfte den schlechten Geschmack der Niederlage versüßt haben. Sie kümmerte sich nie wieder so wie früher um mich.

Meine Mutter störte es sehr, daß ihre einzige Tochter so häßlich ist, besonders, weil die Söhne sehr hübsch geworden sind. Sie hatte wohl eher das Gegenteil erwartet; sie war nie eine gute Verliererin gewesen, aber als sie sich damit abgefunden hatte, als einzige zu brillieren, ließ sie mich weitgehend in Ruhe, das ist wahr. Ich war ihr ziemlich dankbar dafür, das können Sie mir glauben, aber meine Dankbarkeit wäre noch viel weiter gegangen, wenn ich nicht den Eindruck gehabt hätte, daß ihr bei bestimmten Anlässen meine Anwesenheit sogar peinlich war.» Ich warnte mich selbst, daß mir das Gesicht, mit der die zurückhaltende Zuhörerin diese letzte Bemerkung zweifellos aufnehmen würde, bestimmt nicht gefiele, eine Grimasse, die ich mir eher als mißtrauisch denn skeptisch vorstellte, und ich kam jeder Reaktion zuvor, ohne mich lange mit der Treffgenauigkeit meiner Vermutungen aufzuhalten. «Nein, sehen Sie mich nicht so an, bitte, ich bin nicht plötzlich verrückt geworden, ich meine es ernst. Was ich will, ist. . .» Ich machte eine Pause, die dazu diente, irgendein schlagkräftiges Argument zu finden, während ich feststellte, daß ihr Gesicht genauso ausdruckslos war wie eine asiatische Wüste. «Zum Beispiel gefiel es meiner Mutter nicht, wenn ich an ihrem gesellschaftlichen Leben teilnahm. Feste, Cocktails, Sie verstehen? Sie empfand mein Aussehen als einen persönlichen Defekt, und sie war bereits daran gewöhnt, daß niemand sie auf einen Defekt hinweisen konnte. Zu Familienfesten blieb ihr nichts weiter übrig, als mich mitzunehmen, aber im allgemeinen vermied sie es, mich herzuzeigen, ich glaube, ihr ist es sogar lieber, wenn wir nicht zusammen gesehen werden... Ich spreche im Präsens, weil ich all diese Dinge erst viele Jahre später begriffen habe, als ich schon eine erwachsene Frau war. Zu jener Zeit habe ich nur unzusammenhängende Einzelheiten wahrgenommen, zum Beispiel, daß ich viel weniger Zeit beim Einkaufen von Kleidung verbrachte als früher oder daß es viel leichter war, die Erlaubnis zur Übernachtung bei einer Freundin zu erhalten, wenn Besuch zum Abendessen kam; ich glaubte, dies alles wären nichts weiter als die Vorteile des Erwachsenwerdens, damals verstand ich nichts, ich verstand nie etwas, von gar nichts, Verblüffung gehörte zu meinem natürlichen Zustand, ich fühlte mich, als würde das Schicksal mein Leben total beherrschen, als wären jedes Lob und jede Strafe Früchte einer Lotterie, zu der die ganze Welt Lose besaß, alle außer mir, so daß ich etwas Gutes hinnahm und mir keine Fragen stellte. Außerdem wäre ich nie fähig gewesen, sie mir zu beantworten...»

Ich schaffte es, sie endlich direkt anzusehen, und sie erschien mir nicht entspannter oder angespannter als zuvor. Sie bewundert ihre Mutter bestimmt, sagte ich mir, und deshalb verstellt sie sich. Ich habe mich jahrelang als kleines, unsensibles und unglückliches Monster gesehen, so daß es mich fast verletzte, daß sie mein abscheuliches Geständnis mit der üblichen Gleichgültigkeit aufnahm. Ich hatte mit Ausnahme Martíns nie gewagt, jemandem zu erzählen, daß mich meine Mutter wegen meiner Häßlichkeit nicht mehr liebte. Ich setzte voraus, daß es niemand glauben würde, daß jeder normale Mensch unwillkürlich auf der Seite meiner Mutter stünde und gegen mich wäre. Die Analytikerin hingegen verhielt sich absolut neutral, und wenn man die universale Konvention über die heilige Unfehlbarkeit der Mütter berücksichtigt, war sie fast auf meiner Seite. Das witzigste war, daß mich genau dieses Detail störte, als würde ich am Ende eine Bescheinigung ausgehändigt bekommen, die mir bestätigte, daß ich mich über zwanzig Jahre lang unnötigerweise schuldig gefühlt hatte.

«Egal», fuhr ich fort, als würde dieses schlichte Wort irgendeine Verwirrung auflösen können. «Es hätte mir nicht behagt, die zweite Ausgabe meiner Mutter zu sein, nicht einmal, wenn ich dazu geeignet gewesen wäre. Jedenfalls verlor sie das Interesse, was uns eher einander näher brachte als trennte, denn das verkürzte den Abstand zwischen dem Leben, das mir theoretisch entsprach, und der Erziehung, die ich praktisch genoß. Ich vermute, daß ich mich nicht gut ausdrücke, aber es ist schwierig... Sie werden sehen, das Weltbild, das ich als Kind hatte, läßt sich mehr oder weniger mit den russischen Puppen vergleichen. Die größte steht für das Äußere: Spanien, Madrid, die Diktatur, ein graues, hartes und ungerechtes Land, das uns hatte leiden lassen und uns drohte, die Zukunft zu ersticken. Dann existierte nach innen eine ganz andere, viel eingeschränktere äußere Realität, ein anderes Spanien, ein anderes Madrid: die Partei, die Schule, die Freunde meines Vaters, Lachen, Tränen, Hoffnungslosigkeit, Vergnügen und Wortspiele, Gespräche, die aus Begriffen wie Widerstand, Opposition, Untergrund und selbstverständlich Fortschritt, Gerechtigkeit und Zukunft, immer Zukunft, bestanden. In diese Puppe paßte eine andere, ganz ähnliche, aber dennoch private, innere Ebene: mein Zuhause, eine bunte Stadt, in der jeder sagen konnte, was er wollte, und lesen, was er wollte, und glauben, was er wollte, wie glückliche, gutgenährte Schiffbrüchige auf einer Insel, die von irgendeiner verborgenen Kraft in die richtige Richtung getrieben wurde. Und bis dahin läuft alles gut, ist alles logisch, vernünftig, sogar beneidenswert, wenn man es mit dem Üblichen in anderen Familien vergleicht, mit dem Leben anderer Mädchen meines Alters, das sehe ich ein, aber das Problem ist, daß es eine vierte Puppe gibt, wissen Sie, eine ganz persönliche, kleine und geheime Puppe, der Fetisch einer Frau, die einfach nicht glauben kann, was sie da für ein Leben führt, was sie sagt, welche Ideen sie vertritt. Meine Mutter hatte mich nicht gelehrt, abends zu beten, aber sie zwang mich, mitten im August im Pyjama ins Bett zu gehen, eine Siesta zu halten, wenn ich nicht müde war, Kohl zu essen und die Magenkrämpfe zu ertragen; ihr Zuständigkeitsbereich überstieg den Kodex gesunder Disziplinierung, um in verworrenere, sumpfigere, sogar entschieden düstere Gelände vorzudringen... ‹Es ist nur Neugier›, pflegte sie sich zu entschuldigen, bevor sie angriff, und so überwachte sie schließlich die Familien unserer Schulfreunde, sie wußte, was ihre Eltern machten, wie viele Häuser sie hatten, und all das... Sie gab mir nie einen Brief, ohne vorher auf den Absender gesehen zu haben, sie erlaubte es nicht, daß ich mein Zimmer abschloß, wenn ich alleine war, Sie wissen schon... Zu Hause feierten wir den ersten Mai, zwar nicht mit einem richtigen Fest, aber einem besonderen Essen und Trinksprüchen zum Nachtisch, und die Hausmädchen – wir hatten zwei – sahen meine Mutter mit gekränktem Blick an, der von ein paar Tropfen ehrfürchtiger Panik getrübt wurde, die mich heute nicht wundert, ehrlich, denn keine blieb lange... Sie war der Typ Hausfrau, die unter die Sessel schaut, um nach Staubflocken zu suchen, sie wurde durch ihr ständiges Fordern schließlich hassenswert, nun... Und mein Vater war noch schlimmer. Er hatte seine Frau auf sein Terrain geschleppt, er hatte sie in dem Glauben getauft, den er inbrünstig praktizierte, er hatte ihr Kinder für ein neues Leben gezeugt, freie, starke und gerechte Frauen und Männer... Ich denke mir das nicht aus, glauben Sie ja nicht, kaum hatte er ein paar Gläser getrunken, improvisierte er mitten im Wohnzimmer eine Rede diesen Stils, und ich sah ihn entzückt, oder besser, verdutzt an, weil ich ihn sehr liebte und sehr bewunderte, und trotzdem weiß ich heute, daß er schlimmer war, denn er kannte alle Schikanen meiner Mutter, er war bei allen Szenen dabei, sah jede Willkür, jede Zimperlichkeit, jedes Vorurteil und seine Konsequenzen, und das einzige, was ihm einfiel, war, sie mitten im Streit von hinten zu umarmen oder ihr auf den Hintern zu klopfen, damit sie schneller aufhörte, und sich in allen Aspekten der Angelegenheit ganz ihrer Meinung zu zeigen, sollte jemand seine Zeit damit verschwenden, ihn danach zu fragen. Meinen Vater interessierten nur zwei Dinge: die Partei und meine Mutter an den Po zu fassen, so daß wir, die für die Zukunft auserwählten Kinder, im reinsten Widerspruch lebten, der, zugegeben, sehr stark mit den Farben der Wahrheit, der Gerechtigkeit und des Fortschritts verbrämt war.»

«Sie sind grausam...»

Ich hatte die Bemerkung nicht erwartet und konzentrierte meine ganze Aufmerksamkeit auf ihr Gesicht. Sie warf mir einen ausgeglichenen Blick zurück, den ich jedoch eher als ironisch denn tadelnd empfand und den ich mir vornahm so schnell wie möglich aufzulösen.

«Nein, ehrlich, diesen Eindruck wollte ich nicht erwecken. Ich glaube an die WAHRHEIT, großgeschrieben, und ich glaube an die GERECHTIGKEIT und den FORTSCHRITT, genauso großgeschrieben. Ich glaube an die Republik, die meine Großeltern das Leben gekostet hat, und ich glaube an die Zukunft, für die sich meine ganze Familie einsetzte, deshalb ist es mir so wichtig, daß Sie mich nicht falsch verstehen... Ich weiß schon, daß mein Fall im anderen Spanien viel häufiger gewesen ist, ich kenne viele Leute, über denen genau die andere Hälfte der Welt zusammenbrach, vor Entsetzen gelähmte Jugendliche, die plötzlich entdeckten, daß ihr Vater zu Prostituierten geht, beispielsweise, oder daß ihre Mutter morgens trinkt, und die es nie schafften, auch nur einen Funken ihres früheren Eifers moderner Kreuzfahrer wiederzufinden. Aber mir ist Ähnliches nie passiert, denn der Glaube meiner Vorfahren erträgt den Widerspruch, zweifeln Sie nicht daran. Die Welt gibt mir jeden Tag recht, obwohl meine Augen sie nicht mehr unschuldig betrachten können.»

Er war an jenem Morgen in einem roten Hemd und mit dem vollendetsten Agitatorengehabe aufgetreten, das ich je gesehen hatte, erinnerte ich mich... Er überzeugte mich. Er, fünftes Kind eines Fliegergenerals und der Königin des Volksfests von Navacerrada 1945, herausragender Schüler und bis zum dreizehnten oder vierzehnten Lebensjahr Musterknabe der Escolapios-Pater, Jünger und Gefährte eines Arbeiterpriesters, der seinem Apostolat in den Vorstädten nachging, später militanter Kommunist, Anführer der Jurastudenten und ungefähr seit damals die Liebe meines Lebens.

Nie hatte ich jemanden so reden hören, und das, obwohl ich bei keiner Versammlung fehlte. Die Hauptlosung der Organisation, der ich mich gleich nach Studienbeginn angeschlossen hatte – ein winziges Grüppchen der äußersten Linken, von der sich schließlich ein nur kurzfristig lebensfähiges Grüppchen abspaltete, das seinerseits Mitglied eines Bündnisses aus marxistisch-leninistisch-revolutionären Parteien war, dessen ideologisches Hauptthema sich auf die Konfrontation mit der Kommunistischen Partei Spaniens beschränkte und sowohl deren wirre Kontakte zur liberalen Bourgeoisie im Exil wie die abstoßend revisionistischen Ideen anklagte, die ihre Doktrin infizierten –, ordnete genau das an: die massenhafte Teilnahme an allen Aufzügen, Versammlungen, Sitzungen, Konzerten und Debatten, die irgendwo aus irgendeinem Grund zu jeder Zeit und wie auch immer veranstaltet wurden. Wir waren so wenige, in Philosophie nur neunzehn, daß wir irgendwie auf uns aufmerksam machen mußten. Das gelang uns auch, aber an jenem Morgen in der Aula meines Fachbereichs, in der ich bis zum Überdruß eine ganze Generation von bärtigen Heulsusen in Kordhosen und mit Schildpattbrillen hatte reden hören, die mit ihren priesterlichen, arrhythmischen, bleiernen Stimmen völlig identisch und allesamt wie Abkömmlinge eines scheußlichen Klons wirkten, von dem ich selbst auch abstammte, verstummte ich, um ihm zuzuhören. Als zweites Semester hatte ich bereits gewisse Erfahrung und das fundierte Image einer Ruhestörerin, weshalb mein Exfreund und hierarchisch Vorgesetzter, Teófilo Parera alias Teo der Dicke, beabsichtigte, die Veranstaltung nach einer eigens von mir ausgedachten Methode platzen zu lassen. Wenn der Hauptredner zum sechsten Mal auf «die Arbeiterklasse» anspielte, sprang ich auf, um ihn laut und deutlich herunterzuputzen: «He, du, du weißt bestimmt nicht einmal, was ein Laib Brot kostet!» Sie wußten es nie, und das hatte natürlich schreckliche Auswirkungen, weil meine achtzehn Mitstreiter zu schreien anfingen, alle auf einmal: «Wie können die es wagen, im Namen des Volkes zu sprechen? Was für ein Skandal! Wie lange tolerieren wir solche Heuchler noch?», und dagegen kam keiner an. Wir hatten es schon ausprobiert, immer außerhalb der Universität, bis auf das eine Mal in einer Versammlung der Physiker, und es hatte gut funktioniert. Ich hielt erbarmungslos am Preis des Brotes, der Kartoffeln und sogar der Eier fest, falls der Feind es mir heimzahlte, obwohl bisher alle so überrumpelt gewesen waren, daß keiner zu einer Reaktion fähig war. Er hätte mich sicherlich zerschmettert, aber sein Auftritt erschütterte mich derart, daß ich lieber gestorben wäre, als ihn zu attackieren.

Er trug ein rotes langärmeliges Hemd, Jeans und riesige braune Lederschuhe mit dicken Schnürsenkeln, so ähnlich wie die Stiefel, die man Kindern an Regentagen anzieht. Er redete freistehend mitten auf dem Podium und verzichtete auf das seitliche Stehpult, hinter dem sich die anderen zu verschanzen pflegten; er hatte keine Unterlagen bei sich, er hielt kein Mikrophon, nichts in den Händen, keinen Trick, keinen Tand, er hatte lediglich eine mitreißende, treffsichere, tiefe Stimme und die üblichen Worte, Gerechtigkeit, Fortschritt, Zukunft parat, die wahrhaftig klangen, nach der unverseuchten, reinen Wahrheit, die Schlösser zum Einsturz bringt und die Parias dieser Erde aufstehen läßt; die Fäuste seiner kräftigen, erhobenen und ehrlichen Arme ballten sich in der Luft, und die dunklen, glatten Stirnfransen markierten jede Silbe, jeden Satz; ich zitterte innerlich, während ich ihm zuhörte, achtete auf das Hüpfen seines Adamsapfels, das Pochen seiner Halsschlagader und wünschte nur, daß er weitersprechen, daß er nie verstummen möge, denn ich hätte von diesen Worten leben können, mich von ihm, seiner Stimme, seinem Zorn, seinen Bewegungen bis zu meinem Todestag ernähren können. Das war die erste und einzige religiöse Erfahrung meines Lebens. Die in sich gekehrte schweigsame und bescheidene junge Frau, die an jenem Morgen beim Verlassen der Aula alles anzweifelte, hatte nur noch wenig gemein mit der zynischen Anfängerin, dem kreischenden, unendlich arroganten Mädchen, das ein paar Stunden zuvor durch dieselbe Tür hineingegangen war. Die Spuren sind nie wieder verblaßt.

«Wenn ich», fuhr ich mit einem dümmlichen Grinsen fort, das sich immer meines Gesichtes bemächtigte, wenn ich jenen Morgen der großen Enthüllungen heraufbeschwor, «tatsächlich aus dem Rahmen fiel, dann genau auf der anderen Seite. Auf der Universität schloß ich mich einer Gruppe extremer Linker an, einer so winzigen Organisation, wirklich, daß wir uns kaum Partei zu nennen wagten. Mir war es trotzdem genug. Ich wollte nur meine Fügsamkeit loswerden, zeigen, daß ich mich vom väterlichen Modell befreit hatte, mich auf einem saubereren, angemesseneren, reineren Gelände niederlassen. Na ja, Sie können es sich ja vorstellen, wir waren äußerst gefährlich...» Ich lächelte, und sie lächelte auch, und ich nahm mir vor, noch etwas weiter über diese goldene und süße, knisternde und leuchtende Geschichte hinauszugehen, Tage, die im glücklichsten Winkel meiner Erinnerung ruhten. «Damals lernte ich Martín, meinen Mann, kennen. Wir befanden uns in den gegensätzlichsten Positionen, denn er war ein überzeugter Roter, wissen Sie, nicht einer von diesen Dummköpfen, die blind Gefolgschaft leisten und mit Händen und Füßen an die immerwährende Bewunderung für den Generalsekretär gefesselt sind. Er ist ein standfester, manchmal sogar sehr kritischer, aber loyaler Mann. Nun, heute klingt das alles ein bißchen komisch, aber zu jener Zeit, 1973, waren die Nuancen sehr wichtig, das können Sie mir glauben...»

«Und Sie?» Ich war völlig versunken, und ihre Stimme ließ mich aufschrecken. Ich mußte mich ein paar Sekunden lang besinnen, bevor ich die Frage begriff.

«Ich? Na ja... Ich war ein Biest.» Sie lachte auf, als wollte sie sich in mich hineinversetzen, in den fröhlichen, festlichen Tonfall einfallen, der zum ersten Mal, seit ich ihr von mir erzählte, in meiner Stimme lag. «Nein, lachen Sie nicht, bitte, ich meine es ernst... Um ehrlich zu sein, fand ich keine andere Art, um mich abzuheben. Anfangs fühlte ich mich ziemlich verloren, wissen Sie, und dieses Gefühl war ich gewohnt... jedenfalls studierte keiner meiner Klassenkameraden Philosophie. Ich kannte niemanden, und aus purer Intuition schloß ich mich der Gruppe der Kommunistischen Jugend an. Damals entdeckte ich fast augenblicklich eine natürliche, unbegrenzte Quelle in mir, die ich unverzüglich nutzte. Mein Familienname und mehr als das der Name des Verlags, meine Familientradition, machten mich beliebt. ‹Sie hat ein von Picasso signiertes Bild zu Hause im Wohnzimmer hängen›, tuschelten sie hinter meinem Rücken. Ich hörte es und konnte es kaum glauben, all das erschien mir wie ein unermeßlicher Blödsinn, aber endlich nahmen mich die Leute wahr, hörten mir zu, verhielten sich, als schätzten sie meine Meinung. Ich war begeistert, daß mich endlich jemand beachtete, obwohl ich keineswegs bereit war, mich zum Sprachrohr der Familiendoktrin zu machen, die mir selbstverständlich und wie es auch natürlich ist, hinfällig, verrostet und unbrauchbar vorkam. Zu jener Zeit verlangte die GESCHICHTE, Sie wissen schon, großgeschrieben, daß alle ihre Kinder sich links von ihren Eltern ansiedelten, und mir blieb nicht viel Spielraum, so daß ich kaum ein Vierteljahr brauchte, um mich in die unversöhnlichste, radikalste, rigoroseste und, ich nehme an, auch unerträglichste Aktivistin der ganzen Fakultät zu verwandeln. Bis ich mich eines Morgens bei einer Versammlung unsterblich in einen der Redner, einen Abgeordneten der Rechtswissenschaftler, verliebte, der ganz wie der Sohn aus guter, regimetreuer Familie aussah, ein Führer von Natur aus, wissen Sie, kein Heuchler wie ich, sondern ein echter Riese. Na ja, zumindest kam er mir so vor. Ich war wirklich hin und weg, das kann man sich gar nicht vorstellen...»

Ich kam nicht bis ans Ende, ich wollte das letzte Detail nicht enthüllen, die letzte, gewissermaßen unvorstellbare Aussage, das dunkelste Geheimnis. Das habe ich nur Martín erzählt, und seine Antwort hatte mich zunächst aus der Fassung gebracht. «Wahnsinn!» hatte er gesagt. «Das ist doch brutal, oder? Und im Grunde genauso... anormal, genauso pervers wie die Auswirkungen der reaktionärsten katholischen Erziehung, ich weiß nicht. . .» Wir lagen aneinandergekuschelt auf einer Seite des riesigen Hotelbetts in Bologna, Hauptstadt der Region Emilia-Romagna und Hochburg der italienischen Kommunisten, fünf Jahre nach jener ersten Rede. Es wurde hell, und er war zuerst aufgewacht. Er tat etwas, was sich schließlich in eine Gewohnheit verwandeln sollte, er flüsterte mir ins Ohr, küßte mich, streichelte mich und rüttelte mich sanft, bis ich aufwachte. Beim Öffnen der Augen sah ich zuerst in seine offenen und ganz nahen Augen. Das durch die schlecht eingestellte, geschlossene Jalousie hereinfallende Licht war so weiß und kalt, wie der Himmel in manchen Träumen aussieht, und vielleicht brauchte ich genau diesen feinen Lichtstrahl, den Beginn einer Realität, die zu dieser zweifelhaften Stunde, zu einer Niemandszeit, einen gräulichen Weg in die Klarheit bahnte, um zu begreifen, was geschehen war, welcher launenhafte Windstoß den Lauf des Schicksals zu meinen Gunsten gewendet hatte, welcher verborgene und großmütige Geist sich meiner schließlich erbarmt hatte. Endlich.

Nach jenem Morgen in der Aula war ich anderthalb Jahre lang, seine restliche Studienzeit über, wie ein unbeholfener Spürhund, nur unfähiger, langsamer und älter, nach einem ausgesprochen schlechten Anfang, seiner Spur gefolgt. Ich wußte, daß er mit großer Wahrscheinlichkeit an dieser Versammlung teilnehmen würde, besonders weil seine Gruppe sie selbst anberaumt hatte, und wenn ich bis zur Heiserkeit darauf bestand, zur Delegation meiner Gruppe zu gehören, die über ein mögliches «Gemeinsames Aktionsprojekt aller linken Kräfte der Universität» diskutieren würde, ja, wenn ich ungeachtet meiner eingefleischten moralischen Überzeugungen zu meinem Exfreund ging und ihn sogar ein bißchen um mich herumschwänzeln ließ, um anzudeuten, daß ich mich möglicherweise geirrt hatte, als ich mich von ihm trennte, bis er mich endlich als eine seiner Begleiterinnen einteilte, dann nur deshalb, weil ich mich vor Verlangen, ihn wiederzusehen, verzehrte. Trotzdem konnte ich nicht an mich halten, als ich ihn vor mir sah, und später machte ich alles, aber wirklich alles falsch, grauenhaft. Ich wollte ihn nur beeindrucken, seine Aufmerksamkeit erregen, bewundernswert erscheinen, und bei der ersten Gelegenheit zur Wortergreifung fuhr ich vor seinen Augen meine ganzen schweren Geschütze auf, Behauptungen so verwickelt wie die Raupenketten von Tankwagen, so ätzend wie ein Platzregen aus Nervengas, so leuchtend wie ein Flakbatteriefeuerwerk. Ich redete länger als zwanzig Minuten, und erst als ich mich wieder setzte, las ich in den düsteren Gesichtern seiner Genossen, daß sie trotz der Reinheit, der Kraft, des rigorosen marxistischen Glaubens, der wie ein bitterer, aber unzweifelhafter Bodensatz am Grunde meiner Argumente ruhte, nicht umhin konnten, meine zwanzig Minuten lange Rede als Beschimpfung zu verstehen. Nie in meinem ganzen Leben habe ich mich wieder so blöd gefühlt wie damals, und daß Teo der Dicke mich abküßte und angesichts des fragwürdigen Punktsiegs außer sich vor Freude war, war nicht das Schlimmste. Über die Euphorie der Meinen hinweg, weit entfernt von der Mutlosigkeit und Empörung der Seinen, am tiefen Erstaunen der Neutralen vorbei schenkte er mir ein unentzifferbares Lächeln und hob den Arm, um sich zu Wort zu melden, und als er den Mund aufmachte, glaubte ich ein böses Schimmern auf seinen Schneidezähnen auszumachen. Er wird mich zerschmettern, warnte ich mich selbst, und wahrhaftig, er zerschmetterte mich mit vier Worten. Dilettantin, nannte er mich, frustrierte Jungerbin – großes Gelächter aus den männlichen Reihen sämtlicher Gruppierungen einschließlich der meinen –, Sprachrohr eines unverantwortlichen, faschistisch gefärbten Radikalismus und Polittouristin. Als ich zu kreischen anfing, daß wir jetzt genug der überholten Reden des überholtesten Machismo gehört hätten, empfahl mir jemand schreiend, ich habe nie erfahren, wer es war, ich solle doch zum Schlußverkauf in die Calle de Serrano gehen und sie in Ruhe arbeiten lassen, und da sah ich ihn zum ersten Mal direkt an, sah, wie er lauthals lachte, wie er lauthals über mich lachte, und ich hatte so große Lust zu weinen, daß ich ganz schnell aufstehen und hinauslaufen mußte und nicht stehenblieb, bis ich zu Hause ankam, mich in mein Zimmer einschloß, mich aufs Bett warf und so lange heulte, bis ich keine Tränen mehr hatte.

Von dem Tag an traute ich mich ihm nur noch in entsprechendem Abstand zu folgen. Ich fand seine Adresse heraus, suchte seine Nummer im Telefonbuch, ich erfuhr, wie viele Geschwister er hatte, welchen Beruf sein Vater ausübte, wie seine Mutter hieß, wer seine Freunde waren... Ich fing an, in der Nähe seiner Fakultät zu parken, gewöhnte mir an, dort und nicht in meiner zu frühstücken, und manche Tage ging ich danach nicht einmal in meine Seminare. Ich lungerte stundenlang auf der Lauer nach irgendeinem Klingeln, irgendeinem Zeichen in der Halle herum, vertrieb mir die Zeit oder schlug sie tot, nur um ihn zu sehen, und dabei betete ich ununterbrochen zum Himmel – jenem farblosen, unkonkreten, ein bißchen spärlichen Himmel derer, die als Kind nicht beten gelernt hatten –, mich davor zu bewahren, daß meine Augen sich mit seinen träfen. Ein einziges Mal verlor oder gewann ich dieses Spiel. Er sah mich und er lächelte mich an, als die Menge ihn pünktlich um zwei Uhr zum Ausgang schob, und wenn ich gelaufen wäre, hätte ich ihn vielleicht draußen noch erwischt, aber ich blieb völlig regungslos in der Halle stehen, klebte am Boden, als hätte dort jemand mit Hunderten von zuverlässigen und feinsten Nadeln meine Füße angenagelt.

Mich schmerzte alles, alles schmerzte mich, bis ich ihn aus den Augen verlor. Im Frühjahr 1975, als der Tod jede Nacht am Bett von Francisco Franco wachte, beendete Martín Gutiérrez Treviso sein Jurastudium und drohte für immer aus meinem Leben zu verschwinden. Zwei Jahre später beendete auch ich mein Studium, ich verließ ohne Bedauern die Universität, und ich nehme an, daß ich ihn vergaß, wenn Vergessen darin besteht, nicht ständig an etwas zu denken, aber die Erinnerung an ihn schmerzte noch immer, und obwohl es stimmte, daß ich ihn nicht kannte, daß ich ihn in Wirklichkeit nie kennengelernt hatte, stimmte es auch, daß sich das Bild seines Gesichtes, seines Körpers, jenes roten Hemdes, jener braunen Schuhe mit dicken Schnürsenkeln unvermeidlich und gegen meinen Willen vor alle Hemden und Schuhe, Gesichter und Körper sämtlicher Männer schob, die ich kannte, die ich auf der Straße sah, die mit mir zusammenarbeiteten, die einfach überall auf der Welt existierten. Ich erwartete nicht, ihn wiederzusehen, aber es gelang mir auch nicht, sosehr ich es mir vornahm, ein zufälliges, ausgesprochen schicksalhaftes Treffen aus meiner Phantasie zu verbannen, und manchmal legte ich mich nachts ins Bett, obwohl ich noch gar nicht müde war, um mir die Geschichte dieser unwahrscheinlichen Liebe auszudenken, und ich schlief ein, während ich mir minutiös die ausschweifendsten Details ausmalte, die Berührung seiner Hand, die Wortwahl für eine Unterhaltung im Bett, die sanfte Lässigkeit, mit der er im Augenblick des Zurückziehens von der Frau, die er gerade geliebt hatte, seine Schultern entspannte, Hilfsmittel, auf die meine trotzige Einbildungskraft zurückgriff, um ruhelos eine verräterische, vage und blödsinnige Erinnerung zu bewahren, der es schon nicht mehr gelang, seine genauen Gesichtszüge heraufzubeschwören. Trotzdem, als alle Sterne des Universums sich geradlinig aufreihten, damit das, was nicht geschehen sollte, endlich geschähe, erkannte ich seine Stimme nicht, ein lautes, weil nahes Flüstern in meiner Muttersprache, seine Lippen streiften mein Ohrläppchen und ließen mich an der Rezeption jenes italienischen Hotels, in dem ich geschworen hätte, daß mir nichts und niemand vertraut war, zusammenfahren.

«Es ist ein Trost, festzustellen, daß sogar die härtesten Kämpferinnen mit der Zeit bürgerlich werden. . .»

Ich drehte mich rasch und brüsk um, als ob diese Worte eine schreckliche Drohung enthielten, und er stand vor mir, entspannt und lächelnd, unendlich selbstzufrieden, und meine Beine fingen an zu zittern, meine Hände zitterten, meine Schläfen pochten, und wenn es Vergnügen war, was ich empfand, ähnelte es sehr der Furcht, und wenn es Angst war, war sie nie wieder so fröhlich. Unfähig, meinen Körper zu beherrschen, lehnte ich mich an den Tresen, um ihn zur Ruhe zu zwingen, und ich brauchte noch ein paar Sekunden, bis ich einen törichten Gruß formulieren konnte. Da beugte er sich über mich, nahm meine rechte Hand und küßte sie feierlich, und ich wollte genau dort sterben, mit einem Schnitt den Film meines Lebens unterbrechen, ewig in diesen Augenblick gebannt bleiben, seine Lippen für immer in meiner Hand einfangen.

«Und?» fragte er mich später, nichts von meinen inneren Krämpfen ahnend. «Sind wir wieder auf dem rechten Pfad angelangt. . .?»

Mit hochgezogenen Augenbrauen antwortete ich, daß ich seine Frage nicht verstünde. Er deutete mit dem rechten Zeigefinger auf das linke Revers seines Parkas, wo ihn ein Plastikschild mit einem bunten unverwechselbaren Symbol als Gast der Jahresfeier der Kommunistischen Partei auswies.

«Nein. . .!» Ich lächelte. «Meine Reise ist viel langweiliger. Ich bin zur Kinderbuchmesse hier. Als Spionin, weißt du? Im Verlag wird darüber nachgedacht, eine Kinderbuchreihe aufzubauen, und ich wurde beauftragt, mich nach den Rechten zu erkundigen, welche Neuheiten es gibt und so —»

«Das steht dir sehr gut», unterbrach er mich.

«Was?» fragte ich wieder, schon zum zweiten Mal in wenigen Minuten verwirrt. «Meine Arbeit?»

«Ja... alles.» Er machte eine vage Handbewegung, zeichnete mit der Hand einen Kreis, der mich ganz umschreiben sollte. «Das kurze Haar, deine Kleidung, die schwarze Perlenkette, die schwarzen Strümpfe, dieser wunderbare Anflug einer weltgewandten, allein reisenden Frau... Du bist sehr hübsch.»

«Vielen Dank.» Und endlich gab ich nach und wurde rot, bis meine Wangen zu meinem roten Wolljackett paßten, so rot wie sein Hemd in vergangenen Zeiten.

Er fragte mich nach meinen Plänen für den Abend, und ich antwortete, ich hätte keine, obwohl ich mich mit einer Agentin aus Holland verabredet hatte, die jeden Moment in der Hotelbar auftauchen würde. Ich schrieb ihr eilig eine entschuldigende Absage, während er kurz auf sein Zimmer ging, und fünf Minuten später, so schnell, so einfach wie ein Fingerschnippen, spazierten wir zusammen die Straße entlang auf das Licht, die Musik und das Gewimmel in dem riesigen weißen Festzelt zu.

«Was war mit dir los?» fragte er und ging hinter mir auf die andere Seite – «So ist es besser» – und nahm meinen Arm. «Weißt du, an meiner linken Seite, das steht dir gar nicht.»

Er gewährte mir ausreichend Zeit zum Lachen über den scherzhaften Einwurf und hakte dann nach.

«Nein, im Ernst... Warum bist du verschwunden? Ich habe dich vermißt, weißt du? Ich habe mich gerne mit dir gestritten, du warst so schnell und sehr klug das eine Mal. Fast zu klug, wenn man bedenkt, mit wem du da warst, all diese Dummköpfe, die immer noch glauben, daß Debattieren darin besteht, zu grunzen und dabei den Rhythmus mit Faustschlägen zu bestimmen, als wäre der Tisch eine Trommel... Ich habe einmal nach dir gefragt, aber niemand wußte etwas.»

«Ich hatte keine Lust mehr, irgendein gemeinsames Aktionsprojekt zu unterstützen, weißt du? Und wenn du die Absicht hattest, weiter mit mir zu diskutieren, hättest du mich nicht so abschmettern dürfen...» Ich sah ihn an und stellte fest, daß er nicht verstimmt war. «Das mit der frustrierten Jungerbin war wirklich gemein, echt.»

«Ja, das gebe ich zu, aber du hattest dich ziemlich vergaloppiert, meine Schöne...»

Noch bevor die Nacht zu Ende ging, waren meine Reflexe langsam und schwerfällig geworden, alle meine Nerven waren vor Erstaunen wie betäubt, mein Verstand hatte sich in die Chiffre eines Geheimnisses verbissen, das sich Minute für Minute ausdehnte, so zäh und zart wie ein Karamelfaden, der wächst und wächst, um die Welt zu umrunden, und dem es, so harmlos und dünn, wie er ist, gelingt, sie ganz zu umschließen, bevor er, ohne einmal gerissen zu sein, fest wird. Wenn der Zustand des Glücks verlangt, auch zu leben, was man sich vorher erträumt hat, war ich bis zu jener Nacht nie glücklich gewesen. Trotzdem war mir das damals, als ich in dem unmeßbar schnellen Taumel von Wundern gefangen war, nicht klar, ich dachte auch am nächsten Tag nicht darüber nach, denn nach einem gemeinsamen Frühstück in einer kleinen und ziemlich schmutzigen Stehbar, die Martín und ich zufällig gefunden hatten, ging ich zur Messe; ich fühlte mich leicht und es war mir ständig zum Lachen zumute, wie eine mit der besten oder der schlimmsten aller Verrücktheiten gesegnete Wahnsinnige; ich lief kilometerlang durch Gänge, besuchte Dutzende von Ständen, sammelte mechanisch und mit professioneller Gefühllosigkeit eine ganze Kollektion von Visitenkarten, wie ein Totengräber, der einer unbekannten Witwe nach der anderen sein Beileid ausspricht, ohne es zu empfinden, während er gerade darüber nachdenkt, was seine Frau wohl zum Essen gemacht hat... So fühlte ich mich, wie eine zufällige Weltreisende, wie eine Überraschungsstatistin bei einer Vorstellung in einer toten Sprache, wie ein Instrument, das zwei Tonlagen über dem Orchester spielt, so, eingehüllt in die Dämpfe einer Droge, die das Sicherste zweifelhaft macht, empfand ich diesen Planeten und die Gesamtheit der auf ihm beherbergten Dinge. Bis die Realität langsam durch die schlecht geschlossene Jalousie sickerte und ich im gespenstischen Morgenlicht des dritten Tages – für mich würde außer dem dritten kein anderer Tag mehr existieren –, Martín in die Augen sah und plötzlich die Szene von damals wiederentdeckte, die Universitätsaula, das rote Hemd und ein Paar seltsame Schuhe: Mein plötzlich mächtiges, listiges Gedächtnis ballte die Faust und traf mich mitten auf die Stirn, und erst unter diesem Hieb ließ ich endlich die Vermutung zu, daß dies alles wirklich geschah, daß es mir passierte und daß es Realität war. Obwohl der letzte mir verbliebene Funke Besonnenheit mich davor warnte, mich so weit zu entblößen, hatte ich schon zu sprechen begonnen, und nicht einmal heute könnte ich erklären, warum ich es plötzlich so nötig fand, zum Ende zu kommen.

«Weißt du was?» setzte ich, beschützt von der Dunkelheit und dem Schatten seines Körpers, den seine Arme an mich gepreßt hielten, arglos heiter, wie nebenbei an. «Du wirst es nicht glauben, aber ich bin viel früher als in jener Versammlung auf dich aufmerksam geworden. Vielleicht erinnerst du dich nicht mehr, aber in jenem Semester, ich weiß nicht mehr. . ., gleich nach den Osterferien muß es gewesen sein, kamst du eines Morgens in die Fakultät, um eine Versammlung zu beenden. . .» Ich machte eine unnötige Pause, er nickte, als erinnere er sich an alle Einzelheiten. «Nun, du hast mich sehr beeindruckt, ehrlich. Ich glaube, du hast uns alle beeindruckt. Du hast mitten auf dem Podium gestanden und gesprochen, kein Pult vor dir, ohne abzulesen, ohne irgendwelche Notizen zu bemühen. . . Du hast wie ein echter Anführer gewirkt, weißt du?»

«Ich bin einer», antwortete er lachend.

«Nein, du Dummkopf, ich meine es ernst. . . Und du hast mich an etwas erinnert. . . Jetzt wirst du wirklich lachen, du wirst dich halb tot lachen, aber. . . Nun, ich nehme an, daß man sich das nicht aussuchen kann, gewisse Dinge lassen sich nicht kontrollieren. . .»

Wenn die Sonne an jenem Morgen nur ein bißchen schneller hochgestiegen wäre, hätte er vielleicht aus meiner Färbung, meinen roten Wangen, röter als damals sein Hemd, den Grund für mein Zögern ablesen können, für das hastige Aussprechen eines Geständnisses, das in meinem Hals wie in einem Hohlweg voller spitzigster Kanten, auf einem unüberwindbaren Weg, in einer tödlichen Falle steckenblieb, aber die Sonne brauchte lange, bis sie hochstieg, und er, mit heiterem Blick und einem warmen Lächeln in seinem noch schläfrigen Gesicht, erwartete keine außergewöhnliche Enthüllung von meinen zitternden Lippen, die dummerweise bereuten, sich bewegt zu haben, als sie schon nicht mehr wußten, wie sie aufhören sollten.

«Ich will damit sagen, daß. . . Homosexuelle, beispielsweise, die auf Klosterschulen gingen, erregten sich an den Darstellungen des heiligen Sebastian, nicht wahr, mit den Pfeilen und dem Blut und all das. . . Und, mehr oder weniger, nun. . . ich weiß nicht, ich nehme an, es ist dasselbe. . .»

«Ich bin auch bereit, das anzunehmen», sagte er lachend, «wenn du mir endlich sagst, wovon du redest.»

«Also...» Im kritischen Augenblick, als ich den Punkt überschritt, an dem es kein Zurück mehr gab, holte ich tief Luft. «Es ist das Bild, das ich mein Leben lang gesehen habe. Nun, tatsächlich handelt es sich nicht eigentlich um ein Bild, sondern um das Plakat zu einer Ausstellung über sowjetische Revolutionskunst, die in Paris stattgefunden hat, im Petit Palais im November, aber ich habe nie gewußt, in welchem Jahr, das steht nicht auf dem Plakat, es wird so in den Sechzigern gewesen sein, glaube ich. Es hängt in meinem Elternhaus, seit ich denken kann, und ich sah es jeden Tag auf dem Weg von meinem Zimmer durch den Flur ins Wohnzimmer oder von der Küche oder von der Haustür aus, es hing immer am selben Platz und blieb immer gleich, nur daß die weiße Leiste jedes Mal etwas vergilbter war. Die Farben der Illustration hingegen haben ihren Glanz nicht verloren. Es ist ein sehr bekanntes Bild, ausgesprochen berühmt, du mußt es schon tausendmal gesehen haben, obwohl ich dir den genauen Titel nicht sagen kann, wir nannten es ‹Lenin hält von einem Lastwagen aus eine Rede für die Massen›, so ähnlich lautet auch der wirkliche Titel, es gibt auch ein Datum, aber das habe ich mir nie gemerkt...» Ich sah ihn an und stellte fest, daß er heftig nickte, als wolle er alle Zweifel ausräumen. «Gut, also für mich hat dieses Porträt von Lenin immer... ich weiß nicht..., das gleiche wie das Foto eines entlegenen, aber sehr berühmten Vorfahren verkörpert, meine Urgroßmutter Francisca beispielsweise, sie war eine der wichtigsten Pädagoginnen der Jahrhundertwende, und das zu einer Zeit, in der keine Frau arbeitete, verstehst du? Von klein an wurde mir von ihr mit Verehrung erzählt, besonders von meinem Vater, der sie ständig als Beispiel anführte, eine brillante, intelligente, selbstsichere Dame, völlig selbstgenügsam, stark und zart gleichzeitig, eine gute Mutter, aber außerdem eine verantwortungsbewußte und gewissenhafte Arbeiterin, alles, was du dir vorstellen kannst... Und mit Lenin geschah etwas Ähnliches, denn in meinem Elternhaus gab es keine Heiligen, weißt du? Nicht einmal das Letzte Abendmahl, keine Raffael-Madonnen in den Schlafzimmern, kein Herrgottswinkel, nichts. Wir bauten Weihnachten keine Krippe auf, es kamen keine Heiligen Drei Könige im Januar, also, für mich war dieser eindrucksvolle, schwarzgekleidete Herr zwischen all den roten

Fahnen, kahlköpfig und trotzdem jung, der viel schrie, was mir aber keine Angst machte, eher im Gegenteil, denn auch ich brauchte jemanden, der mich vor dem Bösen beschützte, nun, in einem Alter, in dem andere Mädchen zur Kommunion gehen, war der Lenin jenes Bildes, dieser Lenin, für mich mein Held, verstehst du? Mein Schutzengel, mein persönlicher Superman, eine Art wundertätiger Heiliger, ein privater Gott für mich allein. . . Wenn ich vor etwas Angst hatte, dachte ich an ihn, und wenn ich mich im Bett wälzte und nicht schlafen konnte, ebenfalls. Jedesmal, wenn ich ungerechterweise bestraft wurde, zu Hause oder in der Schule, rief ich ihn an und wußte, daß er mir nicht erscheinen würde, klar, aber seinen Namen auszusprechen, wenn auch nur in Gedanken, tröstete mich ungemein, und ich kann mir vorstellen, daß dir das unglaublich vorkommen muß, aber. . . ich weiß nicht, es war genau so. Wenn ich mich mit meinen Brüdern stritt oder einer mir etwas wegnahm oder sie mir die Sparbüchse kaputtmachten – du weißt schon, das Übliche, ich war die Kleine, ich habe mein Leben lang eingesteckt –, nun, dann drohte ich ihnen lautstark: ‹Ihr werdet schon merken, wenn Lenin kommt›, und sie lachten mich aus und erzählten es unseren Eltern, ist das zu glauben? Alle nannten mich Lenins Verlobte, mit Betonung auf dem i, genauso, wie man es in den dreißiger Jahren aussprach, und sie bogen sich vor Lachen, aber mir war das egal. . . Ich wußte, daß Lenin eines Tages kommen und mich holen würde. . .»

Meine Augen wandten sich von der Decke ab, über die sie einige Minuten so lang wie Zeitalter unruhig gewandert waren, und blieben an seinem Blick hängen, einem Blick voller Intensität, und ich spürte, daß er kein einziges Wort sagen und keine Frage stellen würde, die nicht schon im schweren, fiebrigen Licht mitschwang. Zwei Nächte zuvor hatte mich dieser von sich selbst hingerissene Blick wie ein Stich reinster Freude – eine lebendige, heiße und süße Gefahr, die wie das exquisiteste Gift langsam unter der Zunge zerschmilzt – durchzuckt, als ich begriff, daß er mich vor einer Schießbude küssen würde. Auf dem Weg zu dem Fest hatte ich ihm schon beiläufig gestanden, daß ich noch auf keinem Rummelplatz je ein Plüschtier gewonnen noch daß es jemand für mich getan hätte, und er hatte nichts darauf erwidert, aber später, als wir schon halb betrunken waren, kaufte er an einem Schießstand drei Bälle, und mit überraschender Zielsicherheit, angesichts der Alkoholmenge, die er intus hatte, traf er mit jedem Wurf eine Puppe. Sie stellten Anführer der Christdemokraten dar, und wir lachten sehr über sie, aber am Ende gab es kein Plüschtier, weil sie keins hatten, sondern eine Schallplatte von Quilapayún. «Ihr seid Spanier, nicht wahr?» hatte der Mann am Stand lächelnd gefragt, als er sie uns überreichte, und auch Martín hatte gelächelt, als er mit der Schallplatte auf mich zukam und eine komische, unglückliche Grimasse zog, und sein Gesichtsausdruck änderte sich erst, kurz bevor seine Lippen die meinen berührten, aber ich hatte gespürt, daß er mich küssen würde, und ich erlebte eine Sekunde wilden, unbändigen, übermenschlichen Glücks. Ich hatte an der Schwelle des Wunders gestanden, und auf der anderen Seite der Tür hatten die überraschendsten Heldentaten den Mantel umgedreht, um sich mit der Hülle der Normalität zu maskieren, aber jetzt gab das unerbittliche Licht des anbrechenden Morgens den Gegenständen ihre scharfen Konturen zurück, um mir zu enthüllen, daß das Wunder keineswegs verschwunden war, sondern sich am äußersten Rand einer so ersehnten und dornigen, so großzügigen und gleichzeitig – wie alle definitiven Grenzen – grausamen Grenze niederließ, und als ich das Schweigen wieder brach, wußte ich schon, daß Martín mir das Leben geben konnte, aber ich kannte auch schon seinen Preis, die unsichtbaren, lebenslangen, starken Ketten, die ich mir aus Liebe anlegen würde.

«Und an jenem Morgen in der Universitätsaula... Na ja, anfangs habe ich dich nicht gesehen, ich war wohl abgelenkt, wir hatten eine kleine Einlage vorbereitet, weißt du, um euren Auftritt zum Platzen zu bringen. Beim Höhepunkt hätte ich aufstehen müssen, um dich schreiend zu fragen, ob du den Preis eines Laibs Brot wüßtest.»

«Aha», sagte er lächelnd und zwickte mich in den Po, «sehr freundlich...»

«Nicht?» Ich quittierte die Strafe ebenfalls mit einem Lächeln. «Es war meine Idee.»

«Aber du hast es nicht getan.»

«Nein...» Er küßte mich, eine warme und ganz kurze Berührung, die mich nicht unterbrechen konnte. «Ich konnte es nicht. Ich konnte nicht, weil...» Ich preßte mein Gesicht an seine Brust und schloß die Augen, als könnte ich durch seinen Körper hindurchschlüpfen, um mich vor ihm zu verstecken, und von diesem Zufluchtsort aus erzählte ich weiter. «Als du anfingst zu reden, sah ich dich zunächst nicht, ich weiß nicht, was ich gemacht habe, aber plötzlich hast du die Stimme so gehoben, daß mir nichts anderes übrigblieb, als aufzusehen und dich anzublicken, und dort standest du, so jung und trotzdem so stark, groß und hart und sehr verärgert, obwohl du mir keine Angst eingeflößt hast. Du trugst das Haar lang, und dein Gesicht war rasiert, aber dein rechter erhobener Arm bewegte sich wie eine Keule, und die Faust daran war kein Symbol, sondern eine Waffe, eine fürchterliche Drohung gegen den Feind, und ich habe es nicht einmal gedacht, weißt du, es war nicht nötig, es zu denken, denn ich kannte dich schon, ich hatte dich jeden Morgen meines Lebens in derselben Ecke in meinem Elternhaus gesehen, ich hatte von klein auf jede Nacht vor dem Schlafengehen zu dir gebetet, und jetzt existiertest du, hattest einen Körper, Gewicht, und du konntest lachen und zu mir sprechen und gehen... Du warst ein fleischgewordener Traum für mich allein, das spürte ich, ohne groß darüber nachzudenken, denn es war nicht nötig zu denken, ich bekam schon eine Gänsehaut, wenn ich dich nur ansah, und während ich dich reden hörte, kamen mir die Tränen, und das endete schlecht für mich, ich zitterte am ganzen Körper, wie wahnsinnig und unter Drogen und erregt, du weißt schon... Ich war unfähig, an irgend etwas anderes zu denken.»

Anfangs sagte er nichts. Er streichelte mein Gesicht und schwieg noch eine Weile. Dann streckte er sich abrupt und schlug einen nüchternen, ironisch gefärbten Ton an, was ihm nicht ganz gelang.

«Deshalb hast du das vorhin mit dem heiligen Sebastian erwähnt.» Ich mochte nichts hinzufügen, und er lächelte. «Wahnsinn! Das ist doch brutal, oder? Und im Grunde genauso... anormal, genauso pervers wie die Auswirkungen der reaktionärsten katholischen Erziehung, ich weiß nicht... Lenin in ein Sexsymbol verwandelt! So was habe ich noch nie gehört...»

«Ja», bestätigte ich schließlich, teils enttäuscht über seine Reaktion und teils überzeugt, daß er es nicht ernst meinte. «Es ist schwer zu erklären, aber ich glaube, daß dies in Wirklichkeit meine einzige religiöse Erfahrung war. Wenn du ein Priester gewesen wärst, wäre ich zu deinem Glauben konvertiert, wenn du ein Guerillero gewesen wärst, hätte ich ein Gewehr genommen, wenn du eine Frau gewesen wärst, hätte ich akzeptiert, daß ich lesbisch sei, wenn du ein Außerirdischer gewesen wärst, wäre ich dir auf deinen Planeten gefolgt... Aber weil du es warst» – schließlich öffnete ich die Augen und sah ihn an – «habe ich mich in dich verliebt.»

Er hielt meinem Blick mit halboffenem Mund stand, und wir schwiegen beide, während eine seltsame Begierde seine linke Hand meinen Körper entlangführte, seine Finger übten einen Druck aus, der ganz anders war als die Zärtlichkeit, anders als das Ungestüm, die sie anfänglich versprachen. Ich war nur noch Gefühl, mein Körper löste sich beim Kontakt mit seiner Haut auf, und seine Wärme ließ langsam meine Knochen schmelzen, mein Gehirn sich in einem Feuer ohne Flammen auflösen, ein hartnäckiges Brennen, erstickt in der Asche meiner eigenen Erinnerung. Ich wußte nichts mehr, außer daß ich nicht mehr ich war und daß ich nie mehr etwas anderes empfinden könnte, denn ich hatte gerade diesen Tod gewählt: für immer in ihm zu verschmelzen, mich nach und nach aufzulösen, um mich zugunsten seines Körpers völlig zu verbrauchen, aber dann war es Martín, der in der Kurve meines Halses Zuflucht suchte, und dort stieß er eine einzige Silbe aus, nicht einmal ein Wort, ein kaum artikulierter, aber unendlich mächtiger Ton – Oh! –, kaum gehaucht, nichts weiter als Oh!, und das Echo seiner Stimme klang in einem Winkel meines Bewußtseins nach, den ich noch nie aufgesucht hatte, um mich von dort aus zum Weiterleben zu zwingen. In dem Augenblick begann sein an meinen Bauch gepreßtes Glied zu wachsen, und aus meinen Augen flossen Tränen, obwohl meine Lippen vor lauter Wohlgefühl wie von selbst lächelten, denn ich bemerkte, daß ich noch viel stärker und viel intensiver empfinden konnte, und ertrug das kalte Fröstenln, das erschreckende Risiko dieser Entdeckung, während seine Lippen an meinem Ohr jenes geheimnisvolle Losungswort wiederholten, das schlagartig meine ganze Existenz rechtfertigte, Oh! sagten sie wieder, nur Oh!, aber das reichte, denn sein Atem brannte, und sein Körper brannte, als er meinen ganz damit bedeckte, und schließlich, auch ich ein Opfer seiner Eile und seines Verlangens, suchte ich ihn mit den Hüften und packte ihn, meine Beine fest und gierig wie Klauen, um mit ihm zu brennen, und ich ergab mich mit unbekannter Energie dem Schicksal, das mich innerlich hinwegriß.

Ich behielt die Augen offen, um seinen starren und von einem flüssigen Schleier getrübten Blick sehen zu können, und ich genoß eine nach der anderen seine Bewegungen, aber solange ich noch bei Bewußtsein war, in diesem verbindlichen Bereich, wo die Klarheit intensiver strahlt denn je, wie verglühende Glühbirnen, wenn sie im Begriff zu verlöschen sind, akzeptierte ich, was ich bei diesem kurzen italienischen Abenteuer aufs Spiel setzte, und verspürte Angst, und obwohl Martín es nie erfahren würde, wollte ich ihn im stillen für immer an mein Leben binden, die Gewißheit drückte sich in einer kindlichen Formulierung aus: daß nichts mehr sein würde wie vorher, weil du mich erwählt hast, versprach ich mit geschlossenen Lippen, du wirst von jetzt an mein Vater sein, und weil du mich gewollt hast, wirst du meine einzige Mutter sein... Meine Augenlider konnten die Tränen nicht länger zurückhalten, obwohl die Worte sich geheimnisvollerweise weiter auf meiner stummen Zunge einstellten, und du wirst mein Bruder und meine Schwester sein, fügte ich hinzu, während seine Stöße immer heftiger, immer ehrlicher, immer wilder wurden, und du wirst meine Familie und mein Zuhause sein, und du wirst meine Heimat und mein Gott sein... Erst dann schloß ich die Augen.

Nachdem meine Hüfte sich an ihren Platz erinnert hatte und meine Beine wieder fähig waren, sich von selbst zu bewegen, verbrauchte ich den letzten Rest der Schwerelosigkeit und jenes unsichtbare Maß an Unwohlsein, das sich in Lust aufgelöst hatte, die das Zentrum meines Körpers freilegte, kein sehr großes Loch von der Bauchdecke bis zu den Knien, eine flüchtige Landschaft der Nichtexistenz, als würde die Fülle, die ich gerade kennengelernt hatte, unvermeidlicherweise ihr Verschwinden mit sich bringen oder als müßte sich die animalische Natur meiner Haut, kurz zuvor gegenwärtiger denn je, jetzt bis in seine entlegenste Wurzel auflösen, damit ich sie später wiedererlangen konnte. Martín beschleunigte unvermittelt das Ende des Prozesses. Seine Stimme war so dünn wie ein Faden, aber dieser Satz hatte nur im Hoheitsgebiet der Realität Bedeutung, wo es immer nur eine und eine genaue Zeit gibt:

«Ich habe noch nie eine Frau im Bett zum Weinen gebracht.»

In der Vorahnung eines strahlenden Lächelns, einer lächerlichen Geste des Triumphes, eines Anflugs fast jugendlicher Befriedigung, der um seine halboffenen Lippen spielen würde, öffnete ich wieder die Augen, aber ich sah ein ernstes, erschrockenes, fast erschöpftes Gesicht mit zusammengepreßten Lippen und sehr tief liegenden Augen vor mir. Ich umarmte ihn mit all meiner Kraft. Es war hell geworden, und ich glaubte, ich würde innerlich zerbrechen.

«Und schließlich heirateten Sie ihn, nehme ich an...»
Die Unterbrechungen der Analytikerin ließen mich nicht mehr so auffahren wie zu Beginn. Ich nickte mechanisch und sah dabei auf meine Uhr, um die Zeit meiner letzten Sprechpause abzuwägen. Zu lange, sagte ich mir, obwohl es plötzlich nicht mehr auf mir lastete, meine Zeit in diesem Raum zu verbringen.

«Ja, oder er heiratete mich, wenn Sie so wollen.» Obwohl ich nicht einmal Lust zum Rauchen hatte, rauchte ich ziemlich viel bei jeder Sitzung und zündete mir noch eine Zigarette an, bevor ich zum letzten Monolog des Abends ansetzte. «Seither sind schon fünfzehn Jahre vergangen, wissen Sie, aber ich kann das alles erst seit recht kurzer Zeit richtig glauben... Ich will damit sagen, daß ich anfangs meinem Glück mißtraute. Ich schlief jede Nacht mit Martín, und er lag jeden Morgen neben mir im Bett, natürlich, er war mein Mann, wir lebten zusammen, und trotzdem, ich weiß nicht, vielleicht verstehen Sie das nicht, aber ich weiß nicht, wie ich es anders erklären soll, die Wahrheit ist, daß ich es einfach nicht glauben konnte. Statt mit beiden Beinen auf dem Boden zu stehen, fühlte ich mich, als würde ich in einer riesigen Blase schweben, die jeden Moment zerplatzen konnte, wenn sie nur einen spitzen Gegenstand streifte, ein Gitter, eine Kirchturmspitze oder einfach eine Nadel in der Hand eines Kindes. Vielleicht ist das der Preis, den man bezahlen muß, wenn man sich in einen Gott verliebt und ihn heiratet, oder vielleicht...» Ich hielt eine Sekunde inne, um die richtigen Worte zu wählen. «Ich gefalle meinem Mann sehr, wissen Sie...? Sexuell, meine ich. Ich verstehe das auch nicht ganz, aber es ist wahr, und ich weiß es seit der ersten Nacht, in der wir miteinander schliefen. Sogar noch bevor ich ihm gestand, daß ich schon jahrelang in ihn verliebt sei, war mir das bewußt. Es handelt sich nicht um eine ästhetische Frage, ob er mich hübscher oder häßlicher findet, Sie wissen schon, sondern um etwas sehr Merkwürdiges, sehr... Tiefes, auch wenn es kitschig klingt. Vielleicht ist es mein Geruch oder meine Hormone, die seine anziehen, oder ein anderes Phänomen dieser Art, denn ich glaube natürlich nicht, daß ich eine besonders perfekte Geliebte bin. Eher das Gegenteil, zumindest von außen betrachtet, denn ich habe so wenig von einer Femme fatale, wie man sich nur vorstellen kann, Sie sehen mich ja, obwohl Martín immer sagt, daß es eine in allem unwiderstehliche Geliebte nicht gibt und nie gegeben hat, und ich glaube, er hat recht. In einer Nacht des gegenseitigen Rausches ganz zu Anfang gestand er mir, daß es etwas Besonderes in meinem Aussehen gibt, eine Art Merkmal, das er zuvor nie an einer anderen Frau entdeckt hätte... Er hat mich immer als sehr intelligent empfunden und, na ja... Da fing es an. ‹Es ist, als hättest du eine Haut mehr›, sagte er zu mir, ‹ein Niveau, das den meisten Menschen fehlt.› Anfangs verstand ich ihn nicht, und er beschrieb mir mein Abbild, seine Vorstellung von mir, die er sich bei den ersten Malen, die wir uns sahen, gemacht hatte: ein sehr kluges Mädchen, sehr selbstsicher und sogar ein bißchen hochmütig, eine ausgesprochen typische Vatertochter, daran gewöhnt, zu befehlen und nach Europa zu reisen, das Übliche eben... Und trotzdem hatte er noch etwas anderes gespürt, deshalb freute es ihn so, mich in Italien wiederzutreffen. Heute weiß ich, was es ist, er sagte es mir eines Nachts, ein paar Monate nach unserer gemeinsamen Rückkehr nach Madrid. ‹Du hast Angst, Fran›, sagte er, ‹du hast immer Angst, vor den Menschen, vor den Dingen und jetzt vor mir...› Das sagte er, und er hatte recht. Er hatte meinen Schwachpunkt entdeckt, diese verhaßte ungesunde Fügsamkeit meines Wesens, die angeborene Neigung, bei jedem Schritt zu stürzen und mir die Knie aufzuschlagen, was mich zwingt, mit dem Blick auf den Boden geheftet zu gehen, die Auswirkungen noch des leichtesten Aufsetzens meiner Füße abzuschätzen. Das ist die Wahrheit, und ich schütze mich hinter augenscheinlicher, vollkommen vorgetäuschter Stärke. Ich habe es nie verstanden, aus meiner Schwäche Nutzen zu ziehen, diese Art Vorteil erschien mir immer unwürdig, so daß ich mich bemühe, darüber hinwegzugehen, aber Martín entdeckte sie sofort, und in gewisser Weise war er es, der sie zu seinem Vorteil auszunutzen wußte. ‹Vielleicht verstehst du es nicht›, sagte er einmal zu mir, ‹aber dieser brutale Kontrast zwischen deinem Auftreten und deiner wirklichen Natur zieht mich am meisten an dir an. Jedesmal, wenn ich dich bei einer solchen Unstimmigkeit ertappe, reizt du in der dunkelsten Gegend meines Gehirns eine Faser, und das ist nicht gut, ich will das nicht, aber ich kann es nicht verhindern, es ist, als würdest du unbeabsichtigt eine schlafende Bestie in mir wecken und ihr ein ordentliches Stück Fleisch vor die Reißzähne legen, weißt du, oder noch Schlimmeres...› Er sah mich auf merkwürdige Weise an, lächelnd und gleichzeitig unheimlich, und ich fragte ihn, ob er etwas konkreter werden könnte. Er dachte ein paar Minuten nach. ‹Denk doch mal beispielsweise›, fuhr er schließlich fort, ‹an diese widerlichen, faschistischen, billigen, sexistischen, klassenbewußten und imperialistischen amerikanischen Fernsehserien, die in einem Gericht oder einem Kommissariat spielen. Wenn eine blonde, unabhängige, selbstbewußte, an sich selbst gewachsene Frau auftaucht, die zwar nicht auf ihre Attraktivität verzichtet, aber nur für ihre Arbeit lebt und deshalb, und weil sie nicht so stark ist, wie sie wirkt, Risiken eingeht, die für eine Frau unkalkulierbar sind... Was geschieht mit ihr am Ende?› – ‹Sie wird vergewaltigt›, antwortete ich. ‹Genau›, bestätigte er und versicherte mir, daß Vergewaltiger seiner Meinung nach wirkliche Monster seien, wenn er es kühl betrachten würde. ‹Aber manchmal kann ich das nicht›, sagte er und bat mich, zu versuchen, mich in ihn hineinzuversetzen, bevor er wieder fragte: ‹Und wenn ich einen schlechten Tag hätte und vor dem Fernseher säße... was würde mit mir geschehen?› Ich sagte, daß ich nicht wagen würde, mir das auszumalen, und er schlug mir einen Test vor. ‹A: Ich schalte den Fernseher aus, B: Getreu meiner Weltanschauung, meiner ehrlichen Meinung und meinem kritischen Geist, winde ich mich angewidert auf dem Sessel, C: Ich geile mich hoffnungslos daran auf.› – ‹Geilst du dich wirklich daran auf?› fragte ich, mich vor Lachen ausschüttend, denn es machte mir keine Angst, ihm zuzuhören, und er lächelte, als er eingestand, daß er sich manchmal vor den Nachrichten einen runterholte, wenn ihm die blonde Sprecherin gefiel. ‹Auch ich habe ein paar Häute mehr, Fran, mehr Ebenen, als man meint.› Das erzählte er mir, und ich fühlte mich ihm plötzlich viel näher. ‹Also›, sagte ich damals, ‹das ist ja noch schlimmer als das mit Lenin...›»

«Was ist das mit Lenin?»

«Oh... Ich dachte, das hätte ich Ihnen erzählt.» Ich dachte kurz nach. Ich wollte nach Hause und hatte keine Lust, mich noch auf so eine lange Geschichte einzulassen. «Eine Kindheitsphantasie. Als Kind war ich in Lenin verliebt, das ist nicht weiter wichtig, glauben Sie mir...»

Sie zog die Augenbrauen so weit hoch, wie sie nur konnte, aber sie drang nicht weiter in mich, und ich war ihr dankbar dafür.

«Also gut», gab sie nach, bevor sie für mich rekapitulierte. «Trotzdem würde ich gerne erfahren, wie Sie Ihr geringes Selbstwertgefühl, das Sie anfangs andeuteten, mit Ihrem..., fänden Sie es zutreffend, wenn wir es ‹sexuellen Erfolg› nennen, in Beziehung setzen.»

«Na ja, wenn Sie wollen... Obwohl ich es nicht wie einen persönlichen Erfolg erlebt habe, sondern eher wie eine Quelle des Glücks, die im Grunde nicht viel mit mir zu tun hat, so wie mein Immunsystem beispielsweise, das ich in mir habe, aber nicht kontrollieren kann. Deshalb ist es wohl so schrecklich, solch ein Glück zu akzeptieren. Sie wissen ja, daß man nur verlieren kann, was man vorher besessen hat, und mir stand so eine Geschichte nicht zu. Wenn ich mich darein gefügt habe, nichts von meiner Zukunft zu erwarten, dann war es genau das, wissen Sie? Ich bin nicht wie meine Mutter, und dennoch habe ich mich oft bewundert gefühlt, viele Nächte... Aber am meisten überraschte mich Martín selbst, der wie eine Art perfektionierte Kopie meines Vaters schien, in vielen Dingen ihm so ähnlich, aber im wesentlichen so anders. Ein linker, intelligenter, kultivierter, ironischer und fähiger Mann, der sich jedoch nie an einer affektierten Yuppie-Frau hätte aufgeilen können, so schön die auch sein mochte. Ein brillanter Mann, der sich dennoch schlußendlich für mich entschied, für die häßliche Tochter meiner Mutter... Wer hätte solch eine Geschichte schlucken können?»

Ich hatte ins Leere hinein gefragt, aber sie wollte mir antworten. «Viele Menschen», sagte sie. «Viele sehr viel häßlichere Menschen als Sie und dümmere als Sie und unendlich weniger sensible Menschen als Sie. Ich an Ihrer Stelle würde denken, daß das Schicksal Sie noch nicht ausreichend entschädigt hat für das Verdienst, geboren worden zu sein, glauben Sie mir...» Sie unterbrach sich und senkte den Blick, als wäre sie es müde, mich direkt anzusehen. «Obwohl ich vielleicht die Verben korrigieren sollte, Sie reden immer in der Vergangenheit.»

«Ernsthaft?» Meine Überraschung war echt. «Na ja, Sie wissen ja, die Dinge ändern sich.»

«Zum Schlechteren?»

Ich verfluchte mich innerlich dafür, ebendiese Unterhaltung provoziert zu haben, und ich stülpte mein Gehirn um auf der Suche nach einer eleganten Antwort, die es nicht gab.

«Wie man's nimmt.» Ich war bereit, bis zum Ende Widerstand zu leisten. «Vielleicht haben sie sich zum Besseren gewendet, denn heute glaube ich mir meine Vergangenheit wortwörtlich. Plötzlich verstehe ich alles. Es ist die Gegenwart, die sich mir entzieht. Aber es ist schon spät, und ich habe keine Lust, darüber zu sprechen... Jedenfalls ist das doch witzig, nicht wahr? Ich habe nie sicher sein können, ob mich Martín wirklich liebt, und trotzdem zweifelte ich nicht an ihm. Jetzt zweifle ich, aber ich weiß andererseits auch, daß er mich all diese Jahre geliebt hat...»

Sie sagte nichts, und ich stand schweigend auf, wobei ich mich bemühte, eine Gelassenheit vorzugeben, die meine unbeholfenen, hastigen Bewegungen Lügen straften. Als ich mich vorbeugte, um die mir hingehaltene Hand zu drücken, warf ich mit meiner Tasche ein Glas voller Stifte um, die sich über den ganzen Tisch verteilten, und ich fühlte mich schlechter denn je, als wäre mein Leben in diesem länglichen, kühlen und extrem unpersönlichen Raum tatsächlich gefährdet. Die Atmosphäre in dem Taxi, das mich nach Hause brachte, war völlig anders als die fremde Luft, die ich in den letzten zwei Stunden geatmet hatte, aber ich war dankbar für den warmen Dunst, der sich auf den Scheiben niederschlug, wie man dankbar ist für die sanfte Berührung einer Großmutter, und ich genoß es, daß sich die zerschlissenen Plastikverkleidungen an einigen Stellen schmierig anfühlten und sogar die Gesellschaft der sich ununterbrochen bewegenden Fransen an einer Art rötlicher Samtbordüre, die sich am oberen Saum der Windschutzscheibe entlangzog und deren winzige Glöckchen ein unrhythmisches Lied anstimmten, reiner Lärm ohne Anfang noch Ende.

Das Taxi hielt vor meiner Haustür, und bevor ich zahlte, sah ich nach oben. Ich konnte kein Licht im Wohnzimmer erkennen. Früher hatte ich immer genau gewußt, wo Martín war, aber jetzt pflegte er mir seine Pläne nicht mehr beim Frühstück zu erzählen, und obwohl ich bei den schlimmsten Gelegenheiten, besonders wenn ich darüber erschrak, wie spät er nach Hause kam, versucht hatte, mich vor mir selbst zu rechtfertigen, indem ich mir sagte, daß ich Angst hatte, es zu erfahren, war es doch so, daß ich fast immer vergaß, ihn zu fragen, was er den Tag über zu tun hätte. Das Schlimmste von allem war, daß es mir in einem Gemütszustand wie diesem beim Aussteigen aus dem Taxi oft lieber war, ihn nicht in der Wohnung anzutreffen, denn ich begehrte ihn verzweifelt und ich konnte mein eigenes Schweigen, den wohlerzogenen Gruß, der sicherlich als Antwort auf seine trockene formale Begrüßung von meinen Lippen käme, nicht mehr ertragen. Ich konnte ihn nicht mehr küssen, ich konnte ihn nicht mehr in eine Flurecke drängen, ich konnte mich nicht mehr an ihn hängen, wie ich es früher getan hatte. Und trotzdem liebte ich ihn, ich begehrte ihn verzweifelt und fühlte mich wie tot, wie innerlich verfault.

Noch jenseits der gepanzerten Tür konnte ich Schostakowitsch hören, aber die Wohnung, die ich betrat, lag im Dunkeln. Wie gerade erblindet tastete ich mich an den Möbeln entlang auf den metallenen hellen Fleck zu, der im Hintergrund zu sehen war, und plötzlich fiel mir ein, daß die Anlage nicht von selbst läuft. Mitten im Zimmer vor dem großen Fenster, das uns davon überzeugt hatte, daß wir es uns nie verzeihen würden, diese Wohnung nicht sofort zu kaufen – «Las Vistillas, wie schrecklich, so laut. . ., und wo werdet ihr parken?» fragten unsere beiden Väter und Mütter im Chor –, saß Martín in seinem Lieblingssessel und blickte auf die nächtliche Stadt, mit der stolzen Haltung eines Sammlers, der in seine Lieblingsminiatur vertieft ist. Madrid schaltete nur für ihn das Licht an, Fenster, Neonreklamen, Laternen, die wie Beistriche aus Licht den Horizont abteilten, dezente und dennoch kühne Farbschattierungen im grandiosen rötlichen Schimmer der einbrechenden Dunkelheit, ein Schauspiel, dem keiner von uns beiden jemals widerstehen konnte.

«Hallo», begrüßte er mich, ohne sich umzudrehen. Er hat mich immer am Klang meiner Schritte erkannt, er kann sie aus allen anderen heraushören.

Ich sagte nichts, aber ich antwortete ihm mit dem Einschalten einer kleinen Lampe, die an eine Regalseite geklemmt war. Dann, ohne genau zu wissen, was ich als nächstes tun sollte, ging ich um einen Sessel herum auf die Terrasse zu, bevor ich mich auf meinen Absätzen umdrehte und genau vor ihm stehenblieb. Dann schloß ich die Augen.

«Hallo. . .» sagte ich nur, und es vergingen ein paar Sekunden, bevor ich die Augen wieder öffnen konnte.

Er konnte in ihnen lesen, er hatte es immer gekonnt, doch als ich die Hand nahm, die er mir entgegenstreckte, ahnte ich seine Absicht nicht. Kurz darauf saß ich auf seinen Knien, umklammerte mit meinen Beinen seine Schenkel, und mit meinem Kopf ganz nah an seinem versuchte ich mich zu erinnern, wie lange es her war, daß wir beide das letzte Mal in dieser Position gesessen hatten, die anfangs so häufig war, und ich konnte mich nicht einmal ungefähr erinnern. Aber er las immer noch in meinen Augen, er konnte sie noch immer mühelos und ohne Fragen zu stellen entziffern. Er schob seine Hände unter meinen Rock, und ich küßte ihn, er erwiderte den Kuß wie ein Kannibale, seine Zähne verhießen das Zeremoniell früherer, erinnerungswürdiger Intensität. Seine Hände gingen sehr schnell vor. Meine Kleider leisteten keinen Widerstand und ich auch nicht, meine Arme ließen sich so bewundernswert diszipliniert wie die besten Soldaten außer Gefecht setzen und hingen leblos zu beiden Seiten herab. So mußte es sein. Ich wußte sehr gut, was ihm gefiel, und er wußte, daß es mir gefiel, es hatte mich immer gewundert, wie genau zwei so gekrümmte Teile ineinanderpaßten. Als er mit einem plötzlichen Stoß in mich eindrang, heulte ich auf vor Lust, aber es gelang mir nicht, ihm zu sagen, daß ich ihn liebte, und ich schloß die Augen, um mich auf die Anweisungen zu konzentrieren, die meine Hüften erhielten. Seine Hände beherrschten meinen Körper von der Mitte aus, seine Finger bohrten sich leicht in mein Fleisch, als würden sie eine Reihe unsichtbarer Tasten drücken, die Zeichen eines Codes, den ich gut kannte, und ich führte mühelos die Partitur seines Willens aus, während sanfte, aber tiefe Wellen dieses köstlichen und grausamen Nichts der guten Zeiten mich nach und nach überschwemmten, bis sie mich vollständig auslöschten, bis sie mir die Gewißheit absprachen, ich selbst zu sein, und obwohl ich mich noch immer in reines Gefühl auflösen konnte, stiegen mir keine Tränen in die Augen, als die Worte an der Grenze meiner offenen Lippen haltmachten, ohne dich bin ich nichts, dröhnte das Schweigen in meinem Kopf, ohne dich bin ich nichts, und ohne dich habe ich keinen Vater und keine Mutter, und ich habe keine Heimat und keinen Gott...

Auch danach konnte ich ihm nicht sagen, daß ich ihn liebte. Ich kuschelte mich wie ein müdes, zufriedenes kleines Mädchen an ihn, streichelte seinen Kopf und barg ihn an meinem Hals, seine Nase fuhr mein Schlüsselbein entlang, umschrieb die Linie meines Schulterblatts und vertiefte sich schließlich in meine Achselhöhle. Da überkam mich ein seltsamer Friede, fast ein Zeichen des Glücks, denn dies war ein weiteres altes, intensives Ritual, ein weiteres Detail des schlechten Geschmacks, ein weiteres ruchloses, geteiltes Geheimnis. Als wir noch nicht fähig waren, uns ganz natürlich aneinanderzuschmiegen, um im selben Bett zu schlafen, bat mich Martín, kein Parfüm zu benutzen, weil er meinen Körpergeruch viel lieber mochte, und ich gewährte ihm das. Heute morgen habe ich um halb acht geduscht, dachte ich, und das ließ mich auflachen. Ich wollte es ihm gerade sagen, als er mir zuvorkam.

«Du riechst gut», sagte er. «Aber du kommst nicht aus dem Fitneßclub.»

Ana

ÜBERRASCHUNG! Meine Mutter – denn dieses Wunderwerk von einer Chanel-Imitation, grober karierter Wollstoff in rostroten Farbtönen, eine ganze Ansammlung von absolut überflüssigen Taschen und Goldknöpfen und drei an einem Ende zusammenhängende Goldketten, die wie ein Gürtel über ihren Bauch hingen, konnte nur meiner Mutter gehören – stand mit einer riesigen Seespinne vor der Tür, die sie mit beiden Händen in Höhe ihres Gesichts hielt.

«Mama?» fragte ich lediglich aus Höflichkeit, da ich keinen anderen Menschen kenne, der imstande wäre, jemanden mit einer Seespinne in Händen zu Hause zu überraschen.

«Natürlich bin ich es!» Sie hielt mir unvermittelt das bereits auf ihre Schuhe tropfende Krebstier entgegen, um sich dann auf mich zu stürzen und mir sechs oder sieben Küßchen auf jede Wange zu geben. «Ana Luisa, mein Kind, was du für ein Gesicht machst! Du arbeitest zuviel, weißt du? Na ja, laß uns reingehen, dieses Vieh verdirbt uns sonst noch... Also, stell dir vor, gestern abend rief mich Tante Merche an und sagte zu mir: ‹Hör mal, María Luisa, ich habe Miguel überredet, mich morgen früh ins Einkaufszentrum Alcampo zu fahren, willst du mitkommen?›, und natürlich habe ich erst einmal gesagt: ‹Nun, ich weiß nicht, Merche, was soll ich dir sagen? Einfach so nach Alcampo fahren und ein bißchen spazierengehen, ohne etwas zu brauchen...› Einen Augenblick, Ana, du willst doch die Seespinne nicht ins Gefrierfach legen, oder?»

Sie war mir in die Küche gefolgt und hatte wie ein Wasserfall weitergeredet, ohne auch nur einmal innezuhalten, um die Jacke auszuziehen oder die Tasche ins Wohnzimmer zu legen. Wie in ihren besten Zeiten, dachte ich, nachdem ich die Seespinne schließlich ins Spülbecken gelegt hatte und mir meine Mutter in Ruhe ansehen konnte. Sie stand an der Küchentür und zupfte mit der behandschuhten rechten Hand am schwarzen Lederhandschuh der linken, dieses ewige Getue à la Audrey Hepburn, das ziemlich schlecht zu den etwa achtzig Kilo paßte, die sich auf ihre ein Meter siebzig verteilten. Massiv wie eine Karyatide war meine Mutter und sehr schön, wie alle großen Säugetiere schön sind, aber noch immer nicht fähig, auf ihr jugendliches Repertoire, die affektierten, Nacht für Nacht vor dem Spiegel einstudierten Gesten zu verzichten, die sie am Ende in einen der Stars der Calle Cardenal Cisneros verwandeln würden. Alle Welt nannte sie *Sabrina*, aber nicht mehr immer so zärtlich und scherzhaft wie damals, als mein Vater sie kennenlernte.

«Ich weiß nicht, was ich mit ihr tun soll, Mama...» Wir sprachen noch von der Seespinne. «Nimmst du sie nachher wieder mit?»

«Neeeinn! Ich habe sie für uns beide zum Abendessen mitgebracht... Also, wenn dir das recht ist.»

«Wunderbar!» Ich küßte sie auf die Wange; sie umarmte mich, und so blieben wir einen Moment lang stehen und wiegten uns ein wenig hin und her wie in meiner Kindheit. «Eine wunderbare Idee. Ich mache einen Salat, wir köpfen eine Flasche Wein, und dann haben wir alles...»

«Sehr gut», bestätigte sie nickend, «ich helfe dir.»

Als sie sich endlich entschloß, die Handschuhe abzustreifen, die Tasche und die Ketten sowie andere Hindernisse abzulegen, erzählte sie mir weiter die Geschichte dieses Nachmittags von genau der Stelle an, an der ich sie vorher unterbrochen hatte, ohne auch nur bei einem Wort zu zögern und auf jegliche Einleitung verzichtend, die ihr geholfen hätte, den verlorenen Faden wiederaufzunehmen. In Wirklichkeit hatte sie ihn auch gar nicht verloren, spontane Gespräche waren ihre große Spezialität.

«Also, du weißt ja, wie meine Schwester Merche ist, lästiger als eine Fliege, und das Witzigste war, daß sie auch nichts zu besorgen hatte, weißt du, aber sie fing wie gewohnt an, daß ich bestimmt auch nichts Besseres zu tun hätte, ob wir uns nicht immer mächtig amüsiert hätten bei unseren gemeinsamen Einkäufen, daß ich doch wüßte, wie sehr sie sich allein dabei langweile, und wenn ich nicht mitginge, bliebe sie am Ende gar zu Hause... Nun, große Schwestern geben nie nach, so daß ich schließlich mit ihr nach Alcampo gefahren bin und mich sogar amüsiert habe, ehrlich, warum sollte ich es leugnen. Ich bin ohne Kreditkarte aus dem Haus gegangen, das schon, denn an solchen Orten hast du mir nichts, dir nichts das Girokonto geplündert, aber das Bargeld, das ich mit hatte, habe ich vollständig ausgegeben, ich gebe es zu, und nur für Krimskrams, einen Plastikhalter für Tetrapacks, es scheint unglaublich, aber das ist eine ausgezeichnete Idee, ich weiß nicht, warum das nicht früher jemandem eingefallen ist, eine Salatschleuder, weil meine schon ein bißchen rostig ist und sogar etwas stinkt, so ein Ding zum Knoblauchpressen, von dem ich nicht weiß, ob ich es tatsächlich benutzen werde, aber es kam mir so niedlich vor, einen fast braunen Lippenstift, der ausgezeichnet zu diesem Kostüm paßt, und dann noch etwas anderes, an das ich mich jetzt nicht erinnere... Kann ich diese Schürze nehmen?» Ich nickte. «Gib mir die Möhren, die reibe ich. Und du weißt ja, dein Cousin Miguel ist so anstrengend, ehrlich, mein Kind, er ist sehr lieb, sehr sympathisch, sehr eifrig und alles, er fährt seine Mutter hierhin und dorthin, aber er kommt immer zu spät, ich kann mich an kein einziges Mal erinnern, wo er auch nur annähernd pünktlich gewesen wäre, wirklich... Nun gut, als wir schon eine Viertelstunde lang auf ihn warteten, habe ich zu meiner Schwester gesagt: ‹Soll ich dir mal was sagen, Merche? Ich gehe jetzt in dieses Fischgeschäft und kaufe eine dieser leckeren Seespinnen, die wir vorhin gesehen haben, die bringe ich meiner Tochter Ana mit, die ißt wahnsinnig gerne Seespinne, und wir beide werden uns damit den Bauch vollschlagen.› Ich hatte mich zuvor nicht getraut reinzugehen, weil sie mich ständig zur Eile antrieb, ist das zu glauben? Daß wir uns beeilen müßten, daß wir uns mit Miguel am Ausgang verabredet hätten, damit er nicht ins Parkhaus fahren müsse, daß dies und daß jenes, und am Ende blieben mir sogar noch zehn Minuten, um mit den Tüten in der Hand zu warten, ich kann dir sagen...»

Der überstürzte, aber ausgesprochen lebendige Klang der Worte, die so hektisch aus dem Mund meiner Mutter hervorsprudelten und eilig in die Luft aufstiegen, drang an meine Ohren wie das sanfte Andenken an ein Wiegenlied, wie ein unerwartetes Losungswort, wie ein durchsichtiger Schlüssel zu meiner Erinnerung, und während ich mich vom sturzbachähnlichen Rhythmus wiegen ließ, freute ich mich sehr, sie bei mir in der Küche zu haben. Dieser ein bißchen irre Redefluß, alle diese fast unnatürlichen und in einem einzigartigen, erfrischenden, so reinen und sorglos egozentrischen wie eigentlich unschuldigen Ton vorgetragenen Aperçus amüsierten mich wirklich, und deshalb und um den Anflug von Enttäuschung wiedergutzumachen, der möglicherweise über meine Lippen gehuscht war, weil sie genau in dem Augenblick vor der Tür stand, als ich mir einen Abend mit Zappen, Schokoladenkeksen und frischem Popcorn aus der Mikrowelle gönnen wollte, legte ich eine frische Stofftischdecke auf und holte die Schätze aus dem Wohnzimmerschrank, das Cartuja-Service und die schlanke Karaffe, die sie selbst mir geschenkt hatte. Ich weiß sehr wohl, wie sehr sie solche Aufmerksamkeiten schätzt, und Seespinne, das stimmt, esse ich wahnsinnig gerne, so daß wir viel zu feiern hatten.

«Chin-chin.» Meine Mutter hob ihr Glas, bevor sie noch einen Bissen gegessen hatte. Sie war immer versessen auf das Anstoßen gewesen, aber ihr Vergnügen daran bezog sich vorrangig auf das Ausstrecken des Armes und darauf, dem Klang eines Glases beim Zusammenprall mit einem anderen zu lauschen.

«Stoßen wir auf Amanda an», schlug ich vor.

«Nein», korrigierte sie mich sofort. «Besser auf Amanda und auf dich.»

«Gut... Dann auf uns drei, einverstanden?» Sie nickte, und ich gab ihr das Stichwort, das sie am liebsten hörte. «Chin-chin.»

«Chin-chin», antwortete sie lächelnd, hielt mir ihr Glas entgegen, und als gäbe der Wein ihr Kraft, fragte sie mich, was sie mich immer so gerne fragt: «Ana Luisa, Schätzchen, geht's dir gut?»

«Ja, Mama.»

«Wirklich, mein Kind?»

«Wirklich, Mama...»

Onkel Arsenio starb im Morgengrauen, doppelt ungelegen, weil die Nachbarin, die seine Wohnung putzte, ihn erst drei oder vier Stunden nach dem letzten Verrat seiner Lungen fand und weil man sich Mitte April den Rauhreif nicht vorstellen kann, der sein letzter Atem gewesen war und der die Felder überzuckerte, als wären sie ein gerade aus dem Backofen gekommener Biskuit. Ich habe ihn nicht gekannt und nur ein paar Fotos von ihm gesehen – ein vierschrötiger, kleiner, untersetzter Mann mit Baskenmütze, ein perfekter, in dunklen Cordsamt gekleideter Provinzler –, aber ich bewahre die Erinnerung an ihn mit gewisser düsterer Zärtlichkeit, weil er zu einem günstigen Zeitpunkt gestorben war, genauer gesagt, an einem Donnerstag. Donnerstags hatte Félix erst um vier Uhr nachmittags Unterricht, und meine kleine Schwester Paula, die einzige, die mit mir dieselbe Schule besuchte, fing eine Stunde früher an als ich, so daß mich niemand vermißte an jenem trügerischen Frühlingsmorgen mit klarer, hochstehender Sonne, die nichts gegen die eisigen Stiche ausrichten konnte, die der Wind hinterhältig um alle Ecken blies, wie die Vorwegnahme des plötzlichen, definitiven Widerspruchs, der Überraschung, die mich einen Augenblick am Rande des Schicksals lähmte, das ich mir selbst zugedacht hatte, des Erstaunens, das meine Augen angesichts meines Erfolgs gefrieren ließ. Félix, der mich an jenem Morgen nicht erwartet hatte, trug nur eine Pyjamahose und verhielt sich wieder, als würde ich ihm angst machen, aber seine Haut atmete einen diffusen Dunst aus, der unsichtbare Stempel des Schlafs entspannte seine Schultern, seine Arme, seine offenen Lider, eine schreckliche Trägheit, so rätselhaft wie dieses große Bett mit den zerwühlten, noch warmen Leintüchern, zu dem er mich fast unabsichtlich führte, indem er einfach vor mir herging. Es war nicht das erste Mal, aber zum ersten Mal war alles sehr einfach gewesen.

Am letzten Freitag im März, nach der letzten Schulstunde. Wir wollten den Beginn der Osterferien feiern, und als ich aus der Schule kam, war er schon mit meinen Freunden am Diskutieren, in welcher Kneipe wir damit anfangen sollten. Er war nicht einmal der einzige Lehrer in der Gruppe, es waren auch die Turnlehrerin, eine junge und sehr attraktive Lesbe, und der Philosophielehrer dabei, ein etwa fünfzigjähriger Junggeselle, der für meinen Geschmack den Witzbold spielte, obwohl die anderen ihn unwiderstehlich sympathisch fanden. Alles wirkte so normal, daß ich mich anfangs sogar ein bißchen ärgerte, weil mich Larrea, der in einer Horde unerbittlicher Bewunderinnen gefangen war, nicht beachtete. Als wir die Plaza Mayor überquerten, die von ähnlich wilden Gruppen wie unserer heimgesucht wurde, hatte ich große Lust heimzugehen, aber dann beschloß ich, großmütig zu sein und meinem mutmaßlichen, noch unendlich widerwilligen Bewunderer eine letzte Frist bis zum letzten Wirtshaus einzuräumen. Opfer einer Leidenschaft, deren Ursache nie zu erklären sein wird, ersehnte ich verzweifelt, daß sich mein Zeichenlehrer dem Verlangen ergab, das unabhängig von meinem freien Willen aufgekeimt war und nach dem Hin und Her eines weniger unschuldigen Spiels, als ich mir einzugestehen bereit war, zu wachsen begonnen hatte. Die Ahnung, daß dieses Gefühl, so komplex es auch schien, der simple Ausdruck meiner Eitelkeit sein könnte, machte meinen Mund weder weniger trocken, noch gab sie mir die Seelenruhe zurück. Und Larreas Finger, die unter meinem Rock emporkrochen, um mir zu zeigen, daß er nicht zufällig neben mir saß, verscheuchten innerhalb einer Sekunde jegliche Spur von Klarsichtigkeit.

Wir bestellten gebratene Blutwurst, Kartoffeltortilla, Chorizo-Wurst vom Grill und sogar grünen Salat – eine typische Anwandlung von Sonia Cuesta, der ältesten, zärtlichsten und schmachtendsten Verehrerin meines zukünftigen Mannes, ein armes Mädchen, das Fasten hartnäckig mit Spiritualität verwechselte und niemals eine Gelegenheit ausließ, dies zu demonstrieren –, ich jedoch, die ich gerade in der unspirituellsten Phase meines Lebens steckte, an die ich mich erinnere, aß kaum einen Bissen. Statt dessen trank ich viel, ging vom Bier zum Wein über und leerte nach dem Kaffee ein Glas Schlehenlikör, und wenn meine Füße nicht schon ohne Vorwarnung die verworrenen Pfade eines unendlich geheimnisvollen Labyrinths betreten hätten, wäre ich unfähig gewesen zu erklären, in welchem ausgesprochen leistungsfähigen, unbekannten und grenzenlosen Behältnis meines Körpers sich dieser ganze Alkohol sammelte, der vergeblich und so passiv, so neutral wie Wasser durch meinen Verdauungsapparat floß. Félix trank mehr als ich, aber niemand hätte das aus seiner Stimme herausgehört, mit der er eine komplett improvisierte Unterhaltung in Gang hielt, die weniger dazu diente, die rechts neben ihm sitzende Tischgenossin, die keine andere war als eben die ach so spirituelle Sonia Cuesta, zum Schweigen zu bringen, sondern vielmehr dazu, die Aufmerksamkeit aller anderen auf sie zu lenken. Denn währenddessen machte seine linke Hand unter dem Tisch ohne Deckung unerhörte Fortschritte.

«Sonia nahm den Familiennamen Delaunay an, als sie Robert heiratete, und kurz darauf kamen sie nach Spanien...» Völlig in Anspruch genommen von der Aufgabe, seine unterirdischen Studien zu verfolgen, lauschte ich ihm mit ebenso mäßigem Interesse wie dem Rauschen des Regens hinter den Fensterscheiben. «Hier hatten sie selbstverständlich ziemlich viel Einfluß, denn sie nahmen sofort Kontakt zu einigen Zeitschriften der Avantgarde auf...» Seine Finger, die sich bis dahin auf ein leichtes, fast oberflächliches Streicheln beschränkt hatten und nur oberhalb meines Knies herumirrten, legten plötzlich eine beträchtliche Strecke zurück, um sich auf der wohlbekannten Fläche niederzulassen, die ein paar Wochen zuvor die zweite Phase des dritten Karlistenkrieges beherbergt hatte. «Sie arbeiteten besonders an der Zeitschrift *Ultra* mit, dem Organ der ultraistischen Dichter. Ramón Gómez de la Serna, der sie gut kannte, erzählt von ihnen...» Seine flache Hand beschrieb einen Kreis nach dem anderen auf der Innenseite meines rechten Schenkels und bewirkte einen momentanen Aufruhr, einen beschleunigten Blutfluß, eine Art Hitze, die ich nicht kannte und die trotzdem ausreichte, ein intensives neues Schuldgefühl in mir hervorzurufen. «... er hat ihnen sogar ein Kapitel in *Ismos* gewidmet...»

«Was?»

Ich war zuerst überrascht von der Frage, die mir unwillkürlich herausgerutscht war, als ob mein Körper sich nahe am Sättigungspunkt geglaubt und kein anderes Ventil gefunden hätte, um den Druck zu lösen. Doch mein Körper und ich irrten uns völlig, denn obwohl Félix mich endlich ansah, mit dem Mund, den Augen, den Augenbrauen lachte und sein ganzes Gesicht in einem Anfall von Seligkeit erleuchtet war, einem seltsamen Ausdruck zwischen gesunder und ungesündester Freude, änderte seine Hand ihr Vorgehen radikal und schloß sich mit dem unerbittlichen Druck zweier Muschelhälften um meinen Schenkel.

«Wir sprachen von den Delaunays», ließ sich Sonia herab mir zu erklären, und verzog die Mundwinkel in unendlichem Widerwillen, «dem Malerehepaar aus den dreißiger Jahren, ich weiß nicht, ob du sie kennst...»

«Ahhh», war das Höchste, was ich mir erlauben konnte, ohne die Interessen jener Hand zu verraten, die den Schaden bereits wiedergutmachte und jetzt mit den Fingerspitzen vorsichtig dieselbe Haut streichelte, die sie noch kurz zuvor aufgeheizt hatte.

«Was wolltest du sagen, Félix?» insistierte Sonia mit einem Stimmchen wie ein nach Opferung begieriges Lamm, das sie für besondere Gelegenheiten reservierte. «Es klang sehr interessant...»

«Nur, daß Gómez de la Serna ihnen ein Kapitel seines Buches über die -ismen gewidmet hat...» Das zufällig durch meine Unterbrechung entstandene Trio zerfiel wieder in die Halbpaare, die sich schon zu Beginn gebildet hatten, ein öffentliches, bestehend aus der ganzen Sonia und einem guten Teil des Vortragenden – «... wo er, wenn ich mich nicht irre, seinen Stil ganz konkret als Simultaneismus definiert, wegen der Gier, einen Augenblick einzufangen, die Dinge genau in dem Augenblick zu malen, in dem sie geschehen, Handlungen zu reflektieren, die in sich offensichtlich der Realität entbehren, aber gleichzeitig in der Realität geschehen... Es ist ein schöner Ausdruck, nicht wahr?» –, und ein zweites, privates, das die linke Hand eines Mannes, dem die diszipliniert aus seinem Mund strömenden Worte gleichgültig waren, mit meiner unteren Körperhälfte verband. «Mir gefallen sie sehr, alle diese Bilder der Geschwindigkeit, der in sich zusammenfallende Eiffelturm...»

Sein Gesprächsbeitrag verlor nach und nach an Intensität, die sich wie austretendes schweres Gas in dem knappen Raum zwischen unseren Köpfen, zwischen unseren Oberkörpern konzentrierte, kaum ein paar Zentimeter elektrisierter Luft, die bereit war, bei der geringsten Gelegenheit Funken zu schlagen, eine Gefahr, die nicht vorüberging, denn meine Vorstellungskraft brauchte ihre Zeit, um den Geschehnissen zu folgen, und ich beschränkte mich darauf, sehr ruhig, sehr aufrecht, sehr schweigsam zu bleiben, während Larrea in einen ungehemmten Taumel versank, die Anspannung seine Kiefer verzerrte und seine Finger in grenzenloser Kühnheit und ansteckender Leidenschaft verrückt spielten; denn als ich endlich den Druck seiner Hand, die im Begriff gewesen war, sich ein halbes dutzendmal die Knöchel zu verrenken, bevor sie endlich das Hindernis meines Strumpfhosenbundes überwunden hatte, auf meiner Haut fühlte, sein Zeigefinger einen Moment in meinem Bauchnabel versank und dann weiterwanderte, gelang es mir nicht, irgendeinen Widerstand zu leisten. Ich hätte ihm ins Ohr flüstern und ihn daran erinnern können, daß es zwischen uns eine Art stillschweigenden Pakt gab, daß sein exhibitionistischer Eifer nahe an Vergewaltigung grenzte, ich hätte ihn darauf hinweisen können, daß ich abrupt aufstehen und ohne Erklärungen gehen würde, wenn sein Angriff nur noch einen Millimeter weiterginge, und selbstverständlich hätte ich den Fingern den Weg abschneiden können, indem ich als direktestes, schnellstes und wirkungsvollstes Mittel seinen Arm packte und wegzog, all das hätte ich tun können, aber ich war nicht fähig, irgend etwas zu tun, denn als alle Alarmglocken zu schrillen anfingen, erfüllte plötzlich ein Gefühl des Wohlbefindens die Höhle der Angst, den sehr tiefen und engen Brunnen, den die Unruhe mitten in meinen Körper bohrte, und die Hitze kam zurück, viel süßer und inzwischen entwaffnet, wie ein harmloses Geheimnis, und ich fühlte mich gut, ich war nicht betrunken, ich war nicht verrückt geworden, ich litt an keiner Wahnvorstellung und blieb trotzdem das ausschließliche, bevorzugte Opfer meiner selbst. Ich streckte meinen rechten Arm unter den Tisch, untersuchte mit den Fingern den Zustand von Larreas Jeans, und nirgendwohin schauend lächelte ich vor lauter Schwäche vor mich hin, legte meine Hand auf sein Geschlecht, um den Ursprung absoluter Härte zu umkreisen, ein Geheimnis, das sich bis in die Unendlichkeit von sich selbst nährt, oder ein Schwanz, das war es, was ich damals zu mir selbst sagte, mit der Kühnheit derjenigen prahlend, die kaum angefangen haben zu lernen, wie man etwas lernt. Vielleicht war es deshalb beim ersten Mal so einfach.

Larreas Hand zog sich abrupt von mir zurück, als ihr Besitzer lautstark ankündigte, daß es schon sehr spät geworden sei und wir gehen sollten, und während die Klassenbesten im Kopf die Rechnung aufteilten, stützte auch ich beide Ellbogen auf den Tisch, um eine Weile in meiner Tasche nach dem Portemonnaie zu suchen. Ich hatte keine Ahnung, was danach geschehen würde, aber es interessierte mich auch nicht, und es blieb mir nicht einmal Zeit, um innezuhalten und an die naheliegendsten Möglichkeiten zu denken oder, besser gesagt, an die unmittelbarsten Konsequenzen jeder einzelnen Möglichkeit, als ein freies Taxi vor uns hielt und mein Zeichenlehrer, der sich lächelnd von der Schülergruppe verabschiedete, mir ganz nebenbei und mit fast gleichgültiger, verdächtig höflicher Stimme einen Platz darin anbot.

«Wenn du willst, bring ich dich nach Hause, Ana, es liegt auf meinem Weg...»

Ich nehme an, daß wir an meiner Straße vorbeifuhren, vielleicht sind wir sie sogar ein Stück entlanggefahren, aber ich bekam es nicht mit, denn als sich das Taxi ein paar Meter entfernt hatte, fiel Félix wie ein eingesperrtes Tier über mich her, gefangen in einer Art grenzenlosen Ehrgeizes hatte er sich vorgenommen, gleichzeitig mit nur einem Mund und zwei einfachen Armen die größtmögliche Zahl der Quellen meines Körpers zu erforschen. Als wir bei seiner Wohnung ankamen, war er so erregt, daß er kaum durch die Nase atmen konnte. Der Rest war vor allem leicht und außerdem brüsk, fließend und ziemlich schnell. Meine einzige vorherige Erfahrung hatte in dem unerwarteten Vögeln in letzter Minute mit einem Freund von dem Freund meiner Freundin Mercedes bestanden, ein ziemlich hübscher und sehr witziger Junge, der überraschend um zwei Uhr morgens auf der Neujahrsfete aufgetaucht war, auf der ich mich bis dahin, ehrlich gesagt, ziemlich gelangweilt hatte. Das war ein bedauerlicher, unbegreiflicher und bedrückender Irrtum gewesen, aber es stimmt, auch wenn es als Rechtfertigung nicht sehr intelligent klingt, daß ich es satt hatte, die einzige Jungfrau meiner Clique zu sein, und damals habe ich es nicht einmal bereut. Drei Monate später kamen meinem Zeichenlehrer nicht nur die Ungeschicklichkeit meines ersten Liebhabers, sondern auch und vor allem die Banalität des Begehrens, das mich in seine Arme trieb, zugute, denn ich hatte das Jahr zufrieden mit mir selbst, im allgemeinen glücklich und mit der Lust, es meinen Freundinnen zu erzählen, begonnen, aber mein Mund wurde trocken, als ich aus dem Bett sprang, in dem Larrea träge liegenblieb, während ich mich anzog, und nicht einmal der letzte Abschiedskuß löste meine Zunge. Die Osterferien waren die Hölle.

Heute glaube ich, daß es keine richtige Liebe war, ich vermute, es war keine Liebe, obwohl es nahe an Liebe herankam, aber ich kannte kein anderes Wort, um es zu benennen, um diesen fortdauernden Durst zu bezeichnen, das Kreisen des launischen Knotens, der plötzlich meiner Lunge die Luft abschnürte, die unerklärliche Wahrnehmung meiner eigenen Haut als einer fremden Hülle oder umgekehrt eine plötzliche Übersensibilisierung, die sich ohne vorherige Ankündigung einstellte und das leichteste Streifen schmerzhaft machte, intensivste und zugleich unergiebigste Tage, von abweisenden, unverschämten Gespenstern erfüllte Nächte, beängstigende Stunden der

Schlaflosigkeit und des Wachliegens... Vielleicht war es keine richtige Liebe, aber es war viel mehr als eine Laune, mehr als eine blendende Neuheit, obwohl keine spätere Neuheit mich je wieder so geblendet hat, und viel mehr als ein Angstanfall. Das Verlangen hatte mich vollständig in Besitz genommen, bemächtigte sich meiner Wurzeln, meiner Pläne, meines Ehrgeizes, wuchs in mir wie ein gefräßiger Parasit, eine riesige Raupe, die fähig war, alles niederzumähen, alles zu verschlingen, alles zu besetzen und noch mehr zu fordern, auch wenn ich nichts mehr haben würde, womit ich sie füttern konnte. Nach dem ersten Schultag fühlte ich mich körperlich schlecht, mir war ein bißchen schwindlig, und ich war sehr blaß, erschöpft und verwirrt. Meine Mutter holte sofort das Fieberthermometer und schickte mich ins Bett, ohne mir vorher wenigstens eine Scheibe gekochten Schinkens zum Essen angeboten zu haben, und dort, in der mißlichen Vertrautheit des Schlafzimmers, das ich mit zwei meiner Schwestern teilte, brach ich in Tränen aus und zog mir die Bettdecke über den Kopf, im sinnlosen Versuch, meine Ohren vor dem entfernten Geräusch der Fernsehnachrichten zu verschließen, ich weinte, bis mich aus purer Erschöpfung der Schlaf überwältigte. Ein paar Stunden später wachte ich mit neuer Hoffnung und überraschendem Appetit auf, denn letzten Endes reduzierte sich mein Übel darauf, Larrea an jenem Morgen nicht getroffen zu haben, und plötzlich erschien mir das nicht mehr so schlimm wie die Möglichkeit, daß er mich sehen und nicht erkennen würde, eine Hypothese, die ich bis dahin nicht in Erwägung gezogen hatte und die mich bis Dienstag mittag auf glühenden Kohlen sitzen ließ, bis das unmißverständliche, komplizenhafte Lächeln, das er mir vom Treppenabsatz des ersten Stocks aus zuwarf, als ich durch die Eingangshalle kam, die Blutkristalle in meinen Adern schmelzen ließ und meinen geschundenen Körper wieder erwärmte. Am Mittwoch in der Zeichenstunde sah er mich mit der echten und ein bißchen sehnsuchtsvollen Zärtlichkeit eines Geliebten an, der sich mit Vergnügen erinnert, aber zehn Minuten später klingelte es, und er mußte laufen, denn es war Lehrerkonferenz. Im Morgengrauen des Donnerstags starb Onkel Arsenio jedoch rechtzeitig, um mir ein paar Stunden wirklichen Lebens zu schenken.

Mein Vater, der keinen Muskel bewegte, als er die knappe Nachricht erhielt – «Du weißt schon, mein Sohn, dieser späte Frost ist am schlimmsten...» –, die die Nachbarin des einzigen noch lebenden Bruders seines eigenen Vaters ihm zukommen ließ, reagierte mit einer überraschenden Mischung aus Langsamkeit und Befremden und beschränkte sich darauf, Mutters Lawine von Fragen einsilbig und mit dem einen oder anderen Knurren zu bremsen, wobei er knauseriger als gewöhnlich frühstückte. Ungeachtet seines Insichgekehrtseins verwandelte sich der Küchentisch augenblicklich in das zu erwartende Durcheinander, alle meine Geschwister fragten gleichzeitig nach der tatsächlichen Erbschaft dieses Großonkels, der so viel Land gekauft hatte, stellten Vermutungen über die Verfügungen des Testaments an und erboten sich, meine Eltern wohin auch immer zu begleiten. Inmitten des Lärms fixierte Papa schließlich mich, die ich so in Gedanken versunken war wie eine Gefangene, die die Gelegenheit zur Flucht spürt; ich weiß nicht, ob er mein Schweigen als ein Zeichen des Respekts verstand, aber er sagte nichts. Am Ende entschieden meine Eltern, die älteren Kinder mitzunehmen, die den Unterricht ausfallen lassen konnten, denn dafür waren sie schließlich schon auf der Universität, und die wütende, schimpfende und angesichts solch blühender Diskriminierung empörte Paula an der Schulpforte abzusetzen, die fast auf ihrem Weg lag. Als ich um halb neun morgens allein in der Wohnung zurückblieb, gewährte ich mir keine Zeit zur Verblüffung. Während ich duschte, mir den Kopf wusch, mir in aller Eile notdürftig einen Turban wickelte, mich feinmachte und trotz der frühen Stunde Stöckelschuhe anzog, war mir kaum bewußt, daß Félix schon die kleinste Kerbe meines Verstands und die zarteste Faser meines Willens in Beschlag genommen hatte. Ohne zu zögern verließ ich das Haus in entgegengesetzter Richtung zu der, die ich jeden Tag einschlug, und bog in das Sträßchen ein, wo er sein Atelier hatte; meine Hand zitterte nicht beim Drücken des Klingelknopfes, auch meine Stimme nicht, als ich ihm erzählte, was ich mir unterwegs ausgedacht hatte – eine blumige Erklärung, die er verschlafen und halb nackt an die Tür gelehnt schluckte, bevor er mich in die Wohnung zog, als wollte er gegen die Kälte andribbeln –, ich hielt nicht einmal inne, um darüber nachzudenken, ob das, was ich zu tun beabsichtigte, gut oder schlecht, klug oder dumm, lohnenswert oder ein Fehler sei, den ich mein restliches Leben bedauern würde, ich unterließ es, weil ich weder denken noch etwas anderes tun konnte als genau das, was ich tat, auf ihn zuzugehen. Dennoch, als ich schon nicht mehr umkehren konnte, befreite mich eine Art Erstaunen von meiner seltsamen Selbstsicherheit wie von einem Kleid, das mir immer zu groß gewesen ist, und an der Kante dieses riesigen Bettes mit zerwühlten und noch warmen Laken präsentierte mir meine Geistesabwesenheit die Rechnung. Im ausgesprochen grellen Licht einer plötzlichen Bewußtwerdung fragte ich mich, wie und auf welchem Wege ich hierhergelangt war, und ich wußte nicht genau, was ich mir antworten sollte. Als hätte er meine Gedanken lesen können, legte Félix von hinten die Arme um mich, mehr tat er nicht, er umarmte mich nur, atmete in mein linkes Ohr und wartete fest an mich geschmiegt ab.

In dieser Haltung stand das Glück meines Lebens geschrieben, und er wußte das. Er hatte es immer gewußt, von Anfang an, das war sein Hauptvorteil mir gegenüber, vielleicht der einzige, aber jedenfalls ein so unmäßiger, daß ich vermute, er hat andere nicht vermißt. Er konnte mit der Schlange umgehen, die zusammengerollt in meinen Eingeweiden lebte, er lernte sie schnell zu zähmen, während ich noch nichts begriffen hatte. «Ist was mit dir, Ana?» fragte er wartend, als noch nichts passiert war, außer daß er sein hartes Glied diagonal an meine linke Pobacke preßte, und als ich mit einem Kopfschütteln antwortete, krochen seine Hände ein paar Zentimeter höher, legten sich im selben Augenblick auf meine Brüste, in dem er seine Zähne in meinen Hals schlug. Ich registrierte meine verhärteten Brustwarzen, die gegen seine Daumen rieben, und dachte, daß alles ganz schnell gehen würde, aber seine Lippen streiften wieder mein Ohr. «Ich weiß nicht», sagte er, «es ist, als würdest du ertrinken...», und er hielt wieder still, setzte mich einer Unbeweglichkeit aus, die ich nicht mehr ertrug, und schließlich gestand ich ihm, was er hören wollte. «Ja», flüsterte ich, «ich bin am Ertrinken...» Ich werde nie erfahren, woran, aus welcher entlegenen Falte meines Körpers, aus welchem verborgenen Winkel meiner Augen, aus welcher Faser meines Mundes er so viel über mich lernte, ich werde nie wissen, wie es ihm gelang, die Macht der Schlange zu erahnen, die halb schlafend hinter dem unbeholfenen Gleichmut atmete, der meine Sinne bei jenem ersten Mal des Vortastens und des Rausches abgestumpft hatte, nie werde ich wissen, wie er es anstellte, aber er traf genau ins Zentrum dessen, was ich war, und so besaß er mich schon ganz, bevor er mich mit dieser unerträglichen

Behutsamkeit auszog. «Schau, wie ängstlich du bist», gab er vor sich zu wundern, lange bevor er mit mir über das Bett rollte, das plötzlich brannte, «sei nicht so ängstlich, im Ernst», sagte er lachend, «das steht dir nicht», unendlich lange, bevor er mir schließlich jenen Gefallen gewährte, den ich ihm abzuringen nicht fähig gewesen wäre: «Willst du, daß ich dich vögle?» – «Ja.» – «Na, dann bitte mich darum, vögle mich, nein, so nicht..., sag bitte, bitte, Félix, vögle mich», als ich schon im Begriff war, mich in Angst aufzulösen. Später küßte ich lange Zeit sein Gesicht, seine Schultern, seine Hände, während die Lust, diese Verräterin, mich langsam verließ, als täte es ihr leid, mich der Welt zurückzugeben.

«Was sind wir jetzt?» fragte ich ihn schließlich, als ich mich schon anzuziehen begann. «Ich kann in dir jetzt nicht mehr einen Lehrer unter vielen sehen. Ich weiß nicht, ob ich mich verstellen kann...»

«Doch, das wirst du.» Er drehte sich zu mir und küßte mich flüchtig auf den Mund. «Weil ich nicht daran denke, dich auch nur zu beachten...»

Ich lachte auf, und er lachte mit, aber das war nicht genug.

«Was sind wir jetzt?» wiederholte ich.

Er lächelte und sah mich sanft, aber auch mit einer gewissen geheimnisvollen Tücke an.

«Wir sind Geliebte», antwortete er schließlich, und ich, die sie nicht gesucht hatte, erlag bedingungslos dem dunklen Zauber dieser drei Wörter, die auszureichen schienen, um aus mir einen wichtigen Menschen zu machen. Deshalb wandte ich kurz vor dem Gehen noch einmal den Kopf, um ihn überraschend anzusehen, und deshalb sagte ich mir, ohne mir dessen auch nur im entferntesten bewußt zu sein, daß ich gerade die letzte Bremse gelöst hatte, daß ich nie wieder die Gnade eines so großmütigen Schicksals verdienen würde wie das, das mich gerade in die Geliebte – Ge-lieb-te! – eines echten Genies verwandelt hatte.

Nach so vielen Jahren ist das der einzige Punkt, in dem ich mit der kranken Pubertierenden, die ich damals war, übereinstimme. Tatsächlich glaube ich, daß ich Larrea niemals verdient hatte.

«Mach mir das schöne Essen nicht kaputt, Mama, ich bitte dich...!»

Klarsicht hat nie zu dem bescheidenen Gut meiner Fähigkeiten gehört, aber an jenem Abend spürte ich sie kommen, ich spürte sie von weit her kommen.

«Natürlich nicht!» protestierte sie und tat beleidigt. «Das einzige, was ich dir sagen will... Ich weiß nicht. Ich mach mir große Sorgen um dich, mein Kind...»

Als ich beschloß, das Inkrafttreten eines Gesetzes zu feiern, das mich wenige Monate nach meinem achtzehnten Geburtstag volljährig machte, und zu Hause erzählte, daß Félix und ich schon über anderthalb Jahre heimlich verlobt seien und wir heiraten wollten, sobald wir das mit den Papieren erledigt hätten, schrie meine Mutter am meisten, am lautesten, am kräftigsten und am längsten auf. Sechs Jahre später, als ich entschied, meinen Mann wegen ein paar Oliven aus Camporreal zu verlassen, war es wiederum meine Mutter, die sich am wenigsten bemühte, die Gründe für meine Rückkehr nach Madrid zu verstehen. Natürlich war ich nicht das einzige Familienmitglied, dessen Leben sich in diesen paar Jahren schwindelerregend verändert hatte. Wenn der gelegene Tod Onkel Arsenios mich in Félix Larreas Arme getrieben hatte, bescherten die Verfügungen seines Testaments meinen Eltern ein Maß an Luxus und Reichtum, das sie sich niemals hatten träumen lassen, einen Erfolg, von dem sie sich in eine sehr eigenwillige Richtung erholten.

Sie waren so daran gewöhnt, sinnlose Drohungen auszusprechen, sich wechselseitig zu rechtfertigen, sich bei all diesen Witzen halb tot zu lachen, die immer mit den Worten anfangen: Wenn ein Mann oder eine Frau in der Lotterie gewinnt..., daß es ihnen am Ende gelungen war, sich gegenseitig dazu zu bringen, einer gewissen Vielfalt der Eintracht zu huldigen, dem unzweifelhaften, so prekär zuverlässigen Gleichgewicht, das dem routinierten Umgang mit dem Unglück entspringt. Und während sie ihr Unglück öffentlich wiederkäuten, waren sie fast glücklich. Sie zählte lautstark die Namen, die Verdienste und die Gehälter aller Bewerber auf, die sie zurückgewiesen hatte, um diesen «Taxifahrer» zu heiraten, und er fragte sich insgeheim, von welchem ach so wertvollen Geschlecht diese Dicke wohl abzustammen glaubte, denn als er sie kennenlernte, verkaufte ihr Vater an den Türen Käse und Honig aus Alcarría, und beide schworen unisono, daß sie auf der Stelle gehen würden, wenn sie könnten, und sie hörten nie auf zu erläutern, warum sie nicht über die Diele hinauskamen, aber wir, ihre Kinder, ihre Freunde, ihre Nachbarn, verstanden von selbst, daß jene geheimnisvollen Anfälle zunehmender Lähmung, die sie auf halbem Weg im Korridor überfielen, nichts anderes waren als eine weitere Manifestation des ewigen Unglücks, das beide ähnlich habgierig und willkürlich, aber immer mit absolutem Alleinanspruch anriefen. Bis eines schönen Tages Onkel Arsenios Erbe die Entscheidung traf, und im selben Augenblick, in dem die Steuern, die sie an einer Trennung hinderten, bezahlt waren, verflog auch das Unglück meiner Eltern.

Dieser plötzliche Reichtum ähnelte zunächst weniger einem Geschenk des Schicksals als einer Ironie, denn meine ahnungslose Mutter hatte immer behauptet, der Ursprung aller Schande liege absolut deutlich und schriftlich in der Geburtsurkunde meines Vaters, wo neben der Angabe *geboren* jemand in jämmerlicher Handschrift den Namen «Villanueva del Pardillo, Provinz Madrid» protokolliert hatte. Sie hingegen war ein reinstes Exemplar der Spezies *geboren* in «Madrid, Provinz Madrid», und sie hätte noch weniger angegeben, wenn das Dorf meines Vaters nicht den sprichwörtlichen Vorwurf in seinem Namen getragen hätte: «Nein, das spricht für sich, genau der Name seines Dorfes sagt es doch schon, Pardillo, Tölpel, und das ist er, ein Tölpel, ich habe mir nicht ein Fünkchen davon ausgedacht. . .» Aber abgesehen von den häuslichen Krächen, für die sicherlich andere gute Gründe gefunden worden wären, wenn meine Großmutter Experta ihren Sohn in der Hauptstadt zur Welt gebracht hätte, waren die Wurzeln meiner Familie väterlicherseits nicht wirklich wichtig, bis ein starkes Heer schwerer Maschinen begann, ihnen große Mengen von Beton und Zement zu injizieren, und auf ehemaligem Grasland unversehens eine Geisterstadt aus Luxuschalets mit eigenem Grundstück entstand, deren zukünftige Besitzer, so reich sie auch sein mochten, sich nie auch nur einen Ertrag zu erträumen wagten, der vergleichbar mit dem war, den die drei oder vier Weiden, kaum genug zum Ernähren einer traurigen Schafherde, dem Tölpel einbrachten.

Onkel Arsenio, der bis zur Perfektion alles getan hatte, um eine kleine Farm in ein imposantes Grundeigentum zu verwandeln, besaß zur Stunde seines Todes vierzehn oder fünfzehn hervorragend gelegene Fincas, die nicht nur vom geographischen, sondern auch vom rechtskräftigen Standpunkt aus gesehen reif waren, nämlich reif, in mehrere große Flächen Bauland verwandelt zu werden. Das hatte eine pittoreske Person meinem Vater erzählt, die schon um ihn herumgeschlichen war, als er kaum einen Fuß ins Dorf gesetzt hatte und der Körper des Toten noch warm war, und die sich schließlich als Miguel Ángel Romero, Rechtsanwalt, Wirtschaftsexperte und vor allem großer Gärtner, vorstellte. Ich lernte ihn beim Begräbnis kennen, ein junger Mann, der sich mit verblüffender Natürlichkeit dem Trauerzug anschloß und den ich anfangs nur wegen des unwahrscheinlichen Knotens seiner bedruckten Krawatte bemerkte – englische Reiter auf der Fuchsjagd, die über einer riesigen goldenen, in der Höhe des dritten Knopfes eines wirklich unglaublichen, wie Gardinenstoff glänzenden Hemdes befestigten Krawattennadel ins Nichts stürzten. Dörflicher als Klatschmohn, urteilte ich für mich selbst, und wenn mich jemand aufgefordert hätte, darüber nachzudenken, welchen Platz ihm das Schicksal in meiner Familie freihielt, hätte ich alle Möglichkeiten aufgezählt, bevor ich auf die Idee gekommen wäre, daß er sich eines Tages in den Mann meiner ältesten Schwester Mariola verwandeln würde, der obsessiven Erbin des Größenwahnes, der meine Mutter auf dem Gipfel des reinsten Pathos dazu gebracht hatte, den geradezu absurden Namen María de la O für ihre Älteste auszusuchen, nur um ihn in die Abkürzung zu verwandeln, unter der die zweite Enkelin Francos bekannt war.

Wenn Romero sich seiner Fähigkeiten nicht so sicher gewesen wäre, meinen Vater zum Millionär und sich selbst, noch bevor er zu dessen Schwiegersohn wurde, zu seinem unentbehrlichen Anhängsel zu machen – dieser flexiblen, schlauen und überzeugenden rechten Hand, auf die kein achtbarer Millionär verzichten kann –, hätte das Erbe von Onkel Arsenio vielleicht nicht so viel hergegeben, aber der «Rechtsbeistand des Verstorbenen», wie er sich anfangs selbst bezeichnete, umzingelte den Familiensitz und war unerbittlich, was so weit ging, daß er über Jahre hinweg der einzige wirkliche Erbe in der ganzen Angelegenheit war und durch Belagerung einen Klienten erbte. Und obwohl es Romero nicht gelang, diesen von den Vorteilen zu überzeugen, die ihm eine sofortige Auflösung der Sachrechte langfristig eintragen und ihm erlauben würde, den Besitz der Grundstücke anzutreten, gelang es ihm doch, meinen Vater und mit ihm meine Mutter und meine drei Geschwister zu überzeugen, daß sie den einzigen Hellseher gefunden hatten, der fähig war, die Richtung aufzuzeigen, aus der nach wenigen Jahren mehr Geld regnen würde, als in Onkel Gilitos Swimmingpool paßte. Und alle drehten halbwegs durch.

Ich verfolgte den Prozeß von Paris aus sehr viel aufmerksamer, als man bei solcher Distanz vermutet hätte, die meine Familie fast fünf Jahre lang mit unerhörter Flexibilität überwand, denn in den guten Zeiten, die meinem prächtigen Debüt als erwachsene Frau folgten, als mein Mann einen blendenden Lichtstrahl warf, der mich beschützen und gleichzeitig führen konnte wie der Stab einer guten Fee, hatte ich noch keinen Weg gefunden, sie loszuwerden. In den goldenen Tagen, in denen alles neu war, rief meine Mutter zu jeder Tages- und Nachtzeit an, und zwischen Anruf und Anruf schrieb sie mir seitenlange Briefe, die mir vermitteln sollten, wie sehr sie sich um mich sorgte, mich aber eher darüber ins Bild setzten, bis zu welchem Grad sie sich nachmittags langweilte. Viele dieser Briefe fand ich nicht im Briefkasten, sondern erhielt sie aus den Koffern meiner Geschwister, die kein langes Wochenende ausließen, um das Gästezimmer meiner Wohnung zu nutzen, eine Zufluchtsstätte, auf die sogar mein eigener Vater zurückgriff, um sich von den blutigsten Schlachten seines andauernden Ehekriegs zu erholen, und zwar immer dann, wenn seine Frau ihm mit ihrem Anruf nicht zuvorgekommen war. Amanda – erste Tochter, erste Enkelin, erste Nichte –, war Grund genug, um diese regelmäßige Invasion zu rechtfertigen, die dennoch plötzlich aufhörte, teilweise aus Erschöpfung der Besucher, nehme ich an, aber auch, weil die Aufgabe einer sorgfältigen Planung dessen, was man sich unter einer glänzenden Zukunft verspricht, sie vollständig in Anspruch nahm, denn von da an schauten sie sich vorrangig zum Verkauf stehende Wohnungen an. Indessen ertrug ich allein die langsame und subtile Metamorphose, die Tarnungskampagne, die Félix als grundlegendes, erbärmliches Mittel gegen das allmähliche Schwinden seiner Zukunft als Maler führte. Damals, als ihm sein Alter ganz von selbst die vielversprechenden Lottoscheine zunichte machte, ohne daß sein Werk ihm einen unbestreitbaren Platz in der Riege der geweihten Meister sicherte, versuchte er, der nie zuvor darauf bestanden hatte, so zu leben, wie man es von einem Maler erwartete, das Schicksal zu überlisten, und nahm Gewohnheiten eines Genies aus dem Handbuch an, eine dumme Kombination aus unordentlichem Leben –

tagsüber schlafen, nachts arbeiten, nachmittags frühstücken, zum Abendessen Kartoffeltortilla mit haufenweise billigem Kaviar –, aus promiskuitivem Sexualleben – eine feste Geliebte, die als eingeladene Schülerin getarnt praktisch bei uns lebte, eine junge Kunststudentin aus Vietnam, die er wie die Freundin von Mickymaus Minnie nannte und mit der er mir einmal einen Dreier vorschlug, was er sofort wieder verwarf, denn ich antwortete ihm mit einer Ohrfeige, die ihn wohl so überrascht hat, daß er sie mir nicht einmal zurückgab, nicht einmal verbal – und aus systematisch die Gegenmeinung vertretendem Geschwafel – immer originell, so dumm es auch sein mochte. Dieses Leben bekam ihm schlecht, zumindest in meinen Augen, die ich angesichts dieser alltäglichen Vorstellung ungehobelter Heucheleien in ganz kurzer Zeit sehr schnell erwachsen wurde.

Die massive Fahnenflucht meiner Eltern und Geschwister stürzte mich in eine ausgesprochen persönliche Form der Einsamkeit, die ich nicht so stark empfand, solange ich mit Madrid durch eine unsichtbare, unzerreißbare Nabelschnur verbunden blieb, die mir noch nicht einmal das schlichte Manöver zugestanden hatte, mich richtig umzudrehen, um zu sehen, was um mich herum geschah. Als ich es endlich versuchte, stellte ich weniger erstaunt, als zu erwarten gewesen wäre, fest, daß ich, auch wenn ich blindlings die Richtung wählte, nur ein zerfallendes Gebäude sehen konnte und mir – und das war schlimmer und noch viel erstaunlicher – mein eigener Zusammenbruch gar nicht so unangenehm erschien. Anfangs dachte ich daran, ernsthaft mit Félix zu reden, aber ich begriff bald, daß keine Flucht so unsinnig sei, wie nochmals mit einem Mann von vorne anzufangen, der kaum noch zu leuchten vermochte in der Erinnerung eines in Gestalt einer jungen Hausfrau mit einer zu kleinen Tochter, einem zu egozentrischen Ehemann und einer für wirksame Lösungen viel zu langen Zukunft nicht mehr wiederzuerkennenden Mädchens. All das wußte ich nur zu gut, und trotzdem war nichts einfach.

Die ersten Jahre nach meiner Rückkehr nach Madrid hatte ich den Eindruck, aus meinem früheren Leben ungewollt die seltsame Fähigkeit mitgenommen zu haben, alles zu zerstören, was ich berührte, denn die Wirklichkeit war ununterbrochen in Bewegung, und alles um mich herum änderte sich viel zu schnell. Das Vergehen der Zeit zeigte mir, daß dieser scheinbare Taumel nichts anderes war als ein aus meiner eigenen Unbeweglichkeit entstandener optischer Effekt, denn alles veränderte und bewegte sich nur, um einen bestimmten Platz zu finden, und früher oder später fügte sich alles in eine mehr oder weniger passende Öffnung, alles paßte sich ein, außer mein Leben.

Das war das Lieblingsthema meiner Mutter, die große Drohung, die über dem Besten meines Abendessens schwebte, der undefinierbaren Substanz, die den monströsen rötlichen Panzer füllte und die wie Schlamm aussah, in dem kleine Stückchen dieser runzligen Masse schwammen, die fast zerebral ist und eine sehr kräftige Farbe hat, die man Koralle zu nennen pflegt und die man meiner Meinung nach über alle anderen Lebensmittel dieser Welt in den Rang einer köstlichen Spezialität erheben sollte. Das setzte ich aufs Spiel, während meine Mutter unbarmherzig auf das Thema kam.

«Es ist natürlich die Schuld von euch Frauen», ließ sie fallen, während sie mit größter Sorgfalt, die trotz ihrer Übung nicht weniger bewundernswert war, ein Bein der Seespinne aus seiner Schale pulte. «Ich verstehe nicht, was es euch bringt, so klug zu sein, wenn ihr hinterher nicht begreifen könnt, daß ihr die Männer verlieren werdet...»

«Red keinen Unsinn, Mama», hielt ich ihr ohne große Energie entgegen.

«Natürlich nicht, ich sage die reine Wahrheit... Und das mit dir ist jammerschade, mein Kind, weil... du noch eine Chance hast, da bin ich mir sicher.»

«Eine Chance wozu?» Klarsicht hat nie zum bescheidenen Gut meiner Fähigkeiten gehört, aber jetzt, als mir der Appetit endgültig vergangen war, hatte es nicht einmal mehr Sinn, sie anzurufen. «Wozu, Mama?»

Meine verzagte, belegte Stimme verriet kaum einen Bruchteil der Erschöpfung, die mich plötzlich überfallen hatte. Sie verstand nichts, aber sie kannte meine Reaktionen, weil wir dieses Gespräch schon oft geführt hatten und zu oft in demselben Schweigen steckengeblieben waren.

«Ich werde nicht zu Félix zurückkehren, Mama.» Ich machte eine kleine Pause und lächelte, als Beweis dafür, daß meine Haltung nichts mit ihr zu tun hatte. «Vergiß es. Ich werde nie mehr zu ihm zurückkehren.»

Sie insistierte verwirrt: «Warum nicht?»

«Darum nicht. Ich mag nicht mehr, es interessiert mich nicht, ich habe keine Lust mehr, mit Félix zusammenzuleben. Ich liebe ihn nicht, er gefällt mir nicht, er ist nicht mein Typ. Es ist aus.»

«Aber am Anfang hast du so geschrien –»

Ich unterbrach sie barsch, um mir die detaillierte Beschreibung dieser Schreie zu ersparen. Ich erinnerte mich nur zu gut an das, was ich damals geschrien hatte.

«Am Anfang ist am Anfang. Heute ist Heute. Und dazwischen liegen mehr oder weniger zwanzig Jahre.»

«Aber er hat dich immer geliebt, Ana Luisa...»

«Immer? Wann?» schrie ich und bedauerte zum zigsten Mal Félix' genialen Streich, die Unterstützung meiner Mutter zu suchen, auch wenn er sie immer gehaßt hatte, die ihm aber immer dann zuteil wurde, wenn er klarstellte, daß er nicht alleine alt werden wolle und es folglich an der Zeit sei, daß mich jemand an die Hand nähme, um mich an meinen einzigen wahren Hort zurückzuführen. «Hat er mich geliebt, als er seine Bettgefährtinnen in unser Haus brachte? Hat er mich geliebt, als er mir befahl, auf Festen den Mund zu halten, und sich entschuldigte, daß seine Frau eine arme, dumme kleine Spanierin sei? Hat er mich geliebt, als er ein Vermögen ausgab, um sich vollaufen zu lassen, und dann den ganzen Tag über seinen Rausch ausschlief, während ich mich um den Haushalt, sein Atelier und um das Kind kümmerte, weil er nicht daran dachte, sich mit seinem Geld an der Ausbeutung von Hauspersonal zu beteiligen? Hat er mich geliebt, als er mich bat, ein besonderes Abendessen zuzubereiten, weil wichtige Leute kämen, und dann später zu mir sagte, er denke, es sei besser, wenn ich mich nicht dazusetzen würde, weil Amanda uns ständig unterbrechen würde und er alles verlöre? Also gut, wenn es das ist, was er unter Liebe versteht, dann soll er sie sich gefälligst in den Hintern stecken.»

«Ana!» Meine Mutter war den Tränen nahe.

«Was?» Ich hingegen war so außer mir wie immer, wenn sie mir dieses Thema aufzwang.

«Sprich nicht so!»

Ich atmete ein paarmal tief durch, um mir wenigstens den Anschein von Ruhe zu geben.

«Verzeih, Mama.»

«Ich verstehe dich nicht, mein Kind, soviel Groll...» Und schließlich brach sie in ein Schluchzen aus, das ich ebensowenig verstand, wie sie behauptete, mein Leben zu verstehen, oder noch weniger. «Wohin führt dein Groll? Wohin führt diese Würde, um die du so viel Lärm machst? Wir alle machen Fehler, und Félix hat sich oft geirrt, sehr oft, das stimmt, und er ist der erste, der das einsieht, aber er bereut es, und ich glaube, er ist ehrlich, und er liebt dich wirklich... Habe ich dich darüber jemals belogen? Ich will doch nur dein Bestes, mein Kind, ehrlich... Sieh dich an, Ana Luisa, sieh dich um... Du bist so hübsch und noch so jung... Ja und? Nichts. Nichts... Wie lange lebst du schon so? Zehn Jahre, elf...? Läßt es dir unnötigerweise schlechtgehen, nimmst von niemandem Hilfe an...»

«Sei nicht unfair, Mama!» Nie würde sie mir verzeihen, daß ich mich geweigert hatte, auf ihre Kosten zu leben, als ich nach Madrid zurückkehrte, und sogar nachdem ich das Cartuja-Service und die schlanke Karaffe angenommen hatte und den Ledermantel, mit dem sie sich zufriedengeben mußte, als ich sie davon überzeugt hatte, daß ich ihr niemals gestatten würde, mir einen Nerz zu schenken, weiß ich, daß ich in ihren Augen immer undankbar sein werde... «Du weißt ganz genau, daß ich schon lange keine Hilfe mehr brauche.»

«Finanzielle vielleicht nicht, aber... Ana Luisa, mein Kind, bist du dir im klaren über das Leben, das du führst, über die vielen Jahre, die du schon allein lebst? Nur weil du ein Dickkopf bist, zu stolz und... sogar arrogant, entschuldige, meine Liebe, wenn ich das sage, aber man kann nicht wie Scarlett O'Hara durchs Leben gehen...» Ich hatte keine Lust zu lachen, aber ich konnte das kleine Auflachen nicht unterdrücken, mit dem ich diese Ironie bedachte, diesen Vorwurf von der einzig wahren Scarlett, die ich je kennengelernt habe. «Ja, lach nur! Lach nur, los... das Panorama, das du vor dir hast, ist wirklich zum Totlachen...»

«Ich lache doch gar nicht, Mama, es ist nur...» Dann fingen meine Lippen zu zittern an, ohne die Freundlichkeit besessen zu haben, mich vorher zu warnen, und als ob sie meine letzte Behauptung bestätigen wollten, versanken meine Augen plötzlich in einem Sumpf von Tränen, und wir endeten wie immer, die Seespinne vergeudet und wir beide auf dem Wohnzimmersofa, sie weint um mich und ich auch, sie liebt mich bedingungslos, obwohl sie mich überhaupt nicht versteht, und ich frage mich, wie dieses Phänomen möglich ist, so viel Liebe ohne ein einziges Gramm Verständnis.

Obwohl meine Mutter offiziell auch getrennt lebte, hatten wir kaum gemeinsame Erfahrungen. Als die undurchsichtigen Berechnungen von Miguel Ángel, der damals schon ihr Schwiegersohn war, schließlich erfolgreich in eine Reihe spektakulärer Immobiliengeschäfte mündeten und ihr nun definitiv vom Glück gesegneter Mann endlich den Schritt tat, den sie ihm angedroht hatte, seit ich denken kann, entfernte ihr neuer Status sie noch mehr von mir, anstatt sie mir näherzubringen. Meine Mutter nahm die Trennung als eine Art langen und verdienten Urlaub, und sosehr sie auch leidenschaftlich darauf bestand, zu tun, was sie immer hatte tun wollen, alles, was meinen Vater immer gestört hatte, hat sie eine endgültige und absolut irreparable Trennung nie akzeptiert. Er bemühte sich sehr, die Form zu wahren, und ging gelegentlich mit einer recht viel jüngeren Señora aus, aber er rief seine Exfrau weiterhin ständig an, um sie bei was auch immer zu konsultieren, und er lud sie unter den dämlichsten Vorwänden zum Essen ein, und ich bin sicher, daß sie noch miteinander schliefen, so daß sie jedenfalls weiterhin füreinander lebten, und ich stand, ohne genau zu wissen warum, weiterhin genau zwischen ihnen, wie das übriggebliebene Teilchen, das nicht in das Puzzle paßt, weil dieses schon vollständig ist.

Was wirklich geschah, kann man in wenigen Worten zusammenfassen: Ich versuchte es, aber es gelang mir nicht. Einige waren zu blöd, andere zu intelligent, ein paar wenige waren in Ordnung, zwei oder drei sogar sehr, aber die Vorstellung, mit dem Kind eines anderen Urlaub zu machen, begeisterte sie nicht sonderlich, oder sie hatten eine schlichtere Sicht dessen, was Leben bedeutet, oder sie kannten eine, die ihnen besser gefiel, oder weiß Gott, was verdammt noch mal los war, aber nach dem vierten oder fünften Versprechen riefen sie nicht mehr an. Die anderen habe ich mir selbst vom Hals geschafft in dem Augenblick, in dem ich spürte, daß sogar die mickrigsten Illusionen sich genauso unvermeidlich und diszipliniert verflüchtigten wie Kohlensäurebläschen, die nach dem Entkorken einer Champagnerflasche eiligst aus dem Flaschenhals entweichen. Korken gab es viele, in unterschiedlichen Formen und Farben, manchmal ein Satz und ein andermal eine bestimmte Art des Schweigens, Meinungen, die mich anwiderten, Meinungen, die mir angst machten, Meinungen, die mir völlig egal waren, unwichtige Details oder andere sehr wichtige, Haut, die mich abstieß, langweilige, freiwillige und blödsinnige Bumsereien, großmäulige Liebhaber, so zufrieden mit sich selbst und ihren ausgefeilten, wunderbaren Techniken, daß sie zuerst zum Lachen reizten und dann zu einer Art generellen Mitleids, dann hörte ich den Korken fliegen, puff!, oft schon bei der ersten Verabredung, wenn weder seine noch meine Absichten ganz klar waren, puff!, aber Korken verzeihen nicht, und die Hoffnung zerplatzte ohne Vorwarnung in der Luft, um eine Million spitzer, schäumender, rasender Bläschen freizulassen, Teilchen eines plötzlichen sprudelnden Bewußtseins, das meine Augen aufklarte und meine Schritte beschleunigte und mir eine Wahrheit ins Ohr flüsterte, die sich in etwas furchtbar Unangenehmes verwandelte: Dieser ist es auch nicht, was sollen wir tun...? Während ich ihre Namen, ihre Gesichter, ihre nach und nach verschwimmenden und schließlich identischen Körper in einer Seitenregion meines Gedächtnisses ablegte, nahm ich auch meine eigenen Erwartungen wahr, eine ganze Palette an Blendwerk, in die alles hineinpaßte, vom vernünftigsten Plan bis zur verrücktesten Ausgeburt eigenwilligen, zeitweiligen Schwachsinns. Aber jetzt nicht einmal mehr das, sagte ich zu mir selbst, als es mir in jener Nacht gelang, meine Mutter rauszuwerfen, jetzt bin ich nicht einmal mehr fähig, verrücktes Zeug zu denken...

«Hast du zum Essen was vor?» Vor ein paar Monaten war Rosa am späten Vormittag so geheimnisvoll in meinem Arbeitszimmer aufgetaucht, als käme sie, um mir ein Bombenattentat vorzuschlagen.

«In die Kantine gehen», antwortete ich ihr murmelnd und zeigte ihr meinen Streifen gelber Abreißcoupons. «Achthundert Peseten, drei Menüs, mediterrane Kost...»

«Nein, im Ernst...» protestierte sie, und ihre Stimme klang wie immer. «Komm mit mir ins Mesón de Antoñita, ich will dich etwas fragen, ich...» Sie senkte den Kopf und heftete ihren Blick auf den Boden. «Ich muß mit jemandem reden.»

«Ist es wichtig?»

«Ja...» antwortete sie und sah mir in die Augen, um es zu unterstreichen. «Ich glaube schon, sehr wichtig.»

Zwei Stunden lang bereitete ich mich auf die unterschiedlichsten Versionen vom Schlimmsten und vom Besten vor, angefangen damit, daß Nacho Huertas endlich deutlich darum gebeten hatte, sie solle ihn nicht mehr verfolgen, bis hin zum genauen Gegenteil, daß sie mich zur Formulierung der Nachricht zu Rate ziehen wollte, die sie ihrem Mann an den Badezimmerspiegel zu heften beabsichtigte, aber ich hätte ein Jahrhundert lang nachdenken können und es wäre mir nicht gelungen, den unerhörten Grund für diese Vertraulichkeit zu erahnen.

«Also...» legte sie endlich los, als wir uns an einen abgelegenen Tisch außer Hörweite gesetzt hatten. «Es geht um etwas, was beim letzten Mal passierte, als ich mich mit Nacho getroffen habe, vor etwa sechs Monaten...»

«Als ihr euch in dieser Kneipe verabredet hattet und er dich mit in sein Studio nahm?» fragte ich und befürchtete schon etwas Schrecklicheres als das Schlimmste. Sie nickte. «Dann ist das aber mindestens ein Jahr her, Rosa.»

«Na ja, ist doch egal, oder?» Sie sah mich so fest an, daß mir nichts anderes übrigblieb, als bestätigend mit dem Kopf zu nicken. «Es ist nur so, daß ich damals nicht darauf geachtet habe, aber jetzt scheint es mir sehr wichtig, ich weiß nicht... Sagst du oft ‹mein Liebling›?»

«Was?»

«Den Ausdruck, ‹mein Liebling›, so» – sie bewegte die Zeige- und Mittelfinger beider Hände in der Luft, eine Geste, die sie sicherlich von Fran hatte – «in Anführungszeichen... Hast du das oft zu jemandem gesagt?»

«Nein.»

«Wirklich nicht?» Sie sah mich mit glühenden Augen an, wie ein Hirtenmädchen, der gerade die Jungfrau auf einem Felsen erschienen ist, während ihre Lippen sich zu einem so breiten, triumphalen Lächeln verzogen, als wollte sie mit einem Mund voller Bonbons sprechen, ein Gesicht, das angst machte. «Ich auch nicht! Aber er hat es gesagt, er hat es zu mir gesagt! Wie findest du das?»

«Also, ich weiß nicht...» Um ehrlich zu sein, wußte ich nicht, was ich sagen sollte. Ich war platt.

«Schau, ich werde es dir erklären... Wir haben gevögelt, nicht wahr, im Dunkeln, er hatte mich auf den Rücken gelegt und lag auf mir, wir fangen immer so an, weißt du? Und plötzlich zog er ihn ohne Vorankündigung raus und drehte mich um, um ihn mir von hinten reinzustecken, verstehst du?» Sie machte eine Pause, die ich nicht genau einzuschätzen wußte, aber ich nickte, damit sie begriff, daß ich das natürlich verstand. «Gut, dann preßte er sich mit aller Kraft an mich, aber da wir ja schon so aneinanderklebten und er viel größer ist als ich, nun, vor lauter Geilheit gelang es ihm weder beim ersten noch beim zweiten Mal, und ich hatte den Eindruck, daß er nervös wurde, und um ihn zu beruhigen und weil wir es auch nicht eilig hatten, sagte ich zu ihm: Sei nicht so ungeduldig, und genau in dem Augenblick antwortete er mir: Ich bin nicht ungeduldig, mein Liebling...» Sie schwieg lang genug, um sich eine Zigarette anzuzünden, und ich nutzte diese kurze Erholungspause, um mich zu fragen, ob das alles wirklich stimmte, was ich bis dahin zu hören geglaubt hatte, und wenn ja, welche Art von Schwachsinn ich ihr auftischen würde, denn sie würde mich ganz bestimmt nach Beenden ihrer Geschichte um eine Interpretation dieser Worte bitten. «Er sagte, mein Liebling, verstehst du, und damals fiel mir das nicht auf, als wäre ich blöd, aber jetzt denke ich schon eine ganze Weile darüber nach, weil...» Sie konnte ein Erröten nicht verhindern, bevor sie ohne Fallschirm absprang. «Glaubst du, daß man das zu jemand sagen kann, ohne es zu empfinden?»

Was ich glaube, Rosa, ist, daß du am Ende bist, aber wirklich, daß du fertig bist, das hätte ich ihr sagen sollen, und daß sie kein Recht hatte, sich die ganze Zeit so aufzuführen, gefangen in ihrem Drang, an eine Geschichte zu glauben, die nirgendwohin führte, gefesselt an ein paar Worte oder eine Geste oder ein schlichtes, nettes Detail eines zufälligen Geliebten, der seit mehr als einem Jahr kein Lebenszeichen von sich gab, verloren in ihrem Labyrinth sinnloser und mit wunderbaren Spuren schlechtgetarnter Erinnerungen, das hätte ich ihr sagen sollen, daß er sie statt mein Liebling ebensogut auch mein Pummelchen oder mein Lämmchen oder mein hübsches Mädchen hätte nennen können, was auch immer, denn was sie wirklich brauchte, war jemand, der ihr ein für allemal die Augen öffnete; ich würde nie eine bessere Gelegenheit haben, und trotzdem war ich nicht in der Lage, ihr eine weitere Lüge zu ersparen, denn ich verstand sie nur zu gut, ich erinnerte mich ganz genau an die Verrückte, die ich zu anderen Zeiten gewesen war, und ich war im Grunde nicht sicher, ob ihr die Wahrheit besser bekommen würde als die behagliche Wahnvorstellung, mit der sie sich jede Nacht in den Schlaf wiegte und die ihr half, jeden Morgen aufzustehen.

«Nein, ich vermute nicht», antwortete ich schließlich und fühlte mich einerseits wie eine Komplizin und andererseits erbärmlich. «Ich glaube, daß er in jenem Augenblick gemeint haben wird, was er sagte...»

Ein paar Monate später, als ich die Reste des abgebrochenen Seespinnenessens in den Müll warf und abwägte, wie lange meine Mutter brauchen würde, bis sie in Paris anrief und Félix über die Einzelheiten ihrer mißlungenen letzten Mission informierte, beneidete ich Rosa um ihre Obsession, diese märchenhafte Liebe, die sich nie erschöpfte, diese absurde Leidenschaft, die mir so großes Mitleid einflößte, wenn sie weniger strahlte und nüchterner als damals war. Denn schon viele Jahre waren vergangen, seit ich die wirkliche Bedeutung der Geilheit entdeckt hatte, ich hatte fast vergessen, daß die Geilheit die Hauptursache für mein verpfuschtes Leben war. Ich war nicht einmal mehr fähig, Verrücktes zu denken, und das war im Grunde erschreckender als die schlimmste aller Entfremdungen. Später, als ich auf dem Sofa lag und ein Glas nach dem anderen trank, versuchte ich, meine Kräfte zu messen und einzuschätzen, wieviel Zeit – Jahre, Monate, Wochen – ich der Bündnisattacke meiner Mutter, die die Interessen des Schwiegersohns vertrat, den sie schlechter kannte, mit meinem Exmann, der bald fünfzig werden würde und sie entsprechend Mama nannte, noch standhalten würde. Die Bilanz war nicht sehr vielversprechend. In dieser Nacht ging ich mit der Gewißheit zu Bett, daß Félix, ob es mir gefiel oder nicht, schlußendlich der einzige Mann in meinem Leben bleiben würde und das ganz einfach deshalb, weil es keinen anderen geben würde.

Aber manchmal ändern sich die Dinge.

Ich weiß, es klingt unwahrscheinlich, es ist unglaublich, aber manchmal geschieht es.

Als der Wecker klingelte, hatte ich keine fünf Stunden geschlafen, und obwohl ich mich beeilte, das Geklingel mit einem Schlag zu beenden, schrillte sein Echo noch in meinem Kopf weiter, als ich mich ins Badezimmer schleppte und den bedrohlichen Schwindel in den Griff zu bekommen versuchte, den mein rücksichtsloser Organismus meiner festen Absicht, mir die Zähne zu putzen, entgegensetzte. Dann, mit frischem Mund, war es besser, aber meine Energie erschöpfte sich darin, mir mit geschlossenen Augen das Gesicht einzucremen, und wenn ich beim Öffnen des Kleiderschrankes nicht über die schwarzen Leggings gestolpert wäre, die ich immer anziehe, wenn ich nicht weiß, was ich anziehen soll, wäre ich vielleicht einfach wieder ins Bett gefallen. Aber da lagen sie, frisch gewaschen und gebügelt, ein ausreichendes Zeichen dafür, daß die Götter gewußt haben, daß ich mich anziehen und zur Arbeit gehen mußte. Ich entschied mich für eine bunte, glänzende Bluse, um meinem blassen Gesicht entgegenzuwirken, gewährte mir ein Frühstück außer Haus und verließ die Wohnung mit dem diffusen Gefühl, etwas Wichtiges vergessen zu haben, aber weitestgehend resigniert darüber, daß mein Kopf an diesem Morgen nicht mehr hergab.

Ich ging ohne das Licht einzuschalten die Treppe hinunter, und noch in der Eingangstür verschanzte ich mich mit der Ängstlichkeit einer nach Privatheit dürstenden Diva hinter der Sonnenbrille, aber beim Öffnen der Tür konnte ich nicht einmal die Helligkeit eines klaren Himmels vorschützen. Die Schreie und das Lachen des unbarmherzigen Haufens Jugendlicher, der sich genau das Stück Bürgersteig vor meinem Haus ausgesucht hatte, um sich zu dieser absurden Zeit zu verabreden – zehn nach acht –, verwirrten mich, noch bevor meine übel zugerichteten Reflexe herausgefunden hatten, ob es mir gut oder schlecht bekäme, den Kater spazierenzuführen. Nach einem Moment der Unentschlossenheit, während ich in der Tür stehend versuchte, aus der rätselhaften Unterhaltung, die all diese Leute zusammenhielt, irgendeinen Sinn zu filtern, entschied ich, mir wie im Schlußverkaufsgedränge einen Weg zu bahnen.

«... Laternen, beispielsweise», sagte ein geheimnisvoller Guru, als ich zum ersten Mal meine Ellbogen einsetzte, «unterschiedliche, die größten, die dazu dienen, die Fahrbahn zu beleuchten, und die direkt zum städtischen Mobiliar gehören, die freistehenden ebenso wie die an Häusern befestigten. Also... Wer will sich die Beleuchtung vornehmen?»

«Wir!» schrie jemand mit gräßlicher Begeisterung direkt in mein Ohr.

«Verzeihung...» Ich flüsterte, ja flehte im höflichsten Tonfall, den ich zustande brachte: «Verzeihung... Läßt du mich bitte vorbei?»

«Zusammengefaßt...» In dem Maße, wie ich auf dem Bürgersteig voller Leute vorankam, näherte ich mich der singenden Stimme, die mit einer für meine Umstände unerträglichen Kraft trällerte: «Laternen, Papierkörbe, Bänke und andere öffentliche oder städtische Einrichtungen, und danach, tertiärer Sektor... Hallo, Verzeihung... Hallo...» Mir kam nicht in den Sinn, daß dieser Gruß etwas mit mir zu tun haben könnte, aber als ich schon glaubte, den Ring endgültig durchbrochen zu haben, hielt mich jemand am linken Arm fest. «Ich kenne dich doch...?»

Mit der freien Hand nahm ich die Sonnenbrille ab, und mit ein bißchen Neugier war die Hälfte des Rätsels mit einem Blick bereits gelöst. Der Trupp von Jugendlichen, mit Kugelschreibern und Taschen bewaffnet, waren natürlich Studenten, obwohl mir nicht ganz klar war, was Bänke und Laternen mit irgendeiner Prüfung zu tun hatten, besonders nachdem ich ihren Professor, Javier Álvarez, erkannt hatte, diesen Besessenen, der mir mindestens anderthalb Jahre zuvor am Telefon eine Szene gemacht und mit dem ich nie wieder ein Wort gewechselt hatte, trotz seiner schüchternen Versöhnungsabsichten, die ich in seinem Lächeln entdeckte, als wir uns zwischen Ostern und Palmsonntag in den Verlagsfluren begegneten. Das hat mir gerade noch gefehlt, sagte ich zu mir selbst, ohne mich zu einer Antwort oder zum Davonlaufen durchringen zu können, vor dem Frühstück ausgerechnet über den zu stolpern.

«Du bist Ana Hernández.» Er blieb bei meinem zweiten Familiennamen hängen, aber er glich seine Zerstreutheit mit einem Lächeln aus, das alle seine Zähne zeigte, und ich begriff, daß ich nur eine Wahl hatte.

«Peña», vervollständigte ich und drückte die mir entgegengestreckte Hand. «Ja, das bin ich. Wie geht's dir?»

«Gut...»

Im Verlag nannten wir ihn den «präzisen Autor», obwohl er nach seinem Ausbruch nicht mehr genervt hatte als all die anderen Universitätsprofessoren, welche immer die Autoren sind, die am wenigsten mitarbeiten und sich am meisten beklagen. Jedenfalls hatten wir alle eine Macke mit ihm, weil Fran sich bei jedem Konflikt systematisch auf seine Seite stellte und weil er viel zu jung wirkte für einen Professor, ja sogar viel zu klug im allgemeinen, ein bißchen abweisend, besonders meiner Meinung nach, denn mir hatte er beim ersten Mal, als ich ihn sah, gefallen, und ich konnte ihm nicht verzeihen, daß er es so eilig gehabt hatte, mich Lügen zu strafen. An diesem Morgen hingegen schien er mich vollends lächerlich machen zu wollen.

«Was machst du um diese Zeit hier?» fragte er mich, noch immer lächelnd, während die Studenten langsam unruhig wurden.

«Das sollte ich dich fragen... Ich wohne hier.»

«Wirklich?» Er wirkte sehr überrascht. «Was für ein Zufall, nicht wahr?»

«Nun... ich nehme an, ja.» Ich wich zwei oder drei Schritte zurück, um meinen Rückzug einzuleiten, und fuchtelte viel mit den Händen herum. «Nun, ich muß mich beeilen, ich habe noch nicht gefrühstückt, und wenn ich noch keinen Kaffee getrunken habe...»

«Ich begleite dich», sagte er in so entschiedenem Tonfall, daß er ihm selbst unangebracht vorgekommen sein muß. «Na ja, wenn es dir nichts ausmacht...»

«Nein, nein», versicherte ich, während sich ein unerwünschter rötlicher Ton meiner Wangen bemächtigte, und dann log ich hervorragend: «Natürlich macht es mir nichts aus, aber... Und deine Studenten?»

«Oh, die haben zu tun.» Er lächelte wieder. «Warte einen Moment hier auf mich, ich werde sie Laternen zählen lassen...»

Er entfernte sich ein paar Meter, um die Studenten in Gruppen aufzuteilen, und ich hörte ihn die außergewöhnliche Liste der Gegenstände wiederholen – Laternen, Papierkörbe, Bänke, Bäume, Schaukeln, Recyclingbehälter für Glas, für Batterien, Digitaluhren, städtische Informationswände, Garagen, Fußgängerzonen, Halteverbote, Zufahrtsrampen für Rollstühle, für Rollstuhlfahrer unzugängliche Zugänge und einen Haufen solcher Dinge –, die er mit zweimaligem Händeklatschen und einem Ausdruck von «Kopf hoch» beendete, als wäre er ein Basketballtrainer.

«Ist schon erledigt», sagte er nur, als er wieder zu mir kam, und ich konnte meine Neugier nicht eine Minute länger zügeln.

«Was tun sie da?» fragte ich.

«Praktikum in Städtischer Geographie», antwortete er. «Sie müssen alle Charakteristika eines bestimmten Straßenabschnitts notieren, ihn beschreiben, seine Ausstattung auflisten, die Häufigkeit ihres Auftauchens zählen, jegliches außergewöhnliche Ereignis registrieren... und dann die Endergebnisse auswerten, mit anderen Worten, die Stadt wie eine Landschaft behandeln. Dieser Platz hier ist hervorragend dazu geeignet, weil er alles bietet, einen Metroeingang, einen Markt, eine Schule, eine Baumzone mit Kinderspielplatz, einen Brunnen, eine Tiefgarage, ein historisches Monument und mehrere denkmalgeschützte Häuser.»

«Das Barceló-Kino», schlug ich vor, und er sah mich mit hochgezogenen Augenbrauen an. «Vor dem Barceló-Kino war es das Pacha-Kino. Ich weiß das, weil ich als Kind ein paarmal drin war, um beispielsweise *Sissi – Die junge Kaiserin* zu sehen. Ich kann mir vorstellen, daß du dich darauf beziehst.»

«Ja, und auf dein Haus, beispielsweise.»

«Aha... Und ich dachte, du beschäftigst dich mit Kontinentaldrift.»

«Eher mit der Verkarstung, aber du hast recht, ich beschäftige mich hauptsächlich mit Physikalischer Geographie. Eigentlich ist das nicht meine Gruppe, sondern die eines Freundes, der so was wie ein Ferienjahr auf eigene Rechnung genommen hat. Ich habe seinen Unterricht im ersten Semester übernommen, Allgemeine Geographie, ein bißchen von allem.»

«Und dein Spezialgebiet?»

«Unterrichte ich auch.»

«Aber kann man das denn?»

«Na ja, theoretisch nicht, aber wenn sich der Fachbereich verständnisvoll zeigt und die Studenten nicht protestieren...»

«Dein Freund hat also ganz schön Glück, was?» schloß ich und stieß die Tür eines ziemlich feinen Cafés auf, in dem ich noch nie allein frühstücken war, das sich aber als viel gemütlicher und ruhiger herausstellte als der Stand auf dem Markt, wo es mir noch nie gelungen war, länger als drei Minuten zu frühstücken.

«Glaub das nicht», sagte er und ließ seine Aktenmappe auf den kleinen Tisch am Fenster fallen. Dann setzte er sich umständlich hin und wartete darauf, daß ich mich gegenüber setzte. «Es blieb ihm nichts anderes übrig.»

«Hat er jemanden umgebracht?»

«Nein. Viel schlimmer», erwiderte er lächelnd. «Er hat sich in eine Frau verliebt, die in Valencia lebt. Und zur Zeit lebt er natürlich bei ihr. Sie konnte nicht hierherkommen, sie hat zwei Kinder und arbeitet im Rathaus. . . Nun, sie sind sehr glücklich, deshalb hat sich der Fachbereich so verständnisvoll gezeigt, da das mit der Übersiedlung letztendlich so schwierig ist. . . Einen Kaffee, bitte» – ich hörte ihm so aufmerksam zu, daß ich das Auftauchen des Kellners nicht einmal bemerkt hatte – «und zwei Churros.»

Das Frühstück, für das ich zehn Minuten früher irgendwen umgebracht hätte, interessierte mich nicht mehr, so daß ich es mir einfach machte – «Für mich das gleiche, danke» – und versuchte, meine Überraschung zu verbergen, denn ich hätte mir nie vorstellen können, daß der hochmütige, rechthaberische Professor, der nicht bereit gewesen war, fremde Initiative zu schätzen, imstande war, jemandem einen solchen Gefallen zu tun.

Eine dreiviertel Stunde später, als ich ein Taxi nahm, um noch zu einer akzeptablen Zeit zur Arbeit zu kommen, war ich schon gewillt, alles zu glauben. Ich wußte, daß sein Freund in Valencia zwei Jahre zuvor seine Frau verlassen hatte, die jetzt die Wände hochging, daß sie Javier immer wie eine Hexe vorgekommen sei, daß er – selbstverständlich – verheiratet sei und zwei Kinder habe, daß seine Frau – Javiers – hartnäckig darauf bestanden hatte, sich einen Hund anzuschaffen, obwohl er keine Tiere mochte, daß sie früher – sie waren Kommilitonen gewesen – nie erwähnt hatte, daß sie Hunde mochte, und daß das beste Mittel gegen einen Kater sei, dem Ruf von Alka-Seltzer zu mißtrauen und lieber ein Frenadol zu nehmen, das er immer für alle Fälle bei sich hatte. Außerdem bat er mich in zehn oder zwölf verschiedenen Varianten um Verzeihung für die Szene, die er mir wegen des Atlastitels gemacht hatte, und schwor mir, daß dies so gar nicht seine Art sei, daß er aber an jenem Abend außer sich gewesen sei.

«Ich erinnere mich nicht mehr genau, aber es war sicherlich wegen des Hundes. . .» schloß er, und wir lachten beide.

Ich hatte bereits zehn oder zwölf unterschiedliche Arten gefunden, ihm zu verzeihen, und ihm erzählt, daß ich geschieden sei – das stimmte nicht ganz, aber ihm war es gleich –, daß ich eine sechzehnjährige Tochter habe – «Schon so groß?» antwortete er mit der üblichen Verwunderung. «Das ist unglaublich...» –, daß Amanda jetzt bei ihrem Vater in Paris lebte, daß ich Paris haßte – er mochte es auch nicht, ich freute mich sehr, das zu hören –, daß ich auch keine Tiere mochte – er freute sich so wie ich kurz zuvor –, daß ich einen außerordentlichen Kater hätte und daß ich nicht auf einer nächtlichen Tour unterwegs war, nichts dergleichen, sondern daß schlicht meine Mutter zum Abendessen erschienen war – «Mehr brauchst du mir gar nicht erzählen» – und daß wir am Ende eine Auseinandersetzung gehabt hätten. Dann, und das dürfte der genialste Einfall gewesen sein, den ich je im Leben hatte, fiel mir ein, ihn daran zu erinnern, daß noch ein Treffen ausstand, um über die Aufmachung der Landkarten im letzten Heft zu entscheiden, das sich ausschließlich mit den Meeren und Ozeanen beschäftigte.

«Ich habe einen Haufen Muster...» sagte ich, und das stimmte, obwohl ich erst ein paar Tage zuvor zu Fran gesagt hatte, sie könne sich ja mit Álvarez treffen, denn was mich anbelangte... «Aber vielleicht ziehst du es vor, mir ein Fax zu schicken, auf dem du die allgemeinen Merkmale, die Farbska...»

«Nein, nein», beeilte er sich klarzustellen, «wir verabreden uns besser. Es ist nur so, laß mich nachdenken...» Und ein paar Sekunden lang starrte er auf den Fußboden, als könnten die Fliesen sprechen. «Unter der Woche ist es ziemlich schlecht, denn mit den beiden Unterrichtsfächern bin ich den ganzen Tag in der Fakultät beschäftigt; ich könnte am Mittwoch zum Essen in den Verlag kommen, oder wenn nicht... Wirst du das kommende Wochenende in Madrid bleiben?»

Ich sah zum Himmel auf, als würde ich in Gedanken meinen Kalender durchgehen. Natürlich würde ich in Madrid bleiben, obwohl es sich um das lange Maiwochenende handelte, den ersten, zweiten, dritten, vierten und fünften, von Mittwoch bis Sonntag, es war mir egal, ich hatte keinen Ort, wo ich hinfahren könnte.

«Nun... Ich weiß es noch nicht genau, aber ich glaube schon, ich bin ziemlich erschöpft und habe nur noch Lust darauf, mich aufs Sofa zu legen und nichts zu tun.»

«Und würde es dich noch mehr erschöpfen, mit mir zusammen ein Dutzend Mappen durchzusehen?»

«Glaube ich nicht», sagte ich lächelnd.

«Dann rufe ich dich am Dienstag an. Wir könnten uns am späten Mittwochnachmittag verabreden.»

So verabschiedeten wir uns, er lief los, um seine Studenten einzusammeln, und ich nahm ein Taxi, um schneller im Verlag zu sein. Als ich laut die Adresse nannte, warf mir der Rückspiegel mein Bild zurück, und was ich sah, gefiel mir so gut, daß ich danach schweigend vor mich hin lächelte, und dieses Lächeln war so faszinierend, so breit, so eigenständig, daß ich meinen Blick nicht von meinem Mund abwenden konnte, der wie der Mund einer anderen wirkte, irgendeiner Frau mit mehr Glück. Mein Kater hatte sich verflüchtigt, die Übelkeit war verschwunden, ich wiegte mich in einer Art köstlicher Wiederherstellung, die Sonne wärmte durch die Fensterscheiben, und ich lachte innerlich, während ich mich von außen betrachtete, bis der Taxifahrer, ein gutgelaunter, beherzter Alter, mich sanft tadelte wie ein Kind.

«Schauen Sie sich nicht so viel an, Señorita», sagte er wörtlich, «das haben Sie nicht nötig. Sie sind wunderschön, glauben Sie mir...»

Rosa

ER HATTE MICH «MEIN LIEBLING» GENANNT, und das war das einzige, was ich wissen wollte, das und daß seine Schenkel eines Nachts gegen meine Handfläche zitterten und er mich danach fest und wortlos ansah, als beabsichtigte er, mich zu zerstören, mich zu vernichten, mich für immer aus seinem Gedächtnis zu löschen oder jede Einzelheit meines Gesichts auf die Netzhaut seiner Augen zu bannen, ich wußte es, und das war das einzig Wichtige, denn ich lebte nur, um dieses Zittern wiederzubeleben, ein Mal ums andere in dieses kleine Hotelzimmer zurückzukehren, ein großes Bett, ein Einbauschrank, zwei Sessel mit dem sattsam bekannten gemusterten Kretonneüberzug, eine Art Kommode mit Schubladen und in der Mitte die fremde und dennoch vertraute Figur einer Reisenden, deren Bewegungen denen glichen, die ich jeden Tag wiederhole, einer Frau, die eine Tür öffnet, sich die Schuhe abstreift und eine Zigarette anzündet, die sich auf das Bett wirft, um eine Telefonnummer zu wählen oder um einen Moment mit geschlossenen Augen auszuruhen, ohne zu ahnen, wie wertvoll die Zeit sein wird, die sie gerade lebt, ohne die Spur von irgend etwas Neuem in ihrem Innern zu finden, ohne gar wahrzunehmen, daß sie glücklich ist, daß sie wieder glücklich sein wird nach so langer Zeit, denn die Zeit ist eine Falle, eine Spirale ohne Anfang noch Ende, ein Labyrinth, unergründlich wie die Gesetze der Zeit, wo meine Tage in einem süßen Übel ohne Antwort verstreichen, das war die Wahrheit, obwohl ich es nie wagte, sie irgend jemand Vertrautem ins Ohr zu flüstern, obwohl ich sie mir selbst nur mühsam eingestehen konnte, obwohl ich sie damals lautstark geleugnet hätte, bis meine Zunge in meinem Mund für immer vertrocknet wäre, in Wahrheit dachte ich nicht an diesen Mann, sondern an die sorglose Reisende, die ihn in Luzern begleitete, ich träumte nicht von ihm, sondern von der eigenen, flüchtigen, versäumten Erfüllung, und ich suchte nur verzweifelt eine Methode, ein System, eine Formel, die mir half, in die Kleider jener Frau zu schlüpfen, die ich gewesen war und die anders war, die glücklich gewesen war und es nicht bemerkt hatte, die mit den Zügeln des Schicksals spielte, ohne sie anzuerkennen, ohne zu beabsichtigen, sie gar zu beherrschen, das glaubte ich und das wollte ich, den Film meines Lebens zurückspulen, nochmals über die alten Fehler stolpern, einen einzigen Riß in der Haut der unbewußten Stunden finden, um hineinzuschlüpfen und mein Gedächtnis aufzufrischen, davon träumte ich, daran dachte ich, was wäre passiert, wenn ich das getan und jenes gesagt hätte und noch weiter gegangen wäre, und danach fühlte ich mich so klein, so überflüssig, so unbedeutend, daß ich die ganze Liste der bekannten Vorwürfe durchging, um das wenige, das von mir übrig war, niederzureißen, daß ich dumm sei, sagte ich mir, daß ich albern und dämlich und idiotisch sei, und manchmal fragte ich mich, ob ich nicht verrückt werden würde, ob dieser fiebrige Zustand innerer Auflösung sich nicht mit der schlichten Diagnose «pure Angst» erklären ließe, denn meine Obsession zeichnete sich durch kleinste Nuancen aus, wie sie gewisse finstere Psychopathen in nordamerikanischen Fernsehfilmen an sich haben, in deren Vorspann den Zuschauern versichert wird, daß die folgende Geschichte auf einer tatsächlichen Begebenheit beruht, einsame, sich selbst aufgebende Menschen, unfähig zum Mitleid, die sich schließlich in die blödsinnigsten Morde stürzen, Opfer und Henker gleichermaßen in einer alten und jede Besonnenheit verschlingenden Hoffnung, betrogene Ehemänner, die zwischen den Zähnen schwören, daß sie sein bleibe oder niemandem gehöre, menschenscheue alte Jungfern, die noch immer das mottenzerfressene Brautkleid vorführen, das sie seit dreißig Jahren an einer Lampe hängen haben, außerordentlich liebevolle Mütter undankbarer Söhne oder einer mißratenen Tochter, die nicht die Hände im Schoß halten können, wenn ihr Jüngster oder ihr kleines Mädchen beginnt, die besten Jahre seines Lebens zu ruinieren, hochdekorierte Militärs, die aufgrund eines bedauerlichen Mißverständnisses derjenigen, die die letzten Konsequenzen der Vaterlandsliebe nicht verstehen, degradiert werden, sie alle haben ein verstecktes Jagdgewehr im Schrank, und alle töten oder sterben schließlich mit ihm in Händen, alle fordern schreiend Rechenschaft und Besonnenheit, und niemand ist allein schuld, aber es endet auch keiner gut, und im Fernsehen ist es ganz einfach zu begreifen, warum, sie sind verrückt, ganz klar, verrückt, und ich wies dieselben Symptome auf, dieselbe Leichtigkeit, mit der ich angesichts offenkundiger Tatsachen, die mir nicht gefielen, Augen und Ohren verschloß, dieselbe Leichtfertigkeit, sie genau entgegengesetzt zum Offensichtlichen zu interpretieren, eine plötzliche, unbegrenzte Fähigkeit, mich vom Unbegreiflichsten zu überzeugen, den zähesten Glauben an eine meinen Wünschen entsprechende und allein mit meinem Verlangen konstruierte Zukunft, und sonst nichts, denn außerhalb meines Kopfes existierte nichts, nichts hatte Bedeutung außerhalb meiner begrenzten Vorstellungskraft, die von einem einzigen Gespenst mit furchtbarem Appetit befallen war, das augenblicklich alles verschlang, was geschah, und alles, was mir passierte, führte mich zu ihm, jede Geschichte, die ich hörte, jedes Buch, das ich las, jeder Film, den ich sah, die Namen der Straßen, durch die ich ging, die Schaufenster der Geschäfte, die ich betrat, bis hin zu den Marken der Produkte, die ich im Supermarkt auswählte, die ganze Welt hatte sich in ein gigantisches verschlüsseltes Buch verwandelt, und alle Zeichen waren nur eines, und alle Pfeile zeigten in dieselbe Richtung, und da fragte ich mich, ob ich im Begriff war, verrückt zu werden, denn Verrückte leiden genauso wie Vernünftige, aber sofort verweigerte ich mir sogar noch diesen giftigen kleinen Trost, denn Vernünftige leiden ebenso wie Verrückte, und trotzdem gelingt es ihnen nicht mal im schlimmsten Moment der brutalsten Entfremdung, die härtesten Wahrheiten aus ihrem Bewußtsein zu verbannen, ich kannte das beschwichtigende, statische Wesen der Realität, die enttäuschende Lösung, die sich hinter dem Vorhang so vieler unlösbarer Rätsel verbirgt, die unerträgliche Zweideutigkeit der menschlichen Gefühle, ich war nicht verrückt, aber ich litt, ich lebte gepeinigt von einer unauslöschlichen Angst, ich starb vor Schmerzen und war doch gesund, und trotzdem, von Zeit zu Zeit, genau in diesen Phasen, in denen meine Ungeduld im Begriff zu sein schien, sich über das Geländer der Verzweiflung zu stürzen, war ich in der Lage, mir eine ganz einfache, ganz wahrscheinliche, ganz klare Geschichte zu erzählen, und ich begriff einen Fotografen namens Nacho Huertas, der einigermaßen glücklich war, als er in einer kleinen Stadt eine Lektorin namens Rosa Lara Gómez traf und sie ihm gefiel und er ihr gefiel und sie miteinander ins Bett gingen und großartig vögelten, so daß sie ein paar Tage zusammen verbrachten und danach jeder für sich nach Madrid zurückkehrte, und der sich vielleicht damit beschied, sie unter der Rubrik «glückliche Zufälle» einzuordnen, oder vielleicht betrachtete er sie sogar eine Zeitlang als einen äußerst ernsten Quell von Komplikationen, und es ist möglich, daß sie ihm besser gefiel, als er sich eingestehen mochte, und er anfangs sogar ein bißchen der Erinnerung an diese überraschende Frau nachhing, vielleicht schickte er ihr deshalb und entgegen dem, was er schon beschlossen hatte, ein paar Fotos und beantwortete ihren Anruf und verabredete sich mit ihr in seinem Studio, all das verstand ich, es erschien mir logisch, fast offensichtlich, und ich konnte auch einräumen, daß er sich danach erschrocken hatte, daß er unfähig war, sich der Gier derjenigen zu stellen, die sich auf ihn stützen wollte, um Berge zu versetzen, daß er entschied, daß sie, auch wenn beide im Bett sehr gut harmonierten, doch kein ausreichender Grund wäre, sein Leben zu verändern, bis dahin ging alles gut, und hier wäre alles zu Ende gewesen, wenn ich wirklich an ihn denken würde, wenn ich wirklich von ihm träumen würde, denn zurückgewiesene Liebe verbraucht sich in einem Teich süßer Tränen, in einem lauwarmen Rausch der Melancholie, die sich in einer Reihe von Katern erschöpft, wie die Auswirkung eines Entgiftungsmittels, das nach und nach den Schmerz in Ironie verwandelt, um am Ende eine saubere, ausgewogene, gleichermaßen vom Groll wie von der Scham befreite Substanz freizugeben, echte Liebe rettet immer ihre Kinder, aber meine Gedankengänge waren ganz andere und meine Angst viel dunkler, denn ich hörte nie auf, an mich selbst zu denken, ich hörte nie auf, von mir zu träumen, ich wollte noch einmal anfangen, um meine Rechnungen mit der Zeit endgültig zu begleichen, um die Tage aufzuhalten, die mir wie Wassertropfen durch die Finger rannen, um ein für allemal den Aufstand der rebellischen Jahre zurückzudrängen, die durch Verrat an meiner Erinnerung massenhaft desertierten, früher hatte ich eine Liebe verfolgt, die mächtiger war als der Tod, heute war ich nicht bereit, auf unendlich viel weniger zu verzichten, denn ich hatte mit den Fingerspitzen einen Neuanfang gestreift, trotzdem blieben meine Hände leer, und mich damit abzufinden war fast schlimmer, als zu sterben, denn der Tod zieht wenigstens einen endgültigen Schlußstrich unter das Leben, aber mich erwartete ein biederes Leben ohne einen anderen Strich als den des Todes, der auf viele leblose, flüchtige, sterile Jahre folgt, ganze Jahre mit Hunderten von lustlos gelebten Tagen, das konnte ich nicht hinnehmen, nicht mehr, ich hätte wie früher weiterleben können, wenn ich diese Reise nie gemacht hätte, im allgemeinen resigniert und bisweilen sogar zufrieden, hätte meine Kinder aufwachsen sehen, mit allen möglichen Mitteln meine berufliche Karriere konsolidieren, regelmäßig die Wohnungseinrichtung ändern, mich zu einem Tanzkurs anmelden, gelegentlich mit jemandem vögeln oder eine Kommode beizen können, aber jetzt konnte ich das nicht mehr, ich wollte gar nicht erst an die Möglichkeit denken, diese armseligen Rituale des Selbstmitleids wieder aufzunehmen, ich beabsichtigte nicht mehr, mein Leben in Ordnung zu bringen, jetzt mußte ich es zerstören, auslöschen, für immer vernichten, aus ihm so kleine Schnipselchen machen, daß sie sich nie wieder zusammenfügen und aus Nostalgie nach den verflossenen Jahren verschwören könnten, doch ich allein würde das nicht schaffen, alleine konnte ich das nicht, mir zitterten jedesmal die Beine vor Angst, wenn ich daran dachte, ich wäre nie sicher, ich hätte nie den Mut, aber wenn er mich draußen erwarten würde, wäre alles viel einfacher, vielleicht sehr einfach, so einfach, daß mir eine heimliche, sichere und geheimnisvolle Geschichte nicht diente, ein bequemer, konservativer Ehebruch klassischen Stils, einer von denen, die langfristig die entfremdeten Ehepartner wieder vereinen, denn ich wollte meine Ehe nicht neu begründen, ich wollte sie davonfliegen lassen, sie in die Luft sprengen und benötigte Pulver, Schrot und eine gute Lunte, und ich brauchte sie bald, denn früher oder später würde ich mich von diesem Fieber erholen, das wußte ich, und dann würden die alten Wasser wieder in ihr gestautes, enges Flußbett zurückfließen und allmählich einen anderen Wahnsinn ans Ufer treiben, ein noch tödlicheres und entzündlicheres Gift, und eines Morgens würde ich mit gutem Körpergefühl, großem Appetit und der Erinnerung an diese schöne Anrichte aus poliertem Holz aufstehen, die von der Großmutter stammte und immer in unserem Haus auf dem Land gestanden hatte, und mit den Frühstückskeksen würde ich die Idee kauen, sie in einem besonderen Blau zu streichen, vielleicht Indigo weißmetallic, das würde in Claras Zimmer wunderbar aussehen, würde ich mir sagen, und wenn ich sie darum bäte, würde Mama sie mir geben, ganz bestimmt, Schluß, aus, und dann ein so vergilbter und altmodischer Neuanfang wie mein Brautkleid, diese Art Tunika einer Hippie-Prinzessin mit einem Gummi unterhalb der Brust und überall Spitzen, das meine Schwester Natalia sich von mir zum Karneval ausgeliehen hatte, um sich als Yoko Ono zu verkleiden, ich verdiente so ein Ende nicht, deshalb biß ich die Zähne zusammen und schloß die Augen, verschloß hartnäckig meine Ohren, um jeglicher Wahrheit auszuweichen, die den süßen Zustand sentimentaler Unbewußtheit gefährden könnte, in der wie in einem lauwarmen See farbloser Gelatine das Wunderbild jenes winzigen, am Himmel befestigten Hakens schwamm, an dem ich mit meinem ganzen Gewicht samt jeder möglichen Zukunft hing, und ich beruhigte mich mit den Worten, daß der Moment der wichtigen Entscheidungen noch nicht gekommen war, während ich die narkotisierende Lotosblüte der Obsession aß, die ruchlose Blume, die bewirkt, daß man alles vergißt, und so vergaß ich alles, alles, außer daß er mich «mein Liebling» genannt hatte und daß seine Schenkel eines Nachts gegen meine Handflächen zitterten und er mich danach fest und wortlos ansah, als beabsichtigte er, mich zu zerstören, mich zu vernichten, mich für immer aus seinem Gedächtnis zu löschen oder jede Einzelheit meines Gesichts auf die Netzhaut seiner Augen zu bannen, denn er hatte mich «mein Liebling» genannt, und ich wußte es.

Das war das einzige, was ich wissen wollte.

Er hingegen wußte nicht, daß ich mir mit diesen Worten den endgültigen Stoß gab, der bewirkte, daß ich vom höchsten Gipfel eines Steilhangs in den tiefsten Abgrund stürzte, den ich zu jenem Zeitpunkt noch nicht einmal ausmachen konnte.

«Weiter brauch ich dir nichts zu sagen, Schätzchen, ich weiß schon, daß du diese Dinge...»

Er hieß Bartomolé, aber seine engsten Freunde nannten ihn Bambi, weil sein erster Freund das einmal gesagt hatte, der sich in diese Augen einer erschrockenen Gazelle verliebte, als er die zweifelhafte Haut der Jugend noch nicht abgestreift hatte.

«Er war bei der Guardia Civil.» Fast fünfzigjährig, bog er sich noch immer die Wimpern und erinnerte sich wehmütig an ihn. «Verheiratet und alles, aber sehr kreativ, selbstverständlich...»

Bambi – ich konnte nie der Versuchung widerstehen, ihn so zu nennen, obwohl ich nicht zu seinem engsten Kreis gehörte – war Chef der Poststelle der Verlagsgruppe, einer kleinen Kammer im Keller, die wie ein echtes Postamt in Miniatur funktionierte. Die Korrespondenz aller Büroräume der ganzen Verlage, die ihren Sitz in dem Gebäude hatten, ging zwangsläufig durch seine Hände, aber das war nicht viel Arbeit, auch wenn man den Kurierdienst mitrechnete, der – «Modernisieren oder sterben», sagte er mit hochtrabender Überzeugung – gerade zu funktionieren anfing, besonders weil die Poststelle die einzige Abteilung im Haus war, wo es zuviel Personal gab. Zwei Lehrlinge, niemand wußte genau wofür, bedienten hinter dem Schalter und trauten sich außer in ungewöhnlichen Angelegenheiten nicht, das kleine Hinterzimmer zu betreten, wo Bambi sich gelangweilt hätte vor lauter Müßiggang, wäre er nicht der Herrschaft geheimnisvollerer Landschaften als jener der Bleiplomben und Frankiermaschinen ergeben gewesen; denn neben diesen und anderen Arbeitswerkzeugen – Schachteln mit Büroklammern und Radiergummis, Lineale und Bogen mit selbstklebenden Etiketten, gewöhnliche und andere, sehr seltsame Bleistifte, die auf einer Seite rot und auf der anderen blau und vortrefflich gespitzt waren – befanden sich in seinen Schreibtischschubladen drei oder vier Tarotspiele unterschiedlicher Herkunft und Größe, ein Ouija-Brett, eine vollständige Sammlung von Heiligen aller Glaubensrichtungen – von einem Bild der heiligen Teresa de Jesús bis zu einem Wachsbildnis vom heiligen Simon aus Guatemala, großer Stern der mittelamerikanischen Heiligen –, bunte und unterschiedlich lange Kerzen und sogar eine Kristallkugel auf einem schwarzbemalten Holzsockel.

«Ich schwärme für alles Übernatürliche», gestand er mir einmal, nachdem er mich für vertrauenswürdig befunden hatte und als hätte ich nicht schon von seinem exotischen Kramladen gehört, bevor er mir vorgestellt worden war.

Schon damals erschien mir seine Zurückhaltung absurd, denn alle sprachen mit größter Selbstverständlichkeit von ihren Besuchen in der Poststelle, und tatsächlich war von allen ihn umgebenden Geheimnissen das einzige wirklich interessante die überraschende Straflosigkeit, mit der er sich dem Jenseits hingab, während er an jedem Monatsende für eine ganz andere Arbeit ein absolut irdisches Gehalt bezog. Mit der Zeit fand ich heraus, daß nicht nur der Direktor der Verlagsgruppe – ein sehr großer, ziemlich dicker und fast glatzköpfiger Herr, der durch die Flure ging und sich ständig ganz unspirituell mit einem weißen Taschentuch den Schweiß trocknete –, sondern auch María Pilar, beunruhigte Hausfrau und Gattin von Miguel Antúnez, zu seinen eifrigsten Besuchern gehörten. Die Protektion dieser beiden Anhänger hatte genügt, Frans radikalen Widerstand zu brechen; sie verachtete ihn fast genauso wie ihre Schwägerin, denn unser merkwürdiges Orakel hatte auch Interesse an der Welt, genauer gesagt, gestand er eine fast krankhafte Verehrung für alle Fürstenhäuser Europas und obendrein für das japanische, und wenn er mit der Konjunktion der Sterne und den Litaneien für die Liebe fertig war, fing er mit den morganatischen Ehen und der Reinheit des Blutes an.

«Genug mit dem Jenseits», hatte Fran ihn das letzte Mal barsch unterbrochen, als er ihr zu erklären versuchte, warum der Prinz von Asturien keine Bürgerliche heiraten konnte, und Ana sagte nichts, ging aber gleich nach ihr.

Auch ich bin keine Monarchistin, beschloß aber, verständnisvoller zu sein, und ließ neben dem Fotokopierer stehend die alte Platte über mich ergehen, was jedoch seine Meinung über mich nicht besserte, die feststand, seit er mich nach den Sternkreiszeichen meiner Kinder gefragt hatte und ich nicht wußte, ob Ignacio Schütze oder Steinbock ist, denn ich bringe die Zeichen immer durcheinander. «Aha, noch eine Skeptikerin...» sagte er nur, aber diese drei Worte reichten, um meinen schlechten Ruf endgültig zu besiegeln. Ich hingegen fand ihn ziemlich unterhaltsam. Doch als ich dann auf die Idee kam, Marisa nach dem Mittagessen in die Poststelle zu begleiten, geschah das nicht aus Sympathie, sondern weil es mir miserabel ging.

Meine Tage vergingen damals in dem launischen, unvorhersehbaren Rhythmus, der das Leben eines zum Tode Verurteilten in einen Zweigangmotor verwandelt: Der eine, schnelle Gang ist fähig, die

Stunden hinter dem spottlustigen Hasen der Begnadigung herzutreiben, der andere, langsame, bemächtigt sich jeder Sekunde, um sie an die einzige Zellenwand zu nageln, von der aus der Gefängnishof zu sehen ist, das Szenario der bevorstehenden Exekution. So, zwischen einem glücklichen und einem mehr als traurigen Ausgang hin- und herschwankend, verging mein Leben, und während ich zu arbeiten vorgab oder wirklich arbeitete, das Essen zubereitete oder einen Fernsehfilm schaute, wenn ich mit den Kindern spielte oder einkaufen ging, unterwarf ich mich geschickt der altbekannten Routine einer Person, die ich schon nicht mehr ganz war, denn im tiefsten Winkel meines Gehirns gehorchte die Zeit einer unerschütterlichen Regel und wurde schnell und erträglich, nur daß jede Sekunde nicht ewig war, und es gab keine Vergangenheit, keine Gegenwart und keine Zukunft mehr, nur ein Labyrinth mit zwei Ausgängen, der Schatz oder der Tod, wie im ältesten und niederträchtigsten aller Rätsel.

Als ich an jenem Tag aufstand – es war noch dunkel –, wartete das Unglück am Ende aller Wege. Es war der dritte Dezember, genau ein Jahr nach der Reise in die Schweiz, aber ich war nicht beunruhigt, das bemerkenswerte Datum konnte nicht verschlimmern, was schon schlimm genug war, ich war an diese Tage gewöhnt, ich wußte sie zu nehmen, obwohl es mir nie gelingen würde, den Mechanismus eines mit der schlimmsten Gegensätzlichkeit verbundenen Phänomens auszuhebeln, die geheimnisvolle Duplizität, die ich gerade damals, als ein unbedeutendes Indiz meine Hoffnung mit mächtigen Flügeln ausstattete, die mich ohne Schwierigkeiten über das weite und solide Universum der Besonnenheit erhoben, viel klarer an mir erkannte als in den guten Momenten. Die X-Männer, fliegende, amphibische, formlose, wehrlose oder unbesiegbare Mutanten mit Laser in den Augen, Stahlkrallen an den Händen, Rampen an den Füßen oder Fernsicht erzählten mir jeden Nachmittag meine Lebensgeschichte, während sie erfolglos versuchten, ihren menschlichen Zustand wiederherzustellen, den sie gegen ihren Willen verloren hatten. Denn in ihrem Fall handelte es sich wie in meinem nicht darum, zwei unterschiedliche Leben zu leben, was schließlich und endlich nicht so schwierig ist, sondern mit zwei unterschiedlichen Naturen ein einziges Leben zu leben, jede Begebenheit mit zwei getrennten, simultan arbeitenden Gedächtnissen zu registrieren, den Blick, der eine einzigartige Welt betrachtet, zu verdoppeln, um die beiden parallelen, voneinander getrennten und vielleicht widersprüchlichen Informationen der Menschen, die sie waren, und der Mutanten, die sie sind, zu interpretieren. Zuweilen – weil kein Teilchen dieses Puzzles außerhalb von mir einen Sinn ergab – fühlte ich mich, als hätte ein parasitärer Geist, der sich hinterlistig in meinem Inneren eingenistet hatte, beschlossen, an die Oberfläche zu treten, um sich zu amüsieren und mich nur zeitweilig zu besitzen, oder als könnte eine frühere, dunkle Zone meines Bewußtseins beliebig und verräterisch wachsen, bis sie sich in ein ganzes Wesen verwandelt hatte, das fähig war, zu ersetzen, was ich bis zu dem Augenblick zu verkörpern geglaubt hatte. Ich finde keine andere Möglichkeit zu erklären, was mit mir geschah, die stürmische Koexistenz der Frau, die ich war, mit der anderen, die ich mir in den konkreten Grenzen meiner eigenen Persönlichkeit einbildete, und die Angst, die uns beide gleichermaßen an Tagen wie diesen quälte, wenn die, die lebte, keine Kraft zum Phantasieren mehr hatte, und die andere schon jede Hoffnung, irgendwann wirklich einmal zu leben, aufgegeben hatte. Deshalb und weil ich zu allem imstande gewesen wäre, um ja nicht allein an meinen Tisch zurückkehren zu müssen und weiter innerlich zu ersticken, folgte ich Marisa in die Poststelle, aber ich dachte keinen Moment daran, bis ans Ende zu gehen, und ich hätte es auch nicht getan, wenn sie nicht einen Augenblick in Ramóns Büro hätte zurückmüssen, um eine vollständige Liste der Bestellungen zu holen, die gerade aus Kalifornien eingetroffen waren, von diesem Ort, von dem sie ständig Programme anfordern.

«Wie geht's, Rosa?» Der schlauste Mann im Verlag, der, seit er Zeuge der Euphorie gewesen war, die ich aus Luzern mitgebracht hatte, diskret meinen Gemütszustand verfolgte, grüßte mich lächelnd, während Marisa neben mir auf einem Zettel unverständliche Worte unterstrich.

«Mittelmäßig», antwortete ich und bemühte mich meinerseits zu lächeln.

«Aha», sagte er und neigte den Kopf zur Seite, um mir einen schrägen Blick zuzuwerfen, der mir angst machte. «Man sieht es deinem Gesicht an, weißt du, du bist sehr hübsch, aber von einer Art... tragischen Schönheit.»

«Ich würde diese beiden Brüste darauf wetten, daß die Bodoni

Extramager nicht eingetroffen ist.» Marisa, die bis zu dem Moment nichts mitbekommen hatte, ersparte mir eine Antwort. «Und die vollständige Symbol... man wird ja sehen, sicher kommt sie ohne Tilde, das mit den Fonts ist eine Katastrophe. Na gut, ich komme später wieder und erzähle dir, was da ist, gehen wir, Rosa...»

Sie schwatzte ununterbrochen weiter, und ich folgte ihr schweigend, wobei ich mühsam der Versuchung widerstand, mein Gesicht, diese tragische Schönheit, mit beiden Händen zu bedecken, und als Bambi, wie fast immer des Nichtstuns überdrüssig, sie nach Aushändigung des Pakets in sein Arbeitszimmer einlud, folgte ich ihr einfach. Während seine Finger mit bewußt trägen Bewegungen die Karten über den Tisch verteilten, dachte ich zum ersten Mal in meinem Leben, denn etwas mußte ich ja denken, daß vielleicht etwas Wahres an alldem dran sei.

«Das ist die Königin der Münzen.» Er senkte die Stimme, bis sie ein überraschend rauhes Flüstern war, als würden die Worte aus irgendeinem versteckten Ort seines Körpers dringen, den wir anderen nicht besaßen: So verwandelte sich der Verantwortliche der Poststelle und Verfechter der Monarchie, den ich bisher kannte, ohne besondere Requisiten in einen Fachmann des Schicksals, denen ähnlich, die um drei Uhr morgens in den Privatsendern annoncieren: «... die auf positive Veränderungen in wirtschaftlicher Hinsicht verweist...»

«Und ein Freund?» Marisa, die uns Hunderte von Malen geschworen hatte, daß Bambi einen Haufen Dinge erriet, war so entspannt, als bekäme sie gerade die Fingernägel lackiert. «Und ein Freund ist nicht für mich dabei?»

«Schau mal, Mädchen, entweder wir nehmen das ernst, oder...»

«Entschuldigung.»

«Wir werden sehen...» In diesem Augenblick folgte ich der Entwicklung der Karten schon viel eifriger als Marisa. «Der Tod. Kann sein... Mmm... Also... Nein, meine Liebe, das mit dem Freund ist nicht klar, weil das Rad des Schicksals nach unten zeigt, siehst du, aber das könnte andererseits auch bedeuten, daß in den nächsten Monaten –»

«Du sagst immer dasselbe, Mensch!» Das Lachen, das ihrer Klage folgte, ließ mich vermuten, daß Marisa das Tarot im Grunde als einen harmlosen Zeitvertreib ansah. «Na gut, schau mal nach meiner Gesundheit, ich bin mir sicher, da steht alles zum Besten.»

«Nun ja...» Bambi machte weiter, ohne diesmal auf die ironischen Anspielungen seiner Klientin einzugehen. «Sieh mal, der Mond, die Kraft... Du wirst lange leben, und da ist noch etwas. Hier...» Er zeigte auf eine Karte, auf der ein Schiff, das vage an Wikingerzeiten erinnerte, zu sehen war. «Das Schiff. Das kündigt eine Reise an, ein Abenteuer, von dem du alles erwarten kannst...»

Marisas Gesichtsausdruck änderte sich schlagartig, als hätte Bambis letzter Satz einen verborgenen, ganz geheimen Schalter betätigt, einen Hebel, der einen Mechanismus der Lähmung in Gang setzte, denn alle ihre Gesichtsmuskeln erstarrten gleichzeitig, und während sich ihre Augen weiteten und die Lider spannten, fielen die Wangen ein, als würde ihr Kopf vor Verblüffung austrocknen. Das Phänomen hielt nicht länger als eine Sekunde vor, aber der Hellseher bedachte seinen Treffer mit einem jubilierenden Lachen.

«Ich hab's getroffen, nicht wahr?» fragte er und ergötzte sich am eigenen Triumph.

«Na ja.» Aus irgendeinem Grund, den ich nicht entschlüsseln konnte, wischte Marisa seine Befriedigung einfach vom Tisch. «Wir werden sehen.»

In der ungemütlichen Pause, die darauf folgte, wandte sich Bambi an mich, in der Annahme, daß ich seine Dienste kategorisch ablehnen würde, aber er konnte nicht wissen, daß ich einen schlechten Tag hatte, daß ich zu zerbersten drohte, daß ich unbedingt und zu welchem Preis auch immer noch eine Dosis Gift brauchte, um mich von der Realität abzuwenden, ein paar neue Flügel, um weiterzuschweben zu können, eine Schminke, die mein gezeichnetes Gesicht wirkungsvoll bedeckte, und deshalb zögerte ich nicht, als ich dem, der alles zu wissen glaubte, widersprach.

«Nein», sagte ich entschlossen. «Ich werde es versuchen. Also, leg mir die Karten...»

Meine Entscheidung riß Marisa aus ihrer Verblüffung und überraschte den angehenden Richter meines Schicksals nicht weniger, aber beide schwiegen, und das Zeremoniell begann von vorn. Bambi mischte die Karten, ließ mich abheben und hielt die erste Karte mit geheimnisvollem Ausdruck hoch, sah mich eindringlich an, als wolle er mich hypnotisieren, und die ganze Zeit schwieg er, um die Erwartung zu steigern, bis der Tisch mit Karten bedeckt war.

«Das ist die Königin der Kelche», sagte er schließlich und tippte mit dem Zeigefinger auf eine Frauenfigur in weißen Schleiern, die sich in der Mitte der Reihe befand, «die in diesem Fall dich repräsentiert... Hier taucht der König auf, eine sehr beständige, sehr wichtige männliche Figur. Sie kann für deinen Mann stehen.»

«Nein.» Mehr mochte ich nicht hinzufügen, und mein Herz vervielfältigte alarmierend seine Schlagfrequenz. Er sah mich kurz an, und ich spürte, daß er vor Neugier fast platzte, aber dann schlüpfte er wieder in seine professionelle Gleichgültigkeit.

«Gut, auf jeden Fall handelt es sich um etwas Entscheidendes für dich, und vielleicht ist es kein Mensch, sondern ein Gegenstand, ein Vorschlag, ein ganz fester Wunsch... Wenn es ein menschliches Wesen ist, ist es selbstverständlich männlich.» Er machte eine Pause, falls ich mich aufraffen könnte, etwas zu klären, aber das tat ich nicht, und so fuhr er in immer vertraulicherem Tonfall fort: «Es ist sehr nah, siehst du, in einer guten Position. Du wirst wissen, was es bedeutet, ich kann dir nur sagen, daß jener Mann oder jenes Ziel irgendwie deinen Weg kreuzt, um in dein Leben einzugreifen, und daß es selbstverständlich gut vorbereitet ist, obwohl, um dir alles zu sagen, hier... schau mal» – und er zeigte auf eine andere Frauenfigur, die direkt neben dem König lag und knallrot gekleidet war – «das ist die Königin der Stäbe. Diese Karte bedeutet ein Hindernis, ein sehr ernstes in bezug auf jenen Mann oder jenes Ziel, das du verfolgst. Und mit dieser ist es dasselbe wie mit der anderen Karte. Wenn es ein menschliches Wesen ist, dann ist es eine Frau. Wenn nicht, kann es eine Schwierigkeit anderer Art sein, ich weiß nicht –»

An diesem Punkt unterbrach ich ihn heftig und ohne daß ich es gewollt hätte, aber mein Magen verkrampfte sich, war gefangen in einer unerträglichen Anspannung und drohte bis in meinen Hals hinaufzusteigen, während jede einzelne meiner Nervenfasern gleichzeitig schmerzlich zu spüren war, mein Gehirn blockierte, mein Verstand existierte nicht mehr, er mußte sich schlichtweg aufgelöst haben, denn ich kam nicht auf den Gedanken, daß all das, was er mir gesagt hatte, und nichts dasselbe waren, daß es im Leben eines jeden Menschen einen wichtigen Mann und eine feindselige Frau gibt, daß wir alle den Traum von einem unwahrscheinlichen Ziel hätscheln und Hindernisse verachten, Hindernisse, die die nächtliche Schlaflosigkeit wie wolkenumhangene Berge vor den Augen eines barfüßigen Kindes offenbart, nichts davon dachte ich, ich war so hilflos angesichts meines eigenen Verlangens, daß ich schon an die Macht eines halben Dutzends außergewöhnlich bedruckter Karten glaubte und nicht einmal mehr Mitleid mit mir selbst empfinden konnte.

«Kann ich sie überwinden?» Das war es, was ich fragte.

«Was?» Bambi schreckte hoch, aber seine Überraschung hatte mehr mit meinem Entschluß, ihn zu konsultieren, zu tun als mit dem Inhalt meiner Frage.

«Ob ich diesen Feind vernichten kann, ob die Karten sagen, wer am Ende siegen wird.»

«Für die Antwort muß ich die Karten neu legen.» Er schob alle Karten zusammen und mischte sie, wobei er seine Bewegungen übertrieb, als agiere er für eine glühende Anhängerin, dachte ich bei mir, ohne zu bemerken, daß genau das geschah. «Mmm... Bravo! Das Schwert erscheint zu deiner Rechten, siehst du, und das ist ein großer Vorteil. Aber du hast den Turm gegenüber, das ist schlecht... Trotzdem, Fortuna ist auf deiner Seite, sieh es dir an. Ich würde sagen, daß du selbstverständlich mehr Möglichkeiten hast zu siegen, als vernichtet zu werden...»

Ich wollte ihn schon fragen, ob er sich seiner Vorhersage sicher sei, aber ich konnte meine Zunge gerade noch rechtzeitig im Zaum halten, bevor sie praktisch alles verriet, was ich bis zu diesem Zeitpunkt gewesen war. Trotzdem konnte ich ein breites Lächeln nicht unterdrücken, und Marisa, die schon in der Tür ihres Glaskastens stand, sah sich verpflichtet, mich von meinen Illusionen zu befreien.

«Rosa», rief sie mir hinterher, «h-hör auf mich, bitte, n-nimm das n-nicht so ernst...»

Ana machte eine ähnliche Bemerkung, aber das war ganz zu Anfang, als Nachos Geruch in meiner Erinnerung noch frisch und die Zukunft noch Zukunft war, eine noch zu bestimmende Unbekannte, ein leeres Bühnenbild, in dem keine feste Gestalt einen festen Platz innehatte.

«Oh!» Ich hatte Frans Zimmer noch nicht betreten, als Ana mich erblickte und beide Hände über dem Kopf zusammenschlug.

«Ist was, Ana?» Fran, erschrocken über die Unterbrechung, dürfte schon überlegt haben, aus welchem Land der Erde uns nun wieder Fotos fehlten.

«Ja, aber... Ich meine, es hat nichts mit dem Sammelband zu tun. Mir ist nur gerade eingefallen, daß ich eine Nachricht für Rosa habe.»

Damals konnte ich nicht ahnen, daß der Tag kommen würde, an dem jeder noch so kleine Hinweis auf eine Neuigkeit mich vor Unruhe ersticken ließe, und tatsächlich war ich noch vollkommen ruhig, als mich Ana im Hinausgehen am Arm ergriff und eine weitere alarmierende Bemerkung machte.

«Du wirst mich umbringen...»

«Aber was ist denn los?» fragte ich mit noch unschuldiger Neugier und frei von jeglichem Eifer.

«Gestern abend, als ich nach Hause kam, hatte ich eine Nachricht von Nacho Huertas auf dem Anrufbeantworter. Er bat mich um deine Telefonnummer...» Meine Eitelkeit versetzte mir vor Freude einen Stich, der von der Mitte bis in den letzten Winkel meines Körpers ausstrahlte. «Und am Ende habe ich vergessen, ihn anzurufen, unglaublich. Du kannst dir natürlich nicht vorstellen, was für einen Abend die mir alle beschert haben. Meine Mutter hatte sich mit meinem Vater gestritten, mein Vater wollte mir seine Version berichten, alle meine Geschwister haben sich über den Streit ausgelassen, und dann, als wäre das nicht genug, rief meine Tochter an und bat um Geld, danach mein Exmann, um mir ich weiß nicht welche Probleme mit der Steuer anzukündigen, und die vom Reparaturservice, um mir mitzuteilen, daß sie die Waschmaschine nicht reparieren konnten, weil meine Putzfrau unangekündigt ein paar Stunden früher gegangen war als sonst... Kurz, ich hatte schlagartig keine Lust mehr, mit irgendwem zu reden. Und dann dieser Schwachkopf von Autor, Fran hat dir bestimmt davon erzählt, oder?»

«Was?» fragte ich aus reiner Höflichkeit, während ich langsam Beklemmung spürte.

«Das mit dem Titel für den Atlas, daß er es schrecklich findet, daß wir ihn geändert haben, und jetzt weiß er nicht, ob er seinen Namen daruntersetzen will, weil die Kontinentaldrift eigentlich nichts mit

Humangeographie zu tun hat, und daß er um etwas mehr Präzision bittet...»

«Das hat er zu dir gesagt?»

«Geschrien.»

«Das muß ja ein Idiot sein...»

«Unverbesserlich, meine Liebe, aber so ist das eben. Ich schwöre dir, hätte ich ihn vor mir gehabt, hätte ich ihm zwei Ohrfeigen verabreicht», und mit einer Geste verletzter Würde hieb sie wie ein Fechter aus einem alten Spielfilm in die Luft. «Also, jedenfalls habe ich Nacho nicht zurückgerufen, sollen wir ihn jetzt anrufen?»

«Jetzt?» Irgendwann mußte ich ja nervös werden, und dieser Moment war gekommen. «Ich weiß nicht... Aber... wie?»

«Nun, wie schon? Komm mit, los...»

Einen Augenblick später saß ich Ana gegenüber und mußte mich über die Natürlichkeit wundern, mit der sie den Telefonhörer nahm, eine Nummer wählte, die sie zuvor aus ihrem Notizbüchlein herausgesucht hatte, und mit einem Mann, den ich länger nackt als angezogen gesehen hatte, nicht nur zu sprechen begann, als kenne sie ihn schon ewig – was eigentlich fast stimmte –, sondern als wäre ich außerdem gar nicht anwesend.

«Nacho? Hallo, hier ist Ana Hernández Peña, wie geht's dir?» Und sie nutzte die Pause, um mich anzulächeln und mir zuzuzwinkern. «Ja, natürlich, deshalb rufe ich dich an. Ich bin gestern abend sehr spät nach Hause gekommen, es war schon zu spät... Ja, die Fotos sind hervorragend, wie fast immer, das ist wahr, es macht Spaß, mit dir zusammenzuarbeiten... Was?» Ihr Lächeln wurde so breit, daß es über ihre Mundwinkel hinauszuwachsen schien, und während sie die Augen rollte, fuchtelte sie mit der freien Hand herum, um mir zu verstehen zu geben, daß das, was sie hörte, ziemlich heftig klang. «Na ja, sie hat mir erzählt, daß ihr euch in Luzern getroffen habt und es euch sehr gut habt gehen lassen. Offensichtlich hast du ihr sehr gefallen... Nein, ich schwöre dir, nein. Was meinst du damit?» Sie legte die Hand auf die Sprechmuschel, um das, was schon eine ganze Reihe von Grimassen war, noch zu übertreiben. «Natürlich sind wir befreundet, aber wir Frauen sind nicht wie ihr Männer, was hast du denn gedacht? Nun, nichts, sie hat mir nur erzählt, was ich dir gesagt habe, daß du sehr amüsant bist, daß sie viel mit dir gelacht hat. War sonst noch was?» Nun war ich es, die grimassenschneidend die Hände faltete, um sie zu bitten, sie solle schon aufhören, denn ich traute ihren schauspielerischen Leistungen trotz ihrer Vorstellung nicht ganz, aber sie schien sich so zu amüsieren, daß sie, ohne auf mein Flehen zu achten, noch tiefere, unbegehbarere Sümpfe betrat und dabei wunderbar log: «Aber nein, ehrlich, sag du es mir... Wer hat angefangen? Nein, sieh mal, das bestimmt nicht, es ist mir egal, ob du mir glaubst... Aber nein, Mensch, ich glotze meinen Kolleginnen im Flur nicht auf den Hintern, wofür hältst du mich...? Na gut, sie hat eine Superfigur, und was noch? Sie ist viel verführerischer, als sie auf den ersten Blick wirkt... Wirklich? Wer hätte das gedacht... Aber, du bist ein Blödmann, Nacho! Warum sollte ich ihr das erzählen? Ist dir nicht klar, daß ich nur auf dem laufenden sein will? Natürlich bin ich ein Klatschmaul, du siehst ja, tolle Neuigkeit!» Dann bedeckte sie wieder die Sprechmuschel und flüsterte mir zu: «Er wirkt völlig begeistert, ich weiß nicht, wie du das gemacht hast», und endlich öffnete sich das Ventil, das die ganze Luft in meinem Innern zusammenstaute, meine Eingeweide auf die Größe einer Faust zusammenpreßte, und ich spürte erleichtert, wie sie sich plötzlich entspannten, um sofort ihre übliche Feuchtigkeit und Position wiederzufinden. «Nein, ich schwöre dir, daß sie mir nicht die Hälfte von dem erzählt hat, was du dir einbildest, ich war mir nicht einmal sicher, ob überhaupt was zwischen euch gelaufen ist... Ja, ich nehme an, daß du ihr gefällst, ich glaube, du gefällst ihr sehr... Das weiß ich nicht genau, obwohl ich denselben Eindruck habe. Warte einen Augenblick, es klingelt auf der anderen Leitung...» – «Du hast ihm doch erzählt, daß du verheiratet bist, oder?» fragte sie mich mit dem Finger auf der Taste, die das Gespräch kurzfristig unterbrach, und aus lauter Vorsicht nickte ich nur, doch Ana fragte laut weiter: «Und du hast ihm erzählt, daß alles nicht so gut läuft, daß du es ein bißchen satt hast, daß du Ignacio nicht mehr liebst und so weiter, nicht wahr?» Ich nickte wieder, und sie nahm den Finger von der Taste. – «Nacho? Entschuldige, aber ich habe einen Haufen... Ja, gut, sie hat vor einer Ewigkeit geheiratet, natürlich ist das ein Thema, du weißt schon... Nein, Mann, ich nehme an, du kannst sie ohne weiteres zu Hause anrufen, ihr Mann ist entzückend, wirklich, kein Menschenfresser, aber jetzt ist Rosa jedenfalls im Verlag, wenn du willst, stell ich dich zu ihr durch, und du fragst sie selbst nach ihrer Nummer... Nein? Nun, dann gebe ich sie dir, schreib auf... Fünf, vier, drei, fünf, drei, zwei, vier... Ja, natürlich kann ich dich durchstellen, oder besser gesagt, ich kann es versuchen, wenn ich die richtige Taste erwische, denn diese modernen Apparate machen mich wahnsinnig, ich schwör's dir...»

Als Ana einfiel zu sagen, daß sie ihn zu mir durchstellen könnte, um direkt nach meiner Telefonnummer zu fragen, stand ich so schnell auf, als wäre mir gerade bewußt geworden, daß ich eine ganze Weile auf einem rotglühenden Ring gesessen hatte, aber die plötzliche Agilität fiel sofort wieder von mir ab und machte einer nicht weniger plötzlichen Lähmung Platz, die meine Füße an den Boden schweißte und meinen Verstand eine einzige Frage ohne Antwort wiederholen ließ: Was werde ich jetzt tun, was werde ich jetzt tun, was werde ich jetzt tun...?

«Was ist los, willst du nicht mit ihm reden?» Anas Stimme brach den Bann erneut.

«Natürlich will ich...» antwortete ich, aber nicht einmal da konnte ich mich bewegen.

«Dann lauf in dein Büro, verdammt, er muß ja denken, daß ich nicht normal bin...»

Ich kann nicht laufen, sagte ich mir, also werde ich gehen, so schnell wie möglich, aber gehen, das werde ich, sagte ich mir, um mir gut zuzureden, bis ich mich endlich in Bewegung setzen konnte, und als ich durch den Flur ging, hörte ich noch Anas letzte Ausrede.

«Nacho? Hier ist noch mal Ana. Warte einen Augenblick, ich habe alles durcheinandergebracht, aber ich glaube, ich weiß jetzt, wie es geht...»

Auf der anderen Seite der Tür klingelte schon das Telefon, aber ich wartete noch drei weitere Klingelzeichen ab. Als ich abhob, saß ich auf meinem Schreibtischstuhl und betrachtete die vertraute Landschaft aus Rechnungen, Fächern voller Dias, korrigierter und noch unkorrigierter Fahnen, Fotolithosätzen und anderen unverfänglichen Bestandteilen meines Alltagslebens, eine Art Verlagsstilleben, das mich ausreichend beruhigte, um meiner Stimme einen leidenschaftslosen professionellen Ton zu verleihen.

«Ja?»

«Rosa?» fragte er, wie um sicherzugehen, obwohl er mich bestimmt erkannt hatte.

«Ja. . .» bestätigte ich und gab vor, nicht zu wissen, wer dran war. «Mit wem spreche ich?»

«Hier ist Nacho Huertas. . .» sagte er mit gewisser Ironie. «Ich weiß nicht, ob du dich an mich erinnerst, wir waren zusammen in der Schweiz vor vierzehn. . . nein, etwa zwanzig Tagen.»

«Natürlich erinnere ich mich», räumte ich ein und fügte aufrichtig hinzu: «Tatsächlich erinnere ich mich oft. . .»

«Ein Glück, denn ich habe einen Haufen Fotos von dir auf dem Tisch liegen, und es gibt nichts, was mich mehr stört, als für nichts und wieder nichts zu arbeiten.»

«Wie schön!» sagte ich, um Zeit zu gewinnen, aber sofort fiel mir ein, wie ich fortfahren konnte. «Und sind das Fotos von mir oder sind es die, die du für mich gemacht hast?»

«Beides, obwohl ich bescheidenerweise hinzufügen muß, daß auf dem einen oder anderen auch ich drauf bin.»

«Um so besser. . .» Das zufriedene Lächeln, das diese Randbemerkung hervorrief, animierte mich, noch etwas weiter zu gehen. «So werde ich mich noch an die Begleitumstände der Reise erinnern können.»

«Gut, wenn es dich interessiert, das mit den Fotos ist das Geringste. . .»

«Ich weiß nicht, ob ich das richtig verstanden habe.»

«Bestimmt hast du das.»

«Gibst du mir keinen weiteren Hinweis?»

«Alle.» Seine Direktheit brachte mich zum Lachen, und das schien ihm zu gefallen. «Ich bin bereit, dir alle Hinweise der Welt zu geben, aber vorher wirst du jedenfalls vorbeikommen müssen und die Fotos abholen.»

«Obwohl sie das Geringste sind?»

«Genau deswegen, weil sie das Geringste sind. . .» Er legte eine Pause ein, und seine Stimme bekam einen verführerischen Klang. «Ich mache die Dinge gerne ordentlich, ich bin ein sehr methodisch vorgehender Mann, das weißt du ja. . .»

«Also gut.» Ich lachte wieder. «Dann sag mir wann.»

«Ruf mich am Donnerstag morgen an» – es war Dienstag, ich werde es nie vergessen – «und ich lade dich förmlich auf einen Drink am Abend ein. Die Telefonnummer meines Studios hast du ja, nicht wahr?»

«Du weißt ganz genau, daß ich sie nicht habe.»

«Ui, komm nicht in Versuchung, mich zu überschätzen!» protestierte er. «Ich weiß fast nie etwas.»

Dann gab er mir seine Telefonnummer, und wie ein altes Liebespaar verabschiedeten wir uns mit wenigen Worten, in warmem, heiterem, keineswegs feierlichem Tonfall, was eigentlich jegliche Folgenschwere ausschloß, aber damals konnte ich keine dieser Nuancen schätzen. Ich hatte noch nicht richtig aufgelegt, als Ana schon in der Tür stand und die Neuigkeiten zu erfahren verlangte.

«Ist gebongt!» resümierte ich mit einem breiten Lächeln. «Wir haben uns für übermorgen verabredet.»

«Ja? Wie ich dich beneide!»

«Hör schon auf.»

«Aber wirklich.» Sie seufzte. «Ein Frühlingsabenteuer mitten im Winter ist immer was Wunderbares.» Dann hielt sie inne und sah mich schief an. «Wenn du es aushältst natürlich.»

«Was meinst du mit ‹aushalten›?»

«Ich weiß es nicht, Rosa, aber vorhin, als du gegangen bist, hab ich nachgedacht, und ehrlich. . .» Sie schien plötzlich besorgt, aber ich konnte mir den Grund nicht erklären. «Vielleicht habe ich den Bogen etwas überspannt. Schließlich bist du verheiratet, hast zwei Kinder, was weiß ich. . . Es muß daran liegen, daß ich schon so lange allein lebe, aber es würde mir nicht gefallen, wenn du denken würdest, ich mische mich gerne in die Angelegenheiten anderer ein, denn das ist es nicht, ich –»

«Ana, bitte!» Ich sah ihr in die Augen, um die flammende Empörung in meinem Protest zu unterstreichen. «Wie kannst du so was von mir denken? Du mußt mir keinerlei Erklärung abgeben. Ich bin schon erwachsen, weißt du? Wenn ich keine Lust hätte, Nacho wiederzusehen, hätte ich nicht zugelassen, daß du ihn anrufst, und alles andere ist meine Sache. Er lebt getrennt, so daß –»

«Getrennt?» Jetzt war sie überrascht. «Wirklich? Das habe ich nicht mitbekommen.»

Bis dahin hatte ich es noch nicht für nötig erachtet, innezuhalten und ernsthaft über die Rolle nachzudenken, die Nacho Huertas in meinem Leben spielen sollte, doch nun wirkten Anas Worte wie ein Lösungsmittel, das genau unter meinen Füßen ein Loch in den Boden ätzen konnte.

«Na schön», fuhr ich fort und stemmte meine Absätze in den Teppichboden. «Zumindest hat er mir das erzählt.»

«Aha», sagte sie nur, «kann sein...»

Sie mochte nichts mehr hinzufügen, und ich beendete den Satz für sie.

«Aber du glaubst es nicht, stimmt's?»

«Nun... ehrlich gesagt, Rosa» – sie sah mich an, und von da an hätte sie sich die Behutsamkeit, mit der sie ihre Worte wählte, sparen können – «ich vermute, du hast gemerkt, was für ein Mann Nacho ist. Sehr klug, sehr gut aussehend, sehr amüsant, ein ziemlicher Frauenheld... Um ein albernes Abenteuer ohne Konsequenzen zu erleben, nun... dafür gibt es selbstverständlich keinen Besseren. Zum gegebenen Zeitpunkt, nehme ich an, wäre er fähig, dir sonstwas zu erzählen, aber ich glaube nicht, daß es ratsam wäre, das besonders ernst zu nehmen...»

Obwohl ich ihr theoretisch zustimmen mußte, tat mir Anas letzte Bemerkung gar nicht gut, aber weder ihre vorhersehbare Skepsis noch ihre überraschende Reaktion interessierten mich länger als ein paar Minuten, denn achtundvierzig Stunden sind sehr wenig Zeit, wenn man beabsichtigt, an Perfektion zu grenzen, und ich war nicht bereit, mich jetzt mit weniger zufriedenzugeben, nachdem ich so lange Zeit an dem idealen Profil eines imaginären Liebhabers herumphantasiert hatte. Aber das Leben oder das Schicksal oder das Verhängnis, die gegen die widersprüchliche Ungewißheit eines jeden Tages zur Verantwortung gezogen werden und denen einige sich ereifern Gott hinzuzufügen, widersetzen sich einem sauberen Spiel und legen manchmal komplizierte Fallen, unsichtbare klebrige Fäden tarnen Abgründe in Aufzugsschächten, wecken Hoffnungen, die sich bei der leichtesten Berührung mit der verschmutzten Luft moderner Städte auflösen. Weder am Dienstag, als ich mich in mein Schlafzimmer einschloß, um die Kleidung auszusuchen, die mir am besten stand, noch am Mittwoch, als ich zum Friseur ging und mir nach französischer Art die Nägel lackierte, noch am Donnerstag, als ich eine halbe Stunde früher aus dem Bett sprang, um mich bereits für den Abend fertigzumachen, falls mir keine Zeit bleiben würde, nach der Arbeit nach Hause zu gehen, wollte ich auch nur eine einzige Minute über die Konsequenzen der bevorstehenden Geschehnisse nachdenken, doch um elf Uhr des vereinbarten Tages läutete Nacho Huertas' Stimme auf dem Anrufbeantworter genau die Zeit zum Nachdenken ein.

Als ich den Telefonhörer nach Hinterlassen einer so langen, so plumpen und so unzusammenhängenden Nachricht aufgelegt hatte, wie mir der Apparat vor dem Pfeifton zugestand, sagte ich mir, daß es keinen Grund gab, beunruhigt zu sein. Er wird einen Moment zum Zeitungkaufen hinausgegangen sein, sagte ich mir mit aller Überzeugungskraft, die ich aufbringen konnte, oder er ist noch nicht im Studio, weil er vorher woandershin mußte, oder... Gutgläubig akzeptierte ich meine eigenen Erklärungen und nahm mir vor, noch eine Stunde zu warten, bevor ich es erneut versuchte, so wie man beim Patiencelegen eine Karte im Ärmel versteckt, denn in Wirklichkeit wollte ich nicht mich beruhigen, sondern ihm mehr als ausreichenden Spielraum lassen, mich zurückzurufen. Um zwölf Uhr hatte weder er noch sonstwer angerufen, ein Wunder, das in mir den Verdacht aufkeimen ließ, daß unsere hochentwickelte automatische Telefonanlage kaputt sein könnte oder die Leitungen überlastet wären, aber ich hatte kein Glück, denn ich war beim ersten Versuch mit der Rezeption verbunden, und die teilte mir erbarmungslos mit, daß die Telefone so gut wie immer funktionierten. Fünf Minuten, entschied ich dann, noch fünf Minuten, und ich rufe noch einmal an. Die dritte war noch nicht abgelaufen, als das erste Klingeln schlagartig alle Abteilungen meines Herzens verband, das ernstlich überzulaufen drohte, während ich aus reinem Aberglauben drei weitere Klingelzeichen abwartete. Das Phänomen endete so jäh, wie es entstanden war, denn am anderen Ende hatte ich Néstor Paniagua, einen wunderbaren Menschen, aber ausgesprochen schlechten Korrektor, der keinen besseren Moment gefunden hatte, um mich zu einer Liste von mindestens drei Dutzend Zweifelsfällen um Rat zu bitten. Ich schaffte ihn mir vom Hals, so gut ich konnte, und ohne aufzulegen wählte ich wieder die Nummer, die ich schon auswendig kannte, und sagte mir, daß viele Leute ihre Nachrichten auf dem Anrufbeantworter nicht sofort abhören und daß selbst mir das oft recht schwer fiel. Die zweite Nachricht war kürzer, obwohl ich ebenfalls das Stückchen Zeit füllte, das mir gewährt wurde, denn ich wartete es schweigend ab, obwohl ich schon nicht mehr wußte, wozu. Es war fünfundzwanzig nach zwölf, und ich hielt noch stand, obwohl die beliebigen Argumente, die ich der Realität entgegenstellte, um Nacho vor mir selbst zu rechtfertigen, sich schon gefährlich mit Hinweisen darauf vermischten, daß ich einen völligen Zusammenbruch erleiden könnte. Da belebte sich das Telefon plötzlich, und ich nahm drei Anrufe entgegen, den ersten vom verantwortlichen Lithographen, bei dem der Kurier, den ich ihm um neun Uhr morgens geschickt hatte, noch nicht eingetroffen war, den zweiten von einem Redakteur, der wissen wollte, welche Schreibweise wir für Eigennamen anwendeten, die mit geographischen Bezeichnungen verbunden sind – «Roncal-Tal beispielsweise», sagte er zu mir, «schreibt ihr das mit Bindestrich oder zusammen?» –, und der dritte von Fran, die mich in ihr Büro rief, um die Prognosen für das vierte Heft zu besprechen, mit dem wir langsam in einen leicht besorgniserregenden Rückstand gerieten. Ich blieb ein paar Sekunden still auf meinem Stuhl sitzen, bewegte keinen Muskel und beschwor diese Stille, die mich verrückt machte, und obwohl ich mich selbst besiegte, indem ich aufstand, ohne nochmals den Telefonhörer angerührt zu haben, konnte ich nicht an Adela, Anas und meiner Sekretärin, vorbeigehen, ohne sie zu bitten, mein Telefon zu bedienen, und ihr viel ausführlicher als nötig zu erklären, daß ich einen wichtigen Anruf von einem Fotografen namens Nacho Huertas erwarte und sie mir diesen, aber nur diesen Anruf, sofort in Frans Zimmer durchstellen solle. Dort unterbrach uns aber keinerlei Klingeln. Meine Chefin fragte mich ein paarmal, ob etwas mit mir sei; als ich das zweite Mal verneinte, sah ich mich genötigt, den Grund ihrer Frage zu erforschen, und sie antwortete, sie hätte seit einer Weile den Eindruck, sich alleine zu unterhalten. Ich ließ nebenbei fallen, daß ich letzte Nacht nicht gut geschlafen hätte, was absolut richtig war, und dann sah sie auf die Uhr, verkündete mir, daß es schon halb drei sei, und schlug vor, daß es wohl besser wäre, wenn wir jetzt essen gingen und am Nachmittag weitermachten. Ich war dankbar für die Unterbrechung, denn mein Kopf fühlte sich an wie ein Schnellkochtopf, der zu explodieren droht; ich lief unter dem Vorwand, meine Coupons für das Mittagessen zu holen, in mein Büro zurück, obwohl Fran mir einen von sich angeboten hatte. Adela erzählte mir nichts, was ich schon wußte, es hatte mich niemand angerufen, aber diesmal rief ich ohne darüber nachzudenken ein drittes Mal in Nachos Studio an, und zum dritten Mal prallte ich auf die mechanische Stille seines Anrufbeantworters, auf dem ich diesmal eine besorgt-freundliche Nachricht hinterließ, als hätte ich zuvor noch kein Mal diese Nummer gewählt. Diese Art improvisiertes, fröhliches Vertrauen hielt so lange vor wie das Essen, bei dem ich mit den Händen redete und über jeden Witz etwas länger als angemessen lachte, mir dabei in Gedanken meine lächerliche Unruhe vorwarf und mich daran erinnerte, daß Nacho sich für den Abend mit mir verabredet hatte, für den Abend und nicht den Morgen, und deshalb war noch gar nichts passiert. Als ich nach der Besprechung mit Fran in mein Büro zurückkehrte, kam mir Adela zuvor und teilte mir mit, daß kein Fotograf angerufen hätte. Um halb fünf hinterließ ich eine trokkene Botschaft, aber es geschah nichts. Um halb sechs rief ich wieder an, bekam aber die Zähne nicht auseinander. Um sechs war mein Arbeitstag zu Ende. Ich verharrte noch eine halbe Stunde länger unbeweglich und wie an den Stuhl geschweißt, bevor ich mir versicherte, daß dieser Anruf der letzte sei, und trotzdem versuchte ich es, als ich um Viertel nach sieben nach Hause kam, verzweifelt noch einmal. Dann fiel ich in einen Sessel und schloß die Augen.

Ich versuchte zu spüren, was ein Stein spürt oder eine Meeralge oder ein winziger blinder Tausendfüßler, ich sehnte mich nach nichts anderem als danach, weil ich wußte, daß alles andere viel schlimmer wäre, und dennoch gestaltete sich der Abend so schwierig, wie ihn sich nur ein menschliches Wesen schwierig machen kann.

«Wie hübsch du bist, Mama.» Mein Sohn Ignacio stand mitten im Wohnzimmer und starrte mich mit offenem Mund an. «Du siehst aus wie eine der Frauen im Fernsehen...»

Ich trug ein sehr kurzes, sehr enganliegendes violettes Kleid aus elastischem Samt über einem dieser einfach wunderbaren Bodys, die die Hüften formen, ohne einzuschneiden, ein bescheidenes, aber effizientes Kunststück, zur Geltung gebracht durch das Design einer Strumpfhose Modell Eine-Größe-weniger und die beträchtliche Höhe der Absätze meiner besten schwarzen Lederschuhe. Meine langen Haare fügten sich noch gehorsam und millimetergenau der strengen Frisur, die vierundzwanzig Stunden zuvor der Kamm meines Friseurs aus ihnen gezaubert hatte, und die unechten Perlen- und Amethystketten, die sich um meinen nackten Hals schlängelten, glänzten auf dem breiten Schiffchenausschnitt mit derselben Begierde, die mich an jenem Morgen geblendet hatte. In der Annahme, daß mein Make-up viel weniger angegriffen war als meine Seele, streckte ich meinem Sohn wortlos die Arme entgegen, und er, der wenig Neigung zu meinen Überfällen aus Küssen und Umarmungen hegte, dachte erst einen Augenblick nach, bevor er sich aufraffte und erfreut an mich preßte, aber seine Geduld war viel schneller erschöpft als meine. Als er sich mit ein paar geschickten Bewegungen meinem nicht weniger geschickten Griff, mit dem ich ihn festhielt, entzogen hatte, legte er seinen Kopf auf meine Schulter, rutschte auf meinem engen Rock herum und sah mich überrascht an.

«Du weinst ja, Mama...» sagte er in einem Tonfall kühler Neugier, den er auch angeschlagen hatte, als er kundtat, daß die Eidechse, die er gerade zweigeteilt hatte, sich noch immer bewegte, und dann fragte er wie üblich: «Warum?»

«Weil ich dich liebe», antwortete ich mit tränenerstickter, rauher Stimme, die ich kaum wiedererkannte.

«Aber darüber muß man doch nicht weinen...» protestierte er.

«Manchmal schon», beteuerte ich, und er dachte nach, bevor er nickte.

«Na gut.»

Dann stand er auf und ging.

Ich dachte darüber nach, ob es Worte gäbe, um einem neunjährigen Kind zu erklären, daß weder alle Männer gleich noch daß sie immer hinter demselben her seien, wie es mir in seinem Alter beigebracht worden war, und daß ich das genau wüßte, weil einer von ihnen mich gerade an diesem Tag, als ich so schön war wie eine der Frauen im Fernsehen, zurückgewiesen hatte.

Vielleicht können die bescheidenen Bestandteile dieser oberflächlichen, eiligen Überlegungen besser als die Tatsachen selbst erklären, was geschah, denn der härteste Schlag, das am schwersten zu akzeptierende Detail in dem ganzen chaotischen Verlauf, den mein Leben durch Nacho Huertas nahm, war genau dies: der unlogische, unvorhersehbare Grund seiner Zurückweisung, ein Schlüssel, der mich mit gleicher Kraft in die Obsession wie die Verwirrung sperrte, ein Trunk, der bitterer als Galle schmeckte, denn auf seinem Grund schlugen sich die Bodensätze aller meiner früheren Mißerfolge nieder.

Ich weiß wohl, daß es keine taugliche Entschuldigung gibt, aber ich bin fast sicher, daß niemand in meinen Umständen - Geschlecht, Alter, Nationalität und die Lehrfabeln, die mir als Kind erzählt wurden – einen Weg gefunden hätte, eine solche Mißachtung unbeschadet wegzustecken, besonders weil ich damals, als Nacho erstmals mit seiner auf das Band des Anrufbeantworters gesprochenen Abwesenheit eins wurde, an ihn nur als den Mann dachte, der er in der Schweiz hatte sein wollen, ein Gelegenheitsliebhaber, ein zweckmäßiger Statist, ein wirksames Mittel gegen den unbarmherzigen Verdichtungsprozeß der Schicht Langeweile, die mein Leben überzog, und wenn er an jenem Donnerstag auf meinen Anruf reagiert hätte, wäre es vielleicht dabei geblieben und nichts weiter gewesen, denn es gibt kein tödlicheres Risiko für einen Wunsch als seine augenblickliche Erfüllung, ebenso wie es für einen Wunsch kein größeres Reizmittel gibt als seine sofortige Frustration, und keine Frustration könnte größer sein als die, deren Gründe man nicht begreift. Wenn es sich um Liebe gehandelt hätte, wäre alles anders gewesen, aber dies hier war durch und durch reine Sexualität, und indem mich Nacho zurückwies, hatte er nichts anderes als meinen Körper zurückgewiesen oder, genauer gesagt, das, was kein Mann je zurückweist, eine schlichte Bumserei. Zu der Enttäuschung kam eine Art Bestürzung hinzu – wie das Erröten, das mit der ersten Beschämung einer Jugendlichen einhergeht, die auf einer Feier stundenlang auf demselben Stuhl sitzt, ohne daß sie jemand zum Tanzen auffordert –, die in absolute Niedergeschlagenheit mündete. Und es gab noch etwas. Niemals hatte ich mich so unbedeutend gefühlt, aber meine eigene Nichtigkeit verblaßte angesichts einer noch grausameren Neuigkeit. Ich nehme an, daß das allen Menschen früher oder später passiert und daß es Millionen Gründe dafür gibt, die so eine grausame Entdeckung bewirken könnten, aber ich schulde Nacho Huertas das erste Anzeichen meines Altwerdens, denn wenn du mit fünfunddreißig Jahren abgewiesen wirst, obwohl du die Hälfte deines Gehaltes in Kosmetik investierst, fällt es schwer, sich daran zu erinnern, daß auch junge Menschen unter Zurückweisung leiden. Vielleicht spricht das nicht für mich, aber es stimmt, daß ich die unwiderstehliche Popsängerin, die ich einst war, unter großen Schmerzen und mit einem erschreckenden Gefühl der Leere begraben habe. Danach nahm ich mir vor, mich abrupt von jeglicher Trauer zu verabschieden, und begann mich mit dem bißchen Eigenliebe, die mir geblieben war, und aller Geduld, die ich aufbringen konnte, Stück für Stück wieder zusammenzusetzen. Das hätte ich auch geschafft, wenn ich nicht eines Morgens, mehr als drei Monate später, als es mir schon gelungen war, den Klang seiner Stimme aus meinem Kopf zu verbannen – dieses knappe Dutzend eingeprägter Worte, die wie eine Verwünschung wochenlang in meinen Schläfen nachhallten –, mit der Post, die Adela mir so gleichgültig wie jeden Tag auf den Schreibtisch legte, einen gefütterten braunen Umschlag ohne Absender und mit meinem Namen in Druckbuchstaben unter einem zweifarbigen Aufkleber, *Fotomaterial – Bitte nicht knicken!*, erhalten hätte.

Später, als ich anfing, den spröden Gunstbezeugungen des Schicksals nachzugeben und mit einer nicht nur freundlicheren, sondern auch in sich zusammenhängenderen Realität als dem verworrenen Labyrinth, das meine Tage kennzeichnete, zu liebäugeln, versuchte ich mich selbst oft davon zu überzeugen, daß dieser Umschlag das erste Zeichen, die früheste Warnung gewesen war, denn er trug keinen Absender, kein besonderes Detail, und obwohl ich jeden Tag Fotosendungen erhielt, schien mein Herz ihn zu erkennen, so ungestüm begann es in meiner Brust zu schlagen, und meine Finger wollten ihn als ersten öffnen, um mein eigenes gefrorenes Lächeln vorzufinden, einen Blick so leuchtend wie die Erinnerung an den besten Sommer vor dem konventionellen winterlichen Hintergrund einer Reihe von Märchenhäusern. Ich ging weiter, um mich auf einem Platz wiederzufinden und dann am Geländer einer Brücke, ein Fluß im Hintergrund, an einem Tisch am Fenster eines Cafés und schließlich mit ihm vor dem Eingang eines Theaters in einem Park an eine Statue gelehnt. Ich erinnerte mich an fast alle, die diese Fotos mit mir und ihm gemacht hatten, den Hotelpagen, den Kellner eines dieser Lokale auf dem Marktplatz, einen italienischen Touristen, den wir zufällig trafen, ich erkannte jedes Bild wieder, dachte darüber nach, an welchem Tag und zu welcher Uhrzeit es gemacht worden war, über die frostige Kälte, die mir in jede Pore gedrungen war, als ich plötzlich, gleich nach einem unverfänglichen Porträt, einer sonnigen Großaufnahme meines Kopfes, der sich von einem unerwartet blauen Himmel abhob, ein so überraschendes Foto vor Augen hatte, daß mir der ganze Stapel aus den Händen in den Schoß fiel. In einem so ausgewogenen Halbdunkel, als wäre es eine ausgefeilte Studiobeleuchtung, schlief eine nackte Frau auf dem Bauch liegend in einem zerwühlten Bett. Dieses letzte Detail ließ mich zweifeln, weil ich unfähig bin, mit unbedecktem Unterkörper einzuschlafen, und immer, auch in den Augustnächten, in denen man kaum atmen kann, decke ich mich halb zu, aber er mußte mich vorsichtig abgedeckt haben, denn auf dem zweiten Foto der Serie, einer kleineren Aufnahme, erkannte ich mein Gesicht ohne jeden Zweifel wieder. Auf dem dritten Bild war die Kamera genau auf meinen Rücken gerichtet, und es war nur eine dunkle, verworrene Mähne am Kopf eines viel schöneren Körpers zu sehen, als ich geschworen hätte einen zu haben. Vielleicht begannen deshalb oder wegen der unbekannten Rührung, die wie ein plötzlicher, süßer Geschmack in meiner Kehle aufstieg, meine Lippen zu zittern, und eine große runde Träne blieb einen Moment in den Wimpern meines rechten Auges hängen. Ihre Spur war schon getrocknet, als ich einen selbstklebenden Zettel mit einer handgeschriebenen Notiz auf dem letzten Foto fand, das eine Reklame von Kodak hätte sein können, Nacho und ich lachend vor einem Blumenstand, wo wir einen Strauß Zwergdahlien kaufen mußten, um die Blumenverkäuferin, eine seltsam mürrische, sehr unsympathische Frau, zu überreden, auf den Auslöser der Kamera zu drücken. «Ich freue mich, daß Du bis hierher gekommen bist», las ich, «ich habe große Lust, Dich zu sehen, ruf mich an», und darunter sein Vorname ohne jeglichen Schnörkel, «Nacho».

Diesmal nahm er ab, und obwohl ich beschlossen hatte, mir die aufgeschobene Erniedrigung, ihn um Erklärungen zu bitten, zu ersparen, bestand er darauf, seinen ersten Rückzieher mit einer ausgefeilten Entschuldigung zu rechtfertigen, ein plötzlicher Auftrag, eine Auslandsreise, die Unruhe im letzten Augenblick, er hätte immer die Absicht gehabt, mich zu benachrichtigen, aber dann hatte er es bis zur Abreise aufgeschoben und genau dann vergessen und sich erst an Bord des Jumbos auf dem Flug nach Ecuador über Miami wieder an mich erinnert. «Später habe ich mich geschämt, dich anzurufen», sagte er am Ende so aufrichtig, so ungekünstelt, daß er alle meine guten Vorsätze zunichte machte. Die Erschöpfung, die ich angesichts der Möglichkeit empfand, wieder mit einer Geschichte anzufangen, die ich schon begraben hatte, die Disziplin, mit der ich die Frist von drei Tagen akzeptierte, die ich mir auferlegt hatte, bevor ich erneut die verhaßte Nummer wählte, die unendliche Vorsicht, mit der ich seinen Namen wieder aussprach, alles löste sich in einem Augenblick auf, und es stimmt, daß ich mich nicht bemühen mußte, um ihm unwiderstehlich zu erscheinen; ich ging zu dem Treffen in Alltagskleidung und mit einem schlichten schwarzen Kajalstrich unter den Augen, und als ich die Tür zu dem Lokal aufstieß, in dem wir uns verabredet hatten, spürte ich auf meinen Schultern das drückende Gewicht einer Erfahrung, die ich noch nicht ganz zu erleiden begonnen hatte. Aber er war gekommen, er saß dort, und er hatte mir gegenüber den Vorteil einer nicht vorgetäuschten Heiterkeit.

Als ich neben ihm stand, wußte ich nicht genau, was ich tun sollte, wie ich ihn begrüßen sollte, aber er stand auf und küßte mich ganz natürlich auf den Mund, womit er die erste Szene eines gut gelernten, vielleicht sogar zur Routine gewordenen Drehbuchs ordentlich spielte, mir dabei aber erlaubte, seinen Geruch wiederzufinden, und das war für mich das Wertvollste an der ganzen Berührung. Als er mir später in sorglosem Tonfall und sehr unterhaltsam, mit dieser Frivolität, die ich schon kannte, Episoden seiner Reise nach Ecuador erzählte, sah ich ihn mir in Ruhe an und prägte mir jene Gesichtszüge ein, die meinem Gedächtnis am stärksten entfallen waren; ich redete kaum, lachte über seine Witze oder kommentierte seine Behauptungen einsilbig, gefangen in der Aufgabe, mir zu beweisen, wie sehr er mir gefiel, bis zu welchem Grad er jegliches Maß an Unruhe rechtfertigte und daß es sich gelohnt hatte, so lange gewartet zu haben, um diese Frage zu hören, die schlagartig die Beleuchtung des Lokals dämpfte und uns einander näher brachte, obwohl wir auf derselben Distanz blieben wie zuvor, und die in meine Ohren drang wie das Versprechen eines jubelnden, bevorstehenden Endes.

«Haben dir die Fotos gefallen?» fragte er zuerst wie zur unvermeidlichen und unschuldigen Einleitung.

«Ja», antwortete ich und spürte mit Gewißheit, was folgen würde. «Sehr.»

«Alle Fotos?» hakte er nach, und ich lachte auf wie ein kleines Kind, mein ganzer Körper schien nachzugeben, sich zusammenzuziehen und dem eingebildeten Gewicht meines Lachens zu erliegen.

«Besonders die», versicherte ich, und er dürfte geschätzt haben, daß es nicht nötig war, noch länger zu warten, aber er fügte noch etwas hinzu, bevor er sich mit gesegneter Gier auf mich stürzte.

«Das freut mich aber...» hörte ich noch, dann hörte ich nichts mehr, sah nichts mehr, wußte nichts mehr, seine Hände nahmen meinen Verstand auseinander, sein Mund trank mein Bewußtsein, seine Zunge füllte die riesige Höhle aus, die mein Körper war, seine Sinne absorbierten meine, bis nichts mehr von mir übrigblieb außer dem Impuls, der diese unerbittliche vollständige Kapitulation angeordnet hatte.

Als wir das Lokal verließen, verwirrte mich die Schönheit einer gewöhnlichen Straße. Als wir bei jener Haustür anlangten, überraschte mich die Kürze eines so langen Spaziergangs. Als er das Licht in seinem Studio einschaltete, wunderte ich mich über die Weite von kaum dreißig Quadratmetern. Als er mich hinter einen Paravent zu dem Bett führte, blendete mich die Intimität einer so kleinen Nische. Als seine Finger meine nackte Haut berührten, wunderte ich mich darüber, daß sie sich ohne zu zögern auf meine Brüste zubewegten. Als er in mich eindrang, erschauerte ich, nur weil ich beschlossen hatte, es zu tun. Als er mich umdrehte, bat ich ihn, nicht ungeduldig zu sein, und er antwortete mir: «Ich bin nicht ungeduldig, mein Liebling.»

Später streckte ich mich auf seinem Körper aus und versicherte mir selbst, daß jede Sekunde dieser Nacht die berührendste und glücklichste meines Lebens sein würde und daß ich sie gewissenhaft in Erinnerung behalten mußte, um sie später wiederzubeleben. Ich wußte noch nicht, bis zu welchem Grad mich diese Aufgabe belasten würde, wie ein Fluch, der erbarmungslos meine Tage und Nächte, Wochen und Monate, ganze Jahre meines Lebens beherrschen würde, verloren in der obsessiven Wiederherstellung einer einzigen und nie endenden Sequenz, der monotonen, hartnäckigen Wiederholung einer jeden unserer Bewegungen, eines jeden unserer Worte, jeder Geste, so geringfügig sie auch sein mochte, meine Vorstellungskraft in einen blinden Esel verwandelt, der mit dem Tode ringend das Rad einer riesigen Tretmühle bewegt, angekettet durch meinen ureigensten freien Willen. Als ich mich von Nacho verabschiedete, war ich mir sicher, daß ich irgendwo angekommen war, und ich hätte nie vermutet, daß mich einmal das schwache, fast verlöschende Licht überraschen würde, das meine Erinnerung an jene Nacht, die die einzige sein würde, und an jene Stunden, die die letzten sein würden, erhellte, Stunden, die heute wie eine Art verblaßter Version der strahlenden Erinnerung an die Tage in Luzern wirken, Tage, die noch mit dem Glanz gerade aufgegangener Sterne funkeln, wenn ich der Schwäche erliege, sie heraufzubeschwören.

Als ich ein Taxi rief, das mich nach Hause brachte, konnte ich das nicht wissen. Der Fahrer hatte das Radio eingeschaltet, er hörte eine dieser seltsamen Sendungen am frühen Morgen, in der die Leute anrufen, um ihr Leben zu erzählen, das Erstbeste, was ihnen durch den Kopf geht, oder ganz das Gegenteil, und ich konnte an nichts anderes denken als an die Geschichte, die Nacho mir gerade erzählt hatte. Ich konnte es nicht wissen, als ich auf Zehenspitzen das Haus betrat, mich geräuschlos auszog, jeden Gegenstand und jedes Möbelstück ansah, als würde ich es zum letzten Mal sehen. Ich konnte es nicht wissen, als ich mich lächelnd ins Bett legte, Ignacios Schnarchen hörte und mich wie an etwas weit Zurückliegendes an meine Verzweiflung über so viele schlaflose Nächte in Gesellschaft dieses arrhythmischen, mehrstimmigen Lärms erinnerte, der eher zu einem *X-Man* als zu diesem Fremden paßte, diesem Mann, von dem ich alles wußte, von der Marke seiner bevorzugten Strümpfe bis zum zweiten Familiennamen seiner Großeltern, und den ich trotzdem nicht wiedererkannte, als würde er aus purem Zufall neben mir schnarchen.

Ich konnte nicht wissen, welch schrecklichen Weg der Einsamkeit ich eingeschlagen hatte, denn Nacho hatte mich «mein Liebling» genannt, und das war das einzige, was ich wissen wollte.

Marisa

BARS VON LUXUSHOTELS MAG ICH AM LIEBSTEN. Niemand mißtraut einer einzelnen Frau, die an einem unauffälligen Tisch in der Bar eines sehr teuren Hotels in Ruhe ein Glas trinkt. Ich weiß nicht warum, aber in Billighotels ist die Wirkung anders, als würden sich die Führungskräfte auf Geschäftsreise, die entfernten Verwandten, die zu einer Hochzeit anreisen, die Beamten aus der Provinz, die zu einer staatlichen Prüfung in die Hauptstadt kommen, oder jede andere Gattung von zeitgenössischen Gästen, der man mich irrtümlich zuordnet, nur dann aufraffen können, sich noch woandershin als in die Empfangshalle zu wagen, wenn sie über ihren Köpfen das funkelnde Leuchten eines Lichts, das ununterbrochen zwischen den luxuriösen Tränen eines Kronleuchters umherwandert, und unter ihren Sohlen einen drei Finger dicken Teppich spüren. Ich weiß nicht warum, aber in der Bar eines Billighotels erregt eine Frau ohne Begleitung ein zweideutiges Gefühl von Mitleid, als wäre ihr Alleinsein weder zufällig noch selbstgewählt, noch vorübergehend oder als würde es die Spur einer jüngst erfolgten Tragödie offenbaren. In Billighotels wirken alle Frauen, die allein sind, wie Witwen eines Vertreters oder wie Waisen eines Unteroffiziers oder wie heimliche, selbstlose Geliebte eines herzlosen Mannes.

Nachtclubs haben wenig Verbindliches, und vielleicht sind sie genau deshalb viel angenehmer, obwohl ich mir nicht ganz sicher bin, ob die allein trinkenden Frauen das wirklich zu schätzen wissen, denn das Eintauchen in die rauchgeschwängerte und schweißgetränkte

Luft, die sich in jedem Modelokal auftürmt, verwandelt noch die hilfloseste Alleinreisende augenblicklich in das, was meine Großmutter, meine Tante und meine Mutter unerbittlich und knapp in einem Wort auszudrücken pflegten: eine Dirne. Heute wagt es niemand mehr, diesen ranzigen und übelriechenden Stempel zu benutzen, eine Zauberformel, die es ermöglicht, die Zeit aufzulösen, um mit augenblicklicher Schärfe die verlorenen Tage in einem schmutzigen, überaus traurigen Land heraufzubeschwören, das wirklich einmal existiert hat und schon deshalb Angst einflößt, aber obwohl sich diese spontanen Tribunale aus vermummten Matronen nicht mehr an den Kirchenportalen zusammenfinden, um das Unglück anderer anzuprangern, ist ihr Geist noch nicht ganz verschwunden. Auch wenn es unglaublich klingt, die Nachtclubs sind eine ihrer letzten Festungen. Die Kriterien sind andere, fast gegensätzliche, das stimmt, aber die Ergebnisse enthalten eine beunruhigend vertraute Ähnlichkeit mit dem Blick, den die Dirnen abkriegen, wenn sie diesen Namen noch tragen, und trotzdem denke ich manchmal, daß es sich gerade dann lohnen müßte, es zu wagen, denn das Bild einer Frau, die allein an irgendeinem Tresen im Madrid der vierziger, der fünfziger und der sechziger Jahre ein Glas nach dem anderen trinkt, provoziert eine Form von Arroganz, die ich mir nie zugestanden habe. Weitab von jeglicher Provokation oder jeglichem tröstlichen Skandal haben die Clubs der neunziger Jahre die zweifelhafte Tugend, mich jeglicher Maske zu entblößen, um genau das sichtbar zu machen, was ich bin, eine alleinstehende Frau, die nur allein ausgeht, um nicht zu Hause zu sitzen, mit anderen Worten, eine Außenseiterin und, was noch schlimmer ist, eine Art Automat, der gezwungen ist, die verhaßte Gabe zu entwickeln, jeden Menschen, auf den er trifft, in den Prototypen eines überlegenen Wesens zu verwandeln. Jenseits von alldem ist mein Ruf angesiedelt, eine makellose Vitrine, an der mich schon seit vielen Jahren nur ihre trostlose Sauberkeit stört. Es gibt andere, subtilere Faktoren: Die Gäste eines Nachtclubs kommen nie auf den Gedanken, eine Frau ohne Begleitung könnte nur vorübergehend in der Stadt sein, doch ohne ein Minimum an Geheimnis, ohne die Garantie der Anonymität, die viel weiter geht als bis zu einem Vor- und zwei Familiennamen, kann ich mich nicht amüsieren, weil es mir schon schwer genug fällt, in die Persönlichkeit zu passen, die ich mir vor Verlassen meiner Wohnung ausgedacht habe. Und dann sind da die Männer, jene verschwommene Masse von Unbekannten, aus der immer einer mit der aufdringlichen Bereitschaft hervorsticht, eine Frau, die allein an einem Tisch sitzt, um jeden Preis zu erobern, so schrecklich das auch ausgehen kann. Ich weiß schon, daß niemand mir das glauben würde, aber jemanden kennenzulernen ist nicht eigentlich das, was ich beabsichtige.

Deshalb mag ich die Bars in teuren Hotels. Dort pflegen die Männer, die alleine sind, müde zu wirken, aber nie verzweifelt. Ich mag es, sie zwischen den Tischen umherwandern zu sehen, die Spur eines erschöpfenden Tages in den Falten eines Jacketts ausfindig zu machen, das nicht einmal mehr an den Aufschlägen die tadellose morgendliche Frische bewahrt, die schweißige, fettige Patina an den Rändern einer Tageszeitung wahrzunehmen, die sich vom vielen nur für einen Augenblick Auf- und Zugeschlagenwerden schon auflöst, oder den genauen Grad an Aufrichtigkeit eines Lächelns abzuwägen, das sie mit Männern austauschen, die ihnen so ähneln, daß ich manchmal einen Moment innehalten und nachdenken muß, welchem von ihnen ich schon seit einer Weile mit den Blicken folge. Ihre weiblichen Kollegen sind mehr auf ihr Äußeres bedacht, jedenfalls ist es einfach, sie von den aufgedonnerten Begleiterinnen der krawattentragenden Erwerbsfähigen zu unterscheiden, die sich mit ihren Geliebten oder Ehemännern – oft ist der Zweifel eine rein methodische Formalität – am frühen Abend zu treffen pflegen, mit dem gleichzeitig strahlenden und entspannten Gesicht von Frauen, die eine vierstündige Siesta mit einem Einkauf in einem luxuriösen Einkaufszentrum abgerundet haben. Meine eigene Berufstätigkeit macht mich zumindest in diesem Punkt grausam: Ich verachte sie. Andererseits rühren mich die Bemühungen derjenigen, die versuchen, zu einer Verabredung zum Abendessen wie eine Dame zu erscheinen – was nach Wunsch ihrer Mütter mehr oder weniger das ist, das sie zu jeder Stunde sein sollten –, nachdem sie zehn Stunden von Taxi zu Taxi, von Konferenz zu Konferenz, von Problem zu Problem durch die Stadt gehetzt sind. Unter dem sehr teuren und neuesten Make-up sind die dunklen Ringe unter den Augen und die Tränensäcke noch zu erkennen, der Mund ist ungeachtet des kräftigsten und frischesten Lippenrots noch angespannt vom Tagwerk, und der Schlafmangel läßt Lider und Wangen hängen, wenn das ganze Gesicht nicht eine uniforme Schwellung trägt, die Wirkung der Liposome aus jenen Ampullen, die sofortige Glätte versprechen und fast immer in jedem Gesicht eine plötzliche Schwellung, das Symptom eines Kreislaufkollapses, hervorrufen. Trotzdem kann keines dieser Merkmale mit jenen konkurrieren, das eine berufstätige Frau wie eine unverwechselbare Marke erkennbar macht, wo immer sie sich aufhält, und sie dadurch insgeheim mit allen anderen Mitgliedern ihrer auf der ganzen Welt verstreuten Spezies verbindet: Arbeit emanzipiert, versklavt, erhöht oder degradiert, aber sie verrät sich immer und unerbittlich in den Knöcheln der Frauen, die ihr nachgehen. Die Bars von Luxushotels sind voll mit Frauen, die im Sitzen verstohlen versuchen, ihre Schuhe abzustreifen und ihre Füße danebenzustellen oder sie vorsichtig auf die Zehenspitzen zu stützen, um sich vom Bohren der Absätze zu befreien, die ihre Füße auf die Verstrebungen der Stühle legen und die sich, wenn sie nicht mehr können, sogar trauen, die Beine ganz hochzulegen, um die Fersen auf einem Säulen- oder Bogenabsatz oder auf irgendeinem seitlich stehenden, unauffälligen Möbel abzustützen. Ich beobachte sie mitfühlend, aber sie ähneln mir zu stark, als daß sie meine Favoritinnen sein könnten. Denn obwohl heutzutage Führungskräfte welchen Geschlechts oder welcher Stellung auch immer die Hauptgemeinde der Gäste von Luxushotels bilden, lassen sich die wirklichen Herren der Welt, die es ihr Leben lang waren, doch hin und wieder noch sehen.

Die Männer, wenn sie Europäer sind, pflegen eine ausgesprochen kalkulierte Nüchternheit an den Tag zu legen, die sich deutlich im Schnitt ihrer Maßanzüge abzeichnet. Die Frauen schmücken sich mit Perlen. Sie meiden auffällige Frisuren wie die Pest, und wenn es sich um Spanierinnen handelt, pflegen sie das vorne kaum toupierte Haar zu einem tiefen, ganz schlichten Knoten hochzustecken und verachten die halblange Haartracht mit blonden Strähnchen der prätentiösen bürgerlichen Frauen. Im allgemeinen tragen sie wenig Schmuck, aber immer glänzt an einem ihrer Finger ein wegen seiner Größe auffälliger Brillantring, und obwohl sie darauf verzichten, gratis Werbung zu machen, gibt es ein paar sprichwörtliche Ausnahmen. Mit den Panthern von Cartier, beispielsweise, die ihre makellosen Revers bevölkern, könnte man ein mittelgroßes Rudel bilden. Im übrigen kultivieren sie ihre Eleganz in all ihren Bewegungen derart, daß es schon fast langweilig wirkt. Amerikanische Millionäre andererseits wissen sich zur Schau zu stellen. Diese Männer mit all ihrer schrillen Vulgarität, die suggeriert, auch wenn es sicherlich nicht stimmt, daß sie vorgestern im Hinterhof ihres Hauses Öl gefunden haben, sind unbestreitbar die Stars jener Nächte, in denen ich mit niemandem ein Wort wechsle. Und trotzdem sind auch sie nicht der Grund, warum ich ausgehe.

Mir gefällt nicht, was ich bin. Mir gefällt weder mein Gesicht noch mein Körper, noch meine Geschichte, noch mein Leben. Einmal, vor vielen Jahren schon, ermöglichte mir das unerklärliche Ausbleiben von Alejandra Escobar – einer Frau, von der ich nie mehr gewußt habe als ihren Namen, die eine Reise nach Tunis gebucht hatte und nicht zur vereinbarten Zeit am Schalter im Flughafen Barajas erschienen war, obwohl sie am selben Morgen den Flug von Sevilla nach Madrid genommen hatte –, unter einem anderen Namen zu verreisen, denn die Gruppenleiterin, eine ziemlich dumme Belgierin, weigerte sich zu begreifen, daß jemand in Sevilla ein Flugzeug bestiegen hatte und dann, obwohl in der Rubrik «Reiseziel» ihres Tickets deutlich «Tunis» zu lesen war, beschlossen hätte, in Madrid zu bleiben. Ich erklärte es ihr einmal, und sie nickte heftig, vielleicht um zu verbergen, daß ihr Spanisch wesentlich schlechter war, als das Reisebüro versprochen hatte, und obwohl ich mit meinem eigenen Paß durch die Zollkontrolle gegangen war, nannte sie mich fortan Alejandra, denn sie hatte den Fluggast María Luisa Robles Díaz auf ihrer Liste schon durchgestrichen, und es gab keine Möglichkeit, das richtigzustellen. Bei der Ankunft in Hammamet bedauerte ich fast schon, daß das Mißverständnis sich auflösen würde, da mir im Bus, als ich verstohlen meine Reisegefährten ansah, um mir eine Vorstellung von den Freundschaften zu machen, die ich in den kommenden vierzehn Tagen knüpfen könnte, durch den Kopf gegangen war, daß es Alejandra Escobar vielleicht bessergehe als mir und daß es nicht schlecht wäre, ihren Namen als Talisman zu benutzen. Als ich gewahr wurde, daß man mich in der Luxusferienanlage gar nicht nach meinem Ausweis fragen würde, denn innerhalb der Clubanlage gab es kein anderes Gesetz mehr als die Liste unserer belgischen Reiseleiterin, nahm ich zusammen mit dem Schlüssel für meinen Bungalow eine neue Identität in Empfang, die ich mir ohne einen Funken Unruhe aneignete.

Alejandra Escobar brachte mir Glück, und deshalb habe ich mich noch nicht getraut, sie zu verlassen. Ihr Name ruht in einer Nische meines Gedächtnisses wie ein weicher, luxuriöser Pelzmantel, zärtlich verstaut in den ersten Maitagen und in Erwartung des Winters in der frischesten Schrankecke aufgehängt. Und wenn dieser Winter bevorsteht, befreie ich ihn aus der Dunkelheit, klopfe sorgfältig den Staub ab, ziehe ihn über und verspüre in seiner Gesellschaft sofort ein Wohlbefinden, eine Welle warmer Luft, die mir den Sommer besserer Zeiten zurückbringt. Genauso wäre der Pelzmantel, den ich nie hatte. Dann geht Alejandra Escobar eines Nachts wieder aus und fühlt sich ihrer so sicher, wie sich María Luisa Robles Díaz nie gefühlt hat, und wählt mit der Natürlichkeit derjenigen, die nie eine andere Welt gekannt haben, eines der großen Hotels im Zentrum, stöckelt selbstbewußt, fast graziös an dem uniformierten Portier vorbei in die imposante Empfangshalle, und wenn ihr die Kammermusik schon angenehm ins Ohr dringt, bleibt sie kurz stehen, um sich umzublicken, und ohne sich je zu irren, sucht sie sich den unauffälligsten Tisch mit dem besten Überblick aus. Alejandra Escobar trinkt schottischen Whisky auf Eis mit Soda und raucht ab und zu eine leichte Zigarette ohne Lungenzug, denn sie hat schnell erfaßt, daß es leichter ist, die Zeit mit etwas in den Händen verstreichen zu lassen.

Ich weiß, daß ich das nicht tun sollte. Ich weiß, daß es blödsinnig ist, und manchmal denke ich sogar noch Schlimmeres, ein schädliches Laster, ein gefährliches Spiel. Aber mir gefällt nicht, was ich bin, mir gefällt weder mein Gesicht noch mein Körper, noch meine Geschichte, noch mein Leben, und Alejandra ist wie eine beschützende Fee, meine einzige Zuflucht, der einzige Ausweg, durch den ich, wenn auch nur für ein paar Stunden, der langweiligen und erschreckend langsamen Routine der bleiernen Tage entfliehe, die eine Ewigkeit brauchen, um sich denen anzuschließen, die früher zu dem flachen metallenen Meer verschmolzen, das mein Gedächtnis ist. Wenn ich an einem unauffälligen Tisch in der Bar eines Luxushotels sitze und all die Menschen beobachte, die wirklich zu leben scheinen, während ich ihre Bewegungen, ihre Gewohnheiten, jene kleinen unwichtigen Rituale wahrnehme, die mich für Augenblicke auch einbeziehen und mich mit ihrer Geschwindigkeit, ihrem frenetischen Eigenrhythmus anstecken, bin ich nicht mehr die Frau, die allein ausgeht, um nicht zu

Hause zu sitzen, und keine andere Absicht zu haben scheint, als eine vollständige Liste der Madrider Bargäste anzufertigen, sondern ein ganz anderes Wesen, Alejandra Escobar, eine Frau von Welt, die alle paar Minuten auf die Uhr sieht, weil sie mit jemand verabredet ist, der unverständlicherweise nicht kommt, oder die einen Augenblick Daumen und Zeigefinger ihrer rechten Hand auf die geschlossenen Augenlider preßt, um denjenigen, die sie ansehen, zu signalisieren, daß sie eine Führungskraft mit größter Verantwortung ist, die allein ein Glas Whisky genießt, um sich nach einem erschöpfenden Arbeitstag zu entspannen.

Obwohl ich selten Gelegenheit habe, sie jemandem zu erzählen, schleppt Alejandra eine ausgefeilte persönliche Geschichte mit sich herum. An manchen Abenden ist sie alleinstehend, an anderen verheiratet, aber sie war auch schon getrennt lebend und sogar Witwe, sie hat einen einzigen Sohn oder mehrere Töchter oder sie hat zugunsten einer brillanten Berufskarriere auf die Nachkommenschaft verzichtet. Die Einzelheiten hängen immer von meiner Laune oder von der Stimmung ab, in der ich mich befinde, wenn ich beschließe, sie wieder zum Leben zu erwecken, und sie bewahrt mich nicht immer vor Ekel und Traurigkeit. Manchmal greife ich aus lauter Langeweile auf sie zurück, wenn ich nicht einmal Lust habe, im Internet zu surfen. Sie ist so unerschöpflich, so mächtig, daß sie alle meine schicksalhaften Veränderungen überlebt hat. Das unaufhaltsame Eindringen der Computerwelt in mein Leben, um ein naheliegendes Beispiel zu nennen, verankerte sie definitiv.

Als Ramón mir überraschend das Flugticket hinhielt, hatte ich selbstverständlich noch nie an einer Tagung des Verlags teilgenommen. Wir Stenotypistinnen der Layout-Abteilung hatten nicht einmal eine vage Vorstellung von diesen Massenveranstaltungen, die theoretisch dafür eingerichtet waren, daß die Verleger dort ihre Projekte vorstellten, an denen sie das letzte halbe Jahr gearbeitet hatten, und mit den Vertretern in Kontakt kamen, die ihre Produkte im nächsten Jahr fördern und verkaufen sollten, die sich in der Praxis jedoch in die äußerst komplexe Darstellung ihrer aller Leben verwandelt hatten, in eine Art symbolisches, aber unerbittliches Thermometer, das gnadenlos den Grad des Erfolgs oder Mißerfolgs eines jeden Aspiranten auf ein eigenes Budget maß. In den ersten Septembertagen waren die

Flure voll mit aschgrauen Gesichtern, viel zu hoch gezogenen, wie mit dem Kohlestift gemalt wirkenden Augenbrauen über alarmierend eingefallenen Augen und so abgezehrten Wangen, als wären sie dazu verdammt, sich selbst zu verschlingen, ein Abbild der Trostlosigkeit, das sich hin und wieder ganz verdüsterte, wenn sie an irgendeinem Büroraum mit irgendeinem mitleidslosen Träger des blendendsten Lichts mit rosigem, glattem Gesicht, geröteten Wangen und einem spontanen Lächeln vorbeikamen, der verwundert war über sich selbst, ganz Unschuld einer dank eines Verwaltungsrats schlagartig wiedererlangten Jugend. Beide Gruppen von verantwortlichen Persönlichkeiten, die abgesetzten Prinzen und die, die es noch abzusetzen galt, so eng verbunden wie die Stimme und ihr Echo, wechselten sich eine Zeitlang ab und boten, ohne sich dessen bewußt zu sein, uns gewöhnlichen Mitarbeitern ein faszinierendes Schauspiel, uns, die wir nicht den kleinsten Krümel von Macht anstrebten, aber doch ein paar Wochen lang das Privileg genossen, uns auf der Arbeit mehr zu amüsieren als im Kino. In Sicherheit vor jedem Gewitter und weit über den Führungskräften, die im vorigen Wirtschaftsjahr ernannt worden waren, aber mit denen man im laufenden Jahr nicht rechnete, sowie über denen, die zwölf Monate zuvor nicht dabeigewesen und jetzt zur Teilnahme aufgefordert worden waren, standen die unvermeidlichen Teilnehmer aller vorangegangenen und zukünftigen Tagungen wie Fran und ihre Brüder. Der unaufhaltsame Fortschritt der DTP-Abteilung bewirkte das Wunder, daß Ramón und ich selbst eine Zeitlang zu dieser letzten Gruppe gehörten, während die obersten Chefs lernten, die angeborene, ehrerbietige Angst vor irgendeinem Gerät zu überwinden, das kein Kopierer war, auch wenn es so aussah, die aus uns etwas Ähnliches wie die Hexenmeister eines primitiven Stammes machte, bevor man uns kurz vor dem Aussterben in unseren komfortablen Zustand von EDV-Technikern zurückversetzte, die keine Entscheidungen über die Verlagsentwicklung trafen.

Die erste Tagung, an der ich teilnahm, fand in Barcelona statt, einer Stadt, die in meiner Erinnerung für immer mit einer gewissen Sorte von Entdeckungen verbunden ist, die weniger bemerkenswert sind wegen des Staunens, das sie hervorrufen können, als wegen der Skepsis, die sie bei denen bewirken, die sie machen. Als nicht gerade typische Vertreterin der ersten Generation von Spaniern, die ganz natürlich die Gelegenheit zum Reisen ins Ausland ergriff, verreiste ich, weil ich meinem Alleinleben und, früher, der erschöpfenden Belastung durch meine Mutter, von der ich mich kaum zwei Wochen im Jahr losmachen konnte, entfliehen wollte, und fuhr so weit wie möglich weg, so daß ich die Stadt, in der ich nur dreimal kurz gewesen war, wovon ich zweimal den Flughafen nicht verlassen hatte, kaum kannte. Mit sechsunddreißig Jahren demzufolge und nachdem ich schon in Bali gewesen war und London so gut kannte, daß ich ohne Stadtplan mit der Metro fahren konnte, entdeckte ich, daß Barcelona erstens eine ziemlich kleine und außerdem eine sehr schöne, eine wunderbare Stadt ist, aber etwas von einem feinen, heruntergekommenen Damenjuwelier an sich hat und ein so übertrieben wachsames Bewußtsein für den geringsten Schaden, den der Lauf der Zeit mit sich bringt, daß sie die Hetze des Alltagslebens mit einem feierlichen Eifer überzieht, der eher die Unsicherheit eines provinziellen monumentalen Platzes verrät als den selbstsicheren Hochmut wirklich großer Städte, in denen die Zukunft es so eilig hat, daß keine Zeit zur Nabelschau bleibt und es keinen Sinn hat, sie mit dem Haken öffentlicher Bauarbeiten festhalten zu wollen. Als Tochter eines prächtig organisierten Chaos in einem Labyrinth, das Dutzende möglicher Städte umschließt, ergab ich mich dem pittoresken Narzißmus meiner Gastgeber mit der Intuition einer Touristin und ließ alle vorgeschriebenen bewundernden Ausrufe fallen, während ich mit wachsender Überraschung entdeckte, wie auf dem arglosen Zurücklegen einer Panoramastrecke der historische Minderwertigkeitskomplex einer Madriderin aus dem Viertel Chamberí sich in das unerwartete Bewußtsein von Distanz, in ein Gefühl der Überlegenheit verwandeln kann. Ich beschloß, die Konsequenzen dieser Entdeckung für mich zu behalten, aber irgendein loses Kabel mußte an die Oberfläche kommen, denn vor der Fassade eines alten Bahnhofs konnte ich, die ich es in keinem anderen Augenblick meines Lebens gewagt hätte, eine so offensichtlich polemische Bemerkung loszulassen, das Echo meiner Erinnerung nicht unterdrücken und erinnerte mich an ein vehementes, veraltetes Urteil, jenen leidenschaftlichen Richterspruch, den ich nie persönlich aus dem Mund meines Großvaters Anselmo gehört hatte, den aber die Frau, die er schon lange verlassen hatte, bevor er sie zur Witwe machte, ohne ein Komma auszulassen zu zitieren pflegte, immer dann, wenn sie unbedingt darlegen wollte, daß ihr Mann nichts weiter als ein Atheist, ein Barbar und ein armer Teufel gewesen war. Noch bevor ich gar zu vermuten begann, daß er diese Bezeichnungen nicht verdiente, hatte ich schon entdeckt, daß er recht gehabt hatte, aber ich wagte es nie, mit meiner Tante Piluca darüber zu diskutieren. Trotzdem behauptete ich an jenem Morgen, weit weg von zu Hause und mit größerer Überzeugung, als meine unsichere stotternde Zunge vermuten ließ, daß ich an General Rojos Stelle ebenfalls ohne zu zögern den Tod von Durruti angeordnet hätte, denn die Verteidigung Madrids war ein Wunder gewesen, ein rein strategischer, ein so subtiler und so wunderbar ausgewogener Schachzug, daß das letzte, was wir bräuchten, ein einsamer, selbstverliebter Held sei, ein Dummkopf, der bereit war, ganz allein und von innen heraus den Ring zu sprengen, was selbst die Nationalen mit ihrer langen Belagerung und unter dem großen Opfer der Zivilbevölkerung nicht geschafft haben, und die Faschisten wollen in Madrid einmarschieren, aber Madrid wird das Grab der Faschisten sein, und sie werden nicht durchkommen und Amen. Obwohl Ramón meinen Kommentar ohne Einwände billigte, warf mir der Vertreter der Costa Brava, welcher selbst Durruti ins Gespräch gebracht hatte, einen vernichtenden Blick solchen Kalibers zu, daß er ausreichte, die angeborene Verzagtheit meines Geistes augenblicklich wiederzubeleben, und bis der Bus vor dem Hotel anhielt, machte ich den Mund nicht mehr auf, weder um die historische Wahrheit zurechtzurücken noch um irgend etwas anderes zu sagen.

Innerhalb der düsteren Wände des supermodernen Gebäudes, wo sich der Luxus in einer extremen, fast klösterlichen Kälte ausdrückte, versetzte mir die Realität in jener Nacht einen weiteren Schlag. Nach der langweiligen Nachmittagssitzung, in der neue kaufmännische Perspektiven vorgestellt wurden, und dem anschließenden Essen, das diesmal in einem Hafenrestaurant stattfand, strich ich die letzte Etappe des offiziellen Programms, ein Glas in einer sehr modernen Riesendiskothek, um mich einer kleinen Gruppe anzuschließen, die beschlossen hatte, zu Fuß ins Hotel zurückzukehren. Als wir ankamen, war es noch nicht ein Uhr, und ich war nicht müde, aber es gelang mir nicht, Ramón, der unmäßig gähnte, während die Rezeptionistin seinen Schlüssel suchte, oder irgendeinen der anderen Begleiter – ein paar sehr sympathische Vertreterinnen aus Zaragoza, einen Vertreter aus Málaga, der mit seiner Frau gekommen war, und noch ein Paar, von dem ich nichts Genaueres wußte – zu überreden, mich auf ein Gläschen in die Hotelbar zu begleiten. Da ich wußte, daß sie mich merkwürdig ansehen würden, wenn ich meine Absicht kundtäte, allein noch etwas trinken zu gehen, verabschiedete ich mich mit den Worten, daß ich mir noch ein Federbett ansehen wolle, das ich am Morgen im Vorbeigehen im Schaufenster eines der Geschäfte im unteren Stockwerk gesehen hätte, und machte mich langsamen, festen Schrittes auf den Weg in eine versteckte Bar in einer Art Halbstock, die man über eine Treppe am anderen Ende der Empfangshalle erreichte.

Zum ersten Mal in meinem Leben hatte ich Alejandra Escobar verdrängt, und das Resultat hätte nicht schrecklicher sein können. Weder sie noch ich hätten jemals eine so kalte und abweisende Szenerie ausgesucht, die an die antiseptische Traurigkeit eines gerade eingeweihten Krankenhauses erinnerte: der nackte Boden aus weißem Marmor, die Säulen mit Chrom verkleidet, kaltes Metall schlängelte sich bedrohlich zwischen den Tischen, den Stühlen und Lampen hindurch, viel undurchsichtiges Glas und viele kunststoffbeschichtete und vorgeblich holzfurnierte Platten, ein kalter Spiegel, der das Bild eines jeden verkleinern und verzerren konnte, der den Mut hatte, sich seiner grausamen Strenge preiszugeben. Als ich feststellte, daß es in diesem Raum keinen unauffälligen Tisch gab, erinnerte ich mich an die prächtigen Fassaden einiger alter Luxushotels, die ich entlang des Paseo de Gracia gesehen hatte, und bedauerte die zweifelhaften Kriterien derjenigen, die die Reservierung in diesem Polartempel vorgenommen hatten, obwohl sie uns bestimmt zu keinem geringeren Preis in einem für Prestige und Tradition stehenden Haus hätten unterbringen können. Ohne mich noch zum Hinsetzen entschlossen zu haben, warf ich einen Blick auf die Gäste und sehnte mich plötzlich nach meinem Zimmer im dritten Stock, dem riesigen, gut gemachten Bett, dem stillen, nachsichtigen Fernseher und einem sechshundert Seiten dicken Roman auf dem Nachttisch, alles zusammen ein Bild des Wohlbefindens im Vergleich zu dem armseligen Angebot dieses halbleeren Lokals: drei mit Grüppchen gutangezogener Leute besetzte Tische, darunter eine Frau im vorschriftsmäßigen Kostüm klassischen Schnitts, eine Art weibliches Äquivalent zu Anzug und Krawatte –

dem sehr ähnlich, das ich selbst trug –, und zwei männliche Touristen mit skandinavischem Aussehen um die Fünfzig, die angezogen waren, als würden sie an einem Woodstock-Revival teilnehmen, und die von den hohen Barhockern aus die in verwaschenen Bermudas Modell «Abenteurer» steckenden kräftigen Beine herzeigten. Als ich schon umkehren wollte, sagte ich mir, daß ich weder Alejandra Escobar hieße noch irgendeinen Vorwand bräuchte, um hier ein Glas zu trinken, und setzte mich gewissermaßen schutzlos auf den erstbesten Stuhl, rief den Kellner herbei und bestellte einen Whisky auf Eis mit ein bißchen Soda, denn Alejandra und ich trinken immer dasselbe. Eine Dreiviertelstunde später, als ich zum Gehen aufstand, enthielt mein Glas noch gut zwei Fingerbreit der gelblichen Flüssigkeit. Das war der einzige Hinweis darauf, daß von dem Augenblick an, in dem ich die Bar betreten hatte, die Zeit vergangen war.

Vielleicht wäre es Alejandra hier nicht besser ergangen als mir. Es ist schwierig, das zu wissen, weil sie, die sehr schnell lernte, daß man von gerade eröffneten Luxushotels, die sofort von einer faden Horde halb kahlköpfiger Unternehmer belegt werden, nicht viel erwarten darf, nie eine solche Kulisse ausgesucht hätte. Als ich todmüde in mein Zimmer kam – ohne Lust, den Fernseher herumzukommandieren, ohne Absicht, das Lesezeichen in den vierhundert übriggebliebenen Seiten meines Romans vorwärts zu bringen, und, schlimmer, ohne Kraft, mir das Gesicht nacheinander mit Reinigungsmilch, Tonikum und Nachtcreme einzureiben, so wie ich es mir vorgenommen hatte ausnahmslos jeden Abend zu tun, seit dem Tag, an dem ich mir klarmachte, daß ich viel früher vierzig Jahre alt werden würde, als ich es mir vorgestellt hatte –, war ich jedenfalls schon davon überzeugt, daß der Grund dieses Mißerfolgs vor allem mit meiner eigenen Identität zu tun hatte, denn es ist sehr schwer, glücklich zu sein, wenn man weiß, daß man ein häßliches, unbequemes und altmodisches Kostüm trägt, und Aschenputtel wäre in ihren alten, rußbefleckten Lumpen nie Prinzessin geworden.

Alejandras Macht beruht auf ihrer Identität, dem geschmeidigen, gemütlichen Hohlraum, in den Hunderte verschiedener Geschichten und ich selbst passen, glücklich, jede Nacht ein neues Kleid zu tragen, fähig, mich ein wenig zu lieben, indem ich mir eine Persönlichkeit aneigne, die nicht die meine ist. Das ist der einzige Zweck meiner heimlichen Nächte, jener Nächte, in denen ich mit niemandem reden kann und in denen ich nichts suche, was nicht schon in mir ist, die fremde Frau, die ich bin und die gleichzeitig viel besser ist als ich. Alejandra versagt nie, und wenn einmal niemand ihre Anwesenheit wahrnimmt, ist das nicht ihr Versagen, die immer ein leidenschaftliches Wesen ist, das eine ausgeprägte Geschichte mit sich herumschleppt und eine lange Zukunft vor sich hat, es ist das Versagen der Welt, die unfähig ist, die beste ihrer Töchter anzuerkennen. Deshalb ist es unwichtig, wenn sie keinen Kontakt findet, wenn sie sich langweilt, wenn sie mit niemandem spricht. Ihr einziger Sinn besteht darin, zu existieren, und das reicht.

Nach jener Nacht in Barcelona habe ich Alejandra nie wieder verdrängt. Trotzdem verflüchtigte sie sich drei Jahre nach jener Reise und unter ganz anderen Umständen erneut, um mir den Platz zu überlassen, den einzunehmen ich nicht erwartet hatte. Es geschah in der Bar vom Hotel Ritz, einem unserer traditionellen Fluchtorte, der sich plötzlich in feindliches Sumpfland, in das Szenario einer stummen, aber wüsten Schlacht verwandelte, die ich endgültig verloren glaubte. Das kleine Abenteuer hatte gut angefangen. Als ich von der Arbeit nach Hause kam, holte ich das rote Kleid aus der Reinigung, das ich mir gekauft hatte, um mich von dem schmerzlichen Mißverständnis zu erholen, das Ramón zu dem flüchtigsten meiner Liebhaber machte, und stellte zufrieden fest, daß keine Spur von dem Weinfleck zurückgeblieben war, der mich schon hatte fürchten lassen, daß ich es zum letzten Mal getragen hatte. Obwohl ich wußte, daß ich das Schicksal herausforderte – seit über einem Jahr zog Alejandra es fast ausnahmslos allen Kleidern im Schrank vor –, konnte ich der Versuchung, es wieder anzuziehen, nicht widerstehen, denn nichts stand mir besser als dieser langärmelige Schlauch mit beträchtlichem Ausschnitt zwischen den Schulterpolstern, der in der Höhe der Taille in einen Rock mit strategisch angeordneten Abnähern aufsprang und der sich bis fast zu meinen Knien wieder verengte. In der Auswahl des Ortes erwies ich mich als klüger; ich hatte das Ritz seit über drei Monaten nicht betreten und vorher immer dafür gesorgt, mit den Kellnern nicht allzu vertraulich umzugehen, ein Vorsatz, zu dem mir entscheidende Momente bitterer Einsicht verhalfen, die immer darin gipfelten, daß mich Alejandra für unvorhersehbare Zeit verließ. Der Kauf dieses roten Strickkleides, dessen häufige Besuche in der Reinigung sich langsam mit den dünner werdenden Stellen an den Ellbogen bemerkbar machten, hatte der letzten dieser Trennungen ein Ende gesetzt, so daß die Vorsichtsmaßnahmen mehr als angebracht waren. Dennoch hätte ich nicht verhindern können, was passierte.

Eine von den beiden wirkte jünger, sie sah aus wie fünfundzwanzig. Die Ältere bewegte sich auf die Dreißig zu, war aber hübscher als erstere, obwohl beide, auch ohne Ähnlichkeit mit Ava Gardner, sofort die Aufmerksamkeit des verdrießlichsten Betrachters erregten, der fremder Schönheit auch nicht großzügiger als ich gegenüberstand. Groß, schlank, eine dunkelhaarig und die andere offensichtlich blondgefärbt, stellten sie Mitte April eine beneidenswerte Bräune zur Schau, und die Gewißheit, daß sie diese mit künstlichen Mitteln erworben hatten, tröstete so wenig, wie die Zahl der Wochenstunden auszurechnen, die sie im Fitneßclub verbrachten, um eine so spektakulär an Perfektion grenzende Figur zu haben. Jedenfalls schenkte ich ihnen anfangs nicht mehr Beachtung als nötig, um dies und noch ein paar weitere Kleinigkeiten festzustellen, wie den ausgesprochen affektierten näselnden Tonfall, der in meinen Ohren schmerzte, als ich an ihnen vorbeiging und zufällig ein paar Gesprächsfetzen aufschnappte, oder ein gewisses aufgeregtes Gefuchtel mit den Händen, das mir erlaubte, sie einen Augenblick lang dem sattsam bekannten Kreis hoffnungsloser, lächerlicher Snobs zuzuordnen. Dennoch mußte ihr Glanz eine geheime Faser in Alejandra Escobars Gemüt zum Vibrieren gebracht haben, denn während sie eine Abfolge neutraler, unvermeidlicher Bewegungen vollführte – das Jackett aufknöpfen, die Tasche auf den Tisch legen, das Zigarettenpäckchen und das Feuerzeug herausholen, mich setzen, die Beine übereinanderschlagen, die Tasche wieder zur Hand nehmen, um sie über eine Stuhllehne zu hängen, die Zigarettenschachtel öffnen, eine Zigarette herausnehmen, sie anzünden, sie zum Mund führen, satten Rauch ausblasen, die Hand heben, um den Kellner heranzuwinken, sein Näherkommen abwarten, bestellen und schließlich einen Blick um mich werfen –, wurde mir bewußt, daß ich jede Geste reichlich übertrieb; ich streckte die Finger mit der Zigarette etwas mehr als notwendig, ich strich mir unerhört oft die Haare aus der Stirn, schürzte die Lippen in vorsätzlicher Übertreibung eines mürrischen Wesens, das jeglichen Grundes entbehrte, improvisierte einen geringschätzigen Blick auf die Welt, der selbst mich verwunderte, all das geschah ohne meinen Willen, ohne daß ich wußte warum, ohne daß ich es verhindern konnte.

Vielleicht zog diese übertriebene Vorstellung, denn es war nichts anderes als eine Vorstellung, die Aufmerksamkeit auf mich, die ich am wenigsten suchte, jene, die ich nie hätte erregen wollen. Wachsam geworden durch ein plötzliches Kribbeln, ein plötzliches Gefühl der eigenen Präsenz, drehte ich brüsk den Kopf nach links und prallte frontal auf vier perfekt geschminkte Augen. Ohne daß das Privileg ihrer Göttlichkeit erschüttert wurde, hefteten die beiden gebräunten Statuen, die ich zu ignorieren beschlossen hatte, ihren Blick fest auf mich und tuschelten lachend miteinander, was mir erlaubte, ihre perfekten, grausamen Gebisse zu sehen. Der schlichte Verdacht, daß sie über mich lachten, reichte aus, in einem Augenblick eine so erfahrene Kämpferin wie Alejandra Escobar zu besiegen, die sich, ohne eine Nachricht über ihren Aufenthaltsort zu hinterlassen, in Luft auflöste und mich in den Armen meiner eigenen Lächerlichkeit zurückließ. Ich versuchte sie mit allen möglichen Mitteln wiederzubeleben, aber die mechanische Wiederholung ihrer Haltung einer eleganten Frau, die mir jetzt eher wie die blödsinnigen Grimassen einer Verrückten vorkam, bewirkte nichts anderes, als die Situation zu verschlimmern. Ich wagte die Feindinnen nicht einmal mehr aus dem Augenwinkel anzublicken, aber ich hatte den Eindruck, daß von einem Moment zum anderen bereits lautstarkes, schamloses Lachen meine Ohren erreichen würde, während ich mir im Haar herumfuhrwerkte, als wüsche ich es, und mir eine Zigarette anzündete, noch bevor der Rauch der vorangegangenen verflogen war. Da beschloß ich zu gehen. Niemand hatte es jemals geschafft, Alejandra Escobar von irgendwo zu vertreiben, aber ich war allein, und ich war nicht sie. Ich sah sehr unentschlossen und mit einem befremdeten Gesichtsausdruck auf die Uhr, als könnte ich die Verspätung desjenigen, der nie zu dieser Verabredung kommen würde, nicht begreifen. Dann ließ ich weitere drei oder vier Minuten vergehen und starrte wieder auf das Zifferblatt, so aufmerksam, als würde mir die Bewegung des Zeigers den Schlüssel zu einem lebenswichtigen Rätsel meiner Zukunft liefern. Noch einmal, sagte ich mir, ich halte noch ein Weilchen durch, sehe noch einmal auf die Uhr, stehe auf und gehe. Aber da, als ich meinen vagen, langsamen Blick einer Frau, die nichts zu tun hat, außer Zeit zu schinden, auf keinen konkreten Punkt richtete, genau da entdeckte ich ihn weiter hinten, zwischen zwei Säulen, und empfand, was ein Schiffbrüchiger, der auf einem zwei Meter hohen Felsen gestrandet ist, empfinden muß, wenn er die Silhouette eines Schiffes am Horizont erblickt.

Forito hatte mich zuerst gesehen. Ich hob die Arme, als hätte ich mein Leben lang auf ihn gewartet, und dann sah ich ihn mit unsicheren Schritten auf mich zukommen.

Würde er diese Szene einmal beschreiben, würde er vermutlich sagen, daß er die Muleta nach links warf und in die Mitte der Arena trat, aber es war eher so, daß er mit genau der richtigen Mischung aus Furcht und Bestimmtheit auf mich zukam, die die Knie jener sehr alten, sehr bedeutenden und sehr weisen Matadore knebelt, wenn sie auf den Stier zugehen und sich dabei fragen, ob so viel Angst mit allem Gold der Welt zu kaufen wäre. Seine Verlegenheit war so offenkundig, daß ich ihm, so vertieft in meine Rolle ich auch war, nicht einen Funken Aufmerksamkeit verweigern konnte, und ich fürchtete, daß alles verloren wäre, bevor er das bescheidene Ziel, meinen Tisch, erreicht hatte. Als er vor mir stand, begriff ich, daß sich zu seiner Überraschung, mich hier allein und wie für eine Hochzeit ausstaffiert anzutreffen, der Eindruck gesellte, daß ich nicht eigentlich ich sei, die Frau, die er kannte, und daß sich seine anfängliche Euphorie in verwirrtes Mißtrauen verwandelte. Er, der mich am selben Morgen schon gesehen hatte, konnte nicht verstehen, daß meine Arme, die in einer Geste von Grande Dame ausgestreckt waren, die auszuführen ich nie zuvor Gelegenheit gehabt hatte, und dieses breite Lächeln, das ein jahrelang heimlich gehegtes Wiedersehen zu feiern schien, nichts anderes bedeuteten, als ihn an meinen Tisch zu bitten, und bis ich ganz leise, aber mit einem Ausdruck unendlicher Zufriedenheit seinen Namen flüsterte, denn es gibt entschieden wenige Namen, die noch unglamouröser klingen, verhielt er sich, als sei dies alles an einen Unbekannten hinter ihm gerichtet.

Als er sich neben mich setzte, drehte ich schnell den Kopf, um festzustellen, welches Gesicht diese beiden Ziegen machten, die meine Vorstellung entlarvt zu haben glaubten, und ich mußte den einzigen echten Reinfall wegstecken, den das Schicksal an jenem Abend bereithielt, denn in einem unbemerkten Augenblick der letzten zwei oder drei Minuten waren beide aufgestanden, geräuschlos verschwunden und hatten sicherlich nichts von dem mitbekommen, was ich mir als verklärten Triumph ausgemalt hatte. Mein erster Impuls war, meinen eigenen Augen nicht zu trauen. Dann, als ich schon argwöhnte, daß sie nicht wirklich mich im Auge gehabt hatten, fragte ich mich, warum alles immer so sein mußte. Es durchfuhr mich wie ein Schmerz, diese Stimme zu erkennen, die sich bemühte, mich wieder auf den Stuhl zurückzuholen, auf dem ich saß.

«Was für ein Zufall, daß wir uns hier treffen, nicht wahr?»

«Ja...» stimmte ich zu und setzte ein beruhigendes Lächeln auf, das weniger ihm denn mir galt.

«Nun, ich werde etwas bestellen, oder?»

«N-natürlich.»

Mit der Haltung eines alten Gentlemans, einer der vielen, die ich in jener Nacht an ihm kennenlernte, stand er auf und ging zur Bar, statt auf das Auftauchen des Kellners zu warten. Ich nutzte seine kurze Abwesenheit, um mir einen Plan auszudenken, der mir erlauben würde, die bis dahin begangenen Fehler würdig zu überstehen und so schnell wie möglich nach Hause zu gehen. In dem Augenblick hatte ich nicht nur keine Lust, die Zeit mit ihm zu verbringen, sondern ich empfand außerdem, wohl wissend, daß nichts ungerechter war, eine heftige Antipathie gegen den unschuldigen Lückenbüßer, der plötzlich am Mißerfolg dieser Nacht teilhatte, aber wir hatten noch ein gemeinsames Arbeitsjahr vor uns, vielleicht, weil Ana ihn mitschleppte, wo immer sie hinging, und weil bisher noch niemand wußte, ob Fran das Team aufzulösen beabsichtigte, wenn der Atlas abgeschlossen war. Es blieb mir also nichts anderes übrig, als mich meinem übertriebenen Empfang entsprechend zu verhalten, denn ich wußte auch, daß ich mich am nächsten Morgen sehr schlecht fühlen würde, sollte ich mich für irgendeinen Fluchtplan entscheiden.

Eigentlich war er mir immer sympathisch gewesen. Daran zwang ich mich zu erinnern, als ich ihn in einer ganz anderen Haltung als der zaghaften Befangenheit kurz zuvor den Raum durchqueren sah. Jetzt ging er aufrecht, die Schultern so gestrafft, so gewachsen in seiner aufrechten Haltung, daß er fast wie ein anderer Mann wirkte, eher groß als ungepflegt, eher schlank als rachitisch und mit einem gewissen Anflug von Insichgekehrtsein, diesem melancholischen, wirren Blick seiner Alkoholikeraugen, der seiner physischen Gehaltlosigkeit jenes heikle Maß an Spiritualität verlieh, das alle Schauspieler, die in die Rolle des Don Quichotte schlüpften, vergeblich anstreben. Er war schon ganz nah, als ich mich fragte, ob ich nicht einer Erscheinung erlag, aber aus einem Grund, den ich mir nicht erklären konnte, obwohl es sicherlich mit den gewaltigen Höhen und Tiefen zu tun hatte, die mein Gemüt in der letzten Stunde überwunden hatte, als wäre es ein Ball, vermochte ich beim aufmerksamen Betrachten seines Gesichts mit einer an Hellsichtigkeit grenzenden Deutlichkeit die ursprünglichen Züge auszumachen, die, wenn auch nur noch schwach, unter der groben Maske durchschimmerten, die ihm der Cognac Tropfen für Tropfen eingemeißelt hatte. Natürlich war er zudem sehr elegant angezogen. Daran gewöhnt, ihn täglich in seinen ewigen dunklen Hosen von unbestimmter Farbe aus meliertem, gedecktem Wollstoff zu sehen, der je nach Lichteinfall manchmal grau, manchmal braun und manchmal schwarz wirkte, aber immer überzogen war von der schmierigen Substanz, die Insektenflügeln den gräulichen Schimmer verleiht, und in einem abgetragenen cremefarbenen Baumwollhemd, an dem der Stoff am Kragen schon kaputt war – die immer gleiche Winterkleidung, die er im Frühjahr gegen zwei Polohemden unbekannter Marke austauschte, eines dunkelgrün und das andere bordeauxrot, beide ganz dünn und so erbarmungslos verwaschen, daß die Haut an einigen lichten Stellen, die so willkürlich verteilt waren wie die kahlen Stellen auf einem Berg, fast durchschien –, ließ ich mich vielleicht übermäßig von dem tadellosen Schnitt seines Anzugs aus Rohseide beeindrucken, der so neu war, daß seine Falten ganz frisch entstanden und sich nicht hartnäckig in alte Knitter gruben, eine übertrieben sommerliche Kleidung für einen Frühlingsabend, aber von so gutem Geschmack, daß ich ihm sogar verzeihen konnte, daß er sie nicht mit etwas Besserem als einem rosa Hemd kombiniert hatte, von dem sich eine blaßgelbe Krawatte mit winzigen Motiven abhob, mit anderen Worten, ausgesprochen modisch.

Als er sich zu mir setzte, hatte ich jedenfalls schon entdeckt, daß seine Augen wie meine grün waren, wenn auch getrübt von einem wäßrigen gräulichen Schleier, und daß seine Nase schön gewesen sein mußte, bevor ihre Flügel blutrot angeschwollen waren, sie jetzt mit ihren großen Erdbeerporen wie ein rauher, aufgeblähter Schwamm aussehen ließen und das scharfe Profil des Nasenrückens aufgelöst hatten, das eines römischen Imperators würdig gewesen wäre, ein Merkmal, das dennoch hervorstach, weil es das einzige sichtbar Kantige in einem unförmigen, absolut verquollenen Gesicht war, das in ein dezentes, aber für solch einen schlanken Mann wie ihn auffälliges Doppelkinn überging. Vorbereitet, wie ich war, ihm um jeden Preis meine Willkür zu ersparen, fand ich trotz allem einen Anflug von Noblesse, ähnlich wie bei wenig besuchten alten Ruinen, diesen Haufen von losen, unkenntlichen Steinen, auf denen absurderweise zwei vereinzelte, aber echte umgekippte Säulen ruhen, die mit einer Art wahnsinniger Arroganz der Verachtung der Touristen trotzen.

Forito, der nichts davon wissen konnte, daß er Objekt einer so sorgfältigen Betrachtung geworden war, setzte sich wieder zu mir, trank einen beachtlichen Schluck von seinem Cognac, stellte mit noch zittriger Hand das Glas auf den Tisch und sah mich an, als wolle er mich fragen, was jetzt geschehen sollte.

«W-was für ein Glück, dich hier zu treffen», brach ich mit gedämpfter, höflicher Stimme, die besser zu der Lüge paßte, die ich ihm gleich darauf auftischen würde, das Eis. «Ich w-war mit einer Freundin verabredet, weißt du, aber sie ist nicht gekommen...»

«Aha, ich habe auch nicht damit gerechnet, hier jemanden aus dem Verlag zu treffen, ich bin nämlich zur Präsentation der Plakate für den San-Isidro-Stierkampf hier.»

«Ah!» rief ich aus, denn mir fiel nicht viel ein, was ich hätte sagen können. «A-aber das ist doch noch lange hin, oder?»

«Na ja, nicht mehr so lange... Anderthalb Monate. Die Kämpfe müssen möglichst frühzeitig angekündigt werden, ich kann dir sagen...»

«Klar.» Ich nickte, und entmutigt über die Bildungslücke in Sachen Stierkampf, wechselte ich das Thema. Ich ahnte nicht, daß mir ein so gewöhnliches Lob wie das, das ich eher verlegenheitshalber vorbrachte, um zu verhindern, daß sich Schweigen ausbreitete, die Türen zu einer Geschichte öffnete, die ich nie vergessen werde. «Du b-bist sehr elegant..., und du trägst eine wunderschöne Krawatte.»

«Ja...» sagte er und senkte den Kopf, als müßte er nachsehen, was er anhatte. «Den Anzug hat mir ein Kumpel geschenkt, den ich schon ein Leben lang kenne, weißt du? Sein Alter war Werkzeugmacher an der Plaza Vista Alegre, ich weiß nicht, ob du dich daran erinnern wirst, einen Laden in Carabanchel, der schon vor vielen Jahren geschlossen wurde...» Er sah mich fragend an, worauf ich den Kopf schüttelte, und erzählte dann weiter. «Na ja, ich sagte es ja schon, ich kenne ihn, seit wir Buben waren, und eh, du hast keine Ahnung, was wir zusammen alles angestellt haben... Das Tollste. Wir gingen überall zusammen hin, ich habe ihn sogar häufig zum Training mit Jungstieren begleitet, weißt du, wenn er die Erlaubnis vom Besitzer hatte, und sogar, wenn er sie nicht hatte, er hatte sich in den Schädel gesetzt, Torero zu werden, verstehst du, und wenn jemand glaubte, das würde schon vorübergehen, bei ihm nicht... Man merkte das, ich weiß nicht, sogar ich merkte es, obwohl ich noch so ein Bengel war wie er, daß er nicht für den Kampf taugte, ihm fehlte das Talent zum Stierkämpfer, aber er, immer wieder dieselbe Leier, ich kann dir sagen... Er hat sogar debütiert, weißt du, als Kämpfer mit Jungstieren, ohne Picadores, Chulito de Vista Alegre wollte er sich nennen, aber mein und sein Vater zusammen haben ihm das ausgeredet, und am Ende änderte er den Namen in Chicuelo, Chicuelo de Vista Alegre, was viel besser klingt. Sein erster Auftritt als Jungkämpfer war in San Sebastián de los Reyes, ich war dabei, und stell dir vor, es war wirklich so, der Arme bekam es mit zwei Kälblein zu tun, die ausgesprochen gescheit waren, ich glaube, die hatten sie sogar schon in so einer Umzäunung, so einer, wie sie in den Dörfern der Sierra gebaut werden, eingesetzt... Also, der Arme tat, was er konnte, und... totale Katastrophe, das kannst du dir ja vorstellen, aber der Pechvogel war sogar noch zufrieden. ‹Ich war gar nicht schlecht, nicht wahr?› sagte er zu mir. ‹Ich war doch gar nicht schlecht...?› Er bekam noch drei weitere Kämpfe, bis wir ihn davon überzeugten, den Stierkampf endgültig aufzugeben. Na ja, so ist das Leben, bald schien es, als würde es mit Antoñito bergab gehen, denn nachdem er den Stierkampf aufgegeben hatte, hatte er zu nichts Lust, verstehst du, dann kam ihm die Idee, eine Videothek aufzumachen, eine der ersten dort in Carabanchel, und die lief tierisch gut, ich kann dir sagen, das kannst du dir nicht vorstellen, und dann besuchte er eines schönen Tages die Stierkampfschule der Stadt, redete mit ein paar Burschen, wurde ihr Manager, und mit dem

Zaster, den er dabei verdiente, eröffnete er am Plaza Marqués de Vadillo ein Restaurant, das wieder tierisch gut lief, und jetzt, stell dir vor, geht's dem Kerl großartig, aber wirklich großartig, verstehst du, er hat Geld wie Heu, der Bursche. Nun ja, und da er gerne wie eine Modepuppe herumläuft und keine Zeit hat, die ganzen Klamotten anzuziehen, die er sich kauft, fällt ab und zu ein Anzügelchen für mich ab. Den hier habe ich fast neu geerbt, denn er hat einen Bauch angesetzt, der liebe Antonio, obwohl er vor ein paar Monaten Miteigentümer eines Fitneßclubs geworden ist, dort Gewichte zu stemmen begonnen und eine Menge abgenommen hatte. Damals hat er sich diesen Anzug gekauft, aber da ihn alles so schnell langweilt, wie es bei den Reichen eben so ist, die alles satt haben, nun, ich sagte es ja schon, nahm er wieder zu, gab den Anzug mir, und ich bin sehr zufrieden damit... Er hat mir sogar die Änderung bezahlt, denn, um ehrlich zu sein, schmeißt er sich immer ins Zeug, wenn wir uns treffen und die Rechnung gebracht wird... Stell dir vor, dann schiebt er meine Hand beiseite und sagt: ‹Laß das, das übernehme ich›, das sagt er, und dann zahlt er alles, so ist das eben. Und mich freut es, daß es ihm so gut geht, verstehst du, ich freue mich sehr für ihn, denn er ist der einzige Bursche aus dem Viertel, der es wirklich zu was gebracht hat, zu dem, was man durch die große Tür gehen nennt... Die Armbanduhr» – er streckte den Arm aus und zeigte mir eine goldene, sehr auffällige Uhr – «habe ich auch von ihm. Sieht aus wie Gold, ist es aber nicht, so weit geht's natürlich nicht... Die Krawatte ist aber nicht von ihm. Die hat mir mein Junge geschenkt. Na ja, die und andere, denn fast jedes Jahr kommt er mit einem kleinen Paket aus dem Simago-Kaufhaus, der Arme. Vatertagsgeschenk, du kannst es dir ja vorstellen –»

«Ich w-wußte ja gar n-nicht, daß du einen Sohn hast», unterbrach ich ihn ehrlich überrascht und neugierig, und meine Neugier wuchs den restlichen Abend immer weiter, bis sie sich in die unbändige Notwendigkeit verwandelte, alles bis zum Ende zu hören. «Ich dachte, du wärst ein leidenschaftlicher Junggeselle w-wie ich...»

«Wäre ich es doch», antwortete er mir, ohne die Bitterkeit zu verhehlen, die in jeder Silbe mitschwang. «Wäre ich doch allein geblieben wie du...»

Er machte eine Pause und sah auf seine Schuhe hinab, ein paar sehr alte, verblichene Mokassins, die an den Nähten aufplatzten und auf die ich bisher nicht geachtet hatte, dann hob er den Kopf, lächelte mich lustlos und kopfschüttelnd an, als gäbe es für nichts auf der Welt Abhilfe, und fuhr in beharrlich normalem Tonfall fort:

«Aber nein, Mädchen. Nichts von alledem. Ich war verheiratet, sehr verheiratet, du kannst dir gar nicht vorstellen, wie sehr... Es ist nur so, für mich gibt's keine Hilfe. Ich bin das ganze Gegenteil von Antonio, aber das ganze Gegenteil, verstehst du... Mir hat niemand befohlen, mich ins Verderben zu stürzen, wirklich niemand, denn anfangs hatte ich großes Glück, es lief alles gut bei mir. Mein Vater war Stierkampffotograf, weißt du, genau wie ich. Er hat mir das Geschäft beigebracht, und er sorgte sehr dafür, daß ich nicht dieselben Fehler machte wie er. Ich habe immer auf eigene Rechnung gearbeitet, ich habe einzelne Fotos und ganze Reportagen an alle Fotoagenturen der Welt verkauft, ich wollte nie fest bei einer Tageszeitung arbeiten wie mein Alter, und ich konnte ihn schon bald einstellen, ich kann dir sagen. Ich eröffnete ein Studio und porträtierte alle auf der Rangliste, stell dir vor, zu jener Zeit war ich jemand... Später tat ich mich mit einem meiner Vettern zusammen und wir begannen, Filme zu drehen. Das Ganze entwickelte sich zu einer Firma, aber eine große, ich sag's dir, ich ging jeden Abend mit sechs oder sieben Angestellten, dem Kameramann, ein paar Burschen zum Helfen, meinem Assistenten und meinem Alten, der eine andere Kamera hatte, in die Arena von Las Ventas, nun ja... Das mit dem Filmen war mein nächster Glückstreffer, denn ich rede von den frühen Siebzigern oder so, ich muß so um die Zwanzig gewesen sein, und es gab noch Francos Wochenschau, und da sie jede Woche ausgetauscht wurde, haben wir alle unsere Filme untergebracht, na ja, stell dir vor, in dieser Zeit haben wir es uns gutgehen lassen, aber wirklich gut, ich sag's dir, wir kassierten mehr als genug Zaster, um über den Winter zu kommen, ich kann dir sagen... Sieh mal, ein paar Jahre lang, '74 und '75, glaube ich, denn damals starb gerade Franco, waren wir sogar in Südamerika, Mexiko, Kolumbien, Venezuela, aber das zahlte sich nicht aus, ganz klar, ich habe das auch meinem Alten gesagt, hörst du, für das, was wir hier einnehmen, bleiben wir besser zu Hause. Später war das mit der Wochenschau vorbei, aber mir ging es weiter großartig, denn ich verkaufte viele Filme ans Fernsehen und begann, unter den Fans viele Kunden zu gewinnen, diese stinkreichen Typen, die mit ihren Frauen in der ersten Reihe saßen und einem Torero von Arena zu Arena folgten... Ich hatte den Trick schnell raus, weißt du, und immer vor Beginn einer Muleta-Arbeit filmte ich sie kurz, die Typen, dick und mit Zigarren, die Frauen mit Schmuck behängt und einer Nelke im Revers, und, wenn die Maultiere herauskamen, noch einmal, und stell dir vor, dann fingen die zu spinnen an, sie kauften mir ab, was ich ihnen andrehen wollte. Und währenddessen fotografierte ich natürlich weiter, so daß ich es mir, wie ich dir schon sagte, saugut gehen ließ... Frag Ana, die kann's dir bestätigen.»

Während er so auf mich einredete, rechnete ich in Gedanken nach. Als wir uns in einer der Sitzungen zur Vorbereitung des Atlas kennenlernten, war ich gerade siebenunddreißig Jahre alt, und ohne lange darüber nachzudenken, hatte ich ihn eher auf Ende denn um die Fünfzig geschätzt, und dabei war es bis vor ein paar Minuten geblieben. Die Anspielung auf sein wirkliches Alter, daß er nur fünf oder sechs Jahre älter war als ich, machte mich sprachlos, denn für solche Verlebtheit, den kahlen Kopf, den gerade noch ein paar absolut weiße Fäden überzogen, den faltigen Hals, die in zitternden, unsymmetrischen Falten herabhängende Haut, die mit Altersflecken überzogenen Hände, diese dunklen Flecken, die das Ende ankündigen, und die ergrauten Brusthaare, wie ich flüchtig am Halsausschnitt des Hemdes ausmachen konnte, das unter der gelockerten Krawatte einen Knopf zu weit offenstand, um noch elegant zu sein, konnte nicht nur der Alkohol verantwortlich sein. Ich fragte mich gerade, welche anderen Katastrophen sich zu dem ewigen Cognacglas gesellt hatten, das er in der rechten Hand hielt, als die Erwähnung von Anas Namen mich zu einer Unterbrechung veranlaßte und meine bereits unmäßige Neugier in eine andere Richtung lenkte.

«A-ana und du, ihr kennt euch schon so lange?»

«Na ja, in etwa... Ich lernte sie kennen, als sie gerade nach Madrid zurückgekehrt war, kurz nachdem sie ihren Mann verlassen hatte, das muß '83 gewesen sein oder '84, meine ich, denn mein Junge war noch sehr klein... Ich erinnere mich, weil ich ihn einmal ins Archiv mitgenommen habe und sie mir daraufhin erzählte, daß sie eine Tochter in etwa demselben Alter hätte. Damals verabredeten wir uns zu einem Besuch im Vergnügungspark, das war toll, wirklich super, und dann haben wir uns öfter getroffen, immer am Wochenende mit den Kindern natürlich, nicht daß du was anderes denkst, hörst du, nichts dergleichen, aber ich war allein, ich kann dir sagen, und ich wußte nicht, was ich an den Wochenenden mit David machen sollte, und Ana, die wie ein Tier arbeitete, war mit ihrer halben Familie zerstritten, denn ihre Mutter wollte, daß sie im Archiv aufhörte und zu ihr zöge, irgend so was in der Art, so daß wir uns, stell dir vor, samstags trafen und mit den Kindern ins Kino gingen oder zum Essen ins Dehesa de la Villa oder nachmittags auf der Plaza Mayor eine Schokolade tranken und Churros aßen, diese Dinge eben, die den Kindern gefallen. . . Sie waren hinterher immer ziemlich müde, denn sie rauften sich die ganze Zeit, sie schlugen sich ständig, und am Ende heulten sie eine halbe Stunde lang, weil sie sich nicht trennen wollten, ich kann dir sagen, na ja, beim Nachhausekommen mußte man sie nur noch ins Bett bringen, und am nächsten Morgen waren sie lammfromm, weißt du. . . Natürlich war ich da schon nicht mehr der alte, das stimmt, mit mir ging es schon bergab, aber ich hatte noch immer sehr viel Material und verkaufte noch viele Fotos. Ich konnte von den Zinsen leben, nicht sehr gut, aber es reichte erst einmal. . ., bis alles den Bach runterging. Zuerst das Geschäft, denn die Stierkampfbranche ändert sich sehr schnell, und die Toreros, denen ich hinterhergefahren bin, zogen sich zurück, es folgten jüngere, die ich nicht mehr kannte, alles in allem, der Zusammenbruch. . . Später ging ich dann an mir selber kaputt. Um ehrlich zu sein, hätte ich weiter gearbeitet wie früher, wäre auch ich jetzt auf dem höchsten Gipfel, aber. . . So ist das Leben, verstehst du? Als mich Ana wegen des Atlas-Projekts anrief, war ich bereits vor die Hunde gegangen, aber wirklich am Ende, und stell dir vor, ich war im Begriff, meine Wohnung aufzugeben und zu meiner Schwester zu ziehen, bei der ich umsonst hätte wohnen können, ich kann dir sagen. . .»

Er senkte wieder den Blick auf seine Schuhe und legte eine Pause ein, die ich nicht zu interpretieren wußte. Ich mochte ihn nicht mit einem der üblichen mitleidigen Kommentare verletzen, aber ich fand auch keinen passenden Ansatzpunkt, keinen Faden, an dem ich ziehen konnte, um ihn zum Weitersprechen aufzufordern, ich kannte jetzt ja den Grund für die unzerstörbare Bindung, die Ana verpflichtete, jeden Tag ihren Job aufs Spiel zu setzen, dieses dunkle Geheimnis, das vor mir sicherlich niemand aus dem Verlag zu lüften geschafft hatte. Ich suchte noch immer nach dem losen Faden, der nirgendwo zu finden war, als er die ausgiebige Prüfung seiner Schuhe für beendet hielt, mich ansah und wie vorauszusehen vorschlug:

«Wir bestellen noch einen, oder?»

Ich nickte und machte eine Art Zwischenaktskonversation: «Dieser Ort ist sehr angenehm, nicht wahr? Dieses und das Palace werden immer die besten Hotels in Madrid bleiben, das sag ich dir, so viele moderne und geschmacklose auch eröffnet werden mögen. . .», bis er mit einem einzigen Schluck sein Glas bis zu weniger als der Hälfte leerte. Dann rieb er sich mit der rechten Hand überraschend heftig über die Stirn und erzählte weiter, was mich am meisten interessierte, als könnte er meine Gedanken lesen.

«Nun, hier siehst du mich, ich habe ganz allein die Schuld an allem, weil ich eine Frau geheiratet habe, die ich nicht hätte heiraten sollen, ich kann dir sagen. . . Und ihr Frauen seid sehr schlecht.»

«E-einige», protestierte ich.

«Fast alle.»

«Wenn du meinst. . .»

«Selbstverständlich meine ich das, ich sag dir nur, wie es aussieht. . . Klar, ich hatte einen Volltreffer gelandet, verstehst du, mit der schlimmsten, der gemeinsten Frau. Und das, obwohl mich niemand täuschte, ganz im Gegenteil. Schau, meine Freunde sagten es mir, Antonio sagte es mir zigmal, aber ich. . ., ich kann dir sagen, ich hatte mir in den Kopf gesetzt zu heiraten, und ich heiratete. . . stell dir das vor. Ich bin immer ein Romantiker gewesen, du siehst mich ja, und ein Dummerjan, ein Blödhammel, das bin ich, und als ich sie dort sah, in diesem schmutzigen Jahrmarktszelt, das nach Pferdepisse roch, halb nackt und mit so hohen Absätzen im Sägemehl, und es war so kalt, meine Güte, daß ich erstarrte, hörst du, und ich zog mir nicht einmal den Mantel aus, während ich sie tanzen sah und die Stimmen der Leute hörte, fast alle Plätze waren leer, aber es gab eine kleine Gruppe, die ununterbrochen ‹Schlampe, Nutte› schrie, das Übliche eben, ‹wann bist du fertig?›, ich kann dir nur sagen, nun, ich wurde wütend, aber sehr wütend, ich schwör's dir, mir stieg. . . Ich weiß nicht, was mir stieg, ich drehte mich um und sagte ihnen, sie sollten das Maul halten, ‹Etwas mehr Respekt vor der Künstlerin›, schrie ich, und stell dir vor, ich sagte es in so einem Ton, daß sie auf mich hörten, auf mich, der ich nichts weiter als ein Mickerling bin, aber sie verstummten, und dann war es fast noch schlimmer, denn in dieser Stille klang die Musik, als stünden die Lautsprecher in einer alten Büchse, und das Lied, das für einen Striptease gedacht war, klang plötzlich so traurig, und ich bemerkte, daß die Pailletten an ihrem Kleid nicht mehr glänzten, so alt waren sie schon, und daß sie eine Laufmasche in der Netzstrumpfhose hatte, daß ihre Augen funkelten, als würde sie gleich vor Wut losheulen, und all das bekümmerte mich so... Das ist das Schlechte am Stier, ich kann dir sagen, denn wenn du mit ihm groß wirst, endest du so oder so als Torero, das ist dein Schicksal, ganz einfach, und sie stammte aus einer schlechten Herde, ich wußte das, aber als ich Madrid verließ, um zum Kampf eines der Burschen, die Antonio zu jener Zeit betreute, zu fahren und eine Reportage darüber zu machen, war das letzte, was ich an jenem Morgen erwartete, genau das, hörst du, in El Tiemplo, einem verlassenen Kaff in der Provinz Ávila... oder Salamanca, was weiß ich, ich weiß es nicht mehr genau. Es war Fiesta, klar, deshalb waren die Stiere dort, und ich war oft genug an den Plakaten vorbeigegangen, denn alle Lehmmauern waren damit beklebt, ich habe nur nicht darauf geachtet, sie waren wie Wandzeitungen aus ganz dünnem Papier, ich sag dir, in blauer Tinte gedruckt, und schließlich sah ich sie mir vor lauter Langeweile an, weil ich noch Zeit hatte, bis die Tore zur Arena geöffnet wurden... Zuerst las ich ihren Namen, Fanny Mendoza, und ich mußte mich bemühen, sie auf dem miserablen kleinen Foto wiederzuerkennen. Sie trat jeden Abend in einer Art drittklassigem Varietétheater auf, halb Zirkus und halb Wanderkabarett, stell dir vor, ein Trauerspiel, und ich weiß nicht einmal, wie ich darauf kam, da hinzugehen... Gut, ich weiß es schon, ich weiß es zur Genüge, ich... Also, wenn sich einer verliebt, dann immer in den Menschen, der am wenigsten zu ihm paßt.»

«Weil du sie schon kanntest...» schlug ich ihm als Erklärung vor und war bereit, tiefer in die Wunde einzudringen, sosehr sie auch schmerzen mochte, obwohl ich zu meiner Verteidigung hätte anführen können, daß niemand in einem so strahlenden Gesicht Schmerz vermutet hätte, denn sein Gesichtsausdruck hatte sich derart verändert, als wäre es in seinem Innern plötzlich Tag geworden. Der verdrießliche, zittrige Mann, den ich kannte, erinnerte sich an diese Episode so erfreut wie ein Kind, das wieder und wieder seine Murmeln zählt und es nicht müde wird, sie anzusehen, sie zu streicheln, sie in der Hand zu halten, um ihr Gewicht einzuschätzen, oder sie unters Licht zu halten und sich über ihre Transparenz zu wundern. Das war seine große Geschichte gewesen, eine Geschichte, die ein Leben für immer prägen kann, wenn auch nicht das Leben aller, eine Geschichte, die ich nie erlebt hatte und um die ich ihn jetzt so beneidete, daß ich sie in den Pausen seiner Erzählung nachzuerleben versuchte.

«Natürlich kannte ich sie, ich kann dir sagen... Oder besser gesagt, ich kannte eine andere Frau, eine beeindruckende, sehr hübsche Frau, eine richtige Klassefrau, uff, du hättest sie damals sehen müssen, Fernanda war ein Niemand, sie schien nicht einmal wirklich zu sein, sie wirkte wie eines der Covergirls vom *Playboy*, stell dir vor... Sie war eine ganze Zeitlang die Geliebte von Antonio gewesen. Er hatte sie aus einem Revuechor rausgeholt und sich mit ihr eingelassen... aber ich hatte sie noch nie so gesehen, verstehst du? Damals, als sie durch Madrid spazierte, war sie immer wie eine Königin angezogen, trug jeden Tag ein anderes Kostüm und jede Menge Schmuck, er kaufte ihr alles, was sie gerade haben wollte, Parfüm, Nerze, Klamotten und sogar ein Auto, neu und alles. Er fraß ihr aus der Hand, verstehst du, und es hätte so weitergehen können, ein Leben in Saus und Braus über viele Jahre, aber sie war aus einer schlechten Herde, ich sagte es ja schon, sie war nicht gut, und sie wollte immer mehr und mehr und mehr, und wenn der Krug zu oft zum Brunnen geht... Eines schönen Tages kam sie Antonio mit dem Märchen, daß sie schwanger sei, und sie wollte ihm das Gör anhängen, und der..., stell dir vor, der gute Antoñito, besinnungslos verliebt und alles, und seine Tussi durfte man nicht einmal anfassen... Aber schließlich war er nicht ohne Grund so reich geworden. Er gab ihr schneller den Laufpaß, als man Amen sagen kann. Damals verlor er sie aus den Augen. Nach und nach mußte sie alles verkaufen, bis ihr nichts anderes übrigblieb, als arbeiten zu gehen, und dann, ich kann dir sagen, mehr oder weniger drei Jahre später war es, als ich sie in diesem Dorf wiedertraf. Sie gefiel mir sehr, wirklich sehr, und sie wußte es, wie sollte sie es nicht wissen, hatte sie doch nächtelang mit mir geflirtet, im Spaß natürlich, und Forito hier und Forito da, unglaublich, Forito, wie du dich verausgabst, solche Dinge eben... Antonio machte das nichts aus, denn er wußte, daß ich keine Konkurrenz war, und außerdem hatte Fernanda mich nie ernst genommen, aber ich war verrückt nach ihr, verstehst du, wirklich verrückt, denn nur einem Verrückten kann das einfallen, was ich getan habe. An jenem Abend in dem Varietétheater kam sie nach der Vorstellung zu mir. Sie setzte sich neben mich, und stell dir vor, wie die Zeit verändern kann, mit abgeschminktem Gesicht und diesen Klamotten, einem Faltenröckchen, wie es Schulmädchen tragen, und einem an den Ellenbogen verschlissenen kurzen Minipulli, wirkte sie wie eine andere, ich kann dir sagen, ein Trauerspiel... Sie erzählte mir, wie sie lebte, in einem schmierigen Wohnwagen, in dem sie die ganze Zeit von Dorf zu Dorf fuhr, den Schmierlappen von Direktor ertrug und gerade genug zum Leben verdiente... ‹Wenn das so weitergeht›, sagte sie abschließend, ‹geh ich in ein Nachtlokal›, und ich weiß nicht, ob sie es absichtlich sagte, aber mich überkam... Schau, ich weiß nicht, was über mich kam. Großer Kummer und große Wut und große Lust, jemanden umzubringen. ‹Pack deinen Koffer›, sagte ich zu ihr, ‹du kommst noch heute abend mit mir nach Madrid.› Das sagte ich, und sie sagte keinen Ton, verstehst du, und dann im Auto fing sie an zu weinen und sagte zu mir, daß ich wie ihr Vater sei, das war der einzige Mann gewesen, der je gut zu ihr war, und daß sie mir nie bezahlen könnte, was ich für sie tat... Das war zumindest wahr, sie hat es nie bezahlt, ich kann dir sagen...»

Mit einer reflexartigen Bewegung, die ich einem Menschen, der so in seine Erinnerungen vertieft war, nicht zugetraut hätte, hob er die Hand, um einen Kellner herbeizuwinken, der gerade mit der Cognacflasche an uns vorbeikam, und bat ihn mit einem Zeichen, sein Glas nachzufüllen. Dann sah er mich an und lächelte anders, als ich ihn bisher hatte lächeln sehen.

«Du erinnerst mich an sie», platzte er heraus.

«I-ich?» Ich war so überrascht, daß ich über das I stolperte, einen Vokal, den ich sonst immer flüssig aussprach. «Aber ich bin keine beeindruckende Frau...»

«Das ist auch gar nicht nötig, du bist sehr blond, genau wie sie, und du hast helle Augen und eine helle Haut, und wenn du lachst, bilden sich zwei Grübchen auf deinen Wangen.»

«Aber ich bin gut», sagte ich lächelnd.

«Im Augenblick!» Er lachte auf, und ich fiel in sein Gelächter ein. «Das war ein Scherz», erklärte er sofort, «sei nicht böse. Es ist nur so, daß sie anfangs auch gut war, oder besser gesagt, sie verhielt sich, als wäre sie gerne mit mir zusammen, und ich glaubte, wir seien glücklich, weißt du, ich zumindest war damals glücklich, ich kann dir sagen... Zu dem Zeitpunkt etwa zogen wir zusammen, und ich erzählte es niemandem, denn ich kannte meine Pappenheimer, und wen, verdammt noch mal, hatte es schon zu interessieren, was wir taten und nicht taten, aber dann begann die Stierkampfsaison und... Katastrophe. Damals verlor ich meinen Stolz, verstehst du, ich gebe es zu, wenn ich sie doch nur zu Hause gelassen hätte, wer weiß, aber sie war schon mit Antonio wahnsinnig gern in die Arena von Las Ventas gegangen, und wenn ihr jemand gesagt hätte, sie könnte nicht zu dem Kampf gehen, dann hättest du Fernanda erleben sollen, wenn sie wütend wurde... Und außerdem war sie wieder wunderschön, uff, aber wirklich wunderschön, sie mußte nur ein paar Wochen lang viel schlafen und gut essen, um wieder so super wie früher auszusehen, ich kann dir sagen. Ich wurde es nicht müde, sie anzusehen, das ist wahr, ich verbrachte manchmal schlaflose Nächte und sah ihr beim Schlafen zu und versuchte mir dabei klarzumachen, daß dies meine Frau war, daß sie wirklich in meinem Bett lag, und ich konnte es nicht glauben, ich konnte es einfach nicht glauben, so daß du dir vorstellen kannst, wie ich mich aufführte, als ich zum ersten Mal mit ihr beim Stierkampf auftauchte, stell dir das vor... Schon in der Klatschecke verursachten wir einen Riesenwirbel, wir wurden von allen angeglotzt, aber wirklich von allen, verstehst du, und ich sah in die Gesichter meiner Bekannten und ahnte, was sie dachten: Verdammt, dieser Forito, was der sich für ein Klasseweib aufgerissen hat, ist ja kaum zu glauben... Ich war der Held, ich kann dir sagen, bis Antonio mir den Nachmittag versaut hat. Erstens, weil er eifersüchtig war, das zuallererst, er streitet es heute noch ab, er streitet es ab, und dann, wie aus heiterem Himmel, aber es stimmt, daß er vor Eifersucht tobte, das weiß ich, verstehst du, grün vor Neid war er, und dann, er sagte es zu meinem Besten, das leugne ich ja nicht, aber das fühlte sich an wie ein Tritt in die Eier, genauso empfand ich es... ‹Sei vorsichtig, Forito›, sagte er, mich beiseite nehmend, ‹die tanzt dir auf der Nase herum, sie hat weniger Anstand als die Möse einer Ziege, das kann ich dir sagen, ich kenne sie...› Ich habe nichts darauf erwidert, glaub ja nicht, ich war ganz still, aber ich packte ihn am Revers und verpaßte ihm zwei Faustschläge, und wenn man uns nicht getrennt hätte, wäre das bös ausgegangen, aber sehr bös... Wir redeten eine Ewigkeit nicht miteinander, bis mein Junge geboren wurde und er ins Krankenhaus kam, um ihn zu sehen, ganz ein Señor, das ja, denn als erstes bat er uns um Verzeihung, und er hat nie wieder erwähnt, daß er mich ja gewarnt hätte, und dafür bin ich ihm sehr dankbar, verstehst du... Ich hatte bei jenem Stierkampf noch einen Streit, aber in Wirklichkeit war Fernanda nicht schuld daran, noch nicht, denn sie erregte die Aufmerksamkeit aller, ich kann dir sagen, aber sie konnte nichts dafür, und dort laufen jede Menge Scheißkerle herum, viele Großmäuler und Schmalspurgauner, und im Stierkampfgeschäft..., stell dir vor, im Stierkampfgeschäft tummelt sich ein Haufen komischer Typen, aber das Blut floß nie in Strömen... Dann wurde es plötzlich heiß. Madrid war wie ausgestorben, so gefällt es mir am besten, und ich sagte zu ihr, wenn sie wollte, könnten wir ein paar Tage oder den ganzen Monat an den Strand fahren, wie sie wolle, denn mir war alles gleich, solange Fernanda nur glücklich war, verstehst du, selbst wenn sie mich gebeten hätte, mich aus dem Fenster zu stürzen, ich hätte es getan, ich schwör's dir, ich habe das Leben nie so genossen wie damals, aber ich hätte alles für sie getan, wirklich alles, ich hätte sogar einen Monat mit Vollpension in einem Hotel in Benidorm verbracht, das ist das, was mir auf der Welt am meisten auf den Geist geht, ich kann dir sagen... Aber nein, denn sie hatte den Geschmack einer Señorita, sie sagte, besser, wir fahren im September, wenn kein Mensch dort ist, und gehen in ein Luxushotel zum Preis dessen, was uns jetzt ein billiges kosten würde, und ich dachte mir, herrlich, und meinte, wie sie wolle, und wir amüsierten uns Juli und August großartig, aber wirklich großartig, stell dir vor, wir verbrachten den ganzen Tag zu Hause bei geschlossenen Jalousien, damit die Hitze nicht hereinkonnte, faulenzten bis Mittag im Bett herum... Am späten Nachmittag machte sie eine Kartoffeltortilla und panierte Filets, und am Abend fuhren wir zum Picknicken in das Casa de Campo hinaus, ich kann dir sagen, dort ließen wir es uns bis zwei oder drei Uhr nachts gutgehen...»

Genau im ungeeignetsten Moment, als seine Augen wie verglimmende, fast erloschene Kohlen zu glühen begonnen hatten, die ein Windstoß plötzlich noch einmal rot aufscheinen läßt, kamen drei Gestalten, die verdächtig dem Bild entsprachen, das nordische Touristen von einheimischen Toreros haben müssen – pomadisierte schwarzglänzende Stirnlocken, lange Koteletten, offene Hemden, El-Rocio-Medaillen aus purem Gold und mit einem Durchmesser von fünf oder sechs Zentimetern auf dem gekräuselten, glänzenden Brusthaar, das bis zum Schlüsselbein hochwuchs, enganliegende Hosen, dunkle Stiefel, riesige Sonnenbrillen und Ringe an den Händen, in denen sie kubanische Zigarren hielten –, an unseren Tisch und verabschiedeten sich von meinem Kollegen, der sofort aufstand und allen auf die Schultern klopfte, abgedroschene Witze austauschte und allen die besten Wünsche für die Zukunft aussprach. Vorher stellte er mich selbstverständlich vor und benutzte mich als Entschuldigung dafür, sie allein am Tresen sitzengelassen zu haben; er fügte dem Namen zweier einen Spitznamen hinzu, der vielleicht als Künstlername diente, der dritte hieß nur Antonio. Während ich bedauerte, daß meine Gegenwart sie keineswegs verwirrte, und nicht bemerkte, daß dieses Gefühl nichts anderes war als eine dieser Fallen, in die ich immer tappte, in eine Geschichte, die mir ebensowenig gehörte wie das Leben der Protagonisten meiner Wochenendromane oder wie das Leben, das ich mir für Alejandra Escobar ausdenke, fragte ich mich, ob dieser Mann nicht etwa der war, der seit Beginn unserer Unterhaltung immer wieder erwähnt wurde.

«Dieser Antonio, ist das nicht...» fragte ich leise, kaum daß sie sich umgedreht hatten, begriff jedoch sogleich, daß er viel zu jung war, um die Kindheit mit meinem Gesprächspartner verbracht zu haben.

«Der? Ach was, nein...» Forito hatte mich jedenfalls verstanden, aber mehr wollte er dazu nicht sagen. Er vertrieb sich ein paar Sekunden die Zeit damit, sein Feuerzeug auf dem Tisch kreisen zu lassen, und dann, nach einem Seufzer, der einen Wechsel anzukündigen schien, schlug er sich auf die Knie und sah mich an: «Wir gehen auch, oder?»

«W-wohin?» fragte ich, ohne erst zu versuchen, meine Unruhe zu verbergen.

«Hmm... ich weiß nicht.» Jetzt wirkte er so durcheinander wie ich. «Wir gehen, oder?»

Als wir beide klargestellt hatten, daß bei diesem seltsamen Austausch von Fragen keiner von uns beiden dem anderen irgendein endgültiges Versprechen geben würde, entstand ein verwirrendes Schweigen, so zäh wie eine Ölpfütze, ein vages Zeichen dafür, daß Forito bedauerte, so viel geredet zu haben. Trotzdem hatte ich, die ihm anfangs aus purer Höflichkeit zugehört hatte, noch nicht genug erfahren, um ihn so ohne weiteres gehen zu lassen. Deshalb sagte ich mir, als er die Hand hob und um die Rechnung bat, daß ich diese Nacht nicht schlafen könnte, wenn ich das Ende dieser Geschichte nicht kannte, und ich wagte es, ihn direkt zu fragen.

«W-willst du mir nicht erzählen, was dann passierte?»

«Es ist...» Er suchte wieder Zuflucht bei seinen Schuhen. «Ich weiß nicht, ich verstehe nicht, wie ich plötzlich darauf kam, dir mein Leben zu erzählen. Ich schäme mich ein wenig, ich habe den Eindruck, daß ich mich lächerlich mache... So ist das, wenn ich ein paar Gläser Cognac getrunken habe, ich kann dir sagen, dann löst sich meine Zunge, ich kann es nicht verhindern, verstehst du... Und ich kann von nichts anderem reden, es ist zum Verzweifeln. Aber dich interessiert das doch alles einen Scheiß, du mußt mich schon ziemlich satt haben...»

«Du hast drei Gläser getrunken», präzisierte ich. «Und ich habe dich nicht satt, ganz im Gegenteil... Schau mal, Foro, in meinem Leben geschieht nie etwas, weißt du? Ich k-könnte dir mein Leben in drei Minuten erzählen. Ich stehe jeden Tag auf, gehe zur Arbeit, kehre nach Hause zurück, mache mir Abendbrot und gehe zu Bett, mehr nicht... Deshalb höre ich so gerne die Geschichten von anderen, im Ernst...»

«Aber diese... Was weiß denn ich, das ist doch eine ganz gewöhnliche Geschichte.»

«Nicht ganz.» Ich sah ihn an. «Mir ist n-nie so was passiert.»

«Besser für dich.»

«N-nein. Schlimmer, viel schlimmer für mich.»

«Ja...?» Er warf mir einen verstimmten, überraschend schlauen und sehr weisen Blick zu. «Warte, bis du das Ende erfährst.»

«Das versuche ich seit geraumer Zeit», sagte ich lächelnd, «das Ende zu erfahren...»

Er lachte kopfschüttelnd auf, als würde er sich innerlich darauf einstellen, daß er nicht gegen mich ankam.

«Dann müssen wir noch einen bestellen, oder?»

«Natürlich.»

«Wo waren wir stehengeblieben?»

«B-beim Essen von panierten Filets im Casa de Campo... Das ist übrigens etwas, was ich nicht richtig verstehe, denn wenn deine Frau vorzugsweise die Señorita spielte, war sie bestimmt nicht besonders erpicht darauf, das Essen in eine Laube zu schleppen...»

«Schon, obwohl sie dem Luxus so zugeneigt war, obwohl sie davon schwärmte, gut zu leben, war sie in der Calle Mesón de Paredes aufgewachsen, sie konnte es nicht verhindern, aber sie mochte auch andere Dinge, die sie von klein auf kannte... Fernanda war sehr urwüchsig, sehr zäh, sie mochte sogar die Brötchen mit Innereien, die ich eklig finde, stell dir vor, und das, obwohl ich in Carabanchel geboren bin. Also, abends gingen wir oft direkt nach Lavapiés, und ich trank ein Gerstenwasser, das mochte ich gerne, während sie sich mit diesen Schweinereien vollstopfte... Sie war verrückt nach allem Eßbaren, das auf der Straße verkauft wurde, aber zu jener Zeit kümmerte sie sich noch um mich, sie mochte es, wenn mir etwas gefiel, und deshalb bereitete sie meistens das zu, was mir besonders schmeckte, Tortillas, Filets, es war eine Freude. Bis es plötzlich, als es uns bestens ging, nachts wieder kalt wurde, ich kann dir sagen, und der September brach ohne Vorwarnung über uns herein. Da bat ich sie, mich zu heiraten, denn ich mußte etwas tun, damit dieser Sommer länger anhielt...»

«Und sie sagte ja.»

«Also nein, glaub ja nicht, daß es so einfach war. Als erstes fragte sie mich, ob ich verrückt geworden sei, ich kann dir sagen, und dann, stell dir vor... ‹Kennst du mich etwa nicht?› warf sie mir hin. ‹Weißt du immer noch nicht, wer ich bin?› Das sagte sie, aber ich antwortete ihr, daß ich sie liebe und daß mir völlig egal sei, was die anderen denken würden, was die Leute sagen könnten, all das würde mir zum Halse heraushängen, einfach so, verstehst du, und sie dachte nach, und ich wollte nicht bohren... Ich weiß nicht, ob du das verstehst, ich wußte, daß sie nicht in mich verliebt war, aber trotz dem und allem anderen bewunderte ich sie, ich war so verliebt, daß ich alles mögliche gemacht hätte, um bis zum Ende mit ihr zusammenzuleben, obwohl ich wußte, daß sie nur bei mir geblieben war, weil sie keinen anderen gefunden hatte, der sie ertrug, selbst das hatte ich geschluckt, so daß, ich kann dir sagen... Was konnte ich tun? Versuchen, daß sie mich heiratete und mich nach und nach lieben lernte, daß wir ein oder zwei Kinder bekämen, also, eine Milchmädchenrechnung. Sie dachte fast einen Monat lang darüber nach. Dann, Anfang Oktober, sagte sie ja, wir waren in Torremolinos in einem Fünfsternehotel, in dem wir vierzehn Tage verbrachten, die sündhaft teuer und noch etwas mehr waren, aber sogar das vergaß ich, verstehst du, als sie sagte: ‹Ja, laß uns heiraten›, denn ich flippte völlig aus, stell dir das vor. . . Wir heirateten im Jahr darauf im April, denn sie wollte eines der prächtigsten Brautkleider mit sehr tiefem Ausschnitt und einem zehn Meter langen Schleier haben, ich kann dir sagen, und wir mußten warten, bis das Wetter besser wurde, aber bei all den Vorbereitungen verging der Winter schnell. Ich verkaufte die Wohnung, die ich mir gerade an einer Straßenecke zur Avenida de los Toreros gekauft hatte, und kaufte eine andere, viel teurere im Viertel Fuente del Berro, denn Fernanda wollte nicht gleich neben der Stierkampfarena wohnen, und dann mußte die Wohnung noch eingerichtet und eine neue Küche eingebaut, das Restaurant für die Feier ausgesucht und die Hochzeitskleider angefertigt werden. . . Ich unterschrieb mehr Wechsel als ein Dummkopf, aber mit dem größten Vergnügen, verstehst du, so ist das Leben. Und wir heirateten, ich kann dir sagen, prunkvoll, und alles ging den Bach runter, noch bevor meine Frau die Haushaltsgeräte bedienen gelernt hatte. . .»

Er sah mich an, als wolle er mich um meine Meinung bitten, und ich wagte es, noch etwas weiter zu gehen.

«Glaubst du, sie hat das absichtlich getan?»

«Was?»

«Na. . . das.» Plötzlich bekam ich Angst, dreist zu wirken, aber ich fand keinen Weg zurück. «D-dich erst zu heiraten, meine ich, und dann alles zum Teufel zu jagen. . .»

«Ich weiß nicht, Mädchen, ich habe auch oft darüber nachgedacht, aber das ist doch ziemlich heftig, oder? Einfach zu schrecklich. . . Ich glaube, sie dachte plötzlich, wenn sie mit mir verheiratet ist, hätte sie ein Recht auf alles, dann würde ihr alles gehören und sie könnte als einzige herrschen, und dann. . . Katastrophe, natürlich, eine komplette Katastrophe, denn sie wollte jeden Tag von allem mehr, mehr Kleider, mehr Geld, mehr Schmuck, mehr Dinge, mehr mehr mehr, genau wie mit Antonio. Sie wollte alles, was sie im Fernseher gesehen hatte, was auch immer in einer Anzeige erschien, aber alles, hörst du, stell dir vor... Und das, obwohl ich damals gut lebte, wirklich gut, ich konnte mir sogar den einen oder anderen Luxus erlauben, aber all das, was sie wollte, natürlich nicht. Und eines schönen Tages hatten wir einen Streit und zwei Tage später den nächsten und so immer fort, und ich sei ein Geizhals, ich sei ein armer Teufel, ich sei ein armer Mann für sie, ich kann dir sagen, du kannst es dir ja vorstellen... Dann kam sie mir damit, daß ich sie nicht mehr Fernanda nennen sollte, sie heiße Fanny, und das, obwohl sie wußte, daß dieser Name mir auf die Nerven geht, und sie fing an, sich ständig mit ihren Freundinnen zu verabreden, na ja, mir erzählte sie zumindest, sie würde sich mit ihren Freundinnen verabreden, bis sie eines Nachts mit einer Goldkette heimkam, die ich nicht kannte, und sie mir erzählte, die hätte sie sich von ihrem Geld gekauft, mit anderen Worten, von meinem Geld, das ich ihr gab, aber ich glaubte ihr nicht, und wir hatten einen wirklich heftigen Streit... Dann verließ ich die Wohnung, betrank mich, und als ich keinen Tropfen mehr hinunterbekam, blieb ich zusammengekauert auf einer Bank in der Calle de Goya liegen, stell dir vor, das war der Anfang vom Ende... Ein Streifenwagen fand mich und brachte mich morgens um sechs nach Hause, ich kann dir sagen, Fernanda, die sehr erschrocken war, bat mich um Verzeihung und versprach mir, daß alles wieder so wie früher werden würde, und eine Zeitlang hielt sie den Schein aufrecht, aber sie war nicht gut, und ich habe es außerdem nicht geglaubt, und wir hatten nicht einmal sechs Monate Ruhe, dann ging der Streit wieder los. Sie sagte zu mir, ich sei eifersüchtig, ob ich glaubte, sie gekauft zu haben, daß ich kein Recht hätte, mich in ihr Leben einzumischen, und man würde ja sehen, ob sie kommen und gehen könnte, wie sie wollte, sie wäre schließlich fast dreißig. Sie war nicht im Recht, das war sie nicht, aber ich sah das alles so schwarz, alles war drauf und dran, für immer den Bach runterzugehen, und ich wollte, daß alles gutginge, so daß sie mich schließlich überzeugte, verstehst du, und ich begann, mich schuldig zu fühlen... stell dir vor, das ist der Gipfel, ich war ein Blödmann, denn ich glaubte, was sie mir sagte, stell dir vor, so verrückt war ich nach ihr. Aber alles wurde nur schlimmer, ich kann dir sagen, es kam der Augenblick, da hätte sie nicht einmal mehr einem Baby was vormachen können. Und was mich am wütendsten machte, was mich noch immer verstimmt, ist, daß es nicht aus Liebe geschah. Denn wenn sie sich in einen anderen verliebt hätte, na gut, was sollte man da machen, aber einfach so, nur dumm herumzuhuren... uff. Damals fing ich mit dem Trinken an, aber ordentlich, denn mein Leben war beschissen, und ich wollte sie nicht verlassen, noch nicht, das stimmt, ich konnte sie nicht verlassen, wie konnte ich ausziehen, wenn ich sie doch anbetete, wie sollte ich ohne sie leben... Und dann kommt sie an und sagt mir, sie sei schwanger, genau wie mit Antonio, aber diesmal stimmte es. Und das brachte mich um, ich schwör's dir, denn ich wußte nicht, was ich tun sollte, ich wußte es nicht... Einerseits, sosehr sie es auch schwor, war ich mir nicht sicher, ob das Kind von mir war, aber andererseits... Ich weiß nicht, wir waren zwei Jahre verheiratet, das war keine lange Zeit, und ich dachte, mit dem Kind..., ach, ich weiß nicht, verstehst du, kommt sie vielleicht zur Vernunft und hört mit ihren Dummheiten auf... Ich habe die ganze Schwangerschaft über gebetet, daß sie ein Pummel wird, aber nein, sie wurde mit jedem Tag hübscher, diese Schlampe, obwohl ihr nichts anderes übrigblieb, als zu Hause zu bleiben, klar, und es war, als würde sie sich auf das Kind freuen, und ich freute mich auch riesig, wirklich, und so verbrachten wir eine gute Zeit. Als David geboren wurde, sagte ich mir, daß ein so kleines, schwaches und zugleich so wichtiges Wesen die Dinge doch zwangsläufig ändern mußte, aber nein... Ach was. Sie weigerte sich, ihn zu stillen, um sich nicht die Brüste zu ruinieren, und mein Sohn war noch keine drei Monate alt, als sie ihn mir überließ und wieder unterwegs war. Mir machte das nichts aus, ich kann dir sagen, ich kümmerte mich gern um den Säugling, der sich zudem wirklich gut entwickelte, aber wirklich gut, hörst du, er hat mir keine einzige schlechte Nacht beschert, der arme Kleine, und er trank seine Fläschchen in zehn Minuten aus, und es machte Spaß, ihn auszuführen... Am wütendsten macht mich, daß sie ihn mitgenommen hat, daß der Schurke von Richter mich nicht angehört hat. Als das Urteil gesprochen wurde, wurde ich so... stell dir vor, aber ich weiß nicht, was ich wurde, ich hätte ihn umbringen können oder sie, aber ich habe sie nie wieder allein angetroffen, denn sonst bringe ich sie um, ich kann dir sagen...»

«Du b-bist also vor Gericht gegangen», resümierte ich eher für mich selbst als für ihn, denn was ich gerade gehört hatte, erschien mir schlicht unbegreiflich, obwohl ich schon vor einer Weile geschworen hätte, daß sich meine Fähigkeit zum Staunen erschöpft hatte.

«Natürlich, ich sag dir... Schöner Reinfall. Du hast nie Kinder gehabt, oder?» Ich schüttelte den Kopf. «Vielleicht verstehst du es deshalb nicht, aber ja, klar bin ich vor Gericht gegangen, zu mehreren, ich habe gegen das Urteil Berufung eingelegt, bis ich keine verdammte Pesete mehr hatte, umsonst, hörst du, es gab keinen Weg... Ich wollte, daß mein Sohn bei mir lebt. Ich war bereit, zu meiner Mutter zu ziehen, ein Hausmädchen einzustellen, die auf ihn aufpaßt, was auch immer. Ich führte an, daß sie den ehelichen Haushalt verlassen hatte, daß sie das Kind ohne Vorwarnung mitgenommen hatte, daß das Leben, das sie führte, ihr nicht erlaubte, sich um das Kind zu kümmern, stell dir vor, ich ging sogar in eine Gruppe der Anonymen Alkoholiker und habe anderthalb Jahre keinen Tropfen Alkohol angerührt, weil sie angab, daß ich trinken würde, ich kann dir sagen... Aber nein, der Junge blieb bei seiner Mutter, und ich bekam ihn jedes zweite Wochenende und zwei Nachmittage unter der Woche, das Übliche... So ist es bis heute, und ich verzeihe ihr nicht eine Minute der Zeit, die mir bleibt, aber nicht eine Minute, und auch wenn ich vor Lust auf einen Tropfen sterbe, wenn ich mit ihm zusammen bin, trinke ich nur Wein zum Essen und sonst nichts, ich schwör's dir, nicht einmal riechen... Ich will nicht, daß er mich jemals betrunken sieht, nie. Das ist das einzige, was ich habe, aber es ist viel, und außerdem bewundert er mich, das ist die Wahrheit, David liebt mich sehr und ich ihn... Stell dir vor, ich spare, wo es mir doch so schwer fällt, von dem Witz, den ich jetzt verdiene, zu sparen, damit er etwas... Richtiges wird, ich weiß nicht, Ingenieur oder Architekt, so was eben, aber er sagt, daß er Fotograf werden will wie sein Vater, stell dir vor... Ich bekomme immer einen Kloß im Hals, wenn ich ihn höre. Letztes Jahr kam er am zehnten Mai zu mir und blieb eine ganze Stierkampfsaison über bei mir, weil er Lust dazu hatte, ich kann dir sagen, und seine Mutter konnte nichts tun, um es zu verhindern, weil er zu ihr sagte: ‹Wenn du Papa anzeigst, werde ich mit dem Richter reden und ihm alles erklären›, das sagte er zu ihr, mein Junge, vierzehn Jahre alt und einen Mut, hörst du, und sie bekam kalte Füße, und es passierte nichts. Wir gingen jeden Nachmittag auf den Balkon in der Arena, denn ich habe viele Freunde in Las Ventas, und die lassen mich umsonst hinein, und er fragte mich die ganze Zeit, was wird jetzt passieren, warum tun sie dies und das, er war wirklich anstrengend... Ich erklärte ihm alles, und er sagte zu mir: ‹Ich muß das lernen, Papa, denn wenn ich in ein paar Jahren hier arbeiten möchte...› Deshalb bin ich heute hier, um mich nach den Plakaten zu erkundigen, denn schon bald habe ich ihn wieder bei mir, wir haben schon darüber gesprochen, und er, immer wieder dieselbe Leier, daß er Fotograf werden will, genau wie ich... Er schlägt sich das nicht aus dem Kopf, ich kann dir sagen, und so denke ich, daß vielleicht alles, was geschehen ist, auch für etwas gut war, daß ich am Ende Glück gehabt habe und alles... Ich weiß schon, was du denkst, ich weiß es, auch wenn du es leugnest, denn das denken alle, ich selbst würde es denken, wenn mir jemand von einem solchen Absturz erzählen würde, aber das Kind ist von mir, hörst du, wirklich von mir, ich bin mir sicher und nicht, weil seine Mutter es mir geschworen hat, denn diese Zicke hat weder Worte noch ein Gehirn, noch etwas drin, sondern weil ich sein Vater bin, ich bin seit seiner Geburt sein Vater und werde sein Vater bleiben, bis ich sterbe, und Punkt. Und darüber hinaus hängt er an mir, stell dir vor...»

Er zog seine Brieftasche aus der Hosentasche, die wie aus Pappe wirkte, so abgenutzt war das Leder, die Ecken lösten sich schon auf, und holte ganz sorgfältig ein Foto in einer Plastikhülle hervor, das er mir mit spitzen Fingern hinhielt. Ich betrachtete es und konnte mir ein Lächeln nicht verkneifen. Was ich vor mir sah, hatte die minutiöse Rekonstruktionsarbeit, die meine Augen fast liebevoll die ganze Nacht über mit wachsender Hartnäckigkeit geleistet hatten, wirklich gelohnt. Deshalb, weil dieses Bild etwas von einem Sieg hatte, beglückwünschte ich mich heimlich, während ich die Kopie des Gesichtes betrachtete, das der Mann einmal gehabt hatte, der mich jetzt unsicher ansah, während er ungeduldig mein Urteil erwartete. Da waren seine grünen Augen, der klare Blick, frei von jeglichem Gift, der Winkel eines klaren Kinns und die römische Nase, gerade und scharf, genau zwischen den hervorstehenden, spitzen Wangenknochen.

«Das ist wirklich dein Sohn», urteilte ich und gab ihm das Foto zurück.

«Natürlich», rief er mit verhaltener Begeisterung aus, als er es wieder einsteckte. «Das sagt sogar Antonio und daß man die Mutter nicht sieht... Als er klein war, konnte man es noch nicht erkennen, ich dachte, wenn er nicht von mir sein sollte, könnte ich wenigstens dem Schicksal danken, daß er mir ähnlich wäre, aber seit er so rasch gewachsen ist... stell dir vor, es gibt keinen Zweifel, verstehst du, er ist mir wie aus dem Gesicht geschnitten, aber wirklich, ich sehe es schon... Und außerdem, genau wie ich dir sagte, mit der Hochzeit, ich weiß nicht, was ich davon halten soll, aber das mit dem Kind war mir immer klar, Fernanda wurde absichtlich schwanger, um mich verlassen zu können und weiter von mir zu leben, ich kann dir sagen...»

«Aber so schlecht endet die Geschichte n-nicht», resümierte ich wieder, und mir fiel auf, daß wir allein in einer Bar voller leerer Tische saßen. Sogar die Musiker – zwei Geigen und ein Violoncello –, die noch eine Weile ihre Sachen verstaut hatten, waren jetzt gegangen. Forito bat einen geduldigen Kellner, der an eine Säule gelehnt wartete, bis wir merkten, daß es zwei Uhr nachts war, um die Rechnung, und mir fiel keine Ausrede mehr ein, um ihn zurückzuhalten.

Ich ließ ihn bezahlen, weil ich wußte, daß jeder andere Vorschlag ihn verletzen würde, und wir legten schweigend die wenigen Meter zur Straße zurück, während die schreckliche Leere, wie ein feuchtes, kaltes Loch, das unaufhaltsam vom Innern meines Körpers aus vordrang, bis es auch noch den kleinsten Funken Wärme aufgesaugt hatte, mich bei jedem Schritt ein bißchen mehr auslöschte. Ich kannte das Phänomen sehr gut, die Kralle der Verzweiflung, die mich jeden Sonntagabend geduckt zwischen den wunderbaren Möbeln meiner Wohnung erwartete, wenn mich die Uhr zwang, den Roman beiseite zu legen, und mich nötigte, mir ein kleines Abendessen zuzubereiten, eine französische Tortilla, die ich allein, lustlos und manchmal sogar im Stehen verschlang, bevor ich aus reiner Disziplin schlafen ging, um mich einer Woche zu stellen, die der vorangegangenen genau glich, genauso wie der unmittelbar folgenden, diese Zeit in Klammern, die mein Leben ist.

Dann, um irgendwo hinzusehen, sah ich auf meine mit rotem Stoff überzogenen Schuhe, die eleganten Schuhe von Alejandra Escobar, und ich begriff plötzlich, daß diese Nacht mir allein gehörte, für immer, daß diese Nacht meine Nacht gewesen war, obwohl ich kaum gestottert hatte, obwohl ich mehr als gewöhnlich getrunken hatte, obwohl ich kaum etwas anderes getan hatte, als zuzuhören. Das

Bewußtsein meiner eigenen Identität änderte die Bedeutung dieses eingebildeten inneren Parasiten, und die dunkle Verzweiflung verwandelte sich augenblicklich in einen viel angenehmeren Schmerz, der dem schlichten Vorgefühl entsprang, daß mir etwas fehlen würde. Das Ende dieser Nacht, dieser Geschichte, verursachte mir eine immense, fast unerträgliche Traurigkeit.

Draußen war es sehr kalt. Forito, der keine Romanfigur ist, schlug vor, ein Taxi zu nehmen. Ich hingegen preßte ihn an die Seitenwand des Hotel Ritz und küßte ihn.

Fran

«Entschuldigen Sie», sagte ich noch im Türrahmen. «Ich komme nicht gerne zu spät, aber ich hatte im letzten Moment ein Problem im Verlag.»

Sie warf mir einen sanftmütigen Blick zu, alle ihre Blicke waren so, bevor sie mich mit einer Handbewegung aufforderte, Platz zu nehmen. Ich wahrte die Distanz, die mich von dem gewohnten Sessel trennte, indem ich ganz langsam ging, als könnte die Trägheit, die ich meinen Beinen und meinen Armen auferlegte, die dicht am Körper hingen und der Bewegung gegenüber gleichgültig waren, die Spuren der Empörung auflösen oder zumindest verdecken, die noch immer in meinen Schläfen pochte und meine Wangen so kräftig rötete, daß jede andere mögliche Interpretation meines Errötens oder meiner Verspätung ausgeschlossen war. Es war Wut, reine Wut. Als sie es entdeckte, zog sie die Augenbrauen hoch.

«Sie hatten keinen guten Tag», merkte sie lediglich an.

«Natürlich nicht», bestätigte ich ebenso lakonisch.

Schon über ein Jahr redete ich jeden Donnerstag für sie, schon über ein Jahr sah ich ihr ins Gesicht, erzählte ihr mein Leben, legte vor ihren Augen mehr oder weniger aufrichtig und in der brutalsten Entblößung Fragmente meiner Erinnerung offen, und ich war trotzdem noch immer nicht fähig, sie zu duzen. Ich würde es nie tun, so wie ich nie imstande wäre, in ihr etwas anderes als die verschwommene Version eines Feindbildes zu sehen, eine Art unbestechlicher ewiger Zeugin meines ganzen Unglücks. Aber der Streit vom Nachmittag war weit entfernt von der Grenze, die oberflächliche von tiefster Vertraulichkeit trennt, jener, die ich nicht einmal mit mir selbst teile, und schlußendlich mußte ich irgendwo anfangen.

«Ich habe mich mit meinem Bruder Miguel gestritten», eröffnete ich ihr und zündete die erste Zigarette des Abends an. «In Wahrheit habe ich mich mein Leben lang mit ihm gestritten, zuerst zu Hause als Kinder und später auf der Arbeit, und das wäre noch das geringste, wenn ich einmal gewonnen hätte, aber nein, denn ich bin so blöd, daß er am Ende immer seinen Kopf durchsetzt.»

«Miguel ist der mittlere Bruder, nicht wahr? Und er ist älter als Sie...»

«Ja, zwei Jahre. Antonio, der Stammhalter, ist fünfzehn Monate älter als Miguel, aber die beiden verstehen sich viel besser als ich mich mit jedem von ihnen, obwohl ich mit Antonio nie gestritten habe, ehrlich, wir ignorieren uns gegenseitig, was wesentlich zivilisierter ist, aber es stimmt auch, daß ich ihn weniger mag, nun, ich glaube, darüber haben wir schon einmal gesprochen...» Sie nickte, und ich sprach weiter. «Gut, ich weiß nicht, ob ich Ihnen erzählt habe, daß Miguel eine Schulkameradin von mir geheiratet hat, María Pilar, ein liebes Mädchen, ziemlich spießig, denn sie duldet es nicht, wenn sie jemand nur einfach Pilar nennt, und ein bißchen einfältig, aber sympathisch und witzig. Sie war auch sehr hübsch, ein Mädchen, auf das man aufmerksam wird, wie mein Bruder auch, und obwohl es unglaublich klingt, sind die beiden so bedacht auf ihr Äußeres, daß sie jetzt sogar noch besser aussehen als früher, denn mit zwanzig Jahren haben Menschen eine mehr oder weniger gute Figur und eine wunderbare Haut, Sie verstehen schon, aber in diesem Alter fällt das doch stärker auf, und sie fallen natürlich auf... Es stimmt auch, daß sie nichts anderes im Kopf haben. Seit sie die beiden Kinder hat, der jüngste dürfte schon fast dreizehn sein, hat María Pilar ihr Leben beim Friseur und bei der *Esthéticienne*, wie sie selbst ihre Kosmetikerin nennt, verbracht. Jedes Mal, wenn ihr jemand sagt, daß sie jeden Tag schöner wird, verrät sie, daß ihr Geheimnis darin bestünde, viel zu schlafen, als wäre es allen Menschen möglich, jeden Tag erst um elf Uhr aufzustehen. Sie hat sich im Keller einen Fitneßraum eingerichtet und verbringt den Morgen mit Krafttraining, dann geht sie schwimmen, und danach ist sie mit ihren Freundinnen zum Einkaufsbummel verabredet, denn Geldausgeben ist das einzige, was ihre Neurosen heilt. Sie sagt, sie laufe Gefahr, eine Hausfrauenneurose zu bekommen, und daß wir berufstätigen Frauen uns gar nicht vorstellen können, wie das tägliche Nichtstun erschöpfen kann und wie sie darunter leidet, nicht aus dem Haus zu kommen, ja ja, Sie können es sich ja vorstellen, ihr Leben wirkt wie ein Chauvi-Witz, und das mit Grund, ich brauche Ihnen nichts weiter zu erzählen. . . Eine absolut dämliche Kuh, von der Haarspitze bis zum kleinen Zeh, sie kommt mir so beschränkt vor.»

«Natürlich sind Sie keine Freundinnen mehr. . .»

«Natürlich nicht», räumte ich ein und stellte erleichtert fest, daß sich das fast atemlose Ausspucken der gewohnten Anschuldigungen auswirkte und sich der lästige Teich voll schmutzigen Wassers in meinem Innern zu leeren begann. «Das sind wir schon seit vielen Jahren nicht mehr. Neu ist, daß wir von heute an wohl eher Feindinnen sind. Oder, besser gesagt, wir sind dabei, Feindinnen zu werden, denn ich ertrage sie nicht, aber ich werde sie jeden Tag aushalten müssen. . . Deshalb habe ich mich mit Miguel gestritten. Er kam mir heute morgen damit, daß Mari Pili – na ja, mein Mann nennt sie immer so, und ich habe das Diminutiv vor vielen Jahren übernommen –, also, daß seine Frau eine Art Krise durchlebe, daß sie traurig und verwirrt sei, daß sie weder wußte, was sie will, noch was los ist. Mit anderen Worten, sie ist auf einmal gewöhnlich geworden und allen anderen gleich, mir zumindest. Die beiden haben darüber gesprochen und sind darauf gekommen, daß sie eine Beschäftigung bräuchte. Schwant Ihnen etwas? Arbeiten, einfach so, als wäre es dasselbe, wie eine Zeit im Kurbad zu verbringen. María Pilar braucht eine Beschäftigung, das hat er zu mir gesagt. Und obwohl er eine Abteilung ganz für sich hat, obwohl er zwölf oder dreizehn Schulbücher jährlich herausbringt, ist ihm nichts Besseres eingefallen, als sie mir aufzuhalsen, denn sie sei eine Frau und ich arbeite mit Frauen zusammen. . .» Ich hielt das Feuerzeug in der Hand und machte es grundlos an, wobei ich mit dem Daumen so lange auf den Zünder drückte, bis das Metall zu brennen begann, aber nicht einmal damit gelang es mir, mich zu beruhigen. «Das ist die Höhe, also wirklich die Höhe. . . Ich habe es satt, ehrlich, satt. Manchmal habe ich den Eindruck, daß uns niemand ernst nimmt, daß wir eine Art Schwestern vom Roten Kreuz in Verlagsversion sind, verdammt noch mal...» Ich zündete das Feuerzeug erneut, und diesmal verbrannte ich mich, und ich tat es absichtlich. «Verzeihen Sie mir, ich wollte nicht so heftig werden.»

«Macht nichts.»

«Das kann ich mir schon denken, aber ich mag es nicht.»

«Weil Sie ungern die Kontrolle verlieren», legte sie nahe.

«Natürlich.» Manchmal dachte ich, wenn das Verdienst eines Psychoanalytikers darin besteht, diese Art Schlußfolgerungen auszusprechen, habe ich alle Schwierigkeiten meines Lebens behoben, auch wenn ich nie wieder in meinem Leben ein Buch machen sollte. «Das stört doch alle, oder?» Ich machte eine Pause, aber sie mochte nichts hinzufügen. «Jedenfalls habe ich gegenwärtig rein zufällig ein weibliches Team. Es kostete mich Gott und die Welt, die Dokumentarin Ana zu verpflichten, die beste Bildredakteurin der ganzen Unternehmensgruppe. Ich habe sie meinem Bruder Antonio im letzten Moment weggeschnappt. Rosa, die Koordinatorin, hat schon oft als Redakteurin, als Korrektorin, als Übersetzerin für mich gearbeitet. Sie macht alles, und sie macht es gut, so daß mir keine besser geeignete Person für die Betreuung des Sammelwerks eingefallen ist. Die DTP-Bearbeitung hingegen war einem Mann übertragen worden, Ramón Estévez, ein hervorragender, ausgesprochen kluger Mitarbeiter, der aber immer ziemlich überlastet ist und kein weiteres Projekt übernehmen konnte. Deshalb empfahl er mir Marisa Robles, eine seiner Assistentinnen, und ehrlich gesagt verzichtete ich nur sehr ungern auf ihn und akzeptierte Marisa nur widerwillig, das gebe ich zu, und trotzdem hat alles wunderbar geklappt. Was so weit geht, und das ist das einzige, was ich sicher weiß, daß ich versuchen werde, sie zu halten, was auch immer nach dem Atlas, den wir gerade machen, kommen mag, denn eine gute Informatik-Expertin an der Hand zu haben ist ein großer Luxus. Aber ich hätte ebensowenig gezögert, einen Mann einzustellen, wenn Ramón ihn mir empfohlen hätte, glauben Sie mir. Ich habe bis heute mit vielen Männern zusammengearbeitet, und ich habe mit ihnen nicht mehr Probleme gehabt als mit Frauen. Und mit jeder von ihnen selbstverständlich weniger Probleme, als ich jetzt mit Mari Pili haben werde, das sicherlich...»

«Und warum haben Sie zugesagt?» Sie schien ehrlich überrascht.

«Nun, weil ich ein Dummkopf bin, ganz einfach... Weil Miguel mich davon überzeugt hat, daß es einen Skandal geben würde, wenn er sie mir nichts, dir nichts in seiner eigenen Abteilung unterbrächte, und weil er mir geschworen hat, sie so bald wie möglich zu sich rüberzuholen; im übrigen weiß er ganz genau, daß wir mehr als genug am Hals haben und wir eine Assistentin, die alles macht, gut gebrauchen könnten... Immerhin habe ich erreicht, ihren Eintritt ins Team um ein paar Monate hinauszuzögern, bis wir mit dem nächsten Heft anfangen, mal sehen, ob sie sich inzwischen nicht für den Schutz von Seehunden einsetzt und alles andere vergißt und ob wir anderen uns zumindest an die Vorstellung gewöhnen können. Am Ende habe ich ausgehandelt, daß meine Schwägerin zwei Wochen mit Rosa zusammenarbeitet, zwei Wochen mit Ana und vier Wochen mit Marisa, denn Computer interessieren sie am meisten, na ja, sie hat fünfzig Zentimeter lange Fingernägel, was interessiert diese dumme Kuh denn schon... Als ich es ihnen mitteilte, waren sie ganz zufrieden, klar, besonders Marisa, die es am schlimmsten erwischt hat, denn, um ehrlich zu sein, wir ersticken in Arbeit. Alles in allem eine Katastrophe, und Mari Pili hat uns gerade noch gefehlt. Ich hätte Miguel zum Teufel jagen müssen oder drohen, ihm zum Ausgleich irgendeinen meiner Neffen in seine Schulbuchabteilung zu setzen, ich hätte mich rundheraus weigern müssen, mir Mari Pili aufzuhalsen, aber er hat mich an einem schlechten Tag erwischt, und das Schlimme an meinem Bruder ist, daß er nie genug kriegt vom Streiten, ich kann nicht anderthalb Stunden schreien, er schon...»

Dann schwieg ich und sah ihr in die Augen, wo ich genau das vorfand, was ich erwartete. Seit ich ihr gleich zu Beginn der Sitzungen mitgeteilt hatte, daß ich es vorzöge, nichts gefragt zu werden, wagte sie mich nur zu unterbrechen, um mich um eine triviale Erklärung zu bitten oder um meine Worte zu deuten. Die wichtigen Fragen jedoch standen mit solcher Deutlichkeit in ihren Augen, als könnte sie sie mit einer Zaubertinte auf ihre Pupillen schreiben. Unsere Sitzungen hatten sich nach und nach in einen geheimnisvollen Dialog zwischen einer Stimme, die sprach, und einer anderen, die schwieg, verwandelt, aber es gelang ihr immer, sich mit ihrem hermetischen Schweigen auszudrücken, das wirkungsvoller war als jedes Wort. Diesmal fragte sie mich, warum ich einen schlechten Tag gehabt hatte. Er war wirklich sehr schlecht gewesen, so daß ich mich ihrem Willen beugte, ohne die Folgen meiner Antwort einzuschätzen.

«Mir geht es sehr schlecht», räumte ich ohne Umschweife ein. «Vorgestern habe ich meinem Mann erzählt, daß ich eine Analyse mache.»

Ich glaubte, einen ganz flüchtigen Funken in ihren Augen aufblitzen zu sehen, ein noch nie dagewesenes Anzeichen von Rührung, das sich jedoch gleich in dem neutralen, professionellen Ton auflöste, in dem sie die unvermeidliche Frage stellte, zu der mein seltsamer Anfall von Aufrichtigkeit sie berechtigte.

«Und wie hat er reagiert?»

«Er sagte, er hätte geglaubt, daß wir solche Dinge nicht tun würden.»

Das genau hatte er gesagt: «Ich habe geglaubt, daß wir solche Dinge nicht tun würden», und war in einer Sofaecke in sich zusammengesackt, hatte den Kopf zurückgelegt und die Augen geschlossen, um in Sekundenschnelle das Vorzeichen dieser Szene zu ändern: Mein tapferes Geständnis blähte sich auf, bis es die mittelmäßigen Grenzen der Unschicklichkeit überschritt, ein Rechenfehler, eine unglückliche und bereits nicht wiedergutzumachende Bemerkung, noch eine Katastrophe. Mein Blick irrte zwischen den vertrauten Winkeln des Wohnzimmers umher, als markierten sie eine bis jetzt nie besuchte Landschaft, und dann fiel er auf mich, auf meinen müden Bauch, der auf einmal von der Unbarmherzigkeit meiner eigenen Augen gepeinigt wurde. Die Nacktheit wirkte auf mich plötzlich wie das Stigma meines eigenen Untergangs, das verspätete Echo eines Signalhorns, das von der Ruine eines Gebäudes erklingt, dessen Wände bereits unkontrolliert und mit gewaltigem staubaufwirbelnden Getöse eingestürzt sind. Wie eine improvisierte, aber bewußte Eva war ich gerade aus dem Paradies verbannt worden und lief auf der Suche nach irgend etwas, mit dem ich mich bedecken könnte, ins Schlafzimmer. Als ich in einen Morgenmantel gehüllt, der die Unterwäsche verbarg, in der ich zusätzliche Sicherheit gesucht hatte, ins Wohnzimmer zurückkehrte, waren seine Augen noch immer geschlossen.

Martín der Lapidare war er in der Fakultät genannt worden, denn er sprach gerne unvermittelt Urteile, kurze, spitze Sätze, manchmal grausam und fast immer passend und unanfechtbar wie seine eigenen

Überzeugungen, wie die Zweifel, die er mir in letzter Zeit mit zunehmender Angst und ungewöhnlich häufig für jemanden, der den Zweifel wie eine Art methodische intellektuelle Gymnastik handhabt, eingestand. Ich bewunderte ihn dafür und für die Disziplin, mit der er die Bremse zog, wenn er im Begriff war, jemanden, der es nicht verdiente, ernsthaft zu verletzen. Martín kultivierte diese herausragende Fähigkeit in den Freiräumen einer grundlegenden Gutherzigkeit, die viel stärker dem Konzept der Würde des einzelnen und der Gerechtigkeit für alle verbunden war als die kraftlosen Almosen, in denen sich die zeitgenössische Entwürdigung der Tugend niederschlug. Vielleicht rief er mich deshalb zu sich, als er mich endlich ansah, die ich zusammengekauert in einem Sessel hockte und mit beiden Händen und überkreuzten Armen den Kragen des Morgenmantels umklammerte, um noch das letzte sichtbare Stück Haut zu verstecken, und es gelang ihm, seiner Stimme den freundlichen Klang einer Bitte zu geben.

«Komm her», befahl und bat er gleichzeitig und breitete die Arme aus.

Ich zögerte einen Moment. Zuerst sah ich ihn aufmerksam an und versuchte herauszufinden, was er in Wirklichkeit fühlte, was ich fühlte, die ich unentschieden war zwischen vorübergehender Niedergeschlagenheit und definitivem Zusammenbruch. Meine Widerspenstigkeit brachte ihn aus der Fassung, und als er den Kopf wieder zurücklegte und wie zum Zeichen seiner Ungeduld mit der Zunge schnalzte, ging ich zu ihm, schlüpfte in seine Arme und schmiegte mich mit derselben starrsinnigen Hilflosigkeit, die mich schon seit Beginn dieses mit Fragen belasteten Abends zu ihm gedrängt hatte, an seinen Körper.

«Ich dachte, du hättest einen Liebhaber», sagte er später, nachdem er mich viele Male auf den Mund geküßt hatte, eine ordentliche Salve von kurzen, zarten Küssen, die auf meiner Zungenspitze einen bitteren Geschmack hinterließen.

«Und das wäre dir lieber gewesen», flüsterte ich in einer mir unbekannten Stimmlage, ein schwacher Tonfaden, der aus der Tiefe meiner eigenen Angst zu kommen schien.

«Nein», antwortete er mit einer Bestimmtheit, die mir verdächtig vorkam, weil sie so automatisch erfolgte. «Natürlich nicht.»

Trotzdem log er. Ich war überzeugt davon, daß er log, trotz der

Nachdrücklichkeit, mit der er mich jetzt anlächelte, als würde die Wahrheit ihm ein unerträgliches Gewicht von den Schultern nehmen, log er, und ich wußte nicht, was ich danach sagen sollte, wie ich eine Unschuld erklären sollte, die sich plötzlich in ein brutales Verbrechen verwandelt hatte.

«Ihr könnt nicht euer Leben lang reine, ewige Liebe spielen», hatte Marita einmal vor vielen Jahren zu mir gesagt, als die ganze Welt noch wie ein kleiner Garten schien, den sie in ihrer Freizeit pflegte. «Das funktioniert nie. Hör auf mich, oder ihr werdet bös enden...»

Hätte sie nicht so gerne gevögelt, wäre sie die perfekte Reinkarnation der roten Jungfrau gewesen. Sie hieß María Tadea, Heilige des Tages, und als ich sie gleich zu Studienbeginn kennenlernte, stellte sie ihren vollständigen Namen wie eine Kriegswunde zur Schau, eine Auszeichnung des Schicksals, eine Art Zeichen ihres bäuerlichen und proletarischen Ursprungs, der sie unweigerlich für Machtpositionen befähigte, für die Spitzenposition in den freiwilligen revolutionären Heerscharen, die sich vor allem von den Jungen des städtischen, der Diktatur mehr als gefälligen Bürgertums nährten, den wirklichen Nutznießern des Franquistischen Aufschwungs, Kindern aus mehr oder weniger gutem Hause, die nicht mehr verstanden, warum das Brot gesegnet ist, und die vor sich hin lächelten, wenn sie die zigste Version des uralten Vortrags hörten, der mit irgendeinem dieser denkwürdigen Sätze begann: «Ich habe schon viele Kohlköpfe gegessen, damit du jeden Tag genug Filets essen kannst», oder: «In deinem Alter habe ich schon viele Jahre gearbeitet und mir von den Überstunden das erste Auto gekauft», oder: «Als ich zwanzig war, hat mir mein Vater zehn Peseten gegeben, damit ich auf einen Ausflug nach La Boca del Asno mitfahren konnte, und du warst schon in ganz Europa und beklagst dich noch.»

«Nun, das sind die Stiere, die wir anbinden müssen...» pflegte Marita immer ausgesprochen getreu ihrer geschätzten bäuerlichen Herkunft und jedesmal mutlos den Kopf schüttelnd zu murmeln, wenn sie ihre Truppe musterte. Aber trotz ihrer immerwährenden, gespielten Enttäuschung befahl sie noch lieber, als sie vögelte. Deshalb hob sie später die Stimme, um ein paar erschreckende Reden zu halten, die so feurig waren, daß die Worte ihr die Zunge zu verbrennen schienen, mit solcher Heftigkeit kamen sie aus ihrem Mund und so wild, daß mehr als ein Anhänger der schwelenden Revolution den Kopf einzog und die Versammlung verstohlen wie ein Krebs durch die Hintertür verließ, um sich für immer im komfortablen Umfeld der Sozialdemokratie zu verlieren, wo es niemand wagte, Begriffe wie Opferbereitschaft, Kampf, Schmerz, Staub, Schweiß oder die Tränen der heldenhaften Mütter zu erwähnen, die ohne zu zögern ihre eigenen Kinder für eine gerechte Sache in einen würdigen Tod schicken, letzteres war Maritas bevorzugter Knalleffekt, um ihre blutrünstigen und melodramatischen Reden zu beenden.

Sie war die erste, die mir, fast ein Jahr bevor ich ihn kennenlernte, von Martín erzählte, und selbstverständlich war das nur Negatives. Mein zukünftiger Ehemann, der sie verachtete, was sie ihm reichlich vergalt, denn sie nahm in dem komplexen Organisationsschema der damaligen Partei den unmittelbar nächsten Rang ein, war derjenige, der sie María Tarada, María die Spinnerin, zu nennen begann, ein Spitzname, der so erfolgreich war, daß ein paar Abtrünnige ihn als ihren Vornamen benutzten. Er war es auch, der mir viele Jahre später enthüllte, daß Marita Fotos, Aufnahmen und sogar Filme der Generalsekretärin der Kommunistischen Partei, Dolores Ibárruri, genannt La Pasionaria, sammelte, sie eifrig studierte, um ihre Bewegungen, Posen, Tonfall und sogar den nordischen Akzent in ihren eigenen Diskussionsbeiträgen gewissenhaftest zu imitieren. Sie kopierte ganze Sätze der Reden, die während des Krieges im Radio gesendet worden waren – daher stammte ihr nachdrückliches Bestehen auf dem Opfer der Mütter in einer Zeit, als dieser Ausdruck eher auf Kohlenhydratdiäten verwies –, aber meiner Meinung nach machte sie das sehr gut. Obwohl sie Jura und ich Philosophie studierte, sahen wir uns fast jede Woche in den Versammlungen des Solidaritätskomitees für Lateinamerika, wo wir beide unsere jeweiligen Organisationen vertraten, eine Einrichtung, die in Wirklichkeit der Anwerbung von Rekruten für die Kommunistische Partei diente; niemand von uns übrigen Mitgliedern konnte auch nur im entferntesten mit Maritas überrumpelnder Verführungskunst konkurrieren, der es gelang, jedem schwankenden Aspiranten die revolutionäre Aufgabe nahezubringen, auch zu dem Preis, ihn für sein restliches Leben zu verschrecken. Ich bewunderte sie für die Leichtigkeit, mit der sie jeden Vorschlag aufgriff, so verrückt er anfangs auch erscheinen mochte, und ich verstand mich ausgezeichnet mit ihr, obwohl ich nicht sagen würde, daß wir Freundinnen waren, denn zu jener Zeit war Freundschaft für Marita sicherlich eine urbane, kleinbürgerliche Schwäche.

«Du und ich sind Gesprächspartnerinnen», sagte sie einmal, womit sie unsere Beziehung mit einer Direktheit definierte, die ihre Vorstellung von allen Dingen charakterisierte, und es stimmte. Das ganze Studium über, auch nachdem mein dialektischer Zusammenstoß mit Martín den Horizont meiner konkreten politischen Ambitionen niedergerissen und sich unser Komitee selbst aufgelöst hatte, verabredeten wir uns weiter jede Woche, um unsere Blickwinkel auszutauschen, wie wir es damals nannten, obwohl wir in Wirklichkeit über alles redeten, über das Studium, über ihre unzähligen Liebhaber, über Musik, Bücher und Filme. Ich erinnerte mich gerne an sie, wie sie damals war, klein und pummelig mit großem Busen und etwas zu kurzen Beinen, aber mit einem sehr hübschen Gesicht trotz der Schildpattbrille, moralische Verpflichtung zu Trotzkis Geschmack und paradoxerweise das Brillengestell, das umsonst von der Sozialversicherung vergeben wurde und das sich alle Linken damals aussuchten.

Später verlor ich sie aus den Augen. Ich glaubte, es wäre für immer, aber fast ein Jahr nachdem ich sie zum letzten Mal gesehen hatte, als ich schon nicht mehr um die Juristische Fakultät herumschwänzelte, weil ich mein Studium beendet hatte und im Verlag arbeitete, hatte ich sie plötzlich überraschend am Telefon.

«Fran?» fragte sie so beherzt, als wären nur ein paar Tage seit unserem letzten Glas vergangen, und gab sich danach mit derselben Natürlichkeit zu erkennen. «Marita. Wie geht's? Du hast noch keinen Urlaub?»

«Nein. . .» murmelte ich, während ich den Telefonhörer unter mein Kinn klemmte, um meine Bluse zuzuknöpfen. Es war halb acht morgens, aber dieses Detail war nicht im entferntesten das eigenwilligste an unserem Gespräch.

«Aber du hast einen vollen Tag, oder?»

«Nun, ja», antwortete ich. «Deshalb bin ich um diese Uhrzeit schon auf.»

«Ja», entschuldigte sie sich, «ich weiß schon, daß man um diese Uhrzeit niemanden anrufen sollte, aber ich habe befürchtet, dich nicht anzutreffen, und ich schlafe in letzter Zeit gar nicht mehr, weißt du...» Trotz meiner Unausgeschlafenheit, die mein Reaktionsvermögen dämpfte, begriff ich, daß sie nervös war oder, schlimmer, besorgt, erschrocken oder sehr verängstigt und bemüht, mir den wirklichen Grund ihrer Angst zu verbergen. «Hast du morgen nachmittag etwas sehr Wichtiges vor?»

Als erstes ging mir durch den Kopf, daß sie sich einer terroristischen Gruppe angeschlossen hatte, irgendeinem dieser gesuchten Kürzel der extremen Linken, die an den Wänden der Universität standen und die ich zu entschlüsseln lernte, auch wenn ich nie ein Mitglied von ihnen kennengelernt hatte; aber obwohl das letzte, wozu ich Lust hatte, war, einem rauchenden Gewehr oder seinem zitternden Besitzer Unterschlupf zu gewähren, schuldete ich ihr als Genossin eine gewisse Loyalität und war ehrlich.

«Nein.»

«Wunderbar!» Sie schien sehr erleichtert. «Dann könnten wir uns verabreden. Es ist nämlich so... Na ja, ich werde abtreiben, und ich habe gedacht, es wäre besser, jemand mitzunehmen, weil man mir gesagt hat, daß ich bestimmt eine ganze Weile warten muß, und danach...»

«Natürlich, natürlich...» Ich brauchte keine weiteren Erklärungen. «Selbstverständlich.»

Sie bestellte mich um Punkt vier Uhr an den Metroausgang Canillejas – «Dann bleibt dir noch Zeit zum Essen», erklärte sie mit einer Gelassenheit, die mir die vertraute Marita zurückgab – und verabschiedete sich genauso knapp und nachdrücklich, wie sie mich begrüßt hatte. Mir blieb nicht viel Zeit zum Nachdenken, aber ich ging in einen Julimorgen hinaus, so heiß wie der schlimmste Julimorgen der Geschichte, und überlegte, ob sie auf mich, eine schlichte Gesprächspartnerin, zugekommen war, weil sie sonst niemanden hatte, und diese Vorstellung bewegte das Mädchen ohne Freundinnen, das auch ich einmal gewesen war, so tief, daß ich die Verabredung am nächsten Tag aus einer viel freundlicheren Perspektive betrachtete, als sie sich in Wirklichkeit darstellte.

Ich bemühte mich natürlich, pünktlich zu sein, aber sie erwartete mich schon. Auf mich wirkte sie absolut gleich wie beim letzten Mal. Sie trug Jeans und ein gelbes, in die Hose gestecktes Hemd, und ich vermied es, auch nur aus den Augenwinkeln einen Blick auf ihren

Bauch zu werfen, aber sie zog es vor, jegliche Anwandlung von Taktgefühl ein für allemal zunichte zu machen.

«Ich bin in der siebten Woche», sagte sie und lächelte mich an, als hätten wir uns zu einem Kinobesuch verabredet. «Es dürfte noch nicht einmal zehn Millimeter groß sein. Wie du verstehen wirst, ist das noch kein Kind.»

Ich begann ein oberflächliches Gespräch, der übliche Austausch über den Gemütszustand, die Arbeit und die Militanz unserer gemeinsamen Bekannten, und folgte ihr durch ein paar Seitenstraßen bis zu einem gewöhnlichen Gebäude, ein Miethaus von absolut unscheinbarem Aussehen ohne irgendein Schild an der Tür. Wir gingen zu Fuß in den zweiten Stock und drückten eine Klingel auf der rechten Seite der Treppe. Bis uns geöffnet wurde, hörten wir das Echo von Radios, die auf verschiedene Sender eingestellt waren, das Weinen eines Babys, Schreie von spielenden Kindern und nahmen sogar flüchtig den Geruch nach Eintopf wahr, der aus dem Innenhof zu kommen schien. Trotzdem verlor hinter dieser gewöhnlichen Tür, hinter der eine normale Familie wie alle anderen in diesem Block zu wohnen schien, die Wirklichkeit jegliche Farbe. Im sehr großen und frisch weißgestrichenen Eingangsbereich gab es weniger als ein halbes Dutzend Gegenstände, einen Bürotisch mit Zubehör – Telefon, Gegensprechanlage, eine Ablage mit mehreren Dokumenten, einen Bleistifthalter –, einen verwaisten Stuhl, der höchstwahrscheinlich der abwesenden Rezeptionistin gehörte, und zwei so unpersönliche, abgedroschene Poster, Nachtansicht von Manhattan und einen tropischen Strand mit Palmen, daß wir genausogut im Büro eines Börsenmaklers oder in einer Zahnarztpraxis hätten gelandet sein können.

Wir folgten der Frau, die uns geöffnet hatte – eine sehr schlanke, irgendwie maskulin wirkende junge Frau mit kurzem dunklem Haar und ziemlich flachen Brüsten unter einem weißen Baumwollhemd, das wie die Jeans unter dem weißen Kittel hervorlugte, der sie als Krankenschwester in für uns unbekanntem Rang identifizierte –, durch einen langen, sehr sauberen Flur, dessen frisch gewichster Boden Spuren ihrer Schuhe aufwies, in ein Zimmer voller Karteikästen mit einem anderen Poster, leuchtende Tagesansicht von Notre-Dame diesmal, und einem Schreibtisch, hinter dem sie Platz nahm. Dann forderte sie uns auf, es ihr gleichzutun, und wandte sich mit überraschend sanfter Stimme an Marita.

«Neulich haben wir keine Karteikarte für dich angelegt, nicht wahr?» Sie wartete mit einem breiten Lächeln auf die Antwort.

«Nein», sagte Marita und lächelte mich an, als bräuchte ich Trost, bevor sie eine erschöpfende Reihe von Fragen mit dem zu erwartenden Nachdruck beantwortete.

«Name bitte.»

«María Tadea, du weißt schon, die Heilige des Tages. . .»

In dem Augenblick, ich weiß nicht warum, bildete sich in meinem Hals ein Knoten, der sich auch bei den Routinefragen nicht auflöste – «Ja, ich glaube, mit sieben hatte ich die Masern, nein, soweit ich weiß, ist niemand in meiner Familie an etwas Merkwürdigem gestorben, soweit mir bekannt ist, bin ich auch auf nichts allergisch» – und mich auf einen Schritt Abstand zu einem so intensiven wie unerklärlichen Gefühl hielt, bis wir das Büro verließen, um uns in das angrenzende Wartezimmer zu setzen. In diesem Raum, ähnlich allen Wartezimmern der Welt, änderten sich meine Gefühle radikal. Auf dem Sofa genau gegenüber von uns weinte eine einfache Frau um die Vierzig, die so aussah, als wäre sie schon Mutter von mehreren Kindern, so untröstlich und so sanft zugleich, daß ihre Tränen ohne jedes Geräusch und ohne von ihr aufgehalten zu werden aus ihren Augen kullerten, trotz des zerknautschten kleinen Taschentuchs, das sie in der rechten Hand zerknüllte. Neben ihr weinte noch eine andere Frau, die ihr so ähnlich sah, daß sie ihre Schwester sein mußte, und die ihr ununterbrochen tröstliche Worte zuflüsterte, die wir nicht verstanden, die wir aber aus den rhythmischen, unermüdlichen Zärtlichkeiten ihrer Finger herauslasen, die der Verzweifelten die Stirnfransen aus dem Gesicht strichen und ihre Wangen entlangfuhren, ihren Nacken streichelten und ein ums andere Mal versuchten, diesem unstillbaren Ausbruch von Trauer Einhalt zu gebieten. Über ihren Köpfen bildete das aufsehenerregende Plakat der vor kurzem legalisierten Gewerkschaft der Arbeitergesundheitskommission einen sachlichen Kontrapunkt zur Härte dieser Szene. Allein sein Anblick reichte aus, um zu begreifen, daß wir alle, Marita und ich, die Schwestern uns gegenüber und das junge, schweigsame, erschrocken dreinblickende Pärchen, fast noch Kinder, zu unserer Linken, am Rande der Erniedrigung, des

Schmerzes und der Angst, im Begriff waren, ein Verbrechen zu begehen, wenn wir es nicht schon begangen hatten.

Als die Tür aufging und eine Krankenschwester mit sanftem Ausdruck, eine blondgefärbte, typische Familienmutter mit einem strahlenden Lächeln, das alle hier arbeitenden Frauen gleich machte, die traurige Frau mit ihrem Vornamen rief – «Komm, Socorro, deine Schwester kann auch mitkommen, wenn du möchtest» –, stieß die Angesprochene ein langes, reines Wehklagen aus, ein Ach, das genauso klang, Ach!, bevor sie aufstand. Daraufhin nahm ich, ohne darüber nachzudenken, was ich tat, Maritas Hand und drückte sie wortlos. So blieben wir händchenhaltend fast eine Stunde lang sitzen, redeten über Belanglosigkeiten, den Sommer, die Reise, die wir am liebsten machen würden, über Bücher, die uns zuletzt gefallen hatten, über die Vor- und Nachteile eines Autokaufs; ich wußte nicht, was sie dachte, aber ich war erschrocken, ich glaube, ich habe noch nie in meinem ganzen Leben solche Angst gehabt, und ich konnte nur denken, daß all das grauenvoll sei, die weißen Wände, das Lächeln dieser Frauen im weißen Kittel, die Sauberkeit, die jeder Gegenstand ausstrahlte, grauenvoll, ich zitterte beim bloßen Gedanken daran, daß etwas schiefgehen könnte, daß sich Marita von diesem schlichten Eingriff nicht erholen könnte – «Keine Anästhesie, nichts», hatte sie mir erklärt –, daß die Polizei klingeln könnte, wenn meine Freundin auf einer Liege mitten im Eingriff und völlig wehrlos nur der Gnade des Schicksals ausgeliefert wäre.

Wie fast immer war das, was dann folgte, viel weniger schrecklich, als ich es mir ausgemalt hatte. Marita verlor in keinem Moment die Ruhe. Mit erstaunlicher Kraft quittierte sie jedes Lächeln mit einem Lächeln und beklagte sich zu keinem Zeitpunkt über irgendwelche Schmerzen. Als sie aufgerufen wurde, stand sie ohne Zögern auf und stellte nur eine Frage:

«Kann meine Freundin mitkommen?»

Das war das erste Mal, daß sie mich «Freundin» nannte. Ich blieb bei ihr, hielt ihre Hand und redete ununterbrochen, wobei ich ihr direkt ins Gesicht sah, um sie damit zu veranlassen, auch mich anzusehen, und ihr die Versuchung zu ersparen, auf den Monitor zu ihrer Linken zu blicken. Plötzlich ging alles sehr schnell, einfach und schmerzlos, viel zu technisch und kompliziert zudem, um auf einen Blick zu begreifen, was geschah. Dann stellte die blondierte Familienmutter den Monitor ab und verkündete, daß wir fertig seien. Eine halbe Stunde später, nachdem Marita bewiesen hatte, daß sie gehen und sogar laufen konnte, standen wir wieder auf der Straße.

Ich war dankbar über die Ohrfeige der Hitze, diese schwüle Luft, die an Sommernachmittagen die Städte erstickt, ein unanzweifelbares Zeichen der Realität oder der Freiheit, die ich die letzten paar Stunden auf geheimnisvolle Weise verloren geglaubt hatte. Plötzlich hatte ich so gute Laune, daß ich sonstwas getan hätte, alles, außer Maritas Gesichtsausdruck zu interpretieren, der jetzt kühl und verschlossen war, weit entfernt von der heiteren Erleichterung, die ich, die nie solchen Kummer durchstehen mußte, ihr gedankenlos unterstellt hatte.

«Meine Großmutter hat meinen Vater allein aufgezogen», sagte sie, mit einer fast wilden Entschlossenheit auf dem Bürgersteig stehenbleibend, die Füße fest beieinander, die Fäuste in den Hosentaschen geballt, und anfangs verstand ich sie nicht, ich war nicht in der Lage, den Glanz ihrer Augen, die angespannten Lippen, die nach unten zeigten, als würde auf ihrer Zunge noch immer ein sehr bitterer Geschmack liegen, zu entziffern. «Mein Großvater war Richter in der Hauptstadt. Er verbrachte drei oder vier Jahre auf dem Land, schwängerte sie und verschwand, aber sie hat alles allein geschafft. Ich hätte es auch gekonnt. Ich bin dreiundzwanzig Jahre alt, ich bin stark, ich bin Anwältin...»

Ich streckte meine Arme gerade rechtzeitig aus, um sie aufzufangen, ich stützte den kleinen Körper, der matt und so nachgiebig war, als hätten sich alle ihre Knochen vor lauter Kummer aufgelöst, bis sie die nötige Kraft wiederfand, um den Kopf mit vom Weinen entstelltem Gesicht zu heben und dann die Schultern zu straffen, was ihr noch nicht ganz gelang, als sie sich von mir losmachte, so unsicher wie ein desorientiertes Baby, das einzuschätzen versucht, ob es ein paar Schritte ohne fremde Hilfe schafft. Ein paar lange Minuten blieben wir unbeweglich auf dem Bürgersteig stehen, sie versuchte vergeblich, sich wieder zu fangen, sie weinte noch immer, und ich machte mir Vorwürfe über mein Unvermögen, ihr zu helfen und sie an irgendeinen besser geeigneten Ort zu bringen, irgendeinen, wo ihre Tränen die geheimnisvolle Fähigkeit verloren, schlagartig meine Beine und meine Vorstellungskraft zu lähmen. Als Marita den Kopf wieder hob, begannen die Leute schon stehenzubleiben und uns anzustarren.

«Es tut mir leid», sagte sie zu mir und hakte sich bei mir ein. «Es tut mir sehr leid, Fran. Ich. . . damit habe ich nicht gerechnet. Ich war mir absolut sicher, ich weiß nicht. . .»

«Wie fühlst du dich?» fragte ich, um mich endlich nicht mehr so dumm zu fühlen.

«Entsetzlich, sehr schlecht. Und ich verstehe es nicht, wirklich, ich verstehe es nicht, ich habe so viel darüber nachgedacht, ich wollte dieses Kind nicht, ich wollte dieses Kind nicht, ich wollte es nicht. . .»

Als sie nach vorne knickte und ihr ganzer Körper vor Schluchzen wieder zu beben begann, erlangte ich endlich meine Beweglichkeit und meinen Verstand wieder.

«Es war kein Kind», sagte ich entschieden und hob den Arm, um ein Taxi anzuhalten.

Ich schob sie in den Wagen und gab dem Fahrer meine Adresse an. Das brachte sie zur Besinnung.

«Nein», bat sie mich. «Ich will nicht zu dir nach Hause. Fahren wir besser zu mir. . .»

«Aber ich bin allein», erklärte ich. «Meine Eltern sind schon am Meer.»

«Wie auch immer, fahren wir besser zu mir nach Hause.»

Zu jener Zeit, nach vielen Semestern in Wohngemeinschaften, lebte Marita allein in einer ganz kleinen, aber erwartungsgemäß gut ausgestatteten Mansarde, von der aus man in den Madrider Himmel sah, genau über der Plaza del Conde de Barajas, deren Grenzen kaum zu überschauen waren, auch wenn man den ganzen Oberkörper aus einem der offenen Dachfenster beugte. Während wir eine Flasche eher schlechten Wodkas und eine Zweiliterflasche Coca-Cola leerten, erzählte mir Marita, die ausgestreckt auf dem Bett lag, die letzten Ereignisse ihres Lebens, und ich saß in dem einzigen Sessel, den sie besaß, neben ihr und hörte ihr zu. Die Überzeugung, mit der sie ihr ganzes theoretisches Rüstzeug über eine unglaubliche zufällige Liebesgeschichte mit einem gräßlichen Kerl stülpte, nach jedem dritten Satz Wilhelm Reich zitierte und die grundlegenden Voraussetzungen für die weibliche Befreiung, die freie Liebe und den Klassenkampf aufzählte, um mir zu erklären, daß er verheiratet sei, es ihr aber nicht gesagt und sie es nicht gewußt hatte, aber verpflichtet war, Verständnis dafür zu zeigen, und daß er verschwunden war, kaum daß er von der Schwangerschaft erfahren hatte, und daß sie sich aus freiem Willen für die Abtreibung entschieden hatte, bewegte mich ebenso tief wie die Trauer, die sich unter der mechanischen Effizienz ihres Vortrags nicht auflöste, der, ironisches Vorzeichen noch unbekannter, kommender Zeiten, und so richtig ihre Erklärungen auch sein mochten, zu absolut gar nichts nutzte.

Die letzte ihrer amourösen Katastrophen gab tatsächlich so wenig her, daß wir, noch bevor die Wodkaflasche leer war, über ihre und meine Familie, das Leben, das Schicksal und die Geschichte, wie wir sie damals verstanden, redeten. Als ich mir das letzte Glas einschenkte, war ich bei den ersten Studienjahren angekommen und rettungslos betrunken, und so erzählte ich ihr, daß ich Martín nicht hatte vergessen können, und dieses Geständnis bewirkte, daß sie sich endlich ereiferte und vor lauter Empörung aus dem Bett hüpfte.

«Du kennst ihn nicht», sagte sie zu mir. «Aber ich schon, ich habe das zweifelhafte Vergnügen, ihn mehr als gut zu kennen. Ja, er ist schön, ich behaupte ja nicht das Gegenteil, aber außerdem ist er ein Stalinist, ein Macho und ein Scheißkerl. Hör mir gut zu, denn das ist er.»

Eine halbe Stunde später, als ich die Luftmatratze aufpumpte, auf der ich neben ihrem Bett schlafen würde, freute ich mich fast, diese Worte und noch schlimmere gehört zu haben, denn der Haß, den Marita für Martín empfand, schien ihr zumindest geholfen zu haben, ihre Abtreibungskrise zu überwinden. Am nächsten Morgen jedoch wachte sie niedergeschlagen und wieder so traurig auf, daß ich bei der Arbeit anrief und mitteilte, ich fühle mich nicht wohl, was auch stimmte, und bei ihr blieb. Es war ein Freitag, und wir verbrachten das ganze Wochenende zusammen. Am Montag nachmittag, als ich sie wieder nach Canillejas zur Nachuntersuchung begleitete, hatten wir schon einen Grad an Vertrautheit entwickelt, der weit über den hinausging, den ich jemals zu einem Menschen hatte. Und trotzdem verlor ich sie noch einmal.

«Ich habe vor, aufs Land zu fahren, weißt du, um ein paar Tage mit meiner Familie zu verbringen. Vielleicht hänge ich den Urlaub gleich dran und bleibe bis September. . .»

Das war das einzige, was sie sagte, und ich redete ihr zu, so gut ich konnte, weil ich das für eine wunderbare Idee hielt. Wir vereinbarten, uns nach ihrer Rückkehr wiederzutreffen, aber es gelang mir nicht, sie ausfindig zu machen. Ihr Telefon war abgestellt, und als ich zu ihrer Wohnung ging, erzählte mir der Portier, daß sie Anfang Oktober aus der Mansarde ausgezogen sei. Er wußte nur, daß Marita jetzt in Cuenca wohnte, aber im Telefonbuch dieser Provinz fand ich keine Nummer auf ihren Namen. Bei der Anwaltskammer konnte man mir auch keinen Hinweis geben, und ich fand mich damit ab, sie endgültig verloren zu haben.

Es war in jenem Herbst, November 1977, als ich Martín in Bologna wiedertraf. Ich dachte viel an sie, und ich dachte sogar daran, sie zu meiner Hochzeit einzuladen, aber damals, anderthalb Jahre nachdem ich sie zum letzten Mal gesehen hatte, versuchte ich erst gar nicht, sie ausfindig zu machen, denn die Erinnerung an sie ruhte in jener Bodenkammer meines Gedächtnisses, in der sich die Schiffbrüchigen häuften, die jede Hoffnung auf Rettung verloren hatten.

Nie hätte ich an irgendeinem Nachmittag im Sommer 1982, während ich auf meinen Mann wartete, der es entgegen aller Prognosen geschafft hatte, mich für Fußball zu begeistern, um gemeinsam das anstehende Weltmeisterschaftsspiel zu sehen, geahnt, sie hinter dem komplizenhaften Lächeln, das sein Gesicht eines skeptischen Stalinisten erhellte, wiederzufinden.

«Rate mal, wen ich im Kommissariat in Aluche getroffen habe.»

Als ich sie im Türrahmen zum Wohnzimmer sah, schrie ich auf vor Überraschung und Freude.

Damals fand ich eine im wesentlichen glückliche Marita wieder, dicker, aber genauso hübsch und selbstverständlich so tatkräftig wie immer. Sie hatte sechs Monate nach mir, im Oktober 1979, Paco, einen Mann aus ihrem Dorf, der Arzt war, sich für die PSOE einsetzte und von dem sie schwanger geworden war, geheiratet – «Siehst du, das Schicksal», sagte sie lächelnd. Anfangs wohnten sie in der Provinzhauptstadt Cuenca, wo ihre älteste Tochter Teresa geboren wurde, die nicht den Namen der Heiligen des Tages trägt, wie mir ihre Mutter erklärte, und dort waren sie geblieben, bis er eine Versetzung bekam und sie somit nach Madrid zurückkehren konnten.

«Ich bin natürlich erfreut», erklärte sie lautstark, als Martín, der sich erboten hatte, uns ein Glas einzuschenken, aus der Küche kam, denn sie hatte seine Abwesenheit genutzt, um mir als Glückwunsch zwei oder drei herzliche Knüffe zu verabreichen – «Unglaublich, das graue Mäuschen», hatte sie wörtlich gesagt, «als ich es erfuhr, konnte ich es nicht glauben» –, «aber ich muß dir sagen, daß die Arbeit sehr viel schlechter ist als dort... Ein paar Jahre lang war ich praktisch die einzige verheiratete linke Frau von Cuenca, und damit kamen sie nicht klar, ehrlich, aber hier ist es anders, und darüber hinaus bin ich wieder schwanger geworden, kaum daß wir ankamen... Mein kleiner Sohn ist acht Monate alt, er heißt Paco wie sein Vater, der sich bei der Namengebung stur gestellt hat, unglaublich, aber ich nenne ihn Fran, das gefällt mir viel besser.»

Das Endspiel der Weltmeisterschaft sahen wir alle zusammen bei ihr zu Hause, in einer modernen, ziemlich großen Wohnung an der Ecke des Paseo de Extremadura, die wie eine Modellwohnung für Mittelschichtsfamilien aus irgendeiner Innenarchitekturzeitschrift wirkte, so gut war jeder Winkel genutzt, so sauber, durchdacht und im Einklang war alles. Ich fand, daß Marita sich mit ihrer Rolle als Familienmutter vollständig identifizierte, aufmerksam für noch das kleinste Bedürfnis der Kinder, heiter und zärtlich gleichermaßen, und auch ihr Mann gefiel mir, obwohl er nicht annähernd der Typ war, den ich mir je an ihrer Seite hätte vorstellen können. Paco war älter als wir und wirkte noch älter. An die Vierzig – Martín war gerade neunundzwanzig geworden, Marita und ich waren noch siebenundzwanzig –, war er fast völlig kahl, und im Profil stand ein Bäuchlein hervor, ein unübersehbares Zeichen des Alters, mit dem wir uns noch nicht so schnell anfreunden konnten. Er hatte sich in Marita verliebt, als sie fast noch ein Kind war, und hatte immer nur für sie gelebt. Er war ein sehr sanftmütiger, schweigsamer, zärtlicher und geduldiger Mann, aber ihm fehlten jegliche intellektuellen Attitüden, und manchmal vermittelte er sogar den Eindruck, als würde ihn die Brillanz seiner Frau stören, die weiterhin hartnäckig, wenn auch jetzt fröhlich mit Martín stritt und sich in den Motor aller Gespräche verwandelte. Politisch war er viel gemäßigter als wir drei, obwohl das zu jener Zeit, als seine Partei gerade die Regierung übernommen hatte, nicht so wichtig war.

Trotz alledem mochte ich ihn sofort, und ich glaube, ich werde ihn immer mögen, wie Martín, der ihn noch vor Ende des Fußballspiels als einen tollen Kerl einstufte. Vom ersten Augenblick an hatte ich seine Bemühungen und seine Absicht, Marita glücklich zu machen, gespürt, und ich hatte oft Gelegenheit, bestätigt zu finden, wie gut ihm das gelang, obwohl ich meine Freundin auch so gut kennenlernte, daß es mich nicht überraschte zu entdecken, daß sie einen gewissen, mit Sentimentalität verbrämten Neid hegte. Marita, die immer die Perfektion in allem angestrebt hatte, sah mich an, als gefiele ihr mein Leben besser als ihres, als hätte sie immer geplant, so wie ich zu leben, statt auf das Leben zu warten, das sie jetzt lebte. Viele Jahre lang kultivierten Martín und ich sorgfältig die Rolle der ewig Jugendlichen. Wir reisten viel, wir gaben alles aus, was wir verdienten, ohne uns darum zu kümmern, wo das Geld blieb, wir schenkten uns ständig etwas, und wir erlaubten uns eine andere Art Luxus, wie öffentlich Händchen zu halten oder sorglos sexuelle Anspielungen auszutauschen, die absolut außerhalb ihrer Reichweite lagen, denn sie hatten die Linie von einem Paar zur Familie schon überschritten, eine Grenze, die ich mir nie zu überschreiten vorgenommen hatte.

«Wißt ihr, was ihr seid, sosehr ihr es auch leugnen mögt? Ihr seid verwöhnte Kinder», schimpfte sie mit mir. «Ihr hattet immer Rückendeckung von euren Familien, ihr habt das Leben nie ernst genommen. . .»

Sicherlich hatte sie recht, aber recht zu haben hat noch nie ausgereicht, um auf dieser Welt etwas zu ändern. Deshalb hörte ich nie sonderlich auf sie, wenn sie mich warnte, daß wir nicht für immer die ewig Verliebten spielen könnten und daß unsere Geschichte schlecht enden würde, wenn wir uns nicht weiterentwickelten. Sie versteifte sich darauf, daß wir Kinder bekommen sollten, aber ich antwortete ihr immer dasselbe: «Du hast doch schon welche, ich kann sie verwöhnen, ihnen Geschenke machen und mit ihnen spielen.» Meine Version der Dinge war eine ganz andere, denn Martín war genau der Mann, in den ich mich immer hatte verlieben wollen, er reichte mir, er beschützte mich vor dem Überdruß, der Marita regelmäßig überfiel, mit ihrem Leben voller Kinder, Zukunftsplänen und gelegentlichen, aber heftigsten Ausbruchswünschen, die sie eifrig rechtfertigte, wenn ich sie mit der sonnigen Gemütlichkeit meines Lebens konfrontierte.

«Aber du verstehst das nicht, Probleme sind auch notwendig. . . Sie sind ein Teil der Realität, sie lehren einen das zu schätzen, was wirklich wichtig ist. Es ist nicht klug, ewig vor ihnen davonzulaufen.»

Und so, mit unlösbaren Streitereien um eine Freundschaft, die fast zu eng wurde, um noch bequem in diesen Begriff zu passen, verging die Zeit. Die Kinder wuchsen heran, und wir Erwachsenen nahmen zu, aber nichts änderte sich, und die Zeit verging weiter, immer weiter, während Marita ihre drei oder vier grundlegenden Überzeugungen festigte, unter ihnen, daß wir menschlichen Wesen viel härter sein müßten, als die Ärzte sagten, denn ihr Mann war Arzt und tat nichts von dem, was seine Kollegen uns anderen zu tun empfahlen, und es kam der Tag, an dem sie mich bat, sie nach so vielen Jahren erneut ins Krankenhaus zu begleiten, weil man ein Geschwür in ihrer Gebärmutter entdeckt hatte, das bestimmt nichts weiter war, und die Zeit lief weiter, als eine Biopsie bestätigte, daß der Tumor bösartig war. Sie blieb nicht einmal stehen, als ich am 13. Juli 1992 Marita wieder verlor, diesmal für immer, Opfer eines bösen Schicksals und eines bösen Gottes, der es zuläßt, daß ein Mensch, der für so viele andere Menschen wichtig ist, mit siebenunddreißig Jahren stirbt. Die Zeit läuft weiter, sie kennt keine Barmherzigkeit. Und jede Sekunde verlor sie sich weiter im Leeren, als Martín, der überzeugt davon war, daß ich einen Liebhaber hätte und damit in unserem Leben eine Art verspäteten Frühling provozierte, der keinesfalls das Ende unserer schlechten Phase wäre, endlich und nach so vielen Jahren Marita recht gab.

«Vielleicht haben wir uns geirrt. Vielleicht kann man nicht immer so leben, als würde uns die Zeit nichts anhaben, als würde sich das Leben nicht ganz von selbst ändern, als würde die Welt nicht von einem Augenblick auf den anderen über uns kommen.»

«Was mein Mann gesagt hat, ist kein Blödsinn, glauben Sie ja nicht. Es stimmt, daß wir solche Dinge nicht tun. Wir pflegen nicht zu tun, was andere machen. Vielleicht ist es nur so, ich weiß nicht. . . Ich habe Ihnen schon von Marita erzählt, nicht wahr, meiner besten Freundin, die vor anderthalb Jahren an Gebärmutterkrebs gestorben ist. Ich liebte sie sehr, wirklich sehr, und ich habe mich noch immer nicht an den Gedanken gewöhnt, daß sie tot ist, denn sie trat mehrmals in mein Leben und verschwand wieder, aber es passierte dann immer etwas, das sie mir zurückbrachte, wissen Sie, wir haben uns immer wiedergetroffen. Jetzt wird sie mir jedoch niemand mehr zurückbringen. Es fällt mir sehr schwer, das zu akzeptieren. Der Tod ist natürlich immer grausam, vor allem, wenn man ihn nicht erwartet, und niemand konnte mit einem Tod wie dem ihren rechnen, einer so jungen Frau mit kleinen Kindern, verheiratet mit einem Arzt, mit allen Aussichten, alt zu sterben... Solch ein Ende macht jedes Drehbuch zunichte. Der Tod ist immer grausam, aber es gibt schlimmere und weniger schlimme, und Maritas Tod war brutal für mich, für uns alle. Und nicht nur, weil der Schmerz dich zwingt, dir die Unsicherheit deines eigenen Lebens bewußt zu machen, wenn ein nahestehender, noch so junger und kräftiger Mensch zur Unzeit stirbt, weil sich die Frage aufdrängt, warum du nicht an ihrer Stelle gestorben bist, und du plötzlich begreifst, daß das nicht immer anhält, daß das ohne Vorwarnung eines Tages wieder aufhören kann, sondern weil ich außerdem, als Marita starb, angefangen habe zu begreifen, daß vieles stirbt, daß mein eigenes Leben, die Welt selbst, ernstlich erkrankt ist, ohne daß ich es überhaupt bemerkt hätte...»

Es gab ein letztes Abendessen. Ohne Vorwand, ohne Fußball, ohne einen Grund zum Feiern, ein weiteres Abendessen, nur wir vier, an irgendeinem Samstag, sechsunddreißig Stunden bevor ich mit Marita wieder in einem Wartezimmer saß, über uns ein Plakat der Gewerkschaft der Arbeitergesundheitskommission, dasselbe Logo, dieselben Farben, das unendlich viel weniger belastete als das ganz ähnliche Plakat in der anderen Praxis. Spanien bereitete sich auf seinen großen Augenblick vor, fünfhundert Jahre des Ruhms, Barcelona, Sevilla, Hochgeschwindigkeitszüge. In Pacos Augen glänzte ein ungesundes Fieber, der neueste und verschlagenste Glanz, der schon das ganze Land, Millionen von Herzen und Gewissen überzogen und unter dieser dichten, dünnen Lackschicht befriedet hatte, die die Poren der Geschichte verstopfte, fünfhundert Jahre der Not, des Elends und der Träume, die mit der Würde von Verlierern geträumt worden waren. Ich erinnere mich an Maritas Entrüstung, ihre Schreie, die Schweißtropfen, die einen Moment lang auf ihren Augenbrauen und Wimpern standen, bevor sie sich ihren Weg über ihre Wangen suchten, und die wütende Erbitterung ihrer Fragen, die einen Augenblick in der Luft zu schweben schienen, bevor sie an der Wand abprallten, die meine und Martíns Antworten errichtet hatten. «Wer seid ihr?» fragte sie uns. «Was wollt ihr? Was strebt ihr an?» Mein Mann wirkte sehr ruhig, aber seine Daumen schossen wütend nach oben, und sein Gesicht verlor plötzlich jegliche Farbe. «Ich bin derselbe wie vor zwanzig Jahren», antwortete er und betonte jede Silbe. «Ich will dasselbe wie vor zwanzig Jahren, ich strebe genau dasselbe wie vor zwanzig Jahren an...» Damals ahnte ich, daß meine Liebe zu Martín, ein Vorrecht, das bis zu jenem Augenblick allem, was nicht dazugehörte, so entlegen war, bald ihre eigenen Grenzen überschreiten würde, um sich in eine Art Überlebensgarantie während einer heimlichen, bitteren Niederlage zu verwandeln, die freiwillige private Verbannung desjenigen, der eine Wahrheit hütet, die niemand verstehen will, die niemand hören will, die schon niemanden mehr interessiert. Und während ich innerlich zusammenzuckte vor wildem und vielleicht törichtem Stolz, während ich mich für die schwärzesten Tage mit Mut wappnete, wechselte Marita die Fronten und stimmte den populären Refrain des greifbaren Fortschritts an: Ein Spatz in der Hand ist mehr wert als tausend fliegende Utopien.

«Das liegt daran, daß ihr keine Kinder habt», parierte sie, worauf ich vor Scham, die sie verloren zu haben schien, bis in die letzten Haarwurzeln errötete. «Euch interessiert die Zukunft ni –»

«Geh zum Teufel, Marita!» unterbrach ich sie und ahnte nicht, wie sehr ich diese Worte bereuen würde, nicht nur, weil sich vom übernächsten Tag an ihr Krebs mit uns an den Tisch setzen würde und schweigsam oder ausdrücklich bei allen Gesprächen das Wort führte, sondern weil mein Ausruf die Unterhaltung verhärtete und vielleicht Martín dazu zwang, ein Argument zu finden, das mir das Blut in den Adern gefrieren ließ.

«Schau mal: Ja, es freut mich, keine Kinder zu haben», sagte er ohne jeglichen Anflug von Leidenschaft, mit ausgesprochen müder Stimme, «denn wenn ich sie hätte, wäre ich moralisch verpflichtet, eine Welt zu verteidigen, in der sie viel schlechter leben würden als in der, die sie erwartet, in der deine Kinder leben werden, spanische postindustrielle Konsumenten, die es sich wahnsinnig gut gehen lassen, ohne je zu erfahren, was andere für ihr Vergnügen bezahlen.»

Damit waren das Abendessen, die Argumente und die Diskussion beendet. Wir verabschiedeten uns hastig, fuhren wortlos nach Hause, wobei er sicherlich bereute, der Versuchung nachgegeben und seine letzte unangenehme Wahrheit enthüllt zu haben, und ich langsam die Konsequenzen dieser Prophezeiung kaute; wortlos betraten wir die Wohnung, zogen uns aus und legten uns ins Bett. Ich rutschte zu ihm hinüber und umarmte ihn wie jede Nacht, und seine Finger schlossen sich um meine Arme, um mich willkommen zu heißen, aber das Schweigen blieb, wie ein unerwünschter Unbekannter, der sich in unser Haus geschlichen hatte, ohne daß ihn jemand eingeladen hätte und ohne die geringste Absicht zu zeigen, uns wieder allein zu lassen. Nur um es zu verscheuchen, sagte ich noch etwas mehr als gute Nacht.

«Ich bin froh darüber, daß du keine Kinder wolltest...» murmelte ich.

«Das habe ich nie so gesagt», antwortete er mir, und da wurden mir die engen Grenzen meiner Armseligkeit bewußt.

Vielleicht habe ich genau in jenem Moment zu schwanken begonnen. Die Psychoanalytikerin sah mich neugierig an und erwartete konkrete Einzelheiten über diese Agonie der Welt, die sie keineswegs zu spüren schien.

«Maritas Tod», fuhr ich fort und wählte jedes Wort sehr sorgfältig, «ist zur Metapher meiner eigenen Krise geworden, eine Art Grenze zwischen dem Leben einer Person, die ich vorher war, und einer anderen Person, die ich in der Zukunft sein werde. Das Problem ist, daß ich immer zu wissen geglaubt habe, wer ich bin, aber ich bin mir nicht sicher, wer ich sein werde. Manchmal habe ich den Eindruck, all diese Jahre im Traum gelebt zu haben. Und es ist nicht so, daß mich das beunruhigt, glauben Sie das ja nicht, Träume sind fast immer besser als die Realität. Das Problem ist, daß Träume eines schönen Tages sterben und es nicht möglich ist, sie wiederzubekommen, sie wiederzubeleben, sich in sie hineinzustürzen. Wir sind zur immerwährenden Schlaflosigkeit verurteilt, dazu, die Dinge beim Namen zu nennen, uns dem Gewicht der Tatsachen auszusetzen, die Realität so zu akzeptieren, wie sie ist, eine so unveränderliche Landschaft wie das Aufeinanderfolgen von Tagen und Nächten, und nicht wie der unvermeidliche Ausgangspunkt zu einer besseren Wirklichkeit, die vielleicht nie existiert hat und nicht mehr existieren wird...» Ich sah sie an und nahm in ihrem Blick einen so erstaunten Ausdruck wahr, daß ich fragte: «Sie verstehen gar nichts, stimmt's?»

«Nein», gestand sie.

«Nun gut, ich werde versuchen, es anders zu erklären. . . Am Tag von Maritas Tod begriff ich, daß mein Leben, das ich führte, seit ich sie kennengelernt hatte, viel langsamer, aber genauso unerbittlich dahinsiechte wie ihres. Einer ihrer Lieblingssätze in den universitären Versammlungen vor zwanzig Jahren lautete, daß alle Menschen von der Geschichte konditioniert sind, daß wir alle Kinder einer bestimmten Epoche seien und daß wir uns in ihr bewegen, wie sich Theaterschauspieler vor einer Kulisse entfalten, und die Arme ist gestorben, ohne zu erfahren, wie sehr sie recht hatte. Marita und ich lernten uns in einem bestimmten Jahr unter bestimmten Bedingungen kennen, und wir wurden Freundinnen, weil uns zu dem Zeitpunkt alles wechselseitig vorantrieb, alles, unser Alter, unsere Ideologie, unsere Geschmäcker, unsere Auffassungen, alles folgte dem Ziel, Freundinnen zu werden. Meine Liebe zu Martín ist ein noch deutlicheres Beispiel. Ich, die ich ohne Götter aufgewachsen bin, verliebte mich in einen Mann, den mein Glaube zu einem Gott erhöhte, verstehen Sie das?» Sie nickte, und ich fuhr fort, ganz langsam, denn ich mußte jeden Gedanken ordnen, bevor ich ihn aussprach. «Und als ich Martín in Italien wiedertraf, als ich ihn heiratete, begann ich selbstverständlich ein Leben zu leben, das viel mit alldem zu tun hatte, mit der Epoche, in der wir lebten, mit den Vorstellungen, die wir hatten, mit der Welt, die wir anstrebten, nun. . . Später kehrte Marita nach Madrid zurück, wir trafen uns, waren zehn Jahre lang unzertrennlich, und vielleicht trug sie ungewollt dazu bei, das Trugbild aufrechtzuerhalten, vielleicht verbot mir ihre Anwesenheit zu begreifen, daß alles sich veränderte, ohne daß ich es bemerkte, und daß Martín und ich in den ganzen Diskussionen immer einsamer wurden; es war nicht so, daß wir die Vernünftigsten, die Beständigsten oder die Klügsten waren, sondern die Theaterdekoration hatte sich geändert, und die übrigen Schauspieler konnten ihre Rolle schon, als es uns noch gar nicht in den Sinn gekommen war, uns um eine zu bewerben. . . Oder vielleicht wäre es richtiger, wenn ich in der ersten Person redete, denn ich habe den Eindruck, Martín hat das alles früher wahrgenommen als ich, auch wenn er sich weigerte, es zu akzeptieren. Darauf bezog ich mich, als ich sagte, daß auch die Träume sterben. Mein Traum ist tot, der Traum von der spanischen Linken ist an Altersschwäche und ohne einen Laut im Bett gestorben. Manchmal denke ich, daß wir im Grunde unglücklicher sind als unsere Eltern, unsere Großeltern, weil wir keinen Krieg kennen, kein Gefängnis, keinen Untergrund, kein Exil, aber unser Wohlstand, unsere Freiheit, unser Frieden dienen uns zu gar nichts, denn wir können nicht einmal mehr träumen, wir können für keine Sache überzeugt eintreten, wir haben keinerlei Zukunft, an die wir glauben, wir sind allein, mitten auf der Welt, gefesselt an Auseinandersetzungen, die niemand hören will, an einen Glauben, der uns selbst fehlt... Und es gibt keinen Ausweg.»

«Ich glaube nicht, daß die Situation so schrecklich ist», berichtigte sie mich mit einer gewissen Sorge im Blick, der in einen Ausdruck überging, den ich gut kannte.

«Weil Sie glauben, daß ich von Politik spreche, daß die Sozialisten wieder die Wahl gewonnen haben und an ihrer Seite eine kleine unabhängige parlamentarische Gruppe existiert, aber die Politik hat kaum etwas damit zu tun... Ich spreche von meinem Leben, von meiner Art, die Welt wahrzunehmen, meiner Art, Freundschaft, Liebe, Sexualität zu verstehen, ich spreche von dieser Art ewiger Jugend, auf die wir für immer abonniert zu sein glaubten und die wie die Haut einer Rosine plötzlich zusammenschrumpfte und faltig wurde. Und vielleicht ist das immer so gewesen. Vielleicht haben alle Generationen vom Anfang aller Zeiten an geglaubt, genügend Argumente zu haben, um sich unsterblich zu fühlen. Ich weiß es nicht. Aber ich erzähle Ihnen, was mit mir geschah, was ich empfinde, die ich niemals geglaubt habe, jemals an diesen Punkt zu kommen; ich habe mit dem Rücken zu allen Zeichen gelebt, die das Ende der Welt ankündigten, und ich hielt bewußt an der überraschenden Fähigkeit zum Genießen fest, an der unerschöpflichen Fähigkeit zum Staunen, die meine Jugend kennzeichnete, als wir Jugendlichen alles in dieser jugendlichen Stadt einweihten, die auch alles einweihte, und in der Hauptstadt eines jugendlichen Landes, die sich jeden Tag selbst einweihte. Sogar die Enttäuschung hatte den erhabenen, fast heldenhaften Anstrich eines neuen, intensiven Niedergangs, auf den wir jetzt auch nicht mehr zählen können, denn die Geschichte ist klein, praktisch und handlich geworden, denn theoretisch ist nichts passiert. Aber vorher, jenseits der alltäglichen Entscheidungen, existierte ein universeller und, wenn Sie mir den kitschigen Ausdruck erlauben, übersinnlicher Horizont, der jetzt schlagartig verschwunden ist und uns mit dem neuesten Automodell, das man kaufen soll, oder mit dem idealen Urlaubsort allein gelassen hat. Die Welt ist kleiner, grauer und uniformer geworden. Sie ist kein guter Platz zum Leben, aber wir haben keine andere, und wir können auch nicht widerstehen, denn das haben wir nicht gelernt, wir nicht, wir waren die gesegneten Auserwählten, die den Lauf der Geschichte verändern sollten, die den Wind im Rücken hatten, und Sie sehen ja, wo wir gelandet sind, nun wünschen wir uns, daß die Rechten endlich an die Macht kommen, um zu sehen, ob dann alles in die Luft fliegt. . . Man kann nicht plötzlich aufhören an das zu glauben, was man immer noch glaubt, Gerechtigkeit, Fortschritt, Zukunft, schon der schlichte Versuch hinterläßt schreckliche Spuren. Denn wenn ein großer Traum stirbt, zieht er alle Träume in seinem Todeskampf mit, und vielleicht trägt dieser allgemeine Traum, der uns verwaist zurückgelassen hat, meinen kleinen Traum von der leidenschaftlichen Liebe über die Jahrhunderte hinweg. Vielleicht. . .»

Oder auch nicht, sagte ich mir, als ich innehielt, um Luft zu holen. Vielleicht ist das nichts weiter als eine Entschuldigung, vielleicht begreife ich nicht, was geschieht, warum Marita gestorben ist, warum mein Mann außer Haus schläft, warum er glauben möchte, daß ich einen Liebhaber habe, um sich wieder wie früher zu verhalten, warum er in sich zusammenfiel, als er die Wahrheit über diese unschuldigen Sitzungen erfuhr.

Ich hätte ihr noch viel mehr erzählen können. Über die ausgesprochen säuerliche Bemerkung, die Martín erst vor ein paar Wochen entschlüpft war, das letzte Mal, als ich ihm etwas schenkte. Am Abend zuvor, als wir zu Fuß ins Kino gingen, war mir aufgefallen, daß er ihn in einem Schaufenster bewunderte, ein dicker Naturpullover mit einem Polokragen und großen, dunklen Quadraten, und ich bin mir sicher, daß er ihm gefiel, denn er zog ihn noch mit Etikett über, aber dann, als er sich im Spiegel betrachtete, murmelte er etwas vor sich hin, von dem er sicherlich nicht wollte, daß ich es verstand, aber ich verstand es: «Noch so eine Marotte», sagte er, «wie schön, jetzt fehlt uns nur noch, etwas vom Wein zu verstehen. . .» Sie hätte diesen so eindeutig blöden Satz, den düsteren Fluch hinter diesen offensichtlich gewöhnlichen, harmlosen Worten nicht entschlüsseln können, ich hätte ihr den Hintergrund dieser Klage, die nicht als eine solche wirkte, offenbaren können, ich hätte ihr erklären können, daß diese Art von unbedeutenden prestigeträchtigen Weisheiten – etwas von Weinen, von typischen Tavernen, von entzückenden Hotels, versteckten Dörfern oder Klosterbrot zu verstehen – zwischen uns immer ein Codewort für die Nichtigkeit, für das Banner jener leeren Leben war, die sich mit einer Handvoll Adressen, mit einem Verzeichnis von Ersatzmitteln für die wirklichen Gefühle füllen lassen. Wir kaufen nur, was im Fernsehen angekündigt wird, pflegten wir früher ironisch provokant zu versichern, worauf nie jemand hatte eingehen wollen.

Ich hätte ihr viel mehr erzählen können, das, was vor ein paar Monaten geschehen war, nachdem mir Martín zu verstehen gegeben hatte, daß er wüßte, daß ich in keinen Fitneßclub ginge, und ich weder fähig gewesen war, auf meiner Lüge zu beharren, noch auf sie zu verzichten, denn meine Lippen erlagen einer plötzlichen Erstarrung, die mir nur zu schweigen und zu Boden zu sehen erlaubte. Da dürfte er schon geglaubt haben, daß ich einen Liebhaber hätte, und seine Reaktion kam unvermittelt und blitzschnell. Am nächsten Tag, Freitag am späten Nachmittag, teilte er mir mit, daß er mit ein paar Freunden in den Bergen zu Abend essen würde, ohne sich erst groß einen Grund zum Feiern oder einen anderen Vorwand auszudenken. Es war schon Samstag, als er wieder anrief: «Uff, wenigstens bist du noch auf, ich glaube, ich werde nicht zum Schlafen nach Hause kommen, weißt du, weil Alfonso, mit dem wir hier sind, ziemlich betrunken ist, wir haben ganz schön gebechert und wagen es nicht, mit dem Auto nach Madrid zurückzufahren, besser, wir schlafen hier. . .» Um halb sieben stand er am Fußende meines Betts, ungekämmt und verschwitzt, das Hemd halb offen, der Krawattenknoten fast aufgelöst, sein linker Arm steckte in einem Ärmel, der andere hing leer herab und baumelte hinter seinem Rücken herum. Er sah mich an, als könnte er mich durchbohren, in der verborgenen Schicht meiner Augen eine Antwort finden, und er sah mich weiter an, während er sich unbeholfen auszog, die kurze Entfernung zurücklegte, die ihn vom Bett trennte, und zu mir unter die Bettdecke schlüpfte. Dann umarmte er mich so fest, daß es weh tat, und aus der Innigkeit dieser Umarmung keimte seine Stimme hervor, die Stimme eines einsamen, überdrüssigen Betrunkenen.

«Ich liebe dich sehr, Fran. Ich liebe dich sehr. Ich will bis zum Ende mit dir zusammenbleiben, ich will. . .» Er beendete den Satz nicht. Es war nicht nötig. Ich verstand sein Schweigen besser als seine Worte. Er bat mich um Hilfe, um Hilfe, um sich mir zu stellen, um Hilfe, um sich sich selbst zu stellen, um Hilfe, um weiter Lust zu haben, mit mir zusammenzuleben, um weiter Lust am Leben zu haben. Er bat mich um Hilfe, und ich hatte nur Liebe, unendliche, sinnlose Liebe, denn so viel Liebe war nicht genug. Er bat mich um Hilfe, und ich konnte ihn nur umarmen, ihm den Schmerz und sein Schweigen zurückgeben.

Ich hätte ihr all das erzählen können, aber ich spürte plötzlich, daß ich nicht mehr konnte, und das sagte ich ihr.

«Wir sind sehr müde.»

Dann nahm ich meine Sachen und ging.

Als ich nach Hause kam, wartete Martín nicht auf mich.

Ana

ALS ICH DAS TÜRKLINGELN HÖRTE, warf ich einen letzten Blick um mich und überzeugte mich davon, daß die Karten, die ich in der banalen Absicht, ein spontanes Arbeitschaos vorzutäuschen, halb aufgeklappt über den Tisch verteilt hatte, tatsächlich wie der mißlungene Versuch eines Stillebens einer schlechten Innenarchitekturstudentin wirkten. Rasch rollte ich fünf oder sechs Karten wieder zusammen, bis es wieder klingelte und ich endlich öffnen ging und fügsam die Zeichen des Chaos akzeptierte, das über einer Verabredung zu schweben schien, die nichts Besonderes an sich hatte, so nervös ich auch sein mochte und sosehr ich auch die Notwendigkeit verspürte, mir das bei jedem Schritt zu wiederholen.

Mich anzuziehen war so mühselig gewesen wie die Karten zurechtzulegen oder noch schlimmer. Niemand, der mich in Jeans und einer gelben, ärmellosen Sommerbluse sah – eine kleine Konzession an die Maisonne, die noch immer wärmte, als ich den Verlag verließ –, hätte sich den Berg von Kleidungsstücken vorstellen können, den ich eine Stunde lang auf mein Bett gehäuft hatte, bis ich mich für diesen schlichten Aufzug entschied, in Wahrheit hatte ich schon eine ganze Weile keine Lust mehr gehabt, mir etwas Anliegendes, einen Minirock oder einen tiefausgeschnittenen Body anzuziehen, und ich verzichtete nicht auf·das kleine Vergnügen, mich im Spiegel zu betrachten, zur Verführung bereit und völlig im klaren darüber, daß nichts so lächerlich ist, als mich um acht Uhr abends an einem Werktag im Jagdkostüm mit einem Autor zusammenzusetzen, und daß meine Knochen nach dem Absturz um so stärker schmerzen würden, je mehr ich mich von meiner Einbildungskraft hinreißen ließe. Als gesunde Mindestvorsicht hatte ich mir vorgenommen, möglichst auch noch den geringsten Hinweis auf den Zustand, in dem ich mich befand, zu verschleiern, eine Art archäologisches Überbleibsel, das meinen Organismus im Sturm nahm und, noch schlimmer, auch mein erstarrtes Gedächtnis, dem es nicht gelang, die letzten Spuren eines derartigen Kribbelns wiederzufinden, so antiquiert waren sie schon. Das wird böse enden, warnte ich mich bei jedem Schritt, als ich die Dekoration nachbesserte, die meinen Gast davon überzeugen sollte, daß er mich bei der Arbeit angetroffen hatte, aber sehr böse, wiederholte ich, als ich mich schminkte, als ich mich im Spiegel betrachtete und mein Gesicht wieder reinigte, um mich dezenter zu schminken, und als ich ihn dann vor mir hatte, flohen seine Augen mein Gesicht so schnell, daß ich mir sagte, ich hätte mir die ganze Arbeit auch sparen können. Ich brauchte ein paar Sekunden, um zu begreifen, daß das große Bild hinter mir seine Aufmerksamkeit erregt hatte.

«Ist das ein Porträt von dir?» fragte er und betrachtete ein heftiges Zusammenspiel grober Pinselstriche in lebendigen Farben, von dem sich eine grobe schwarze Linie, die Silhouette der legitimen Nachfahrin der Venus von Willendorf, abhob.

«Ja», gestand ich ein und fragte mich zum wiederholten Mal, ob Félix, der öffentlich wütend auf den Hyperrealismus schimpfte, beabsichtigt hatte, mich für immer zu zermalmen, indem er diesen auseinanderfließenden Fleischberg mit einer fast fotografischen Reproduktion meines Gesichts krönte, oder, wie er behauptete, ob ich, für einen Augenblick in die innerste und brutalste Verzweiflung stürzend, nur nicht fähig gewesen war, den allegorischen Geist des Bildes wahrzunehmen. «Gefällt es dir?»

«Na ja...» Er schürzte in einer unbeholfenen Geste der Unschlüssigkeit die Lippen, aus der ich ihn herauszuholen entschied, bevor er rot wurde.

«Nein, im Ernst... Sag mir die Wahrheit.»

Er sah mich kurz an und lächelte, als er feststellte, daß ich zuerst gelächelt hatte.

«Ehrlich gesagt, gefällt es mir überhaupt nicht.»

«Das freut mich...» Und mein Lächeln mündete in ein kurzes Lachen. «Es ist von meinem Exmann.»

«Verdammt!» Er lachte lauter. «Wundert mich nicht, daß er dein Ex ist...»

Während ich ihn bat, sich zu setzen, ihn fragte, was er trinken wolle, und aus dem Kühlschrank zwei Biere holte, fragte ich mich, warum ich es nie geschafft hatte, dieses schreckliche Bild abzuhängen, warum ich mich damit belastete, als wäre es eine Art unauslöschlicher Fluch, sogar jetzt noch, wo Amanda es nicht mehr nötig hatte, in Erinnerungen an ihren Vater zu leben, weil sie tagtäglich das unersetzliche Original genießen konnte, und als ich mit einem Tablett in Händen den Flur zurückging, nahm ich mir vor, es noch heute abend abzuhängen und mir mein restliches Leben diese kleine Folter zu ersparen, an die ich mich nie hatte gewöhnen können, den kurzen Schauer, der mich durchzuckte, wenn ich mich jedes Mal bei Betreten meiner Wohnung so schrecklich dargestellt sah. Ich glaube, das war das letzte, was ich über viele Stunden lang gelassen dachte.

Als ich ins Wohnzimmer zurückkehrte, stand er nicht vor den Landkarten und studierte sie, wie ich es mir vorgestellt hatte, sondern er saß im selben Sessel wie zuvor, sah sich aufmerksam um, versuchte vielleicht, die Umgebung zu interpretieren – meine Umgebung, erinnerte ich mich –, als wäre sie auch eine Landschaft. Seit ich ihn zum ersten Mal gesehen hatte und auch nach seinem Wutanfall am Telefon, der zu heftig gewesen war, um Gewohnheit zu sein, war er mir wie ein sehr ruhiger Mann vorgekommen, nicht nur wegen seiner langsamen, gesetzten Bewegungen, sondern wegen dieser seltsamen Fähigkeit, zu erfassen, was ihn umgab, die es ihm ermöglichte, sich fast augenblicklich an irgendeinem Ort einzurichten, als wäre er eines dieser mimetischen Tiere, die willkürlich ihre Form und ihre Farbe ändern können. Deshalb saß er da, eher zurückgelehnt als aufrecht, mit auf diese eigenartige, typisch männliche Art übereinandergeschlagenen Beinen, der linke Knöchel lag auf dem rechten Knie, klopfte die Asche seiner Zigarette in den Aschenbecher, der ihm am nächsten stand, entspannt, amüsiert und so natürlich, als käme er schon sein Leben lang zu mir, als säße er immer in diesem Sessel und als benutzte er immer diesen Aschenbecher.

«Steht er gut im Kurs?» fragte er mich und zeigte auf ein anderes riesiges Bild von Félix.

«Ziemlich gut, du wirst es nicht glauben... Wenn er jetzt ausstellt, würden die großen über eine Million kosten.»

«Dann hast du hier ja richtig Kapital in der Wohnung.»

«Schon, aber sie sind das Erbe meiner Tochter.»

«Natürlich, natürlich...» sagte er, als würde er bereuen, so direkt gewesen zu sein, und dann, ich weiß nicht genau warum, weniger, um Félix zu schützen, als mich selbst zu verteidigen, schließlich hatte ich ihn geheiratet, enthüllte ich ihm, daß sie beide eine, wenn auch nur eine, Gemeinsamkeit hatten.

«Er war auch Lehrer, weißt du?» Ich setzte mich auf einen Hocker ihm gegenüber und zündete mir eine Zigarette an. «Genauer gesagt, mein Zeichenlehrer.»

«Ja?» Er wirkte nicht sehr beeindruckt. «Hast du Kunst studiert?»

«Nein, ich habe ihn mit achtzehn geheiratet. Ich war im ersten Semester Publizistik, aber das habe ich nicht einmal beendet...»

Ich unterbrach die kurze Beschreibung meiner universitären Erfahrungen, als ich bemerkte, daß er mich anders ansah, als hätte sich hinter seinen Pupillen gerade eine verborgene Laterne entzündet, und einen Moment lang schwiegen wir beide, er rechnete schweigend, und ich überlegte, ob es stimmte, was ich aus diesem Blick herauslas. Dann rieb er sich das Gesicht, lächelte und rekapitulierte laut, wobei er mich wieder wie ein höflicher Autor ansah.

«Also», sagte er zum Einstieg, «in der Publizistik werden keine Zeichenstunden angeboten, oder?»

«Nein.» Obwohl er bewundernswerterweise Haltung bewahrte, entschlüpfte mir ein Lächeln, da seine Überlegungen genau in die Richtung gingen, die ich vorausgesehen hatte.

«Mit anderen Worten, er hat dich in der Schule unterrichtet, und ihr habt euch später auf der Straße wiedergetroffen oder so ähnlich...» Er hob die Hand wie zu einer Pause, als er begriff, daß seine letzte Berechnung zu eng kalkuliert war. «Nein, warte, das kann nicht sein, denn wenn du mit achtzehn geheiratet hast, blieb dir dazu keine Zeit, oder doch?»

«Wozu?»

«Ihn auf der Straße wiederzutreffen.»

«Ich habe nicht gesagt, daß ich ihn auf der Straße –»

«Aha!» Er schlug sich ungeduldig auf den Schenkel, eine kindliche Reaktion, die sein offenes und leicht beunruhigtes Lächeln verstärkte, den Ausdruck eines Jungen, der beim Suchen eines versteckten Geschenks gerade ein Zipfelchen bunten Papiers hinter der Gardine erspäht hat. Ich amüsierte mich und hatte Lust, mich noch mehr zu amüsieren, so daß mir nichts anderes übrigblieb, als mitzuspielen.

«Na gut», kam ich ihm entgegen. «Ich werde es dir erzählen. Er hat mich im Vorbereitungsjahr zur Universität unterrichtet.»

«Und?»

«Ich habe etwas mit ihm angefangen.»

«In diesem Vorbereitungsjahr?»

«Ja.»

«Das hat was...» Er verbarg das Gesicht in den Händen, senkte den Kopf und wiegte ihn sanft hin und her, und so verharrte er ein paar Sekunden kopfschüttelnd. Dann sah er mich an. Er wirkte schlichtweg entzückt von dem, was er gerade gehört hatte.

«Warum?» fragte ich ihn, während ich ebenfalls in einem dümmlichen Lächeln gefangen war.

«Nun, ich weiß nicht, das habe ich nicht erwartet...» Er machte eine Pause, bevor er herausplatzte: «Schließlich sind Schülerinnen immer die große erotische Phantasie meines Lebens gewesen.»

«Und jetzt sind sie es nicht mehr?»

«Bah, jetzt ist das anders... Sie sind immer noch Mädchen, und ich werde immer älter. Seit Jahren werde ich schon gesiezt. Aber anfangs... Na ja, ich bin sehr jung in die Fakultät gekommen, ich hatte mein Studium gerade abgeschlossen –»

«Du warst ein kluger Junge», unterbrach ich ihn.

«Der klügste», sagte er lächelnd. «Die Studentinnen meiner ersten Seminare waren nur zwei, drei Jahre jünger als ich, und damals, ja, zu jener Zeit konnte ich nicht umhin, mir zu Semesterbeginn die Mädels anzusehen, ihre Möglichkeiten einzuschätzen oder, besser ausgedrückt, meine, ich beobachtete sie monatelang... und dann, du weißt ja...»

Ich gab vor zu wissen. «Du hast mit vielen was gehabt.»

«Mit einigen», gestand er mit einem vorgetäuschten kummervollen Gesichtsausdruck, der ihm gut stand.

Ich versuchte, ihn mit den Augen einer Studentin im ersten Semester zu sehen, stellte ihn mir unterrichtend in der Fakultät vor, ein Mann, der größer wirkte, als seine Statur angab, korpulenter, als sein Gewicht enthüllte, viel jünger, als er in Wirklichkeit war, und sehr klug, mit eigenwilligem Gesicht, denn er wäre im herkömmlichen Sinne hübsch gewesen, wenn sein Kopf, seine Ohren und seine Augenbrauen nicht ein bißchen zu groß geraten wären, obwohl ihm diese Auswüchse gut standen, so gut, um ganze Semester zukünftiger Geographinnen zu verführen oder um mich zu verführen, die ihn in dem Moment, als er eine zu erwartende Nuancierung hinzufügte, schon mit den Augen einer Studentin sehen konnte.

«Aber sie waren alle volljährig.»

«Ich war fast volljährig.»

«Fast. Das ist es ja... Wie alt warst du?»

«Siebzehn, tut mir leid.»

Er lachte auf, und ich fiel in sein Lachen ein, während mir mein Blut verriet, daß es sich an den gefährlichen Weg erinnern konnte, der in einen erregten Zustand münden würde.

«Nein», sagte er dann. «Das braucht dir nicht leid zu tun, erzähl es mir.»

«Kommt nicht in Frage», antwortete ich, ohne erst darüber nachzudenken, sogar noch bevor ich Zeit zu der Vermutung hatte, daß dieses Spiel sich gegen mich wenden könnte.

«Doch, komm schon!» Er wirkte sehr interessiert. «Erzähl es mir, bitte.»

«Das ist eine sehr lange Geschichte.»

«Ich habe es nicht eilig. Meine Frau ist heute nachmittag über das lange Wochenende mit den Kindern und dem Hund zu einer Freundin gefahren, die mir besonders auf den Wecker fällt, eine Art Apostel für die Liebe zum Hund, die in Santander ein sehr großes Haus und zwölf oder vierzehn speichelnde, übelriechende Hunde besitzt. Sie werden sich sehr amüsieren...»

«Und du?» fragte ich wie nebenbei, als hätte ich nicht bemerkt, daß er schon die kleinste günstige Gelegenheit genutzt hatte, um mich wissen zu lassen, daß er allein in Madrid sei, und als hätte mein Herz nicht einen Satz in meiner Brust gemacht, mehr noch, als hätte meine Einbildungskraft, bereits gefangen in den Ketten der köstlichsten

Halluzination, mir nicht augenblicklich eingeflüstert, daß er diese Situation millimetergenau geplant hatte, als er sich genau diesen Abend mit mir verabredete und vorschlug, uns bei mir zu Hause zu treffen.

«Mich hat wieder die gesegnete Verkarstung gerettet», antwortete er so ruhig, als hätte er die Geschwindigkeit, mit der ich seine Information verarbeitete, nicht bemerkt. «Ich schreibe ein Buch über meine Lieblingsberge und muß dieses Wochenende in die Monegros-Berge, um einen Haufen Dinge auszumessen, so daß ich dir bis morgen zuhören kann» – er machte eine strategische Pause – «oder bis übermorgen, wenn nötig. . .»

Meine Reaktion war ein neuerlicher, leiser Lachanfall, der mich aber nicht daran hinderte, schnell das Risiko einzuschätzen, dem ich mich ausgesetzt hatte.

«Nein, im Ernst. . .» Ich wählte die schonendste Ausrede. «Ich habe keine Lust dazu.»

«Warum?»

Er, der schon in einem warnenden Tonfall fast wie ein Liebhaber mit mir sprach, war nicht bereit nachzugeben. Und ich hatte auch keine Lust, wie ein Dummkopf dazustehen, deshalb war ich ehrlich.

«Du wirst nicht gut von mir denken, wenn du sie gehört hast.»

«Was ist los?» In seinem Blick gesellten sich zu dem Spüreifer gewisse Anzeichen einer zunehmenden Erregung. «Du hast doch damit angefangen.»

«Warum sagst du das?» protestierte ich und blickte zu Boden, um ihn nicht ansehen zu müssen, obwohl ihm genügend Zeit blieb, um zu erkennen, daß ich rot wie eine Tomate wurde.

«He», rief er und legte mir Aufmerksamkeit heischend eine Hand aufs Knie. «Ich bin auch Professor. In der Universität ist es gefährlich, aber in einer Schule zu jener Zeit muß es ja geradezu selbstmörderisch gewesen sein. Bestimmt hast du angefangen. Und die Versuchung muß selbstverständlich großartig und unwiderstehlich gewesen sein. Als würde man riskieren, ins Gefängnis zu kommen. . .»

«Glaub ja nicht. . .» protestierte ich erneut. «So einfach war es nicht, eigentlich hat keiner angefangen, ich. . . ich war noch sehr jung und begriff nichts. Außerdem müssen wir uns die Karten ansehen.»

«Nein.» Er lächelte.

«Wie, nein? Natürlich.»

«Nein. Du nimmst die, die du willst, und ich bin mit allem einverstanden. Erzähl es mir, los.»

«Das wird aber nicht sehr präzise...»

«Natürlich wird es präzise», und er begann die Hand zu bewegen, die auf meinem Knie lag, um es langsam und kreisend zu streicheln. «Du weißt es nur nicht...»

«Javier, bitte!» flehte ich lachend. «Warum willst du das hören?»

«Weil ich sterbe vor Neid», gestand er mit einer Aufrichtigkeit, die mich verwirrte. «Weil es mich entzückt hätte, wenn du mit siebzehn Jahren meine Schülerin gewesen wärst. Und ich hätte keine Zeit damit verschwendet, schreckliche Porträts von dir zu malen, gewiß nicht.»

Von da an fiel ich im Sturzflug. Mein letztes Widerstreben war rein symbolisch, und er wußte es.

«Aber ich warne dich, die Geschichte wird dir nicht gefallen.»

«Natürlich wird sie das. Sie wird mich begeistern.»

«Wenn du sie gehört hast, wirst du nicht gut über mich denken.»

«Besser. Ich werde viel besser über dich denken.»

«Glaub das nicht, denn... ich gebe es ungern zu, aber ich habe mich aufgeführt wie eine Aufgeilerin...»

«Wunderbar. Bestimmt hat er nichts anderes verdient.»

«Wo bleibt deine Solidarität?»

«Ich bin bereit, absolut solidarisch mit dir zu sein, ich habe es dir ja schon gesagt.»

«Also gut. Aber vorher brauche ich einen Schluck.»

«Gib mir auch einen, los...»

Als ich die Eiswürfel umsichtig in zwei Gläser füllte, was meine Unsicherheit deutlich verriet, versuchte ich vergebens, mir die Wirkung auszumalen, die meine Geschichte mit Félix auf den zarten und äußerst zerbrechlichen Keim dessen, was aus der Unterhaltung mit Javier Álvarez hervorgesprossen war, haben konnte. Aber wenn ich am Ende beschloß, sie ihm haarklein zu erzählen, dann nicht, weil ich vermutete, daß er höchstwahrscheinlich an der tollen Jugendlichen hängenblieb, die ich einmal war, und daß er sie nach so vielen Jahren schwerlich in mir, dieser treuen Verlängerung der eigensinnigen Abenteurerin, die kopfüber in ihre eigene Falle stürzte, wiederfinden könnte. Wenn ich sie ihm erzählte, dann deshalb, weil ich mir plötzlich sagte, daß dies alles vielleicht passiert war, damit ich es in dieser Nacht Javier erzählen konnte.

Als er endlich nach drei Anläufen ging, war es halb eins Mittag.
Ich begleitete ihn nackt zur Tür, versteckte mich hinter dem Flügel und küßte ihn auf den Mund. Keiner von uns beiden sagte adiós, nicht einmal bis dann. Als ich aus dem Motorengeräusch schloß, daß der Aufzug hinunterfuhr, fragte ich mich, was ich jetzt tun könnte. Ich warf einen Blick auf das *Porträt von Ana als Fruchtbarkeitsgöttin* und dachte daran, es sofort abzuhängen, aber ich hatte keine Kraft mehr dazu. Die Augen fielen mir zu, und erst da wurde mir bewußt, daß ich lächelte, daß mein Lächeln sich von den Lippen zu lösen schien, sich in die Luft malte, sich in den Winkeln des Raumes, meines Körpers und meiner Seele vervielfältigte, wie das wilde Lächeln der Cheshire-Katze. Aber du heißt nicht Alice, warnte ich mich und versuchte, ernst zu werden.

«Du bist nicht verliebt, Ana», sagte ich laut zu mir selbst. «Du hast dich nicht verliebt, glaube es nicht, denn es ist nicht wahr, es kann nicht wahr sein, es ist unmöglich. . .»

Es ist gut gewesen, verhandelte ich weiter im stillen mit meinem eigenen Begehren, gut, einverstanden, es war sehr gut, ein prima Kerl, wir haben toll gevögelt, eine Liebesnacht. . . Nein, nichts mit Liebe. Na ja, doch Liebe, na und? Er ist verheiratet, er hat einen Haufen viel jüngerer Studentinnen als du, mit denen er vögeln kann, und du wirst ihn nicht mehr wiedersehen, also. . .

«O mein Gott!» Meine Lippen brachen das Schweigen wieder, als ich feststellte, daß meine ganze Vernunft, meine ganze Besonnenheit, das ganze Gewicht der in sechsunddreißig Lebensjahren angesammelten Erfahrungen es nicht schafften, die Breite meines Lächelns auch nur um einen erbärmlichen Millimeter zu schmälern. «Mein Gott!» Ich fand nichts Besseres zu sagen. «Mein Gott!»

Da begriff ich, daß mein Zustand dem der Genesung von einer unvorhergesehenen, plötzlichen Krankheit ähnelte; ich ging wieder ins Bett, legte mich auf die Seite, auf der er gelegen hatte, zog den Aschenbecher auf dem Nachttisch näher heran und rauchte die prächtigste Zigarette meiner ganzen Raucherinnenlaufbahn. Ich hatte mich in Javier Álvarez verliebt, und auch wenn ich mich bemühte, es von diesem Moment bis zu meinem Tod zu leugnen, stimmte es, daß ich sehr glücklich war, mich plötzlich in den unendlichen Abgrund gestürzt zu haben, in dem sich nur die Menschen verlieren, die irgendwann einmal in ihrem Leben lebendig gewesen sind.

Ich ahnte es schon, als ich das zweite Glas einschenkte. Meine Erzählung kam nur langsam voran bei den ständigen Unterbrechungen durch seine Fragen: «Auf den Schenkel? Was du nicht sagst! Aber wo denn genau?», durch seine minutiösen Klarstellungen eines fleißigen Schülers. «Das habe ich nicht verstanden, ich dachte, daß man durch die Strümpfe hindurch nichts lesen kann», und seine subtilen Nuancierungen eines pflichtbewußten Professors: «Aber du dürftest nicht sehr kindlich ausgesehen haben, stimmt's? Natürlich hat das was zu sagen, denn in einer Klasse zur Univorbereitung ist das Kindliche die Norm, ganz im Gegensatz zur Universität!», da ahnte ich es, wußte es fast, denn ich hatte noch niemanden wie ihn kennengelernt, und diese ungewöhnliche Mischung aus Neugier und Wissen, aus Gelassenheit und Unruhe, aus Scherzhaftigkeit und Nachdenklichkeit, die ihn in einen sehr jungen und zugleich sehr reifen Mann verwandelte, gefiel mir mehr als jede andere Kombination dieser Eigenschaften. Ich weiß nicht, wieviel er über mich erfuhr, während er mir mit hintergründigem Lächeln zuhörte, das manchmal ironisch und manchmal ungläubig wirkte, aber immer nachsichtig war, während er mich mit der verhaltenen Begierde eines Insektenforschers ansah, der eingehend den Schmetterling studiert, den er im nächsten Augenblick gnadenlos auf eine Nadel spießen wird, aber ich, die noch auf die geringste seiner Reaktionen achtete, deckte auch ein paar seiner Karten auf, denn ich bemerkte, daß er absolut nicht schüchtern war, sosehr er sich auch um diese Wirkung bemühte, ganz anders, als es alle Welt tat, und ich gelangte sogar zu der Vermutung, daß seine lebhafte Neugier, dieses vorgeblich unschuldige Interesse, mit dem er mich um Einzelheiten bat, die jedesmal schwieriger laut auszusprechen waren, vor allem eine Strategie waren, um die Geschichte zu verlängern, um meine und auch seine Erregung zu schüren, um die Situation auf einen Punkt hinzusteuern, von dem aus es nur einen möglichen Ausgang gab, an dem wir dennoch ganz unvorhergesehen anlangten.

Zuvor irrte ich mich mindestens ein halbes Dutzend Male, denn er stürzte sich nicht auf mich, als ich ihm erzählte, wie Félix mir den

Rock mitten in der Geschichtsarbeit wieder runtergezogen hatte – «Großer Fehler», meinte er, «ich hätte deine Beine frei gelassen» –, auch nicht, als ich ihm erzählte, daß ich eine schriftliche Dankesbezeugung auf meine Schenkel geschrieben hatte – «Du warst wirklich der Teufel höchstpersönlich», sagte er nur –, auch nicht, als ich mich an das Klappern von Absätzen erinnerte, das unserem ersten Kuß im selben Saal, wo wir unterrichtet wurden, ein Ende setzte – «Das wäre ich gerne gewesen», merkte er an –, auch nicht, als die Diskussion über den Simultaneismus dran war – «Ziemlich heiß, was?» fragte er mich genau an dem Punkt lachend, und ich antwortete, es wäre nicht heiß gewesen, und er erwiderte, nein, er sage das, weil er sehr zu schwitzen anfinge –, auch nicht, als ich ihm gestand, mit welcher Art Zeremoniell ich Onkel Arsenios Tod bedacht hatte – «Du bist zum Vögeln in seine Wohnung gegangen, klar», bestätigte er, und ich leugnete es nicht, jedenfalls nicht direkt, doch er bestand darauf: «Aber sicher» –, und nicht einmal, als ich am Ende anlangte und lustlos einen hastigen und sehr knappen Abriß über mein unglückliches Eheleben gab, nicht einmal da stürzte er sich auf mich.

«Gut», sagte ich dann, und trotz seiner Beherrschung oder seiner Vorsicht oder seiner Trägheit waren alle meine Erwartungen noch intakt, denn seine Augen brannten und konnten nicht lügen. «Das war's. Hat es dir gefallen?»

«Mehr gibt's nicht?» fragte er und spielte den Verwirrten.

«Nein. Ich meine, Amüsantes nicht. Wenn du Lust darauf hast, kann ich dir meine Scheidung beschreiben.»

«Nein, danke. In meinen Umständen könnte das gefährlich animierend sein.» Ich wollte diesen Kommentar nicht direkt erwidern, um nicht so schnell durchzudrehen, und er nutzte die Pause, um nachzuhaken. «Aber seit deinem vierundzwanzigsten Jahr bis heute wirst du doch viel erlebt haben...»

«Glaub das nicht», antwortete ich und fragte mich insgeheim, ob es sein könnte, daß er in diese Richtung nachforscht, um herauszufinden, ob ich im Augenblick allein war oder nicht, und gleich darauf fand ich mich damit ab, viel zu früh durchzudrehen. «Nichts Amüsantes. Manchmal glaube ich, daß ich mit siebzehn alle Patronen verschossen habe, die für mein ganzes Leben gedacht waren.»

«Nein, das ist unmöglich...» Er sah mich mit einem Blick an, der

mir durch und durch ging und der sich irgendwie hinter meinem Nacken festsetzte. «Ich bin mir sicher, daß dir noch viele verblieben sind.»
«Das hoffe ich.»
«Jedenfalls ist es schade, ich höre dir gerne zu...»
«Und ich würde dir gern zuhören.»
«Was willst du, daß ich dir mein Leben erzähle?»
«Das ist nur gerecht, oder?»
«Einverstanden», akzeptierte er. «Aber erst nach dem Abendessen. Hast du keinen Hunger?»
«Hm...» Ich sah auf die Uhr und schrie fast auf, als ich feststellte, daß es schon halb zwölf war. «Um ehrlich zu sein, doch. Wir können uns über den Kühlschrank hermachen, mal sehen, was drin ist...»
«Und wenn nichts drin ist, lade ich zu einer Pizza ein.»
«Das wird nicht nötig sein», bekräftigte ich mit einer Stimme, die viel fester war als meine Knie, denn beim Aufstehen spürte ich in meinen Beinen plötzlich den Alkohol, den ich getrunken hatte, obwohl die Erregung meinen Kopf erstaunlich klar hielt und sogar jene Seitenfaser meines Verstandes schärfte, die es ermöglicht, in einer Sekunde alle Einzelheiten dessen, was geschieht, wahrzunehmen. «Ich war gestern einkaufen, und weil ich mich nie daran gewöhnen werde, allein zu leben, habe ich bestimmt wieder zu viel eingekauft.»
In der Bemühung, meinen Körper auf der Höhe meines Verstandes zu halten, bog ich in den Flur ein und achtete auf die Wände, die es gut mit mir meinten und keinen Zentimeter auf mich zukamen, ich ging vor ihm, der mir schweigend folgte, in die Küche, wo er sich gegenüber dem Kühlschrank auf eine Regalkante stützte, während ich dessen Inhalt inspizierte.
«Du wirst sehen», kündigte ich an, «ich habe die Zutaten für drei oder vier verschiedene Salate, Pilze, die gebraten köstlich schmecken, einen guten Serranoschinken, zwei Scheiben frischen Lachs, Ravioli...»
Ich wollte noch das Obst aufzählen, aber in dem Augenblick umschlang sein linker Arm meine Taille, und eine Sekunde später half seine rechte Hand nach, um mich umzudrehen. Als es ihm gelungen war, standen wir uns so nahe, daß unsere Nasenspitzen sich berührten. Dann schlang er mit aufrechtem Oberkörper seine Beine um meine

Beine, womit er mich in einen unglaublichen Zustand thermischer Widersinnigkeit beförderte, mein Rücken am kalten offenen Kühlschrank und mein Bauch an seinen gepreßt, so daß ich durch die Kleidung den Druck seines erregten harten Glieds wie ein plötzliches warmes Versprechen aufnahm, und trotz der Dringlichkeit der Situation konnte ich noch einen Funken Ruhe bewahren, um mich mit meinem geschärften Sinn für die kleinen Dinge von außen zu sehen, und wenn ich je etwas in diesem Leben gewünscht habe, dann wünschte ich, daß diese Szene eine Metapher für die Zeit wäre, die ich noch leben würde, und die Kälte drang kaum durch meine Kleider hindurch. Dann fragte ich ihn, was er essen wolle, und er küßte mich und zeigte mir, wie der ruhigste Mann mit einer einzigen Geste selbst den letzten Funken Ruhe verlieren kann, und in dem Moment hörte ich auf zu leben, um mich in einem anderen Territorium als der bekannten Welt niederzulassen, wo das Lächeln in der Luft schwebt und die Zeit für eine Sekunde stundenlang anhalten kann und Frauen wie ich sich verlieben wie ein mondsüchtiges, erschrockenes und gleichzeitig für immer gefangenes Tier.

Wie wir ins Bett gelangten, erinnere ich mich nicht. Aber ich erinnere mich, daß ein Knopf meiner Bluse abriß und daß ich mir selbst die Hosen von den Knöcheln streifen mußte, denn die Geschicklichkeit seiner Finger hörte jenseits meiner Knie auf, und er sah mich prustend und mit erhobenen Händen an, als wolle er mir sagen, daß er nicht mehr könne. Ich erinnere mich sehr gut an das Gewicht seines Körpers, seine Zähne, seine Stirnfransen, die ihm ins Gesicht hingen, mir aber noch erlaubten, seine Augen zu sehen, wenn ich meine öffnete, ich erinnere mich an seine Augen, tief und flüssig wie Abgründe unendlicher Brunnen, seine offenen Augen, den seltsamen spitzen Ausdruck seiner Augen, spitzig wie Lanzenspitzen, wie freundliche Nägel, wie weise Bohrer, die wissen, was hinter der Haut steckt, was das Fleisch und die Knochen verbergen, ich erinnere mich, wie seine Augen in mich drangen, wie sie sich meiner bemächtigten, auch wenn ich nicht sehen konnte, wie sie in einer Sekunde das Zentrum der Schwerkraft meines Körpers aushebelten, und ich erinnere mich auch an mich, am Rande aller physischen Gesetze, die diesen Planeten regieren, in Sicherheit vor meinem Gedächtnis, seinem Gedächtnis preisgegeben, am Rande des Übermuts, der einen Stadthund herumspringen läßt, wenn man ihm eines Tages in einem Kiefernwald Freilauf gibt, des Übermuts eines Kranken im Endstadium, wenn ihm eine neue, unfehlbare Behandlungsmethode angekündigt wird, eines zum Tode Verurteilten, der aus einem fernen Transistorradio den unerwarteten Bericht über die gerade ausgebrochene Revolution hört, und ich erinnere mich, daß ich diese Grenze überschritt, ohne es zu merken, ohne bewußt entschieden zu haben, es zu tun, ohne zu erfahren, wer den Schritt machte, der mich auf die andere Seite der Bedeutung der Wörter stellte, unter die Herrschaft eines anderen Vergnügens, eines anderen Schreckens, einer anderen Freude, eines anderen Glücks als dessen, das man ohne Bestürzung jeden Tag benennen kann. Und trotzdem eroberte mich Javier Álvarez nicht, er besaß mich nicht, er verführte mich nicht, denn Heere erobern keine Städte, die sie mit offenen Toren erwarten, niemand ergreift Besitz von jemandem, der nicht schon ihm gehört, und das Prestige eines Verführers entspringt gerade dem, wenn auch nur symbolischen, Widerstand seines Objektes. Was geschah, war viel einfacher und gleichzeitig viel schwieriger zu erklären, denn es war so, daß seine Arme und seine Hände die lüsterne Begierde seiner Augen in Wärme auflösten, das Zeichen eines plötzlichen, tragbaren Sommers, der mich einhüllte, wie ich es kaum einmal jenseits der entlegenen Schwelle der Kindheit verspürt hatte, als hätte ich seither nur gelebt, um auf seine Rückkehr zu warten. Es lag etwas grundlegend Ruchloses in dieser zwiespältigen Umarmung, die warme Unschuld seiner Arme vertiefte die dunkle, grenzenlose Gier, die seine Augen färbte, ein vertrautes Zwinkern, das in der Farbe eines unentschlüsselbaren Geheimnisses gefangen war. Das geschah, und ich weiß nicht, in welchem Abschnitt des Falls ich den Boden unter den Füßen verlor, ich hatte kaum Gelegenheit, mich zu erinnern, daß dies das erste Mal war, während sich mein Zögern und meine steife Unsicherheit einer Anfängerin in einer wunderbaren Harmonie ohne Kanten von selbst auflösten.

Dann ja, dann glitt er ganz langsam aus mir heraus, preßte seinen Körper an meinen und küßte und streichelte mich so zärtlich, wie ich es schon nicht mehr kannte. Da wurde mir klar, daß ich noch nie mit einem Mann geschlafen hatte, der eine so schmutzige Phantasie hatte, und nie hatte ich mit einem so gut erzogenen Mann geschlafen und nie, niemals, nicht im entferntesten hätte ich gewagt anzunehmen, daß es einen Mann gäbe, der so eine schmutzige Phantasie hatte und gleichzeitig so gut erzogen war. Diese Entdeckung schmerzte mich, als hätte mir das Schicksal ein Schwert in den Rücken gebohrt, denn ich werde ihn verlieren, warnte ich mich, obwohl ich es nicht will. Und ich war mir sicher, daß ich es nicht wollte.

«Hast du Brot?» fragte er mich, als ich schon überlegte, mit welcher Floskel er sich verabschieden würde.

«Brot?» wiederholte ich und brauchte einen Moment, um zu begreifen. «Ja, natürlich.»

«Nun, ich würde gern ein paar Spiegeleier mit Schinken essen, weißt du? Ich werde sie machen.»

«Kommt nicht in Frage», sagte ich und wühlte im Schrank, bis ich einen seidenen Morgenmantel mit Pagoden und japanischen Mädchen darauf fand, der sehr gut zu der Gelegenheit paßte. «Ich werde sie machen, denn du machst mir bestimmt mit dem Heber die Teflonbeschichtung kaputt, und ich bin es leid, Pfannen zu kaufen. . .»

«Du irrst dich», erwiderte er und schlüpfte direkt in seine Hose. «Ich bin sehr umsichtig. . . Aber wenn du meinen Fähigkeiten mißtraust, kann ich ja den Tisch decken.»

Als er damit fertig war, setzte er sich auf einen Stuhl genau hinter mich. Ich weiß es, denn als ich meine fünf Sinne zusammennehmen mußte, um perfekte Spiegeleier zu braten, mit weichem, nicht zu rohem und nicht zu festem Eigelb und gut festgewordenem Eiklar mit einem knusprigen Rand rundherum, sagte er etwas, was mich veranlaßte, mich umzudrehen.

«Du gefällst mir sehr, Ana.»

Er saß ruhig da, mit nacktem Oberkörper, rauchte und sah mich mit weit offenen Augen an. So viel hielt ich nicht aus und wandte meinen Blick wieder der Pfanne zu, wobei ich mit mir selbst wettete, daß mir das letzte Eigelb aufplatzen würde, bevor ich ihm antwortete.

«Und du gefällst mir sehr», sagte ich, während ich das vierte Spiegelei intakt aus der Pfanne nahm.

«Wie schön!» resümierte er, als er die Teller auf den Tisch stellte, obwohl ich nie erfahren habe, ob er mein Geständnis meinte oder sich über das fertige Essen freute, das er schnell, aber mit offensichtlichem Genuß verdrückte.

Dann räumte er sorgfältig den Tisch wieder ab, stapelte zuerst die

Teller in die Spüle und die Gläser und Bestecke obendrauf – dafür mußte ich laut meine Anerkennung aussprechen –, füllte die Wasserkaraffe, bevor er sie zusammen mit dem restlichen Schinken wieder in den Kühlschrank stellte und sich mir gegenüber an die Wand lehnte.

«Nun, jetzt können wir wieder ins Bett zurückgehen, oder?» Weniger sprachlos denn überrascht von der Leichtigkeit, mit der alles in heiterem Rhythmus, aber ohne Pausen, ablief, meine eigenwillige Version einer Art universellen Drehbuchs, in dem eine Hauptrolle zu erhalten ich die Hoffnung schon aufgegeben hatte, war ich unfähig, eine geistreiche Antwort zu formulieren. Als ich mit einem Lächeln auf den Lippen aufstand, verließ er die Küche, und ich folgte ihm wortlos. Es war schon nach zwei Uhr morgens, und als ich den Morgenmantel auszog, war mir kalt. Ich warf mich genauso eilig und ungeschickt, als würde ich in ein Schwimmbecken springen, auf das Bett, und er, der auf der Seite lag, sah mich mit einem amüsierten Lächeln an und zog mich an sich, bevor ich noch Zeit gehabt hatte, zu ihm unter das Bettzeug zu schlüpfen. Da wurde mir bewußt, daß unsere letzten Gesten, die Spiegeleier, sein Vorschlag, schnell wieder ins Bett zu gehen, mein schweigendes Folgen durch den Flur, jener automatische Impuls, sich an den anderen zu pressen, um wieder warm zu werden, ebenso zu der alltäglichen Routine eines Paares gehören könnte, das schon viele Jahre die Wohnung, die Zeit und dieselbe Art, sie zu verbringen, teilte, ein zufriedenes, harmonisches, vielleicht sogar glückliches Paar. Ich war mir nicht sicher, ob das ein gutes Zeichen war, aber die Behaglichkeit, die ich empfand, als ich mich in den Armen eines Mannes verlor, der kaum zwölf Stunden zuvor ein schlichter Arbeitskontakt gewesen war, erschreckte mich nicht einmal.

«Erzähl mir noch mehr», sagte er dann.
«Mehr?»
«Ja, ich höre dir gerne zu.»
«Nun, ich weiß nicht...»
«Hast du Geschwister, zum Beispiel?»
«Drei, zwei Schwestern und einen Bruder.»
«Wie heißen sie?»
«Mariola, Antonio und Paula.»
«Mariola ist die Älteste?»
«Ja.»

«Und du?»
«Ich bin die dritte.» Ich lächelte. «He, ist das sehr interessant?»
«Sehr.»
«Und du?»
«Ich bin der Älteste von acht Geschwistern, sechs Jungen und zwei Zwillingsschwestern.»
«Wahnsinn!»
«Du gefällst mir sehr, Ana.»
«Und du gefällst mir auch sehr.»
«Du bist wunderschön, es begeistert mich, wie du redest...»
«Wie rede ich denn?»
«Ich weiß es nicht genau, aber du hast eine besondere Art, etwas zu erzählen.»
«Das hat mir noch niemand gesagt.»
«Nein? Gut, wenn du dich mit Leuten wie deinem Exmann angefreundet hast, wundert mich das nicht.»
«Und wie ist mein Exmann?»
«Ein Blödhammel.»
«Und woher weißt du das?»
«Weil ich es weiß.»
«Und warum weißt du das?»
«Weil er dein Exmann ist.»
«Stört dich die Vorstellung?»
«Daß du einen Exmann hast?» Ich nickte. «Natürlich stört mich das, und zwar sehr.»
«Das glaube ich nicht.»
«Warum?» Er lachte. «Stört es dich, daß es mich stört?»
«Nein, natürlich nicht.» Ich machte eine Pause, um anzukündigen, daß ich aufrichtig sein würde. «Es gefällt mir... Obwohl du eine Frau hast.»
«Ja, aber es würde mir gefallen, wenn dich das störte.»
«Es stört mich auch.»
Er bedachte meine Worte mit einem besonderen Lächeln, mit dem Ausdruck eines Kindes, das noch unschlüssig zwischen einem Streich und einer Flegelei schwankt.
«Mich auch.»
«Also hör auf!»

«Im Ernst... Weißt du was, Ana?»
«Weißt du was?»
«Was?»
«Du bist ganz schön unverschämt.»
«Ja, das stimmt. Aber du mußt auch zugeben, daß ich charmant bin.»
«Du bist charmant.»
«Und ich werde dich noch mal vögeln, jetzt gleich.»
«Was?»
«Das ist es, was ich dir sagen wollte. Na ja, wenn du nichts dagegen hast.»
«Nein, ich habe nichts dagegen», gestand ich ein. «Es ist mir sogar recht.»

Ich weiß nicht, ob das zweite Mal besser war als das erste. Ich weiß, daß alles ganz langsam vor sich ging, wenn auch nicht gerade ruhiger, ich weiß, daß seine Augen sich nicht veränderten, obwohl genau im Moment der Überraschung ein anderes Licht hervorkeimte, das fröhliche Vergnügen, mit dem sein Blick meinen Körper in eine vertraute Landschaft verwandelte, und ich weiß, daß sein Begehren nicht nachließ, ich weiß, daß es sogar wuchs, sich vertiefte und erweiterte, und dennoch geschah etwas Neues und Wichtiges in mir, denn irgendwann begann ich einen kleinen, rhythmischen Ton zu hören, das Geräusch vom Kopfende des Bettes, das trotz der Schrauben, die es an der Wand befestigten, den Ansturm meines Liebhabers bejubelte, ein zartes, unablässiges Klirren wie ein intimer Code, wie ein seltsames Lied, das mir vorher entgangen war und jetzt mühelos meine Ohren erfüllte, das mich über meine Überraschung, über meine Gefühle und sogar über dieses diffuse flüchtige Wohlbefinden hinaus, das nur ein paar Stunden ruhen mußte, um sich in echte Verliebtheit zu verwandeln, zu begreifen zwang, daß ich mit diesem Mann vögele, daß er in mir war und sich bewegte, und diese Bewegung war mir nie so brutal vorgekommen, weil ich sie nie als ein so notwendiges Schicksal empfunden hatte, und dann stülpte sich die Sexualität über alles, und ich stellte mir keine weiteren Fragen, für ein paar Stunden hörte die Zukunft auf, mich zu erwarten, jenseits der Grenze des Bettlakens hörten sein und mein Leben zu existieren auf, ich konzentrierte mich auf meine eigene Lust, ohne an irgendwelche Konsequenzen zu denken, und nie war meine Phantasie so schmutzig gewesen, und nie hat es mich weniger gekostet, mich wie eine gut erzogene Frau zu verhalten, und nie, niemals, nicht im entferntesten hätte ich zu vermuten gewagt, daß ich mich in eine so gut erzogene Frau mit gleichzeitig so schmutziger Phantasie verwandeln könnte, und ich bin sicher, daß mich das stärker mit ihm verband als alles andere, was wir gesagt und was wir in dieser Nacht getan hatten.

Danach schlief ich ein. Ich wußte, daß das, was geschehen war, sehr wichtig für mich war, und ich nahm mir sogar vor, ein Weilchen wach zu bleiben, um jede Einzelheit in meinem Gedächtnis zu speichern, um einen Schlüssel zu finden, der mir später erlaubte, die Geschichte mühelos zu rekonstruieren, um diesen unvorhergesehenen Zustand der Gnade auszukosten, aber Javier drehte sich noch ein paarmal, bis er die beste Lage gefunden hatte, und ich schmiegte mich ohne Schwierigkeiten an seinen Körper, erhielt den letzten Kuß, der mich wissen ließ, daß er noch wach war, und ich fürchte, daß ich sogar noch vor ihm eingeschlafen bin. Am nächsten Morgen fand ich mich im selben wunderbaren Land wieder, wo ich mich von der Welt verabschiedet hatte, aber nach den Küssen und Umarmungen und albernen Lachanfällen, die bestätigten, daß alles, woran ich mich erinnerte, tatsächlich geschehen war, stürzte der Horizont plötzlich zu Boden.

«Gut, ich werde jetzt gehen müssen...»

«Schon?» fragte ich, und um die Bestürzung zu verschleiern, die in meinen Augen wie eine rote Ampel blinkte, griff ich auf die unfehlbare Besonnenheit einer Hausfrau zurück. «Frühstückst du nicht?»

Er beantwortete meine Frage mit einem Lächeln.

«Natürlich», sagte er dann. «Ich werde nach dem Frühstück gehen müssen.»

Aber er tat es nicht. Er zog sich an, er gesellte sich zu mir in die Küche, trank geruhsam einen Milchkaffee und aß vier oder fünf Magdalenas, zündete sich eine Zigarette an und sah mich an. Ich lächelte. Ich konnte mich nicht erinnern, vor wie langer Zeit ich mich das letzte Mal so gut gefühlt hatte, ob ich zum ersten Mal wirklich existierte, und paradoxerweise reichte die Gewißheit, daß dies alles irgendwann zu Ende sein würde, nicht aus, um die unverletzliche Rüstung, hinter der ich mich verschanzt hatte, auch nur anzukratzen. Er schien alles zu bemerken. Als würde mein Lächeln eine stillschweigende Einladung enthalten, sah er auf die Uhr und tat so, als hätte er vorher nicht gewußt, daß es noch so früh sei.

«Es ist erst halb neun», meldete er. «Um diese Zeit kann man noch nicht aufbrechen. Bestimmt schlafe ich am Steuer ein und bringe mich dabei um.»

«Ja?» fragte ich spöttisch.

«Natürlich. Tu mir einen Gefallen, rette mir das Leben. . .»

Er stand auf, kam um den Tisch herum und setzte sich hinter mich, schob seine Hände unter meine Achseln, um mir zu bedeuten, daß ich aufstehen sollte, und dann führte er mich ins Schlafzimmer zurück, streifte mir den Morgenmantel ab, legte sich angezogen ins Bett und begann ohne Vorwarnung zu reden.

«Gestern habe ich dir erzählt, daß ich der Älteste von acht Geschwistern bin, nicht wahr? Gut, denn mir ist gerade ein Spiel eingefallen, das ich mir ausgedacht habe, als ich. . . ich weiß nicht, neun oder zehn Jahre alt war, vielleicht auch jünger, ein Blödsinn selbstverständlich, obwohl es sehr erfolgreich war, denn die ganze Familie spielte es schließlich, na ja, alle außer meinen Eltern natürlich. . . Ich hatte es mir ausgedacht, um meinen Bruder Jorge zu ärgern, den Zweitältesten, denn obwohl ich nur ein Jahr älter bin als er, haben wir uns nie gut verstanden und als Kinder noch schlechter. Wir sind beide ziemlich streitsüchtig und keiner von uns kann verlieren.» Er hielt inne und sah mich lächelnd an. «Aber er hat viel weniger Geduld, und deshalb hat er mich nie besiegt.»

«Und worin bestand dieses Spiel?»

«Zu bewirken, daß das Gute anhält. Wir konnten es nur spielen, wenn man uns etwas gegeben hatte, was uns sehr gefiel, was weiß ich, ein Bonbon, einen Lutscher, eine Praline und solche Sachen, die sich schnell verbrauchten, auch wenn sie nicht zum Essen waren, beispielsweise wie diese Fläschchen mit Spülmittel, mit denen man Seifenblasen machen konnte, Luftballons oder Sammelbildchen. Das Spiel bestand darin, sie aufzubewahren, alles mögliche zu versuchen, um den Schatz intakt zu halten, wenn der andere ihn schon nicht mehr hatte. Und es gab keine Regeln, weißt du, es zählte alles, das Bonbon in den Mund zu stecken und darauf zu achten, es nicht mit der Zunge zu berühren, es gleich wieder herauszunehmen und in die Hosentasche zu stecken, den Umschlag mit den Sammelbildchen vor sich zu haben und Zeitungsschnipsel zu zerreißen, damit der andere beim Hören des Geräusches glaubte, daß er schon offen sei, durch den Flur zu spazieren mit diesem Ding, mit dem man Seifenblasen machen konnte, und zu pusten, aber ohne es in die Seifenlauge zu tauchen, so was eben... Gewonnen hatte der, der etliche Stunden später, wenn der Feind sich schon nicht mehr an die Praline erinnerte, die er gegessen hatte, seine Praline langsam aus dem Versteck holte, sie so auffällig wie möglich herzeigte und sie ganz langsam und mit dem größten Genuß lutschte, denn der Schokoladengeschmack mischte sich mit dem des Sieges.»

«Mit anderen Worten, dein Spiel bestand darin, den Neid deines Bruders zu kultivieren», faßte ich zusammen.

«Oder die Grenzen meines eigenen Begehrens kennenzulernen», antwortete er. «Es war auch eine Art Gymnastik des freien Willens und, wenn du es genau bedenkst, eine fast asketische Übung. Das sagte mein Vater zumindest, der meine Erfindung anerkannte, weil er meinte, daß sie den Charakter stärke. Meine Mutter hingegen wurde sehr wütend, sie sagte, wenn man uns zusähe, könnte man meinen, wir würden hungern. Um ehrlich zu sein, wird mir erst jetzt, wo ich es dir erzähle, bewußt, daß es wie ein Spiel armer Kinder wirkt, und das waren wir nicht, wenn auch nicht reich, Mittelschicht ohne viel Geld, mit zu vielen Kindern, um sich irgendwelchen Luxus leisten zu können, wir fuhren nie in den Urlaub beispielsweise, aber wir waren auch nicht arm, obwohl es mich alle Kraft gekostet hat, daß sie mich studieren ließen, mein Vater ließ mich dafür ab dem dritten Semester abends arbeiten, um sich die Sekretärin zu sparen. Er hatte ein Transportunternehmen, jetzt führt es mein Bruder Jorge, und ich war im Büro, bediente das Telefon, stellte die Routen zusammen, kümmerte mich um die Lieferscheine und Rechnungen, diese Dinge eben... Jedenfalls zwang uns dieses Spiel, den Wert der Dinge schätzen zu lernen, sogar noch über ihren realen Wert hinaus. Ich weiß nicht, es ist seltsam... Ich hatte es völlig vergessen, weißt du? Ich habe mich erst heute nacht plötzlich an alles erinnert, bevor ich einschlief, und ich dachte, daß das Leben eigentlich witzig ist, denn damals, als ich ein Kind war und die Erwachsenen in meinem Namen wichtige Entscheidungen trafen, habe ich immer gewonnen, es gelang mir immer, das Gute fortdauern zu lassen, und jetzt als Erwachsener, jetzt, wo ich theoretisch Herr über mein eigenes Leben bin, hängen die guten

Dinge, die sonst nie geschehen, nie allein von mir ab, wenn sie geschehen...»

Ich sah ihn aufmerksam an und traf auf einen offenen, flüchtig wehmütigen, aber heiteren Blick, der mir nicht half, den Sinn dieser Geschichte zu begreifen; ich war mir nicht sicher, ob das, was ich gerade gehört hatte, ein Angebot, eine Bitte um Verlängerung, ein eleganter Abschied oder eine einfache, rein zufällig wiedergefundene Erinnerung war, als er, der mir ganz langsam den Rücken streichelte, sich an mich preßte, sein Kinn in meiner Halskuhle barg und etwas sagte, was mich völlig verwirrte.

«Dir würde das nicht gefallen...»

Ich drehte mich in seinen Armen, um sein Gesicht sehen zu können. Er bog sich vor Lachen.

«Was?» fragte ich, halb überrascht und halb euphorisch.

«Nun...» Er schloß die Augen und lachte, als würde es ihn plötzlich beschämen, fortzufahren. «Noch ein bißchen zu vögeln...»

«Mensch, wenn es nur ein bißchen ist...» Auch ich lachte herzlich, ungläubig und laut wie ein Kind, das bei einer Tombola gerade das größte Spielzeug gewonnen hat. «Aber ich werde mich konzentrieren müssen», warnte ich ihn.

«Gut, ich mich auch», räumte er ein. «Und wenn ich versage, mußt du mir versprechen, daß du mich trotzdem noch respektierst.»

«Ich verspreche es dir.»

«Sehr gut.»

Diese beiden Wörter wirkten wie der Startschuß des Schiedsrichters für einen Lauf, und ich weiß nicht, ob die kindliche Übung, stundenlang Bonbons aufzubewahren, etwas damit zu tun hatte oder nicht, aber die Konzentrationsphase war wirklich kurz und das Resultat so leuchtend wie ein Feuerwerk. Danach verkündete er erneut, daß er jetzt gehen müsse, und diesmal raffte er sich sogar dazu auf, sich zu duschen. Ich blieb im Bett liegen und verfolgte seine Spur durch die halboffene Tür, den Wasserstrahl der Dusche, das Geräusch des Boilers, die Stille, die dem Tappen seiner Schritte auf den Kacheln folgte. Als er wieder ins Schlafzimmer kam, nackt und noch triefend, schlüpfte er ohne ein Wort ins Bett. Dort blieben wir mindestens eine weitere Stunde, und ich begriff, daß ich keinen geeigneteren Moment finden würde, um mir ein Stück Zukunft zu sichern, um ihn zu fragen, was er mit mir vorhätte, ob wir uns wiedersehen würden oder ob er schlicht glaubte, wir würden uns eines Tages wiedersehen, mir war klar, daß dies der Moment war, ihn das alles zu fragen, aber ich hatte Angst, daß ich alles verlieren könnte, diese konkrete Version des Wohlbefindens zerstören könnte, die sanften, erschöpften, einander wortlos folgenden Küsse, diese stummen Pausen, die alles mögliche ausdrücken konnten, und schließlich, um halb eins, ließ ich ihn, ohne etwas gefragt zu haben, gehen, als wäre nichts geschehen.

Um Viertel vor zwei hatte ich keine Lust mehr, mich zu fragen, wie ich so dumm gewesen sein konnte. Meine Vorsicht oder meine Höflichkeit oder mein Respekt oder meine Angst, wie auch immer man diese kümmerlichen Vorbehalte nennen mochte, waren so überflüssig, daß ich nur noch Lust zum Weinen hatte. Ich sagte mir, daß ich ihn nie wiedersehen würde und daß ich das sehr gut hingekriegt hätte, und die Tränen drangen endgültig unter meinen Wimpern hervor, um meinen bevorstehenden Zusammenbruch zu besiegeln.

Aber manchmal ändern sich die Dinge.

Es scheint unmöglich, es ist unglaublich, aber manchmal geschieht es.

Denn genau in dem Augenblick, und ich weiß, daß es Viertel vor zwei war, weil mein Blick auf den Wecker fiel, klingelte das Telefon.

«Hallo, hier ist Javier.»

«Wirklich?» fragte ich wie ein in seinem eigenen Glück gefangener Dummkopf.

«Ja» – ich ahnte das Lächeln auf der anderen Seite der Leitung – «ich bin schon fast in Guadalajara, aber ich habe mir gedacht, ich kehre jetzt sofort um, wenn du mich zum Essen einlädst.»

Als ich durch die Glastür in die riesige Empfangshalle trat, die ich täglich lustlos durchquere, blieb ich einen Augenblick stehen, um kurz an die erbärmliche Frau zu denken, die ich nicht mehr war, die aber fünf Tage zuvor in demselben Körper und mit demselben Gesicht genau den umgekehrten Weg gegangen war. Ich drehte mich auf meinen Absätzen um und konnte Javier noch sehen, der eben erst den Wagen anließ, als hätte er mit dem Losfahren gewartet, bis ich mich umdrehte. Mir blieb nichts weiter übrig, als seinem Beispiel zu folgen, doch, und das war die andere überraschende Neuheit, die Vorstellung, acht Stunden lang mit dem Durchsehen, Notieren, Aussortieren, Abmessen und Scannen von Bildern zu verbringen, belastete mich nicht. Noch kein Montagmorgen war so wunderbar gewesen. Das stellte ich fest, als ich leichtfüßig die Treppen hochlief, eine Legion armer Opfer mit aufgeschobenen oder nie befriedigten Träumen links überholte, als ich den Flur entlangschritt und dabei auf triviale Details wie die Länge der dunkelblauen Auslegware oder die Zahl der Schritte von einem Büroraum zum nächsten achtete und vor allem als ich feststellte, daß das riesige Studio, das ich zu meinem Bedauern mit zwei anderen Bildredakteuren und dem letzten konventionell arbeitenden Layouter teilen mußte – eine Art Arbeitsreliquie, auf die man nur bei ganz dringlichen oder ganz kniffligen Arbeiten zurückgriff –, fast leer war. Teresa, die Schulbuchlektorin, im wahrsten Sinn des Wortes verschwunden hinter einer Mauer aus Umschlägen und Mappen, antwortete auf meinen Gruß mit einem Grunzen. Unsere beiden Kollegen, die viel schwatzhafter sind, waren abwesend und blieben es den größten Teil des Vormittags, vielleicht nur, weil ich keine Lust hatte, mit irgendwem zu reden.

Ich schob meinen Schreibtisch ans Fenster, saugte mich mit dem kräftigen, reinen und radikalen Morgenlicht voll, das für glückliche Menschen gemacht war, und schloß die Augen. Allein indem ich die Augen schloß, konnte ich seinen Geruch noch riechen, seine Hände noch spüren, den Klang seiner Stimme hören, konnte ich noch zu ihm, in die mit ihm gewonnene Zeit zurückkehren. Wenn ich sie öffnete, spürte ich, daß die Luft dichter geworden war, daß sie schwerer, rosiger und fester war, genau wie die Luft, an die ich mich erinnerte, sie trug mich mühelos, plötzlich schwerelos und leicht, wie aus Vogelfedern gefertigt in eine Art Kammer aus lauwarmem Schaum, die die Welt war und dieselbe Temperatur hatte wie mein Körper. Dieses ungewöhnliche Wohlbefinden, die wunderbare Harmonie, die ich verströmte und die alle Dinge erreichte, zog sich über zwei Stunden hin, während ich an einem Montagmorgen mit unerhörter Geschwindigkeit arbeitete, ohne jegliche Anstrengung noch besondere Aufmerksamkeit die auf meinem Tisch liegengebliebenen Aufträge erledigte und meine Phantasie, mein Wille und mein Verstand glücklich in der Linie seiner Augenbrauen, seines schlafenden Gesichts, in seiner Art, zu lächeln oder um etwas zu bitten, gefangen waren. Nie war die

Wirklichkeit so weit entfernt gewesen. Deshalb war das Aufwachen so grausam.

«Hör mal, bitte...»

Eine kreischende Stimme, fast eine akustische Karikatur, drang schmerzhaft an meine Ohren, und meine Schulter nahm ein unverschämtes wiederholtes Klopfen wahr. Die Geistesabwesenheit, aus der ich zurückzukehren gezwungen war, war so tief gewesen, daß meine Schultern sich krampfhaft zusammenzogen und mein Atem schneller ging, als würde ich tödlich bedroht.

«Entschuldige», hörte ich genau hinter mir. «Ich wollte dich nicht erschrecken.»

«Nein, entschuldige du...» Ich drehte mich um und stellte fest, daß ich die Besitzerin dieser Papageienstimme richtig erkannt hatte. «Ich war abgelenkt.»

María Pilar Ichweißnichtwer de Antúnez, die mit vierzig Jahren beschlossen hatte, arbeiten zu gehen, weil es ihr zu langweilig geworden war, zu Hause Gewichte zu stemmen, lächelte mich erleichtert an. Ich musterte sie sekundenlang schweigend, blieb an ihrer neuen Frisur hängen, dem frisch gefärbten Haar, ein kräftiger Holzton, Nußbaum vielleicht oder Mahagoni, sorgfältig nachgeschnitten und mit einem geraden Pony wie eine freiwillige späte Schülerin, einen Stil, den sie seit vielen Jahren auch in allem anderen eifrig kultivierte, von den feinen Halskettchen, an denen eine ganze Reihe winziger Anhänger baumelten – ein Herzchen, ein Buchstabe, ein Brillant, ein Hündchen, ein Äpfelchen –, bis zu den dicken blickdichten Lycrastrumpfhosen, die vom Saum eines weiten Cheviot-Minirocks bis zum Rand ihrer Kinderstiefel mit orthopädischer Spitze zu sehen waren. Immer, wenn ich ihr begegne, erinnere ich mich an ihren nackten Mann, der auf dem Wohnzimmerboden ungestüm über mich herfällt, aber diesmal, dank Javier, wunderte ich mich nicht mehr darüber, wie ein Mann wie Miguel mit einer Frau wie ihr zusammenleben konnte, sondern über meine gute Idee, mich nicht mit ihm eingelassen zu haben.

«Gefällt es dir?» fragte sie mich und griff sich ans Haar. «Ich habe diesen Haarschnitt auf einem Titelblatt an Linda Evangelista gesehen...»

«Steht dir phänomenal», antwortete ich und suchte nach einem

Vorwand, um sie mir vom Hals zu schaffen. «Und er macht dich sehr jung.»

«Ja...» Sie stimmte mir bescheiden zu und zupfte die glatten Spitzen eines bedruckten Seidentuchs um ihren Hals zurecht, das absolut keine Funktion hatte über einem Pullover mit hohem Kragen, den meine Tochter mit zwölf Jahren in die Schule hätte anziehen können. «Gut, nun, hier bin ich. Du sagst mir, was ich tun soll...»

«Also...» sagte ich und stand schließlich mit einem strahlenden Lächeln auf den Lippen auf, «ich fürchte, es hat eine Programmänderung gegeben. Warte einen Augenblick hier auf mich, ja? Ich werde mich erkundigen, wie alles geplant ist. Du kannst dir diese Fotos ansehen», fügte ich hinzu, fast schon im Türrahmen und vage auf meinen Tisch zeigend. «So machst du dir schon mal eine Vorstellung...»

Kaum hatte ich einen Fuß in den Flur gesetzt, wurde mir bewußt, daß er genauso düster war wie immer, aber der Glaskasten war nicht weit, und meine Füße schritten schnell voran, während ich betete, Marisa in einem guten Moment anzutreffen. In letzter Zeit war sie aus einem geheimnisvollen Grund, den niemand bisher herausgefunden hatte, sehr nervös und in sich gekehrt, bisweilen sogar abwesend, ein ungewöhnlicher Zustand bei einer Frau, die nur von sich selbst redete, um sich über die monotone Vorhersehbarkeit ihres Lebens zu beklagen, ihre Überdrüssigkeit angesichts der immer gleichen Tage, die nur vom Sonnenaufgang und -untergang bestimmt waren. Dies war nicht der beste Zeitpunkt, um sie um solch einen Gefallen zu bitten, aber es gab keine andere Möglichkeit. Rosa, die in ihrer eigenen Leidenschaft ohne Ausweg verstrickt war, würde sicherlich keine große Sympathie für mein Anliegen hegen. Und mit Fran über eine Privatangelegenheit zu sprechen hatte noch keine gewagt.

Ich hatte kein Glück. Noch bevor ich am Glaskasten anlangte, hörte ich schon ihre Schreie, die neueste Methode, die sie, wenn nichts half, anwandte, um ihre Probleme zu lösen, die zugegebenermaßen viele waren, denn Ramón und sie hatten sich in eine Art weiser Hexenmeister mit Heiligenhänden verwandelt, auf die jeder Angestellte aus jeder Abteilung zurückgriff, wenn die Geräte zu spinnen begannen.

«Was ist los?» fragte sie statt eines Grußes, als sie mich erblickte, und kreuzte die Finger.

«Marisa, bitte, ich muß einen Moment mit dir reden», flüsterte ich und warf einen ängstlichen Blick auf den ausgeweideten Computer, der auf ihrem Tisch lag, um mich gleich darauf zu trösten, als ich merkte, daß es nicht ihrer war. «Es ist dringend...»

«Noch was Dringendes?» fragte sie mich erschrocken. «Was ist das für ein Montag, mein Gott, was für ein Montag...! D-du hast wieder unmögliche Parameter ins Photoshop eingegeben, stimmt's? Das war ja vorherzusehen. Das System hat sich aufgehängt, nicht? Klar. Ich habe dir gesagt, daß ein Scanner k-keine Kaffeemaschine ist, Mensch, man muß ihn sorgfältig behandeln...»

«Das ist es nicht, das ist es nicht...» Ich zerrte an ihrem Arm, um sie in eine Ecke zu ziehen. «Mit meinem Scanner ist nichts. Zumindest im Augenblick...» fügte ich hinzu, als mir einfiel, daß Mari Pili sich schon eine Weile über meinen Schreibtisch hermachte. «Aber mit mir schon...»

«Was, laß hören?» sagte sie sofort, als hätte sie stundenlang auf mich gewartet.

«Nun, es ist... An diesem Wochenende ist mir was Dolles, wirklich Dolles passiert...» Ich holte Luft und spuckte es aus. «Ich habe mich verliebt.»

«Was?» wiederholte sie und sah mich an, als hätte ich ihr anvertraut, Krebs zu haben.

«Ich habe mich verliebt.»

«In einen Kerl?»

«Nein, in die barocke Kunst..., was glaubst du denn?»

«Aber... du?» Sie war völlig perplex. «Einfach s-so?»

«Einfach so.»

«Verdammt!» Sie verstummte, als müßte sie meine Worte erst verdauen, und plötzlich lachte sie auf. «Verdammt, verdammt, verdammt!»

«Ja», fügte ich hinzu, ohne es verhindern zu können, und lachte auch. «Um ehrlich zu sein, hat das etwas mit –»

«Schau, erzähl es m-mir lieber nicht», kreischte sie und legte den Handrücken auf die Stirn, als ob sie gleich in Ohnmacht fallen würde. «Erzähl es mir lieber nicht. Du bist eine Schlampe, ein Miststück, ein Ekel, verdammtes Glückskind...!»

«Nenn mich, wie du willst, aber versetz dich in meine Lage.»

«Das würde mir schon gefallen.»

«Nein, im Ernst. . . Ich habe Mari Pili bei mir im Studio, aber ich kann sie heute nicht ertragen, Marisa, ich kann nicht, ich schwör's dir, heute nicht, diese Woche nicht. . . Laß uns bitte tauschen, laß uns diese Woche tauschen gegen die nächste, in der du dran bist, und ich werde dir bis zu meinem Ende dankbar sein, ich werde deine Sklavin sein, ich werde tun, was du willst, ich schwör's dir, ich schwör's dir. . . Ich habe zu lange nicht mehr auf einer Wolke geschwebt, und ich will nicht so schnell davon herunter, ich kann nicht, es wäre ungerecht.»

«Aber sie war letzte W-woche bei mir. Das w-wird komisch wirken. . .»

«Sag Fran, daß sie gut vorangekommen ist, daß sie gut geeignet ist für die Informatik. . .»

«Aber sie stellt sich vollkommen blöde an.» Sie nahm meinen Vorschlag auf, als hätte ich ihr einen Witz erzählt. «Und Fran weiß das ganz genau, sie ist ihre Schwägerin. Sie w-wird es nicht glauben.»

«Gut, dann sag ihr, daß du diese Woche so viel zu tun hast und gut eine Assistentin gebrauchen könntest. . .»

«Das wird sie mir auch nicht glauben, aber. . .» Sie schwieg einen Moment, rollte die Augen nach oben, als würde sie noch über etwas nachdenken, das, wie ich wußte, schon entschieden war. «Einverstanden. Ich werde Mari Pili übernehmen. . . unter einer Bedingung.»

«Was du willst, ich hab's dir ja schon gesagt.»

«Du mußt mir alles erzählen, alles. So schnell w-wie möglich.»

«Selbstverständlich.» Ich hatte schon mit dieser Art unvermeidlicher Gebühr gerechnet. «Beim Mittagessen, ist das in Ordnung?»

«Wunderbar. Und noch etwas, zum Einstieg. . . Kenne ich ihn?»

«Ihn?»

«Nein, m-meinen Vater. . .»

«Ja, du kennst ihn.»

«Und wer ist es?»

Meine erste Reaktion war ein Lachkrampf. Danach versuchte ich noch etwas Zeit zu gewinnen.

«Du wirst es nicht glauben.»

«Was sagst du da, Mensch! Inzwischen glaube ich alles, was mir erzählt —»

Na gut, du hast es so gewollt, dachte ich bei mir, bevor ich sie ohne Vorwarnung unterbrach.

«Javier Álvarez.»

«Was?!»

Wenn ich ihr gerade gestanden hätte, daß ich mit Gott geschlafen habe, hätten ihre Augen denselben ungläubigen Ausdruck gehabt wie jetzt, aber keinen Funken anders. Sie rieb sich mit beiden Händen das Gesicht, um sich vorzubereiten auf das, was noch fehlte, und ich erinnerte sie an meine Warnung.

«Ich habe dir ja gesagt, daß du es nicht glauben wirst. . .»

«Aber meinst du das im Ernst?»

«Ich habe in meinem Leben noch nichts ernster gemeint.»

«Javier Á-alvarez. . . Den einzigen, den ich kenne, anders gesagt, den präzisen Autor. . .»

«Genau der.»

«Verdammt. . .!» Und sie sah mich an, als wäre ich wahnsinnig geworden. «Schick mir diese Ziege rüber, los, am Ende m-mache ich noch ein gutes Geschäft. . .»

«Vielen Dank, Marisa.» Ich küßte sie auf beide Wangen, um den Pakt zu besiegeln.

«N-nichts zu danken», warnte sie mich. «Zur Essenszeit erwarte ich dich.»

Mari Pili tat, als verstünde sie alles, und akzeptierte die Planungsänderung ohne Protest. Höchst erleichtert begleitete ich sie zur Tür, obwohl ihr Eindringen das Wunder dieses Morgens schon unwiederbringlich zerstört hatte, denn die schlichte Tatsache, daß ich Marisa hatte erzählen müssen, was geschehen war, so knapp unsere Unterhaltung auch gewesen sein mochte, hatte eine klare, unerbittliche Linie in meine diffuse Wahrnehmung der Zeit gezogen, und meine Geschichte mit Javier, die bis zu der Sekunde, als Frans Schwägerin die Tür öffnete, in der Gegenwart stattgefunden hatte, war schon Geschichte, etwas, was in der Vergangenheit stattgefunden hatte und vielleicht schon vollständig, rund, beendet, eine reine, frühzeitige Erinnerung war. Beim bloßen Gedanken daran blieb mir die Luft weg.

Als er am Donnerstag zum Mittagessen zurückgekommen war, hatte ich schon alle meine Sorgen bezüglich der Zukunft verworfen, indem ich sie als unerwünschte Konsequenzen einer typisch weiblichen Neurose und mir genau deshalb nicht angemessen abtat. Der Montagmorgen, die Ankunft eines Flugzeugs aus Santander, aus dem auf dem Flughafen Barajas eine verschwommene Ehefrau in Begleitung zweier ebenso unkonkreter Kinder und eines Hundes aussteigen würde, den ich viel besser kannte dank des absolut gleichen Aussehens aller Hunde seiner Rasse, erschien mir wie ein fernes Schicksal, ein so astronomisch weit entferntes Datum, daß es sich ebensogut nie ereignen konnte. Dieser Eindruck zog sich den ganzen Freitag hin und reichte sogar bis Samstag, während ich jeden Augenblick wie ein Geschenk aufnahm, und der Montag zeichnete sich wie ein anderes Ziel ab, wie ein Ort, an dem man ankommt, und nicht, an dem man sich trennt. Am Sonntag hingegen, vielleicht angesteckt von der diesem Abschiedstag innewohnenden Trauer, konnte ich endlich begreifen, was über mich gekommen war, und ich wagte es sogar, eine indirekte Frage über seine nächsten Pläne zu stellen, die er genau verstand, obwohl er es vorzog, sie nur teilweise zu beantworten.

«Ja, gewiß...» unterbrach ich ihn, während er sich lachend darüber beklagte, daß er nicht eine Minute des langen Wochenendes genutzt hatte, um mit der Lektüre einer vierbändigen Doktorarbeit über die morphologische Entwicklung der südlichen Hochebene zu beginnen, laut ihm ein sehr interessantes Projekt, für das die Prüfungskommission am kommenden Freitag einberufen worden war. «Und was ist mit den Monegros-Bergen?»

«Oh», antwortete er nach einer Weile. «Na ja, die laufen mir nicht davon. Sie werden mich nicht vermissen, weißt du? Das ist das Gute an einer Reliefstudie, Berge verfallen nicht und kommen nicht aus der Mode, es fehlen noch zwei- oder dreitausend Jahre, um zu spät zu kommen... Da ich jedoch bedauerlicherweise nicht so lange leben werde, fahre ich wohl an einem der nächsten Wochenenden hin, es bleibt mir nichts anderes übrig... Du könntest mitkommen. Durch das Autofenster scheint es ein häßlicher Ort zu sein, aber wenn du ihn kennenlernst, wirst du bemerken, daß es keine eindringlichere, authentischere Landschaft gibt, die die Realität auf diesem Planeten besser repräsentierte...» Er wirkte so begeistert, daß ich mir ein Lächeln nicht verkneifen konnte. «Wirklich, lach nicht. Alle diese Berge wechseln unaufhörlich ihre Form, geben dem Wasser und dem Eis nach, nehmen jeden klimatischen Wechsel auf... Sie sind die treuesten

Zeugen der Erdgeschichte, sie bewahren getreulich ordentlich die Spuren der Zyklen, die weit vor unserer Zeit aufeinanderfolgten, wir verdienen sie nicht, im Ernst. Es ist etwas Fabelhaftes...»

«Ich mag das Meer lieber», wagte ich anzumerken.

«Was? Fischerdörfchen, verborgene Gäßchen, die Mittelmeerinseln und das?» Ich nickte. «Bah! So ein Scheiß...»

Ich glaube, das war das einzige Mal, daß einer von uns die Möglichkeit eines späteren Treffens erwähnte, und da er die Initiative ergriffen hatte, war mir das genug. Ich wagte nicht, ihm zu sagen, daß ich mit ihm in die Monegros-Berge, in eine Pension in Móstoles oder ans Ende der Welt führe, wohin er mich auch bringen wollte, denn er umging das Thema so vorsichtig wie ich, wenn auch aus anderen Gründen. Ich wollte nicht fordernd, besitzergreifend oder lästig wirken, um ihm zu zeigen, daß ich nicht zu der Schar Frauen gehörte, die ihren Körper im Tausch gegen etwas aufgeben, gegen diese trügerischen, im Sex begründeten Rechte, die immer nahelegen, daß ihre Orgasmen vorgespielt sind und ihre Haut künstlich, fremd und unfähig ist, sich an der des anderen zu befriedigen. Er vermied es, das merkte ich von Anfang an und war ihm von Anfang an dankbar dafür, mich wie eine Geliebte, eine typische, feste und kanonische Geliebte zu behandeln, und er beeilte sich klarzustellen, daß er nie etwas mit einer Frau gehabt hatte, die in diese Rolle passen würde.

«Weißt du, worauf ich Lust habe?» sagte er am Donnerstag nach dem Essen, das er angemessen gelobt hatte, und da ich nicht antwortete, gab er selbst die Antwort. «Auf eine ausgiebige Siesta.»

«Du allein?»

«Nein...» sagte er lächelnd, «mit dir. Nur wenn du schlafen willst... Wenn nicht, lassen wir es. Ich möchte nicht schlecht dastehen, aber ich weiß nicht genau, was ich jetzt tun soll. Das ist alles neu für mich.»

«Das?» Ich lachte auf. «Was?»

«Na ja, die Siesta am nächsten Tag... Ich bin ein sehr williger Liebhaber, aber nur für eine Nacht.»

«Hast du nie zwei Nächte hintereinander mit derselben Frau geschlafen?» fragte ich in einem Tonfall, der ihn wissen ließ, daß ich ihm nicht ein Wort glaubte.

«Doch, mit meiner Frau.»

«Sag bloß!»

«Ich schwör's dir.» Ich glaubte es immer noch nicht, aber er bemühte sich, ernst zu werden. «Ich werde dir nicht erzählen, daß ich ein treuer Ehemann bin, weil es nicht stimmt, ich gebe zu, daß ich eher untreu bin, aber ich will keine Probleme. Ich muß mir nicht noch zusätzliche schaffen, ich habe schon genug.»

«Und ich bin ein Problem?»

«Selbstverständlich.» Er lachte. «Ein großes.»

Ich kannte seine Fähigkeit schon, mich mit seinen plötzlichen Anwandlungen von Ehrlichkeit durcheinanderzubringen, trotzdem brauchte ich eine Weile, um mich zu fassen.

«Weißt du was?» sagte ich nur. «Ich bin sehr müde.»

«Wunderbar.»

Von da an bis Montag, als er mich am Verlagseingang absetzte, um zum Flughafen zu fahren, verhielten wir beide uns so, als hätten wir nichts erlebt, bevor wir uns kennenlernten, als wäre er nicht verheiratet, als wüßte ich es nicht, als würde sich nach diesem Wochenende die Welt unwiederbringlich auflösen. Am Freitag morgen verkündete er, er gehe kurz runter und hole die Zeitung, suchte in seinen Jackentaschen nach Kleingeld, und obwohl er fast dreihundert Peseten hatte, bat er mich, ihm noch vierzig Fünfpesetenstücke zu leihen. Bevor ich sie holen ging, hatte ich schon begriffen, daß er telefonieren wollte, aber es kam mir nicht in den Sinn, ihm anzubieten, von meinem Apparat aus zu telefonieren, denn ich wußte, daß er es vorzog, mich nicht dabeizuhaben. Am Samstag nachmittag, als Amanda ein bißchen besorgt wegen meines Schweigens anrief, das schon drei Tage anhielt, stand er sofort auf und meinte, er ginge in die Küche, um sich etwas zum Trinken zu holen, und kam nicht zurück, bis ich aufgelegt hatte. Da wurde mir bewußt, daß es mir in seiner Anwesenheit schwergefallen wäre, natürlich zu sein, obwohl es mir noch schwerer fiel, mir einzugestehen, daß ich es vorgezogen hätte, wenn meine Tochter nicht angerufen hätte.

Wir redeten viel, nicht nur von unserer Kindheit, die wir fast gleichzeitig verbracht hatten, denn er war nur zwei Jahre älter als ich, sondern auch von Dingen, die erst kürzlich geschehen waren, deren Verästelungen sich in die Gegenwart erstreckten. Als ich meine Geschichte mit Félix zu Ende erzählt hatte, beschloß er, mir ein paar Episoden aus seinem Leben zu erzählen, unwichtige und so wichtige Dinge, daß ich ihm aufmerksam lauschte und kaum zu atmen wagte. Es gelang ihm, mir zu erzählen, daß er es satt hätte, mit seiner Frau zusammenzuleben, ohne je schlecht über sie zu sprechen, im Gegenteil. Er hüllte sie in barmherzige Adjektive, die jedoch keinesfalls die schonungslose Realität verschleiern konnten, als wollte er sie verstehen, sie beschützen.

«Arme Adelaida», sagte er, «die arme Adelaida», nannte er sie und nahm die ganze Schuld auf sich, «Adelaida versteht nichts, die Arme, das ist meine Schuld, sie hat keine Ahnung, klar, wie sollte sie auch, ich erzähle ihr ja schon ewig nichts mehr von mir, erstaunlich, nicht wahr? Na ja, sie ist gerne meine Frau, was soll ich dir sagen, ich verstehe es zwar nicht, aber es ist so, die arme Adelaida, sie hat einen Geschenkartikelladen, sie sagt, daß sie Geographie ziemlich langweilig findet, ich weiß nicht, warum sie dann dieses Studium gemacht hat, obwohl, das schon, als ich den Lehrstuhl bekam, hat sie sich viel mehr gefreut als ich, und jetzt hat sie sich einen Hund gekauft, die Arme...» Selbstverständlich gab ich der abstoßenden Versuchung nicht nach, Partei zu ergreifen für die arme Adelaida. Selbstverständlich verlangte er keinen Moment, daß ich es täte.

Wir hatten viel geredet, und wir hatten viel gevögelt, so viel, daß ich, als ich mich wieder an meinen Tisch setzte, nachdem ich Mari Pili zur Tür begleitet hatte, noch immer die zweifelhafte Gesellschaft einer Million Stecknadeln in meinem Unterleib spürte, fast stumpfe, bereits erloschene Spuren eines Muskelkaters, der in den letzten Stunden bewirkt hatte, daß ich mir meiner Beine überbewußt war. Bisher hatte ich ihn wie ein intensives Stechen der Befriedigung hingenommen, aber nun, als ich mich gezwungen sah, die Realität aus anderen Blickwinkeln als dem meines Begehrens zu betrachten, fragte ich mich eher, ob er irgendwann jenseits eines intimen, gedämpften Schmerzes wirklich etwas bedeuten würde.

Der restliche Morgen war eine Katastrophe. Ich tat absolut nichts, außer aus dem Fenster zu schauen, als könnten die Bäume mich hören, schon vorweg alle Antworten kennen, und mein Gemütszustand wiegte mich sanft in ihren Zweigen, genau wie ein weiteres Blatt, eine winzige Portion Leben, bewegt vom Wind, der willkürlich zwischen Euphorie, der Versuchung unschuldiger Erinnerung und der Mutlosigkeit schwankte, die meiner Lebenserfahrung entsprang. Inzwischen klopfte wie ein obsessiver Hammer, wie ein Gesetz ohne Ausnahmen, wie eine lebenslange Strafe zwischen meinen Schläfen die einzige Frage, dieselbe Falle, in der sich schon so lange die Knöchel der verrückten und geistesabwesenden Rosa verfangen hatten und wundschürften, die Frage, die ich mir laut stellte: ob es möglich war, daß er nicht dasselbe fühlte. Ich dachte daran, was Javier jetzt in diesem Augenblick tun mochte, vielleicht konzentriert und zugleich zerstreut, und ich lächelte, oder ob er wieder sorglos zu seinem vertrauten Lebensrhythmus zurückgekehrt war, und ich wollte sterben. An diesem Punkt angelangt, reagierte ich, ich mißtraute meinen eigenen Gedanken, so viel konzentrierte Torheit in einer so kleinen Zeitfalte, und ich nahm mir vor, nichts mehr zu denken, mich von mir selbst zu trennen, mich hart zu kontrollieren, aber alles fing wieder von vorne an, und in irgendeinem Moment, ich erinnere mich nicht, ob ich die Wolken oder die Hölle streifte, klopfte Marisa an die Tür und forderte ihren Preis ein.

Ihr Eintreffen zwang mich, auf den Boden der Realität hinabzusteigen, und schon das tat mir gut. Während wir ohne festes Ziel den Flur entlanggingen, dachte ich hastig nach und entschied mich, um voraussehbare Risiken auszuschließen, für die Kantine. Obwohl Marisa protestierte – «Es ist unglaublich, aber es scheint, als würde uns die Liebe knauserig machen» – und weil es mir sicherer erschien, hatte ich beschlossen, mit der Tradition, gute Nachrichten mit einem Essen außer Haus zu feiern, zu brechen. Ich wußte nämlich schon, daß Mari Pili mit ihrem Mann essen würde, daß Fran eine Verabredung mit den Vertretern hatte und daß Rosa den ganzen Morgen mit einem französischen Fotografen zugebracht hatte, den sie zwangsläufig zum Essen einladen müßte, so daß das Mesón de Antoñita und auch andere Restaurants in der näheren Umgebung sehr gut ein Wald voller Ohren sein könnten.

«Daß dir ja nichts rausrutscht», warnte ich Marisa, «nicht einmal Ramón gegenüber.»

«Also wirklich!» Sie tat empört. «Das ist ja nicht zu glauben...»

«Nur für den Fall», schloß ich und stellte mich hinter sie in die Selbstbedienungsschlange.

Ich legte das erste, was ich sah, aufs Tablett. Ich hatte weder Lust zu essen noch nichts zu essen, es war mir alles egal, aber den Tisch suchte ich sorgfältig aus, in der abgelegensten Ecke, die ich finden konnte, und ich setzte mich mit dem Gesicht zur Tür, um mögliche Gesellschaft im Auge zu behalten. Dann trank ich einen Schluck Wein und sah sie an.

«Ich bin ganz Ohr», sagte sie.

Ich erzählte ihr die Geschichte von Anfang an – ich hatte mich bereits damit abgefunden, daß ich den Faden meiner Stimmungsschwankungen nicht zu fassen kriegte, dieser emotionalen Raserei, die mit größter Geschwindigkeit eine Art Riesenrad in meinem Bauch antrieb –, und es gelang mir mühelos, jede Szene, jeden Satz, jeden Eindruck laut wiederzubeleben, und ich fühlte mich viel besser, weil Javier wirklich existierte, weil all das, was ich erzählte, wirklich geschehen war, und vielleicht wäre das sogar genug gewesen, auch wenn ich ihn nie wiedersehen sollte. Ich ereiferte mich so sehr, daß ich die Bedingungen vergaß, die ich meiner Gesprächspartnerin auferlegt hatte, und, noch schlimmer, obwohl ich mit dem Gesicht zur Tür saß, niemanden hatte hereinkommen sehen, niemand hatte meinen Blick gekreuzt, als Marisa in einer charakteristischen Bewegung übertrieben die Hände ausbreitete und im selben Augenblick eine vertraute Stimme von links an meine Ohren drang.

«Wer hat solch einen Pimmel?» Rosa stellte ruhig lächelnd und mit größter Selbstverständlichkeit ihr Tablett auf den Tisch, setzte sich neben mich und ließ keinen Zweifel daran, daß sie mit uns zusammen essen würde.

«Aber warst du nicht mit dem Franzosen verabredet?» fragte ich mit dünner Stimme, die schlagkräftig von Marisas Antwort übertönt wurde.

«Der präzise Autor.»

«Natürlich.» Rosa nickte, ohne eine von uns anzusehen, konzentriert auf ihren Kampf mit der Ketchupflasche, die sich hartnäckig weigerte, auch nur einen Tropfen ihres Inhalts herzugeben. «Alle Arschlöcher haben einen enormen Schwanz. Was sollen wir tun, so ist das Leben...»

«Er ist kein Arschloch», flüsterte ich, obwohl ich nicht sicher bin, ob meine Worte aus dem Lärm herauszuhören waren, die die gerade Eingetroffene mit ihrem Klopfen auf den Boden der Flasche verursachte. Und er ist auch nicht so... riesig, wie die da sagt, wollte ich hinzufügen, aber ich schwieg rechtzeitig. Ihr werdet schon sehen, ihr werdet euch schon ärgern, dachte ich so verstimmt, als hätte Rosa nicht ihn, sondern mich beleidigt.

«Und wer ist der oder die glückliche Nutznießerin eines solchen Wunderdings?» fragte sie weiter, während sie zufrieden die dicke rotglänzende, zähe Flüssigkeit betrachtete, die wie künstliches Blut schon unaufhaltsam auf ihre Pommes frites strömte.

Marisa sah mich an, zuckte mit den Schultern und schürzte die Lippen, eine Grimasse, die besagte: Tut mir leid, aber wir sind erwischt worden, und gleichzeitig: Was macht es schon aus? Und da es mir nicht gelang, in dem kurzen Zeitraum, den sie mir gewährte, zu antworten, interpretierte sie mein Schweigen so gut sie konnte selbst.

«Hier...» Sie machte eine Pause, um die Neugier zu schüren. «Meine Cousine.»

Rosa verschluckte sich an einem Stück paniertem Filet, und ich mußte ihr mein Wasser hinüberreichen, sonst wäre sie noch daran gestorben.

«Wer?» fragte sie erneut, als ob sie nach lebenslanger Taubheit gerade erst das Gehör wiedergewonnen hätte und noch daran zweifelte, und ich beschloß, daß ich genug hatte von all den Ausrufen.

«Ich», antwortete ich laut. «Also, na und?»

Sie fing an zu lachen.

«Verdammt! Da muß er wirklich präzise sein...»

«Und p-peinlich genau», fügte Marisa lachend hinzu.

Sie bogen sich vor Lachen und amüsierten sich so, daß ich nicht mehr widerstehen konnte und vor lauter Lust am Lachen mitlachte, bis Rosa ihr Gesicht wieder im Griff hatte und ihr Mund sich zu einem wehmütigen, fast traurigen und verzweifelten Lächeln schloß. Einen Staffelstab schwingend, den ihr niemand übergeben hatte, nahm Marisa den Faden unserer Unterhaltung wieder auf.

«Zusammengefaßt», sagte sie und wandte sich an die Nachzüglerin: «Sie war am Mittwoch abend mit Javier Álvarez verabredet, und der Typ versteifte sich darauf, daß sie ihm ihr Leben erzählte, und es wurde spät, und als sie aufstanden, um das Abendessen zu machen, fiel er vor dem Kühlschrank über sie her, und sie sind ins Bett und haben zweimal hintereinander gevögelt, und am nächsten Morgen wieder, wie sagtest du, mit v-vierzig Jahren...?»

«Mit achtunddreißig», korrigierte ich, aber sie ging darüber hinweg.

«Und dann sagte er, er müsse in die Monegros-Berge fahren, weil er ein Buch über die Region schreibt, man sieht ja, daß Genauigkeit sein Ding ist, aber sofort rief er wieder an und sagte zu Ana, wenn sie ihn zum Essen einlade, würde er gleich umkehren. Bis dahin waren wir gekommen. Um Einzelheiten zu erfahren, h-hättest du früher kommen müssen...»

«Und ist er zurückgekommen?» Rosa sah mich mit demselben Ausdruck an, der in Amandas Augen leuchtete, als sie noch klein war und sich kurz vor Ende des Märchens die Frage nicht verkneifen konnte, ob die gefangene Prinzessin sterben oder den Prinzen heiraten würde.

«Ja, er kam zurück...» antwortete ich.

«Und er ist wann wieder gegangen...?»

«Heute morgen.»

«Verdammt!» Sie senkte eine Sekunde den Blick auf ihren Schoß, bevor sie ein gezwungenes Lächeln aufsetzte. «Wie schön, nicht wahr?»

«Ja...» räumte ich ein und erzählte dann weiter.

Als ich am Ende war, hatte ich den Eindruck, daß meine Geschichte mehr ausgelöst hatte, als ich jemals hatte vorhersehen können, denn nicht nur Rosa sah mich seltsam an. Marisa war auch ziemlich nervös geworden, was so weit ging, daß ich sie erstmals in meinem Leben eine Zigarette anzünden und rauchen sah, auch wenn sie nicht inhalierte. Sie war ungewöhnlich schweigsam und nachdenklich und sah mich nicht an, während Rosa mich einer Menge verwirrender Fragen aussetzte, die sie sich gleich selbst beantwortete.

«Aber wann hast du bemerkt, daß du dich in ihn verliebt hast?»

«Sofort.»

«Schon, aber ‹sofort› soll heißen, als du alles reflektieren und überdenken konntest, als du wieder alleine warst, oder?»

«Nun... ich weiß nicht, was ich dir antworten soll. Es ist möglich. Aber da war ich schon in ihn verliebt, das bestimmt, denn ich erinnere mich, daß ich es dachte, bevor ich einschlief.»

«Wann?»

«Am Mittwoch abend.»
«Das kann nicht sein.»
«Gut. . . doch ich glaube schon.»
«Nein!» Sie redete schon mit solcher Leidenschaft, als stünde mit jedem Wort ihr Leben auf dem Spiel. «Weil das Verlieben ein Akt des Verstandes ist, eine Kreation, eine Verarbeitung der Realität. . .»
«Nun, mich traf es beim Vögeln.»
«Aber nein!» Sie schien wütend zu sein. «Das ist unmöglich.»
«Doch.» Es gelang mir, auch wütend zu werden. «Verdammt, Rosa, was willst du hören?»
«Du hast es nur nicht gemerkt, weil du großes Glück hattest und alles sehr schnell ging, aber ich sage dir, daß das Verlieben ein ganz langsamer Prozeß ist.»
«Manchmal, vielleicht. . .» räumte ich ein und konnte ihr nicht sagen, daß es jetzt genug sei mit ihren Versuchen, irgend etwas, das zu irgendeiner Stunde irgendeines Tages irgendwo auf der Welt passierte, zu interpretieren, um ihre Obsession für Nacho Huertas zu rechtfertigen.
«Immer.»
«Keineswegs.»
Die Diskussion war schlagartig zu Ende, als Marisa wieder in die Welt zurückkehrte, um mir die einzige Frage zu stellen, die ich nicht beantworten konnte.
«Und w-was wirst du jetzt machen?»
Ich hatte sie genau verstanden, aber ich wollte es nicht so schnell eingestehen.
«Ich verstehe dich nicht», flüsterte ich.
«Na, das ist doch ganz einfach.» Sie redete laut und deutlich. «Was wirst du machen? Wirst du zu ihm gehen, wirst du über ihn hinweggehen, wirst du darauf warten, daß er dich anruft, w-wirst du ihn anrufen?»
«Du wirst ihn treffen, auch wenn du es nicht willst», mischte sich Rosa ein. «In zehn Tagen. . . auf dem Verlagsfest, erinnerst du dich nicht? Alle Autoren sind eingeladen. Er bestimmt auch. Und Nacho, ich hoffe, er kommt. . .»
Sie kreuzte zwei Finger, während ich spürte, daß die Flügel eines barmherzigen Engels mich mühelos an die Kantinendecke hoben,

und ich wollte sie schon wegen ihres guten Gedächtnisses küssen, das mich an etwas erinnerte, was ich nie hätte vergessen dürfen, ein jährliches Ritual, das Verlagsfest in der Galerie des Gebäudes, ein paar Wochen vor der Buchmesse, freie Getränke und tanzbare Musik, es war stets sehr lustig, und immer kamen alle, alle Autoren kamen, immer...

«Ich frage dich das, weil es das einzig wirklich Wichtige auf dieser Welt ist», insistierte Marisa mit plötzlich umwölkter Stirn. «Ich weiß das, denn alles andere habe ich. Ich habe eine Wohnung, ich habe Arbeit, ich verdiene Geld, ich habe mehr als genug Zeit, ich bin im Internet, ich gehe oft ins Kino, ich kann dir sagen... Aber nachts schlafe ich a-allein, und das ist dasselbe, als hätte ich gar nichts.»

Ihre letzten beiden Sätze blieben in der Luft hängen und schwebten über unseren Köpfen wie eine Drohung.

Aber manchmal ändern sich die Dinge.

Ich weiß schon, es scheint unmöglich, es ist unglaublich, aber manchmal geschieht es.

Marisa

NACHTS ALLEIN ZU SCHLAFEN ist dasselbe, wie nichts zu haben.
Jetzt klingt der Satz gut für mich. Er wirkt intelligent, bündig und wahr, fast unpassend für mich, denn wenn ich denke, stottere ich nicht, aber eine Sekunde später, wenn ich ihn unverblümt ausspreche, ohne über den Sinn eines jeden Wortes nachgedacht zu haben, werde ich gewahr, daß ich es nie, niemals, nicht einmal in den langen Gesprächen, die ich mit mir selbst führe, gewagt habe, das Wesentliche des Lebens so zu definieren, und dieser außergewöhnliche Anfall von Brillanz stört mich dann mehr als die Tatsache, daß ich vorher nie brillant gewesen bin. Aber damals hatte ich diese grausame Paradoxie, in die ich verfallen war, seit der Himmel beschlossen hatte, mir plötzlich und jäh die einzige Gnade zu gewähren, um die ich jahrelang gebetet hatte, schon akzeptiert. Endlich hatte sich etwas geändert, natürlich war das unbestreitbar, aber es blieb mir nicht einmal der Trost, dies dem Schicksal auch nur ansatzweise vorwerfen zu können, denn ich hatte seine Zügel fest in meiner Hand gehalten: Ich war es gewesen, die Forito an die Wand des Hotel Ritz gedrückt hatte. Ich hatte ihn geküßt.
Es war die erste Nacht gewesen, die ich seit langer, sehr langer Zeit nicht allein verbracht hatte, aber es war auch die erste Nacht seit langer Zeit kurz vor der weit zurückliegenden Rückreise aus Tunesien, die ich fast schlaflos verbracht hatte. Ich bin eine Schlafmütze, trotzdem entzog sich mir der Schlaf mit jeder Minute, um mit zerstörerischer und unerträglicher Geduld immer längere Stunden zu weben.

Ich bin eine Frau ohne Intuition, und trotzdem breitete diese unerwünschte Schlaflosigkeit vor meinen offenen, auf einmal scharfsichtigen Augen in der Dunkelheit die genaue und detaillierte Landkarte des unmöglichen und zugleich trivialen Konflikts aus, in dem sich schon viele, einander sehr ähnliche Tage verbraucht hatten, denn keiner von ihnen hatte mir einen Ausweg zu finden erlaubt.

Forito, so vollkommen wie der unbedeutendste Nebendarsteller, dessen verborgenes Talent das Schicksal auserkoren hätte, um ihm die einzige Rolle in die Hände zu legen, die ihn definitiv zu Ruhm bringen konnte, schlief in stiller, tiefer Verlassenheit wie ein müdes Kind neben mir. Aber nicht einmal das Schnarchen und Räuspern, auf das ich vergeblich lauerte, während ich mich im Rhythmus seines Atems zu wiegen versuchte, hätte die Dinge einfacher gemacht, denn alle meine Berechnungen waren mit einem Knall gescheitert. Ich ging sie sorgfältig eine nach der anderen durch und entfaltete dabei eine noch freundliche, gelassene und nachsichtige Ironisierung meiner eigenen Fehler. Es stimmt, daß ich in der kurzen Zeit, die ich noch denken konnte, nur dachte, daß alle meine Schritte, jeder Kuß, jede Umarmung, jede mehr oder weniger brüske, mehr oder weniger einstudierte Äußerung eines noch unbewußten, nur innerlich wachsenden Wunsches, falsch seien und nur eine Verlängerung der langen Einbahnstraße, an deren Ende die armen Träumerinnen mit ihrem Streben, einen Alkoholiker zu verführen, gerade zerschellt waren. Und als ich endlich entdeckte, daß das einzige gute Axiom ein wackeliges Axiom ist, konnte ich nicht mehr denken; alle Alkoholiker werden impotent, aber Forito, der nach alledem kein sehr schwerer Alkoholiker sein konnte, hatte mir schon gezeigt, daß Fernanda Mendoza, stell dir vor, so wenig sie ihn auch geliebt haben mochte, ich kann dir sagen, ihn jedenfalls nicht nur wegen seines Bankkontos geliebt hatte.

Ich hatte nie großen Erfolg bei Männern, das ist wahr. Aber es ist auch wahr, und davon bin ich überzeugt, daß ich diesmal Erfolg gehabt hatte, denn nur sehr wenige Männer sind fähig, mit dir zu reden, dich zu streicheln, dich zu lieben, wie Forito mich geliebt hatte, während ich mich in Ihre Hoheit Kaiserin des Universums, in eine Romanfigur, in einen Filmstar, in eine Persönlichkeit verwandelte, von der ich so viele allein mit Romanen und Filmen verbrachte Wochenenden geträumt hatte. Und wenn er ein atemberaubender, schöner, intelligenter angesehener Mann wäre, der fähig ist, in vier Stunden dreimal zu vögeln, wären diese Art, mich «Stumpfnäschen», «Liebling» oder «mein Herz» zu nennen, sein zittriges Kultivieren einer altmodischen Zärtlichkeit und das so virtuose Befolgen der anachronistischen Partitur eines spanischen Caballero vielleicht zu viel gewesen, aber ich habe nie mit atemberaubenden Männern geschlafen, und zu diesem Zeitpunkt meines Lebens weiß ich schon, daß ich es nie tun werde. Das Problem ist, daß es ausreichend Gründe zu der Vermutung gibt, daß ich nie wieder einem Mann wie Forito begegnen werde. Trotzdem, sosehr ich mich bei dem Gedanken daran auch verachte, so schäbig ich mich auch fühle, sosehr ich mich auch schäme, das einzugestehen, bleibt Forito ein Problem für mich.

Das war es, was mir den Schlaf raubte. Das und der Gedanke an mich selbst, der Gedanke an ihn, wenn wir am nächsten Morgen durch die Verlagsflure gehen würden, der nutzlose, sympathische Alkoholiker und die Stotterin aus der DTP-Abteilung – «Gleich und gleich gesellt sich gern», würde irgendein Witzbold sagen –, und ich erinnerte mich an Ramóns Worte: «Wir verstehen uns gut, weil wir beide klein und unbedeutend sind, der Typ Mensch, der nie Glück in der Lotterie hat, in keiner Lotterie», und trotzdem hätte ich mich geschmeichelt gefühlt, wenn Ramón mit mir hätte schlafen wollen, aber er wollte es nicht, und dieser hier hatte es gewollt; er hatte, eine Sekunde bevor er sich auf die Bettkante setzte, das Licht ausgemacht, um sich im Dunkeln auszuziehen, was mir die Möglichkeit gab, am anderen Ende der Matratze dasselbe zu tun, für nichts auf der Welt hätte ich gewollt, daß er mich nackt sieht, meinen vorzeitig gealterten Mädchenoberkörper, meine Hüften wie eine Matrone aus einem Roman, diesen ungerechtfertigt riesigen Hintern und meine häßliche Haut, die zwar weiß war, aber nicht wie Porzellan, für nichts auf der Welt hätte ich ihm meine Wunden zeigen mögen, und dennoch ist es das, was ich ihm am schwersten verzeihen kann: daß er mich mit dieser unschuldigen Geste in sein Mitgefühl einbezog, das schon vorweg mein Unglück aufnahm und es zu gleichen Teilen mit seinem verschmolz, daß er mit dem Betätigen des Lichtschalters schon ganz am Anfang, als es noch nicht notwendig war, eingestanden hatte, daß er und ich nichts weiter als kleine, unbedeutende Menschen waren. Wenn es mir gelungen wäre, seinen Körper zu betrachten, das knappe

Gerüst aus Haut und Knochen, das ich mich nicht traute heimlich zu betrachten, während er schlief, hätte mein Gedächtnis vielleicht eine bittere Erinnerung jener Nacht bewahrt, in der ich seine knochigen, langen und warmen Hände, seinen süßen, ausdauernden und nach Cognac riechenden Mund und sein unerwartet vertrauensvolles und geduldiges Glied kennengelernt hatte, aber jetzt, wo ich diesen Körper so gut kenne, daß ich ihn mit geschlossenen Augen sehen kann, vermisse ich ein klein wenig Kühnheit, die vielleicht nichts anderes bewirkt hätte, als die Dinge zu verschlimmern.

Ich erinnere mich nicht einmal, wann ich zum letzten Mal so gewichtige Gründe hatte, mich selbst zu verstehen, und trotzdem weiß ich, daß ich mich nie weniger verstanden habe als jetzt, denn das Bewußtsein dessen, was ich bin, hat noch nie einen so hohen Preis gehabt, noch nie hat mich ein so tiefer Schnitt so sauber in der Mitte durchgetrennt. Es ist ungerecht und schäbig und schrecklich, aber es fällt mir sehr schwer, zu akzeptieren, daß der Mann meines Lebens Carpóforo Menéndez heißt, ein ausgesprochen lächerlicher Name, und trotzdem weiß ich, daß ich keinen Besseren finden werde, und allein zu schlafen ist dasselbe, wie nichts zu haben, und was mich am meisten schmerzt, was mich bis in die dunkelsten Winkel meiner Seele beschämt, ist das Wissen, daß ich ihn nicht verdiene, weil ich denke, was ich denke, weil ich empfinde, was ich empfinde, und trotzdem kann ich nichts tun, um es zu verhindern.

Ich verwünsche Alejandra Escobar, eine Frau von Welt, die Flausen in fremde Köpfe setzt, aber ich weiß auch, daß Alejandra Escobar nie existiert hat.

Ich fand den Prospekt in dem Berg liegengebliebener Korrespondenz wieder, den ich seit dem Tag, an dem meine Mutter gestorben ist, auf dem kleinen Tisch im Flur aufgestapelt hatte. Ein paar Wochen nach der Beerdigung, als ich mich dazu verpflichtet sah, ihre Papiere auszusortieren, fiel mir überraschend dieses Foto von einem Palmenstrand in die Hände, von dem ich geschworen hätte, es nie zuvor gesehen zu haben, und auch der auf dem Aufkleber gedruckte Name war nicht meiner, sondern der jener anderen María Luisa, die immer ein Stockwerk höher gewohnt hatte und die ich nie für so kosmopolitisch gehalten hätte. Deshalb und weil mich das nüchterne Firmenlogo neugierig machte, das wie eine künstliche Insel am wunderbar falschen blauen Meereshorizont trieb, der intensiv wie eine Gouachemalerei leuchtete, blätterte ich ihn durch. *Club Méditerranée* las ich. Aber damals war ich noch nicht für solchen Luxus zu haben.

Ein paar Monate später hingegen, als mehrere Besuche beim Notar und ein Wechsel mit mehreren Nullen auf meinem Konto mich schließlich davon überzeugten, daß ich einigermaßen reich war, wirkte ebendiese luxuriöse Verheißung plötzlich ganz vernünftig, worauf ich mich entschloß, mir ein eigenes Exemplar zu besorgen. Ich hatte den ersten richtigen Urlaub meines Lebens vor mir, einen ganzen Monat für mich allein, ohne Verantwortung, ohne Gewissensbisse, ohne die hartnäckig gepflegte Pflichtübung, jeden Tag in Madrid anzurufen und das Schlimmste zu befürchten, ohne am anderen Ende des Telefons tatsächlich das Schlimmste vorzufinden, die Seufzer meiner Mutter, ihre gedämpften Klagen: «Wann kommst du wieder? Diese Krankenschwester ist unerträglich, komm bitte bald zurück, ich kann jeden Tag sterben.» Bis damals hatte mich es immer gereizt, mit der geringstmöglichen Menge Geld so weit wie möglich wegzufahren, aber nun hatte ich keine Lust mehr, zu überraschenden Preisen pauschale exotische Rucksackreisen zu machen, die am Ende nicht sonderlich überraschend oder exotisch waren, gewagte Expeditionen, die man nicht ohne Handtuch, Insektenmittel und Desinfektionsmittel für die Badewanne überstand und bei denen mich mein Alter jedes Jahr weiter vom Gruppengeist entfernte, denn es war mir nie gelungen, jemanden zu überreden, mich zu begleiten, und meine zufälligen Reisebegleiter waren gerade mal Studenten, die jedes Jahr jünger wurden, die immer mehr zur Cliquenwirtschaft und zu dem Verhalten neigten, mich so herzlich zu behandeln, wie man eben eine ältere Alleinreisende behandelt. Deshalb dachte ich, daß ich vielleicht einen dezenten Glanzanstrich verdiente, einen Palmenstrand, einen eigenen Bungalow, Cocktails in Ananasschalen, Abendunterhaltung, Wasserski, Sonne, Hummer und ein paar neue Bekanntschaften. Im Büro des Club Méditerranée – das sei viel mehr als ein Reisebüro, wurde mir erklärt, kaum daß ich eingetreten war – informierten sie mich über weitere Einzelheiten, die mich schließlich überzeugten. Es sei egal, daß ich allein reise, denn man schlösse sehr leicht Freundschaften. Das Essen nähmen die Gäste an Tischen für acht Personen ein, und fast jeden Abend gäbe es Tanzveranstaltungen, Wettbewerbe, Grillfeste und Vergnügen jeglicher Art. «Unsere Kunden», sagte die Büroangestellte, «gehören zum gehobenen Mittelstand, viele sind Freiberufler, leitende Angestellte, höhere Beamte, im allgemeinen gebildete, distinguierte Menschen, und Erholung ist gewährleistet. Die Möglichkeiten sind vielfältig, sie reichen von touristischen Unternehmungen bis zum Lesen im Liegestuhl», versicherte sie mir, «und richten sich ausschließlich nach den Bedürfnissen eines jeden einzelnen.»

Wegen des Klimas, des Strandes und der Schönheit des Orts, der auf den Fotos abgebildet war, entschied ich mich für Hammamet, einen Club Méditerranée an der Küste Tunesiens, und ich wurde nicht enttäuscht. Mir gefiel das Dorf, das wunderschön war, und meine Unterkunft, ein Bungalow, der wie ein Puppenhaus wirkte, der Strand, hervorragend, die Cocktails, in offensichtlich exotischen Gefäßen serviert, und sogar die Zerstreutheit unserer belgischen Reiseleiterin, die mir den Namen und das Gedächtnis von Alejandra Escobar schenkte. Die Reisegesellschaft hingegen hob sich nicht sonderlich vom Niveau der Rucksacktouristen ab, die schlußendlich immer sehr sympathisch gewesen waren und mich ständig zu einem Joint eingeladen hatten, eine Aufmerksamkeit, die beträchtlich dazu beitrug, meine Stimmung ab der zweiten Hälfte dieser albernen Reisen zu heben, die ich halb tot vor Lachen und unentwegt Kekse essend beendete.

Die Drogen, die meine neuen Tischnachbarn stimulierten, waren sehr verschieden. Links von mir nahm ein so unerträgliches Ehepaar aus Spanien Platz, daß ich am Ankunftstag erleichtert darüber war, daß kein weiterer meiner Tischgenossen meine Sprache sprach, damit ich mich nicht mehr als nötig schämen mußte. Er, der sich das Haar sogar pomadisierte, wenn er an den Strand ging, legte ein Weltherrschergebaren an den Tag, war aber in Wirklichkeit Theaterintendant in einer ziemlich tristen Provinzhauptstadt, obwohl er sich benahm, als wäre ihm der Broadway zu klein geworden. Seine Frau schwor, in ihrer Jugend Schauspielerin gewesen zu sein, und wunderte sich sehr darüber, daß ich mich weder an ihren Namen noch an ihr Gesicht erinnerte, besonders, da wir im gleichen Alter wären, wie sie am Ende unbefangen log. Jetzt hatte sie es mit der Astrologie, was zum Anfreunden mit dem weiblichen Teil eines französischen Paares führte, das genauso unerträglich war wie sie und ihnen genau gegenüber saß. Diese neue französisch-spanische Allianz teilte die Tischrunde glücklicherweise genau in der Mitte und überließ mich der Gesellschaft zweier Italiener um die Dreißig und eines Walisers, der schon gut an die Sechzig sein mußte.

Guido und Carlo waren sehr attraktiv und ähnelten einander sehr. Gleich groß, ungefähr einen Meter achtzig, mit demselben fast militärischen Haarschnitt, einem radikal geschorenen Kopf, denselben prächtigen, sorgfältig und unübersehbar im Fitneßstudio durchtrainierten Körpern und demselben guten Geschmack in der Kleidung, arbeiteten beide in derselben Filiale eines italienischen Softwarekonzerns, eines Unternehmens, das ich sehr gut kannte. Auch wenn dieser Umstand nicht vom ersten Tag an eine pittoreske Unterhaltung in zwei Sprachen bewirkt hätte, hätte ich am Ende über alles mit ihnen geredet, denn sie waren ausgesprochen sympathisch, höflich und amüsant, auch wenn sie nicht gerade in den Club gekommen waren, um Freundschaften zu schließen. Sie hatten einander, und alles andere benötigten sie nicht, was so weit ging, daß ich sie außer zu den Essenszeiten, oder besser gesagt, zum Abendessen, nicht zu Gesicht bekam. Morgens gingen sie an den FKK-Strand, der ziemlich weit weg lag, ungefähr vierzig Minuten zu Fuß durch die Dünen, und vor Einbruch der Dunkelheit kehrten sie nie zurück. Abends zogen sie sich gleich nach dem Nachtisch in ihren Bungalow zurück, und bis zum Frühstück am nächsten Morgen sah niemand auch nur ein Härchen von ihnen. Zum Tanzen und Unterhalten waren sie selbstverständlich immer zu haben, denn niemand amüsierte sich so gut wie sie.

Jonah hingegen war eine ziemlich düstere Gesellschaft, obwohl er am ehesten so etwas wie ein Freund war, den ich dort fand. Er war das typische Exemplar eines Selfmademans, in seiner Jugend Bergmann, und da er immer der Beste gewesen sei, wie er mir in unsicherem Spanisch erklärte, hatte er den Aufstieg geschafft. Als er dann endlich zum Generaldirektor der Mine ernannt wurde und richtig Geld zu verdienen begann, wurde bei seiner Frau eine recht fortgeschrittene Zirrhose diagnostiziert. Vor fünf Jahren war er Witwer geworden, und seither war sein größtes Problem im Leben die Freizeit. Seine Kinder hatten ihn zu der Reise nach Tunesien regelrecht gezwungen, aber er konnte sie nicht genießen, weil ihn alles, was er machte, jeder

Bissen, den er aß, jeder Tropfen, den er trank, an seine arme Meg denken ließ. «Meg hätte das gefallen», war sein Lieblingssatz, auch dann, wenn er mich überredet hatte, mit ihm Domino zu spielen. Ich hörte ihm mit trauerumflorten Augen zu, während ich nur an zwei Dinge dachte: wie sehr es mir gefallen hätte, hinter einem dichten Haschischvorhang tibetanische Klöster auszumachen, und daß ich eines schönen Tages heimlich den Italienern zu ihrem FKK-Strand folgen würde, um sie zu bespitzeln und vor Neid zu sterben und mich, wenn auch nur von weitem, ebenfalls ein bißchen zu amüsieren. Und wenn Said nicht aufgetaucht wäre, glaube ich, hätte ich es schließlich riskiert und getan.

Said tauchte unverhofft am Freitag der ersten Woche auf, an einem so doofen Abend wie die fünf vorangegangenen, die ich mit Grillen, Tanz und einem Stuhlspiel, einem Haufen erwachsener Leute ohne jeglichen Sinn für ihre Lächerlichkeit, die herumhüpften und nach einem Glas betrunken waren, verbracht hatte. Ich stand mit Guido und Carlo, die ausnahmsweise beschlossen hatten, noch einen Whisky zu trinken, bevor sie sich zurückzogen, etwas abseits, und sie sahen ihn zuerst, einen weißen Fleck im Hintergrund vor der Hecke, die den Swimmingpool begrenzte, und anfangs bemerkte ich nur, daß sie lachten, sich gegenseitig mit den Ellbogen anstießen und sich plötzlich umarmten, eine wirklich enge Umarmung, ich hatte sie noch nie so gesehen. Dann drehte Guido, der stärkere von beiden, Carlo so zu mir, daß er mich über seine Schulter hinweg sah, und er sagte etwas, das ich nicht verstand, mich aber zwang, genauer hinzusehen, und erst da sah ich ihn, einen jungen dunkelhäutigen Mann, der ein paar Schritte näher gekommen war und der mich von weitem lächelnd anblickte, und plötzlich begriff ich alles, auch wenn ich nicht Italienisch sprach, ich begriff, daß die beiden ihn zuerst gesehen hatten und daß er ihnen gefiel und daß sie eine kleine Eifersuchtsszene improvisiert hatten, bis sie kapierten, daß er mich ansah, und nun warteten sie darauf, daß ich etwas unternahm, aber ich wußte nicht, was ich tun sollte, ich blieb einfach wie auf den Rasen genagelt stehen und hatte keine Zeit, irgendeine Bewegung zu planen, weil Guido Carlo losließ, zu mir kam und mir lachend einen Schubs gab: «*Dai, Alessandra*», sagte er nur, und ich lief wie eine aufgezogene Puppe los.

«Guten Abend», begrüßte der Fremde mich auf spanisch.

«'n Abend», antwortete ich und konnte in der Dunkelheit seine schwarzen glänzenden Augen und seine schneeweißen Zähne ausmachen. «Warum starrst du mich so an?»

Er lachte auf und fuchtelte mit den Händen herum, um mir zu verstehen zu geben, daß er abgesehen von der konventionellen Begrüßung kein Spanisch sprach, und ich wiederholte den Satz auf französisch, während ich ihn mir genauer und ein bißchen unverschämt ansah, um festzustellen, daß sich die beiden Italiener nicht geirrt hatten. Er war wirklich ein hübscher Junge, nicht sehr groß, aber größer als ich, nicht so jung, aber um einiges jünger als ich, mit dunkler, aber wie ein Spiegel glänzender Haut, krausem Haar, schönen Händen und einem jungenhaften Körper unter dem weiten, fast ganz offen stehenden weißen Hemd und der weißen, sauberen, eher engen denn anliegenden Hose.

«Du wirkst gelangweilt», antwortete er schließlich in ziemlich viel besserem Französisch als meinem, «und das gefällt mir nicht. Unser Auftrag lautet, daß sich niemand langweilen darf.»

«Arbeitest du hier?» fragte ich, nicht so sehr überrascht darüber, ihn nie zuvor gesehen zu haben, als über die Vorsicht, mit der er das Versteck hinter der Hecke verlassen hatte, was mich zu der Vermutung verleitete, daß er über den Zaun gesprungen war.

«Natürlich, ich bin für all das hier verantwortlich...» Sein ausgestreckter Zeigefinger zog einen Kreis, der alles umschrieb, was uns umgab, und erst da entdeckte ich, daß er auf der Hemdentasche ein Plastikschild trug, auf dem ich nur mühsam das Wort *Entretien* entziffern konnte.

«Aha!» rief ich mehr für mich denn für ihn aus und fühlte mich geheimnisvollerweise erleichtert über die Tatsache, daß er wirklich hier arbeitete.

«Du bist mir aufgefallen», gestand er mit erstaunlicher Natürlichkeit. «Warum tanzt du nicht?»

«Weil mich niemand zum Tanzen aufgefordert hat.»

«Der Engländer auch nicht?» Ich begriff, daß er sich auf Jonah bezog, und fing an zu lachen. «Du bist mir aufgefallen», wiederholte er und lachte auch.

«Das sehe ich...»

«Willst du mit mir tanzen?»

Ich verbot mir ausdrücklich, auch nur daran zu denken, mit nein zu antworten, und nahm ihn am Handgelenk, um ihn zur Tanzfläche zu führen, aber er wollte sich nicht von der Stelle bewegen.

«Nein, nicht dort...» sagte er. «Hier ist es besser. Hier sieht uns niemand.»

Als ich ihm, kurz bevor ich mit ihm hinter dem Zaun verschwand, die Arme um den Hals schlang, konnte ich noch Guido und Carlo sehen, Arm in Arm und lächelnd, die mir mit hocherhobenen Armen zuwinkten und Mut machten, und plötzlich fühlte ich mich sehr wohl, sehr sicher, zu allem fähig, ich spürte eine spontane Kraft, die sich sofort bewährte, denn Said umarmte mich so fest, als hätte er Angst, daß ich wegfliegen könnte, er preßte seinen Körper so an den meinen, daß er meinen Beinen jegliche Bewegung verunmöglichte, und dann initiierte er die zweifelhafte Simulation eines Tanzes, indem er langsam und im Rhythmus der von weit her erklingenden Musik, so weit weg, daß ich das Lied nicht erkannte, eine typische langsame Ballade der siebziger Jahre, *Nights in White Satin* vielleicht, ich weiß es nicht, die Hüften bewegte, und ich spürte seinen Druck und folgte zögerlich den wiegenden Bewegungen, die seine Handflächen meinem Körper auferlegten, eine mitten auf meinem Rücken, die andere viel weiter unten, von wo sie vorsichtig hinabglitt, bis sie mit einer Freimütigkeit, die mich verwirrte, auf meinem Po landete. Dann, als würde sich jegliche weitere Absicht aus dieser ersten Eroberung ergeben, bewegte er den Kopf, und ich dachte, er würde mich küssen, aber er tat ganz das Gegenteil, er neigte den Kopf nach hinten, als müßte er mich ansehen, und ohne meinen Hintern loszulassen, streckte er die andere Hand aus und streichelte ganz langsam mein Haar.

«Du hast sehr schönes Haar», flüsterte er. «Blond, so blond...»

Dann küßte er mich, und er tat es, wie mich seit meinem vierzehnten Lebensjahr niemand mehr geküßt hatte: nervös, hastig, unendlich plump, seine Zunge drückte wie die Faust eines Ertrinkenden auf meinen Gaumen und schob erbarmungslos meine Zunge beiseite, mir den kleinsten Raum zur Entfaltung verweigernd, bis sie mir plötzlich zu viel war, genauso wie mir meine Zähne, mein Zahnfleisch, meine gespannten Lippen zu viel waren, alles nutzlos, ein Mund, der nichts anderes war als die Verlängerung seines Mundes, mein ganzer Körper, der nichts anderes war als ein überraschender Vorwand für seine Heftigkeit und seinen Eifer, der mich zur erzwungenen Starre einer Wachsfigur nötigte. Diese unüberwindliche Passivität ließ in meinen Augen einen fremden Blick erstehen und entzündete ein weißes Licht, in dem ich mich mit demselben mäßigen und distanzierten Interesse betrachtete, das diese Szene verdient hätte, wenn ihre Hauptdarstellerin eine andere Frau gewesen wäre, vielleicht die blonde, häßliche und alleinreisende Touristin, die eine Woche vor meiner Ankunft hier gewesen war, oder jene andere, so ähnliche, die eine Woche nach meiner Abreise zweifelsohne meinen Platz einnehmen würde. Ich sah sie so deutlich vor mir, als würde ich sie schon lange kennen, unauffällige Biographien, unauffälliges Aussehen, unauffällige Ambitionen und die diskrete Eleganz einer Person, die sich um niemanden außer sich selbst kümmern muß, die immer gewienerte Schuhe und eine halbleere Tasche bei sich trägt. Ich wußte, daß sie seine bevorzugte und eine leichte Beute waren, denn er hatte mich ausgesucht, und das war einfach gewesen, und trotzdem verstand ich nicht ganz, was ein Mann wie er im Austausch dafür erhielt: der freundlichen Mutmaßung, daß hübsche Touristinnen nie alleine reisen, folgte ein viel schrecklicherer Verdacht, so schrecklich, daß ich, noch bevor ich begriff, daß er es nie wagen würde, Geld zu verlangen, denn eine solche Kühnheit könnte ihn den Job kosten, einen Panikanfall erlitt, der augenblicklich die Kraft meiner Arme verstärkte, so daß ich mich kaum anstrengen mußte, um ihn von mir wegzustoßen.

Er sah mich mit amüsiertem Gesichtsausdruck an, als wolle er mich fragen, was jetzt käme, und ich, die ich es nicht wußte, vermißte seine Wärme und die brutale Komplizenschaft seiner Arme. Dann bahnte sich plötzlich eine tiefe und echte Besonnenheit ihren Weg aus dem Keller, in den ich die Dinge verbanne, von denen ich nicht wissen will, daß ich sie weiß, und in der Stille hörte ich meine eigene Stimme eine neutrale, leidenschaftslose Frage stellen, die ehrlich beantwortet werden wollte. «Und wofür brauchst du das Geld, Marisa?», das fragte sie. «Du bist fünfunddreißig Jahre alt und allein auf der Welt und vögelst so gerne, wie arme Kinder Schokolade essen, und dann gönnst du dir nicht einmal eine zufällige Vögelei, du Dummkopf, kannst du mir sagen, woran, zum Teufel, du denkst?» – «An meine Würde», antwortete ich mir eingeschüchtert und schickte mich selbst zum Teufel.

Dann streckte ich meine Arme nach ihm aus, küßte ihn und sagte auf spanisch zu ihm: «Gehen wir», was er verstand, aber auch diesmal mochte er mir nicht in meinen Herrschaftsbereich folgen und zog mich in die entgegengesetzte Richtung, um mich in eine Art Schuppen zu schleppen, ein rechteckiges Gebäude mit Zementwänden, voll mit Werkzeugen und Maschinen jeglicher Art, wo ganz hinten in einer Ecke ein Eisenbett stand, das mir trotz seiner strikten Kargheit merkwürdig gemütlich vorkam.

Als alles vorüber war, und das geschah sehr schnell, bereute ich es nicht, meiner durchdringendsten, tiefsten Stimme, die meine wahren Interessen am leidenschaftlichsten verteidigt hatten, gehorcht zu haben. Said war kein guter Liebhaber, oder zumindest war er kein guter Liebhaber für mich, aber seine Schönheit, sein Alter, das Zusammenspiel seiner Attribute, das ihn in ein außergewöhnliches Exemplar meiner kläglichen Sammlung von Eroberungen verwandelte, in eine jugendliche, exotische Ausgabe jener Sorte atemberaubender Männer, auf die ich nie zu hoffen gewagt habe, kompensierten geheimnisvollerweise seine Unbeständigkeit, seine Eile und sogar die willkürliche Gleichgültigkeit, mit der er gerade mal ein paar angelernte Zärtlichkeiten angedeutet hatte – so schnell waren seine Lippen und seine Finger gewesen –, die mich keinen Moment davon überzeugen konnten, daß ihn mein Vergnügen auch nur im entferntesten interessierte, ein Maß an Gleichgültigkeit, das in der westlichen Welt etwas Unverzeihliches gewesen wäre, an ihm aber so natürlich und naiv wirkte, wie er atmete. Als ich mich wieder angezogen hatte und ihm schweigend den Weg zu meinem Bungalow zurück folgte, sprach ich ihn ohne weiteres von seinen Sünden frei und fühlte mich viel leichter, viel zufriedener mit mir selbst, als ich mich in meiner Erinnerung in den letzten Jahren gefühlt hatte. Am Rand des Swimmingpools verabschiedete er mich mit einem stummen Kuß, und ich wollte nicht warten, bis er ging. Ich erinnere mich noch an meine genüßliche Begegnung mit meinen sauberen Bettlaken, an die Gelassenheit, mit der ich auf einen Orgasmus verzichtet hatte, und an die herrliche Schwere des Schlafes, der mich umfing, kaum daß ich meinen Kopf auf das Kissen gebettet hatte, physische Zeichen einer so armseligen und andererseits für mich so wichtigen Heldentat.

Die Idylle mit Said, Nacht für Nacht immer der gleiche, fast identische Ablauf, dauerte bis zum Ende meines Aufenthalts in Hammamet an. Die Tage verloren ihre Wichtigkeit so weit, daß sie sich in eine Unannehmlichkeit, ein unumgängliches Ärgernis, eine Klammer verwandelten, die ich plötzlich viel lieber ausfüllte, indem ich auf den Strand verzichtete, um mit Jonah Domino zu spielen oder um vorzugeben, auf der Veranda meines Bungalows zu lesen, in der vagen Hoffnung, ihn von weitem zu sehen, wenn er einen Motor transportierte oder die Hecke schnitt. Mit Einbruch der Dunkelheit fing der richtige Tag an, die Zeit der wichtigen Dinge, die Rate des Lebens. Ein paar Stunden vor dem Abendessen schloß ich mich ins Badezimmer ein, um ein Bad zu nehmen, mir die Haare zu waschen und mich so gut ich es kann zu schminken, was nicht viel ist, während ich gewissenhaft darüber nachdachte, was ich zum Abendessen anziehen würde. Am Tisch lobten Guido und Carlo, die einzigen Gäste, die in das Geheimnis eingeweiht waren, lautstark mein Aussehen, machten Witze, fragten nach Einzelheiten und nahmen auf ihre Weise an meiner Euphorie teil. Später entfernte ich mich diskret von der Animation, spazierte um den Swimmingpool herum und wartete darauf, daß Said auftauchte. Und Said tauchte immer auf, er tauchte immer pünktlich auf, um mich in das Eisenbett im Geräteschuppen zu schleppen. Auch wenn sie mir reichten, waren unsere Treffen ziemlich kurz. Wir schliefen nie beieinander. Er sagte, daß er nach Hause in sein Dorf müsse, und ich fragte ihn nie nach dem Grund, es kam mir nicht einmal in den Sinn, mich selbst zu fragen, was ich bedauern sollte, denn das, was geschah, wäre mir vielleicht leichter erschienen, wenn ich die Notwendigkeit verspürt hätte, mir oder ihm Fragen zu stellen.

Am Freitag morgen sah ich ihn hinter der Bar auftauchen und mich zu sich heranwinken. «Ich habe am Nachmittag frei», sagte er, «und ich habe gedacht, wir könnten ins Dorf fahren und etwas trinken, ich kann dir alles zeigen und dich dann in die Kneipe eines Freundes zum Fischessen mitnehmen, echte arabische Küche», erläuterte er, «nicht diese Scheiße...» Um Punkt sieben traf ich ihn an einem Seitenausgang des Clubs, wo er lächelnd auf einer schmierigen Vespa mit einer riesigen Beule über dem Hinterrad und voller Rostflecken saß und im Leerlauf Gas gab. Ein Seil, das zum Festhalten von etwas diente, das ich nicht erkennen konnte, überzog diagonal den vorderen Teil, und der Plastiksitz war so aufgeschlitzt, als hätte ein Psychopath wie wild auf ihn eingestochen, aber es war sein Motorrad, er hatte mir einmal davon erzählt, er schien sehr stolz auf diesen Besitz zu sein, und ich hatte keinen Grund, ihn zu enttäuschen, so daß auch ich so gut ich konnte lächelte, bevor ich mich hinter ihn setzte und ihn fest umschlang, denn ich ahnte schon, daß die Fahrt auf dieser alten Mühle genauso wäre, wie sich auf die Flügel eines Mixers zu setzen.

Wir hielten in einer gewöhnlichen, weder breiten noch engen Straße vor einer Reihe gekalkter Häuser, die alle gleich groß waren und gleich aussahen. Said brauchte eine Weile, um das Motorrad mit einer Kette an einem Pfosten anzuschließen, bevor er mich mit den Händen auf meinen Schultern zu einer Mauer dirigierte, die nahe genug am Motorrad war, um einen Dieb zu vertreiben, jedoch weit genug entfernt, daß mich kein Spaziergänger zwangsläufig sofort mit diesem Schrotthaufen in Verbindung bringen konnte. Dann zupfte er zur Erklärung an dem weißen Hemd, in dem ich ihn immer gesehen hatte: «Ich werde mich umziehen», sagte er, «warte hier.» Ich sah ihn wie einen Möchtegern-James-Bond die Straße überqueren und eines der Häuser betreten, nicht besser oder schlechter als die anderen, und eine Viertelstunde lang geschah nichts, es kam auch kaum jemand vorbei, nur eine Horde Kinder, die mich nicht sonderlich neugierig ansahen, und eine verschleierte Alte, die mit sich selbst zu reden schien. Die Schreie trafen mich unvorbereitet und so plötzlich, daß ich mich nicht einmal bemühte herauszufinden, wo sie herkamen, aber sie wurden lauter, rascher und heftiger, und ich erkannte Saids Stimme, noch bevor ich ihn herauskommen und sich mit einer Sorgfalt kämmen sah, die mit der Wut in seinen Augen nicht vereinbar war.

Er trug ziemlich neue Jeans mit Bügelfalten und ein lachsrosa Polohemd von Lacoste, an dem eine Frau zerrte, die gleich hinter ihm aus dem Haus gelaufen war, eine sehr hübsche Frau, viel hübscher als ich und sehr jung, jünger noch als er, der am lautesten schrie, er tat es so hitzig, so wütend, so überzeugt, daß es schon an Verzweiflung grenzte und ich anfangs die beiden Kinder nicht wahrnahm, die hinter ihr herausgelaufen sein mußten und im Schatten ihres Körpers Schutz suchten, wobei sie beide die Beine der Mutter umklammerten, bis diese sie wegstieß und auf meinen Liebhaber zuschubste. Er antwortete auf diese Geste mit einem letzten Schrei, so unmäßig wild, daß das kleinere, ungefähr drei Jahre alte Kind in Tränen ausbrach, sich zu Boden warf, sich zusammenkauerte und wie von seiner eigenen Verzweiflung überwältigt mitten auf der Straße liegenblieb. Da änderte sich Saids Verhalten radikal. Mit sanften Worten, mit einem rhythmischen, fast melodischen Flüstern ging er auf das Kind zu, hob es auf und zog es an sich, wiegte es in seinen Armen, bis es sich beruhigte, und bemerkte nicht, daß die Frau wieder ins Haus gegangen war und heftig die Tür zugeworfen hatte. Das Mädchen, das nur wenig älter als sein Bruder war, wandte sich suchend nach mir um, wie in der Gewißheit, daß es mich, oder irgendeine andere Frau wie mich, in einem solchen Augenblick in der Nähe erblicken müßte, es sah mich mit unerforschlichen, starren, aber nicht eigentlich feindseligen Augen aufmerksam an, ein fast mineralischer Blick, müde vor lauter Alter und Weisheit und dennoch neugierig, der Blick eines jungen Tieres, das auf Beute lauert, aber im Begriff ist, hinter einem Schmetterling herzulaufen. Das war es, was mich am meisten beeindruckte.

Said kam schließlich mit dem Jungen im Arm zu mir herüber. «Das sind meine Kinder», sagte er nur, «ich muß sie heute nachmittag mitnehmen.» Ich erwiderte nichts darauf und fragte ihn nichts. Er hatte mir nur erzählt, daß er achtundzwanzig Jahre alt sei und jetzt im alten Haus seiner Eltern wohne, das Haus, in dem er aufgewachsen war, aber als wir uns in der Nähe des Schlosses auf eine Terrasse für Touristen setzten, fühlte er sich verpflichtet, sich eine gewöhnliche, durchschaubare und pathetische Geschichte auszudenken: Er liebe seine Frau nicht, er habe sie nie geliebt, seine Eltern hätten ihn als Kind verheiratet, er habe nie die Wahl gehabt, all das erklärte er mir auf französisch, wobei er mir verstohlen unter dem Tisch die Hand drückte, aber ich hörte ihm kaum zu, ich wollte nur, daß er schwieg, daß er aufhörte, Blödsinn zu reden, daß er sich darauf beschränkte, zu lächeln, um diese Nacht und die folgende, die die letzte sein würde, nicht zu gefährden. Dem Jungen wurde es schnell langweilig, uns Französisch sprechen zu hören, und er tollte über den Strand, aber das Mädchen weigerte sich aufzustehen und trotzte der Wut ihres Vaters mit unendlicher Gelassenheit. Auf dem Stuhl kniend und die Ellbogen auf den Tisch gestützt sah sie mich ohne zu blinzeln an, mit diesem merkwürdigen, ungewöhnlichen Blick, der eine ausgewogene Mischung aus Interesse, Müdigkeit und Mißtrauen zu sein schien. Dieses Mädchen gefiel mir sehr, ich fühlte mich ihr nahe und unterstellte, daß ihr ihre Mutter aufgetragen hatte, mich zu überwachen, und das verstand ich,

ich verstand auch diese wütende Frau, die mir jetzt wahrscheinlich den Tod wünschte. Deshalb und weil Said die Hand hob, um den Kellner heranzuwinken, seiner Tochter aber das Eis verweigerte, um das sie gebeten hatte, das sie schon mehrmals mit fester, lauter Stimme in einer mir unverständlichen Sprache eingefordert hatte, erbot ich mich, sie einzuladen, bat um die Eiskarte und hielt sie ihr hin, ich erklärte ihr mit Zeichen, daß sie sich das Eis aussuchen solle, das sie mochte, aber sie ließ sich nicht einmal herab, einen Blick auf die Karte zu werfen. Sie war nicht bereit, sich von mir zu irgend etwas einladen zu lassen, und nachdem ich es verstanden hatte, wurde mir klar, daß ich sie dafür sogar noch mehr mochte als zuvor.

In jener Nacht schlief ich mit Said in dem Geräteschuppen, als wäre nichts geschehen, dennoch habe ich dieses Mädchen und ihren Vater nie vergessen, trotz der Banalität der Geschichte, trotz der Bitterkeit des verschmähten Eises, niemals, ich weiß nicht, warum, ich verstehe es wirklich nicht, aber noch immer, wenn ich es am wenigsten erwarte, ertappe ich mich dabei, wie ich an Saids Tochter und an ihren Vater denke.

Saids lächelnde, schmale schwarze Augen betrachteten mich auch an diesem Morgen, bis ich beschloß, sie zu verscheuchen, indem ich meine Augen öffnete. Forito lag auf der rechten Bettseite und schlief noch, das Leintuch bedeckte ihn fast vollständig und gewährte mir nicht einmal einen Blick auf seinen Nacken und das weißliche, sich lichtende Haar auf seinem Schädel, der Kopf eines alten Mannes, sagte ich mir, bevor ich mir harte Vorwürfe über die unverzeihliche Gemütsregung machte, die mich erst ein paar Stunden zuvor in seine Arme getrieben hatte. Entschlossen, so schnell wie möglich das fiktive Terrain zurückzuerobern, das Alejandra Escobar nur eine Nacht lang der Realität überlassen hatte, stand ich hastig auf, stellte meine Füße auf den Boden und versprach mir dabei insgeheim mehr Entschlußkraft, aber als ich im Vertrauen auf das Sonnenlicht, das einen neuen, anderen Tag einweihen würde, der weit entfernt von der Erinnerung der vergangenen Nacht wäre, um das Bett herumging und die Gardinen aufziehen wollte, sah ich die Schuhe, die Forito vor dem Zubettgehen sehr sorgfältig am Fußende des Bettes abgestellt hatte, einer neben dem anderen, genau parallel zueinander und mit dem entsprechenden Strumpf darin standen sie da wie die Schuhe eines Kindes, das ins Bett gegangen ist und auf die Ankunft des Nikolaus wartet, und ich war unendlich gerührt über diesen Gegenstand, dieses Paar ziemlich abgelaufener, alter brauner Schuhe, deren Nähte aufzuplatzen drohten. Genau in dem Moment öffnete er die Augen, und ich lächelte ihn an, ohne mir ganz sicher zu sein, ob ich das wollte. Dennoch gab mir sein Lächeln das Beste der vergangenen Nacht zurück, einen aufmerksamen, zärtlichen und vertrauensvollen Liebhaber, das Beste fast, was ich je hatte ersehnen können.

«Guten Morgen», sagte er mit seiner kaputten Stimme und forderte mich mit einer Handbewegung auf, mich auf die Bettkante zu setzen, und ich wünschte, daß er ins Fettnäpfchen treten möge, daß er irgend etwas Unangebrachtes sagen möge, daß er für mich entscheiden möge, daß er sich von selbst aus meinem Leben entfernen möge, aber er nahm meine Hand, streichelte sie mit zarten Fingern und lächelte wieder schüchtern. «Wie geht es dir?»

«Gut», sagte ich und senkte den Kopf, um den Glanz in seinen Augen nicht sehen zu müssen. «Aber ich w-werde jetzt das Frühstück m-machen müssen, sonst kommen wir zu spät zur Arbeit...»

Als ich ihn so elegant, wie ich ihn in der Bar des Hotel Ritz getroffen hatte, in dem Anzug aus Rohseide, dem rosa Hemd und der gelben Krawatte mit den winzigen Motiven die Küche betreten sah, wunderte ich mich darüber, wie viel besser jemand, wenn nicht vor Glück, dann wenigstens durch einen Glücksfall aussehen kann, und während ich den Kaffee einschenkte und mir der besonders vertrauliche Charakter dieser Handlung auffiel, dachte ich, daß ich jetzt vielleicht Weihnachten und meinen Geburtstag nicht mehr allein feiern und nicht mehr allein Urlaub machen müßte, und ich verspürte ein neues, recht seltsames Gefühl, als würde in meiner Brust unaufhaltsam ein Schwamm aufquellen, als stecke in meinem Körper ein anderer Körper aus luftiger Baumwolle, ein vergnügter Parasit, der alles verschlang und dafür eine sonderbare Heiterkeit bewirkte. Trotzdem änderte ich nicht ein einziges Komma in meinem gedanklich vorbereiteten Vortrag.

«Hör m-mal, Foro...» begann ich, wobei ich mit dem Zeigefinger die Brotkrümel an einer Tischkante zusammenschob und es nicht wagte, ihn anzusehen, aber ich war entschlossen, ihn nie wieder Forito zu nennen: «Ich denke, daß es besser ist, wenn du hiervon n-nichts im Verlag erzählst, verstehst du, weil die Leute. . ., na ja, du weißt ja, wie das ist, und es wäre überhaupt nicht witzig, wenn sie anfingen, Witze über uns zu m-machen, nun, meine ich zumindest. . .»

«Wie du willst», sagte er, und ich sah ihn endlich an und entdeckte, daß er mich anlächelte, und das machte mich schließlich nervös.

«Also, ich w-will sagen, jetzt, heute, m-morgen. . . Denn eigentlich ist nichts geschehen. . . noch nicht, meine ich, es würde mir n-nicht gefallen, wenn du denken würdest, daß ich. . . Nun, ich weiß nicht, was du denkst, aber ich glaube, daß es besser wäre, wenn es niemand erfährt. . . Zumindest im A-augenblick. . . M-mir scheint. . .»

«Aber ja, wie du willst», betonte er, immer noch lächelnd, und ich merkte, daß mir mein schlechtes Gewissen Streiche zu spielen begonnen hatte.

Wir trennten uns an der Haustür, denn er mußte noch bei sich zu Hause vorbei, um ein paar Fotos zu holen, und ich stieg völlig verwirrt in den Bus. Als ich eine halbe Stunde später ausstieg, war es mir keinen Funken klarer geworden, und die Computer weigerten sich, mir zu Hilfe zu kommen. Ich hätte sonstwas getan für eine Komplikation, für eine der Katastrophen, die mich wahnsinnig machen konnten, ein gräßliches Computer-Rätsel, das mich um meinen Verstand brachte, als würde ihn jemand mit einem Strohhalm aussaugen, aber es passierte nichts, alle Geräte liefen, alle Systeme funktionierten, alle Peripheriegeräte, ergeben wie nie zuvor, hielten in Erwartung auf die geringste meiner Launen gehorsam stand, und die ausstehende Arbeit, das Spaltenlayout für das sechste Heft, ging mechanisch und langweilig voran wie selten zuvor, so daß mir nichts weiter übrigblieb, als mich mit meinem Kopf auseinanderzusetzen, geduldig die Bläschen zu zählen, die sein bevorstehendes Hochkochen ankündigten, und zu warten.

Ich hatte mich schon ein paarmal umsonst gesorgt, wenn mich plötzliche Unruhe, das Gefühl auf mich gerichteter Augen, veranlaßte, den Blick vom Bildschirm zu heben und ihn an den durchsichtigen Wänden meines Glaskastens entlangwandern zu lassen, und da stand er, in derselben Sonntagskleidung, mit einer neuen Selbstbeherrschung im Gesicht, und sah mich an. Als er seine kleine Belohnung, meinen Blick, bekommen hatte, hüstelte er hinter vorgehaltener Hand, eine unbeholfene Ablenkungstaktik, und verschwand dann sofort wieder. Darin, wie auch in allem anderen, verhielt er sich immer wie ein Caballero, er respektierte die Regeln, die ich ihm mit einer Besorgnis, die manchmal schon fast an Angst grenzte, auferlegt hatte. Weil ich vermutete, daß es ihm sehr wichtig war, mich nicht zu enttäuschen – denn immer, wenn ich ihn dabei ertappte, wie er mich verstohlen ansah, oder wenn ich ihn ausweichen sah, um mir im Flur schon Platz zu machen, bevor wir noch auf gleicher Höhe angekommen waren, oder wenn es mich überraschte, wie schnell er meinem Blick auswich, wenn wir uns im Fahrstuhl begegneten –, hörte ich auf, an meine eigene Verwirrung zu denken, und fragte mich, was er wirklich fühlte, was er über mich dachte, welche Rolle er mir in seinem Leben einräumte, wenn er denn so wie ich unfähig war, zu akzeptieren, was das Schicksal einem vorsetzte, und sich damit Probleme schuf, die sonst vielleicht gar nicht existierten. Dann erinnerte ich mich an die freundlichen, harmlosen, fast schon gewohnten Scherze, mit denen das restliche Team die Symptome einer Vorliebe bedachte, die Foro für mich zu zeigen pflegte, die Lieder, die er summte, wenn er mich sah, sein automatisches Zuvorkommen, um mir den Kaffee zu bezahlen, oder die Anwandlungen von Schüchternheit, die ihn grundlos überfielen, wenn er mich überraschend in ein unverfängliches Gespräch verwickelte. Rosa hatte immer behauptet, daß er in mich verliebt sei, und Ramón hatte sich ihrer Meinung so enthusiastisch angeschlossen, daß ich in den Zeiten, als es mir absolut egal war, wer recht hatte oder nicht, einmal sogar auf den Gedanken kam, daß er vielleicht etwas wußte, was er mir nicht erzählen wollte, aber da mich Foros Gefühle damals kaum interessierten, war mir gar nicht erst in den Sinn gekommen, Ramón danach zu fragen. Nach der Nacht im Ritz hingegen, denn die Dinge hatten sich schließlich geändert, obwohl ich noch nicht genau sagen konnte, in welche Richtung, erfreute und erschreckte mich die Vorstellung gleichermaßen, so daß ich mich veranlaßt sah, weiterhin den Mund zu halten. Dennoch gab es Dinge, die mir mehr Angst einjagten als Foritos Liebe.

Hätte ich meine eigene Geschichte in einem Roman gelesen, hätte ich sie in einem Film oder einer Fernsehserie gesehen, ich weiß genau, wie ich ohne zu zögern geurteilt hätte: Sie ist ein Miststück. Aber die Fiktion schmückt noch die unbedeutendsten Figuren mit Reizen, die sie in der wirklichen Welt nicht haben, das weiß ich sehr wohl, denn ich bin eine von ihnen, und ich weiß, daß innere Schönheit weder Schönheit noch sonst etwas ist, sondern gerade mal ein Vorwand, um die äußerlich Schönen dazu zu bringen, eine moralische Qualität anzuerkennen, die sie nicht haben, nicht haben können, denn es gibt sie schlicht nicht. Auf der Welt gibt es weder dürre Lehrerinnen mit der Seele einer Poetin, die fähig sind, Gary Cooper zu verführen, noch Gespenster mit säureverätztem Gesicht und einem so herausragenden Geist, daß sie die Liebe der Freundin des stolzesten Tenors gewinnen, das ist alles Lüge. Die dürren Lehrerinnen onanieren wie verrückt, wenn sie über Dreißig sind, und die Gespenster sterben nach und nach vor Ekel, nachdem sie ihre Verstecke mit Pin-ups aus dem *Playboy* dekoriert haben, und die restliche Welt interessiert die Armseligkeit ihres Schicksals einen Scheiß, deshalb sind Lügen so notwendig. Und Lügen sind wie alle notwendigen Drogen gefährlich, denn sie verwandeln eine arme verwirrte Frau, eine unbedeutende Kreatur, der das Leben in ihren vierzig Jahren sinnloser Existenz nie zugestanden hat, sich selbst auf die Probe zu stellen, in ein richtiges Miststück, und das fiktionale Unglück kann sie ebenso zugrunde richten wie ein wirkliches, brutales und blutiges Verbrechen. Aber es war nicht einmal das, was mich so schmerzte, denn ich hätte viel leichter auf den fiktiven Galan, der sich in die fiktive Schönheit verliebte, die mich innerlich schmückte, verzichten können, wenn Foro, als wir uns kennenlernten, nicht schon Teil der äußerst bescheidenen Parzelle dieser Welt, die meine ist, gewesen wäre, wenn ich ihn außerhalb des Verlags auf neutralem Gebiet kennengelernt hätte. Dann wäre vielleicht alles anders gewesen, und mein Schweigen hätte einen anderen Wert gehabt.

Er wußte sich wie ein Caballero zu benehmen, er sah mich nicht an, er sprach mich nicht an, er paßte mich nicht in den Fluren ab, aber nachdem er mit einem Leinenanzug in den Verlag gekommen war, in dem ihn noch niemand gesehen hatte, und am nächsten Tag in einem dunkelblauen Blazer mit Goldknöpfen, gewagt kombiniert mit fast neuen Jeans, fiel diese radikale Veränderung in seiner Erscheinung gerade den böswilligsten Beobachterinnen ins Auge, zwei alleinstehenden Chefsekretärinnen um die Fünfzig, die nichts zu tun hatten, als die Morgenstunden mit der Suche nach irgend etwas zu verbringen, was sie während der Mittagspause wie zwei Hyänen in den Wechsel-

jahren zerreißen konnten. In der Essensschlange in der Kantine hörten wir ihre Kommentare. «Hast du gesehen, wie Forito angezogen ist?» – «Ja, meine Liebe, Wahnsinn!» – «Wen der wohl eingewickelt hat?» – «Irgendeine Verzweifelte, was weiß ich, ganz bestimmt, denn man muß es schon ziemlich nötig haben, wenn man sich den aufhalst...» – «Na, du weißt ja, gleich und gleich gesellt sich gern...»
Es war Ana, die ihnen die Stirn bot, Ana, die Foro verteidigte, die sich, ohne sie eines Blickes zu würdigen, aber so laut über die beiden Sekretärinnen lustig machte, daß niemandem entgehen konnte, wem ihre ironischen, verächtlichen Worte galten, Worte voller bedingungsloser Zuneigung für diesen Mann, der sich für mich den Klauen der boshaften Weiber auslieferte, es war Ana und nicht ich, die sie laut angriff: «Es gibt nichts Unangenehmeres, als einer Person zuzuhören, die über etwas spricht, wovon sie keine Ahnung hat, nicht wahr?» Und es war Fran, die im selben Tonfall antwortete: «Das finde ich auch, es gibt nichts Peinlicheres», und eine der Sekretärinnen wandte den Kopf gerade rechtzeitig, um Ana fortfahren zu hören: «Zum Beispiel über Männer, die sie nur aus ihren Träumen kennt... Findet ihr nicht auch, daß sie dann den Mund halten sollte, statt sich mit denen anzulegen, die wirklich existieren?» – «Aber dann täten sie sich noch viel mehr leid», merkte Rosa an. «Ja», erwiderte Fran lachend, «und das Ganze würde dann im kollektiven Selbstmord enden.» – «Genaugenommen», schloß Ana, «wäre das viel ökonomischer.» Alle lachten, die Ehre meines Liebhabers war durch sie gerettet worden, die nicht mit ihm geschlafen hatten, durch sie, die ihn außerhalb ihrer vier Wände nicht verleugneten, durch sie, die ihre Mutter, ihre Tante und ihre Großmutter nicht ebenso hatten reden hören wie diese beiden bösen, unglücklichen Frauen, und deshalb hatten sie sich auch nie insgeheim vorgenommen, daß sie nie wie diese werden wollten. Aber ich hatte geschwiegen, mehr noch, ich hatte beschlossen, nie wieder mit Forito zu schlafen.
Am folgenden Tag war ich noch befriedigt darüber, diese Entscheidung getroffen zu haben. Vierundzwanzig Stunden später begann ich schon zu zweifeln. Den nächsten Schritt machte nicht eigentlich ich, sondern diese schreckliche Stimme, die ich ohne es zu wissen beherbergte und die damals aus ihrem entlegenen Versteck meine Kehle emporgestiegen war und mich in Saids Arme getrieben hatte, eine

Stimme, die wie ein Notruf klang, als Foro mir am Freitag nachmittag absichtlich über den Weg lief, ich aber nichts sagte, eine Stimme, die wie das Echo eines Exekutionskommandos klang, als ich allein nach Hause ging und die Tür von innen verschloß, eine Stimme, die mich nicht schlafen ließ und mich den ganzen Samstag mit kategorischen Worten wie Kanonenschlägen quälte. «Dummkopf, Dummkopf, Dummkopf», sagte sie, «sieh bloß, was für ein Dummkopf du bist und so traurig und feige und ungerecht und bedauernswert, vor allem bedauernswert, denn im Grunde gefällt es dir, natürlich gefällt es dir, wenn ich das so sagen darf, wie sollte es dir nicht gefallen, du spielst den Dummkopf, worauf wartest du?, sag es mir, du Dummkopf, was erwartest du genau?, einen Freund zu finden, der auch der Direktionssekretärin gefällt? Wie schade, Marisa, mein Kind, wie schade! Schau bloß, was für ein Dummkopf du bist, dieser Tunesier wußte bestimmt schon damals, daß er dir heute als die Liebe deines Lebens erscheint, denn in einem anderen Leben wirst du dich nicht wiedersehen, da kannst du dir sicher sein...» Es war diese Stimme, die am Sonntag morgen den Telefonhörer nahm und eine Nummer wählte, die sie auswendig kennen mußte, die Foro grüßte und ihn zu einer Paella einlud, es war diese Stimme, die mich auf die Straße trieb, um einen Laib Brot, Kuchen und einen Strauß wunderschöner Nelken mit pinkfarbenen Blütenblättern, die von feinen weißen Adern durchzogen waren und wirkten, als wären sie mit der Hand gemalt, mit viel Schleierkraut zu kaufen, einen Strauß, der sich in einer Kristallvase mitten auf dem Tisch hervorragend machte.

Die Paella bereitete ich selbst zu, und sie gelang mir ausgezeichnet. Ich war es auch, die sich dafür entschied, sich nach dem Kaffee neben Foro auf das Sofa zu setzen, und die seine schmerzliche Vertraulichkeit – «Ich bin so froh, daß du mich angerufen hast», sagte er mit dieser eigenwilligen natürlichen Höflichkeit, die ihm erlaubte, auf dem unsichersten Weg jeden Abgrund zu umgehen, ohne mit dem Absatz seiner alten braunen Schuhe auch nur einen Kieselstein loszutreten, «ich dachte schon, wir würden uns nie wiedersehen» – mit einem aufrichtigen, überraschend aufrichtigen Kuß bedachte, wie auch mein Zeigefinger aufrichtig war, als er das Licht im abgedunkelten Schlafzimmer wieder einschaltete, das Foro kurz zuvor ausgeschaltet hatte, womit auch der Ventilator an der Decke in Gang gesetzt wurde, der inzwischen nicht mehr wie ein verlassenes Kind kreischte. Ich war es auch, ein ganz reines Ich, so frei von intimen Spitzfindigkeiten, daß ich es kaum wiedererkannte, die die konfuse Verquickung von angeborenen Lügen und übernommenen Wahrheiten aus meinem Bewußtsein verbannte und damit, wie ein eilig aufsteigender Heißluftballon Ballast, die Vorstellung abwarf, daß mein Körper häßlich und mein Fleisch traurig sei. Ich verordnete mir Freude, aber hinterher, als die Stille kein harmonisches Klingen mehr war und sich statt dessen in ein Geräusch verwandelte, das wir nicht hören konnten, während es ein unsichtbares Hindernis auf dem Kissen errichtete, auf dem unsere Köpfe unbeweglich und ganz nah beieinanderlagen, als wären sie dazu verdammt, eine Ewigkeit lang einen einzigen Atem auf beiden Seiten einer Mauer aus Luft zu teilen, war es Foro, der sich zu reden traute.

«Was. . . Was für ein Glück, daß es aus der Mode gekommen ist, das Vögeln hinterher zu kommentieren, nicht wahr, denn das ist doch Quatsch, stell dir vor, obwohl es auch eine gute Seite hatte, ich kann dir sagen. . .» Dann lachte er leise auf und sah mich an. «Denn genau betrachtet stimmt es auch, daß man hinterher ruhiger ist.»

«Wenn es nur das ist», sagte ich lächelnd, «kannst du beruhigt sein: Es war sehr schön.»

Er legte eine Pause ein, die ich nicht interpretieren konnte, und nickte heftig, als würde er sich dafür beglückwünschen, sich selbst recht geben zu können.

«Es gibt da etwas an dir, was ich sehr amüsant finde», sagte er dann. «Ist dir schon mal aufgefallen, daß du nach dem Vögeln nicht stotterst?»

«Nein. . .» Ich verstummte eher, als daß ich schwieg, weil meine Zunge vor Überraschung wie gelähmt war.

«Aber es stimmt. Ich habe es kürzlich schon bemerkt, und jetzt habe ich dir den Blödsinn mit dem Reden über das Vögeln erzählt, um es zu überprüfen. Und du hast mir flüssig geantwortet.»

«Ehrlich?» Er nickte wieder, und ich fand mich damit ab, daß er recht hatte. «Na ja, kann sein. . . Ich stottere ja auch nicht immer. Die meisten Buchstaben spreche ich flüssig aus, ich bleibe am A, am N und am M hängen, und manchmal, wenn ich sehr nervös bin, auch am K.» Alejandra stottert nie, dachte ich dann, das weiß ich von Anfang an, seit ich sie in Tunesien reden gehört habe, und ihr Französisch ist so bescheiden wie meines. «Habe ich jetzt gestottert?»

«Nein.»

«Bestimmt nicht?» Er schüttelte wieder den Kopf, und ich glaubte es ihm. «Das scheint mir natürlich unglaublich. Mach mich das nächste Mal, wenn ich wieder stottere, darauf aufmerksam.»

«Einverstanden», sagte er lachend. «Aber ich habe mir überlegt, daß... Nun, ich weiß nicht, ob du mich verstehst, aber wenn du eher stotterst, wenn du nervös bist, dann beruhigt dich das Vögeln offensichtlich.»

«Natürlich, wie alle Menschen.»

«Mit anderen Worten, wenn du dir einen Freund zulegen würdest, der dir gefällt, und du mit ihm zusammenlebst und einen Tag mit ihm schläfst, den anderen nicht, beispielsweise, und er gut wäre, ich sag dir, dann würdest du mit dem Stottern aufhören.»

«N-nein... Ich weiß nicht.»

«Du hast gestottert.»

«Ich ha-abe es gemerkt.»

«Tut mir leid.»

«N-nein, laß es uns begraben.»

Er lachte mit mir über diesen schlechten Witz und mochte nichts mehr hinzufügen, es war auch nicht nötig. Ich war es, die beschloß, noch etwas weiter zu gehen, als sich die Küsse und Umarmungen und andere, viel weniger heikle Themen erschöpften – seine Kindheitserinnerungen aus Carabanchel waren wie der Zylinder eines Zauberers, ein Gegenstand, aus dem er alles mögliche hervorholen konnte –, und ich tat es, ohne darüber nachzudenken. Ich wollte ihm gerade anbieten, etwas zum Abendessen zu machen, denn es war dunkel und spät geworden, ohne daß wir es bemerkt hatten, als diese Worte wunderbarerweise fließend und unerlaubt über meine Lippen kamen:

«Weißt du was? Mir ist es heute nachmittag sehr gut gegangen, Foro.»

«Jetzt hast du nicht gestottert.»

«Weil ich n-nicht stottern will. Vielleicht bist du derjenige, der mich beruhigt.»

«Na, du weißt ja.»

«Was?»
«Du brauchst mich nur anzurufen.»

Dieses bedingungslose Angebot, das einer Liebeserklärung gleichkam, wie ich nie eine erhalten hatte, war der Beginn einer Zeitspanne, die sich durch eine verwirrende Unbotmäßigkeit der Zeit auszeichnete.
Meine Tage, die bis dahin in der engen, immer gleichen, genau abgesteckten mathematischen Norm unbegreiflicherweise glücklich gewesen waren – vierundzwanzig Stunden im ganzen, acht davon bei der Arbeit, acht zum Schlafen, zwei oder drei zum Essen und die restlichen Stunden machten mir nur ihren Lauf durch mein Leben bewußt –, meine Tage begannen, sich meiner Kontrolle zu entziehen, sich zu dehnen und zusammenzuziehen, als wären sie aus Gummi, mir durch die Finger zu rinnen – Tage aus Wasser, aus Gas, aus Rauch – oder still, beständig und unbeweglich über viel mehr Stunden, als ihnen gebührte, zu verharren – Tage aus Stein, aus Erde, aus Blei –, außerhalb meines Willens und meiner Fähigkeit, das sie lenkende Schicksal zu greifen. Und dennoch hielt meine Situation über viele Monate ohne eine wirkliche Veränderung an. Im Zentrum des Taumels konnte ich sehr genau meine eigene Bewegungslosigkeit wahrnehmen.
Mein Leben verlief von da in zwei unterschiedlichen Bahnen, parallel nebeneinander herlaufend wie diese zwei unendlichen Linien, die auf der Schultafel nie zusammenführten. Die bessere von beiden war intim, fruchtbar, fast perfekt, weil meine Geschichte mit Foro unaufhaltsam von selbst arbeitete und nach und nach kleine, aber entscheidende Siege konsolidierte; als erstes hörte ich auf, Zahnpasta mit Zimtgeschmack zu kaufen, weil er die nicht mochte, und später verbannte ich endgültig den grünen Paprika aus allen meinen Eintöpfen, selbst wenn er nicht zum Essen zu mir kam, weil er ihn nicht vertrug, und dann warf ich einen sehr warmen braunen Flanellpyjama in den Müll, weil er meinte, daß ich darin wie eine rohe Kartoffel aussähe, und ich vermißte ihn nicht einmal, als es wieder kalt wurde. Aber keine dieser Veränderungen rührte am Vorzeichen der anderen Bahn, die schlechter war und die es trotzdem gab, nicht gleichzeitig, immer ein bißchen früher oder später, die öffentliche, kalte und objektive Bahn, auf der ich wie eine unparteiische Zuschauerin meiner eigenen

Geschichte lebte, meine eigenen Codes benutzte und mich in Gefühle versenkte, die mir nicht gehörten, weil sie fremde Gefühle waren, und die unweigerlich den Schwur mit sich brachten: keinen Tag mehr, keine Nacht mehr, keinen einzigen Kuß mehr – ungeachtet dieser grausamen Stimme, die immer wachsam war und auf die geringste Nachlässigkeit lauerte, um mir auf brutalste Weise jene Wahrheiten vorzuwerfen, die falscher sein können als jede Lüge.

Die Wirklichkeit steckte sich nach und nach an der plötzlichen Elastizität an, die das Vergehen der Zeit so merkwürdig machte, und dies zu deuten war eine unvorhergesehene Aufgabe, an manchen Tagen ganz einfach, an anderen schrecklich schwierig und fast immer unlösbar. Wenn ich mit Foro zusammen war, gefiel er mir, amüsierten mich seine Art, zu reden, die Dinge zu verstehen, die Geschichten, die er erzählte, und sogar seine Angewohnheit, beim gemeinsamen Sehen von Fernsehfilmen diese ständig mit Witzen und Kommentaren zu unterbrechen, die bewirkten, daß ich mich vor Lachen bog, was mich ausreichend für die Sätze, die mir entgingen, entschädigte. Er war unfähig, einen Film ernst zu nehmen, sich in das Leben der Protagonisten hineinzuversetzen, auch nur das geringste Quentchen Gefühl für irgendeinen von ihnen zu hegen, und er verstand auch die Gier nicht, mit der ich an der Mattscheibe klebte, auf der Lauer nach der kleinsten Öffnung, die mir erlaubte, mich in das Drehbuch einzuschleichen, um zu lachen oder zu weinen oder mich zu verlieben oder im Körper des entsprechenden Schauspielers vor Angst zu sterben. Manchmal dachte ich, daß genau darin, in der Tiefe des Abgrunds, der uns von jeder ausgedachten Geschichte trennt, seine Überlegenheit mir gegenüber steckte, seine Fähigkeit, die wirkliche Welt zu schätzen, ein Umfeld, aus dem ich ihn, ohne mir dessen bewußt gewesen zu sein, herausgerissen hatte, seit meine Verwirrung, meine Angst und diese abstoßende Form der Beschämung, in der ich mich geringschätzig wiedererkannte, für ihn eine separate Realität aufgebaut hatten. Denn Foro existierte zweifellos, wie auch ich existierte, wenn Alejandra Escobar auf die Straße ging, aber die Zeit, die ich mit ihm verbrachte, gehörte nicht zur alltäglichen Welt, jener Welt, in der ich ihn verleugnete. Dort war Foro auf ewig dazu verdammt, ein kaputter, alter Mann zu sein, betrunken und nutzlos, witzig zur falschen Zeit, ein nebensächlicher Statist in einem schlechten alten Schwank, ein

Unberührbarer. Und das war er ohne jegliche Abstufung, sobald er sich nach ein paar Stunden von mir trennte. Auch die Zeit kann verbluten.

Zwischen alldem war die Liebe, die rettet oder verdammt, die die schlimmsten Verbrechen legitimiert. Ich war mir sicher, daß ich Foro nicht liebte, denn die Liebe hätte von sich aus alle Hindernisse beseitigt, ich wußte das, ich hatte es in meinen Büchern gelesen, ich hatte es in den Filmen gesehen. Aber ich wußte auch, daß ich ihn nachts kurz vor dem Einschlafen vermißte, und das sah sehr nach einer anderen, kleinen Liebe aus, nach Hausmief, viel zu gewöhnlich, als daß in Büchern davon die Rede war. Manchmal fragte ich mich, ob es nicht andere Formen der Liebe gäbe, wie sich auch die Menschen, die Jahreszeiten und der Himmel in verschiedenen Städten unterscheiden, aber ich wußte keine Antwort darauf, denn ich war nie in jemand verliebt gewesen, der mir entsprach, mir war nicht ganz klar, wie das funktionierte. Ich war mir nicht einmal sicher, ob das Verliebtsein zum Glücklichsein mit jemandem unerläßlich ist, ich fragte mich, ob nicht eher das Gegenteil der Fall war, und gelegentlich zweifelte ich daran, ob Verliebtheit für alles ausreichte. Ich dachte viel über Anas Geschichte mit Javier Álvarez nach, die kurz nach Foros und meinem Zusammentreffen in der Hotelbar des Ritz angefangen hatte, und ich versuchte herauszufinden, wie sie reagiert hätte, wenn ihr das Schicksal einen Geliebten wie den meinen zugedacht hätte, aber auch dieses Rätsel konnte ich nicht lösen, vielleicht weil es auf den falschen Prämissen beruhte und Frauen wie Ana gar nicht erst in den Sinn käme, etwas mit Männern wie Foro anzufangen. Deshalb erzählen sie laut von ihren Liebschaften mit atemberaubenden Männern, denen wiederum nicht in den Sinn kommt, etwas mit Frauen wie mir anzufangen. Das glaubte ich, aber vielleicht irrte ich mich, manchmal war ich überzeugt davon, daß Ana nie so tief gesunken wäre, und dieser Verdacht schmerzte mich mehr, als zu akzeptieren, daß es zwei verschiedene Arten von Schicksal für die beiden unterschiedlichen Arten von Männern und Frauen, kleine, unbedeutende Menschen und atemberaubende Menschen, gibt. Ich wußte es nicht, ich wußte nichts über mich, nichts über andere, mit einer einzigen Ausnahme, denn es gab eine Sache, von der ich mit Gewißheit, mit erdrückender Überzeugung wußte, daß sie eintreten würde, so wie der Tag auf die Nacht folgt, die Wolken sich verziehen, wenn es zu regnen aufhört, wie der unerbittliche Tod den Körper lähmt. Ich wußte, daß ich mir eine Zukunft aus absoluter Einsamkeit zimmern würde, wenn ich diesen Mann gehen lassen würde, ein Horizont, den ich schon deutlich sehen konnte, als das Schicksal ein paar Pfeile für mich warf, die mir bestimmt nicht zustanden, und eine Drei traf. Ich hätte eine Sechs haben können, aber die Hälfte von sechs ist viel mehr als null, und nachts allein zu schlafen ist dasselbe, wie nichts zu haben, und dennoch, all dies wohl wissend, wußte ich nicht, was ich mit meinem Leben tun sollte. Ich hätte mir nie vorgestellt, daß sich der Versuch, glücklich zu sein, so schwierig gestalten könnte.

Und trotzdem war es das einzige, was ich lange Zeit tat: Ich versuchte, glücklich zu sein und zu nutzen, was diese Zeit Gutes brachte, die so schnell verging und die nie zu vergehen schien, die Wärme eines anderen Körpers unter der Bettdecke zu schätzen, zum freitäglichen Abendessen mit größter Sorgfalt neue und schwierige Gerichte auszuprobieren, den Urlaub mit herabgelassenen Jalousien und eingeschaltetem Ventilator in Madrid zu verbringen und auf die Frische des Abends zu warten, um nach Casa de Campo zu flüchten und im Freien, gleich am Seeufer, auf einem rustikalen Tisch Tortilla und panierte Filets auszubreiten, im siebten Himmel, ich kann dir sagen. In jenem Sommer vermißte ich weder Katmandu noch Bali, noch Hammamet, aber ich vermißte Foro, als er Anfang August mit David an den Strand fuhr, und ich bereute es sogar, seine Einladung nicht angenommen zu haben, denn ich blieb allein zu Hause, um nachzudenken, dieser Blödsinn, den man manchmal sagt, und ich tat nichts anderes, als fernzusehen und mich zu langweilen wie eine dieser Austern, die an den Rías Bajas in Galizien gegessen werden. Als sie zurückkehrten, wunderte ich mich, daß Foro seinem Sohn immer mehr ähnelte.

Die Veränderung dieses Gesichts, dieses Körpers, die nicht mehr zitternden Hände, das Fleisch, das den Raum zwischen seiner Haut und seinen Knochen wieder füllte, die feste Stimme, der Milchkaffee mit Brötchen und allem zum Frühstück, die das alte Cognacglas ersetzten, waren so unübersehbar geworden, daß der September Foros Monat wurde, denn die Vermutungen über die Identität der Verzweifelten, die sich dieses Wrack aufgehalst hatte, verstummten plötzlich und gaben den Weg für Hypothesen anderer Art frei, Kommentare, die weniger überrascht denn voller Bewunderung für eine Metamorphose waren, die Absolutheit anzustreben schien und angesichts deren alle im Verlag überzeugt waren, daß eine Frau dahinterstecken mußte. Ich verfolgte diesen Prozeß aus einiger Entfernung und war stolz auf ihn, auf diese Veränderung, an der ich beteiligt war, und ich gab sogar der bescheidenen Kühnheit nach, bei der geringsten Gelegenheit das Thema zur Sprache zu bringen, vielleicht, weil ich aus der Einmütigkeit der anderen Kraft schöpfte, einen Schub erhoffte, der mich endlich auf die richtige Seite stoßen würde, welche auch immer das sein mochte, und nie hätte ich geglaubt, daß es mehr als eine geben könnte, bis mir Ana eines Tages, als der Zufall uns am späten Vormittag vor der Kaffeemaschine zusammenführte, die Augen öffnete, nur damit Ramón sie mir gleich darauf auskratzte.

«Er will mir nicht sagen, wer es ist.» Nie hatte eine meiner geringfügigsten Andeutungen einen so langen Kommentar geerntet. «Gestern habe ich ihn wieder gefragt, nichts. Und das, obwohl ich ihm alles erzähle, und das habe ich ihm auch gesagt: ‹Das ist nicht fair, Foro, ich erzähle dir, wie alles läuft, und du. . .› Und ich habe ihm gesagt, ich hätte gedacht, wir seien Freunde, und er hat geantwortet, ich solle nicht so übertreiben, und so. . . Ich glaube, sie muß ein bißchen dämlich sein, meinst du nicht, denn ihm in diesem Alter zu verbieten, zu sagen, wer sie ist. . . Wir sind doch nicht mehr im Kindergarten, verdammt! Die arbeitet bestimmt auch hier, er sagt zwar nein, aber ich bin mir ganz sicher, daß es so ist, und sie dürfte genau jetzt hier in diesem Gebäude sein, wozu denn sonst die ganze Geheimniskrämerei? Als einziges konnte ich aus ihm herauskriegen, daß sie eine sehr einsame Frau Ende Dreißig ist, die nie verheiratet war und einen labilen Charakter hat. . . Also, das ist meine Interpretation, denn er bemüht sich, sie zu schützen, sie immer zu rechtfertigen. . . Er sorgt sich um sie, als wäre sie ein kleines Mädchen, damit sie hiervon ja nichts mitkriegt und dies nicht denken und jenes nicht glauben könnte. . . Verdammt! Ich will doch nur, daß er sie mir vorstellt, und nicht wegen mir, mir ist das doch gleich, sondern wegen ihm, denn wenn er sie nachts in sein Bett läßt, warum kann man sie dann bei Tag nicht grüßen? Was glaubt die eigentlich, wer sie ist? So was gibt's doch gar nicht.»

«Ein Miststück», pflichtete Ramón ihr bei und gab sich selbst nikkend recht. «Davon bin ich überzeugt. . .»

«Schau, das habe ich ihm auch gesagt», fuhr Ana fort, und ihre Wangen färbten sich plötzlich, als dankten sie für die Unterstützung, «aber er, nichts, Mensch, er verteidigt sie nur immer. ‹Du verstehst das nicht›, sagte er kürzlich zu mir, ‹aber das ist meine letzte Chance.› – ‹Einen Scheiß, Foro›, antwortete ich ihm, ‹und das sagst du mir jetzt, ausgerechnet jetzt, wo du aufgehört hast zu trinken und wie ein feiner Pinkel herumläufst?› Und er, immer dieselbe Leier: ‹Aber nein, Ana, du verstehst das nicht›, und ich: ‹Doch, ich verstehe das, wie soll ich das nicht verstehen können. . .› Jedem ist klar, daß eine Frau ausflippen würde wegen eines Mannes, der so was für sie zu tun fähig ist, nicht wahr? Die hingegen, ihr seht es ja, macht ihm nur angst, näht ihm die Lippen zu, aber wirklich, ihr müßtet ihn erleben. Ich glaube, daß er sie sehr liebt, aber ich fürchte, daß sie das nicht verdient, ehrlich. . . Na ja, auch wenn sie eine dumme Kuh ist, ich freue mich wirklich für ihn, denn man braucht ihn nur anzusehen. . .»

In dem Augenblick murmelte ich, daß ich auf die Toilette müßte, und ging den Flur hinab. Ohne darüber nachzudenken, wohin mich meine Füße führten, folgte ich ihnen zum Glaskasten, setzte mich auf meinen Schreibtischstuhl und starrte auf meinen Computerbildschirm, auf dem ein Tennisball ununterbrochen auf- und abhüpfte und bei jeder Bewegung einen gelben Funken hinterließ, der die unstete, rein zufällige Richtung seiner Bahn unterstrich. Die Augen fest auf jede einzelne der Lichterketten geheftet, die sich ewig gegenseitig auslöschten, entdeckte ich eine erstaunliche Ähnlichkeit zwischen dem Leben einer jeden dieser kugelrunden Täuschungen und meinem eigenen Leben, das auch nicht wußte, in welche Richtung es das nächste Mal springen würde.

Daß mir diese unparteiischen Zuschauer, deren Urteil zweifelsfrei befand, die Frau müsse ein Miststück sein, nahestanden, war noch das geringste. Damit hatte ich schon gerechnet, und ich rechnete auch damit, ein noch viel höheres Maß an Verständnis zu ernten, wenn sie irgendwann einmal meine Identität erfahren würden. Aber daß man meine Geschichte so erzählen könnte, war mir bisher nicht in den Sinn gekommen. Ich war so daran gewöhnt, an Foro wie an ein geringeres Übel, einen Notbehelf, eine Zuflucht für Verzweifelte zu denken, daß ich kaum glauben konnte, jemand könne laut aussprechen, was ich mir selbst ohne die Lippen zu bewegen vorwarf. Sie wußten nicht, was ich wußte, und dennoch waren sie sich sicher, daß Foro besser sei als die Frau, mit der er gelegentlich schlief. Und es gab noch etwas viel Bestürzenderes: Die schlichte Möglichkeit, daß mich dieser Mann, den zu nehmen ich mich nicht entscheiden konnte, am Ende wegen einer Frau, die ihn mehr verdiente, verlassen könnte, ließ vor meinen Augen mit alptraumhafter Schärfe den Eingang zu einer Hölle entstehen, die ich noch nicht betreten hatte. All das geschah, als ich schon beschlossen hatte, meine Situation auf unbestimmte Zeit einfach zu genießen, als ich schon die Regeln meines Doppellebens akzeptiert hatte, ohne sie mit mir selbst diskutiert zu haben, als ich schon glaubte, daß ich das Schlimmste überstanden hätte.

Als ich am nächsten Morgen aufstand, ohne auch nur eine Minute geschlafen zu haben, wußte ich ein paar Dinge mehr als am Abend zuvor. Das erste war, daß es mich unendlich viel kosten würde, auf Foro zu verzichten, und nicht nur, weil ich in meiner egoistischen Berechnung festgestellt hatte, daß er die einzige Lösung für meine Zukunft wäre, sondern weil ich ihn außerdem liebte. Das zweite war, daß es keine einzige noch so winzige Möglichkeit gab, daß einer der Männer, die Alejandra Escobar liebte, in Wirklichkeit existierte und daß er nicht der Mühe wert wäre, in seiner Erwartung zu sterben. Und genau das würde geschehen, weil Alejandra nicht in Foro verliebt war. Das dritte, was ich mit Sicherheit wußte, war, daß mir nichts anderes übrigblieb, als etwas zu tun. Das vierte, daß der Dezember zu Ende ging und man sich keine schlechtere Jahreszeit vorstellen kann, um Entscheidungen zu treffen. Das fünfte, daß mein Charakter mehr als labil war. Ich hätte nicht im entferntesten zu vermuten gewagt, daß dieser offensichtliche Reichtum, das unerhörte Vorrecht, zwischen zwei verschiedenen Männern wählen zu können, einem realen, immer gleichen und unperfekten und einem anderen perfekten, immer anderen und irrealen, sich mit der Zeit in eine Quelle permanenter und permanent heftiger Angst verwandeln würde. Dennoch war es das, was geschah.

Weihnachten mit seinen Lichtern und Liedern, der vorgefertigten Freude in der Fernsehwerbung und der Aufrichtigkeit der guten Wünsche normaler Menschen brachte eine trügerische Erholung mit sich. Das Maß echten Glücks, das ich aus dieser Art von nichtalltäglicher Arbeit zog, die die restliche Menschheit verflucht – die Wohnung zu schmücken, über das Weihnachtsessen nachzudenken, viel häufiger als üblich auf den Markt zu gehen, mehrere Tage im voraus den Fisch und den Truthahn zu bestellen, mich am Abend des Dreiundzwanzigsten in der Küche einzuschließen, um vorzubereiten, am Heiligen Abend um sechs Uhr abends den Tisch zu decken, mich, fünf Minuten bevor es klingelte, ganz schnell umzuziehen und am nächsten Tag dieselben Vorgänge zu wiederholen, kaum daß ich einen Fuß auf die Erde gesetzt hatte –, war nichts als ein Vorschuß auf das, was ich empfand, als Foro besonders gut gekleidet und mit einer Flasche in jeder Hand lächelnd eintraf, als wollte er mich daran erinnern, daß ich erst ein Jahr zuvor um die gleiche Zeit im Pyjama vor dem Fernseher gesessen und lustlos auf einem Filet mit Kartoffeln herumgekaut hatte. Am ersten Weihnachtstag kam David zum Essen zu uns, und er schenkte mir ein sehr hübsches bedrucktes Gazetuch.

«Das war der Weihnachtsmann», sagte er lächelnd, während er seinem Vater zuzwinkerte. «Mir mußt du nicht danken.»

Mir hatte seit so vielen Jahren niemand etwas zu Weihnachten geschenkt, daß mir fast die Tränen kamen. Aber die Zeit wollte in diesem reinen und gleichzeitig so kurzen Moment der Freude nicht stehenbleiben, und der Wein am Silvesterabend schmeckte sehr viel saurer.

Nichts hätte mich dies ahnen lassen, als wir auf jener Feier eintrafen. Der berühmte Antoñito lud jedes Jahr seine Freunde ein, in seinem Restaurant in der Calle Marqués de Vadillo das neue Jahr zu begrüßen, das zu diesem Anlaß mit bunten Papiergirlanden geschmückt war, die sich zwischen den von der Decke hängenden Serranoschinken entlangschlängelten und so entzückend wirkten wie die Möbel – Tische und Stühle aus unbearbeitetem Holz, die dem Mesón de Antoñita alle Ehre gemacht hätten – und die Aufmachung der Gäste, alles voller Pailletten, Samt und viel zu prunkvollen Schmuckstücken, als daß sie echt sein konnten. Das Ganze einschließlich der Backenbärte, der Havanna-Zigarren und der Smokings der männlichen Begleiter all dieser verkleideten Herzoginnen war so faszinierend, daß meine Stimmung, die schon bei der Ankunft gut gewesen war, wie die Champagnerkorken explodierte, die ununterbrochen in die Luft schossen. Ich fühlte mich sehr gut, vielleicht weil ich zum ersten Mal in meinem Leben Gelegenheit gehabt hatte, mir ein langes Kleid zu kaufen und einzuweihen, ein rotes Kleid mit Spaghettiträgern, das sehr eng anlag, so eng, daß ich kaum etwas aß, um Schwierigkeiten mit dem Reißverschluß zu vermeiden, und vielleicht erklärt das alles, denn als ich ein Glas nach dem anderen zu trinken begann, dürfte sich mein Magen in einen riesigen Swimmingpool voller Alkohol verwandelt haben, in dem kaum drei oder vier Scampi und ein Dutzend Trauben schwammen, die ich, das schon, je eine für jeden Glockenschlag andächtig verschlungen und dabei mit aller Kraft mein Glück beschworen hatte. Ich fühlte mich so gut, daß ich, noch bevor ich betrunken war, Foro auf die improvisierte Tanzfläche mitten im Lokal zerrte, ihn kräftig umarmte und ihn so heftig küßte, wie ich ihn bisher nur geküßt hatte, wenn wir allein gewesen waren, wobei ich aus dem Takt kam und mich trotzdem mit ihm bewegte, indem ich ihn in meinen Armen mitriß. Da passierte es. Eine kurze Pause nutzend, in der ich seinen Mund freigab, um mein Glas auszutrinken, beugte er sich, der viel nüchterner war als ich, leicht nach hinten, sah mich an und stellte mir eine Frage, die er mir zuvor nie hatte stellen können.

«Sag mal... Warum stört es dich nicht, mich vor meinen Freunden zu küssen und zu umarmen, und vor deinen darf ich dich nicht einmal ansprechen?»

«Ich habe keine Freunde», sagte ich hastig und noch unentschieden zwischen einem Lächeln, das noch auf meinen Lippen lag, und der Verzweiflung, die sich schon anbahnte.

«Das ist nicht wahr.» Er sprach diese Worte in einem Ton aus, den ich nicht kannte, irgendwas zwischen Ernsthaftigkeit und Härte.

«Ich... ich verstehe dich n-nicht», log ich halb, «ich –»

«Hörst du, jetzt stotterst du wieder», unterbrach er mich in einem atemlosen Flüstern. «Also lassen wir es.»

Da war die Nacht zu Ende. Wir blieben mindestens noch drei Stunden länger in dem Lokal, waren gelegentlich zusammen, und manchmal war ich allein, und er lachte und scherzte mit all diesen Leuten, wir tranken beide, ich mehr, während ich dachte, daß das Traurigste an allem war, daß Foro nicht recht hatte, denn Ramón oder Ana oder Rosa waren nur meine Freunde, weil ich keine anderen hatte, keine Freunde wie seine, wie Antoñito, der ihm alles ins Gesicht sagte, was er nicht hören wollte, wenn es ihm gutging, und der ihm aus der Patsche half, wenn es ihm schlechtging, auf so jemanden konnte ich nicht zurückgreifen. Ich hatte ihn nicht belogen, als ich sagte, daß ich keine Freunde hätte, er konnte das nicht verstehen. Und der Verlag war nur deshalb meine Welt, weil ich auf keine andere hoffen konnte. In jener Nacht ist mir nicht nur bewußt geworden, daß Foro durch meine Schuld litt. Ich entdeckte auch, daß er entgegen allem Anschein längst nicht so arm dran war wie ich.

Wenn ich es nicht schon geahnt hätte, hätte ich es kurz darauf feststellen müssen. Als der Wagen seiner Cousins, ich weiß nicht, ob sinnbildlichen oder leiblichen, die uns angeboten hatten, uns ins Stadtzentrum mitzunehmen, vor meiner Haustür hielt, bat er den Fahrer, einen Augenblick zu warten, bevor er mit mir ausstieg, und ich hörte es zwar, aber ich hatte so viel getrunken, daß ich nicht darüber nachdachte, was diese Worte bedeuten sollten. Beim dritten Anlauf schaffte ich es, das Schlüsselloch zu treffen, ging in den Hausflur und hielt die Tür auf, um ihn eintreten zu lassen, aber er wollte nicht mitkommen. Ich ging wieder hinaus und begriff noch immer nicht richtig, was los war, aber er drückte mich sanft an die Haustür und behandelte mich so vorsichtig, als wäre ich zerbrechlich. Dann küßte er mich mit seinem immer süßen, immer noch süßen Cognacmund auf die Lippen.

«Ich liebe dich sehr, Marisa», sagte er. Dann drehte er sich um und ging davon.

«Foro!» rief ich, als er schon die Autotür geöffnet hatte. «Kommst du nicht mit rauf?»

«Nein», antwortete er.

Sein Cousin ließ den Wagen an, und ich stand still an den Türrahmen gelehnt, ohne zu wissen, was ich tun sollte, bis die Kälte mich in meine Wohnung trieb.

Am nächsten Tag rief er mich an und bat mich um Verzeihung, und ich sagte ihm, daß es nichts zu verzeihen gäbe, und er kam zu mir und blieb über Nacht, und wir beide gaben vor, daß nichts geschehen sei, wir beide taten so, als wäre alles wie vorher, aber die Zeit wechselte die Haut und wurde bedrückend, bedrohlich, verworren, und jede Stunde sagte den Anfang vom Ende voraus, jede Minute zerquetschte erbittert die vorangegangene, jede Sekunde schmerzte. Am vierzehnten Februar, als er abends unangemeldet, mit einer Menge Cognac intus und leeren Händen zu mir kam, sich in den Wohnzimmersessel setzte, die Arme übereinanderschlug und konzentriert seine Schuhe betrachtete, bevor er zu sprechen ansetzte, wußte ich schon, was er mir zu sagen hatte.

«Sieh mal, Marisa, ich wollte dir etwas schenken, weißt du, ich habe lange darüber nachgedacht, du kannst es dir vorstellen, und ich wußte nicht genau, was dir besser gefallen würde, eine Tasche, ein Paar Schuhe, ein Paar Ohrringe, ich kann dir sagen... Ich wollte dir ein Schmuckstück schenken, etwas aus Gold, aber da ich nicht wollte, daß du auf falsche Gedanken kommst, nun, am Ende habe ich beschlossen, eine Spieldose zu kaufen, weil du mir kürzlich erzählt hast, daß dir die sehr gefallen, du aber nie eine gehabt hast, und nach der Arbeit bin ich direkt in dieses Puppengeschäft in der Gran Vía gegangen, das dir so gut gefällt, und war schon im Begriff hineinzugehen, ich kann dir sagen, und plötzlich habe ich mich nicht getraut. Ich habe Angst bekommen, dir ein Geschenk zu kaufen, ich weiß nicht, ob du mich verstehst, und nicht nur, weil du viel feinsinniger bist als ich, und sicherlich kommt dir das mit dem Valentinstag kitschig vor, bestimmt tut es das, weil... Du hast ja keine Ahnung, was für Señorita-Anwandlungen du manchmal hast... Ich weiß nicht, was ich jetzt hier verloren habe, Marisa, ich weiß nicht, was ich in deinem Leben darstelle, ich weiß nicht einmal, ob ich überhaupt etwas darstelle, ich kann dir sagen, und dann habe ich gedacht... Was weiß ich! Um ehrlich zu sein, mir bekommt das alles schlecht. Wenn wir ein Paar sind, sollten wir uns auch so verhalten, oder? Und wenn nicht... ich weiß nicht. Ich verstehe ja, daß ich keine gute Partie bin, das verstehe ich, obwohl ich fast ganz mit dem Trinken aufgehört habe und so, ich kann dir sagen, aber ich verstehe, daß du dich mir nicht zu Füßen wirfst, daß es auch blödsinnig wäre, weil, stell dir vor, solche Greise wie wir schon sind... Ich weiß nicht, ich weiß nicht, was du über mich denkst, was du mit mir vorhast, aber ich möchte so nicht weitermachen und Angst haben, dir etwas zu schenken, denn ich fühle mich schrecklich, heute nachmittag habe ich mich schrecklich gefühlt, wie ein entsetzlicher Blödmann, ich kann dir sagen. Und es ist auch klar, daß ich mehr zu verlieren habe als du, und ich bitte dich auch nicht darum, mich zu heiraten, darum geht es nicht, aber, ich weiß nicht, ob du mich verstehst, ich muß dir erzählen können, wie es mir geht, und du mußt mir etwas erzählen, du mußt mir sagen, ob ich drin oder draußen bin, ob ich auf dich zählen kann oder nicht, ob wir morgen zusammensein werden oder ob es vorher zu Ende geht, ich kann dir sagen...»

Er hob den Kopf und sah mich fragend an, und ich, aufrecht auf dem Sofa sitzend, die Beine zusammen und ruhig, die Fäuste geballt und in die Kissen gebohrt, war nicht fähig, auch nur zu blinzeln.

«Na gut...» sagte er nach einer Weile, die mir ewig vorgekommen war. «Wenn du keine Lust zum Reden hast, gehe ich wieder.»

Ich sah ihn aufstehen, sich das Gesicht reiben, seine Hände in die Hosentaschen stecken und ein Bein bewegen, aber noch bevor er einen Schritt machen konnte, explodierte etwas in meinem Kopf, und ich hörte das Echo von zersprungenem Glas und dann einen unendlichen Frieden.

«Doch, ich möchte dir etwas sagen», schrie ich, während mir die Tränen aus den Augen stürzten und mir keine Zeit blieb, darüber nachzudenken, wann ich das letzte Mal geweint hatte. «Geh nicht, Foro, bitte...»

Erst danach hatte ich diesen dummen Einfall, viel später, als er schlief wie ein kleines Kind, genau wie in der ersten Nacht, und ich versuchte mich an die Vorstellung zu gewöhnen, daß es immer so sein würde, ich versuchte mich an die Zukunft zu gewöhnen, die ich gerade unterschrieb, noch ohne es auszusprechen zu wagen, vorsichtig all das Gute aufzuzählen, das mich erwartete, ohne etwas zu vergessen, ich schloß meine Zweifel in eine alte Truhe, deren Schlüssel ich unbedingt so schnell wie möglich verlieren mußte, da hatte ich den Einfall, und er wirkte blödsinnig auf mich, das war er bestimmt auch, aber alles schien zu meinen Gunsten zu stehen, ich hatte eine Woche Urlaub vor mir und ein perfektes Alibi, Foro würde in Madrid arbeiten, Clubs wie der in Hammamet sind das ganze Jahr geöffnet, und ich würde nichts Schlechtes tun, nur eine Münze werfen, das war eine Form der Entscheidung wie jede andere auch, das Schicksal zwingen, für mich zu wählen, dem Schicksal den Handschuh zurückwerfen, der schon zu lange in meiner Macht war, und es wäre das letzte Mal oder für immer, Alejandra Escobar würde mich für immer verlassen oder ich würde für immer Alejandra Escobar verkörpern, Zahl oder Wappen, gerade oder ungerade, schwarz oder rot, wird es einen anderen Mann in meinem Leben geben oder nicht, das klang gut, es schien vernünftig, bewegend, gerecht. Am Morgen hatte ich mich entschieden.

«Gib mir ein bißchen Zeit, Foro», sagte ich zu ihm, als er aufwachte, noch bevor wir aufstanden. «Bestimmt verdiene ich es nicht, du hast schon ziemlich lange gewartet, aber die kommenden vierzehn Tage werden schrecklich, du weißt das, wir schließen den Atlas ab, und ich muß noch einen Haufen Dinge layouten, ich werde sogar samstags arbeiten müssen. Danach würde ich gerne die Woche Urlaub nutzen, die uns Fran gewährt, und in das Dorf meiner Mutter fahren, in der Provinz Jaén, um das mit den Grundstücken meiner Großmutter zu erledigen, davon habe ich dir erzählt, meine Cousins haben schon zwanzigmal angerufen, weil sie ohne meine Unterschrift nichts tun können... Wenn ich zurückkomme und du willst, können wir zusammenleben.»

Keine Verräterin ist jemals mit einem so süßen Kuß bezahlt worden wie dem, den ich an jenem Morgen erhielt.

Rosa

PLÖTZLICH ENTDECKTE ICH, DASS FEUCHTE ERDE NACH SÜNDE RIECHT. Während ich das feine Aroma der Schuld einatmete, das im Zauber eines so poetischen Geruchs lauerte, fand ich mich damit ab, daß mein brutaler Anfall von Melancholie mit dem leeren Platz auf dem Sofa zu tun hatte, auf dem ich nicht mehr wie gewohnt mit meinen Kindern das Mutantenepos, das Rätsel mit verwirrendem Anfang und unmöglichem Ausgang, verfolgte, das mir früher ermöglicht hatte, in meine Kindheit zurückzukehren, um genau wie sie zu schreien und in die Hände zu klatschen. Früher heißt: schon vor vielen Jahren. Diese chronologische Präzisierung jagte mir einen Entsetzensschauer über den Rücken, ich nahm den Regenschirm in die linke Hand und raffte mit der rechten den Kragen meines Mantels zusammen, aber es war ein Hundewetter an jenem Tag, und nichts schützte mich vor der Kälte, die vom Zentrum meiner Wirbelsäule ausstrahlte.

Ohne auch nur einmal meinen Blick von der alten schwarzgestrichenen Gartentür oder von dem Bronzeschild ohne Namen mit der Nummer achtundvierzig rechts von der Tür oder der jungen, aber kräftigen Zypresse abzuwenden, die noch kaum über die perfekt geschnittene Lebensbaumhecke im linken Winkel dieses mir unbekannten Gartens hinausragte, zwang ich mich, ernsthaft an meine Kinder zu denken, Ignacio, zehn Jahre alt, ein dunkelhaariger, unfolgsamer, aber sehr liebevoller Junge, ein fauler Schüler mit hervorragendem Einfühlungsvermögen, das er eines Tages einzusetzen lernen würde, und Clara, sieben Jahre alt, ein dunkelblondes, braves und diszipliniertes Mädchen, eine gute und verantwortungsbewußte Schülerin, die aber ziemlich brummig und manchmal sogar abweisend sein konnte und noch an den Weihnachtsmann glaubte. In letzter Zeit unterwarf ich mich häufiger dieser Art geistiger Gymnastik und achtete darauf, am Anfang anzusetzen, Fakten zu wiederholen, die ich nie würde vergessen können, um mich gegen meine eigene Vergeßlichkeit zu schützen. Denn die Möglichkeit, daß die Kinder mit ihrer schlichten und direkten Auffassungsgabe, die Erwachsene verloren haben, als erste entdecken könnten, daß ihre Mutter sie verlassen hatte, daß die Frau, die sie weiterhin jeden Morgen weckte, ihnen das Frühstück machte, ihnen beim Anziehen half und mit ihnen zur Bushaltestelle rannte, dieselbe Frau, die sich dann später am Nachmittag um sie kümmerte – wenn ich nachmittags zu Hause war –, die sie badete, ihnen das Abendbrot hinstellte und sie zu Bett brachte, nicht mehr dieselbe wie früher war, sondern eine geschickte Heuchlerin, eine identische Nachbildung, die ihnen kaum noch einen Funken ihrer Gedanken widmete, erschreckte mich zutiefst. Ich mußte an die Kinder denken, weil mir Weihnachten bevorstand, aber ich hatte keine Ahnung, welche Geschenke ihnen am besten gefallen würden, mein Kopf war nicht frei dafür, mich mit ihnen vor den Fernseher zu setzen und im Geiste das Spielzeug aus der Werbung zu notieren, das sie am meisten aufkreischen ließ, ich schenkte ihnen keine Aufmerksamkeit, wenn sie mit mir redeten, und trotzdem wußte ich, daß ich früher oder später mit ihnen zur Plaza Mayor gehen mußte, um Sägemehl, Kork, einen Papierhimmel und irgendeine neue Figur für die Krippe zu kaufen, und natürlich mußte auch der Baum geschmückt werden, im letzten Jahr war die Hälfte der Kerzen durchgebrannt, damit mußte man auch rechnen und daß es nötig sein würde, die eine oder andere Glaskugel zu ersetzen, die sie beim Fußballspielen abschossen, und Clara würde wie jedes Jahr hartnäckig um eine Hirtentrommel bitten und wäre dann wie jedes Jahr unfähig, ihr auch nur einen Ton zu entlocken, und sie würde verzweifelt über ihre Ungeschicklichkeit weinen, wie ich über meine weinte, wenn sie mich nicht sehen konnte.

Ein grünes Auto fuhr an mir vorüber und spritzte mich unabsichtlich naß. Es war nur eine Sekunde in meiner Höhe gewesen, aber ich hatte Zeit gehabt, das Gesicht des Fahrers zu sehen, der gelähmt vor Schreck dreinblickte, als er sah, daß die dunkle, hinter dem schlichten Werbeplakat eines Restaurants verborgene Gestalt eine Frau war, die völlig aufgeweicht und erschöpft war, wie diese Straße, diese Häuser, die dazu verdammt schienen, sich in dem unerbittlichen, senkrecht herabströmenden Regen aufzulösen, der im Begriff war, das schlichte Dach meines Regenschirms zu durchbrechen. Während ich mir mit nassen Händen vergeblich das Wasser abzuklopfen versuchte, das die Wagenräder auf meinen Mantel gespritzt hatten, verspürte ich eine ausgesprochen physische Hilflosigkeit, ein trauriges Gefühl von Armseligkeit auf der Haut, wie die Anfangsphase eines Verschimmelungsprozesses, den ich schon kannte, obwohl er schon vor Jahrhunderten aus der Erinnerung an kürzlich geschehene Dinge verschwunden war. Da wurde mir bewußt, daß meine Kinder nichts mit dem Geruch der feuchten Erde nach Sünde zu tun hatten.

Die Erinnerung war viel älter, lag viel weiter zurück. Die Nonnen hatten, ein Jahr bevor ich eingeschult wurde, die Schule verkauft, die meine drei Jahre ältere Schwester Angélica noch besuchte, und ich pflegte sie mit Mama aus diesem riesigen Kasten mit dunklem Garten abzuholen, in dem uralte Bäume, herrschaftliche, moosüberwachsene Steinbänke, wie sie in Horrorfilmen vorkommen, und altmodische Gartenlauben mit entsprechend verrosteten Eisenbogen standen, an denen nichts mehr an hochkletternde Rosensträucher erinnerte. Die hohen Außenmauern waren so dick wie Festungswälle, sie trennten die Schülerinnen vom Trubel der Avenida Castellana und erhielten die Illusion einer unabhängigen, eigenwillig von Raum und Zeit abgelösten Welt aufrecht. Daran zumindest erinnere ich mich, wenn ich an dieses geheimnisvolle, bezaubernde Schloß denke, aus dem Angélica jeden Nachmittag herausgerannt kam, als würde sie aus einem Gefängnis fliehen, während ich mein halbes Leben dafür gegeben hätte, einmal hineinzukommen. Aber ich war ein glückliches Mädchen in einer glücklichen Familie, meine Mutter arbeitete nicht, mein Vater schon, und er verdiente genug, damit keines seiner vier, später fünf Kinder, denn Natalia kam viel später auf die Welt, das Gefühl haben mußte, zu kurz gekommen zu sein, sie schickten uns nur ungern zur Schule, denn sie hatten uns lieber zu Hause, wo wir warm und geborgen den ganzen Tag spielten, bis wir das vom Gesetzgeber zur Einschulung vorgeschriebene Alter erreicht hatten, in meinem Fall mit sechs Jahren. Genau zu dem Zeitpunkt verkauften die Nonnen die Schule mit den spitzen bunten Glasfenstern, durch die es fast schmerzte, keine hellblaue Haube einer mittelalterlichen Prinzessin zu sehen, mit dem dunklen Garten und seinen Gespenstern, den verrosteten Eisenbogen und diesen vermoosten Steinbänken darin, aber mir hatte das niemand gesagt, niemand hatte mich vorgewarnt, die Schule war der erste Traum meines Lebens gewesen, und er verflüchtigte sich wie die trockenen Blütenblätter jener verschwundenen Rosen, er löste sich erst in eine bunte Staubwolke und dann in nichts auf. Als ich an meinem ersten Schultag in das Auto meines Vaters stieg, ahnte ich nicht, was passieren würde, aber mich wunderte, daß wir so lange brauchten, und ich fragte mehrmals nach: «Wo fahren wir hin?» – «In die Schule», antwortete er, und Angélica neben mir heulte, die dumme Nuß, dachte ich, ohne in ihren Tränen meine eigenen, in späteren Tagen zu erahnen, und am Ende, als es mir schon langweilig wurde, fuhr das Auto durch ein quadratisches, gewöhnliches und alltägliches Eisengatter und hielt vor einem roten Backsteingebäude mit riesigen, ebenso gewöhnlichen und alltäglichen Fenstern und einem Garten, der keiner war, zwei oder drei Rasenflächen zwischen nackter Erde, und einem riesigen zementierten Platz, der sich am linken Flügel des Gebäudes entlangzog. Da fragte ich zum letzten Mal: «Aber wohin hast du mich gebracht?» – «In deine Schule», antwortete mein Vater, «sieh mal, sie ist ganz neu, du wirst sie einweihen, gefällt sie dir?»

Sie hat mir nie gefallen, niemals, aber ich habe sie auch nie gehaßt, denn ich war im allgemeinen ein glückliches Mädchen und vielleicht deshalb folgsam, fast immer fröhlich und diszipliniert, mit anderen Worten, die ideale Schülerin, besonders, weil ich sofort begriff, daß die schnellste und sicherste Methode, um in diesem geheimnislosen Labyrinth zu überleben, darin bestand, zu lernen und gute Noten zu bekommen, und um ehrlich zu sein, fiel es mir nicht sonderlich schwer, sie anzuwenden. So ließen mich die Nonnen in Ruhe, auch wenn sie immer darauf bestanden, mich mit meinem vollständigen Namen Rosalía anzusprechen, der mir nicht gefällt, und ich ließ sie in Ruhe, ein viel produktiveres und friedfertigeres Verhalten, als sie es von einer Schwester Angélica Laras zu erwarten gewagt hatten, die ein schwieriges, rebellisches und zugleich übersensibles Kind war und ständig aufbegehrte oder weinte, die die Nonnen nicht nur haßte, sondern auch mutig genug war, ihnen das ins Gesicht zu sagen. Ich verstand das Unglück meiner Schwester Angélica nicht – diese Art ständiger Verdruß, ihre kontinuierliche Enttäuschung über sich selbst und alle anderen Dinge auf dieser Welt –, das in direkter Linie vom Unglück meines Bruders Juanito fortgesetzt wurde, der drei Jahre jünger war als ich und wie sie unruhig, enttäuscht, verschlossen und unfähig, anderen zu erzählen, was er dachte, oder zu schätzen, was ihn umgab. Carlos und mir hingegen ging es gut, wir waren zufrieden und ausgeglichen, hatten gute Noten und einen ruhigen, tiefen Schlaf, wie man es von Kindern erwartet. Jetzt lebt Juan, der eine glänzende Zukunft in Spanien aufgegeben und gleichzeitig seine erste Frau verlassen hat, in den Vereinigten Staaten, ist mit einer ziemlich hellhäutigen Farbigen von aufsehenerregender Schönheit verheiratet, die niemand vermuten läßt, daß sie um einiges älter ist als er, unterrichtet Physik an der Universität von Virginia und hat drei so dunkle und so hübsche Kinder wie seine Frau. Er kommt nur selten nach Spanien, aber wir alle, außer Mama, die bei jeder Erwähnung seines Namens aufseufzt, haben den Eindruck, daß bei ihnen alles sehr gut läuft. Angélica ist vierzig Jahre alt geworden, wirkt aber weder in ihrem Verhalten noch äußerlich so. Sie arbeitet in einer Werbeagentur, verdient einen Haufen Geld, lacht sehr viel und sagt schlußendlich, daß sie mit ihrem Leben sehr zufrieden sei. Sie brach aus einer Ehe aus, von der wir alle glaubten, daß sie funktionierte, und aus der sie eine Tochter hat, verliebte sich wahnsinnig in einen mehrere Jahre jüngeren Musiker, den sie sofort heiratete und mit dem sie gleich noch ein Kind bekam. Sie sind seit sieben Jahren zusammen und auf der Straße, im Kino und auch bei Familienfeiern knutschen sie sich noch immer ab. Natalia hat ihr Studium noch nicht beendet, aber Carlos und mir geht's weiterhin gut, wir sind immer noch mit unseren ersten Ehepartnern verheiratet, die beide weiß und spanischer Nationalität sind und uns in Alter, Aussehen und Arbeit entsprechen, offensichtlich immer zufrieden und ausgeglichen, und wir bekommen die besten Noten, die meine Eltern sich je für ihre Kinder gewünscht haben. Manchmal, bei einer seiner melancholischen Anwandlungen, die meinen Bruder beim Essen am Weihnachtsabend oder an seinem

Geburtstag gänzlich von der Welt abrücken lassen, fühle ich mich versucht, ihn zu fragen, ob seine Ausgeglichenheit für ihn das gleiche bedeutet wie meine für mich.

Ich habe die Schule nicht gehaßt wie Angélica, weil dieses blöde Gebäude, so häßlich es auch war, so wenig Reizvolles es auch hatte, der nötigen Macht entbehrte, um meinem Bewußtsein eines glücklichen Mädchens etwas anhaben zu können, aber dennoch lernte ich dort, was Traurigkeit bedeutet. Nie werde ich diese schrecklichen Nachmittage vergessen, an denen es ununterbrochen regnete, den grauen Himmel, der wie ein Fluch, den ich nicht verdiente, den Horizont verdeckte, die Nacht, die sich um die Winternachmittage um halb sechs wie die Faust eines ruchlosen Kolosses schloß, eine Uhrzeit, zu der ich an gleißenden, von Freibadbesuchen chlorgetränkten Sommernachmittagen voller Trägheit gerade von der Siesta erwachte, ich erinnere mich an das Klopfen der Regentropfen gegen die Fensterscheiben, jene riesigen Fenster, die mir erlaubten, im Hintergrund die Lichter der Busse auszumachen, die schon eingeschaltet waren, wenn es zum Unterrichtsschluß klingelte, und ich erinnere mich an die Betrübnis, mit der ich meine Sachen zusammensuchte, die Treppen hinabstieg und in diesen verwaisten Hof hinausging, den alle Welt Garten nannte. Ich mußte ihn Stück für Stück durchqueren, um zum Bus zu gelangen, und damals konnte ich Angélica plötzlich verstehen, denn der Rock ließ fast immer meine Knie und in manchen Jahren sogar einen Teil meiner Oberschenkel frei, meine Mutter weigerte sich, mir jedes Schuljahr eine neue Schuluniform zu kaufen, mit der einzigen Ausnahme der Strümpfe, aber trotz des angeblichen Ansehens meiner Schule waren die so dünn und von so schlechter Qualität, daß der Gummi Anfang November schon völlig ausgeleiert war, obwohl ich sie erst Mitte Oktober zum ersten Mal getragen hatte, und sie mir von da an immer auf die Knöchel rutschten, weshalb ich mit nackten Beinen herumlief. Beim Kontakt mit der Kälte, dem Regen und dem Wind überzog meine Haut eine Gänsehaut, ich erinnere mich an diese Demütigung des Winters, an den Weg voller eisiger Pfützen, die meine Schuhe durchweichten, an die leichte, aber unerschöpfliche Geißel der Regentropfen, die an meine Kniekehlen platschten, und an das schreckliche Gefühl von Einsamkeit, das ich mir bis heute noch nicht erklären kann, denn es drückte mich mit der Gewißheit, niemanden auf dieser Welt zu haben, auf den klatschnassen Boden. Der Geruch feuchter Erde, ein Geruch der Verlassenheit, der Einsamkeit, der Bitterkeit, des grausamen Exils von der Sommerwärme, begleitete mich ins Innere des Schulbusses, ein bewegliches Gefängnis, beherrscht vom Dunst, der die Fensterscheiben mit schrecklichen grauen Schlieren überzog und die Atmosphäre verdichtete, bis man nicht mehr atmen konnte, ein Geruch, der durch die Erbärmlichkeit der Kunstledersitze noch verstärkt wurde, durch das an den Kanten zerschlissene Plastik, aus dem die Schaumstoffüllung hervorquoll, die Langsamkeit, die Feuchtigkeit in allem, den verhaßten Eindruck, alles Wasser dieser Welt auf dem Buckel herumzuschleppen, und das verhaßte Gefühl, unfähig zu sein, es jemals wieder loszuwerden, weil es schon in die Kleidung, in die Ledertasche und in die schlammverschmierten Schuhe, in meine Einbildungskraft und in meine Seele gesickert war. Damals, als ich schon in meiner eigenen Sentimentalität zu ertrinken glaubte, als ich an dem glücklichen Mädchen, das ich kaum mehr war, zu zweifeln begann, öffnete sich die Bustür für mich mitten in der wirklichen Welt, in der Calle del Barquillo Ecke Calle del Almirante, wo der Boden asphaltiert und die Bürgersteige gepflastert waren und das Wasser ordentlich in die zwischen den parkenden Autos verborgenen Abflüsse lief, und dort gab es Licht und Menschen, vor der Tür einer Konditorei roch es nach frischem Blätterteig und in meinen Händen nach der Mandarine, die mir der Gemüsehändler geschenkt hatte, als er mich vorbeikommen gesehen und mich mit meinem Namen angesprochen hatte, der wie ein warmes Losungswort klang: «Rosa», ein wunderbarer Geruch, der in den Falten meiner Hände bis nach dem Nachmittagsimbiß anhielt, wenn ich schon sicher in meinem Viertel, meinem Elternhaus, in meinem Schlupfwinkel angekommen war, in einer Stadt mit alten hohen Gebäuden wie gute Feen und mit Kneipen, die bis zum Morgengrauen geöffnet waren. Der Geruch der Sünde kam später, mit nachträglicher, aber deutlicher Schärfe.

Ich erinnere mich nicht einmal mehr daran, wie dieser Junge hieß, der zur Universitätsvorbereitung in die Nachbarschule ging, was heißen soll, daß das Eingangstor einen halben Kilometer von unserem entfernt war, am anderen Ende einer verlassenen Siedlung am Arsch der Welt. Ich erinnere mich auch nicht mehr an sein Gesicht, aber er hatte lockiges kastanienbraunes Haar, und ich weiß noch, daß er groß und sehr korpulent war. Er war außerdem das, was wir damals schon sehr erwachsen nannten, denn er war ein paarmal sitzengeblieben, besaß ein Motorrad und war alt genug, um den Führerschein zu machen. Bestimmt bin ich deshalb auf ihn aufmerksam geworden, denn in Wirklichkeit gefiel er mir nicht sonderlich, aber ich gefiel ihm so gut, daß er öfter zu uns herüberkam, nachdem er seine Freundin verlassen hatte, ein Mädchen aus der Sexta, die daraufhin die Schule verließ, weil sie sein wöchentliches, intensives Hofieren nicht ertrug, um das mich alle meine Freundinnen sehr beneideten. Ich war in der fünften Klasse und ging jedes Wochenende mit der Clique aus, wir absolvierten das komplette Programm, die Calle de la Princesa im Stadtteil Moncloa hinunter und im Stadtteil Argüelles wieder hoch nach Moncloa und dann wieder von vorne, aber das letzte Stück bekam ich fast nie mit. Meine Freundinnen hatten die Erlaubnis, erst um zehn Uhr nach Hause zu kommen, und die Jungen konnten bis halb elf draußen bleiben, aber mich hatte es solche Mühe gekostet, meine Mutter zu überreden, das beschämende Limit von neun Uhr um eine halbe Stunde zu verlängern, daß ich mich nicht traute, sie zu verstimmen, denn ich verstand mich mit ihr, mit meinen Geschwistern und meinem Vater gut, ich begehrte nie so auf, wie Angélica es früher getan hatte, wie Juan es später tun würde, ich hatte weder Türen geschlagen noch je eine patzige Antwort gegeben, und ich kam nicht zu spät nach Hause, ich hatte ihnen nie Ärger bereitet, aber in diesem Leben gibt es immer ein erstes Mal.

Es war das erste Mal, daß wir allein blieben, ohne die Clique, und als ich an der Tür des Parador de Moncloa ankam und ihn sah, wie er mit Besitzerstolz an diesen in der zweiten Reihe parkenden Kleinlaster gelehnt stand, überwältigte mich mein Gefühl einen Augenblick, denn es war überhaupt nicht normal, mit Leuten auszugehen, die ein Auto hatten. Es enttäuschte mich ein bißchen, daß er nicht selbst fuhr, aber gleichzeitig verspürte ich einen zwiespältigen Stich der Erleichterung, als ich feststellte, daß wir nicht ganz allein waren. In der für die damalige Zeit typischen Bezeichnung waren wir drei Paare, und alles andere war genauso typisch: seine Freunde, die das unverwechselbare Aussehen von Hippies aus guter Familie und alle die gleiche Haarlänge hatten und die denen Angélicas sehr ähnlich waren, die zwei Gitarren, die sie im Auto mit hatten und sorgfältiger behandelten als sich selbst, sogar der schmutzige langhaarige Hund des Fahrers, der leutselig hinten im Wagen zwischen dem Paar gegenüber und dem, das dieser Junge, an dessen Namen ich mich nicht mehr erinnere, und ich bildeten, auf einer Matratze lag. Sie sagten mir, daß wir nach Valdemorillo zu einem wunderbaren Lokal fahren würden, wo der Wein billig sei und es einen sehr guten Käse gäbe, und ich fand das in Ordnung, vielleicht, weil ich den ersten Zug aus einem Joint genommen hatte, noch bevor wir aus Madrid raus waren, denn die vorne drehten ununterbrochen Joints und gaben sie weiter, und mein Begleiter war geheimnisvollerweise auf den Verkehr konzentriert, obwohl er seine Hand in meinen Ausschnitt schob und die Zunge in meinen Mund steckte, als wir gerade die letzte Ampel hinter uns gelassen hatten. Ich erwiderte seine Küsse und glaubte, daß ich etwas ganz Großes, ganz Wichtiges und Gefährliches tat, das eigentlich eher zu meiner großen Schwester passen würde, und es gefiel mir, alles gefiel mir, sogar diese Krüge billigen Weins, von dem ich zuviel trank und so viel verschüttete, daß ich meine Bluse vergessen konnte, auch die Lieder, die fast alle politisch, ein paar davon frech und andere sogar brutal waren, aber alles war lustig, und die ständigen, unerschöpflichen und heftigen Küsse wurden irgendwann unerläßlich, und ich küßte diesen Jungen, der seinen Namen verloren hat, mit einem Heißhunger nach Küssen, den ich vielleicht auch für immer verloren habe. Ich fühlte mich wunderbar, bis ich auf die Uhr sah und feststellte, daß es schon halb neun war. Ich genierte mich so sehr, sagen zu müssen, daß ich bereits eine Stunde später zu Hause sein müßte, daß ich eine Weile wartete, bis jemand für mich den Entschluß fassen würde, nach Madrid zurückzukehren, aber natürlich geschah das nicht, und zehn vor neun mußte ich meinem frischgebackenen Freund ins Ohr flüstern, daß wir jetzt fahren sollten. Er zog eine so deutlich verärgerte Grimasse, daß ich einen Augenblick lang glaubte, verloren zu sein, aber ich mußte ihm so gefallen haben, daß er sich schließlich meiner erbarmte. Trotzdem gelang es ihm nicht gleich, die anderen zu überreden, und es war schon zehn nach neun, als wir dieses Lokal verließen, in dem keiner von uns auf den drohenden grauen Himmel, der uns seit Madrid begleitet hatte und jetzt in einem heftigen Platzregen aufbrach, geachtet hatte. Es regnete so stark, so ausdauernd und mit so vehementer Absicht, die Welt hinwegzuspülen, daß wir auf dem kurzen Weg zum Lieferwagen völlig durchnäßt wurden, und als wir endlich drinnen waren, verwandelten wir die Matratze, auf der wir lagen, unabsichtlich in eine seichte Lagune. Aber es war alles weiterhin in Ordnung. Ich gab mich gelassen und gut gelaunt einer weiteren Runde mit Knutschen und Handgreiflichkeiten hin, denn wir hatten nicht mehr als zwanzig Minuten für die Hinfahrt gebraucht, und deshalb würde meine Verspätung kaum über eine Viertelstunde hinausgehen, eine vernünftige, tolerable und sogar harmlose Zeitspanne. Der Lieferwagen kam auf einem Feldweg in Richtung Autobahn gut voran, wo wir bestimmt schneller fahren würden, dachte ich zumindest, und trotzdem hielten wir genau da, als es heller und das Quietschen der Reifen auf dem nassen Asphalt lauter wurde.

Es war ein Sonntag. Ich hatte es an jenem Morgen gewußt, als ich aufstand, und ich hatte es auch beim Mittagessen gewußt, ich wußte es, während ich mich zurechtmachte, und auch noch, als ich um halb sechs zu der Verabredung ging, und auf der Rückfahrt nach Madrid war es immer noch Sonntag, obwohl ich es vergessen hatte, außerdem regnete es, und weil es uns am Abend eines verregneten Sonntags erwischt hatte, war die Autobahn von La Coruña nach Madrid ein riesiges Meer von unbeweglichen Lichtern, ein unendlicher Sumpf nutzloser Motoren, eine doppelte Reihe von Verzweifelten, die meine Verzweiflung und noch etwas mehr deckten, denn der Sitzenbleiber neben mir küßte mich und fummelte in der Dunkelheit an mir herum, und ich konnte nicht umhin, es ihm gleichzutun, auch wenn ich nicht aufhören konnte, daran zu denken, was auf mich zukam, und es ging mir sehr gut, und gleichzeitig setzte ich mein Leben aufs Spiel, aber der Stau war ungeheuerlich, und keine noch so große Angst konnte ihn auflösen. Ich hatte keinerlei Kontrolle über die Situation draußen, aber ich konnte Nutzen aus dem Geschehen im Innern des Wagens ziehen, und das tat ich, während in mir ein neues, seltsames Gefühl aufstieg, das unvermeidlicherweise mit dem Regen und der Kälte eines Februarabends, mit dem Geruch meiner feuchten Kleider nach Wein und Wasser und meiner schlammverklebten Schuhe einherging, und ich fühlte mich insgeheim unendlich schuldig, weil ich mich nicht genügend schuldig fühlte, und nach außen lachte und scherzte ich, wand mich aufgrund dieser beunruhigenden

Lust, die die nicht bis zum Ende führenden Zärtlichkeiten auslösten, wohl wissend, daß ich mich nicht anständig genug verhielt, aber ohne Kraft, mich anders zu verhalten. Draußen roch es nach feuchter Erde, im Lieferwagen roch es nach feuchter Erde, das war auch der Geruch der Küsse und der Angst, ein Frösteln, das mir erhalten blieb, bis ich schließlich das Wohnzimmer meines Elternhauses betrat, das nicht mehr das Haus einer glücklichen Familie war, denn weder mein Vater, der seine Wut schweigend wiederkäute, noch meine Mutter, die schrie und weinte, als würde sie lebendig gehäutet, waren glücklich. «Zwanzig vor zwölf», schrie sie, «zwanzig vor zwölf, und du hast nicht einmal angerufen, zwanzig vor zwölf, als hätte ich nicht schon genug Sorgen mit deiner Schwester, zwanzig vor zwölf, eines Tages werdet ihr alle es noch schaffen, daß ich durchdrehe...»

Meine Strafe bestand in einem langfristigen Hausarrest an den Wochenenden, ich weiß nicht mehr, ob drei oder sechs Monate lang, und ich befolgte die Strafe mit einer bei jedem anderen Mädchen, das nicht daran gewöhnt ist, glücklich zu sein, unerklärlichen Gelassenheit, aber meine Vorstellung von Glück und vom Preis, den man dafür bezahlte, änderte sich ein für allemal. Das konnte ich diesem Jungen nicht erklären, der mich gleich darauf verließ, nicht, weil er empört über das Ergebnis unseres Abenteuers war, sondern eher über die Folgsamkeit, mit der ich mich der elterlichen Gewalt fügte. Es war mir nicht besonders wichtig, denn in Wirklichkeit hatte er mir nicht gefallen, und vielleicht habe ich deshalb so schnell vergessen, daß feuchte Erde nach Sünde riecht.

Es mußten mehr als zwanzig Jahre vergehen und ein Mißgeschick passieren, damit ich schlagartig die Beschaffenheit dieses Geruchs an der Straßenkreuzung einer ziemlich außerhalb gelegenen Siedlung in Pozuelo de Alarcón wiederfand, während ich hinter einem Metallschild, das Werbung für ein nahegelegenes Lokal machte, das Eisengitter vor einem Haus belauerte, in das ich nie hineingebeten worden bin. Und der Geruch der nassen Erde traf mich wirkungsvoller als jedes Wort, jeder Gedanke, jeder Ratschlag, vielleicht weil ich in letzter Zeit dem Begriff Sünde sorgfältig ausgewichen war und der Regen und die Kälte des letzten Novemberabends ihn mir wiederbrachten, so rein und häßlich wie damals, denn beim Heimkommen erwartete mich viel mehr als ein Krach, als eine Strafe oder Ärger, und meine

Kinder hatten mit alledem nichts zu tun. Ich versündigte mich an mir, und für solch eine Sünde gibt es keine Vergebung.

Ich gähnte zweimal und dachte an meine Schwester Angélica und an meinen Bruder Juan. Vielleicht ist das Gewöhntsein an das Glück eine dieser schädlichen Drogen, die sich dem Körper bis zu dem Grad anpassen, daß sie schließlich ineffektiv und gleichzeitig unverzichtbar werden und den freien Willen für immer zerstören. Vielleicht war ich immer noch glücklich, spürte es aber nicht. Vielleicht glauben glückliche Kinder irgendwann, daß ihr Zustand ein lebenslängliches Geschenk sei, eine unwiderrufliche Bedingung, ein festes, definitives Schicksal wie ein Besitz, und weigern sich deshalb, die Regeln eines anderen Lebens zu akzeptieren, können einen anderen Ausgang nicht hinnehmen. Nacho Huertas konnte nicht wissen, daß ich daran gewöhnt war, glücklich zu sein, und ich hatte noch keinen Weg gefunden, ihm das zu erklären, als die feuchte Erde anfing, mich mit ihrem Geruch nach Sünde zu peinigen.

Ich konnte ihn keine Sekunde länger ertragen. Ich war schon im Begriff, endlich zu gehen, als das Eisengitter automatisch wie die Tür zu Ali Babas Höhle aufsprang und ein neues kleines schwarzes Auto die Schnauze auf den Lehmweg, der gleichzeitig Fußweg war, streckte und so nah vor mir anhielt, daß ich durch den Regen hindurch problemlos das Kennzeichen lesen konnte, das ich auswendig kannte. Mein Herz machte einen Satz, ich glaubte, vor Beklemmung zu sterben, aber ich hatte kein Glück.

Nacho Huertas' Frau fuhr an mir vorüber, und auch sie bespritzte mich unabsichtlich, aber sie verspürte keinerlei Bedürfnis, sich nach mir umzublicken.

Nach jener Nacht des verschobenen Sex, den ich auf dem verborgenen Futonbett seines Studios einforderte, hatte ich beschlossen, daß diesem Mann, der mich «mein Liebling» genannt hatte, meine unbegrenzte Liebe zustehen würde, aber dieser Beschluß, den er noch nicht kannte, animierte ihn nicht, mich anzurufen, so daß ich anfing, ihn anzurufen. Als er nicht mehr abnahm und mich damit am späten Vormittag um die langen Unterhaltungen voller sexueller Witzeleien und Anspielungen auf baldige Treffen, die nicht stattfinden sollten, brachte, fing ich an, lange Botschaften auf seinem Anrufbeantworter zu hinterlassen. Als er mich nicht mehr zurückrief, um mir jedesmal kürzere und lustlosere Antworten auf meine immer umfangreicheren und kühneren Forderungen zu geben, die ich sogar im besten Stil einer Chefredakteurin, die ich früher gewesen war, schriftlich formulierte, bevor ich sie in die unsensiblen Ohren einer Maschine ergoß, wählte ich ständig seine Nummer, nur um seine Stimme am anderen Ende der Leitung zu hören. Als ich plötzlich auf das Pfeifen des Faxgerätes stieß, das viel länger als nötig angeschlossen war, überzeugte ich mich davon, daß das legendäre Image, das sich die okkulten Wissenschaften über Jahrtausende hinweg geschaffen hatten, keinesfalls im Leeren verlaufen sollte, und ich begann, Bambi häufiger zu besuchen. Als ich schließlich die Gewißheit wiedererlangte, daß das Tarot ein Schwindel ist, weil sich keines der günstigen, schon weit vor meiner Geburt in den Sternen stehenden Omen nicht einmal ansatzweise erfüllte, schrieb ich Nacho Huertas einen bewegenden, subtilen, ironischen, aufrichtigen und tiefgründigen Brief, den er nie beantwortete. Als ich keine Lust mehr hatte, auch nur auf eine einzige Antwort auf meinen zweiten, dritten, vierten, fünften Brief zu warten, fing ich an, heimlich um sein Haus herumzuschleichen. Währenddessen verging die Zeit.

Zu dem Zeitpunkt wußte ich schon nicht mehr genau, was ich eigentlich wollte, was ich mit dieser unsinnigen Verfolgungssucht zu bewirken erhoffte. Vielleicht war es nicht mehr als ein Wort, eine Antwort, eine Formel, die imstande war, die Unbekannte aufzulösen, die mich im ungewissen ließ, an Händen und Füßen gefesselt, an einem unsichtbaren Haken hängend, der in das Schlüsselloch des himmlischen Gewölbes geschraubt war und mich wie der unbeholfene, langsame und eigensinnige Robin, der nie Gehilfe von Superman gewesen ist, über einer Welt schweben ließ, die andere bewohnten, so wie ich sie bewohnt hatte, bis diese ungesunde Leidenschaft mich lebend, ohne zu leben, schlafend, ohne zu schlafen, wissend, ohne zu wissen, was alle anderen wußten, gewaltsam aus ihrem Schoß verbannte. Ich fragte mich, ob sich ein mit seiner Frau glücklicher Mann kopfüber in die Arme einer zufälligen Mitreisenden geworfen hätte, ob ein Mann, der fähig war, sich in einer unvorhergesehenen Liebesnacht zu entfesseln, aus einer solchen Prüfung unversehrt hervorgehen kann, ob ein Mann, der fähig war, ohne sich zu verändern, in eine andere Haut einzutauchen, nachts aufstehen würde, um von einer schlafenden Zufallsgeliebten Fotos zu machen, ob es überhaupt möglich war, daß dieser Mann nicht dasselbe empfunden hatte wie ich, ob mit ihm nicht dasselbe geschehen war wie mit mir, ob er nicht wenigstens einmal jeden Tag ein Flüstern vernahm, das der Tiefe seines Bewußtseins entsprang und nicht müde wurde, immer wieder dasselbe zu wiederholen, wie eine hängengebliebene Schallplatte, wie ein dumpfer Fluch, wie eine unverbrüchliche Herausforderung: «Noch hast du Zeit», würde diese Stimme sagen, sie mußte es einfach sagen, «diese Frau ist der Weg deines restlichen Lebens, ruf sie an, oder du wirst es bis zu dem Tag deines Todes bereuen.» Vielleicht hätten zwei Worte gereicht: «Vergiß mich», aber er wollte sie nicht aussprechen, er wollte mich nicht retten.

Obwohl der Augenblick kam, in dem er aufhörte, für mich auf dem neutralen Terrain der Realität zu existieren, obwohl er von da an kein Mann mehr war und sich nach und nach von seinem Fleisch, seinen Knochen und seiner Bewegungsfähigkeit löste, um besser in das fleischlose Kästchen einer Vorstellung, einer anhaltenden Besessenheit zu passen, die unbekümmert in mir wuchs und dabei nach und nach alles, was ich beherbergte, besetzte, als beabsichtige sie, mich am Ende bersten zu lassen und über die Grenzen meines Körpers zu treten, der unfähig war, sie länger zu halten, hatte der Mann mit dem Namen Nacho Huertas die Welt der Lebenden nicht verlassen, und ab und zu gab er Lebenszeichen von sich.

Nichts wäre ungerechter, als ihm dies vorzuwerfen und auf seinen Schultern die Last meiner Verrücktheit, dieser giftigen Infektion, abzuladen, die er unabsichtlich ausgelöst hatte, genau wie ein mikroskopisches Virus, egoistisch und unschuldig von Natur aus, ewig gefangen in seiner bösartigen Natur, aber es stimmt auch, daß ihm diese Situation gefiel, ich war mir sicher, daß er sich mit mir vergnügte, wie ein Kind sich mit einem Spielzeug vergnügen würde, dessen Batterien sich nie erschöpfen, mit einer Marionette, die fähig ist, jeden Tag etwas anderes, jeden Tag etwas Komplizierteres und Schwierigeres, in seiner Exzentrik Lohnenderes zu machen. Seine Eigenliebe müßte mit der Intensität meiner Liebe, mit der Bedingungslosigkeit meiner Angebote, mit meiner Resignation und meinem Glauben in die Höhe schnellen, Nahrung für eine Selbsteinschätzung, die bereits an Göttlichkeit grenzte, ein persönliches Ansehen, auf das zu verzichten er nicht bereit war, denn er ließ mich nie gänzlich fallen, er hörte nicht auf, mir Zeichen zu geben, wenn ich verzweifelt war, wenn ich es leid war, wieder und wieder die schönsten, intensivsten, glücklichsten Erinnerungen heraufzubeschwören, wenn ich gewahr wurde, daß gewisse Sätze, gewisse Bewegungen, gewisse Vögeleien diesen abgegriffenen Kitschbildchen mit Eselsohren und einem Schmutzfilm darüber zu ähneln anfingen, so daß sie aussahen, als wären sie auf mattes Papier gedruckt wie die, die mein Sohn ständig und ununterbrochen neu ordnete. Genau dann ließ er mir über jemanden Grüße ausrichten, oder er rief an, oder er tauchte – obwohl das nur zweimal geschah – im Türrahmen meines Büros auf und begrüßte mich, als hätte er seit unserer Rückkunft aus Luzern nichts mehr von mir gehört.

Das erste Mal konnte ich kaum einen Blick auf ihn erhaschen, so forsch öffnete er die Tür, kam aber nicht weiter als bis zum Türrahmen. Er sagte: «Hallo», zwinkerte mir zu, und jemand, den ich nicht erkennen konnte, zog ihn sofort wieder weg. «Wir sehen uns später», war sein Abschied, und ich antwortete ihm mit demselben verwirrten Schweigen wie schon auf seine Begrüßung, denn das klassische Bild des Todes, eine alte verschleierte Frau, die einen schwarzen Umhang hinter sich auf dem Boden herschleift, die leuchtende Kurve der Sense, die ihren gekrümmten Rücken schmückt, hätte mich nicht mehr beeindrucken können. Es vergingen mindestens zehn Minuten, vielleicht mehr, bis ich ein bißchen die Kontrolle über meine Muskeln wiedererlangte, genau so viel, um mir eine Zigarette anzuzünden und sie hastig zu rauchen, wobei ich so hektisch an der Zigarette zog wie eine Jugendliche, die heimlich auf der Toilette raucht. Erst danach stellte ich zu meiner Überraschung fest, daß ich nicht erfreut war. Zu wissen, daß er sich in diesem Augenblick unter demselben Dach aufhielt wie ich, vielleicht nur ein paar Meter entfernt, stürzte mich in tiefste Unruhe, aber die Spannung, zu der ich mich zwang, war so groß, daß ich anfangs dachte, daß es viel besser gewesen wäre, ihn gar nicht erst gesehen zu haben. Sicherlich war diese erste Reaktion ein Teil meiner Überraschung, wie eine Art plötzlicher Katzenjammer nach einem aufgrund seiner reinen Intensität schmerzlichen Gefühl. Doch dann stand ich auf und ging hinaus, um ihn zu suchen, ich suchte ihn zuerst im Studio, wo sich Ana fast freute, mir mitteilen zu können, daß sie ihn nicht gesehen hätte, und danach im Archiv, das ein Fotograf bei einem Besuch im Verlag immer aufsucht und wo sie mir mitteilten, daß er schon vor mindestens einer halben Stunde gegangen sei, und danach in der Schulbuchabteilung, bei den Klassikern, in der Abteilung Technik und Wissenschaft, bis ich alle Flure aller Etagen ergebnislos durchsucht hatte, dann auf die Straße hinauslief und feststellte, daß er auch in keiner der Kneipen der Umgebung war, ein Scheitern, das in einer ganzen Reihe von Flüchen gipfelte, die ich erbarmungslos gegen mich selbst richtete, wobei ich mein mangelndes Reaktionsvermögen, meine Langsamkeit und meine Tölpelhaftigkeit verwünschte. Aber zu jenem Zeitpunkt redeten wir morgens noch ab und zu miteinander, er hatte weder aufgehört zu existieren noch mich aufzusuchen, und ich hatte die Hoffnung noch nicht aufgegeben.

Als ich ihn zum zweiten Mal im Verlag sah, war es mir noch nicht gelungen, die Auswirkungen der Erkältung abzuschütteln, die ich als Preis meiner anstrengenden Wache im Regen bekommen hatte. Er konnte nicht wissen, daß ich stundenlang vor seiner Haustür gelauert hatte, aber er mußte schon alle meine Briefe bekommen haben, trotzdem war sein Gruß genauso banal, genauso konventionell und heiter wie immer, obwohl er nach seinem üblichen Gruß – «Hallo» – die Tür hinter sich schloß und geradewegs an meinen Schreibtisch trat, ohne mir Zeit zur Unbeweglichkeit zu geben, denn ich sprang wie von einer Sprungfeder getrieben auf; in seinen Augen stand eine verwirrende Entschlossenheit, die Ankündigung einer Heftigkeit, die ich nicht entschlüsseln konnte, bis er vor mir stand und mich stürmisch umarmte. Das sollte das letzte Mal sein, daß ich ihn in meinem Leben küssen würde, aber ich empfand nichts Besonderes, vielleicht, weil ich gleich darauf das vertraute Geräusch meiner Tür hörte, die erneut geöffnet wurde, und obwohl er nicht innehielt, sich nicht einmal umdrehte, wandte ich den Kopf und öffnete rechtzeitig ein Auge, um die Verblüffung in Frans Gesicht zu sehen, die wie gelähmt mit der rechten Hand auf dem Türgriff und mit einem großen rechteckigen Umschlag in der linken Hand dastand. Eine Sekunde später war sie wieder verschwunden. Die Tür wurde geschlossen, und Nacho lockerte langsam seine Umarmung. Bevor er mich ganz losließ, sah er mich lächelnd an.

«Wir müssen miteinander reden, Rosa», sagte er schließlich.

«Ja...» konnte ich nur antworten, beunruhigt darüber, sichere Anzeichen für einen Kurzbesuch entdeckt zu haben.

«Ich muß gleich wieder gehen.» Nachdem er ein paar Bücher und eine Mappe zusammengerafft hatte, die er auf meinen Schreibtisch hatte fallen lassen, hob er seinen Regenmantel vom Boden auf, den er beim Eintreten über dem Arm getragen hatte. «Ich rufe dich an einem der nächsten Tage an und wir verabreden uns... Einverstanden?»

Er gab mir einen letzten Kuß auf den Mund und ging.

«Einverstanden», antwortete ich, als er mich schon nicht mehr hören konnte, und dann brach ich in Tränen aus.

Als ich die Spuren der Tränen weitgehend verwischt glaubte, so daß jeder nicht so aufmerksame Betrachter sie mit der typischen Rötung durch einen unanzweifelbaren Schnupfen verwechseln konnte, ging ich auf die Toilette und versuchte, sie mit kaltem Wasser wegzuwaschen. Mein Gesicht sah schrecklich aus, aber ich durfte mich nicht noch mehr verspäten. Fran saß an ihrem Schreibtisch und unterschrieb Rechnungen, und als sie mich sah, errötete sie, eine Reaktion, die ich nicht erwartet hatte und die mich selbst erröten ließ. Sie hatte beschlossen, die vorangegangene Szene nicht zu erwähnen, trotzdem begann ich ungewollt die dämlichsten Entschuldigungen zu stottern.

«Tut mir sehr leid, was passiert ist, Fran, ich... Nun, ich weiß nicht, was ich sagen soll...»

«Macht nichts, macht nichts», antwortete sie, als würde auch sie wünschen, daß wir darüber hinweggingen.

Dann zog sie den großen rechteckigen Umschlag aus der Schublade, den sie mir vorher hatte geben wollen, und breitete seinen Inhalt auf dem Tisch aus. Es war das Layout eines Heftes, in dem wir zu wenig Text hatten, was Marisa am Ende aber mit kaum sichtbarem, größerem Durchschuß und größeren Textabständen hatte lösen können, so daß die Seiten wie die in den anderen Heften aussahen. Nachdem wir das kurz gelobt hatten und ich schon gehen wollte, rief sie in demselben Tonfall, den sie anschlug, wenn sie etwas sehr Wichtiges vergessen hatte, meinen Namen.

«Rosa...»

«Was?» fragte ich, drehte mich um und sah, daß sie mir in die Augen blickte; ich begriff, daß die Spuren der Tränen keineswegs aus meinem Gesicht verschwunden waren.

«Ach, nichts...» sagte sie und errötete wieder, dann heftete sie ihre Augen auf die Papiere, die vor ihr lagen. «Ist schon gut.»

Ich verstand diesen Rückzieher sehr wohl, das Fehlen von selten ausgesprochenen Worten, die Auslassungen, die ich mühelos fühlte, als ich mit weniger müden denn überdrüssigen Schritten eines oftmals geschlagenen Heers an meinen Schreibtisch zurückkehrte. «Hör ein für allemal damit auf», hatte sie mir sagen wollen, «nimm das nicht so ernst», sie hatte sich nicht getraut, aber das war es; dasselbe, was mir Ana schon zu Beginn gesagt hatte, dasselbe, was Marisa mir schon vor langem gesagt hatte, hatte Fran jetzt wiederholen wollen, als ich mir bereits sicher war, daß mich Nacho nie anrufen würde, nicht in den nächsten Tagen und auch nicht später, als ich schon die Schwärze des Endes, eine komplette Dunkelheit, als einzige Ernte spürte, und während ich die Füße über den Flur schleppte, fragte ich mich, wie Fran den stürmischen Verlauf meiner Geschichte hatte rekonstruieren können, denn ich hatte ihr nichts erzählt, das war mir nie in den Sinn gekommen, keine wagte es, auch nur das geringste aus ihrem Privatleben mit ihr zu erörtern, und dennoch wußte sie es, davon war ich überzeugt, denn so hatte sie mich noch nie angesehen, und ich hatte sie noch nie erröten sehen und noch nie erlebt, daß sie jemandem einen Rat geben wollte, aber ich verweilte nicht lange bei dem Geheimnis, denn seine Lösung interessierte mich wenig, in Wirklichkeit war es mir egal, es interessierte mich nicht, ob die Leute hinter meinem Rücken in der Kantine oder in den Büros oder in den spontan entstehenden Grüppchen um den Fotokopierer oder den Kaffeeautomaten herum über mich redeten; Marisa hatte mich zusammen mit Ramón bestimmt gewissenhaft auseinandergenommen, Ana hatte bestimmt Forito auf dem laufenden gehalten, jeder konnte es Fran erzählt haben, denn sogar Bambi hatte schließlich den Namen dieses Mannes erfahren, den ich in den Karten auf seinem Tisch verzweifelt verfolgte, und schon zu witzeln begonnen: «Ich sehe einen Fotoapparat, aber einen guten, das schon», und er hatte seine Freude an seinem Einfall, aber mich störte das nicht, ganz im Gegenteil, die Tatsache, daß alle von Nacho und mir redeten, stützte bis zu einem gewissen Grad die

Existenz einer Geschichte, die es nicht mehr gab, die es vielleicht nie gegeben hatte, sie stellte angesichts der geizigen Wirklichkeit ein ermunterndes Blinken dar, und außerdem kam der Moment, von dem an ich ein gewisses Vergnügen an meiner eigenen Herabwürdigung und eine gewisse unbegreifliche Freude zu empfinden begann, wenn ich mich in der schäbigen Haut eines unendlich kleinen Wurmes wiedererkannte, der sich vorwärts bewegt, indem er mit dem Bauch über den Boden kriecht, und dennoch wußte ich schon, bevor ich die Tür zu meinem Arbeitszimmer öffnete, daß sich am Ende meine tragische Schönheit verlieren würde, wie die Schönheit verstorbener Mädchen auf Fotografien verblaßt, daß die Aureole der gescheiterten, verfluchten Heldin, die mir als einziges geblieben war, über meinem gewöhnlichen Kopf einer typischen unzufriedenen Frau zusehends erlosch, daß die Flucht der Jahre gesiegt hatte und die Zukunft unbarmherzig und unberührt vor mir stand und mich mit dem spöttischen Lächeln der Gewinnerin erwartete, die keinen Moment an der Gewißheit ihres Sieges gezweifelt hatte.

Die einfachste und gleichzeitig trügerischste Formel, um das Glück mit beiden Händen festzuhalten, ist der Widerstand. Ich bin eine geborene Widerstandskämpferin, genau wie Madrid, ich habe es immer gewußt, ich bin immer so gewesen, von klein auf. Das war der wesentliche Unterschied zwischen Angélica und mir, zwischen Juan und mir: meine Geduld, meine Beständigkeit und eine angeborene Leichtigkeit, mich angesichts des geringsten bedrohlichen Zeichens zusammenzurollen und sogleich einen harten Schutzpanzer anzulegen, der mich vor jedem Angriff von außen, welcher Art dieser auch sein mochte, schützte. Wichtig ist, standzuhalten, das linke Ohr mit dem rechten durch einen imaginären Tunnel mit ausreichendem Durchmesser zu verbinden, der ermöglicht, jegliche Menge von unangenehmen Worten, die mir an den Kopf geworfen werden, aufzunehmen und sie augenblicklich am anderen Ende wieder zu entlassen und mich somit vor ihrem Inhalt und ihren Folgen zu schützen. Standhalten, den richtigen Moment zum Rebellieren abwarten, in schlechten Zeiten völlige Gelassenheit simulieren, insgeheim die Ankunft der guten Zeiten herbeisehnen, rechtzeitig nachgeben, bevor es unvermeidlich wird, das Nachgeben mit Zugeständnissen zu beschönigen, sich eine Position sichern, so klein sie auch sein mochte, bevor man zur nächsten sprang, und so schnell man konnte schwimmen, ohne je die Kleider aus den Augen zu verlieren. So hatte ich gelebt, war Problemen und wichtigen Entscheidungen ausgewichen, eine zutiefst vernünftige Haltung, die mir jedes Vorzeichen ewigen Glücks wert gewesen war; schon mein Vater hatte mir gesagt: «Du wirst nicht untergehen, nein, bei dir bin ich unbesorgt, du wirst nicht wie Juan oder Angélica enden...» Darin behielt er recht, aber seine zutreffende Prophezeiung hätte mich nicht so geschmerzt, wenn die Zeit unendlich gewesen wäre, wie das eine Mal, als sie mich monatelang mit Hausarrest für die Wochenenden bestraften und ich zu dem Schluß gekommen war, daß es sich nicht lohnte, wegen einer so unbedeutenden Zeitspanne einen Aufstand zu machen. Aber später begann ich die Jahre zu verlieren, ich wurde gewahr, daß ich sie nicht sehen konnte, wenn ich zurückblickte, weil sie nicht mehr an ihrem Platz waren, sie waren abgestürzt, sie hatten sich aufgelöst, sie hatten sich grausamerweise gegenseitig vernichtet, und die mir verbleibende Zeit wurde immer knapper, immer knapper, viel zu kurz, um den Geist einer Widerstandskämpferin bequem darin unterzubringen.

Kaum ein paar Monate zuvor, vielleicht nur ein paar Wochen vorher, hätten Nachos diffuse Versprechungen ausgereicht, um meinen Widerstand bis an die Grenzen meiner eigenen Agonie zu verlängern, aber es gibt für alles ein erstes Mal, und wenn sein Ende da ist, ist alles zu Ende, deshalb war ich nicht mehr imstande, mich an seine Worte zu klammern, denn sie waren wie ein Luftballon, der seinen Flug aufnimmt, wenn er schon Luft verliert, ich konnte meinen Glauben nicht mit ihnen nähren, sie reichten nicht einmal mehr, um meinen Zustand einer widerwillig Sterbenden zu verlängern, einer von denen, die an einem einzigen, sehr schwachen Faden hängend noch geschickt mit ihrem Schicksal Verstecken spielen. Als ich das begriff, betrachtete ich mich von innen und sah nichts, ich forschte noch in den letzten Winkeln und fand sie leer vor, ich sagte mir, daß dies das Beste sei, was mir hatte passieren können, aber ich war nicht fähig, mir auch nur ein Wort davon zu glauben.

Am nächsten Morgen ging ich nicht zur Arbeit. Ich rief an, meldete mich krank und blieb den ganzen Tag im Bett. Ich war wirklich krank. Weihnachten stand vor der Tür, und ich hatte noch nie so große Lust zum Sterben gehabt.

Meine Kinder strengten sich so an, mich aus diesem geheimnisvoll anheimelnden und gleichzeitig schrecklichen Zustand innerer Auflösung zu befreien, daß es ihnen schließlich gelang. Sie beharrten so darauf, mich in Bewegung zu bringen und mich davon zu überzeugen, daß es absolut notwendig sei, die kleinen Rituale, die dem jährlichen großen Familienfest, der Übersättigung und der Verschwendung vorangehen, rechtzeitig in Angriff zu nehmen, daß ich, bevor ich mich versah, mit Arbeit überhäuft und mein Kalender voll mit kleinen, so aufwendigen und so dringlichen Tätigkeiten war, daß mir nicht viel freie Zeit blieb, um mich mit der trostlosen Gewißheit, nichts mehr zu tun zu haben, zu befassen. Ignacio hatte eine wichtige Rolle in einem Theaterstück über den weihnachtlichen Geist, das sein Spanischlehrer geschrieben hatte, und ich mußte seine Passagen auswendig lernen, um sie ständig mit ihm üben zu können. Clara würde im Krippenspiel, zu dem die Eltern am letzten Schultag in die Schulaula eingeladen waren, eine Schäferin spielen, und ich mußte mit ihr den Stoff für ihr Kostüm aussuchen gehen, sie ein paarmal zur Anprobe zu meiner Mutter bringen, die eine guterhaltene Nähmaschine und die nötige Geschicklichkeit besaß, hatte sie uns doch all die Jahre über die Kleider selbst genäht. Die Anstrengungen lohnten sich, denn sie sah sehr hübsch aus in dem langen gestreiften Rock, der weißen Bluse mit Spitzenkragen und einer Weste aus künstlichem Schaffell, für die ihre Großmutter ihr ganzes Können aufgeboten hatte und die so perfekt zugeschnitten und genäht war, daß sie fast echt wirkte. Ich glaube, in dem Moment, als sie mir das vollständige Kostüm vorführte, habe ich zum ersten Mal seit sehr langer Zeit wieder etwas richtig angesehen, und ich betrachtete sie, ohne an irgend etwas anderes als an den erheiternden Jubel dieses von sich selbst eingenommenen und entzückten kleinen Mädchens zu denken. Das Phänomen wiederholte sich von da an häufiger, und ich genoß sogar die Streiche meines Sohnes Ignacio, der, kaum daß ich ihm den Rücken kehrte, zwischen die Schäfer der Weihnachtskrippe die Plastikfigur des Comic-Helden Hulk plazierte oder das Jesuskind entführte, um danach ein Lösegeld von fünfhundert Peseten einzufordern, und die Wutanfälle von Clara, die jedesmal zu weinen anfing, wenn sie eine Zuckerbrezel, einen Wurstzipfel oder irgendeine Figur aus der *X-Men*-Serie entdeckte, die ihr Bruder zwischen die Christbaumkugeln an den Baum gehängt hatte, und die ihm damit drohte, dem Weihnachtsmann nochmals einen Brief zu schreiben und ihm alles zu petzen.

Ich weiß nicht, was man fühlt, wenn man aus einer langen Phase der Amnesie herausfindet, aber es dürfte sich nicht viel anders angefühlt haben als das, was ich damals empfand, während ich mit den Kindern durch alle Einkaufsstraßen um die Puerta del Sol spazierte, in denen Lichter und Bogen über Bogen aus bunten Lichterketten erstrahlten und die Begeisterung von Hunderten auf die Schaufenster der Spielzeuggeschäfte gerichteter Augen leuchten ließen, ein Wald behandschuhter kleiner Hände an den Fensterscheiben, als beabsichtigten sie, deren kostbaren Inhalt vor der Kälte zu schützen, und eiskalte Nasen wie die meiner Kinder, als es mir endlich gelang, sie von der Tür eines Geschäfts wegzuzerren, damit sie einen Augenblick später wieder eiskalt wurden, als sie zwei Schritte weiter erneut vor einer Auslage stehenblieben. Alles gefiel ihnen, alles erstaunte sie, alles überraschte und veranlaßte sie, mehrmals am Nachmittag ihren Wunschzettel zu ändern, bis sie alle möglichen Kombinationen durchgespielt hatten: «Weißt du, Mama, ich werde mir von Tante Angélica nicht das wünschen, sondern besser das andere, und was ich mir von ihr wünschen wollte, wünsche ich mir besser von den Großeltern, die schaffen es immer, daß der Weihnachtsmann genau das bringt, was ich will, und von Onkel Alvarito werde ich mir jenes wünschen, er hat gesagt, ich soll mir was Kleines wünschen, der ist bestimmt nicht brav, weil der Weihnachtsmann nie sehr viel Geld ausgibt für seine Geschenke...» Ich sah ihnen vergnügt zu, beneidete sie um ihren Eifer, einen Schatz ungebrochener Freude, die beständigen Zeichen einer unendlichen Zeit, und ich versuchte mich zu erinnern, was zwölf Monate vorher gewesen war, aber ich konnte nicht einmal einen Teil dieser Tage wiederfinden, obwohl ich wußte, daß sie genauso gewesen sein müssen, daß ich mit ihnen durch dieselben Straßen spaziert war, daß sie frierend vor denselben Schaufenstern stehengeblieben waren, daß sie dieselben Wünsche geäußert hatten und von der Gesamtsumme des möglichen Glücks etwas abgezogen oder dazu addiert hatten, alles war so ähnlich gewesen, daß es mir unglaublich erschien, auch diese Erinnerung verloren zu haben, aber so war es, denn die Frau, die dieselben Kinder ein Jahr zuvor auf die Vergnügungsjagd und zu denselben Entdeckungen begleitet hatte, war viel mehr als ich und gleichzeitig viel weniger, und obwohl ich aufmerksam hatte sein können für die mechanische Aufgabe, Autos auszuweichen oder die Marke eines Tischfußballspiels im Gedächtnis zu speichern, ohne sie aufschreiben zu müssen, hatte ich damals nicht wirklich leben können, denn ich war freiwillig hinter den perversen Gittern einer eingebildeten Liebe gefangen.

Ich erinnerte mich an nichts, nicht an Termine, nicht an Sätze, nicht an Anekdoten, aber ich konnte problemlos die Etappen des in vielen Tarotsitzungen entstandenen Blendwerks sowie den genauen Tag rekonstruieren, an dem ein Fotograf aus El Salvador zu mir gekommen war, um mir die herzlichen Grüße auszurichten, die ihm Nacho einen Monat zuvor in einem einsamen Guerillalager in der mittelamerikanischen Sierra nachdrücklich aufgetragen hatte. Als ich das alles gewahr wurde, verspürte ich einen Anflug von wirklicher Panik, denn wegen der Angst um meine eigenen Jahre war ich drauf und dran gewesen, die Kindheit meiner Kinder zu versäumen, ich hatte schon ein paar Abschnitte verloren, die ich nie wieder zurückbekommen würde, Tage, Sätze und Anekdoten, für die es, wie ich selbst verfügt hatte, nicht ausreichend Platz in einem Gedächtnis voller Dummheiten gab. Da erst begann ich wieder zu denken und stellte meine Vorstellungskraft, die so lange Zeit von der monotonen Enge meiner Besessenheit tyrannisiert worden war, auf den Entwurf einer möglichen Zukunft mit den Kindern und ohne Nacho Huertas ein. Und da wurde mir bewußt, daß ich außerdem auch noch einen Ehemann hatte.

Ignacio verwandelte sich plötzlich in die große Unbekannte, und ich glaube, daß er für mich immer sein paradoxes Wesen bewahren wird – geheimnisvoll, aber uninteressant, wie das häßliche neue Schulhaus meiner Kindheit. In der feierlichen Familienatmosphäre des Monats Dezember beobachtete ich ihn fortwährend, wie ich es noch nie getan hatte, aufmerksam und mit genügend Distanz, analysierte objektiv seine Worte, seine Handlungen, seine Alltagsgewohnheiten, seine Launen und seine Manien, seine Art, sich zu kleiden, und die Sendungen, die ihn vor den Fernseher lockten. Einem Generationsangebot gehorchend, das trotz eines hohen Prozentsatzes von Ausnahmen immer noch galt, war er gerade zweiundvierzig Jahre alt geworden, hatte sich aber das jugendliche Aussehen eines großen, schlanken Jungen bewahrt, das die willkürlich über seinen Kopf verteilten weißen Haare und die feinen, harmlosen Falten, die seine Augenwinkel umspielten, im genau richtigen Verhältnis nuancierten. Er war immer attraktiv gewesen, aber jetzt hatte er seine Blüte erreicht, und das bedeutete auch, daß man ihm, objektiv betrachtet, von einem rein physischen Standpunkt aus gewisse Vorzüge gegenüber Nacho Huertas einräumen mußte. Ich weiß das, weil es mir nie gelang, auch wenn ich mir das Gegenteil einredete, einen anderen als einen objektiven Blick zu haben. Was alles andere anbelangte, hatte sich mein Mann in den letzten drei Jahren, in denen ich so getan hatte, als würde ich mit ihm zusammenleben, sehr verändert. Er war ständig beschäftigt, oft völlig abwesend, auch dann noch, wenn er am frühen Abend nach Hause kam; er spielte jeden Samstag Tennis und hatte seinen zunehmenden Kokaingenuß zufriedenstellend im Griff, was ihn nicht daran hinderte, mir täglich meinen Zigarettenkonsum vorzuwerfen, den er kurz nach seinem dreißigsten Geburtstag aufgegeben hatte. An den Wochenenden versuchte er sich gutmeinend mit den Kindern zu beschäftigen, spielte mit ihnen, bis er ziemlich schnell in die Luft ging, weil er zu wenig Geduld hatte, eine fehlende Eigenschaft, die er mit seiner Hartnäckigkeit ersetzte, indem er sich, ohne sich die geringste Schwäche zu erlauben, freiwillig in das wöchentliche Opfer stürzte, das meine Kinder, die solche Spitzfindigkeiten noch nicht zu schätzen wußten, ihm nie auch nur ausreichend dankten. Jeden Freitagabend, viele Samstagabende und manchen Donnerstagabend ging er mit seinen lebenslangen Freunden essen, anderen zweiundvierzigjährigen Männern, die mehr oder weniger das jugendliche Aussehen von mehr oder weniger großen, schlanken Jungen hatten und die ihn mit altbekannten Scherzen und Schulterklopfen begrüßten: «Was ist los, mein Junge?» – «Hier wären wir wieder, besser denn je.» Es waren schon ein paar Jahre vergangen, seit wir beide einvernehmlich darauf verzichtet hatten, zusammen auszugehen, aber ein paarmal hatte ich ihn noch begleitet und mich sehr gelangweilt, und, was noch schlimmer war, ich hatte mich wie an einem Abend zehn oder fünfzehn Jahre früher gefühlt, aber keine Lust zum Lachen über die Witze gehabt, über die ich mich damals kaputtlachen konnte.

Mit diesen mehr als distanzierten Ergebnissen endete meine objektive Untersuchung. Ich wünschte, wirklich krank zu sein, mich geirrt zu haben, den Verlust Ignacios wie den Verlust meiner Kinder zu bedauern, ihn wieder in mein Leben aufnehmen zu können, wenn es denn ein Leben war, das ich lebte, aber es ging nicht. Das einzige Element, das die Rosa, die in den Flammen einer verrückten Leidenschaft gebrannt hatte, mit der Rosa, die sich vorgenommen hatte, mühsam aus der Asche aufzuerstehen, immer noch gemein hatte, war eine tiefe Gleichgültigkeit gegenüber diesem Mann, der weiterhin ein Fremder blieb, während alles andere mir wieder gehörte, und die Überraschung führte hier in die entgegengesetzte Richtung. Mich überraschte nicht so sehr meine Unfähigkeit, mich an Dinge zu erinnern, sondern meine Fähigkeit, sie überhaupt getan zu haben, denn ich hatte nie aufgehört, mit diesem Mann zusammenzuleben, ich hatte nie aufgehört, mit ihm zu schlafen, ich hatte ihm Geschenke gemacht und welche von ihm erhalten, ich hatte ihn mehrmals am Tag geküßt und mich bei ihm eingehängt, wenn wir aus dem Kino kamen, ich war um seine Gesundheit besorgt gewesen und hatte ihm meine Alltagssorgen erzählt, wir hatten Clara zusammen ins Krankenhaus gebracht, als ihr die Mandeln herausgenommen werden mußten, wir hatten in dem Jahr, als Ignacio in Mathematik durchgefallen war, zusammen sein Zeugnis abgeholt, wir waren zusammen zu Hochzeiten, Taufen und Beerdigungen gegangen, wir teilten uns dieselben Autos, dasselbe Haus und ein Bett, wir putzten uns zweimal täglich vor demselben Spiegel die Zähne, und plötzlich konnte ich all das nicht glauben, ich begriff nicht, wie es hatte geschehen können, ich erkannte mich in dieser fremden Frau an der Seite eines fremden Mannes nicht wieder.

Dieser unerträgliche Eindruck der Entfremdung – der schmutzige, anhaltende Verdacht, gefangen im Körper einer anderen, im Haus einer anderen, im Leben einer anderen zu leben, irgendeines fremden Wesens, das in einem bösen Traum geboren wurde und schrecklicherweise imstande war, in meinem Körper und in meinem Haus zu gedeihen und mich dabei merklich und gar nicht schroff in einen Zustand der Nichtexistenz zu versetzen, der mir kaum erlaubte, mich von weitem, aus einer entfernten, trügerischen Perspektive zu betrachten – verwandelte sich in das nachträgliche Erbe meiner unseligen Liebe zu Nacho Huertas, in den letzten Schmerz, den letzten Angriff. Das schrankenlose Streben dieses Trugbildes, das mich aus der realen Welt verbannt hatte, um mich innerhalb der Grenzen eines eingebildeten Abenteuers in Schach zu halten, wirkte in alle Richtungen, genau wie eine gläserne spanische Wand, die auf der Terrasse zum Schutz gegen die winterliche Kälte angebracht ist und unvermeidlicherweise die Hitze der Sommernachmittage staut. Während ich dank meines Willens und der Laune des Schicksals an einem Faden hängend lebte, hielt sich die Realität fern vom Guten und vom Schlechten, um mir die Gnade eines vergeßlichen Geliebten zu verweigern, aber auch, um mich vor der Existenz eines Ehemannes zu schützen, der so hartnäckig gegen meine Pläne rebellierte wie ersterer. Während ich von Nacho Huertas träumte, während ich ohne die Lippen zu bewegen mit ihm redete, während ich ihn in allem, was mir widerfuhr, suchte, während ich ihn in Gedanken streichelte und ihn auf den geschmückten Sockel meiner Zukunft stellte, war mein Mann so harmlos wie eine Marionette, wie eine Pappfigur, die in einer unfertigen Kulisse aufgestellt wurde, die mich nicht überzeugen konnte, sosehr sie auch vorgab, noch immer die wirkliche Welt eines jeden Tages zu sein. Deshalb konnte ich mit ihm leben, mit ihm reden, mit ihm schlafen, ohne mir sonderlich bewußt darüber zu sein, was ich jeden Tag mit solch banalem Eifer riskierte, denn damals war ich es, die die Gesetze meines Lebens vorgab, war ich es, die entschied, was wirklich war, was wichtig war und was weder existierte noch irgendeinen Wert hatte. Aber als ich gegen meinen Willen aus diesem Traum von grenzenloser Macht erwachte, entdeckte ich, daß die Realität nie aufgehört hatte weiterzugehen, sosehr ich auch unerbittlich ihre Aufhebung verordnet hatte, und sie erschien mir fremder denn je, unerträglich und unglaublich, viel weiter entfernt von all dem, was ich bin und was ich mir im schlimmsten meiner Wahnanfälle vorzustellen vermocht hatte. Meine Kinder retteten sich von ganz allein. Ignacio hingegen konnte ich nicht retten, nicht einmal, indem ich mit all meinen Kräften an ihm zerrte.

Nachdem ich den zigsten Versuch aufgegeben hatte, machte ich weiter, ohne zu begreifen, wie ich an den Punkt gelangt war, an dem ich mich befand, aber das Überraschendste an allem war, daß mein Mann, der in den letzten Jahren augenscheinlich keinerlei Veränderung in meinem Verhalten wahrgenommen hatte, auch jetzt keine zu sehen schien und mein plötzliches Interesse und meine ständige Beobachtung mit erstaunlicher Natürlichkeit hinnahm, als hätte er sich damit abgefunden, mit einem Roboter zusammenzuleben, oder als wäre es ihm eher gleichgültig, mit wem er zusammenlebte. Meine Beunruhigung stieg bis zu dem Grad, daß beim Essen am Silvesterabend, als ich zum ersten Mal bemerkte, daß meine Schwester Natalia mich merkwürdig insistierend ansah, als versuche sie, mir etwas anzuvertrauen, wozu sie sich aus irgendeinem Grund aber nicht durchringen konnte, ich mich schon fühlte, als würde ich in einem Horrorfilm leben und als erscheine mir jetzt etwas, was mich früher wegen seiner ungewöhnlichen Natur erschreckt hatte, als ganz normal.

Als wir uns das nächste Mal trafen, zeigte Natalia noch immer großes Interesse an mir, und es fiel mir schwer, ihre plötzliche Vorliebe für mich zu übergehen. Wir feierten den Geburtstag meines Vaters, der genau zwischen Silvester und dem Dreikönigstag lag, am dritten Januar, ein weiteres Fest in dem erschöpfenden Weihnachtsprogramm meiner vielköpfigen Familie. Meine kleine Schwester tat nichts anderes, als mich anzustarren, um meinen Augen sofort auszuweichen, wenn unsere Blicke sich trafen, sie beobachtete mich mit derselben Aufmerksamkeit, die ich in das mißlungene Studieren meines Mannes gesteckt hatte, durchdrang mich mit ihren Augen, als beabsichtige sie, viel weiter als hinter meine Kleidung, meine Haut und meine Worte zu dringen, aber sie sprach mich nicht an, obwohl sie im Vorraum so tat, als treffe sie mich dort zufällig, und etwas länger als nötig brauchte, um den Kindern ihre Mäntel anzuziehen, während Ignacio den Wagen holen ging.

Drei Tage später in Carlos' Wohnung, wo im Verlauf eines noch chaotischeren, noch lauteren, noch wilderen Essens alle Kinder durch den Flur rannten, Geschenkpapier zerrissen, sich mit den neuen Schwertern schlugen und an den Puppenköpfen zerrten, fand ich sie etwas weniger nervös, aber noch genauso seltsam, und meine Neugier, diese alte, freundliche Versuchung, regte sich wieder und bescheinigte mir damit meine langsame, aber unaufhaltsame Rückkehr in die Welt, in der die anderen lebten.

«Was ist los mit dir, Natalia?» fragte ich sie unumwunden, als ich ihr ein Stück von der Marzipanschnecke in die Ecke brachte, in der sie stand und alle mit müdem Gesichtsausdruck beobachtete.

«Nun... Das kann ich dir nicht sagen.»

«Ist es ernst?»

In dem Moment hängte sich Clara heulend an meinen Gürtel, weil ihr eine ihrer Cousinen die Batterien aus ihrer neuen Puppe geklaut hatte, die jetzt nicht mehr sprechen, nicht mehr weinen und nicht mehr den Schnuller ausspucken konnte, und ich mußte Recht und Ordnung wiederherstellen, indem ich in die Tasche meiner Mutter griff, die immer kurz vor dem Dreikönigstag in weiser Voraussicht der unvermeidlichen Katastrophen ein paar Dutzend unterschiedlicher Batterien kaufte. Irgendwann kam meine kleine Schwester lächelnd auf mich zu und machte eine Handbewegung, die besagte: «Es ist nichts, wirklich», was mich zwar davon überzeugte, daß wirklich etwas war, mir aber nicht half, herauszufinden, was genau es sein konnte.

Natalia war fünfundzwanzig Jahre alt, studierte Architektur und war ein perfektioniertes Abbild meiner selbst. Als Tochter alternder Eltern war sie verwöhnt und außerdem von allen Geschwistern verzogen worden, hatte einen friedfertigen Charakter und stimmte mit der Welt überein, die ihr nicht verwehrte, sich zu amüsieren, obwohl sich ihre Vorstellung von Vergnügen nicht sehr von der Definition von Langeweile, die wir in unserer viel bewegteren Jugend pflegten, unterschied. Der wesentliche Unterschied zwischen uns war, daß ich mich nie getraut hätte, ein böses Mädchen zu sein, sosehr mich das gereizt hätte, und sie schien sich keineswegs bemühen zu müssen, genau das Gegenteil zu sein. Fleißig und verantwortungsbewußt, wie sie war, rauchte sie nicht, trank kaum und nahm keine Drogen irgendwelcher Art, außer einem Müslimix zum Frühstück, der sich meiner Meinung nach in ihrem Milchnapf in eine Art ekligen Brei verwandelte, dessen bloßer Anblick mich würgen ließ. Sie war eine gemäßigte Umweltschützerin, Befürworterin eines gesunden Lebens und Mitglied in einem Fitneßclub, und obwohl sie eine wahnwitzige Aktivität entwickelte, blieb ihr noch Zeit, mit ihrem langjährigen Freund auszugehen, der so an ihr hing, als wäre er speziell für sie gemacht. Als sie mich ein paar Wochen nach meiner vergeblichen Frage endlich anrief und mich bat, sie an einem der nächsten Tage zum Essen einzuladen, weil sie meinte, daß sie mir trotz allem etwas sagen müsse, fiel mir ein, daß sie vielleicht schwanger sei oder sich in einen anderen Mann verliebt oder beschlossen hatte, das Studium hinzuschmeißen oder ins Ausland zu gehen oder auf einen Bauernhof zu ziehen oder Buddhistin zu werden, alles, nur nicht, daß dieser hakenschlagende Gott von Schicksal, der sich in seiner Verkleidung eines mechanischen Hasen einen Spaß daraus machte, mich wie einen wütenden und vor Anstrengung schon halbverrückten Windhund an der Nase herumzuführen, ausgerechnet sie zum Instrument wählte, um mir den Schlüssel zur Gebrauchsanweisung für mein Leben zu überbringen, die Antwort, die ich vergeblich in den Tarotkarten, in der Summe der Nummern auf den Autoschildern, in den Straßennamen von Pozuelo de Alarcón, in den wechselnden Botschaften auf Nacho Huertas' Anrufbeantworter und in der überraschenden Tiefe meines Elends gesucht hatte.

«Sieh mal, Rosa, zuallererst möchte ich dich vor etwas warnen. . .» Am Ende hatte ich mich trotz der Erinnerung an gewisse Unterhaltungen mit bitterem Inhalt für das Mesón de Antoñita entschieden, wo ich plötzlich und voller Glück meine alte Schwäche für das donnerstägliche Gericht Rebhuhn mit Bohnen wiederentdeckte, aber Natalia, die das Essen auf ihrem Teller mit dem Löffel hin- und herschob, ohne sich aufraffen zu können, irgendwo anzufangen, schien nicht besonders viel Appetit zu haben. «Ich weiß nicht, ob das, was ich gleich tun werde, richtig ist. Wirklich, vielleicht werde ich es mein restliches Leben bereuen. Deshalb möchte ich, daß du weißt, daß ich es tue, weil ich glaube, daß es das Beste ist, und weil ich davon überzeugt bin, daß du es wissen solltest. . . Nun, ich weiß nicht, bevor ich anfange, mußt du mir versprechen, daß du mir verzeihen wirst, daß ich mich eingemischt habe. . . Versprich es mir.»

Fernando ist Arzt, das war das einzige, was ich denken konnte, als sie mir dieses fast kindliche Versprechen abverlangte, ihr Freund ist Arzt und arbeitet im Krankenhaus, und im Krankenhaus gibt es Kinderärzte, Onkologen und Fachärzte mit ähnlich schrecklichen Namen und viele weiße kleine Betten, wie kleine Teile einer Hölle, die sich in der Farbe geirrt hat.

«Du mußt es mir versprechen, Rosa. . .»

«Es geht um die Kinder, nicht wahr?» fragte ich statt dessen und stellte mich in wenigen Sekunden darauf ein, daß das Schlimmste wäre, wenn ich mehr als gut vorbereitet auf jegliches Unglück wäre. «Welches? Was ist mit ihnen, Natalia? Sag es mir.»

«Aber was sagst du da?» Trotz ihrer seltsamen Anspannung begann sie zu lachen. «Mit den Kindern ist nichts, was soll mit ihnen sein?»

«Bestimmt?»

«Aber wirklich, Rosa, du bist doch ihre Mutter! Wenn was mit ihnen wäre, würdest du es doch als erste merken, oder?» Mir blieb nichts weiter übrig, als zu nicken. «Nein, mit ihnen hat es nichts zu tun.»
«Dann kann es nichts Ernstes sein.»
«Doch, das ist es.»
«Also, laß hören...»
«Erinnerst du dich an Heiligabend?» legte sie schließlich los. «Erinnerst du dich daran, daß du mit den Kindern am Nachmittag des Dreiundzwanzigsten zu deinen Schwiegereltern gefahren bist, weil es geschneit hatte und sie im Schnee spielen wollten?»
«Ja, natürlich erinnere ich mich.» Seit Ignacios Vater in Rente gegangen war, lebten meine Schwiegereltern das ganze Jahr über in einem großen alten Landhaus in Cercedilla, das baufällig und zugleich entzückend war und wo sie früher immer den Sommer verbracht hatten. Meine Kinder liebten dieses Haus, besonders im Winter, wenn es über Nacht geschneit hatte, und ich hatte mich ihren Bitten nicht entziehen können, daran erinnerte ich mich sehr gut.
«Und du hast mich am Vierundzwanzigsten morgens angerufen, nicht wahr, weil dir wieder eingefallen ist, daß du vergessen hattest, zu Hause vorbeizufahren, um das Weihnachtsgeschenk für deinen Sohn mitzunehmen, du hast mich gebeten, in deine Wohnung zu fahren und eine Nachricht auf dem Bett zu hinterlassen, damit dein Mann es am nächsten Tag nach Cercedilla mitbringt...»
Ich nickte zu jedem ihrer Sätze bestätigend. Mein Vater, der immer eine wahre Leidenschaft für mechanische Spielsachen hegte, hatte meinem Sohn Ignacio zu seinem achten Geburtstag eine elektrische Eisenbahn geschenkt. Er selbst hatte das Brett zugeschnitten und die Schienen und den Kunstrasen daraufgeklebt, mit Begeisterung hatte er Bäumchen und Schilder angebracht, irgendwo Miniaturschotter aufgetan, um ihn zwischen die Querholmen zu verteilen, sowie eine Lokomotive, einen Güterwaggon, einen Personenwaggon und einen Bahnhof gekauft. Mein Sohn war hoch erfreut gewesen und hatte feierlich geschworen, daß ihm nie wieder in seinem ganzen Leben etwas so gefallen würde wie dieses Geschenk. Sein Großvater, begeistert von dieser Antwort, begann ihm zu erklären, was sie beide von nun an tun müßten, damit dies eine wirklich besondere Eisenbahnanlage werden

würde, und sie beschlossen, weitere Züge, viele Waggons, richtig funktionierende Signale, Figürchen von Reisenden und eine halbe Million anderer Dinge zu kaufen. Von da an suchte mein Vater zu jedem Geburtstag von Ignacio und zu jedem Weihnachtsfest für mich das notwendige Zubehör aus, um die nächste Etappe des babylonischen Projekts zu verwirklichen, und mein Sohn dankte ihm dieses Geschenk weit mehr als alle anderen, aber am Abend vor dem Weihnachtstag, das stimmt, in der Hektik der überstürzten Abreise und der Sorge, zu viele warme Kleidungsstücke eingepackt zu haben, eine typische Mutterneurose, die ich nicht fähig bin zu überwinden, hatte ich völlig vergessen, den Satz mit dem Hochgeschwindigkeitszug AVE einzupacken, den ich Ignacio am nächsten Tag schenken wollte. Deshalb und weil ich wußte, daß ich meinen Mann den ganzen Morgen vielleicht nicht erreichen würde, war ich einen Augenblick so erschrocken gewesen, bis mir einfiel, daß Natalia, unsere regelmäßige Babysitterin, einen Schlüssel hatte. Kaum hatte ich sie in unserem Elternhaus angerufen und mit ihr gesprochen, hatte ich diese ganze Geschichte auch schon vergessen, an die sie mich jetzt so hartnäckig und aufdringlich erinnerte.

«Gut, aber der Zug kam rechtzeitig an...» rekapitulierte ich. «Und er war vollständig, ich verstehe nicht...»

«Ja», räumte sie ein. «Aber ich mußte die Nachricht auf dem Wohnzimmertisch hinterlegen, weil ich sie nicht aufs Bett legen konnte.»

«Das ist doch egal» sagte ich, nun völlig verwirrt.

«Nein, das ist nicht egal!» Zu meiner großen Verblüffung schien Natalia jetzt fast verärgert mit mir. «Das ist überhaupt nicht egal! Verstehst du denn nicht?»

«Nein.»

«Also, weil...» Sie schwieg einen Moment, biß sich auf die Unterlippe und beschloß, drastisch zu werden. «Ich konnte die Notiz nicht auf deinem Bett hinterlegen, denn um zehn Uhr morgens lag jemand in deinem Bett und schlief.»

«Ignacio?» versuchte ich es, nicht sonderlich neugierig.

«Nein, verdammt noch mal!» Sie legte die Fäuste auf den Tisch, und als die Empörung ihr sonst so gelassenes Gesicht rot färbte, erschien sie mir so witzig, daß ich fast auflachte. «Wie kann es denn um zehn Uhr morgens Ignacio gewesen sein, verdammt!»

Ich sah sie lächelnd an, zündete mir eine Zigarette an, nahm einen Zug und versuchte meine Schwester so schnell wie möglich zu beruhigen.

«Ich nehme an, daß es zumindest eine Frau war», behauptete ich und sah ihr in die Augen.

«Natürlich», antwortete sie mir ziemlich überrascht. «Was sollte es sonst sein?»

«Na ja, es hätte auch ein Mann sein können, obwohl, richtig betrachtet, glaube ich nicht, daß ich so viel Glück habe. . .»

«Ich versteh dich nicht, Rosa.» Ihre Augen, die die ganze Zeit nach der kleinsten Gefühlsregung in meinen geforscht hatten, prallten ins Leere, konnten nicht glauben, was sie sahen.

«Das wundert mich nicht, Natalia, um ehrlich zu sein, wundert mich das nicht, aber tu mir den Gefallen und hör auf, dir Sorgen zu machen, ernsthaft. Ich danke dir sehr, daß du's mir erzählt hast. Du hast mich nicht verärgert, du hast weder mein Leben zerstört, noch hast du dich in etwas eingemischt, was dich nichts angeht, noch sonstwas in der Art.»

«Erzähl mir nicht, daß ihr zu der Sorte. . .» Sie errötete wieder, aber nicht aus Wut. «. . . von Leuten gehört. . . mit anderen Worten, daß ihr Partnertausch betreibt oder so was. . .»

«Natürlich nicht!» Jetzt war ich empört. «Das fehlte noch! Natalia, mein Gott, wofür hältst du mich? Nein. Es ist nur so, na ja, irgendwie habe ich mir so was schon gedacht, und außerdem, wenn du die Wahrheit hören willst, ist es mir egal, nicht, weil wir ein freizügiges Paar sind, sondern, es ist mir einfach egal, das ist alles.»

«Es ist dir egal!»

«Ja.»

«Ganz einfach so egal, egal, egal, nichts weiter.»

«Egal.»

«Das ist unmöglich.»

«Doch, das ist es.»

«Nun. . .Wozu lebst du dann weiter mit ihm zusammen?»

Ich drückte die Zigarette aus, zündete mir eine neue an und sah sie an.

«Na ja. . . Das ist wirklich eine gute Frage, weißt du?»

Ich konnte keine Antwort auf diese direkte, so einfache und offensichtlich schlichte Frage geben, denn die einzig mögliche Antwort bestand eben darin, daß ich keine Veranlassung hatte, sie zu beantworten. Dieser Schluß beschäftigte mich nicht länger als zwei oder drei Sekunden, aber als ich mich von meiner Schwester verabschiedete, um allein in mein Büro zu meiner Arbeit zurückzukehren, bedauerte ich wieder, daß Natalia Ignacio am Abend vor Weihnachten nicht mit einem Mann in unserem Bett überrascht hatte, was mir die Dinge sehr vereinfacht hätte, und wunderte mich über die Neutralität, mit der ich imstande war, zu denken, was ich dachte und wie ich es dachte, bevor ich mich über die Rückkehr meines früheren, scharfen Spotts freute, einer Fähigkeit, die absolut nicht mit Verzweiflung vereinbar war und die wie der verlorene Sohn auftauchte, als ich sie schon nicht mehr erwartete, um meine blassen inneren Dialoge zu beleben und farbiger zu machen.

Trotzdem konnte mich die gnädige Wiedergeburt meiner Fähigkeit, über mich selbst zu spotten, nicht vor der Gelassenheit schützen, mit der meine kleine Schwester, einer der verantwortungsbewußtesten, vernünftigsten und unspöttischsten Menschen, die ich kenne, die Pistole abgedrückt hatte, die den Startschuß zur letzten Runde gab. Denn sie hatte mich nicht gefragt, warum, sondern wozu. Denn es war die Wahrheit, die absolute Wahrheit, daß es mir völlig gleichgültig war, daß Ignacio mit anderen Frauen schlief, auch wenn es in meiner Wohnung geschah, auch wenn es in meinem Bett geschah, auch wenn es ein paar Stunden vor Jesu Geburt geschah, aber über meine Gleichgültigkeit hinaus wäre es mir wichtig gewesen, wenn etwas geschehen wäre, was mir erlaubt hätte, es laut zu bekräftigen und mir selbst zuzuhören, während ich es sagte, denn nur so konnte ich sicher sein, daß mir Ignacio egal war, erst in dem Moment, auch wenn es wie eine Lüge klingt, konnte ich mir eingestehen, daß Nacho Huertas schließlich auch Ignacio heißen mußte, genau wie mein Mann.

Danach stellte ich mir eine neue, frisch gestrichene Tür in einer kürzlich renovierten Altbauwohnung mitten im Zentrum Madrids vor, vielleicht in der Calle del Barquillo, vielleicht in der Calle del Almirante, wo sogar die Sintflut kommen konnte und du es nicht merkst, weil der Boden asphaltiert und die Bürgersteige gepflastert sind und die Wagenräder meine schlafenden Kinder lieblich einlullen, diese beiden Kinder, die mit etwas Glück nie erfahren würden, wie die Sünde riecht, aber sie würden schon bald lernen, daß die Mandarinen, die dir ein Gemüsehändler schenkt, der deinen Vornamen kennt, nach Zuhause, nach Schutz und nach Sicherheit riechen, nach diesem einzigen Ort auf der ganzen Welt, zu dem man für immer und wirklich gehört. Dann rannen mir die Tränen herab, und ich erinnerte mich daran, daß ich immer glücklich gewesen bin, daß ich diese Angewohnheit habe, und vor meinen Augen tanzten wieder die Hoffnung, der Glaube und sogar die Neugier auf eine Zukunft, die ich im selben Grab wie die verlorene Liebe begraben geglaubt hatte.

Von da an konzentrierte ich mich darauf, die Formel zu finden, die mir eine wirkliche, definitive Widerstandskraft garantierte, eine sinnvolle und einigermaßen schmerzlose Methode, einen anderen Fluchtplan als all jene, die ich vor oder nach meiner Reise nach Luzern vergeblich entworfen hatte, denn diesmal ginge es um eine echte Flucht. Ich hätte mich nie für fähig gehalten, Ignacio eines Tages zu verlassen, aber ich hatte auch noch nie sterben wollen.

Selbstverständlich erwähnte ich ihm gegenüber nichts, keinen Vorwurf, keine Träne, keinen voreiligen Krach. Ich bin eine geborene Widerstandskämpferin, genau wie Madrid. Geduld ist ein vorrangiger Wesenszug unseres Charakters.

Fran

AN JENEM MORGEN HATTE ICH BEIM AUSTAUSCHEN DER TASCHEN VERGESSEN, das Portemonnaie einzustecken, und deshalb mußte ich nach der Arbeit kurz zu Hause vorbei. Ich beeilte mich sehr, denn ich hatte gerade soviel Zeit, um nur fünf Minuten zu spät in die Praxis der Psychoanalytikerin zu kommen, aber als ich an der Wohnzimmertür vorbeikam, wurden meine Augen von einem Schauspiel angezogen, so gewaltig wie die Versuchung eines einmaligen Vergnügens.

 Die Bäume im Park von Casa de Campo knöpften gerade den letzten Knopf ihres schönsten Kleides zu. Die wenigen grünen Blätter, die noch an den jüngeren Ästen hingen, schwankten verzweifelt hin und her und konnten nicht mit der zarten, samtenen Schönheit der älteren Äste konkurrieren, rote, gelbe, orangefarbene und violette Schimmer, die so intensiv wie Sterne funkelten und die in der melancholischen Milde der Abendsonne im Oktober noch einmal kurz aufschienen. Madrid zu meinen Füßen erlag dem Zauber des Herbstes und gewann seine frühere Farbe von stehengebliebener Kindheit zurück. Die Dächer badeten in den letzten Sonnenstrahlen des Tages, als wäre der Horizont eine Walze, die sie ununterbrochen bronzen färbte und in falsches, wunderschönes Gold tauchte, das einen unglaublichen Schimmer auf die sauberen, mit Licht benetzten Straßen warf und sie so intensiv zum Glänzen brachte, als wären sie Teil einer gigantischen Theaterkulisse. Die Welt wirkte wie ein kleiner Ort, wie ein zufälliges und angesichts der grandiosen Himmelsmacht wertloses Spielzeug, und die Menschen bewegten sich von weitem betrachtet wie winzige geschäftige Ameisen, die nicht wissen, daß sie in einem Glaskasten leben, während sie gedankenlos einer Routine nachgehen, zu der sie ihre unbedingte Beschaffenheit als Lebewesen zwingt. Diese mir ausgesprochen vertraute Landschaft hatte sich selten in so verwirrender Schönheit gezeigt, und ich glaube, daß sie mich bis zu dem Zeitpunkt beim Betrachten nie so bewegt hatte. Da ging die Haustür.

«Fran?» Martíns Stimme, die vom Flur aus ungläubig fragend erklang, erschreckte mich wie das Echo eines Schusses.

«Ich bin im Wohnzimmer», antwortete ich, obwohl ich lieber auf Zehenspitzen davongeschlichen wäre, weil Donnerstag der Tag der Analyse war und die Donnerstage sich in eine kleine wöchentliche Folter, in einen siebten Teil meines Lebens verwandelt hatten, auf den ich bis zu einem beträchtlichen Grad verzichtet hätte, wenn Martín mir beim Heimkommen erspart hätte, mich in diesem groben und gleichzeitig höflichen Ton, den er speziell für diese Gelegenheit annahm, auszufragen, was geschehen war, worüber wir gesprochen hätten und welche Schlüsse ich aus der letzten Sitzung gezogen hätte.

«Was tust du hier im Mantel?» fragte er mich, als er mich auf den Hals geküßt hatte, und ich merkte, daß ihn meine unerwartete Gegenwart eher freute, als daß sie ihn überraschte.

«Schau nur», antwortete ich statt dessen und zeigte aus dem Fenster, aber er ließ sich nicht so leicht beeindrucken.

«Ja, wunderschön», sagte er, warf die Mappe auf einen Sessel, löste die Krawatte und warf sie hinterher.

«Zieh den Mantel aus und setz dich, ich werde dir was zu trinken holen.»

«Ich kann nicht bleiben», sagte ich fast ängstlich und bedauerte, das Mißverständnis nicht gleich zu Beginn aufgeklärt zu haben. «Ich muß sofort los, sonst komme ich zu spät...»

«Sag ab.» Als ich schon in der Tür zum Flur stand, drehte er sich um. «Ruf an und sag, daß du nicht kommen kannst. Ich nehme an, ein Mal ist das nicht so schlimm. Sag, daß jemand aus der Familie ins Krankenhaus eingeliefert wurde oder daß du eine ganz wichtige Sitzung hast und nicht rechtzeitig da sein wirst oder daß etwas mit dem Auto ist, was weiß ich... Das ist doch keine Glaubenslehre, oder?»

«Nein, aber ich verstehe nicht...»

«Ruf an.»

«Warum?»

«Darum.» Seine Stimme war so hart geworden, daß es selbst ihm auffiel, und er berichtigte sich sofort. «Weil ich dich darum bitte. Ich bitte dich darum. Nur dies eine Mal, einverstanden?»

«Na schön...» Ich gab nach, zog den Mantel aus, und nur beim Gedanken daran, daß ich nicht mehr aus dem Haus gehen müßte, fühlte ich mich unwillkürlich sehr erleichtert.

«Was willst du trinken?»

«Ich weiß nicht, ich habe auf nichts Appetit.»

«Den wirst du schon bekommen.» Er lächelte mich an, als ich es am wenigsten erwartete. «Was willst du trinken?»

«Ist mir egal...Was du mir einschenkst.»

Die Sitzung abzusagen war so einfach, wie zwei Minuten lang mit einer superhöflichen Empfangsdame zu telefonieren, die nicht einmal nach dem Grund fragte, der mich bis spätabends im Verlag in Anspruch nehmen würde. Dann setzte ich mich in einen Sessel und genoß entgegen aller Erwartung sehr den ersten Schluck von einem Gin Tonic, den mir mein Mann auf den Tisch gestellt hatte – «Ich habe mir gedacht, daß wir mit etwas Leichtem anfangen sollten», sagte er wie zur Rechtfertigung seiner Wahl –, und darauf lächelte auch ich wie ein Kind, das sich gerade zu einem ziemlich großen Streich hat überreden lassen. Deshalb fiel es mir so schwer zu reagieren, ich erstarrte regelrecht, als er auf diese Weise zu sprechen begann.

«Ich heiße Martín», sagte er halb auf dem Sofa liegend, den rechten Arm angewinkelt und auf die Rückenlehne gestützt, und an mich gewandt, als würde ich ihn überhaupt nicht kennen. «Das ist kein Name aus unserer Familie. Mein Vater, Berufssoldat aus Berufung, suchte für seine Söhne die spanischen Namen aus, die ihm am rauhesten, am männlichsten und am martialischsten erschienen, mit Ausnahme meines ältesten Bruders, der wie er Paco heißt. Bevor ich geboren wurde, nannte er seinen zweiten Sohn Nuño und den vierten, der nur ein Jahr älter ist als ich, Guzmán. Mein kleiner Bruder, das siebte Kind, heißt Rodrigo. Die Mädchen, es sind nur zwei, blieben von dieser Regel verschont und tragen Namen von Jungfrauen, Rocio heißt die dritte und Amparo die sechste, denn die Familie meiner Mutter stammt aus Valencia, auch wenn sie einen italienischen Familiennamen haben –»

«Jetzt reicht es, Martín», gelang es mir endlich zu sagen. «Es reicht.»
«Aber warum? Ich habe doch erst angefangen.»
«Ich weiß sehr gut, wie dein Vater, deine Mutter und alle deine Geschwister heißen.»
«Gut, aber wenn ich dir mein Leben erzählen soll, muß ich von vorn beginnen.»
«Es ist nicht nötig, daß du mir dein Leben erzählst», protestierte ich in wütendem und zugleich bitterem Tonfall, der getreu wiedergab, wie ich mich fühlte. «Ich kenne es auswendig.»
«Aber nein!» Er schrie beinahe, beugte sich vor und streckte mir die Hände entgegen, als wolle er mich gleich strangulieren. «Zufällig kennst du es nicht auswendig. Vielleicht hast du keine verdammte Ahnung!»
Dieser Ausbruch erschreckte mich wirklich. Ich kauerte mich unwillkürlich in meinem Sessel zusammen und fand kein einziges Argument, das ich seinem Geschrei entgegensetzen konnte. Er faßte sich langsam wieder. Mühsam fand er in die anfängliche, gewohnte Haltung des sorglosen Plauderers zurück und bat mich um Verzeihung.
«Es tut mir sehr leid», sagte er. «Ehrlich. Du kannst gehen, wenn du willst, aber ich würde gerne weiterreden.»
«Gut, wir können reden, aber bitte ohne Ausfälle... Das hier wirkt wie einer dieser Filme über Ehekrisen, über die wir uns früher immer kaputtgelacht haben.»
«Das stimmt, früher.»
«Weil heutzutage keine solchen Filme mehr gedreht werden», verteidigte ich mich.
«Nein, weil wir uns heutzutage nicht mehr kaputtlachen. Und auch nicht mehr reden. Ohne den Ausfall hätten wir nie damit angefangen.»
«Nein?»
«Nein, und du weißt das genau. Willst du noch einen?»
Ich zeigte auf mein Glas, das noch halb voll war, und er füllte seines ganz bedachtsam nach.
«Wenn es dir lieber ist, kann ich auch am Ende anfangen», sagte er dann und sah mir in die Augen, die ich ihm sofort verweigerte, indem ich blindlings dieses augenscheinlich eher freundliche Angebot abschätzte, das im Ansatz eine geheimnisvolle Drohung zu enthalten

schien; ich hätte gern den Mut gehabt, es anzunehmen, und sei es nur, damit wir schneller zum Ende kämen, damit wir diese Szene beendeten, die mir noch immer nicht gefiel, aber mein Kopf sagte nein, und als ich die Augen wieder öffnete, hatte ich den Eindruck, daß er mir für mein Nein dankte.

«Gut. Ich bin auf die Piaristenschule gegangen, wie du weißt, habe gute Noten bekommen, war ein mehr oder weniger guter Sohn und ein einigermaßen guter Bruder, ich verliebte mich wie die Hälfte der Weltbevölkerung platonisch in Claudia Cardinale, begann mit zwölf Jahren zu wichsen, und mit fünfzehn führte ich meinen ersten Lodenmantel aus, der mich vom Kopf, den ich mir mit einer halben Tube Pomade frisierte – wie du weißt, bin ich wunderbarerweise der einzige von uns Brüdern, der nicht kahl geworden ist –, bis zu den Füßen, an denen ich weinrote Mokassins mit Troddeln trug, in einen, wie wir damals sagten, perfekten feinen Pinkel verwandelte. Vielleicht hat mir die Politik, außer daß sie mein Leben veränderte, auch das Haar bewahrt, weil ich nach der Hälfte der Universitätsvorbereitung aus Liebe zu Christus alle Pracht der Welt, einschließlich Loden, hinter mir ließ.»

«Und aus Liebe zu Padre Ercilla», merkte ich an und trank mein erstes Glas aus, um sofort mit dem zweiten zu beginnen, was mir einen prekären Zustand von Wohlbefinden bescherte, das mit meiner Fähigkeit, mich über den ersten Teil dieses Monologs mit unbekanntem Ziel zu amüsieren, wuchs.

«Nein», sagte er lächelnd, «Padre Ercilla habe ich nie geliebt. Ich habe ihn nur bewundert, wirklich sehr bewundert, das schon. Er war mein Religionslehrer und gab einen außergewöhnlichen, faszinierenden Unterricht, er zitierte manchmal Brecht und sprach immer von der Ungerechtigkeit, von der Armut, von der Ungleichheit und sogar von der Ruchlosigkeit des Kapitalismus. Es wurde mein Lieblingsunterricht. Ich habe stundenlang über das, was er uns erzählt hat, nachgedacht und Gegenargumente vorbereitet und meine Freunde mit meinen ständigen Diskussionsbeiträgen fast zum Verzweifeln gebracht. Dann erfuhr ich, daß er sich außerhalb des Unterrichts mit einer Gruppe... na, sagen wir mal, besorgter Schüler traf, so was wie der Marienorden in sozialer Form...» Meine Lippen, die sich gebogen hatten, bis sie ein Lächeln formten, ließen einen kurzen Auflacher frei. «Lach nicht, das war alles ganz ernst. Es gab Theorieversammlungen und Ausflüge praktischer Natur, die ich anfangs fast weniger mochte als erstere, denn ich fühlte mich ziemlich verloren in diesen abgelegenen Vierteln, in denen die Leute so erbärmlich lebten und wo alles so armselig war, daß es mich ziemlich deprimierte. Die Frauen im Alter meiner Mutter sahen aus wie Großmütter und trugen immer diese unter dem Kinn zusammengebundenen schwarzen Kopftücher, und ihre Männer vermittelten den Eindruck, daß sie nie mit dem Arbeiten auf dem Feld aufgehört hatten – obwohl ich genau wußte, daß das unmöglich war –, denn sie hatten eine sehr dunkle, faltige Haut und schmutzige Fingernägel, und sie trugen Baskenmützen... Du hast solche Menschen nie gesehen, sosehr dein Vater auch Kommunist war.»

«Nein», räumte ich ein. «Das stimmt.»

«Natürlich warst du im Gegensatz zu mir auch viel gläubiger, so daß du es nicht nötig hattest, etwas zu sehen, um es zu glauben, aber ich schon, ich mußte viele Kinder im Winter barfuß gehen, viele Hütten ohne Wasser oder elektrisches Licht und viele Männer sehen, die sich ihr Leben lang vor der Polizei versteckten, bevor ich es glauben konnte. Wir brachten ihnen, was wir konnten, Geld, getragene Kleidung, sogar Lebensmittel, und Padre Ercilla sprach mit ihnen, er erfuhr, was jede Familie brauchte, er versuchte, sie zu organisieren und die anstehenden Probleme zu lösen. Er war ein toller Typ, ehrlich, das denke ich immer noch, aber er war Priester, und natürlich hielt er vor einem improvisierten Altar in einem Haus oder, wenn es schön war, auf offener Straße auch Gottesdienste, denn diese Menschen waren nicht einmal in eine Kirchengemeinde eingetragen, so daß wir bei vielen Familien nicht gerne gesehen waren und andere uns gar nicht erst die Tür aufmachten. Einer unserer heftigsten Gegner war ein Mann ungefähr im Alter meines Vaters, der seine Arbeit verloren hatte, weil er ständig betrunken war, oder er betrank sich ständig, weil er seine Arbeit verloren hatte, was weiß ich, ich habe nie herausgefunden, was Ursache und was Wirkung war. Er hieß Fausto und wenn er uns sah, beschimpfte er uns und warf uns sogar Steine hinterher. Er hatte eine Tochter, die etwas älter war als ich, ein sehr hübsches Mädchen, aber wirklich sehr hübsch, die Lucía hieß, ein ausgesprochen seltsamer Name für jenes Viertel, wo alle Mädchen Socorro, Antonia oder Juanita hießen, Namen eben, die mir damals so bäuerlich vorkamen.

Aber ich wurde nicht wegen ihres Namens auf sie aufmerksam, ehrlich, sondern weil sie klasse war, aber wirklich klasse, und außerdem wirkte sie wie eine erwachsene Frau, sie war neunzehn Jahre alt, aber immer hergerichtet und stark geschminkt, sie hatte rote Fingernägel und langes Haar, sie trug schwarze Strümpfe und Stöckelschuhe, ein Paar recht abgelatschte, sehr häßliche, aber saubere Schuhe. Sie war unmöglich zu übersehen, denn sie hatte wahnsinnig tolle Beine, große Brüste und einen tollen Hintern, sie war ganz und gar Körper, und sie hatte riesige schwarze Augen, die immer glänzten...» Dann hielt er inne und sah mich an. «Das hast du nicht gewußt.»
«Nein, weil du es mir nie erzählt hast.»
«Ich konnte nicht», und bevor ich ihn fragen konnte, warum nicht, erklärte er es mir selbst. «Ich habe mich ihr gegenüber wie ein Schwein benommen, ich wollte nicht, daß du das erfährst.»
Ich nutzte die Pause, um ihn anzusehen, um mich in ihn hineinzuversetzen, in seine Schwäche, in seine Verwirrung, in diesen freiwilligen Eifer, ein anderer, ein besserer Mensch sein zu wollen, der wie die Triebfeder zu einer Metamorphose funktionierte, die ich nur zu gut kannte und tausendmal ausführlich genug aus seinem Mund vernommen hatte, um jetzt meinen eigenen Ohren zu mißtrauen, und ich hatte Lust, laut aufzulachen, ihn mit irgendeiner Redewendung zu unterbrechen, hör schon auf, leg 'ne andere Platte auf, aber ich war plötzlich neugierig auf die Geschichte, die dieses außergewöhnliche, plötzliche, so brutale und ausgesprochen unglaubliche Geständnis bewirkt haben könnte, und außerdem konnte ich den Gesichtsausdruck meines Mannes nicht ganz deuten. Denn Martín sah mich mit seinem kantigen, leicht unregelmäßigen Gesicht mit dem noch gleichmäßig dunklen Haar, mit den breiten Augenbrauen, seinen seltsamen, braunen Augen eines Tieres, Augen einer Wildkatze, mit einem etwas merkwürdigen Blick an, irgend etwas zwischen Sentimentalität und Ironie, zwischen Verpflichtung und dem Vergnügen, sich zu erinnern, eine unerhörte Abfolge von Lichtern, die sich nicht die Spur veränderte, als er schließlich weitererzählte.
«Alle Mädchen aus jenem Viertel schwirrten wie ein aufgebrachter Bienenschwarm um uns herum, sie verfolgten uns, als wären sie davon überzeugt, daß wir ihre Rettung seien. So müssen wir auf sie gewirkt haben, ein Haufen reicher, gutangezogener Jungs mit Geld und einem

großen schlechten Gewissen, die wir das Studium vor uns und eine Familie im Rücken hatten, die imstande war, jeglichen Wunsch zu erfüllen, den Mädchen, die ohne etwas aufgewachsen sind, hegen, oder, besser ausgedrückt, den verzweifelten Wunsch nach einem Haarreif, nach einem Paar Perlenohrringen, einem Kommunionskleid und solchen Dingen, solchen Kleinigkeiten, die meine Schwestern zuhauf besaßen. Das klingt nach billigem Pamphlet, aber so ist die Welt, und Padre Ercilla hatte kaum eine vage Vorstellung von der moralischen Verkommenheit, der er uns in der guten Absicht, alle Armen in Madrid zu erlösen, aussetzte. Denn es war schwer, das zu ertragen, weißt du, sosehr man Christus auch lieben mochte, so guten Willens man auch war, so bewußt man sich die Ungerechtigkeit, das Elend der Armut und die Vorzüge der Barmherzigkeit auch machte, es gab keine Form, das zu ertragen, oder zumindest habe ich keine gefunden, das ist wahr. Anfangs gaben sie sich mit einer Einladung zu einem Imbiß zufrieden, sie bestellten Kakao und Croissants, dafür drehten sie fast durch, obwohl, hungern mußten sie zu Hause nicht, aber sie bekamen nie Brötchen oder Bonbons oder Kuchen zu sehen, diese Sorte kleiner Leckereien eben, und sie hatten die Nase voll von den täglichen Gemüse- und Fleischeintöpfen, ist ja auch verständlich... So fingen wir Priesterjungs an, wie sie uns nannten, so fing ich an, mit Kakao und Croissants; das erste Mädchen, das ich einlud, hieß Socorrito, deshalb habe ich mich vorhin an diesen Namen erinnert, aber sie war ziemlich häßlich, die Ärmste, sie gefiel mir nicht, und sie hat es wohl gemerkt, denn weiter mochte sie nicht gehen... Damals wußte ich schon, daß einige meiner Freunde in Sachen Abenteuer etwas mit einzelnen Mädchen aus dem Viertel laufen hatten, natürlich nicht alle, denn die meisten waren wirkliche Hosenscheißer, die sich um das Privileg zankten, Meßdiener bei den Schulmessen zu werden, aber ein paar andere, die Ältesten und politisch Bewußteren, die zwar schon studierten, aber noch zu Padre Ercillas Gruppe gehörten, weil sie noch keinen besseren Kampfplatz gefunden hatten. Die Frömmsten verbreiteten wirre Geschichten über Todsünden, einmal hatten sie Fulanito mit offener Hose dabei erwischt, wie er hinter einer Lehmwand mit der Tochter des Kneipenwirts herumknutschte, und ein anderes Mal hatten sie Menganito in der Gran Vía beobachtet, als er eines dieser Mädchen umarmt hatte, solche Sachen eben... In den Theorieversammlungen, die wir veranstalteten, bevor wir uns auf den Weg machten, hielt uns der Padre abschreckende Reden, in denen er behauptete, daß man sich nichts Niederträchtigeres vorstellen könnte, als die Not anderer auszubeuten, und uns vor der Versuchung warnte, die armen Mädchen, die kaum mehr besaßen als ihren Körper, auszunutzen. Ich weiß nicht, ob es den anderen auch so ging, aber mich machte dieser Satz scharf. Dann zogen wir unsere Mäntel über, und los ging's, Gutes tun. Der arme Padre Ercilla sah nicht viel weiter als über seine eigene Heiligkeit hinaus und wollte seine Zeit nicht damit verschwenden, uns zu überwachen, wo er doch wußte, daß ‹der Ernte viel und›, wie ging das, ‹der Arme wenig waren›?»

«Ich weiß es nicht. Ich hatte als Kind keinen Religionsunterricht.»

«Da hast du was versäumt», sagte er lächelnd.

«Ja.» Ich lächelte zurück. «Das merke ich schon...»

«Gut, wie auch immer... Es war so, daß er immer sehr beschäftigt war, sich die Hand küssen ließ und sich unentbehrlich machte; es ist eine Sache, zu denken, daß er in Ordnung war, und eine andere, seine maßlose Eitelkeit bei jenen Ausflügen nicht einzuräumen, und wir machten unseren eigenen Kram und versuchten schlecht und recht zu erfüllen, was uns aufgetragen worden war. ‹Diese Jungs sind meine Infanterie›, pflegte er zu sagen, ‹und die Infanterie, das weiß man ja...› Während ich mich davon überzeugte, daß die Revolution und die Heilige Mutter Kirche recht wenig miteinander zu tun hatten, entdeckte ich auch, wie die Dinge auf dieser Welt laufen. Ein Mädchen namens Mari nahm einmal meine Hand und legte sie auf eine ihrer Brüste, wobei sie mich fragte, warum wir ihr nie eine Tasche mitbrächten, denn sie hatte schon genug Röcke und Blusen, aber was sie sich wirklich wünschte, wäre eine Tasche, denn sie hätte noch nie eine besessen. In der darauffolgenden Woche brachte ich ihr eine Tasche mit, die ich meiner Schwester Rocio gutmeinend gestohlen hatte; sie führte mich auf ein freies Feld und ließ sich von mir überall befummeln. Als es mir in die Hose kam, während ich mich an ihr rieb, sagte sie mir, daß sie auch keine Strümpfe hätte... Ich könnte dir das auch anders erzählen, aber so war es, und trotzdem ging ich an jenem Abend zufrieden nach Hause und war fast davon überzeugt, etwas Gutes getan zu haben, denn du kannst dir nicht vorstellen, wie sehr ihr die Tasche gefallen hat, du kannst dir nicht vorstellen, was für ein glückliches Gesicht sie machte, als sie mich umarmte und zu mir sagte: ‹Wie gut du zu mir bist...› Dann begann auch ich mein Studium, aber nach meinem Beitritt zur Kommunistischen Jugend gehörte ich noch bis Februar oder März, ich weiß es nicht mehr genau, Padre Ercillas Gruppe an. Da ging ich schon mit Lucía. Sie war die Freundin von Mari, der mit der Tasche, und ich hatte ihr keine Gelegenheit gegeben, auf mich zuzugehen, ich war direkt auf sie zugegangen. Alles in allem hatte ich meinen Glauben verloren...»

Er beobachtete weiterhin aufmerksam den Ausdruck meiner Augen und versuchte, meine Reaktionen einzuschätzen, aber ich mochte seine Geschichte nicht mit der ungenauen Beschreibung eines wirren Gefühls unterbrechen, das wuchs und zurückwich, das sich vervielfältigte und in sich selbst verstrickte, während die Worte aufeinanderfolgten, obwohl ich es in ein paar schlichten Sätzen hätte zusammenfassen und ihm erzählen wollen, daß ich ihn damals gerne kennengelernt hätte und wie glücklich ich gewesen wäre, wenn er mich zu einem Kakao und einem Croissant eingeladen hätte. Er hatte mir nie viel aus jener Zeit erzählt. Auch wenn er gern von Padre Ercilla und seinem Unterricht redete, hatte er nur einmal und ganz nebenbei seine Besuche in jenem Randbezirk erwähnt, dessen Namen er noch nicht hatte nennen mögen, als hätte er Angst, ihn wieder auszusprechen, aber ich konnte mir ihn sehr gut in dieser Rolle vorstellen, denn ich kannte seine Eltern, seine Geschwister und das Haus, in dem er damals lebte, so anders als mein Elternhaus, es flößte mir anfangs weniger Respekt denn Angst ein, Angst, ins Fettnäpfchen zu treten, etwas Unangemessenes zu sagen oder die Fakten, die Lieder und die Geschichten nicht zu kennen, an die sich alle Bewohner lautstark erinnerten. Als ich ihn zum ersten Mal sah, war er im vierten Studienjahr, er hatte sich erst kurz zuvor von seiner Liebe zu Christus abgewandt, sein Aussehen konnte sich in diesen drei Jahren nicht sonderlich verändert haben, ebensowenig sein Geist und sein Charakter, jenes unwiderstehliche Charisma eines echten Agitators, das jetzt in die kleine Öffnung einer gestohlenen Tasche paßte, ohne auch nur einen Funken seines Glanzes zu verlieren, aber ich hielt mich nicht mit moralischen Betrachtungen auf, ich gehorchte einfach seiner Stimme und akzeptierte, daß das Widerwärtige widerwärtig, das Unvermeidliche unvermeidlich und das Verständliche verständlich war, obwohl ich noch nicht ganz begriff, warum ich mich ihm, während ich dieser Geschichte aus den Jahren lauschte, in denen wir noch nicht zusammengelebt hatten, so nah fühlte.

«Lucía war den anderen Mädchen, die ich dort kennenlernte, immer einen Schritt voraus. In allem. Das merkte ich sofort, denn beim ersten Mal, als ich versuchte, ihr eine Coca-Cola zu spendieren, lachte sie mich aus und sagte zu mir, ich solle mir das Geld sparen, ihr könne man mit dieser Art Tricks nicht kommen. Sie war nur anderthalb Jahre älter als ich, aber sie wirkte wie eine richtige Frau, und ich, der ich gerade achtzehn geworden war, reagierte ein bißchen erschrocken, ehrlich, und beschloß, es nicht mehr zu versuchen. Aber sie war erst neunzehn Jahre alt, sosehr sie das auch zu verschleiern suchte, und außerdem verlor ich sie von dem Tag an nicht mehr aus den Augen. Sie tauchte auf, wenn ich es am wenigsten erwartete, beispielsweise im Alphabetisierungsunterricht, obwohl sie lesen und schreiben konnte, bei den Versammlungen, die wir in der Kneipe abhielten, oder einfach an ihrer Haustür, genau dann, wenn ich gerade vorüberging. Sie kam sogar zur Messe, obwohl ihr Vater ihr eine Tracht Prügel angedroht hatte, wenn er erfahren sollte, daß sie was mit dem Priester zu tun hatte. Und es stimmte, sie hatte nichts mit dem Priester zu tun, denn sie mischte sich nie ein, sagte nie etwas, sie ließ sich nur sehen und sah mich mit einem spöttischen Lächeln an, das mich wahnsinnig machte, ehrlich, ich flippte total aus, wenn ich sie irgendwo an die Wand gelehnt sah, wenn sie ihr ganzes Gewicht auf ein Bein verlagerte, wenn sie die Hüften schwang, wenn sie ganz allein tanzte oder mit der roten Glasperlenkette spielte, die sie immer trug, als würde sie all das, was um sie herum geschah, nichts angehen, als wäre sie verpflichtet, mich davon zu überzeugen, daß ich sterben würde, wenn ich sie nicht bald vögelte, als hätte ich das nicht schon gewußt... Bis ich eines Abends nach einem ihrer Auftritte Mari überredete, mit mir auf das Feld zu gehen, auf dem wir das erste Mal gewesen waren, und Lucía es, ich weiß bis heute nicht wie, mitbekam und sich uns mitten auf der Straße in den Weg stellte. Sie verjagte ihre Freundin mit dem Vorwand, daß ihre Mutter sie suchen würde und sie schleunigst nach Hause gehen müsse, wenn sie sich Ärger ersparen wolle, und dann griff sie mich direkt an: ‹Und du, was ist mit dir los?› fragte sie mich, und ich antwortete, nichts, daß ich gedacht hätte, sie wolle nichts von mir wissen. ‹So wie die da nicht›, flüsterte sie, wobei sie in die Ferne zeigte, und dann stellte sie mir mehr oder weniger ihre Bedingungen. ‹Ich hasse dieses Viertel›, sagte sie zu mir, ‹ich hasse diese Häuser, ich hasse diese Scheiße. . .› Wir verabredeten uns für den nächsten Tag am Eingang der Metrostation Quevedo, und ich lud sie in ein Café ein, das Madison hieß und in der Calle de Arapiles war, ich weiß nicht, ob du dich erinnerst, ein sehr großes Lokal mit Lampen, von denen eine Art Stalaktite aus Glas herabhingen, und das damals ziemlich prächtig aussah, viel Samt und Rauchglas. . . Ihr gefiel es.»

«Ich mochte diese Lokale auch sehr, als ich klein war», gab ich zu. «Aber ich ging mit meiner Mutter meistens in das Californias in der Calle de Goya, und ich bestellte immer Sahnetörtchen, das war toll.»

«Sie bestellte auch Törtchen, daran erinnere ich mich noch, und eine Tasse Schokolade, und nachdem wir uns eine Weile unterhalten hatten, fragte sie mich, ob ich noch Geld hätte, und als ich bejahte, bat sie mich, sie zu einer Cola-Rum einzuladen.»

«Und du hast sie eingeladen.»

«Ja.»

«Und dann hat sie sich befummeln lassen.»

«Nein. Lucía war schlauer als die anderen Mädchen, das sagte ich ja schon, sie war immer einen Schritt voraus. An jenem Nachmittag küßte sie mich auf den Mund, als ich sie wieder zur Metrostation begleitet hatte, das war alles. Sie wollte weder eine Tasche noch Strümpfe, noch einen reichen Jungen, den sie ihren Freundinnen zeigen konnte. Lucía wollte mich erlegen, aber ich war schlauer als sie, und als ich das merkte, änderte sich die Geschichte solcherart, als hätte sie jemand auf den Kopf gestellt. Und von da an verhielt ich mich wie ein Schwein.»

«Nein», protestierte ich und verteidigte ihn gegen seinen Willen. «Schließlich hatte sie das ja gewollt.»

«Nein, so einfach war das nicht, weißt du. . . Anfangs sah es so aus, denn sie war ziemlich launisch und spielte ein übles Spiel mit mir, an einem Tag öffnete sie mir im Kino die Hose, um meinen Schwanz anzufassen, und am nächsten Tag durfte ich sie nicht einmal küssen. Sie vertrieb sich die Zeit damit, sich nicht vorhandene Kränkungen auszudenken, und manchmal kokettierte sie unverschämt mit anderen Typen herum, nicht nur mit Bekannten aus ihrem Viertel, sondern auch dann, wenn wir ins Zentrum fuhren und sie jemandem, den sie gar nicht kannte, zulächelte, um mich eifersüchtig zu machen. Und ich war selbstverständlich eifersüchtig. Sie wollte mich fest in der Hand haben, und eine Zeitlang gelang ihr das. Ich war sehr verliebt in sie, so wahnwitzig verliebt, wie es Jugendliche sind, die an einem Lächeln, einem Blick oder einer Bewegung hängenbleiben, obwohl die Person, die lächelt, schaut oder sich bewegt, absolut gar nichts mit ihnen zu tun hat, auch wenn jeder andere Mensch, außer sie selbst, auf einen Blick erkennen kann, daß ihre Liebe ein Irrtum ist... Trotzdem, ich war sehr verliebt in sie, ich war blind, krank und albern vor Liebe, bis ich in die Partei eintrat, Padre Ercillas Gruppe verließ und sich mein Leben änderte, denn von da an hatte ich natürlich mehr zu tun, ich lernte viele neue Leute und viele Mädchen kennen, natürlich keine wie Lucía, aber eben Mädchen, und ich begriff, obwohl ich noch nicht fähig war zu widerstehen, daß es mir gewaltig auf den Sack ging, den Hampelmann dieser Frau zu spielen...» Er betrachtete seine Fingernägel, untersuchte sie sehr interessiert und fügte dann, wie ein Halbstarker komplizenhaft lächelnd, den hinterhältigen Satz hinzu: «Ich entscheide gern selbst über die Spielregeln, wie du weißt...»

«Selbstverständlich», räumte ich ein, «und das freut mich.»

«Gut, greifen wir den Ereignissen nicht vor.» Er lachte auf und riß mich mit. Ich war wirklich belustigt, obwohl ich nicht im entferntesten den Hintergrund seiner Absichten erriet. «Gut, wo waren wir stehengeblieben? Ach ja... Lucía merkte, daß ich mehr als verknallt in sie war, daß die Schraube keine weiteren Drehungen aushielt, und änderte die Strategie, um sich mit allem, was dazugehört, in meine Freundin zu verwandeln. Damals begann sie, Eifersucht vorzutäuschen, sie war es, die sich sehr für mich interessierte, mich umsorgte und hätschelte und mich ständig nach meiner Familie fragte, was mein Vater mache, von wo meine Mutter herstamme, wie ich mich mit meinen Eltern und meinen Geschwistern verstünde, wer meine neuen Freunde seien, die mich so viel beanspruchten... Als ich schon weich war, völlig verliebt und bis auf die Knochen gerührt über ihre plötzliche Liebe, warf sie mir vor, daß ich mich ihrer schämte, daß ich sie deshalb nie zu meinen Versammlungen mitnähme, daß ich sehr darauf achten würde, daß uns außerhalb ihres Viertels niemand zusammen sah. Ich sagte ihr, sie solle kein Dummkopf sein, daß das nicht stimme, und von da an ging ich mit ihr überallhin... Arme Lucía! Ich war ein rebellischer junger Schnösel, das war ich, da hatte Marita recht, ein Schnösel wie alle anderen. Was sollte es mir ausmachen, sie den anderen vorzustellen, so schick wie es war, eine Freundin aus dem Pöbel zu haben, die obendrein noch so toll aussah? Die aus der Revolutionären Zelle bekamen jedesmal Stielaugen, wenn sie sie sahen...! Und sie, die sehr schlau war, das sagte ich ja schon, begann sich anders anzuziehen, je nachdem, wohin sie mich begleitete, und wenn wir mit meinen Kommilitonen verabredet waren, erschien sie in Jeans und schminkte sich nur wenig, denn die Kommilitoninnen waren regelrecht erstarrt, als sie sie zum ersten Mal mit diesen hohen Stöckelschuhen und im Minirock sahen, sie hatten an uns beiden kein gutes Haar gelassen, und sie spürte, daß das nicht angebracht war, obwohl sie ganz genau wußte, daß es mir gefiel, wenn sie wie eine... sagen wir, Femme fatale herumlief, und sie wußte auch, daß mir diese Art von Kommentaren ziemlich auf die Eier ging... Jedenfalls hatte ich, so verliebt ich auch war, zu jenem Zeitpunkt schon Vorsichtsmaßnahmen ergriffen. Lucía erschien mir immer noch als das schönste Mädchen der Welt, aber wenn wir allein ausgingen und wir nicht miteinander herummachen konnten, langweilte ich mich sehr mit ihr. Es hatte keinen Sinn mehr, ständig zu flirten, den Eifersüchtigen zu spielen, sich zu streiten und wieder zu versöhnen, das hatten wir schon über, und um ehrlich zu sein, konnten wir über nichts miteinander reden, wir saßen stundenlang schweigend da, hielten Händchen und knutschten herum, nur um irgendwas zu tun... Und dann machte sie einen großen Fehler, sie schoß den Bock endgültig ab, weil sie eines Tages zu mir sagte, in anderen Worten natürlich, mit ausgesuchteren, romantischeren, vielleicht auch hilfloseren Worten, wir würden uns langweilen, weil unsere Situation nicht mehr hergab, daß wir uns eine Wohnung suchen und zusammenziehen müßten, heiraten sollten...»

«Und du bist ausgeflippt.»

«Ich kann dir sagen...!» Ich lächelte, als ich sah, daß er noch immer ein ängstliches Gesicht machte, wenn er daran dachte. «Natürlich, aber ich hielt sie so lange hin wie nur irgend möglich, damit ich weiter mit ihr vögeln konnte.»

«Du hast mit ihr gevögelt...»
«Natürlich, wenn ich das nicht getan hätte, warum –»
«Also gut, aber das hast du noch nicht erwähnt.»
«Nein. Das war ja das Schlimmste. Gut, es war auch das Beste. Es war das Beste und das Schlimmste zugleich. Sie wollte nicht, klar, und da sie mich ja heiraten wollte, versuchte sie, so gut sie konnte, an der Schnur zu ziehen, aber ich hatte genug von den Spielchen und sagte zu ihr: ‹Wenn wir ein Paar sind, dann vögeln wir auch, und wenn nicht, dann lassen wir es und bleiben Freunde...› Darauf erklärte sie mir, daß sie noch Jungfrau sei, und ich glaubte es ihr, und es ging mir schlecht, weil ich einerseits starb vor Lust, mit ihr zu vögeln, aber andererseits erschien es mir Wahnsinn, sie zu entjungfern, obwohl ich wußte, daß sie mich angeln wollte, und mir nicht klar war, ob sie es zulassen würde, es war eine halbwegs anständige Form, mir zu sagen, daß sie mich auf keinen Fall an sich ranlassen würde. Es war alles so verwirrend, weißt du? Ich liebte Lucía, ich liebte sie, aber ich langweilte mich mit ihr, und trotzdem gefiel sie mir mehr als alles andere auf der Welt, und einerseits wäre das Respektieren der Jungfräulichkeit einer Frau eine paternalistische und reaktionäre Haltung gewesen, aber andererseits hatten die jungen Herren das Gegenteil gemacht, seit Gott existiert, und ich war ein junger Herr, der sich bemühte, keiner mehr zu sein... Und außerdem, verdammt, war Lucías Jungfräulichkeit in ihrer Welt ein echtes Vermögen, etwas, was Wert hatte, so daß ich nicht wußte, was ich tun sollte, sie einfach zu vögeln wäre gewesen, wie ihr etwas zu rauben, was willst du, ich war erst neunzehn... Schließlich traf sie die Entscheidung. Wir waren auf einer Party in einer Studentenwohnung, und sie sagte zu mir: ‹Ich will mit dir schlafen, heute, jetzt...› Verdammt! Ich habe fast geweint vor Rührung.»
«Aber du hast es getan.»
«Uns hat's erwischt...» Ich lachte auf, und diesmal lachte er mit. «Natürlich habe ich es getan, ganz vorsichtig, ganz geduldig, ganz zärtlich... Du weißt schon, das Übliche. Und große Angst hatte ich auch. Aber ich habe es nie bereut, das schwöre ich dir, nicht ein bißchen habe ich es bereut, es hat mir so gut gefallen, daß ich sie auf der Stelle geheiratet hätte. Und stell dir vor, vielleicht hätte ich sie wirklich

geheiratet, wenn ich nicht erfahren hätte, bis zu welchem Grad ich mich zum Narren gemacht habe. . .»

«Weil sie keine Jungfrau mehr war.» Ich weiß nicht warum, aber das war das einzige, was ich von Anfang an geahnt hatte, und ich sagte es ihm. «Habe ich mir schon gedacht.»

«Natürlich nicht. Ich hatte keine Ahnung, und nicht nur, weil ich nichts bemerkt habe, weil ich selbst wirklich Jungfrau war und genug mit mir zu tun hatte, sondern weil ich mir nicht vorstellen konnte, daß sie mich anlog, ich weiß nicht, warum, aber es kam mir nicht in den Sinn, vielleicht weil ich mich zu sehr als Hahn im Korb fühlte. Ich war viel naiver als du. Aber ich habe es schließlich begriffen, und auf gemeine Art, gewiß. . . Anfangs pflegten wir bei Mono zu Hause zu vögeln, aber als seine Eltern sauer wurden und ihn in ein Internat steckten, weil er im zweiten Semester nichts bestanden hatte, wurde alles etwas schwieriger für uns. Aber wir fanden trotzdem immer einen Ort, und wenn nicht, machten wir es im Auto, und wir verbrachten eine heiße Zeit, weißt du? Ich kam gerade ins dritte Studienjahr, das Auto, das ich von meinem Bruder Nuño geerbt hatte, gab vor Altersschwäche den Geist auf, die Wohnungen, in die wir hin und wieder gehen konnten, waren nicht mehr verfügbar, und Mono war angedroht worden, daß er aus dem Internat rausfliegen würde, wenn er noch einmal Mädchen mit auf sein Zimmer nähme, da kriegte er kalte Füße. . . So befanden wir uns wieder in derselben Situation wie vor dem Vögeln, aber jetzt langweilten wir uns noch mehr, und ich fing an, die Treffen mit Lucía einzuschränken, wir sahen uns nur noch an den Wochenenden und manchmal nicht einmal das. Da machte sie einen zweiten Fehler, die Ärmste. . . Sie dachte, daß es wichtiger sei, weiter mit mir zu vögeln, als bestimmte Dinge vor mir zu verbergen, und eines schönen Tages eröffnete sie mir, daß wir zu ihr nach Hause könnten. Ich war zufrieden, weil ich glaubte, da sei niemand, aber ihr Vater war da, und obwohl er auf den Boden spuckte, als er mich erblickte, sagte er nichts. Danach bat sie mich um etwas Geld, um ihn für sein Schweigen zu bezahlen, und ich gab es ihr, das schon, denn sie wollte nicht, daß ihre Mutter etwas davon erfuhr, eine arme Frau, die die ganze Familie unterhielt, indem sie putzen ging. Einmal sagte sie zu mir, sie wäre zu allem bereit, bevor sie so enden würde wie ihre Mutter, und als ich diese zum ersten Mal sah, verstand ich sie, das schwör ich dir...Wir vögelten nämlich in ihrem Bett, das mit einem Vorhang vom einzigen Zimmer der Wohnung, das sie Wohnzimmer nannte, abgetrennt war... Schrecklich, bitte mich nicht um Einzelheiten, weil ich es nicht ertragen könnte. Von dem Tag an wurde mir vieles klar, und dann wurde Lucía wirklich ein Problem. Denn ich war nicht bereit, sie zu heiraten, ich wollte es nicht, ich konnte es nicht, verstehst du? Unsere Geschichte hatte keinen Sinn, aber ich wagte es auch nicht, sie zu verlassen, ich traute mich nicht, mich den Konsequenzen dieser Entscheidung zu stellen, jetzt, wo ich wußte, wem sie sich ausgeliefert hatte, was weiß ich... Um ihr nicht weh zu tun, habe ich ihr vermutlich viel mehr weh getan als beabsichtigt, denn ich blieb stecken, war unfähig, etwas zu tun, ich konnte weder zu ihr stehen noch sie verlassen, nichts, außer weiter mit ihr vögeln, lange Zeit war mir das das Liebste auf der Welt, und später nicht einmal mehr das... Damals kam mir in den Sinn, ernsthaft in die Politik einzusteigen. Um wirklich sehr beschäftigt zu sein, um genug Entschuldigungen parat zu haben, wenn ich keine Lust hatte, mich mit ihr zu treffen, um sie aus meinem Kopf zu verbannen, um mich zu rechtfertigen, wenn ich ihr irgendeine Gemeinheit angetan hatte. Das war das einzige, was ich hatte, das einzige, was mich interessierte, das einzige, an das ich noch glauben konnte. Jedesmal, wenn Lucía sich zu beklagen begann und von mir verlangte, ich solle zugeben, daß ich sie nicht mehr liebte, wenn sie weinte und verzweifelte, sagte ich mir selbst, daß sie es nicht verstehen könne, daß sie nicht begriff, daß ich viel wichtigere Dinge zu tun hatte. Und am Morgen des nächsten Tages sprach ich in irgendeiner Versammlung von der Ausbeutung der unterdrückten Klassen, vom Wertezuwachs und den Menschenrechten, von der Amnestie und der nationalen Versöhnung, jeder nach seinen Fähigkeiten und jedem nach seinen Bedürfnissen, du weißt schon, du hast mir applaudiert... Am Ende traute sich die Arme nichts mehr zu sagen, tat alles, was ich wollte, protestierte nie, wenn wir uns ein paar Wochen lang nicht sahen, sie klammerte sich an alles, was sie haben konnte, und war zu allem bereit, nur um weiter Hoffnung haben zu können, so schwach diese auch sein mochte, daß unsere Beziehung gut ausgehen würde, aber eines schönen Tages wurde mir klar, daß es mir nicht einmal mehr reichte, mit ihr zu vögeln. Und ich ließ sie fallen. Es blieb mir nichts anderes übrig, als mich in einen echten Agitator zu verwandeln, wie du es nennst, in einen besseren, größeren Padre Ercilla. Wie findest du das?»

Ich sah ihn schweigend an und pries innigst jedes einzelne Verbrechen, jede einzelne seiner Sünden, verfolgte die Spur jener früheren Grausamkeit, die aus dem Taumel der Jugend und des Begehrens entsprungen war, die Spur der Schuld, die ihn vor so vielen Jahren zu mir geführt hatte und ihn mir jetzt nach so vielen Jahren wieder zurückgab, unreiner vielleicht, aber deshalb geläuterter und vollständiger, geheimnisvollerweise der Liebe würdiger, und ich fand eine gute Formulierung, um ihm zu sagen, daß ich ihm nie verziehen hätte, wenn er diese Frau geheiratet hätte, die ihn nicht so verdiente, wie ich ihn verdiente, daß ich ihm nie verziehen hätte, wenn er mich abgeschrieben hätte, noch bevor er mich kennenlernte, daß dies das einzige war, das ich ihm nie verziehen hätte, und daß mir alles andere egal war, denn ich wollte ihn nur nahe wissen, ihm nahe sein, und auch ich war bereit, für gewisse Privilegien jeden Preis zu bezahlen.

«Ich habe dir das nie erzählt, denn hätte ich erst einmal angefangen, hätte ich dir einen Haufen weiterer Dinge erzählen müssen, und als ich mich in Italien mit dir einließ, war ich erst fünfundzwanzig und fühlte mich immer noch schuldig... Ich war mir nicht sicher, ob du diese Geschichte hättest hören wollen, denn, sosehr ich auch darüber nachgegrübelt habe, habe ich mich gegenüber Lucía wirklich wie ein Schwein benommen, und das läßt sich nicht wiedergutmachen. Außerdem hatte ich sie erst, kurz bevor ich dich bei jener Versammlung, in der du es uns gegeben hast, zum ersten Mal sah, verlassen, und ich dachte, daß du es von anderer Seite nicht erfahren würdest... Später, nehme ich an, war ich zu bequem. Es ist ein bißchen pathetisch, alte, schreckliche Geschichten zu gestehen, die sich im Laufe der Zeit in nichts aufgelöst haben, nicht wahr, zumindest glaube ich das, deshalb hat es mich so gestört, als ich erfuhr, daß du eine Analyse machst. Aber genau deshalb, dachte ich, wäre es für dich vielleicht gut, wenn du bestimmte Dinge erfahren würdest. Und es ist nicht so, daß ich mit mir zufrieden bin, hörst du, es handelt sich nicht darum, daß ich das alles überwunden habe; wenn ich an Lucía denke, fühle ich mich noch immer elend, das schon, und trotzdem, jetzt weiß ich, daß ich mein Leben zerstört hätte, wenn ich mich ihr gegenüber anständig verhalten hätte... Du siehst, auch ich habe schreckliche Geheimnisse zu verbergen» – er lächelte – «aber wenn man sie erzählt, wirken sie gar nicht mehr so schlimm...»

Während ich ihm zuhörte, fand ich ein vages Gefühl der Sicherheit wieder, die behagliche Gewißheit, außer Gefahr zu sein, eine Art angenehmer Unempfindlichkeit, die sich im ganzen Körper ausbreitete, wenn mir das Kindermädchen als Kind ein aufgeschlagenes Knie mit Desinfektionsmittel und einem viel aufwendigeren Verband als nötig verarztete. Noch hatte ich keine Schlüsse zu ziehen begonnen, ich dachte nichts, ich schlußfolgerte nichts, ich setzte die Tatsachen nicht in Beziehung zueinander, aber ich hörte ihm gern zu, das habe ich immer getan, besonders diesem Ton, den er an jenem Abend anschlug, eine geheimnisvollerweise reine Stimme, die aus der friedlichen Koexistenz gegensätzlicher Gefühle entsprang, eine gelassene Stimme, die bis an den Rand der Erregung reichte, eine ironische und aufrichtige, verständliche und von einem gewissen Maß an unerläßlicher Düsterkeit getrübte Stimme, brutal und gleichzeitig subtil, Worte wie duftende, frische Finger, wie sanfte, erfahrene Hände, unerbittlich in ihrer unangenehmen Aufgabe, schmerzhafte Wunden zu heilen, die meine Verwirrung noch nicht auflösen konnten, die mir aber so gut taten, daß ich jenen geheimnisvollen Haufen Dinge, zu denen die bereits gehörten unvermeidlicherweise führen würden, fast auf einen anderen Tag hätte verschieben mögen.

Aber an jenem Abend hatte Martín Lust zu reden, und er bat mich nicht um meine Meinung, bevor er fortfuhr.

«Auch ich bin auf dich aufmerksam geworden, bevor ich dich kennenlernte. Das weißt du noch nicht, aber das hat zunächst nichts zu bedeuten, es war unvermeidlich, zu jener Zeit kannten sich alle Roten der Universität Complutense, und wenn es nur vom Sehen war, nicht wahr?» Ich nickte kurz, und er redete weiter. «Du weißt ja, daß ich mit deinem Exfreund Teo gut befreundet war...»

«Erinnere mich bitte nicht daran», bat ich ihn und schlug in einer gespielten Geste der Verzweiflung die Hände vors Gesicht.

«Warum?» fragte er lachend. «Von ihm haben wir doch schon oft gesprochen...»

Teófilo Parera, Jurastudent und Kommilitone von Martín, mein erster Freund, war eine Art linke Fassung des bösen Riesen aus dem

Märchen. Groß, kräftig und ziemlich dick, trug er das Haar sehr lang, eine krause, kastanienbraune und immer fettige Mähne, deren vordere Strähnen sich zu beiden Seiten seines Gesichts mit dem ungepflegten Vollbart verflochten, der wie ein winterliches Dorngestrüpp aussah und nach oben wuchs, um sich mit einem ebenso dichten Schnurrbart zu vereinigen, und sich nach unten ausbreitete, wobei er nur ein kleines Stück Kehle frei ließ, um den restlichen Körper mit Haaren zu überziehen. Er war immer gleich angezogen, ein Paar ausgesprochen abgewetzte Jeans, ein dickes Holzfällerhemd und so klobige Bergstiefel, daß sie einem angst machten. Sein Lebensverständnis wich nicht sehr von der monotonen Strenge dieser Aufmachung ab. Ich weiß noch immer nicht genau, warum ich mich mit ihm einließ, ich vermute, weil er es wollte und weil er der Chef der Gruppe war, in der es niemand wagte, seinen kleinsten Wünschen zu widersprechen.

«Wie ungehobelt er war! Erinnerst du dich?» Martín kostete die Erinnerung an meine Irrtümer vergnügt aus. «Ich habe nie wieder jemanden wie ihn kennengelernt. Was für ein Tier! Aber ich fand ihn sympathisch, das weißt du ja, ich fand ihn sehr witzig, wir haben viel geredet, ich versuchte ihn davon zu überzeugen, daß der bewaffnete Kampf ein strategischer Fehler sei, und er antwortete mir, ich sei ein Weichei, es gab keinen Weg, ihn davon abzubringen... Er paßte überhaupt nicht zu dir.»

«Natürlich paßte er zu mir!» protestierte ich lächelnd. «Auch ich habe das Mittel des bewaffneten Kampfes vertreten.»

«Nein... Du warst ein Snob, genau wie ich. Deshalb bin ich auf dich aufmerksam geworden.»

«Wann?»

«Als ich erfuhr, daß du Teos Freundin bist.»

«Unmöglich...» murmelte ich. «Ich bin schon im ersten Studienjahr mit Teo gegangen.»

«Ja», bestätigte er ruhig.

«Und als ich im zweiten war, habe ich ihn verlassen...»

«Kurz vor Weihnachten», präzisierte er.

«Ja...» bestätigte diesmal ich. «Aber das erste Mal, daß ich dich in meinem Leben gesehen habe, war genau in dem Jahr, nach Ostern...»

«Gut», sagte er lächelnd. «Aber ich habe dich zuerst gesehen. Daß du nicht auf mich aufmerksam geworden bist, heißt ja nicht, daß ich nicht auf dich aufmerksam wurde. Du weißt ja, daß wir in dieselben Kneipen gingen.»

«Das kann ich nicht glauben...»

«Aber es stimmt. Ich kannte dich schon. Und ich habe natürlich sofort erfahren, wer du bist.»

«Eine frustrierte Jungerbin», erinnerte ich ihn und stellte mich darauf ein, eine noch unbekannte Version meiner eigenen Geschichte zu hören zu bekommen.

«Na ja. Ist dir das zu wenig? Das war eine unwiderstehliche Kombination, natürlich zu viel für den armen Teo, das ist das erste, was du nicht verstehst... Als du ihn verlassen hast, war er am Boden zerstört, das kannst du mir glauben, obwohl er es zu verbergen versuchte. Ich habe ihn eines Morgens im Café getroffen, und da hat er es mir erzählt: ‹Ich wußte schon, daß es mit der Tussi nichts werden würde›, und ich gab ihm recht. ‹Sie ist ein Snob, Teo›, antwortete ich ihm, ‹so viel sie auch reden mag, sie ist nichts als ein Mädchen aus gutem Haus, das spielt, um ihre Eltern zu ärgern, sie paßt nicht zu dir, hör auf mich.›»

«Ui!» rief ich aus, so überrascht wie ein kleines Mädchen, das gerade den doppelten Boden eines Zaubertricks entdeckt hat. «Das hast du mir auch nie erzählt!»

«Nein, natürlich nicht, ich habe dir ja gesagt, daß du von vielen Dingen nichts weißt... Aber jedenfalls kannst du mir das nicht vorwerfen, denn ich habe nichts Schlechtes getan. Du wolltest ihn loswerden, und ich habe dir dabei geholfen, er war völlig am Boden, und ich habe ihm Gründe genannt, es zu überwinden.»

«Und du?»

«Ich dachte manchmal an dich. Nicht die ganze Zeit, ehrlich gesagt, weil du in einer anderen Fakultät warst, ich kannte dich nur vom Sehen, und nachdem du mit dem Dicken Schluß gemacht hattest, nicht einmal mehr das, aber hin und wieder erinnerte ich mich an dich, weil ich mich eine Zeitlang, als ihr noch zusammen wart, fast für das, was Teo erzählte, begeistern konnte und auch später noch, glaub ja nicht, in Wirklichkeit habe ich ihn nicht in Ruhe gelassen, den Armen, du hattest dich in meinen liebsten Zeitvertreib verwandelt, was so weit ging, daß er einschnappte, und obwohl ich ihn oft bat, uns einander vorzustellen, nur um dich von nahem zu sehen, wollte er das nie, auf gar keinen Fall, weil er auf mich eifersüchtig war, wirklich... Es muß das einzige Mal gewesen sein, daß er in seinem Leben das Richtige getan hat. Deshalb haben wir uns so spät kennengelernt, du und ich. Das konnte ich dir auch nicht erzählen, zumindest nicht am Anfang, denn als ich dich kennenlernte, war ich dir gegenüber enorm im Vorteil, ich wußte sehr viel über dich und wollte nicht, daß du glaubst, ich würde das ausspielen, was ich natürlich tat...»

«Aber ich wäre hoch erfreut gewesen! Und du weißt das, du mußt es wissen.»

«Glaub das nicht, ich war mir nicht so sicher... Du schienst mich so zu bewundern, warst so bereit, mich zu bewundern, mich in einen Gott zu verwandeln, und mir gefiel das alles so gut, ich weiß nicht... Götter stellen Fallen, aber niemand erfährt je, daß sie es tun, nicht wahr? Außerdem war anfangs die Versuchung, ein unwiderstehlicher Mann zu sein, zu groß, und später, na ja, du schienst viel fortschrittlicher zu sein, als du in Wirklichkeit bist, mein Schatz, so daß du mir auch damit hättest kommen können, daß ich nicht aufrichtig genug zu dir gewesen war, was weiß denn ich... In Wirklichkeit konnte ich dir nicht nur einen Teil der Geschichte erzählen, sondern wenn schon, dann die ganze, obwohl ich zu Beginn fürchtete, daß du es sowieso erfährst. Ich habe Teo nicht mehr gesehen, seit wir das Studium abgeschlossen haben, aber ich weiß von anderen Leuten, daß er allen erzählt haben soll, ich sei der größte Mistkerl der Geschichte, als er das mit uns erfuhr, siehst du... Inzwischen wurde meine Beziehung mit Lucía immer schlimmer, und trotzdem hatten, verglichen mit ihr, alle Frauen um mich herum gar nichts. Das führte mich schließlich definitiv ins Verderben, denn anderseits gefielen mir die Freundinnen meiner Schwester Amparo mehr, als ich zuzugeben bereit war, obwohl ich genau wußte, daß sie so unberührbar waren, als hätten sie Lepra... Der Pöbel blieb weit weg von meinem Elternhaus, aber er konnte daran vorübergehen, das war sogar in Ordnung, das war korrekt, das weißt du ja, doch der ungeheure Snobismus dieser Mädchen, die davon träumten, einen Notar zu heiraten, verwandelte sie in den Feind, so toll sie auch sein mochten, und mit zwanzig Jahren kann man nicht straflos mit dem Feind schlafen... Ich weiß das gut, weil ich es schaffte, mit einer was anzufangen. Ich glaube, es gefiel ihnen sogar, meine Schwester hatte sie gewarnt: ‹Auf den braucht ihr nicht zu achten, der ist in der Kommunistischen Partei›, und sie fragten mich ganz ernst, ob das stimmte, und als ich ihnen mit ja antwortete, sahen sie mich mit großen, erschrockenen Augen an, als hätte ich mich gerade in den Teufel verwandelt; ich spielte das Spiel mit und gab ihnen recht: ‹Habt keine Angst›, sagte ich zu ihnen, ‹wenn es soweit ist und der Lastwagen kommt, um euch zur Hinrichtung zu bringen, werde ich rechtzeitig da sein, um euch zu retten›, und sie kreischten und beschimpften mich, aber einer gefiel das Spiel, weißt du, sie fand Gefallen an der Vorstellung, Angst vor mir zu haben, und mir gefiel natürlich, daß sie Angst vor mir hatten, ich bekam einen Steifen, wenn sie wie Mäuschen, die die Katze ärgern, um mich herumschlichen, und sie bekamen einen Hieb ab, nichts Ernstes, bis eine, für die ich eine Vorliebe hatte und die das wußte, beschloß, das Spiel ernst zu nehmen... Sie hieß María Jesús, aber alle nannten sie Machús...»

«Ich kann das nicht glauben!» Mir entfuhr ein Lachen, und er lachte mit.

«Aber ja. Was willst du? Sie waren Schülerinnen in der Klosterschule Madres Irlandesas, alle aus gutem Hause, einige mit sehr viel Geld, und sogar die, die wie meine Schwester nicht soviel hatten, ließen sich die Haare vom Friseur frisieren, trugen Markenklamotten und Qualitätsschminke, nicht so ein Zeug wie meine arme Freundin, der nach einer halben Stunde die Wimperntusche verschmierte... Machús hatte einen lächerlichen Namen, aber sie war sehr schön, sie war zum Anbeißen, kugelrunde Augen, volle Lippen, ein hübsches Gesicht und klein, aber mit tollen Brüsten und einem klasse Körper. ‹Und du wirst auch Kirchen niederbrennen?› fragte sie mich einmal. ‹Ja›, antwortete ich ihr, ‹aber nur wenn du drin bist.› Da sah sie mich an, als wünsche sie das, und ich faßte sie um die Taille, zog sie an mich und begann, sie abzuknutschen, und sie ließ es sich gefallen, ich küßte sie, und sie küßte mich... ‹Am kommenden Samstag gebe ich bei mir zu Hause eine Party›, sagte sie später zu mir, ‹komm doch auch. Amparo kann nicht, weil sie Ski laufen fährt, und meine Eltern werden auch zum Skilaufen in Baqueira sein...› Ich weiß, daß du es mir nicht glauben wirst, aber ich schwöre dir, ich war schon im Begriff, nicht hinzugehen, vor lauter Angst, daß mich jemand sehen könnte, daß jemand mitbekommen könnte, mit welchen Mädchen ich mich einließ, es ging mir schlecht, ehrlich, ich habe die ganze Nacht nicht geschlafen, aber am Ende wappnete ich mich mit Mut und ging hin, und da war sie und wartete auf mich, und ich mußte sie nicht überreden, verstehst du, ich mußte ihr keinen Schmarren erzählen, um sie gefügig zu machen, auch nicht vorher mit ihr tanzen oder sie betrunken machen, sicherlich hätte es einer dieser Typen, die auf der Party waren, viel schwerer gehabt, aber ich war der Teufel, und es hat keinen Sinn, den Teufel warten zu lassen, und es ist unwichtig, was er von guten Mädchen hält, er wird keine von ihnen je heiraten, noch kennt er Leute, die ihnen schaden können... ‹Gehen wir›, sagte ich beim ersten halbausgetrunkenen Glas zu ihr, und da sie erwartet hatte, daß ich genau das sagen würde, führte sie mich an der Hand in ein Schlafzimmer, schloß die Tür und blieb ganz ruhig vor mir stehen, ohne sich zu trauen, irgend etwas zu tun, aber so erregt und so nervös, daß sie mit offenem Mund atmete, und ich glaube, sie hat es nicht einmal gemerkt... Dann sah ich ihr in die Augen und begann, ihr langsam die Bluse aufzuknöpfen, sie trug einen schneeweißen, ganz neuen, sehr hübschen und sehr tief ausgeschnittenen Spitzenbüstenhalter, ich mag diese Art Büstenhalter, du weißt das, und den dazu passenden Slip, und es gefiel mir, sie so zu sehen, wie ein Geschenk verpackt, so daß ich sie aufs Bett warf, ohne sie ganz auszuziehen, und sie eine ganze Weile streichelte und durch die Wäsche hindurch biß...»

«Erzähl nicht weiter, Martín.» Ich sah ihn an, und er lächelte mich an, um mir zu verstehen zu geben, daß er meine Worte genau verstanden hatte.

«Das bekommt dir nicht, stimmt's?» Ich nickte, und er bedachte mein Eingeständnis mit einem Lachen. «So wie ich dich kenne, wundert mich das nicht, aber du wirst noch ein bißchen warten und mir aufmerksam zuhören müssen, auch wenn du es nicht willst, denn all das ist viel wichtiger, als es scheint, und hat viel mehr mit dir zu tun, als du glaubst... gut, also Machús war wirklich eine Entdeckung, im Guten wie im Schlechten. Das Gute war, daß es mit ihr toll war, aber wirklich toll, ehrlich, fast so gut wie die ersten Male, als ich mit Lucía vögelte, was so weit ging, daß sie mich bat, ihn ihr nicht reinzustekken, weil sie Jungfrau bleiben wollte, und sie war wirklich eine, und obwohl ich merkte, daß sie manchmal die Kontrolle verlor und mich fast doch darum gebeten hätte, wenn das Ganze noch etwas weitergegangen wäre, fiel es mir überhaupt nicht schwer, ihre Bitte zu respektieren, wie sie es nannte, denn sie entschädigte mich dafür in allen möglichen Varianten, die sie kannte, sogar mit einer, die man sich anfangs nicht hätte vorstellen können. Und das war noch das geringste. Denn selbst wenn sie sich wie ein halbwegs anständiges Mädchen verhalten hätte, hätte sie mir etwas gegeben, was mir keines der Mädchen von der Uni gegeben hat, mit denen ich manchmal geschlafen und von denen ich dir früher schon erzählt habe. Und das hat mich wahnsinnig gemacht, ich ertrug nicht einmal die Vorstellung, daß es so war. Ich hätte in jener Zeit wirklich einen guten Psychiater gebraucht. Lucía hatte mich schon mitten in eine Sackgasse geführt, und jetzt hatte ich zwei Sackgassen zur Auswahl, eine verdammte Kreuzung für mich allein, der gute kommunistische Junge, der sich an ein armes Mädchen verloren hat, das scharf darauf war, mit einem Jungen aus gutem Hause zu schlafen, und der sich dann an einem Mädchen aus gutem Hause aufgeilte, das scharf darauf war, mit einem Kommunisten zu schlafen. Das war natürlich irre. Und die beiden hatten gewisse Gemeinsamkeiten, genau diese, die mich wahnsinnig machten und die genau das waren, was ich bei den Mädchen, die zu mir paßten, nie finden konnte. Eine sah äußerlich wie eine Nutte aus, und die andere war innerlich eine Nutte. Die beiden waren gleichermaßen bereit, sich meinem heiligen Willen zu fügen, die eine, um sich zu retten, die andere, um mich zu bestrafen. Beide rochen sehr gut, und jedesmal, wenn sie mit mir schliefen, benahmen sie sich, als wäre das etwas sehr Wichtiges. Und sie erreichten, daß ich es glaubte, auch wenn der Preis dafür war, daß ich mich hinterher schrecklich schuldig fühlte. Und ich wußte, daß ich mit keiner von beiden eine Zukunft hatte. Tu mir den Gefallen und hör auf, über deine Brustwarzen zu streichen, das macht mich nervös.»

Ich sah auf meine Hände und fand sie genau da, wo er gesagt hatte.

«Tut mir leid», sagte ich und verbarg sie unter meinen Schenkeln. «Das war mir nicht bewußt», sagte ich lächelnd. «Erzähl weiter, bitte.»

Ich hatte immer noch keine Ahnung, worauf er hinauswollte, mir fehlten noch zu viele Fakten, aber hinter dem Verlangen, das mich zu zerreißen drohte, so unerläßlich erschien es mir, daß er endlich vom Sofa aufstehen und anfangen würde, mir ganz langsam die Bluse aufzuknöpfen, mir in die Augen zu sehen, um mich zu zwingen, meine

Augen fest auf die seinen zu heften und von seinen Händen abzuwenden, wuchs die nicht weniger große Dringlichkeit, alles zu erfahren, eine Wißbegierde, ähnlich dem Hunger und dem Durst, ähnlich dem Moment vor der Auflösung jener Geheimnisse, für die Menschen ihr Leben lassen, und es war dieses Vorgefühl, der beunruhigende Verdacht, daß ich, ohne es zu wissen, mein Leben in diesem Spiel einsetzte, was mir ermöglichte, ruhig sitzen zu bleiben und aufmerksam seinen Worten zu lauschen, während ich mich einer ihrer Grausamkeit bewußten Erregung aussetzte, die nicht einen Millimeter wich und die ich mit mir unbekannter Macht beherrschte, obwohl sie weiter verborgen und geduckt verharrte, die ganze Nacht über dumpf pochte und mit einem überraschenden Mut ein paar noch heftigere Gefühle als sie selbst bekämpfte. Aber als Martín weiterredete, wußte ich das noch nicht.

«Mit Machús bin ich nie richtig gegangen. Ich sah sie ab und zu und immer nur in einem Bett. An einem Kerl wie mir als Ehemann war sie natürlich nicht interessiert, und ich war noch weniger an einer Freundin wie ihr interessiert, denn ich hätte mich wirklich geschämt, mich öffentlich mit ihr zu zeigen. Obwohl alles ganz glatt, ganz sauber und ganz harmlos erschien, belastete meine Liaison mit Machús mein Gewissen fast mehr als meine Geschichte mit Lucía, und nicht nur, weil sie den Feind darstellte, sondern weil Lucía und ich tatsächlich ein Paar waren, wir hatten wirklich eine Beziehung, das war eine echte Verbindung, auch wenn sie kaputtging, auch wenn ich ihr nicht die ganze Wahrheit sagte, auch wenn ich sie ausnutzte. Anfangs war es umgekehrt gewesen, ich liebte sie, ich hatte sie sehr geliebt und ich empfand noch große Zärtlichkeit für sie, es war alles anders... Meine Geschichte mit Machús hingegen war kalt, berechnend und absolut bürgerlich im schlechtesten Sinne, den dieses Wort damals hatte. Ich fühlte mich schrecklich, verabscheuungswürdig, wie ein Verräter, genau so, als würde mich jemand an den Haaren durch das Viertel schleifen... Und sie war ungeheuerlich, aber wirklich ungeheuerlich, das kannst du dir nicht vorstellen. Unendlich versaut, zu versaut für mich. Denn ich kannte sie kaum, es interessierte mich nicht, sie kennenzulernen, wir hatten nichts gemein, aber mir fiel auf, daß sie nicht litt, ihr schien alles zu gefallen, sie vermißte nichts, und sie wartete weiter darauf, daß ein Junge auftauchte, der ihr entsprach und sie heiratete, und sie bat mich natürlich weiterhin, sie zu respektieren, und um nichts zu versäumen, schlug sie mir vor, sie anal zu vögeln, und natürlich ließ sie alles ohne zu klagen über sich ergehen, es gefiel ihr sehr, weiterhin Jungfrau zu bleiben und gleichzeitig zu vögeln, sie witzelte über ihren zukünftigen Mann, ‹Der Arme›, sagte sie und plante unsere Zukunft als ewige Ehebrecher, und ich fühlte mich erbärmlich, ich schwör's dir, es klingt blödsinnig, aber so war es, warum soll ich es verhehlen, ich wußte, daß neunzig Prozent aller Männer egal welchen Alters für ein Abenteuer wie dieses sonstwas gegeben hätten, ich wußte, daß ich mich theoretisch in einer privilegierten Situation befand, aber die Theorie ist eine Sache und die Praxis eine ganz andere, und ein Doppelleben zu führen ist schwierig, stell dir vor, was es bedeutet, ein dreifaches Leben zu führen, ich war erst zwanzig Jahre alt und war ein Heuchler und ein Mistkerl und ein Betrüger, aber ich hatte eine Ideologie und eine Vorstellung von der Welt und den Menschen, die real waren, die wirklich sein mußten, denn sie waren das einzige, was mich retten konnte... Machús intensivierte die Entwicklung, die Lucía bei mir ausgelöst hatte, und im dritten Studienjahr stürzte ich mich mit aller Kraft in die Politik, ich begann, mir konkrete Ziele zu setzen, die Stufen in der Partei hinaufzuklettern, denn das war das einzige, was mir ein gutes Gefühl vermittelte, es war das einzige, was ich für mich und gleichzeitig für die anderen tun konnte, und das vierte Studienjahr war mein großes Jahr, ich arbeitete viel, ich verbrachte viele Stunden in Versammlungen, ich meldete mich für die entlegensten Treffen an Orten, wo niemand hinwollte, in verlassene Dörfer der armen Gebirgsregionen, in Fabriken, in denen es nicht die kleinste gewerkschaftliche Organisation gab, dort ging ich hin, und die Leute wunderten sich über meinen Mut, meine Kühnheit und meinen Glauben, den Glauben eines Verzweifelten, und deshalb bekam mir das so gut, es gelang mir, Menschenmassen zu bekehren, genau wie der heilige Paulus, und ich hatte plötzlich glühende Anhänger, Studenten aus dem ersten und zweiten Studienjahr, die mir lauschten, als wäre ich Gott, mit demselben Eifer, mit derselben unbegrenzten Bereitschaft, mit derselben Liebe...»

«Wie ich dir das eine Mal zugehört habe...»

«Wie du mir zugehört hast. Und ich ließ mich von ihnen lieben, denn ich hatte keinen Grund, mich selbst zu lieben, und am Tresen irgendeiner Kneipe gab ich ihnen meinen Segen zum Abschied, bevor ich mit dem Archetyp des von der Bourgeoisie, das war ich selbst, prostituierten Proletariats vögeln ging oder noch schlimmer direkt mit dem Feind... Ich fühlte mich sehr schlecht, aber ich konnte der Versuchung nicht widerstehen, die beiden Frauen ließen das auch gar nicht zu, und trotzdem sah ich eine Million Male auf meine Füße und sagte mir, bis hierher und keinen Schritt weiter, und ich beschloß, mit allem Schluß zu machen, ein für allemal aufzuhören, von vorn anzufangen, alles zu streichen und eine neue Rechnung aufzumachen. Aber du kannst dir nicht vorstellen, was ich vor mir hatte... Einen Haufen aus ideologischer Perspektive bewundernswerter Frauen, die hofften, einen Kerl für gute und für schlechte Zeiten, für den Kampf und das Privatleben zu finden, um Arm in Arm in eine neue Welt voranzuschreiten... Ich versuchte es, ich schwör's dir, ich versuchte es mindestens eine Million Male, ernsthaft, genau wie ich versucht hatte, Christus zu lieben, ich hielt mir selbst jeden Morgen einen Vortrag, verwünschte meine bürgerlichen Schwächen, meine reaktionäre Haltung, meine perverse Sexualität, ich versuchte es, und ich schwor mir jeden Tag, daß es das letzte Mal sei, aber es ging nicht. Vielleicht hatte ich kein Glück mit meinem Los, das kann auch sein, aber diese Mädchen wirkten alle gleich, wie aus derselben Form stammend... Sie konnte ich natürlich nicht ausziehen, das ließen sie nicht zu. Sie standen irgendwann nackt vor mir, mit derselben Natürlichkeit, als wären sie allein und gingen gerade unter die Dusche, sie alle waren jung und viele hübsch, einige sehr hübsch, aber sie pflegten keinen Büstenhalter zu tragen und wenn doch, war er glatt und fleischfarben, und sie trugen Mädchenunterhosen, und an beiden Seiten lugten viele Schamhaare hervor, und auch die Beine rasierten sie sich nicht, und wenn sie sie rasierten, trugen sie keine Strümpfe, sondern Wollstrumpfhosen oder Kniestrümpfe, und sie trugen keine Stöckelschuhe, nicht einmal zu einer Hochzeit, und alle rasierten sich die Achselhöhlen mit einem Rasierapparat und benutzten Williams-Deodorant, dasselbe wie ich... Und ich vögelte sie, und es machte mir Spaß, ich behaupte ja nichts anderes, aber sie machten genau das Gegenteil von Machús, ich meine, sie ließen ihn sich reinstecken und Punkt, und wenn ich irgendwas anderes versuchte, fragten sie mich, ob ich verrückt geworden sei und wer, verdammt noch mal, ich zu sein glaubte, sie waren erschrocken, aber ihre Angst war von der Sorte, die mir nicht gefiel, andererseits... Und trotzdem waren sie meine Zukunft. Denn noch bevor ich das vierte Studienjahr beendet hatte, mußte ich Lucía verlassen, weil ich sie nicht heiraten wollte, und zu Beginn der Ferien unterrichtete Machús mich darüber, daß sie trotz ihrer Absicht, mit mir Ehebruch zu begehen, jetzt nicht mehr mit mir vögeln könne, weil sie sich einen Freund zugelegt hätte, den sie heiraten wollte. Ich wollte nicht einen Schritt zurückweichen, ich mußte irgendwie weiterkommen und nahm hin, auf meine wenigen finsteren und wirklichen Vergnügungen zu verzichten, denn du, meine einzige Hoffnung, warst auch verschwunden, ohne vorher je ganz richtig aufgetaucht zu sein. Im letzten Studienjahr sah ich dich nur ein einziges Mal in der Eingangshalle der Fakultät. Du standest da und hast auf jemand gewartet, und ich war schon fast zur Tür hinaus, als ich dich entdeckte, und dann traute ich mich nicht mehr, wieder reinzugehen und dich anzusprechen. Zu dem Zeitpunkt wollte Teo schon kein Wort mehr über dich hören, und ich vermißte seine Vertraulichkeit sehr, ehrlich, denn vorher, als er mich über sein Sexualleben auf dem laufenden gehalten hatte, dachte ich schon, daß vielleicht nicht alles verloren sei, denn ich erfuhr Dinge, die nichts mit dem zu tun hatten, was du gesagt, was du gemacht und wie du gewirkt hast.»

Er sah mich an, als hätte er das Schlimmste schon hinter sich, mit einem friedlichen Ausdruck der Erleichterung, der in ein Lächeln mündete, eine Einladung, endlich das in Szene zu setzen, dem ich nicht widerstehen konnte.

«Zum Beispiel...»

«Zum Beispiel, daß du sehr gerne vögelst, aber nur mit Machos.»

«Das ist nicht wahr!»

Dieser Anwurf, der schlagartig die Richtung der Unterhaltung änderte, indem er die verständnisvolle Richterin, die ich bisher verkörpert hatte, plötzlich in eine sich ihrer Schuld nicht bewußte Angeklagte verwandelte, machte mich so effektvoll wie eine kalte Dusche in weniger als einer Sekunde munter, genauso lange brauchte ich, um mit aller Heftigkeit zu reagieren, und ich fand die Erinnerung an diese lange Kette der Frustrationen, an die gesunde, gleichberechtigte und feierliche Sexualität wieder, die ich mit jenem Dummkopf praktiziert hatte, der sich verhielt, als wäre Vögeln eine unwichtige Sache, ein banales Vergnügen für die Stunden des Leerlaufs, in denen man nichts Besseres zu tun hat, eine Lappalie, und ich erinnerte mich an mich, wie ich ihm, gläubig, wie ich laut Martín bin, alles gab, was ich hatte und was ich hoffte, eines Tages zu haben, in diesen vergeblichen Akten, die sich in den zigsten Witz auflösten, den sich mein Freund nicht verkneifen konnte, wenn er mit einem kurzen Schnaufen kam, was bedeutete, daß mir schon wieder nicht passiert war, was passieren sollte, daß ich nicht den Tod gesehen hatte, daß ich mich nicht von meinem Körper abgelöst hatte, daß sich der Himmel weder über meinem Kopf geöffnet noch mein Geheimnis offenbart hatte, während mein Körper, das schon, mit diesem Fleischberg darauf gewaltig schwitzte.

«In Gottes Namen, Fran, wir reden von Teo! Man könnte meinen, du hättest nicht gewußt, wie er ist... Wenn du Zartgefühl gesucht hast, dann hättest du nichts mit ihm anfangen dürfen.» Er lachte, als hätte er sich schon lange nicht mehr so amüsiert, und das stimmte sicher, aber außerdem hatte ich den Eindruck, daß ihm das Lachen sehr gut tat, nachdem er so viele düstere Worte ausgesprochen hatte, und deshalb ließ ich mich von ihm mitreißen, und wir lachten gemeinsam. «Du hast ihn fertiggemacht, den Armen, er war völlig außer sich... ‹Sie hört nicht auf, mir Befehle zu erteilen›, erzählte er mir, ‹und dann schmeißt sie mir hin, daß sie keine Lust hat, die Initiative zu ergreifen. Verdammt, sie läßt mich nicht reden, sie läßt mich nicht lachen, sie läßt mich sie nicht lecken, weil sie sagt, daß ich sie mit Speichel überziehe. Wenn sie doch einmal die Initiative ergreifen würde, ich weiß nicht...›»

An diesem Punkt angekommen, konnte er vor Lachen nicht weitersprechen, und ich nutzte seine lautstarke Unterbrechung, um meine Version darzulegen.

«Er hat mich vollgesabbert.» Martín sah mich an, als wolle er etwas sagen, aber dann fing er wieder zu lachen an. «Das habe ich dir ja schon erzählt, und es stimmt, ich schwör's dir. Ich weiß nicht warum, aber wenn er mir einen Kuß auf den Hals gegeben hat, war ich an der Stelle völlig naß. Das kam wohl durch den Bart, vielleicht ist ihm der Speichel darin hängengeblieben...» Ich selbst mußte mir ein kurzes Auflachen gestatten, um fortfahren zu können. «Und er hörte nicht auf zu reden, die ganze Zeit, wie ein Wasserfall, er machte Witze, gab meinen Brüsten Namen, solche Dinge eben, ich konnte mich natürlich nicht konzentrieren, ich kam nicht, und er, statt mich in Ruhe zu lassen, war sehr besorgt darüber und sagte zu mir: ‹Laß uns darüber reden›, und da gab ich ihm Befehle, aber weil er mich fragte, hörst du... Ich versuchte ihm begreiflich zu machen, wie er mich behandeln sollte, aber ich traute mich auch nicht richtig, es deutlich auszusprechen, weil ich ihn nicht verletzen wollte...»

«Oh! Aber er war sehr verletzt, glaub ja nicht... ‹Was erwartet sie von mir?› fragte er mich. ‹Daß ich sie wie ein widerwärtiger Dreckskerl behandle, wie die Schauspieler in amerikanischen Spielfilmen, als wären wir keine Genossen?› Und er vertraute mir noch Schlimmeres an. Zum Beispiel hast du ihn, wenn ihr mit dem Vögeln fertig wart, gefragt, ob ihm eigentlich nur einfiele, ihn dir reinzustecken, und daß du beim nächsten Mal, kaum daß ihr angefangen habt, verlangt hast, daß er ihn dir sofort reinsteckt.»

«Ich habe nur ein bißchen Gefühl gesucht.»

«Kann ich mir vorstellen, aber du hast lediglich erreicht, ihn im wahrsten Sinne des Wortes verrückt zu machen. Ich stellte mich auf seine Seite, weißt du, ich tat so, als wäre ich empört, und sagte zu ihm: ‹Wahnsinn! Aber was will diese Tussi bloß?›, um ihn zum Weiterreden zu animieren und mehr Einzelheiten zu erfahren, aber er konnte sie mir nicht geben, weil er dich nicht verstand, er hatte keine Ahnung, worauf du hinauswolltest, dafür reichte es bei ihm einfach nicht, was soll man da machen... Deshalb gelang es mir, daß er mich als eine Art Gefühlsratgeber und Sexualberater akzeptierte und mir Schritt für Schritt eure Vögeleien erzählte, was du gemacht hast, was er gemacht hat... Er sagte, du würdest dich aufs Bett werfen und ruhig liegenbleiben, als wärst du tot, du würdest ihm in die Augen sehen und dann wüßte er nicht mehr, wie er anfangen sollte. ‹Wo doch alle Frauen sagen, daß sie nicht mehr bereit sind, passiv zu bleiben›, war seine Lieblingslitanei. Fällt dir was auf? Er fragte mich, plötzlich ganz der Intellektuelle, ob es das ist, worüber sich alle beklagen...» Zwischen seinen Zähnen schimmerte einen Moment lang ein gewisser perverser Funke. «Ich muß dir gestehen, wo ich schon dabei bin, alles zu gestehen, daß ich ihm Vorschläge gemacht habe. ‹Vielleicht will sie ja, daß du sie benutzt, daß du sie wie ein Objekt behandelst, als wäre sie dir egal oder als würdest du sie verachten, vielen Frauen gefällt das...›»

«Und was sagte er darauf?» fragte ich, nur um meine Stimme zu hören, denn ich konnte mir genau vorstellen, wie Teo reagiert hatte.

«Er hätte mich fast geohrfeigt, mehr brauch ich dir nicht zu sagen... ‹Ich liebe sie, verstehst du?› sagte er zu mir, und ich versuchte, ihm zu erklären, daß das damit nichts zu tun hätte, daß er dich mehr als seine Mutter lieben und dich gleichzeitig im Bett auf Trab bringen könnte, daß das wäre, wie Räuber und Gendarm zu spielen, daß er nicht wirklich ein Bösewicht sein muß, wenn er einen mimt, ich gab ihm einen Haufen Beispiele, aber mich verstand er auch nicht, und daß wir uns am Ende nicht geprügelt haben, war ein reines Wunder... Versteh doch, Fran, er fand das ekelhaft und kontrarevolutionär. Er gab damit an, weinen zu können, wie wir alle damals, er war der neue Mann, zärtlich, weich und antiautoritär.»

«Aber du warst nicht so, nicht einmal zu jener Zeit.»

«Ich war Stalinist, erinnere dich, ein elendes Instrument des Apparats. Das habt ihr doch gesagt, oder? Und daß wir mit der rechten Bourgeoisie paktiert, daß wir das Volk verkauft hätten und so weiter. Meine Neigung zur Autorität und mein grenzenloser Glaube an die Disziplin waren mehr als gerechtfertigt... Aber das wußte natürlich niemand, vielleicht Machús, aber Lucía nicht, davon bin ich überzeugt. Ich gab nach außen ebenfalls damit an, weinen zu können. Und trotzdem hörte ich Teo gerne zu, ich verbrachte meine Zeit damit, ihn über dich auszufragen, ich phantasierte viel von dir... Und das waren nicht nur sexuelle Phantasien, glaub ja nicht, obwohl manchmal, wenn ich den Dicken über dem Tresen hängen und heulen sah, dachte ich für mich, daß ich dir, sollte ich dich eines Tages treffen, die Lust, Befehle zu erteilen, schon austreiben würde und wie gefügig du hinterher sein würdest. Aber mich erregte auch anderes, zum Beispiel seine Beschreibung deines Elternhauses und deiner Eltern. Mich interessierte dein Vater mehr, denn ich kannte ihn nur vom Sehen, von den Kongressen in der Provinz und ähnlichen Veranstaltungen, aber der arme Teo redete viel mehr von deiner Mutter, die er wahnsinnig bewunderte, und ich glaube, er war sogar ein bißchen verliebt in sie, stell dir vor. Später, als ich dich kennenlernte, wurde mir klar, daß der arme Teo keinen falscheren Schritt hätte machen können...»

«Aber du weißt, daß er Mama überhaupt nicht gefiel», erinnerte ich uns beide daran. «Das war das erste, was sie sagte, als sie dich sah, daß ich mir wenigstens einen Freund zugelegt hätte, der gut aussieht.»

«Schon... Ich weiß schon, daß er ihr nicht gefiel, und das wundert mich nicht, ehrlich... Trotzdem hat er sie bewundert, er fragte mich andauernd, wie es möglich sei, daß du dich so schlecht mit ihr verstehst, ‹Eine so schöne Frau›, sagte er, ‹so beeindruckend, ehrlich. Sie ist hundertmal mehr wert als ihre Tochter.› Damals warst du mir schon fast sympathisch, denn es erschien mir absolut ungerecht, daß deinem Freund deine Mutter, die ihr Leben schon gelebt hatte, besser gefiel als du selbst, die du gerade zu leben anfingst. Diese Dinge haben mich immer sehr beeindruckt, und deshalb erschien mir deine Mutter immer wie ein Dummkopf, vom ersten Augenblick an, als ich sie sah, sogar noch bevor ich entdeckte, daß du genau das von mir erwartet hast. Aber ich entdeckte auch anderes, weil Teo es mir haarklein erzählt hatte, und eines Tages erläuterte er mir die Geschichte deiner Eltern, wie deine Mutter sich mit deinem Vater eingelassen hat, wie sie sich hat einwickeln lassen, wie sie ein Paar geworden sind, du weißt schon, die ganze Legende, später habe ich sie noch oft gehört. Er hatte sie natürlich von deinem Vater erfahren, als du ihn einmal zum Essen eingeladen hattest und die beiden nach dem Nachtisch bei ein paar Gläsern ins Plaudern gekommen waren, und der arme Dicke, der schlußendlich ein Romantiker ist, war begeistert, er fand, das sei eine wunderbare Geschichte, die Eroberung deiner Mutter machte ihn besonders scharf, und mir gefiel sie auch, obwohl mich die Rolle deines Vaters mehr interessierte, und das sagte ich ihm auch, aber er antwortete mir: ‹Du bist genau wie Fran, sie ist auch immer auf seiner Seite, vielleicht ist sie ja in ihren Vater verliebt›, stell dir das vor, das sagte er so, wie im Scherz, dieser Blödmann, er sah über seine eigene Nasenspitze nicht hinaus, aber in dem Augenblick sah ich es ganz deutlich, ich brauchte nur diesen Hinweis, um Fäden zu knüpfen, um sicher zu sein, in welche Richtung du gehen würdest, mein Schatz...» Martín wußte, daß mich dieser Satz verrückt machte, und er sprach ihn ganz langsam aus, mit genau der richtigen Betonung, mit tiefer, leicht rauher Stimme, die meine Haut von innen streichelte, aber einen Moment später zerstörte er seinen eigenen Zauber, indem er brüsk den Tonfall änderte, um mich zu warnen, daß er nicht bereit war, vorzeitig die

Kontrolle zu verlieren. «Außerdem entdeckte ich, daß mir dein Vater als Schwiegervater sehr gut gefallen würde.»

«Verdammt!» protestierte ich gehorsam und im selben scherzhaften Ton, den er für diesen Satz angeschlagen hatte. «Dann mußt du etwas dafür getan haben. Zeit genug hattest du ja.»

«So viel auch wieder nicht, knapp zwei Jahre. Als du mit Teo zu gehen anfingst, war ich schon im dritten Studienjahr und hatte mindestens zwei Freundinnen, erinnere dich... Und außerdem, als ich später ins fünfte kam, habe ich mir eine einzige wirkliche Freundin zugelegt, Carmen, die du vom Sehen kanntest, nicht wahr, denn sie studierte auch Philosophie, obwohl sie im selben Jahr wie ich Examen machte... Sie war sehr gut, obwohl du sie Stehauffrauchen nennen würdest.»

«Sie bestand nur aus Hintern», unterbrach ich ihn. «Ein Wunder, daß sie überhaupt stehen konnte.»

«... Abgesehen davon, daß der Umfang ihres Hinterns diesen Spitznamen Lügen strafte», fuhr er fort, als hätte er mich nicht gehört, «machte sie mich in den Privatversammlungen nicht lächerlich, sondern sie bewunderte mich sehr und sagte zu allem ja. Sie war der gequälte Typ, du weißt schon, sie litt gerne, und ich glaube, deshalb ließ sie sich mit mir ein, um eine komplizierte Geschichte mit einem komplizierten Typen zu haben, damit sie nachts nicht gut schlafen konnte. So war sie glücklich, und mir gefiel sie mit allem Drum und Dran wirklich. Trotzdem muß ich dir gestehen, während all der Zeit, die ich in meine Ausbildung zum Anwalt investierte, hat mich weder sie noch sonst ein hübsches Mädchen, noch irgendein Wort oder irgendeine Begebenheit, weder Lucía noch Machús, noch sonstwas so beeindruckt, wie dich überraschend mit dem Dicken bei dieser Versammlung auftauchen zu sehen. In dem Augenblick, das schwöre ich dir, glaubte ich, daß mir mein Herz aus dem Mund springen würde. Ich war so daran gewöhnt, mit Teo über dich zu reden, ohne je in deiner Nähe gewesen zu sein, daß ich fast den Eindruck hatte, daß es dich gar nicht wirklich gab, daß du nur eine meiner Phantasien seist, das Thema einer Unterhaltung, eine erfundene Figur. Aber es stellte sich heraus, daß du existiertest, und endlich hatte ich dich vor mir, und du hast mir gefallen, verdammt, du hast mir sehr gefallen... Du hast mir immer gefallen, das weißt du ja, auch wenn ich weiß, daß du es nicht glaubst, denn jeden Tag, wenn du in den Spiegel schaust, erwartest du das Gesicht deiner Mutter zu sehen, aber das geht nicht, klar... Und als du anfingst, uns so zu beschimpfen, und dabei das x in Marxist so schön betont und diese ganze Wut vorgetäuscht hast, die du nicht im Traum verspürt haben kannst, so klug, so leidenschaftlich, so... fähig zu entbrennen, wurde mir klar, daß ich mich nicht getäuscht hatte, daß du eine besondere Frau bist, die perfekte Frau für mich... Und ich legte mich mit dir an, damit du all das merkst, aber ich habe es entweder nicht richtig gemacht, oder du hast es nicht verstanden. Ich war ziemlich verärgert darüber, daß du von heute auf morgen verschwunden warst, aber ich konnte dich nicht suchen. Marita und ich verstanden uns wie Hund und Katz, das weißt du ja, der Dicke hatte keine Nachricht von dir, du hast alle Spuren verwischt, und ich konnte auch nicht einfach so zu deinem Vater gehen und ihn nach dir fragen. Und dann fing ich was mit Carmen an, ich war noch halb mit ihr zusammen, als ich nach Italien fuhr, das weißt du ja... Als ich dich an der Rezeption dieses Hotels in Bologna traf, an einem Ort, an dem ich dich am wenigsten erwartet hatte, wurde ich hypernervös, und ich beschloß vorab, daß es vielleicht am besten wäre, die Geschichten mit Teo zu vergessen und mich zu verhalten, als hätte ich nie etwas von dir gewußt...»

«Das ist dir gelungen», sagte ich. «Aber du hast keineswegs nervös auf mich gewirkt, und du hast auch keinen Moment etwas vermasselt», fügte ich lächelnd hinzu. «Obwohl ich bis heute nicht herausgefunden habe, warum du so gut in die Rolle des Verführers gepaßt hast.»

Er machte eine Handbewegung, als würde ihm nicht gefallen, daran erinnert zu werden, und überging meine Bemerkung.

«Später auf dem Fest haben wir ziemlich viel getrunken, erinnerst du dich? Ich wurde langsam etwas lockerer, hatte meinen Kopf besser im Griff, ich wußte, daß ich an deinen Vater denken mußte, nicht an mich, auch nicht an das ideale Gegenstück zu Teo, sondern an deinen Vater, und deshalb tat ich um zwei Uhr, als sie die Stände schlossen, so, als wäre nichts geschehen, und ging in Richtung Hotel, als wäre es das Normalste auf der Welt, das war es andererseits natürlich auch, weil wir endlich einmal am selben Ort waren... Du hast dich bei mir eingehängt und deinen Kopf einen Moment an meine Schulter gelehnt, das gefiel mir, daran erinnere ich mich noch, ich hatte dich schon geküßt, und ich hatte gesehen, wie du die Augen geschlossen und den Kopf zurückgelegt hast, als würdest du dich völlig hingeben, ich hatte den Eindruck, du wärst gestürzt, wenn ich dich ohne Vorwarnung losgelassen hätte, und das gefiel mir auch, denn da konnte ich noch denken, ich konnte dein Verhalten und deine Worte analysieren, deine Bewegungen einschätzen, dich interpretieren, und ich sagte mir, daß es besser wäre, dich nichts zu fragen, dein Schweigen als Einverständnis zu nehmen, obwohl ich beim Öffnen der Hoteltür erst im letzten Moment entschied, dich bei der Hand zu fassen, und es nicht wagte, dich anzusehen, aber du hast meine Hand kurz gedrückt, daran wirst du dich nicht mehr erinnern» – doch, ich erinnerte mich – «und ich dachte, daß es eine gute Idee gewesen war, nicht nur wegen der offensichtlichen Unschuld dieser Geste, sondern deine Hand ermöglichte mir herauszufinden, was du fühltest... Als ich nur um den Schlüssel zu meinem Zimmer bat und deinen gar nicht erwähnte, bewegten sich deine Finger nicht. Als ich dich ansah, hast du mich angelächelt, als ich auf den Fahrstuhl zuging, bist du mir gefolgt. Da begann ich den Kopf zu verlieren, und das letzte, was ich mir noch sagen konnte, war: Das ist unmöglich, es gibt keine Wunder, ich kann nicht so viel Glück haben, das habe ich gar nicht verdient... Als der Fahrstuhl im sechsten Stock anhielt, bist du zuerst hinausgegangen, erinnerst du dich? Deine Jacke stand offen, ich hatte sie dir zwischen dem ersten und dem fünften Stock aufgeknöpft, aber du hast sie nicht einmal mit den Händen zusammengehalten, du hast mich nur angesehen und, ohne dir dessen bewußt zu sein, durch den offenen Mund geatmet... Deine Jacke stand offen, aber du hast sie nicht abgestreift, ich habe sie dir ausgezogen, und darunter habe ich einen schwarzen Büstenhalter von Christian Dior entdeckt, das werde ich nie vergessen, das wird die letzte Erinnerung auf der Welt sein, die aus meinem Gedächtnis verschwindet, ein schwarzer, durchsichtiger Spitzenbüstenhalter mit ganz feinen vertikalen schwarzen Linien, die in einer Linie in Höhe der Brustwarze mündeten, und winzigen ebenfalls schwarzen Punkten, die von dieser Linie – Nähte heißen die, nicht wahr, hinabführten –»

«Meine Mutter durchsuchte immer meine Schubladen mit der Unterwäsche», erinnerte ich mich laut, «und sie warf ohne mich zu fragen alles in den Müll, was alt, ausgeblichen oder vom vielen Waschen brüchig geworden war.»

«Nein, Fran, tu mir das nicht an. Bring deine Mutter nicht damit in Verbindung. Mit fünfundzwanzig wirst du wohl selbst einkaufen gegangen sein, nehme ich an...»

«Na ja», sagte ich lächelnd, «das stimmt. Aber es stimmt auch, daß ich dieselben Sachen kaufte, die sie trug, sogar im selben Geschäft, denn dort hatte sie ein Konto, und ich mußte nichts bezahlen. Sie hatte die Verkäuferinnen sehr gut unterwiesen, und... Gut, es stimmt», wiederholte ich, als ich sah, daß er die Hände vors Gesicht schlug. «Er gefiel mir.»

«Mir gefiel er auch, sehr sogar. Unendlich viel mehr, als du dir vorstellen kannst. Ich erinnere mich auch an den Slip, unglaublich, vorne hatte er Punkte und hinten Streifen, und du gefielst mir sehr, wirklich sehr...» Instinktiv hob ich die Hand, um das Wort zu erbitten, aber er ließ mich nicht unterbrechen. «Ja, gut, ich weiß schon, was du sagen willst: daß ich dir sofort alles ausgezogen habe, aber du warst eine naive Rote, weißt du, und ich konnte nichts riskieren, das war auch nicht nötig, denn es war wunderbar, du warst genauso angezogen wie Machús, wie sich Lucía anzuziehen versuchte, aber du warst du, eine Frau, die ich überallhin mitnehmen konnte, eine aus ideologischer Perspektive bewundernswerte Genossin, eine Frau, mit der ich genüßlich vögeln konnte, ohne mich hinterher schuldig zu fühlen, ein weißer Rabe, verstehst du? Und trotzdem war mir das anfangs nicht bewußt, ich habe nichts aus Berechnung getan, denn ich war verrückt, weil du mich verrückt gemacht hast, weil ich es nicht glauben konnte; ich erinnere mich, daß mir ein paar Dinge aufgefallen sind: daß du deine Kette nicht abgenommen hast, daß du vorhergesehen hast, was ich mit dir machen wollte, wenn ich es nur mit der Fingerspitze andeutete, daß du dich meinen Bewegungen angepaßt hast... In jener Nacht brauchte ich lange, bis ich einschlafen konnte, und ich dachte über all das nach, während ich dich schlafen sah, dachte an den armen Dicken, der sagte, du seist passiv, was für ein Dummkopf, und ich dachte über dich nach und daß du am Ende sehr glücklich auf mich gewirkt hast, und ich dachte ganz ruhig und zum ersten Mal seit langer Zeit über mich nach.»

«Das hast du mir schon erzählt», murmelte ich. Wir hatten am Anfang viel über Sexualität geredet, wir hatten im zerwühlten Bett lange Gespräche geführt und gelacht, und er hatte immer gleich angefangen: Er erinnerte sich an diese Kette aus falschem Jett und seine große Überraschung, er wiederholte, daß er es sich nie hätte träumen lassen, daß ich mich so verhalten könnte, daß ich mich fallenlassen könnte, bis ich mich fast ganz auflöste, und mich überraschte seine Verwunderung nicht, denn ich teilte sie, auch wenn er es nie wirklich glauben konnte. Für mich war das Schlafen mit einem Mann nie so gewesen wie mit ihm, deshalb hatte ich keinen Vergleich, wir redeten viel darüber, ich versuchte ihn zu überzeugen, seine Reaktionen zu ergründen, sie laut zu interpretieren, und währenddessen amüsierten wir beide uns sehr. «Ich habe mir einfach nicht vorstellen können, daß es für dich so wichtig war. Du bist mir immer so sicher vorgekommen in allem, was du gemacht hast.»

«Siehst du?» sagte er lächelnd. «Siehst du, daß ich Gründe hatte, dir bestimmte Dinge nicht zu erzählen? Jetzt scheint das die Dummheit des Jahrhunderts, nicht wahr, ich kann schon nicht mehr verstehen, wie ich so dumm sein konnte, aber als ich dich zum ersten Mal sah, war das noch etwas Wichtiges für mich, etwas sehr Wichtiges, verdammt, obwohl es gleichzeitig dumm war, schlicht eine Sache von elementarem Fetischismus, einem Rest Machismo, von dominanter Persönlichkeit, ein schlichtes Lebenszubehör oder nicht einmal das, eine Art zu vögeln, so unschuldig, wie Räuber und Gendarm zu spielen... Das hatte ich zu Teo gesagt, aber als ich es mir selbst sagte, glaubte ich es auch nicht. Und heute weiß ich, daß es keine Dummheit ist, aber ich weiß auch, daß ich, sosehr es auch dazu beigetragen hat, meinen Charakter zu formen, deshalb nicht leiden sollte. Denn du wirst es nicht glauben» – er lachte, und ich glaubte ihm nicht nur, ich freute mich auch, ihm glauben zu können – «aber bevor ich dich kennenlernte, gab es eine Zeitspanne, in der ich sehr gelitten habe, aber wirklich sehr, ich schwör's dir, und ich verfluchte mich täglich, ich versuchte, etwas aus mir herauszulocken, was ich selbst nicht verstand, so vergraben war es, und ich fühlte mich entsetzlich, weil ich keine Lösung fand, weil ich nie ich und gleichzeitig richtig glücklich sein konnte, weil ich diese dunkle Zone in meinem Kopf nie würde kontrollieren können, ich würde alles zu beherrschen lernen, nur das nicht, und so verliebt ich auch in ein schönes Mädchen sein mochte, so vorzüglich das Vögeln mit ihr auch sein mochte, alle verdammten Nächte meines Lebens würde ich mich vor dem Einschlafen an das erinnern, was die schlechten Mädchen mit sich machen lassen... Manchmal glaubte ich, daß es für mich besser gewesen wäre, homosexuell zu sein, denn wir sind alle darauf vorbereitet, die Homosexualität zu begreifen. Und das ist witzig, genau das war es, was mir verunmöglichte, mit Lucía oder Machús zu brechen, obwohl es später besser wurde, zuerst, weil man älter wird, ob man es will oder nicht, und das Leben gleichzeitig an Dramatik verliert, und dann, weil die schlechten Mädchen so weit zurückblieben, daß ich aufhörte, ständig an sie zu denken. Außerdem entdeckte ich, daß es gewöhnliche und trotzdem experimentierfreudige Mädchen gab, die nicht so schlecht waren, und ich war weiterhin sehr beschäftigt, und das paßte mir gut... Und plötzlich, als ich schon einen Weg gefunden hatte, mich so anzunehmen, wie ich bin, als ich aufhörte, mehr vom Leben zu verlangen, als es mir geben konnte, als ich bereits beschlossen hatte, mit derselben freundlichen, aber eisernen Disziplin, die ich meinen Genossen auferlegte, noch die kleinste schändliche Phantasie aus meinem Kopf zu verbannen, bist du aufgetaucht, und es war, als würde ich mit fünfundzwanzig Jahren entdecken, daß es den Weihnachtsmann wirklich gibt. Da begriff ich, daß du nicht nur die perfekte Frau bist, sondern viel mehr. Du bist die einzige Frau, die für mich auf dieser Welt existiert.»

Er machte eine Pause, die ich nicht mit eigenen Worten füllen konnte, zu sehr war ich damit beschäftigt, zu enträtseln, was beim Zuhören mit mir geschah, während seine Worte eine stürmische Mischung aus Gefühlen unterschiedlichster Beschaffenheit in mir wachriefen, ich erkannte Liebe, ich erkannte Begehren, aber außerdem wuchsen in mir Überraschung und Eitelkeit, Komplizenschaft und Verblüffung, Verständnis, Gewißheit und der flüchtige Vorwurf, all die Jahre im Schutze einer verheimlichten Wahrheit gelebt zu haben, und ein Vertrauen in mich selbst, in alles, was ich war, das ich bis dahin nicht gekannt hatte, und zwischen alldem, fast verdrängt von noch drängenderen Gefühlen, konnte ich das Gesicht einer älteren Frau ausmachen, die im Frieden mit sich war, denn Martíns Worte hatten mir neben vielem anderen die Zukunft zurückgegeben.

«Sieh mal, Fran, in deinem religiösen Eifer, mit dem du dich bemühst, die Welt zu analysieren, warst du überzeugt davon, daß ich dich retten würde. Aber es war umgekehrt, und ich habe dir das alles deshalb jetzt erzählt, weil ich weiß, daß es dir schlechtgeht, weil ich weiß, daß es mir schlechtgeht, weil ich weiß, daß es uns schmerzt, daß wir älter werden, und weil du begreifen mußt, daß sich das nicht ändern läßt, so wahnsinnig das auch sein mag. Du hast mich gerettet und nicht nur, weil du mir viele Jahre später, nachdem ich zum ersten Mal geahnt habe, daß du die ideale Frau bist, recht gegeben hast, sondern weil nur du und der Personenkult, den du um das, was ich bin, mit so überraschender Leichtigkeit, wie nur du sie besitzt, getrieben hast, meinem Betrug einen Sinn gegeben haben.»

«Du bist kein Betrüger, Martín», gelang es mir zu sagen, und zwei Tränen bahnten sich ihren Weg in meine Augen, obwohl sie niemand eingeladen hatte.

«Doch, das bin ich, oder besser gesagt, das war ich, bis du mich von der Verpflichtung befreit hast, weiter überzureagieren, zu arbeiten, um nicht denken zu müssen, mir weiter zu versichern, daß ich sechsmal an etwas glaubte, woran zu glauben mich noch immer Mühe kostete... Denn als du mir erzähltest, daß du dich in mich verliebt hast, weil ich dich an das Bild von Lenin bei dir zu Hause erinnerte, zu dem du als Mädchen immer gebetet hast, wurde mir klar, daß alles für etwas gut gewesen war; es half mir aufzuhören, an Lucía zu denken, ich hörte auf, mich bei der Erinnerung an Machús zu schämen, ich hörte auf, die Politik als lebenslängliche, verdiente Strafe zu empfinden, ich hörte auf, mich selbst als kaputten, erbärmlichen Wurm zu sehen, ich hatte mir noch nicht ganz verziehen, aber ich verliebte mich in dich, und ich hatte wieder etwas in Händen. Und was folgte, war sehr gut: zu entdecken, daß der arme Teo richtiger gelegen hat, als ich dachte, zu entdecken, bis zu welchem Grad du fähig bist, dich zu verwandeln, wenn du nackt in einem Bett liegst, wie dich die Fähigkeit, dich vor Lust zu erschöpfen, verschönert – was du von deiner Mutter geerbt haben mußt, sosehr dich das auch ärgern mag –, und dich kennenzulernen und dich so fürchterlich schwierig, wie du bist, schwieriger als ich, und das will was heißen, unter dieser schlichten Maske der radikalen Aktivistin, die mich nie ganz täuschen konnte, zu finden, deinen eigenen Betrug zu enthüllen, zu lernen, daß du weder eine harte noch eine unsensible, noch eine selbstgenügsame Frau bist – denn das ist niemand, der die Mühe wert ist –, zu entdecken, daß du doch so gläubig bist und dies daran liegt, daß man dich in der bedingungslosen Verehrung der Persönlichkeit deines Vaters und der Schönheit deiner Mutter erzogen hat, das häßliche Entlein an die Hand zu nehmen, das sich nicht in den schönen Schwan verwandeln wollte, und es davon zu überzeugen, daß es mir so gefiel... Manchmal denke ich, mich in dich verliebt zu haben ist das einzig Wertvolle, was ich in meinem Leben getan habe, und natürlich die einzige Wahrheit, die ich habe, um alles andere zu rechtfertigen, meine Haltung, meine Vergangenheit, meine Ziele und meine Zweifel, denn wenn ich Lucía nicht verlassen hätte, hätte ich dich nicht heiraten können, wenn ich mich nicht mit Machús eingelassen hätte, hätte ich dich nicht in Teos Bemerkungen erkannt, wenn ich nicht so viel mit Teo geredet hätte, hätte ich dich vielleicht nie entdeckt, wenn ich mich nicht wie ein Scheißkerl verhalten hätte, hätte ich mich nie in einen echten Anführer verwandelt, wenn ich mich nicht in das verwandelt hätte, was du in mir sehen wolltest, hättest du mich nie so geliebt, wie du mich liebst, und wenn du mich nicht lieben würdest, wie du mich liebst, wäre ich ein viel weniger glücklicher Mann und unendlich schlechter, als ich bin.»

Er machte eine Pause, um mich anzusehen, und schlußfolgerte: «All das wird dir kein Psychoanalytiker sagen. Und jetzt, wo ich mich endlich von diesem lächerlichen Schwindelanfall erholt habe, der noch bedauerlicher gewesen wäre, wenn er mir weiße Haare eingebracht oder mich zum Kauf von hautengen Jeans angeregt hätte, kann ich hinzufügen, daß ich in letzter Zeit oft Gelegenheit hatte, festzustellen, daß du die einzige Frau auf dieser Welt bist, mit der ich zusammenleben kann. Dessen bin ich mir sicher, weil ich mit vielen anderen Frauen geschlafen habe, zu vielen. Das weißt du ja.»

Eine Woche später ging ich noch einmal zu meiner Donnerstagssitzung, aber nachdem ich mich ausführlich für die Absage in der Woche davor entschuldigt hatte, erzählte ich meiner schweigsamen Zuhörerin, die mich ansah, als hätten sie mein Aussehen, mein Gesicht, der Klang meiner Stimme oder die Worte, die ich aussprach, tatsächlich und zum ersten Mal in fast zwei Jahren regelmäßiger, programmierter Treffen verwirrt, nichts von alledem. Ich ging früher als sonst mit der

Ausrede, daß ich eine sehr wichtige Verabredung zum Abendessen hätte, zu der ich nicht in irgendwelcher Kleidung auftauchen konnte, und ich verabschiedete mich mit den üblichen Worten, obwohl ich glaube, daß sie gemerkt hat, daß es für immer sein würde.

Ich hatte schließlich all das begriffen, was ich eine Woche zuvor gehört hatte, die Worte, die Martín hatte aussprechen wollen und die er hatte verschweigen wollen, die Geschichte, die er mir erzählt hatte, und die, die er mir nie erzählen würde, eine weit zurückliegende Vergangenheit, die die Löcher der jüngsten Vergangenheit stopfen sollte, ein Schweigen, das mehr besagte als seine Stimme, Dinge eben, die wir doch zu tun pflegen. Aber ich nahm sein Angebot nicht nur deshalb an.

Die Vorstellung war mir schon durch den Kopf gegangen, bevor ich mit der Psychoanalyse begann, und wenn ich mich lustlos auf diese als pittoreske Zwischenlösung eingelassen hatte, dann vielleicht nur deshalb, um Zeit zu gewinnen, um die Entscheidung, mich in ein noch außergewöhnlicheres Abenteuer zu stürzen, auf unbestimmte Zeit vielleicht zu verschieben, ein Abenteuer, das mir gelegentlich als viel grundlegender denn wünschenswert erschien, recht seltsame und gefährliche Adjektive, wenn das, was sie schmücken, eine Kapitulation ist. Ich hatte es oft so kategorisch abgelehnt, daß mir die Knie weich wurden, selbst wenn ich es nicht ernst gemeint hatte, ich brauchte gar nicht erst darüber nachzudenken, ich mußte mich nur an meine Worte erinnern, die unbarmherzigen Urteile zu anderen Gelegenheiten, vielleicht meine einzige Sammlung unumstößlicher Wahrheiten, von denen ich jahrzehntelang keinen Funken abgewichen war. So kann man das nicht machen, hörte ich mühelos meine Erinnerung, man kann nicht solch eine Entscheidung treffen, um eine Krise zu überwinden, solch ein Fehler ist unbegreiflich, das ist weder gerecht noch für irgend jemand gut... Aber Martíns Schweigen legte mir nahe, daß das Leben vielleicht die einzig vernünftige Wahrheit ist, der einzige Impuls, dem zu gehorchen es sich lohnt.

An dem Abend, den ich zum Reden wählte, belohnte er meine Worte mit seinen Worten, und sie waren es, die mich schließlich überzeugten. Er schien völlig begeistert, mehr noch, unglaublich optimistisch, wo ich viel pessimistischer war, er war wie nie zuvor überzeugt davon, daß alles gutgehen und, besser, glücklicher werden würde, so sehr, daß er meine letzten vernünftigen Zweifel ausräumte. «Es ist zu Ende, Fran, es ist zu Ende», sagte er nur. «Die Utopie von der besseren Welt ist für immer im Arsch, das weißt du doch, und es ist nicht nötig, daß du weiterhin perfekt, vernünftig, tadellos bist... Hör auf, gegen den Strom zu schwimmen, und entspann dich. Es ist gut so, es muß gut sein, du wirst schon sehen...»

Er wußte auch, wie alt wir in zwanzig Jahren sein würden, aber das war das einzige, was er nicht laut aussprechen mochte. Dennoch lag er mit seinen weiteren Berechnungen geheimnisvollerweise richtig. Trotz des Alters meiner Hormone wurde ich im November 1994, kurz vor meinem vierzigsten Geburtstag, schwanger. Mit ein bißchen Glück und sosehr die Arbeitsgesetze sich auch ändern mochten, hätte ich noch nicht das Rentenalter erreicht, wenn mein Kind zwanzig sein würde.

Ana

MARISA, DIE SICH AN MICH GEHÄNGT HATTE, bevor wir das Gebäude betraten, wo die Veranstaltung stattfand – «Eine unauffällige Freundin ist immer gut», hatte sie argumentiert, die sich nichts entgehen lassen wollte –, sagte mir, daß sie glaube, ihn gesehen zu haben, kurz bevor Rosa, die sich wie ein indianisches Totem neben der Tür postiert hatte, um das mögliche Auftauchen von Nacho Huertas nicht zu verpassen, auf uns zugelaufen kam und bestätigte, daß er tatsächlich gekommen war und einen Augenblick mit Fran geredet hatte, aber der Dachgarten war so voller Menschen, daß ich ihn nicht entdecken konnte, nicht einmal, wenn ich mich auf die Zehenspitzen stellte. Da war ich fast dankbar für die Gesellschaft der beiden aufmerksamen Beobachterinnen, denn wenn ich ihn bald treffen wollte, blieb mir nichts anderes übrig, als herumzuschlendern, und es gibt nichts Unangenehmeres, als auf einem gutbesuchten Fest allein herumzuschlendern. Doch kaum setzte ich mich in Bewegung, als wir drei in einer dieser kleinen Lichtungen, die sich in Menschenmassen hin und wieder so unvermittelt auftun, als wären sie belebte Wälder, Fran entdeckten und sie uns.

«Javier Álvarez hat eben nach dir gefragt, Ana», sagte sie gleich nach der Begrüßung. «Er hat gesagt, er wolle dir was weiß ich mitteilen...»

«Aha!» rief ich aus und spürte, daß ich meine Gefühle noch im Griff hatte. «Und wo ist er?»

«Nun, was weiß ich, es sind so viele Leute gekommen... Wahnsinn! Das wird jedes Jahr schlimmer, ich weiß schon nicht mehr, woher die vielen Gäste kommen... Aber es ist leicht, ihn zu finden, weißt du, denn seine Frau sieht aus wie eine Ampel. Sie hat sich wie zu einer Hochzeit ausstaffiert, sie trägt ein kreischend orangefarbenes, langes Kleid und einen dazu passenden Schal, ich weiß nicht, was sie geglaubt hat, was das hier ist...»

Marisa legte mir eine Hand auf die Schulter, als könnte sie mit dieser Geste die Befürchtung beschwören, daß ich von einem Moment zum anderen zu Boden sinken würde, und Rosa, die praktischer veranlagt war, schaffte uns Fran vom Hals, indem sie behauptete, sie glaube gesehen zu haben, wie ihr Vater nach ihr gerufen hätte. Als wir drei allein waren, drehte ich mich um, ich weiß nicht warum, schloß die Augen, ich weiß auch nicht, warum ich das tat, und knickte zusammen, als wollte ich mit meinen Händen meine Fußspitzen berühren. Dann, als ich mich wieder aufgerichtet hatte, drehte ich mich auf dem Absatz um, öffnete die Augen und versuchte erst gar nicht zu begreifen, wie ich mich fühlte.

«Was für ein Mistkerl», murmelte ich, denn ich mußte ihn beschimpfen, auch wenn ich nicht einmal selbst daran glaubte, daß diese Beschimpfung gerechtfertigt war. «Was für ein Mistkerl!»

«Nein, Ana... Zumindest ist er da.» Rosa, die viel schneller als ich reagierte, bot mir den übermenschlichen Vorrat an Hoffnung, der ihre weitgehenden Enttäuschungserfahrungen wundersamerweise überlebt hatte. «Brich nicht vorzeitig zusammen. Vielleicht konnte er sie schlicht nicht zu Hause lassen –»

«Bestimmt!» Marisa unterbrach sie in so bestimmtem Ton, daß kein weiteres Wort mehr nötig war, um klarzustellen, daß sie leidenschaftlich zu meiner Interpretation neigte.

«Und warum nicht, bitte schön?» Rosa war hartnäckig. «Viele Leute gehen gerne auf solche Feste, und wenn sie eine von denen ist, war sie vielleicht für nichts auf der Welt bereit, darauf zu verzichten. Du hast ja gehört, was Fran gesagt hat, sie ist angezogen wie zu einer Hochzeit.»

«Ja, und ich...»

Bevor ich meine Wohnung verließ, hatte ich mich im Spiegel betrachtet, und es war mir fast schwer gefallen, meine Augen von dem blendenden Bild abzuwenden, das sich ihnen darbot. Ich trug ein neues langes schwarzes Kleid aus einem weichen, glänzenden Stoff mit

Ranken und Blumen aus schwarzem Samt darauf. Ich hatte es mir nicht zufällig gekauft, ich hatte drei ganze Nachmittage investiert, um es unter den Kleiderbügeln und Schaufensterpuppen halb Madrids zu finden, ein ganz schlichtes Kleid, direkt inspiriert an der Mode der Chinesinnen in amerikanischen Filmausstattungen, das auf der linken Seite vom Hals abwärts bis auf halbe Höhe des Schenkels geknöpft, eng anliegend und ärmellos war. Ich war auch beim Friseur gewesen, weil ich mir eingeredet hatte, daß ich mal wieder meine Spitzen schneiden lassen könnte. Ganz hinten im Schrank hatte ich ein Paar hochhackige Sandalen wiedergefunden, die ich seit der Zeit in Paris nicht mehr getragen hatte, und ich hatte eine Stunde gebraucht, um mich so sorgfältig zu schminken, daß es kaum zu sehen war, daß ich geschminkt war. Aber so sorgfältig sie auch alles ausgewählt hatte, was ihr gut stand, war diejenige, die beim Anziehen, beim Kämmen und beim Schminken davon überzeugt war, daß sie unwiderstehlich aussehen würde, eine glückliche Frau, die sich zu einem Zeitpunkt verliebt hatte, als sie es schon nicht mehr erwartete, als sie es nicht einmal mehr erhoffte, als sie es sich nur noch in manchen Nächten der Schlaflosigkeit auszumalen traute, um den Teufel aus ihren Alpträumen zu verbannen, eine Frau, die all das von einem Mann erwartete, was sie von sich selbst erwartete, und die ich gewesen war, kurz bevor ich entdeckte, daß ich mich von einem schmerzlichen Begeisterungsanfall, von einem verspäteten Aufkeimen meiner verfluchten Jugend, von einem Trick des Alters, das ich nicht mehr hatte, von dem Glauben, den die mitfühlenden Jahre mir gerade geraubt hatten, von der Erfahrung, die mich nicht rechtzeitig daran erinnert hatte, daß Träume wie alle zerbrechlichen Gegenstände dazu verurteilt waren, zu Boden zu fallen und in tausend Scherben zu zerspringen, und von meiner plötzlichen Liebe, einer egoistischen, unverhofften und unangemessenen Leidenschaft, die sich ohne Erlaubnis in meiner Kehle eingenistet hatte, hatte einwickeln lassen. Deshalb war es mir beim Verlassen meiner Wohnung so schwer gefallen, den Blick von meinem Spiegelbild abzuwenden, aber ein paar Stunden später fühlte ich mich so lächerlich wie die schlechteste Nebendarstellerin eines Films von Fumanchú.

«Du siehst toll aus, red keinen Unsinn.» Rosa versuchte mich vorwärts zu schieben, aber meine Füße bewegten sich nicht. «Gut, was sollen wir deiner Meinung nach tun? Bleiben wir den ganzen Abend in einer Ecke stehen, oder können wir zumindest ein Glas trinken gehen?»

Ich ließ mich widerstandslos an die Bar schleppen und stützte mich sogar mit passabler Lässigkeit auf den Tresen, bevor ich zu trinken begann. Da sah ich ihn. Er stand ziemlich nahe in einer Gruppe, die sich aus seiner Frau, einem Freund, ebenfalls Geograph, der uns die Graphiken für den Atlas angefertigt hatte, und zwei weiteren mir unbekannten Personen, einem Mann und einer Frau, zusammensetzte, und unterhielt sich. Das Organ unter meiner linken Brust, auch Herz genannt, begann sich seltsam zu verhalten, erst schlug es wie verrückt, als beabsichtige es, meinem Gaumen seinen Rhythmus aufzuprägen, und dann stand es plötzlich still, als wären wir beide, mein Herz und ich, gestorben, ohne es gar mitbekommen zu haben. Gleichgültig gegenüber unserem inneren Aufruhr sahen meine Augen ihn an, als könnten sie sich an keinem anderen Gegenstand der Welt satt sehen. Währenddessen nahmen meine Ohren aus reinem Pflichtbewußtsein die freundlichen Kommentare meiner Freundinnen auf.

«Also, die ist k-keinen Pfifferling w-wert, das sag ich dir.» Unter anderen Umständen hätte mich Marisas Geringschätzung – sie war immer so unbarmherzig mit der Schönheit anderer – amüsiert, aber in diesem Moment war mir nicht nach Witzen. «Zu dick a-aufgetragen. . .»

«Mit diesem Wonderbra darunter», ergänzte Rosa, «und sie muß entsetzliche Beine haben, ihre Fesseln sind so dick wie meine Knie –»

«Redet nicht so», ging ich endlich dazwischen. «So schlecht sieht sie gar nicht aus.»

«Gut, aber das mit dem Wonderbra mußt du mir lassen, denn das ist skandalös, wirklich. . .»

Ich nickte zustimmend, und es war nicht gelogen. Ich versuchte sie eine Weile objektiv zu betrachten, aber es gelang mir nicht, sosehr ich auch davon überzeugt war, daß ich keinen besseren Schutzwall für mich finden konnte, auf jeden Fall schien mir die arme Adelaida nicht genügend Attribute mitzubringen, um das mildernde Adjektiv zu rechtfertigen, das ihr Mann systematisch ihrem Namen vorangestellt hatte. Abgesehen davon, daß ihre Brüste aus dem Ausschnitt gehüpft wären, wenn sie jemand mit dem Arm angestoßen hätte, strahlte sie eine Art von vorgefertigter Affektiertheit aus, die einen viel besseren Körper als ihren verlangt hätte, um nicht etwas peinlich zu wirken. Weder sehr groß noch sehr klein, im allgemeinen schlank, aber mit dicken Beinen und mehr Bauch, als der Schneider des Kleides vorgesehen hatte – das viel zu elegant für den Anlaß war, aber deswegen nicht weniger elegant –, kam sie mir vage bekannt vor, denn sie ähnelte diesen Engelchen von Ferrándiz sehr, mit denen ich mein Abitur gemacht hatte. Ich wagte zu unterstellen, daß sie als Kind Werbung für Nestlé gemacht hatte, dann ein ausgesprochen niedlicher Teenager, eine hübsche Studentin, eine ziemlich hübsche junge Mutter gewesen und jetzt eine Frau von etwas über Dreißig war, die sich vorgenommen hatte, allen Konsequenzen einer radikalen Verwandlung von Lolita zum Vamp zu trotzen, statt hinzunehmen, daß ihre Schönheit mit dem Älterwerden nicht zunahm. Das war ihr nicht gut bekommen, und sie war trotz der Dienste ihres Büstenhalters, vielleicht zu ihrem Leidwesen, ein hübsches Mädchen geblieben.

«Hört mal, das ist gar keine schlechte Idee...» Rosa ließ nicht locker. «Wenn sie keine Lust mehr hat, das Glas zu halten, steckt sie es in den Ausschnitt, und es hält von selbst.»

«Genau...» Marisa lachte über den Einfall. «Sie wirkt w-wie eine Schnecke, aber m-mit einem Schaufenster auf dem Rücken.»

Mir blieb nichts anderes übrig, als in das lautstarke Gelächter einzufallen, aber ich hätte nie gedacht, daß es ihm meine Anwesenheit offenbarte, und ich werde nie erfahren, ob er mein Lachen aus dem der anderen herausgehört oder ob er sich zufällig umgedreht hat, aber er drehte sich um, als wäre er sicher, mich vorzufinden, und er entdeckte mich sofort. Er sah mich lächelnd an.

«Wenn er es wagt, herüberzukommen», flüsterte ich, «werde ich ihm sagen, daß er ein Scheißkerl ist.»

«Aber nein, Ana, verdammt noch mal...» Rosa schimpfte mit mir, als wäre sie meine Mutter. «Du bringst dich nur in Schwierigkeiten. Siehst du nicht, wie er dich ansieht? Er ist ganz hin, verdammt, man braucht ihn nur anzusehen... Los, Marisa, gehen wir.»

«G-gleich?» Die Augen der Angesprochenen offenbarten noch plastischer als das Stolpern über ihre Frage, daß sie sich nichts Ungerechteres vorstellen konnte, als genau dann vom Schauspiel weggezogen zu werden, wenn gerade die Hörner ertönen, die endlich den Beginn des ersten Aktes ankündigen.

«Nein, in den nächsten zwei Stunden, was hast du denn geglaubt? Wenn wir nicht gehen, wird er im Leben nicht herüberkommen. Außerdem ist Nacho bestimmt auch da, und ich vergeude hier meine Zeit...» Sie wandte sich an mich, obwohl ihre Hände schon dazu ansetzten, Marisa vor sich herzuschieben. «Noch was, Ana... Ich bin zwar Geisteswissenschaftlerin, aber mach dir klar, daß es rein statistisch unmöglich ist, daß wir beide dasselbe Pech haben.»

Sie ging, als hätte sie es wirklich sehr eilig, aber sie war noch kein halbes Dutzend Schritte gekommen, als sie mit dem Ausdruck, etwas sehr Wichtiges vergessen zu haben, zurückgelaufen kam.

«Ach, und genau betrachtet, war deine Idee nicht schlecht...» Sie sah mich mit einem verschwörerischen Blick an, der überraschend gut zu ihrem Lächeln einer vorwitzigen Jugendlichen paßte. «Wenn er rüberkommt und du mit ihm allein bist, sag ihm, daß er ein Scheißkerl ist... Mal sehen, was passiert.»

Dann, als hätte er Rosas Flüstern verstehen können, löste sich Javier aus der Gruppe und kam auf mich zu. Erst überfiel mich echte Panik, mit der ich nicht gerechnet hatte, aber sie verwandelte sich augenblicklich in allergrößte Alarmbereitschaft, als ich sah, daß die arme Adelaida ihrem Mann folgte und daß hinter den beiden der andere Geograph herkam, der wie Marisa nur ja nichts versäumen wollte.

«Hallo, Ana...» Er nutzte den geringfügigen Vorsprung vor seiner Eskorte, um woher auch immer seine wunderbare Schlafzimmerstimme hervorzuholen, die meine Seele aus dem Lot brachte, und ich konnte ihm nicht länger in die Augen sehen. Als ich genügend Mut zusammen hatte, um vom Frühlingshimmel, bei dem ich Zuflucht gesucht hatte, zu seinem Gesicht zurückzukehren, war er nicht mehr allein. «Du kennst meine Frau noch nicht, oder?» Unvermittelt hatte seine Stimme die Tonlage geändert und klang jetzt höflich unbefangen, und ich erkannte, daß auch er nervös war, viel nervöser, als er zuvor gewirkt hatte, und vielleicht etwas angetrunkener, als ich erwartet hatte. «Adelaida... Das ist Ana, die Bildredakteurin des Atlas, ich habe dir einmal von ihr erzählt...»

«Ja, sehr erfreut...» Adelaida, die mir zuvorkam und mir die Hand entgegenstreckte, entging der merkwürdige Ausdruck angeschlagener

Würde, mit dem ihr Mann unserem Aufeinandertreffen beiwohnte. Und mein Lächeln verhüllte den Schock, der meine eigene Würde in diesem Augenblick in nichts auflöste.

«Felipe kennst du ja schon, nicht wahr?» Javier zeigte auf seinen Freund, den ich tatsächlich kannte, obwohl ich aus seiner Art, mich zu begrüßen und mich zwischen Küßchen und Küßchen anzusehen, ableitete, daß ich ihn nicht so gut kannte wie er mich.

«Gut, also...» Weil ich etwas sagen mußte, sagte ich das erstbeste, was mir in den Sinn kam: «Wie gefällt es euch hier?»

Fünf Minuten lang beteiligte ich mich an einem belanglosen Gespräch über den Verlag, das Gebäude und meine Arbeit, ein Thema, das die diesmal wirklich arme Adelaida wenig interessierte, obwohl sie versuchte, höflich zu sein, indem sie Fragen stellte, meine Antworten, so gut sie konnte, laut kommentierte. Es war sie, die für uns alle unfreiwillig einen Ausweg fand, als sie mich fragte, wo die nächste Toilette sei.

«Oh», sagte ich, plötzlich verwirrt von dieser einfachen Frage. «Nun... Ich glaube, die nächste ist in der Nähe der Tür, durch die ihr hereingekommen seid, im Flur links... Wenn du möchtest, begleite ich dich...»

«Nein.» Felipe kam mir zuvor und nahm sie am Arm. «Ich begleite dich, ich habe keine Zigaretten mehr, aber im Mantel habe ich noch ein Päckchen... Die Garderobe liegt auf dem Weg...»

Ich blieb mit Javier allein, als ich schon alle Hoffnung aufgegeben hatte, und ich fühlte mich, als wäre ich in der Mitte gespalten worden, gespalten zwischen sehr intensiven, widerstreitenden Impulsen, die sich gegenseitig aufzuheben schienen, um mich völlig zu lähmen, denn einen Augenblick lang war ich so gefroren, als würde ich in einer Fotografie von mir leben. Ich starb vor Lust, ihn zu berühren, wenigstens sein Jackett zu streifen, das an einem seiner Finger hing, und gleichzeitig schmerzte es mich unendlich, von jemandem so erniedrigt zu werden, ich wußte, daß ich oft schon viel schlechter behandelt worden war, aber ich hatte noch nie einen solchen Prankenhieb verpaßt bekommen, oder zumindest erinnerte ich mich nicht daran, ihn verspürt zu haben; augenscheinlich war nichts geschehen, und ich wußte das, aber es war mir egal, denn ich hätte sonstwas dafür bezahlt, um mir diese gerade erlebte Szene zu ersparen, aber ich hatte sie erlebt, und ich starb vor Lust, ihn zu berühren, obwohl ich ihm die Verletzung nicht verzeihen konnte, und so verharrte ich genau zwischen der Lust und der Empörung, bis er mit einer unschuldigen, heimlichen Geste meine Hand nahm, sie einen Augenblick drückte und mich ansah, als wäre mein Gesicht die einzige Landschaft, an der sich seine Augen nie satt sehen konnten.

«Ich hatte solche Sehnsucht nach dir...» sagte er und griff wieder auf diese wundervolle Stimme zurück, die ich nie wieder würde hören können, ohne eine Gänsehaut zu bekommen, diese Stimme, die er wie eine gezinkte Karte in einer versteckten Tasche seines Körpers aufbewahrte, um mich zu vernichten, wenn meine Hände am leersten waren, diese Stimme, die mir gehört hatte, die ich einmal und für immer zu besitzen geglaubt hatte und die jetzt von weit her kam, denn ich hatte es nicht einmal gewagt, mit den Fingerspitzen sein Jackett zu streifen, als er mich dem rigorosen Despotismus seines Willens zu unterwerfen begann. Diese Stimme, der Verdacht, daß ich nie eine passende Waffe würde finden können, um ihn zu schlagen, das Bewußtsein meiner unendlichen Wehrlosigkeit gegenüber diesen samtweichen Worten, die er gerade ausgesprochen hatte, trafen die Entscheidung.

«Du bist ein Scheißkerl, Javier», sagte ich zu ihm, und was geschehen mußte, geschah sofort.

Erst blieb er ruhig, absolut unbeweglich, fast starr, und seine Augen reagierten kaum, sie weiteten sich nur unmerklich, als hätte ein unsichtbares Messer ihnen für immer den Schutz der Lider genommen. Dann wich das Blut aus seinen Wangen, und nach diesem plötzlichen Erbleichen bewegten sich endlich seine weißen Lippen.

«Warum sagst du so was zu mir?»

Meine Worte schienen ihn so bestürzt zu haben, sein Gesichtsausdruck war so beredt, daß ich plötzlich meine Sicherheit wie ein taubes und blindes Waisenkind in den übergroßen Falten einer riesigen Verwirrung verlor, und noch hatte ich keine passende Antwort gefunden, als Fran, die sonst so diskret war, nur ausgerechnet an diesem Abend nicht – als hätte das Gespenst des Ungelegenkommens seine ganze Geduld darin investiert, genau diesen Moment abzuwarten, um nur einmal die Zügel ihres Verhaltens in die Hand zu nehmen, – uns schweigend zusammenstehen sah und daraus ableitete, daß uns ein bißchen Plaudern gut bekäme. Ihr Annäherungsversuch war so unübersehbar, daß Javier noch rechtzeitig aufmerksam wurde und begriff, daß er meine Hand loslassen mußte, doch bevor er die seine entzog, drückte ich sie noch schnell. Er sah mich an, und diesmal dürfte er in meinen Augen gelesen haben, daß ich mich völlig ergeben hatte, denn er erholte sich rechtzeitig, um mit Fran gute fünf Minuten zu plaudern, ein Gespräch, dem ich so hartnäckig schweigend beiwohnte wie der folgenden Unterhaltung, als die arme Adelaida mit Felipe von der Toilette zurückkehrte, um das inhaltslose mehrstimmige Plaudern über den Verlag, das Gebäude und die Arbeit von uns allen fortzusetzen und mir den letzten Nerv zu rauben. Ich wußte nicht, wo ich eine gute Entschuldigung hernehmen sollte, um endlich verschwinden zu können, als Rosa, die scheinbar zufällig an mir vorbeikam, meinen hilfesuchenden Blick auffing. Ich glaubte schon, daß jetzt nichts weiter geschehen würde, aber als ich mich ausreichend weit entfernt hatte, um mich wieder sicher zu fühlen, rief Javier laut meinen Namen, und ich drehte mich um, als könnte er von weitem an einer Leine ziehen, gehorchte seiner Stimme, ohne groß darüber nachzudenken.

«Ich rufe dich an und wir reden darüber», rief er mir zu, doch jene Nacht sollte ein so katastrophales Nachspiel haben, daß ich seine Ankündigung vergaß.

Rosa war trotz des schrecklichen Panzers, der ihr über die Realität hinwegzugehen ermöglichte, als wäre diese ein unsichtbares Polster aus trockenen Blättern über einem festen Boden, von dem nur sie wußte, noch immer ein Mensch und brach spät, aber geräuschvoll zusammen, als sie feststellte, daß es Nacho Huertas wieder einmal und sogar entgegen seinen Berufsinteressen vorgezogen hatte, ihr aus dem Weg zu gehen. Marisa war wohl schon nach Hause gegangen, oder sie hatte sich einer Gruppe angeschlossen, die das Fest auf eigene Rechnung fortsetzte, denn ich sah sie nirgends, während ich mühsam dem Monolog zu folgen versuchte, den unsere gemeinsame Freundin zwischen Glas und Glas von sich gab, indem sie mit zunehmend unverständlicher Stimme immer unzusammenhängendere Pläne aushekte, ein Monolog, der immer dramatischer, immer selbstmitleidiger und immer idiotischer wurde und von dem es mir nicht gelang sie zu erlösen, denn selbst wenn sie mir zugestanden hätte, einzugreifen, was sie nicht tat, hätte ich ihr Gejammer höchstens auf das Niveau von lächerlichem Pathos reduzieren können. So beschränkte ich mich aufs Trinken, und damit gelangte ich sehr schnell auf ihren Stand, obwohl mir das nicht bewußt war, bis ich Schwierigkeiten beim Bezahlen des Taxis hatte, das mich nach Hause brachte, eine hochkomplizierte Angelegenheit, nur wenig schwieriger als die Aufgabe, den Schlüssel ins Haustürschloß zu stecken.

Als ich endlich heil im Fahrstuhl angekommen war, beglückwünschte ich mich dafür, in einem so alten Gebäude zu wohnen, in dessen Fahrstuhl aus Glas und Holz keine Spiegel hingen. Ich verspürte keineswegs Lust, mein Gesicht zu betrachten, aber – und das war die unvermeidliche Kehrseite – der Motor, der mich zu meiner Wohnung hochbrachte, arbeitete so langsam, daß mir genug Zeit blieb, mich auf die mit Samt bezogene Bank zu setzen und mich an die strahlende Frau zu erinnern, die stehend genau den gleichen Weg in die entgegengesetzte Richtung genommen und alles von einem Abend erwartet hatte, der am Ende so enttäuschend kläglich verlaufen war. Weil ich allein nach Hause zurückkehrte und das Gefühl hatte, die Welt sei untergegangen, war es mir im Augenblick gleichgültig, daß Javiers Reaktion zu meinen Gunsten ausgefallen war, und ich hätte mir gar nicht vorstellen können, wie verzweifelt ich mich nur ein paar Minuten später an die wenigen Hinweise auf eine noch mögliche Zukunft klammern würde.

«Hallo!»

Ich hatte noch keinen Fuß in den Flur gesetzt, als diese Stimme auf meine übel zugerichteten Schultern die unerwünschteste Begrüßung entlud.

«Was machst du hier?» fragte ich, plötzlich nüchtern und meines Unglücks überdrüssig.

«Warum hast du das Porträt abgehängt?» fragte er zurück, den Kopf zur Wohnzimmertür herausgestreckt. «Das sah toll aus da...»

«Was machst du hier, Félix?» beharrte ich. «Wie bist du hereingekommen?»

«Mit Amandas Schlüssel.» Er zog ihn aus der Hosentasche seiner Jeans und zeigte ihn mir. «Hör mal... Wie hübsch du aussiehst und wie elegant du bist! Wo kommst du her?»

«Ist Amanda mitgekommen?»

«Nein.»

«Dann kannst du jetzt verschwinden.»

Ich hängte den Mantel und die Tasche an die Garderobe und ging mit für meinen Zustand bewundernswerter Koordinationsfähigkeit durch die Wohnzimmertür, ohne ihn auch nur zu streifen.

«Verdammt! Tolle Art, seine Gäste zu empfangen. . .»

Mitten auf dem Teppich drehte ich mich auf dem Absatz um und sah ihn an. Er stand noch immer an den Türrahmen gelehnt und hatte einen spöttischen Ausdruck im Gesicht, der mich darauf hinwies, daß er mich keinesfalls ernst zu nehmen beabsichtigte.

«Du bist kein Gast, Félix», sagte ich und redete ganz langsam, als könnte ich mir eine Ruhe auferlegen, die ich nicht verspürte. «Ich habe dich nicht darum gebeten, herzukommen, ich wußte nicht einmal, daß du in Madrid bist. Ich habe keine Lust, dich zu sehen, ich habe keine Lust, mit dir noch mit sonstwem zu reden. . . Ich hatte einen schlechten Tag und will allein sein. Also, hau ab.»

«Um diese Uhrzeit?» fragte er grinsend.

«Ja, um diese Uhrzeit. Es ist erst halb eins, das ist hier nicht so spät, das weißt du, du bist doch in dieser Stadt geboren, erinnerst du dich? Und du hast einen Haufen Verwandte hier. Wenn du keine Lust hast, bei deiner Mutter zu schlafen, geh ins Hotel oder auf eine Bank im Retiro-Park, aber laß mich in Frieden.»

Da wurde er ernst, als hätten seine Ohren gegen seinen Willen endlich den Sinn meiner Worte verstanden. Er sah mich mit hartem Blick an, aber in dem zähen Schweigen dieser Herausforderung mochten meine Augen sich nicht auf ihn richten, als wäre Javiers Bild schon für immer auf meine Netzhaut geprägt, bereit, mit überwältigender Überlegenheit die Gestalt eines jeden Mannes zu überblenden, den ich je noch ansehen würde. Im Schutz dieses beständigen und entschiedenen Lichts empfand ich Félix viel älter, als ich ihn in Erinnerung hatte, vielleicht, weil er genauso angezogen war wie damals, als wir noch zusammenlebten, eine vom vielen Waschen fast weiße Jeans, ein Hemd aus demselben Stoff und fast genauso ausgeblichen und ein rotes Tuch aus indischer Baumwolle um den Hals, über das ich herzlich gelacht hätte, wenn ich Lust zum Lachen gehabt hätte. Dieses Detail alarmierte mich fast genauso wie sein unvorhergesehenes Auftauchen; früher pflegte er immer bei mir zu wohnen, wenn er nach Madrid kam, aber nie zuvor hatte er es gewagt, allein und ohne seinen Schutzschild Amanda aufzutauchen, und er hatte vorher immer angerufen und seine Ankunft angekündigt. Während ich ihn mit müden Schritten ins Wohnzimmer gehen und sich auf einen Sessel fallen lassen sah, sagte ich mir, daß er keinen schlechteren Augenblick für seine Verführungsabsichten hätte erwischen können, und dieser Gedanke, der erste optimistische seit vielen Stunden, gab mir Kraft auszuhalten, was mir bevorstand.

«Wo ist das Bild?» fragte er wieder, und ich begriff, daß er mit dem Verschwinden des Bildes den einzigen passenden Schlüssel entdeckt hatte, der meine Haltung enträtseln konnte. «In deiner Galerie.» Ich lehnte mich an die Wand und verschränkte die Arme. «Ich habe es dort einlagern lassen. Wenn du es nicht mit nach Paris nehmen willst, kann es dort eine Weile bleiben, offensichtlich ist dort Platz genug. Solltest du es verkaufen wollen, Arturo glaubt, er würde einen Käufer finden.»

«Aber, was ist denn los?»

«Es gefällt mir nicht, das ist los, es hat mir nie gefallen. Als Amanda noch klein war, habe ich es nicht gewagt, es abzunehmen, weil du ihr Vater bist und es mir richtig erschien, daß sie mit Erinnerungen an dich aufwächst. Aber jetzt lebt sie den größten Teil des Jahres bei dir, und das hier ist meine Wohnung, hier wohne ich, und ich wohne allein, damit du es weißt. Du hast kein Recht, hier einfach aufzutauchen, wann es dir gerade gefällt.»

«Gut, das ist auch die Wohnung meiner Tochter, oder?» protestierte er. «Ich nehme an, daß ich in ihrem Zimmer schlafen kann...»

«Nein.»

«Warum nicht? Ich werde dich nicht stören, ich werde –»

Da klingelte das Telefon. Félix verstummte mit ungewöhnlicher Intuition, als das erste Klingeln ertönte, so daß die folgenden Klingelzeichen und das mechanische Echo des anspringenden Anrufbeantworters zwischen den Wohnzimmerwänden wie das Schrillen einer Alarmglocke widerhallten.

«Ana?» Ich erkannte die Stimme und schloß die Augen. «Ich bin's, Javier. Du hattest genug Zeit, um nach Hause zu kommen, denn du bist vor mir gegangen, ich habe dich gehen sehen. Nimm bitte ab... ich muß mit dir reden...»

«Aha!» Félix' Ausruf zwang mich, ihn anzusehen. «Jetzt verstehe ich...»

«Ana...» Javier insistierte in einem Ton, der sich sicher war, daß ich ihm zuhörte, aber nicht antworten wollte. «Ich mußte mit dem Hund raus, damit ich dich um diese Zeit anrufen kann, meine Frau konnte es nicht glauben, er steht neben mir, er zerrt an der Leine, weil er gehen will, und er hat mir schon ans linke Bein gepinkelt, wenn du willst, halte ich ihm den Hörer hin, damit du ihn bellen hörst...»

Zwischen dem ersten und dem zweiten Bellen wurde mir bewußt, daß ich unwillkürlich lächelte. Dann stürzte ich ans Telefon, wie eine Schiffbrüchige mit verspäteten Reflexen nach dem Rettungsring gegriffen hätte, und plötzlich vergaß ich alles.

«Javier?» Ich schrie fast und ließ ihm keine Zeit, etwas zu sagen. «Warte einen Augenblick... Ich gehe ans Telefon im Schlafzimmer.»

Ich ging an Félix vorbei und rannte durch den Flur zu meinem Schlafzimmer. Ich verschloß die Tür, warf mich aufs Bett und nahm den Hörer ab.

«Javier?»

«Ja.»

«Es ist noch jemand im Wohnzimmer, weißt du, es ist...» Ich bremste mich abrupt. «Meine Schwester ist da, weil...» Irgendein barmherziger Gott gab mir eine gute Erklärung ein. «Sie hat ihren Wohnungsschlüssel verloren, und da ich noch einen habe...»

«Was ist passiert, Ana?» Er erwartete eine sofortige Antwort, aber ich war nicht fähig, sie ihm zu geben. «Warum hast du mich beschimpft? Was habe ich getan?»

Ich konnte ihm nicht die Wahrheit sagen, ich konnte ihm nicht sagen, daß ich mir ein neues Kleid gekauft hatte, daß ich beim Friseur gewesen war, daß ich mich sorgfältig geschminkt hatte, um ihn zu treffen, ihn in eine Ecke zu ziehen und ihn zu küssen, ihn später mit nach Hause zu nehmen und mit ihm ins Bett zu gehen und mit einer Begierde mit ihm zu vögeln, wie ich sie nicht gekannt habe, bevor ich ihn kennenlernte, daß er mich hingegen verraten hatte, mich enttäuscht hatte, mich am Boden zerstört hatte. Ich konnte ihm das nicht sagen, aber er bestand auf einer Erklärung.

«Also gut, Ana», sagte er nach einer Weile, und sein Ton, der schon hart war, wurde noch härter. «Wenn du mich Scheißkerl genannt hast, dann werde ich dir wie ein solcher vorkommen, nehme ich an, aber ich würde gerne wissen, warum.»

«Es ist so... Also, ich... ich dachte, du kommst allein zu dem Fest.»

«Und?»

«Na ja, als ich sah, daß du nicht... Wenn ich vorher gewußt hätte, daß du mit deiner Frau kommst, wäre ich zu Hause geblieben, verstehst du?»

«Nein, das verstehe ich nicht.»

«Na gut, also, wenn du das nicht verstehst... Das ist der Grund. Ich... Da wir nach dem Wochenende nicht mehr miteinander telefoniert haben... Ich wußte nicht, ob du Lust hast, mich wiederzusehen, ich konnte es nicht wissen, und ich habe gedacht, daß... Wenn du Lust gehabt hättest, wärst du allein gekommen...»

Er schwieg, und eine Weile hörte ich nur die Münzen, die er in den Schlitz warf, und ein Bellen im Hintergrund.

«Du hättest mich anrufen können», fügte ich hinzu, als ich das Schweigen nicht mehr ertragen konnte. «Und mich warnen...»

«Daß ich mit Adelaida zu dem Fest kommen würde?» fragte er fast amüsiert, und da nahm ich an, daß ihn meine Erklärungen nicht nur überzeugt, sondern ihm obendrein gefallen hatten, ich drückte mir die Daumen, daß ich recht behielt. «Aber wie könnte ich so was tun? Verstehst du das nicht? Es ist lächerlich. Dich, die dort arbeitet, anzurufen und dir zu sagen, daß du nicht auf das Fest deines Verlegers gehen sollst, weil ich, der ich nur zufällig an einem Buch mitgearbeitet habe, meine Frau mitbringen muß...»

«Na gut, aber ich habe mich schrecklich gefühlt», beharrte ich. «Ich mag nicht freundlich sein zu den Frauen, mit deren Männern ich...» schlafe, hatte ich sagen wollen, aber ich wagte nicht, die Gegenwartsform zu benutzen. «Gut, jedenfalls hättest du sie dazu überreden können, zu Hause zu bleiben...»

«Adelaida?» Er lachte kurz auf, um Rosas Vermutung zu bestätigen, die sie Stunden zuvor geäußert hatte. «Du kennst Adelaida nicht!»

«Doch, ich kenne sie», erinnerte ich ihn. «Deshalb habe ich mich so schlecht gefühlt.»

«Das tut mir leid.» Seine Stimme wurde wieder unwiderstehlich. «Mir hat es jedenfalls sehr gefallen, dich wiederzusehen...»

«Das freut mich», räumte ich ein. «Ich hatte auch große Lust, dich zu sehen.»

«Und hast du sie noch?» Da erklang ein Piepton.
«Ja», antwortete ich ganz schnell.
«Ich habe kein Geld mehr, morgen –»
Der lange Piepton schluckte das einzige wichtige Verb dieses Gesprächs und leitete eine kurze Reihe von ununterbrochenen Pieptönen ein, auf die Stille folgte. Ich legte unendlich träge den Hörer auf, streckte mich auf dem Bett aus und schloß die Augen. Ich hätte sonstwas dafür gegeben, mein Bewußtsein auszuschalten, auf meine Fähigkeit zu fühlen zu verzichten und eine tiefere Nichtexistenz als den Schlaf heraufzubeschwören. Ich war sehr müde, trotzdem reagierte ich wie ein eingesperrtes Tier mit instinktiver Schnelligkeit, als es an meiner Tür klopfte.

Ich wollte ihm sagen, daß er in Amandas Zimmer oder auf dem Wohnzimmersofa oder wo auch immer er Lust hätte, schlafen könne, nur damit er mich in Ruhe ließ, aber er selbst zerstörte meine besten Absichten.

«Du glaubst doch nicht, daß er seine Frau verlassen wird, oder?» fragte er mich, als er vor mir stand. «Du weißt doch, daß sie das nie tun. . .»

«Félix, tu mir den Gefallen, verpiß dich, und zwar schnell.»

Ich schlug die Tür zu und blieb an sie gelehnt stehen, bis ich das Zuschlagen der Wohnungstür hörte. Dann ging ich in den Korridor hinaus, um nachzuprüfen, ob er tatsächlich gegangen war, und plötzlich gab mein Körper nach, als beabsichtige er, mich mitten im Flur meinem Schicksal zu überlassen, aber ich zwang ihm noch die mühsame Verpflichtung auf, mich zu tragen, während ich mir das Gesicht wusch, und er enttäuschte mich nicht. Danach war ins Bett zu fallen und einzuschlafen eins. Ich war müde genug, um einen Monat durchschlafen zu können, aber ein hartnäckiges, geheimnisvolles, weit entferntes Klingeln weckte mich, als auf meinem Wecker noch fünf Minuten bis acht Uhr fehlten. Ich stellte den Wecker ab, obwohl nicht er es war, der klingelte, drehte mich um und versuchte weiterzuschlafen, aber der Lärm hörte nicht auf. Zwei nach acht hüllte ich mich in meinen Morgenmantel mit Pagoden und chinesischen Mädchen, weil ich endlich begriffen hatte, daß es an der Tür klingelte. Wenn es ein Kurier ist, wird er was hören, sagte ich mir, während ich mich durch den Korridor schleppte, und wenn es der Scheißkerl von Félix ist, werde ich die Klingel abstellen. Aber auf der anderen Seite des Spions stand er, er sah so schutzlos aus wie jemand, der seit einiger Zeit fröstelt, und er hielt eine Plastiktüte in der Hand.

«Hallo», sagte er und wagte nicht einzutreten. «Tut mir sehr leid, daß ich dich geweckt habe, aber ich habe fast eine Stunde vor der Haustür gestanden, weißt du, umgeben von einer Horde restlos Betrunkener, und als ich von zu Hause wegging, habe ich nicht gewußt, daß es so kalt ist... Dein Portier ist zum Glück ein Frühaufsteher, aber er hat mich seltsam angesehen, als er mich einließ, ist ja klar, an einem Samstag und um diese Zeit... Deshalb habe ich geklingelt, sonst hätte er mir die Polizei auf den Hals gehetzt... Ah!» Er hielt die Tüte hoch. «Ich habe Churros gekauft, falls du Lust zum Frühstücken hast und weil ich, als die Churrería vor einer Viertelstunde aufmachte, gedacht habe, daß es dort zumindest wärmer ist... Sie sind noch heiß, aber vorher würde ich gerne wissen, wie ich dich behandeln muß, damit du nicht böse mit mir bist.»

Ich streckte meinen linken Arm nach seiner freien, eiskalten Hand aus und zog ihn in die Wohnung. Als er mich umarmte, fielen die Churros geräuschlos zu Boden. Und was bis zu dem Zeitpunkt mein Leben gewesen war, fiel ebenfalls geräuschlos zu Boden.

Ich hatte es ihm mehrmals gesagt, schon bevor wir diese kurze Reise machten, die sich in meinem Bewußtsein dehnte, bis sie bequem in den Zeitraum von ganzen Jahren paßte, verdichtet durch eine Intensität, die ich in all den Jahren, die ich ohne ihn lebte, vermißt hatte, und ich sagte es ihm auch in jener Nacht, kurz nachdem wir das Licht ausgemacht hatten, um vergeblich den Schlaf zu beschwören, der bis ins Morgengrauen mit mir spielte: «Ich würde alles für dich tun.» Ich hatte es ihm vorher schon öfter gesagt, aber erst in den langen Stunden dieser merkwürdig gelassenen, ungewöhnlich friedlichen und genüßlichen Schlaflosigkeit begriff ich ganz, was ich ihm mit diesen banalen Worten, die einer sinnentleerten Redewendung so ähnlich waren, hatte sagen wollen. «Ich würde alles für dich tun», hatte ich zu ihm gesagt, während ich im Hotelzimmer heimlich seinen Atem belauschte, um herauszufinden, ob er schlief oder schlaflos dalag wie ich, und während ich versuchte, in dem dichten Halbdunkel, an der Grenze zur Dunkelheit, die Umrisse seines Körpers auszumachen, wurde mir bewußt, daß ich die Wahrheit gesagt hatte, es stimmte, ich würde alles für ihn tun, und plötzlich begriff ich die Versklavung aller Abhängigen, ich verstand den gebildeten, kultivierten Alkoholiker, der schon vorab weiß, daß das Glas, das er zum Munde führt, sein Leben für immer in eine Million kleinster Teilchen auflöst, und er trinkt, ich verstand den schmutzigen, erbärmlichen Junkie, der mehr als genug Erfahrung hat, um zu wissen, daß die Alte, die er seit einer halben Stunde auf der Straße verfolgt, nicht sehr viel Geld in der Handtasche haben wird und er bei einem Überfall leicht riskiert, den Turkey in einer Zelle durchstehen zu müssen, und er überfällt sie, ich verstand die Familienmutter, die ihren Mann und ihre Kinder vergöttert und schon darüber nachgedacht hat, was sie zum Mittagessen oder Abendessen zubereiten wird, und die die Einkaufstasche verzweifelt umklammert, wenn sie an einer Kneipe vorbeikommt und wie jeden Tag den Spielautomaten ansieht, als wäre er ein unbarmherziger Feind, der vor Vergnügen erschauert bei ihrer Niederlage, und die sich wiederholt einredet, daß sie nicht spielen wird, sie wird nicht spielen, sie wird nicht spielen, aber während sie sich selbst lauscht, drückt sie die Glastür auf und spielt; ich begriff plötzlich das Zittern, die Blindheit, den Geheimcode der absoluten Abhängigkeit, denn ich hatte zu ihm gesagt, daß ich alles für ihn tun würde, und es stimmte, und das hatte mich gezwungen, in einem Grad zu empfinden, wie ich es bisher nicht gekannt hatte, Worte auszusprechen, deren Bedeutung ich mir bisher nicht vorstellen konnte, und ich hätte nicht nur mein Leben für ihn gegeben, ein Opfer, das mir plötzlich gewöhnlich und schlicht erschien, denn ich wäre auch fähig gewesen, mein Leben für andere Menschen zu lassen, für meine Tochter, für meinen Bruder Antonio, für eine gerechte Sache, sondern für ihn wäre ich viel weiter gegangen, viel weiter als bis zu der Linie, die ich noch für niemanden überschritten hatte, für ihn hätte ich mein Leben in eine Hölle verwandeln können, und ich hätte an einem Kirchenportal gebettelt, ich wäre auf den Strich gegangen, solange mich meine Beine getragen hätten, ich hätte alles aufgegeben, und ich hätte gelogen, und ich hätte betrogen, und ich hätte getäuscht, und ich hätte gestohlen, und ich hätte nur für ihn gemordet, wenn er mich darum gebeten hätte. Ich begriff plötzlich die Versklavung von Abhängigen, den Geheimcode ihrer absoluten Abhängigkeit, und ich flüsterte es noch einmal, nur für mich allein: «Ich würde alles für dich tun», und ich begann leise zu weinen, ein mildes, ruhiges Weinen, ich weinte, obwohl ich nicht traurig war, obwohl mir nichts Schlimmes passiert war, obwohl ich keine Schmerzen verspürte, ich weinte, weil ich lebte, weil ich Lust zum Weinen hatte, aber das konnte er nicht wissen. Deshalb, und weil er genauso wach war wie ich, drehte er sich um, preßte sich an meinen Rücken, schlang seine Arme um mich und flüsterte mir ins Ohr.

«Weine nicht, Ana», sagte er. «Ich bin sehr verliebt in dich.»

Keiner von uns beiden hatte bis zu dem Moment die verbotenen Worte «Liebe», «Geliebte», «verliebt sein» ausgesprochen, wir beide hatten uns in den einvernehmlichen Grenzen einer Zurückhaltung bewegt, die im Grunde Schweigen, Bewußtlosigkeit und Verkennen der Realität war. Wir verhielten uns, als wüßten wir beide nicht, daß er mit einer anderen Frau zusammenlebte, als wären unsere Treffen um sieben Uhr morgens, um vor der Arbeit miteinander zu vögeln, das Normalste auf der Welt, als würde uns eine Verabredung zu einem schnellen Essen im Stadtzentrum am Montag und am Mittwoch und die Tatsache, daß wir uns danach ein ganzes Wochenende nicht sahen, nicht seltsam vorkommen, als hätte die Telefónica angeordnet, daß er mich unmöglich von ihm zu Hause aus anrufen könne und wir nur von unserem jeweiligen Arbeitsplatz aus und manchmal stundenlang miteinander telefonieren konnten, als würden wir großen Nutzen aus seinem kurzen Auftauchen in meiner Wohnung ziehen, wenn er sich am Nachmittag eine halbe Stunde abknapste oder irgendeinen Vorwand fand, um nach den Seminaren nicht nach Hause zu müssen und Adelaida abzuholen, weil sie eine Verabredung zum Abendessen hatten; wir beide beschieden uns damit und redeten nicht darüber, wir fragten uns nichts und wir beklagten uns nicht. Später, wenn ich wieder allein war, zählte ich die Spuren seiner Existenz, die in meinen Fingern zurückblieben, und legte meine Hände auf mein Gesicht, um die Reste seines Geruchs auszukosten, und ich fühlte mich unfaßbar reich und mächtig und glücklich, so als wüßte ich nicht, daß es durchaus möglich ist, sich viel mehr als das zu wünschen.

Obwohl ich meine Gewohnheiten, meinen Tagesrhythmus und meine tägliche Arbeitsplanung komplett umstellte, damit ich mein Leben diesen bezaubernden Frühling über, der kaum viel länger als einen Monat dauerte, auf Javiers Zeitlücken einstellen konnte, fühlte ich mich weder gedemütigt noch geringschätzig behandelt, noch dem beschämenden Doppelleben ausgeliefert, das Geliebte verheirateter Männer erdulden. Wenn ich seine Pläne nicht im voraus kannte, ging ich nach der Arbeit direkt nach Hause, setzte mich neben das Telefon und wartete, niemals umsonst, auf einen kurzen Anruf aus irgendeiner Telefonzelle, die das Geld manchmal viel zu schnell schluckte. Ich verließ die Wohnung nie, bevor ich nicht mit ihm gesprochen hatte, auch wenn meine Kleider eine Nacht länger als nötig in der Reinigung hingen, auch wenn mich jemand anrief und vorschlug, zusammen einen Film anzusehen, den ich so gerne sehen wollte, auch wenn ich wußte, daß die Läden schließen würden und im Kühlschrank nichts mehr zum Abendessen war, all das war mir egal, fasten, nicht schlafen, mich irgendeines Vergnügens enthalten, das ihn nicht einschloß, und ich hätte mein ganzes Leben so verbringen können, indem ich die überflüssige Zeit der Stunden ohne ihn einem erschreckend reduzierten Bewußtsein meiner selbst opferte, denn es regte sich nur noch, wenn er mich ansah, wenn er mich berührte, wenn er mit mir sprach und wenn eines seiner Worte sich wie eine weiche, aber unendlich spitze Nadel in mein Herz bohrte und mir unmißverständlich seine Existenz verdeutlichte. Ich hätte bis zu meinem Todestag so weiterleben können, aber die Ankunft des Sommers, jenes Sommers, der sich unbarmherzig feindlich und gleichzeitig überwältigend großmütig zeigte, zerstörte schlagartig das prekäre Gleichgewicht eines schwierigen Glücks, als wäre das Schicksal mit der Schwere der Hindernisse, die es mich zu überwinden zwang, noch nicht zufrieden.

Das Schlimmste war, daß ich sie ganz vergessen hatte. Als Amanda mich am zwanzigsten Juni anrief, um mir anzukündigen, daß sie jetzt Ferien habe und in vier oder fünf Tagen nach Madrid zurückkehren werde, mußte ich lautstark einen Willen beschwören, der sich in quasi nichtexistente, weil kleinste Teilchen aufgelöst zu haben schien, um mir einzureden, daß ich große Lust hatte, sie wieder bei mir zu haben, und daß sie sich gar nicht vorstellen konnte, wie sehr ich sie vermißt hatte. Vielleicht log ich sie gar nicht an, aber ich war auch nicht ganz ehrlich, und als ich so atemlos auflegte, als hätte ich mit meinen Händen eine ganze Kathedrale vom Fleck bewegt, brach ich, ohne es verhindern zu können, in Tränen aus, auch wenn ich wußte, daß dies nur dazu führen würde, mich so schlecht wie noch nie zu fühlen. Am nächsten Morgen, als ich ruhiger war oder, besser, mir meine Absicht, mir meine Tochter vom Hals zu schaffen, eingestehen konnte, so schäbig mir das vorkam, rief ich Félix an, um ihn zu fragen, wie wir die Ferien organisieren würden. Seit jenem achtzehnten Mai, als ich ihn hinausgeworfen hatte, hatte ich kein Wort mehr mit ihm gewechselt und erwartete keinerlei Entgegenkommen von ihm, so daß es mich nicht überraschte, als genau das geschah. Als Amanda noch bei mir lebte, hatten wir uns die Ferien immer aufgeteilt, und im Vorjahr war das nicht anders gewesen, aber diesmal hatte er das Mädchen das ganze Schuljahr über bei sich gehabt, und das schon im zweiten Jahr hintereinander, die väterliche Verantwortung hatte ihn im vergangenen Frühjahr sehr belastet, so daß er sie mir freundlicherweise die ganzen drei Ferienmonate überließ. «Ich werde sehr beschäftigt sein», sagte er zu mir, «ich habe zum Malen ein Haus in Cerdeña gemietet», aber noch bevor er mir seine Pläne auseinanderlegen konnte, hatte ich seine wirkliche Botschaft verstanden – «Jetzt weiß ich, wie ich dich ärgern kann, und ich werde dich ärgern» –, so daß ich antwortete, die Vorstellung gefalle mir und wir würden im September wieder telefonieren. Ein paar Tage zuvor hatte mir Javier in dieser Sprache aus halben Wörtern, die wir beherrschen, als wäre sie unsere Muttersprache, vorgeschlagen, wir könnten vielleicht im August eine Woche zusammen irgendwohin fahren. Gleich nach meinem Gespräch mit Félix rief ich ihn in der Fakultät an, um ihm im selben Tonfall, mit dem ich den herrlichen Himmel beschrieben hätte, den ich durch mein Fenster sehen konnte, mitzuteilen, daß Amanda nach Hause käme und den ganzen Sommer bei mir verbringen würde. An jenem Nachmittag arbeitete ich konzentriert, und als ich den Verlag um drei Uhr verließ, erwartete er mich in der zweiten Reihe vor dem Eingang geparkt. Opfer einer Schwäche, die ich nicht an mir kannte, spürte ich, wie meine Beine vor Angst zitterten, als ich auf das Auto zuging, eine fast vertraute Angst, denn zu dem Zeitpunkt hatte ich schon zu träumen begonnen, daß er mich verlassen würde, und oft wachte ich im Morgengrauen auf und fand mich aufrecht im Bett sitzend und schwitzend wie eine zum Tode Verurteilte wieder, wie eine Gehängte, die die Dicke des Strangs überprüft, der ihren Hals würgt, wie ein Fisch, der das Einschneiden des in seiner Kehle festsitzenden Angelhakens spürt, so fühlte ich mich, als ich ihn flüchtig auf den Mund küßte, aber er wirkte weder verärgert noch besorgt über die Nachricht, die uns zweifelsohne das Leben erschweren würde, sondern seltsam erleichtert, als würde er es begrüßen, daß er nicht mehr der einzige war, der Schwierigkeiten machte. Trotzdem sprachen wir selbstverständlich nicht über das Thema. Wir sprachen nie über irgendein Thema, das uns zwang, die Existenz von etwas außerhalb uns beiden wahrzunehmen.

Amanda kehrte am Donnerstag derselben Woche um neun Uhr abends nach Madrid zurück, um der intensivsten und kürzesten Zeitspanne meines Lebens ein Ende zu setzen, den vier Tagen von diesem ersten freien Montagnachmittag an bis zu dem Augenblick, in dem ich mich anzog, um zum Flughafen zu fahren und sie abzuholen, eine wilde, sturzbachähnliche und maßlose Zeit wie die Regenzeit in den Tropen, dicht und schmerzhaft wie die Zeit derjenigen, die die Minuten zählt, die ihr bleiben, bis sie gehen muß, um auszutauschen, um zu verlieren, was sie niemals hatte verlieren wollen, es waren nur vier Tage, aber wenn die Erde im letzten Moment stehengeblieben wäre, hätten sie für ein ganzes Leben lang gereicht, und so lebte ich sie von dem Augenblick an, als Javier das Auto, ohne erst eine Runde zu drehen und nach einem freien Parkplatz zu suchen, direkt in der Tiefgarage gegenüber meiner Wohnung abstellte und mich tollkühn am Arm nahm und über den Zebrastreifen schleppte, ohne daran zu denken, daß weder er noch ich bisher Zeit gehabt hatten, etwas zu essen, er begann mich im Fahrstuhl auszuziehen, als würde ich nicht im vierten Stock wohnen, und er preßte sich an mich, preßte mich an die Tür, ich mußte ihn sogar um eine kurze Pause bitten, um den Schlüssel ins Schlüsselloch stecken zu können, und er führte mich zum Bett, drückte mich darauf und warf sich daneben, als würden alle diese Handlungen Teil eines unvermeidlichen und unerklärlicherweise vom Verschwinden bedrohten Rituals sein und als wäre es unsere Pflicht, alles zu tun, um es zu erhalten. Das geschah. Wir waren den ganzen Nachmittag, ohne voneinander zu weichen, im Bett und redeten wenig, sahen uns schweigend an oder verführten uns methodisch gegenseitig, als hätte jemand einen geheimnisvollen Code zum Handlungsablauf an die Decke geschrieben. Als er zur Essenszeit ging, schmerzte mich seine Abwesenheit physisch und erschreckte mich meine Begierde, die überraschende Unfähigkeit meines Körpers, sich an einem anderen Körper zu sättigen, den er sechs Stunden lang vollständig zur

Verfügung gehabt hatte. In jener Nacht träumte ich wieder, daß Javier mich verlassen würde, ich starb wieder diesen kleinen, schäbigen Tod, ich erstickte wieder in meinem Morgenschweiß, aber am nächsten Tag stand er wieder in der zweiten Reihe parkend vor dem Verlagsausgang und wartete auf mich.

«Meine Studenten haben mich gebeten, diese Woche alle ihre Prüfungen auf den Nachmittag zu verlegen», sagte er lächelnd, und ich begriff das genaue Ausmaß meines Glücks.

Das spontane, erhabene Zeremoniell des Vortages wiederholte sich mit wenigen Änderungen an jenem Nachmittag und dem nächsten und dem übernächsten, als wollte er das, was wir hatten und was wir riskierten, ewig in mein Gedächtnis eingravieren, eine allesfressende, brutale Absicht, die weniger wie ein Abschied wirkte denn wie der verzweifelte Vorbote eines Geheimnisses, dessen Namen man nicht aussprechen konnte, ein privates Mysterium, ein intimes, ernsthaftes Wort, das mit so kräftigen Haken zwischen meinen Schläfen befestigt war, daß kein widriger Zufall des Alltagslebens es jemals entfernen konnte. So fühlte ich mich, während ich mich unter dem unerbittlichen Blick der Uhr, die mir zuflüsterte, daß ich zu spät kommen würde, schnell fertig anzog; die Ketten, die mich fesselten, als ich wie eine Verrückte in einer unbeabsichtigten Rallye durch die Calle José Abascal und die Calle María de Molina Hindernissen auswich, das Bewußtsein meines Körpers und der riesigen Welt, die plötzlich in meinen armen Körper paßte, gaben keinen Zollbreit nach, als ich auf der Ankunftstafel las, daß das Flugzeug meiner Tochter Verspätung hatte, und ich kaufte einen Blumenstrauß, nur um meine geistige Abwesenheit zu verbergen, um mit etwas in den Händen vorzutäuschen, daß ich da sei und auf sie wartete, während ich mich so weit weg fühlte, als hätte ich mich noch nicht aus Javiers Armen und der Kuhle seiner Schultern gelöst.

Als ich jedoch Amanda in einem bedruckten Kleid mit Spaghettiträgern, das einem anderen sehr ähnlich war, das ich ihr von meinem ersten Gehalt gekauft hatte, als wir gerade nach Madrid zurückgekehrt waren, näher kommen sah, spürte ich einen Knoten im Hals und ein sehr großes Loch im Herzen, und ich fragte mich, an welcher Art von Wahnsinn ich litt, welch unzurechnungsfähiges, gefräßiges Virus in meinem Innern so stark hatte werden können, ohne daß ich es gar bemerkt hätte, welche Menge an Liebe es brauchte, um so viel Liebe zu verdrängen, und so verliebt ich in diesen Mann, eine Sekunde bevor ich sie erblickt hatte, gewesen war, breitete ich meine Arme so weit ich konnte aus, weil ich keine Antwort fand, und die Tränen flossen aus meinen Augen, als ich sie endlich wieder bei mir hatte. Sie trocknete mir mit den Händen das Gesicht und war schon im Begriff, auch zu weinen, aber sie nahm sich im letzten Moment zusammen und schimpfte mit der abweisenden Schroffheit einer Jugendlichen mit mir.

«Ist gut jetzt, Mama», sagte sie und zog mich davon. «Wir machen uns lächerlich...»

Ich konnte ihr nicht gleich zu Beginn erzählen, daß ich in letzter Zeit sehr viel weinte und daß meine Tränen fast nie ein Zeichen von Traurigkeit waren. Deshalb gab ich ihr schweigend die Blumen und ließ sie reden, während wir über den Parkplatz gingen. Ich fand, sie sah gut aus, sehr hübsch und vor allem erwachsen, nicht nur in ihrem Verhalten – die Lockerheit derjenigen, denen es erfolgreich gelungen ist, sich im Ausland zurechtzufinden –, sondern auch in ihrem Aussehen. Sie hatte die formlose Weichheit eines Kindes verloren und sich in eine junge Frau verwandelt, mit einem gut proportionierten Körper und einem Gesicht, das sie älter wirken ließ, als sie war. Da wurde mir bewußt, daß ich nur ein paar Monate älter als sie jetzt gewesen war, als ich mich mit ihrem Vater eingelassen hatte, und ich fragte mich, ob es stimmte, daß ich frühreif gewesen bin, wie Félix ständig zu wiederholen pflegte, vielleicht nur, um sich selbst über sein Alter hinwegzutrösten. Wie auch immer, Amanda erholte sich gerade von ihrem ersten Liebeskummer, eine Geschichte mit einem Schulkameraden namens Denis, die glücklicherweise unbedeutender war als meine.

«Weißt du, Mama, ich habe oft daran gedacht, was du mir gesagt hast», sagte sie halb lachend zu mir, als wir schon fast in der Calle de Francisco Silvela angekommen waren, um in die Zivilisation einzutauchen. «Als er mich verließ, erinnerst du dich?»

«Nein», gestand ich.

«Doch!» Sie tat, als könne sie nicht begreifen, daß ich mich nicht erinnerte. «Du hast mir gesagt: Was kann man schließlich von einem Jungen erwarten, der so einen schwulen Namen hat...»

«Natürlich...» Ich fiel in ihr Lachen ein. «Jetzt erinnere ich mich... Hör mal, Amanda, wo möchtest du zu Abend essen? Möchtest du, daß wir erst zu Hause vorbeifahren, oder bist du sehr hungrig und willst lieber direkt ins Restaurant gehen?» Sie antwortete auf keine meiner Fragen, und ich versuchte, sie mir selbst zu beantworten. «Ich nehme an, französisches Essen magst du jetzt nicht besonders, nicht wahr? Wir könnten was Exotisches aussuchen, einen Chinesen oder einen Koreaner oder einen Japaner... Oder wir gehen zum Mexikaner, das magst du doch so, nicht wahr? Wir können aber auch bei den Einheimischen bleiben, einem Basken, einem Asturianer, oder in der andalusischen Taverne in der Nähe unserer Wohnung, die sehr gut ist, gebratenen Fisch essen... Wenn es dir lieber ist, mache ich eine Ausnahme und wir essen Innereien. Du entscheidest...»

Ich hörte keine Antwort und sah sie an, sie saß ganz steif auf dem Beifahrersitz und starrte auf den Sonnenschutz.

«Du hast keine Kartoffeltortilla gemacht?»

«Nein», antwortete ich, noch ohne auf ihre Bockigkeit einzugehen. «Ich hatte keine Zeit.»

«Aber darauf hätte ich Appetit gehabt, eine Kartoffeltortilla und Sardellen in Öl und fritierte Calamares und einen Salat aus gebratenen marinierten Paprikaschoten, das weißt du doch...»

Ich hätte es wissen müssen, ich habe es immer gewußt, das war Amandas Lieblingsmenü, das Willkommensbankett zu Hause, in einer Stadt der Tapas und ausschweifigen Abendessen genau zu Mitternacht, ich selbst hatte ihr die Vorliebe für diese Art Essen, mein Lieblingsessen, vermittelt, vier oder fünf unterschiedliche Schälchen auf dem Tisch, um systematisch von dem einen und dem anderen zu picken, bis man satt war, bis man sich für die langweiligen Nudelsuppen und den gedünsteten Weißfisch gerächt hatte, die mir meine Mutter jeden Abend in all den Jahren aufgezwungen hatte. Ich wußte es, und ich hatte es trotzdem völlig vergessen, aber ich fühlte mich absolut nicht schuldig deswegen, ich mußte sogar meine aufsteigende Empörung unterdrücken angesichts der Lappalie, derentwegen meine Tochter mich so frühzeitig zu bestrafen begann. Deshalb mochte ich sie nicht um Verzeihung bitten.

«Gut, die Sardellen und die Paprika schaffe ich heute nicht mehr, aber ich kann sie dir morgen machen», bot ich ihr in einem halb ruhigen, halb gereizten Ton an. «Die Kartoffeltortilla kannst du haben, wenn es dir nichts ausmacht, zu warten. Es ist Viertel nach zehn, um elf können wir in Ruhe zu Hause essen...»

«Schon, aber das ist es nicht, Mama...»

«Also, was ist es dann?» Sie antwortete nicht, und ich beschloß, über ihre Verstimmung hinwegzugehen. «Nun, es scheint mir auch nicht so wichtig. Wir haben den ganzen Sommer vor uns. Du kannst jeden Abend Kartoffeltortilla essen, bis du sie nicht mehr sehen kannst.»

Eine Dreiviertelstunde später in einer Taverne an einem Tisch voller köstlicher Tapas, die ich angesichts ihres hartnäckigen Schweigens schließlich selbst ausgesucht hatte, sah ich sie aufmerksam an, und mir wurde klar, daß sie trotz ihres Aussehens natürlich noch nicht erwachsen war, besonders dann nicht, wenn sie mit mir zusammen war. Trotzdem würde sie im Herbst siebzehn werden, sie war schon einmal verliebt gewesen, und ich liebte sie zu sehr, um zu ertragen, daß ihr einziger Beitrag zu meinen eifrigen Bemühungen, sie in ein harmloses Gespräch zu verwickeln, eine bissige Abfolge von einsilbigen Antworten war. Während ich schweigend über den Weg sinnierte, den ich einschlagen sollte, erinnerte ich mich plötzlich an meine Schwangerschaft, ich erinnerte mich an Amanda, die so klein, so wehrlos, so schwach, blind, stumm und unfähig gewesen war, als ich sie zum ersten Mal in den Armen hielt, und zum ersten Mal wunderte ich mich darüber, daß ein Wesen, das ich geboren hatte, so groß werden konnte, und es erschien mir ausgesprochen seltsam, aber so war es, und das mußte etwas bedeuten.

«Amanda...» wagte ich schließlich zu sagen, und sie antwortete mit einem Knurren. «Erinnerst du dich an den Abend, an dem ich dich in Paris anrief... Ich erinnere mich nicht genau an das Datum, aber es muß kurz vor Weihnachten gewesen sein, du warst erst ein paar Monate vorher gegangen, also vor anderthalb Jahren etwa, nein, du wirst dich nicht erinnern... Gut, es ging darum, daß du meine Überweisung für den Ballettunterricht nicht erhalten hattest, wir sprachen darüber, und du hast mich gefragt, ob ich mir einen Freund zugelegt hätte, weil ich ständig außer Haus sei, und ich antwortete dir mit nein, denn wir hatten gerade mit dem Atlas angefangen, und ich hatte viel zu tun, erinnerst du dich jetzt?»

«Ja.»

«Und erinnerst du dich, wie du mir gesagt hast, daß es dir sehr gefiele, wenn ich mir einen Freund zulegen würde, obwohl dein Vater zu sagen pflegt, daß ich nie wieder mit einem anderen Mann zusammenleben könnte, erinnerst du dich auch noch daran?»

«Ja.»

«Dann weißt du es schon, oder?»

«Was?»

«Daß ich jetzt einen Freund habe.»

«Also, das ist es nicht, was ich weiß.»

«Was weißt du dann?»

Endlich fing sie zu reden an, so schnell, so überstürzt und wütend, als hätten sich alle Wörter, die sie bisher nicht ausgesprochen hatte, in ihrer Kehle verfangen und sie erbarmungslos verletzt, und es gab auch kein Erbarmen mit mir.

«Ich weiß, daß du dich lächerlich machst, wie immer, daß du was mit einem verheirateten Mann angefangen hast, der sich mit dir amüsieren wird, so lange er will, indem er dir erzählt, daß er seine Frau verläßt, und wenn er dich satt hat, läßt er dich fallen, und dann kommst du heulend angerannt –»

«Einen Moment, einen Moment, einen Moment», unterbrach ich sie und hob die Hand. «Wer hat dir das erzählt, dein Vater?»

«Nein!» schrie sie, als hätte sie meine Frage schrecklich beleidigt. «Zufällig hat mir das nicht mein Vater erzählt. Die Großmutter hat es mir erzählt, das ist deine Mutter, oder?»

«Schon...» flüsterte ich und drückte die Fingernägel in meine Handflächen, als könnte mir der physische Schmerz helfen, die Kontrolle zu behalten. «Nun, stell dir vor, meiner Mutter habe ich gar nichts erzählt, deshalb weiß ich nicht, woher sie das alles so genau weiß. Und ich wußte auch nicht, daß du so konservativ geworden bist. Ich erkenne dich nicht wieder, mein Kind.»

«Das hat nichts mit konservativ oder nicht konservativ zu tun...»

«Ach nein? Ich würde sagen, doch.»

«Nein, es hat mit intelligent oder dumm sein zu tun, Mama, und auch... Das sagt die Oma über Onkel Antonio, das ganze Leben war er so intelligent, so intelligent, und dann hat er mit fünfundvierzig Jahren genug von den Joints und sonst nichts.»

Ich erkannte so genau meine Mutter in ihren Worten, daß ich mich, statt mich über diesen willkürlichen Angriff zu ärgern, beruhigte, als würde den Ursprung des Bösen zu erkennen dasselbe bedeuten, wie es zu heilen.

«Und was sollte er denn haben? Ein Haus? Das hat er schon. Eine Frau? Er hat immer mehrere, das weißt du ja. Ein paar Kinder? O nein, Kinder zu haben ist für nichts eine Garantie. Außerdem ist Antonio vierzig, nicht fünfundvierzig, und ich glaube, er ist ziemlich glücklich. Er führt ein gutes Leben. Mir hätte es gefallen, solch ein Leben führen zu können. Und es reicht langsam, daß Antonio immer herhalten muß und beschimpft wird, wenn irgendwer aus der Familie eigene Wege gehen will. Ich liebe meinen Bruder sehr, und es gefällt mir nicht, daß du so über ihn redest. Und Joints zu rauchen schadet viel weniger, als vergiftetes Blut zu haben.»

Ich war nach und nach sehr ernst geworden, ohne es eigentlich beabsichtigt zu haben, aber am Ende konnte ich es nicht verhindern, und Amanda, die es merkte, antwortete mit demselben starrsinnigen Schweigen, das dieses Gespräch provoziert hatte. Als mir klar wurde, daß ich keinen Millimeter vorangekommen war, ging ich mit unendlichem Widerwillen zum Angriff über.

«Dann gefällt dir mein Freund also nicht, was?»

«Kein bißchen.»

«Du könntest zumindest warten, bis du ihn kennengelernt hast.»

«Ich denke nicht daran, ihn kennenzulernen.»

«Ich fürchte, es wird dir nichts anderes übrigbleiben, aber vor allem möchte ich gerne wissen, warum du so schnell deine Meinung geändert hast.»

«Warum? Weil ich hier zu Abend essen muß und nicht zu Hause, was bedeutet, daß ich meine Mutter nicht mehr interessiere, weil sie nicht einmal Zeit hatte, eine lächerliche Kartoffeltortilla für mich zu machen...»

Sie spuckte die Worte mit feuchten, glänzenden Augen aus, als hätte sie Fieber oder als würde sie gleich zu weinen anfangen. Ich hätte nie gedacht, daß ich eines Tages eine solche Szene erleben würde, es fiel mir schwer, meinen Augen zu trauen, und wenn ich beschloß, diesem ganzen Blödsinn ein Ende zu setzen, war es eher zu ihrem Besten denn zu meinem, denn als Kind hatte ich ihr nicht erlaubt, die Finger in die Steckdosen zu stecken, und jetzt würde ich nicht zulassen, daß sie sich auf einen solchen Unsinn versteifte.

«Du bist schon zu alt, um mir solche Auftritte hinzulegen, Amanda. Mein Leben hat sich verändert, und deshalb wird sich dein Leben auch verändern, während du bei mir bist, da ist nichts zu machen. Bis vor kurzem warst du diejenige, der alles egal war, und das finde ich in Ordnung. Du warst es, die keine Zeit mehr für mich hatte, als du beschlossen hattest, bei deinem Vater zu leben, und ich habe nichts dazu gesagt, und dann hat sich mein Leben geändert, ja, und jetzt noch mehr, aber ich habe deine Entscheidung respektiert und dich immer mit offenen Armen empfangen, auch heute, obwohl du das nicht so auslegen magst. So sieht es jedenfalls aus, mein liebes Kind, auch wenn du anderer Meinung bist. Wenn es dir nicht paßt, kannst du zu meiner Mutter ziehen, um ständig hinter meinem Rücken über mich zu schimpfen. Sie wird dir für deine Gesellschaft dankbar sein, davon kannst du ausgehen.»

«Du bist sehr egoistisch geworden, weißt du das, Mama?» war das einzige, was sie in leisem klagenden Ton wie ein armes verlassenes Baby antwortete, der mich viel mehr störte als alles, was sie vorher gesagt hatte.

«Nun, sieh mal, ja, vielleicht hast du recht, vielleicht stimmt es, daß ich egoistischer geworden bin... Aber ich bin sechsunddreißig, weißt du? Irgendwann mußte ich ja mal egoistisch werden.»

Sie mochte mir nicht antworten, nicht einmal einen Blick zuwerfen, und spielte weiter mit den Brotkrümeln, die auf der Tischdecke verteilt lagen, während ich in dem hermetischen Schweigen, das sie errichtet hatte, meinen Kaffee austrank, um die Rechnung bat und zahlte. Als wir nach Hause kamen, bot ich an, ihr beim Auspacken zu helfen, aber sie antwortete mit nein, sie sei sehr müde und würde sich am nächsten Morgen um das Gepäck kümmern, aber als ich sie auf die Stirn küßte und ihr eine gute Nacht wünschte, schlang sie überraschend ihre Arme um meine Taille, und diese schlichte Geste bannte die Gefahr. Hätten wir beide nicht so viele Jahre zusammengelebt, hätte ich die ganze Nacht wach gelegen, aber ich kannte sie gut, ich war ihre Mutter, und deshalb überraschte es mich nicht, sie am nächsten Morgen um Viertel vor acht in der Küche anzutreffen, wo sie das Frühstück zubereitete.

«Was machst du hier, Amanda?» fragte ich sie in fast heiterem Ton, der ihr vermitteln sollte, daß ich ihr diese Geste trotz meiner Frage dankte. «Du hast keinen Grund, so früh aufzustehen, mein Kind, du hast Ferien... Marsch, zurück ins Bett.»
«Ich habe nicht besonders gut geschlafen», antwortete sie mir. «Es... Es tut mir sehr leid wegen gestern abend, Mama, ich möchte dir sagen... Ich will nur, daß du glücklich bist.»
Ich nahm sie bei den Schultern und sah sie an, dann schloß ich die Augen und öffnete sie wieder, um sie erneut anzusehen, während ich mich damit abfand, nicht die richtigen Worte zu finden, um auszudrücken, was ich fühlte, wie sehr ich sie liebte und bis zu welchem Grad sie jenes zerbrechliche, hauchdünne Glück gefährdete, das ich mir so sehr wünschte, und was für ein Schrecken mich jedesmal innerlich zerriß, wenn ich an eine einfachere Zukunft als das unsichere Zusammenspiel von Unwägbarkeiten dachte, mit dem mich zu bescheiden ich schon bereit war, und da ich mir gar nicht erst ausmalen mochte, daß mich das Leben eines Tages zu einer Entscheidung zwingen könnte, küßte und umarmte ich sie wie damals als Kind, ich hielt sie sogar umarmt, um laut den ersten Tag ihrer wirklichen Rückkehr zu planen, aber in dieser Zeit der launischen Wankelmütigkeit des Schicksals, in der am Ende nichts mehr war, wie es anfangs erschien, beunruhigte mich die verspätete Zustimmung meiner Tochter mehr als ihre vorangegangene Feindseligkeit, und ich verbrachte den ganzen Tag mit einem Knoten im Magen und einer dichten schwarzen Wolke mitten auf meiner Stirn. Weder der eine noch die andere wichen der täglichen Arbeitsanspannung, sie hielten während eines gewissenhaften Besuchs auf dem Markt an und verharrten zu meiner Überraschung unverändert die Stunden über, die ich in der Küche verbrachte, um für Amanda zuzubereiten, worum sie mich nicht gebeten hatte oder was sie wollte, das ich am Tag zuvor hätte zubereiten sollen. Ohne Eile zu kochen ist die entspannendste Arbeit, die ich kenne, aber diesmal nützte das nichts, denn die Erinnerung daran, was erst vierundzwanzig Stunden vorher passiert war, ließ mich nicht in Ruhe, bis meine Tochter in bester Stimmung von einem langen Mittagessen bei ihren Großeltern zurückkehrte, sich auf einen Stuhl setzte und sich mit mir unterhielt. Um fünf nach sieben klingelte das Telefon, und der Knoten zog sich kurz zusammen, als beabsichtige er, mich in

der Mitte zu zerreißen. Ich kam nicht schnell genug an, Amanda war näher dran, aber sie hielt mir den Hörer sofort kommentarlos und mit einer sichtlich friedfertigen Geste hin.

«Hallo.» Javiers Stimme befreite wie der einzige passende Schlüssel meinen Körper von den eingebildeten Ketten, die ihn einschnürten. «Was hast du am Abend vor? Ich habe gedacht, wir könnten uns auf einer Terrasse verabreden und eine Horchata oder so was trinken...» Ich lachte auf, und er protestierte. «Worüber lachst du?»

«Über die Horchata...»

«Wieso?» Er nahm einen professoralen Ton an, den er offensichtlich beherrschte. «Das ist ein Getränk aus Erdmandeln, sehr lecker und erfrischend, mit vielen Vitaminen...» Ich konnte nur noch lachen, und er fuhr für uns beide fort: «Also, um halb acht.»

Als ich, noch immer wie ein kleines Kind oder eine verzweifelte Geliebte lachend, auflegte, erklärte ich Amanda, daß es Javier gewesen sei und daß ich einen Kaffee mit ihm trinken ginge, daß ich aber spätestens um halb neun wieder zurück wäre, uns also genügend Zeit bliebe, um ihr Lieblingsabendessen auf dem Tisch auszubreiten und danach mit ihr ins Kino zu gehen, um einen spanischen Film zu sehen, der in Paris nicht gezeigt worden war und den sie sehr gerne sehen wollte, so wie wir es am Morgen ausgemacht hatten, und sie schien einverstanden zu sein. Ich brauchte keine Minute, um mich fertigzumachen, schnappte die Handtasche und lief hinaus, als hätte ich jahrelang in einer Zelle gelebt und nur davon geträumt, einen Bürgersteig zu betreten. Ich atmete die erstickende, aufgeheizte Luft des Juninachmittags mit demselben Vergnügen, mit derselben minutiösen Langsamkeit, wie ich ein köstliches Essen genossen hätte, und ich wurde gewahr, daß sich die verklumpte, dichte und schmutzige Beklemmung, die ich wie eine heimliche Infektion mit dem Frühstück geschluckt hatte, in ein fröhliches Kribbeln aufgelöst hatte, das dem sehr ähnelte, das ich als Kind am ersten Tag der Sommerferien empfunden hatte.

Ich traf um zwanzig nach sieben im Café Comercial ein, aber er erwartete mich schon an einem Tisch gegenüber dem Metroeingang, eine Wahl, die mir selbst in einer Stadt mit vier Millionen Einwohnern recht merkwürdig erschien für ein ehebrecherisches Paar, weil wir so preisgegeben waren. Vielleicht wagte ich es deshalb nicht, meinen Stuhl allzu nahe an den seinen heranzurücken, aber er überwand diese Distanz kühn und erwiderte meinen Gruß mit einem langen, sehr langen, innigen Kuß, der vielleicht Minuten anhielt oder auch nicht, jedenfalls reichte das, um eine paradoxe und sicherlich wohlüberlegte Wirkung hervorzurufen und pünktlich ein Fieber auszulösen, für dessen ungerechte Abwesenheit er mich zu entschädigen gedachte. Die Ankunft des Kellners, der sich ein paarmal räuspern mußte, bis er unsere Aufmerksamkeit erregte, beendete diese übertriebene Begrüßung, aber nachdem er einen Whisky auf Eis und ich ihm zu Ehren eine Horchata bestellt hatte, küßten wir uns wieder. Als ich endlich den Kopf heben konnte, sah ich am Tisch neben uns drei Jugendliche, zwei Jungs und ein Mädchen ungefähr im Alter von Amanda, die sich vor Lachen bogen, und ich begriff, daß wir ihnen zu alt vorkamen, um in der Öffentlichkeit eine so stürmische Leidenschaft an den Tag zu legen. Javier, der der Richtung meines Blicks gefolgt war, dürfte ihr Gekicher genauso verstanden haben wie ich, denn er setzte sich gerade hin, nahm meine Hand und lächelte mich an.

«Es ist schrecklich, nicht wahr?» Sein Lächeln ging in ein richtiges Lachen über. «Hier zu sitzen und Händchen zu halten...»

Vor lauter Lachen konnte ich nicht antworten, und ich beschränkte mich darauf, mit dem Kopf zu nicken, um ihm recht zu geben, eine Geste, die an seinem Lachen abprallte, das immer heftiger und immer lauter wurde, wir lachten herzlich über unsere Not, über uns selbst, über unser Alter und unsere Art, uns zu küssen, und es war ein offenes Lachen, frei von Sarkasmus, Scham oder dem Gefühl, sich lächerlich zu machen, und ich entdeckte, daß mich dieses Lachen seltsamerweise nährte, daß es mir Kraft und Mut gab, aber nicht ich beschloß, meinen Kopf vorzubeugen, es waren meine Lippen, die entschieden, die Hand zu küssen, die meine hielt, ich merkte nur, daß ich bei dieser kurzen Bewegung zu lachen aufgehört hatte und daß auch er nicht mehr lachte, als ich sein Gesicht an meinem Kopf spürte, als sein Mund mein Haar küßte, genau wie ich meine Tochter als Kind geküßt hatte, so als könnten zwei erwachsene Menschen abends an einem Tisch im Café untergehen.

Aber manchmal ändern sich die Dinge.

Es scheint unmöglich, es ist unglaublich, aber manchmal geschieht es.

«Kürzlich ist mir etwas eingefallen... Hör zu, ich habe das oft in Spionagefilmen gesehen, du hast es bestimmt auch schon gesehen, es handelt sich darum, eine Reihe von täglichen Verabredungen zu vereinbaren und zwei oder drei besonders... na ja, passende Stunden auszuwählen, nur, habe ich gedacht, du gehst sicher gern an den Strand, nicht wahr?» Ich nickte, und er zog eine entmutigte Grimasse, die seine Mundwinkel sofort nach unten wandern ließ. «Das kompliziert alles ein wenig, denn wenn du zum Beispiel um eins zu Hause wärst... Adelaida geht normalerweise spätestens so halb zwölf herum mit den Kindern, und ich hole sie oft gar nicht ab, aber... Nun, wir könnten um halb eins ausmachen... wäre das zu hart für dich?» Diesmal schüttelte ich lächelnd den Kopf, denn ich hatte keine Ahnung, wovon er redete, aber nichts, worum er mich bitten würde, wäre zu hart für mich. «Gut, dann um halb eins. Aber da ich notgedrungen mit dem kantabrischen Klima rechnen muß, bestimmt wird es die Hälfte der Zeit regnen, werde oft ich derjenige sein, der den Hund ausführen muß, denn sieh mal, ich habe es diesem Dummkopf von Frau schon eine Million Mal gesagt, die ganze Einkauferei von Badeanzügen und das Gerede davon, daß sie gerne braun werden möchte, und dann müssen wir ausgerechnet an den einzigen Ort in den Urlaub fahren, an dem im August nicht die Sonne scheint, verdammt... Also, wir müßten zwei weitere Termine ausmachen. Ich glaube, um halb fünf wäre gut, denn im Sommer ißt man immer etwas später, aber nicht so spät, daß sich um diese Zeit nicht schon alle Welt schlafen gelegt hat, und es ist auch noch nicht zu spät, daß du keine Siesta mehr machen könntest, so eine Schlafmütze, wie du bist. Und wenn die Verabredung um halb fünf nichts wird, können wir uns drei Stunden später anrufen, kurz bevor du noch eine Runde drehst, denn ich denke mir, daß du ausgehen wirst, um etwas zu trinken und so, oder?» Ich nickte wieder. «Das ist eine gute Zeit für mich, weil ich abends immer zu Hause bin und arbeite... Ich weiß schon, daß das ein Quatsch ist, aber in dem Haus, das Adelaida gemietet hat, gibt es kein Telefon und... ich hätte keine Lust darauf, einen ganzen Monat nicht mit dir zu reden.»

Endlich verstand ich den Sinn seiner Worte und preßte angestrengt meine Zunge an den Gaumen, um zu verhindern, daß mein Herz durch meinen Mund aus meinem Körper sprang, dann sah ich ihn an und stellte fest, daß das freie Eingeständnis seiner Abhängigkeit sein Gesicht nicht im geringsten verändert hatte. Er wirkte so ruhig und heiter wie vorher, zumindest genauso überraschend ruhig, wie er ganz natürlich imstande gewesen war, mir ein solches Grenzthema mit den verbotenen Worten auseinanderzulegen, wohingegen ich am ganzen Körper zitterte, als ich es schließlich wagte, seinem Plan zuzustimmen.

«Ich glaube, ich werde nicht widerstehen können. . .»

Der erste August war schon angebrochen und ging auf den Morgen zu, während wir beide noch wach in meinem Bett lagen und ein langes Wochenende bedingungsloser Freiheit auskosteten, das uns der ausgehende, anstrengendste und intensivste Monat Juli, den ich in meinem Leben verbracht hatte, schenkte. An jenem Montag, der schon ein Dienstag geworden war, hatte ich nicht arbeiten müssen, aber das wußten weder meine Eltern noch Amanda, die am Freitag zuvor nach Fuengirola gefahren waren, wobei sie mich bitterlich für mein Pech bedauert hatten und über die rigorosen Arbeitsvorgaben des Verlags schimpften, des einzigen Unternehmens in Spanien, das seine Angestellten zwang, auf ihren Arbeitsplätzen zu verharren, wenn die Woche mit einem einunddreißigsten Juli begann. Diese wunderbare Laune des Kalenders erlaubte mir, Javier irgendwie für die Armseligkeit meiner Antwort auf seinen grenzenlosen Einsatz der letzten vierzehn Tage zu entschädigen, denn es war ihm gelungen, Adelaida zu überzeugen, vierzehn Tage früher nach Santander zu fahren, aber niemand hätte den Personalchef in meinem Verlag dazu überreden können, irgendeiner Abteilung gestaffelt Urlaub zu gewähren, denn die Hefte erschienen auch im August, obwohl dann in Spanien niemand arbeitet; und obwohl wir vorher schon wußten, daß wir in nur einem Monat statt vier acht Nummern abschließen müßten, waren wir so in Verzug, daß wir auch im Hochsommer an den Nachmittagen arbeiten mußten. Selbstverständlich war das nicht meine Schuld, aber ich konnte nicht verhindern, mich wegen dieser ganzen Überstunden schuldig zu fühlen. Das einzige Mal, als ich mich traute, Javier zu sagen, daß wir großes Pech hätten, antwortete er mir, ich solle mir keine Sorgen machen, denn für ihn war es schon eine große Belohnung, allein zu Hause zu sein, aber diese Absolution verkürzte meine Arbeitszeit nicht, die mir schließlich so unerträglich ungerecht und aufreibend erschien wie die Zwangsarbeit in einem Granitsteinbruch.

Und dennoch, sogar noch vor Adelaidas Abreise sahen wir uns oft, täglich, manchmal sogar zweimal, denn wir konnten zusammen essen und uns am Spätnachmittag oder am Abend verabreden, auch wenn wir vorher wußten, daß wir je nach den Umständen des jeweiligen Tages zur Enthaltsamkeit verurteilt waren. Doch wurden diese Tage immer seltener, denn als Amandas Ankunft uns aus meiner Wohnung vertrieb, brauchten wir nicht lange, um eine höchst wirkungsvolle Infrastruktur aufzubauen. Foro gab mir einen Zweitschlüssel zu seiner Wohnung und sagte zu mir, wenn ich ihm morgens Bescheid gäbe, könnten wir so oft hin, wie wir wollten, und wenn es mich zu sehr bedrückte, zweimal hintereinander auf ihn zurückzugreifen, suchte ich Marisas Beistand, die mir ihre Wohnung nie verweigerte, sosehr sie auch wie ein kleines Mädchen maulte – «Wo es doch draußen so toll ist, zweiundvierzig Grad, ideal für einen Spaziergang, ich sag dir...», während sie in ihrer Tasche nach dem Schlüssel kramte. Javier verfügte über die Wohnung seines Freundes, der momentan in Valencia lebte, obwohl er sie mit einem anderen Professor von der Fakultät teilte und sie deswegen oft nicht benutzbar war, und er nahm mich auch ein paarmal mit in die Wohnung von Felipe Villar, unserem Graphikzuständigen, der allein lebte, viel reiste und der jedesmal, wenn wir bei ihm anriefen, mit unvergeßlicher Großzügigkeit sofort bereit war, ein Bier trinken zu gehen, was zwei oder drei Stunden dauern konnte, so daß wir fast einen Monat lang von einer fremden Wohnung zur anderen wechselten, genauso, als würden wir uns auf dem Brett eines Gesellschaftsspiels bewegen.

Für mich hatte sich das Schlafen mit Javier in das erste und letzte Ziel meiner ganzen Existenz verwandelt, und die Gewißheit, das nicht verdrängbare Bewußtsein darüber, daß nichts richtiger, nichts weiser und nichts korrekter war, als es um jeden Preis zu verfolgen, half mir jegliches Maß an Schäbigkeit mühelos zu schlucken, das sich breitmachen konnte. Und vielleicht, weil das so wichtig für mich war, gelang es mir nie, ganz natürlich einen konkreten Plan vorzuschlagen. Foros und Marisas Schlüssel brannten mir in den Händen, wenn ich anfing, drumherum zu reden und Sätze anzufangen, die ich mich nie zu beenden traute: «Gut, wenn du willst...» sagte ich zu ihm, «Vielleicht könnten wir. . .», «Ich weiß nicht, worauf hast du Lust. . .?» Javier war auch nicht gerade deutlicher als ich, obwohl er einen vorformulierten Satz mitzubringen pflegte, aber genauso schnell, wie wir gelernt hatten, mit halben Wörtern zu reden, lernten wir auch, mit dem zu leben, was in der Luft hängenblieb, und später, wenn ich nach Hause zurückkehrte, eifrig einen Film im Fernsehen suchte, um so zu tun, als begeistere mich die Geschichte, und mich darauf beschränkte, Amandas Kommentare einsilbig zu beantworten, dachte ich, daß es vielleicht so besser war, denn unsere Geschichte wäre einem konventionellen Verhältnis viel ähnlicher gewesen, wenn wir uns für die Gemütlichkeit von Hinterzimmern oder möblierten Appartements, die wochenweise vermietet werden, entschieden hätten, statt uns gegenseitig zu dieser mühsamen Rotation von einer geliehenen Wohnung zur anderen zu verpflichten.

Mit Javier ins Bett zu gehen hatte sich in die einzig wichtige Handlung meines Lebens verwandelt, aber das hatte weniger mit Lust als mit Sexualität als solcher zu tun, mit jener Art Intimität, die der Sex nur zwei Menschen, die nicht zusammenleben, bieten kann. Denn in jenen fremden Betten mit überraschend fremden Leintüchern geschah etwas Wahrhaftiges, und deshalb war es unveränderlich, ungreifbar und unleugbar. Auch wenn die Dinge später anders verlaufen wären, hätte ich niemals dieses Frösteln vergessen können, die auf geheimnisvolle Weise natürliche und allgemeine Freude, den irrationalen, ganz ursprünglichen Genuß, der mich im Bett bei der Berührung mit der nackten Haut dieses Mannes augenblicklich und vollständig vom ersten Zentimeter an erfüllte, eines Mannes, an dem ich damals nicht zweifeln konnte, von dem ich damals alles wußte, dem ich damals alles schuldete, eines Mannes, den ich schon so liebte, wie ich noch nie in meinem Leben jemanden geliebt hatte, so sehr, daß ich einfach keine Form fand, es ihm zu sagen.

Mir wurde bewußt, daß wir trotz allem ein Paar waren, mit Ticks und Ritualen, mit Verpflichtungen und Rechten, diese unbestimmte Interessengemeinschaft, die jedes Paar definiert, das wirklich eines ist, sei es das in aller Heimlichkeit oder in aller Legalität, und diese Entdeckung freute mich außerordentlich, obwohl ich im Begriff war, die Nacht des siebenundzwanzigsten Juli zu verlieren, die mir zu dem Zeitpunkt schon wie der Vorspann zu allem Guten erschien. Wir waren am späten Nachmittag im Kino gewesen, weil ich früh nach Hause mußte, um meinen Koffer zu packen, der ohne mich im Auto meines Vaters reisen würde, und den Amandas zu überprüfen, die imstande war, mehrere Koffer mit ihrem ganzen Hab und Gut zu füllen, wenn sie niemand daran hinderte, aber wir verwarfen die Möglichkeit, in der Gran Vía ein Taxi zu nehmen, denn nachdem die unbarmherzige Klimaanlage im Kino uns in unseren Sesseln hatte frösteln lassen, war die Temperatur im Freien zu dieser Tageszeit, wo die Hitze langsam weicht und sich in unsichtbaren Dunst auflöst, viel zu angenehm, um nicht zu Fuß zurückzukehren. Als wir gerade an der Metrostation Callao vorbeikamen, stolperten wir buchstäblich über Juan Carlos Prat, einen venezolanischen Fotografen, den ich kannte, seit er nach Spanien gekommen war, und dem ich damals und später viele Aufträge verschafft hatte. Er war ein guter, gewissenhafter und sehr verantwortungsbewußter Fotograf, aber er schien sich seltsamerweise verpflichtet zu fühlen, mir jede einzelne der Reportagen, die er für mich gemacht hatte, bei jedem Treffen mit überschwenglichen Küssen, Zärtlichkeiten und Umarmungen zu danken, was ich lästig fand, und diesmal war es nicht anders, denn kaum hatte er mich gesehen, riß er mich praktisch von Javiers Arm los und umschlang mich mit den seinen. Ich hätte nie gedacht, daß diese Geste Konsequenzen haben könnte; zwar war Schmuse-Prat, wie ihn Rosa zu nennen pflegte, ein großer, dunkelhaariger und sehr hübscher junger Mann, aber er war auch so unübersehbar und übertrieben tuntig, daß keine seiner Herzlichkeiten, die er mir angedeihen ließ, jemals auch nur im entferntesten zweifelhaften Charakter haben konnte. Das glaubte ich, aber als ich ihn mir endlich vom Hals geschafft hatte, lief Javier, der der Szene absolut schweigend beigewohnt hatte, ohne mich anzusehen los, und sein rechter Arm reagierte nicht, als ich versuchte, mich wieder bei ihm einzuhängen.

«Was ist los mit dir?» fragte ich ihn.

«Nichts», antwortete er und steckte die Hände in die Hosentaschen.

Wir gingen von Callao in Richtung Red de San Luis, fast mit Sicherheitsabstand, als würden wir uns überhaupt nicht kennen, er sah auf irgendeinen verlorenen Punkt am Abhang, und ich wettete mit mir selbst, daß ich mich irrte, ich warnte mich innigst, daß es unmöglich war, so viel Glück zu haben, wiederholte ein ums andere Mal, was ich seit Verlassen des Kinos gesagt und getan hatte, und fand keinen anderen möglichen Grund für diese unerklärliche Verstimmtheit, die mit jedem Schritt in ihm zu wachsen schien, und als wir in die Calle de Hortaleza einbogen, fragte ich ihn noch einmal.

«Was ist los mit dir, Javier?»

«Nichts.» Er unterstrich seine Antwort mit einem ungeduldigen Blick. «Nichts ist mit mir los.»

Der Bürgersteig wurde enger, der uns entgegenkommende Menschenstrom Richtung Gran Vía trennte uns schließlich. Wir gingen ein gutes Stück des Weges hintereinander, er voraus, ohne sich umzudrehen und mich anzusehen, und ich hinterher, und ich wunderte mich darüber, wie sehr mir sein Nacken gefiel, bis wir an die Kreuzung zur Calle Mejía Lequerica gelangten, vier Schritte von meiner Wohnung entfernt. So konnte ich ihn nicht gehen lassen. Die von einer roten Ampel erzwungene Pause nutzend drückte ich ihn an eine Hauswand, hielt ihn mit beiden Händen fest und sah ihm in die Augen.

«Ich gehe keinen Schritt weiter, bis du mir gesagt hast, was passiert ist.»

«Das solltest du mir erklären.»

«Das würde ich ja gerne, aber ich habe keine Ahnung was.»

«Nein? Dann muß das ein Hobby sein.»

«Was?»

«Dich dem nächstbesten Idioten, der gerade aus der Metro kommt, an den Hals zu werfen.»

«Hör mal», sagte ich lächelnd, aber er lächelte nicht, er schien wirklich verärgert zu sein. «Ich habe mich niemandem an den Hals geworfen.»

«Ach nein?»

«Nein.» Ich lockerte vergnügt meinen Griff. «Es war genau umgekehrt. Ich habe nichts damit zu tun. Dieser Typ klebt immer so an einem, was willst du? Im Verlag nennen sie ihn Schmuse-Prat, also...»

«Das wußte ich nicht. Du hast ihn mir ja nicht vorgestellt.»

«Natürlich habe ich ihn dir vorgestellt! Ich habe dir gesagt, daß er Fotograf ist und Juan Carlos heißt...» Plötzlich erschien es mir so lächerlich, mit dieser Art Erklärungen fortzufahren, daß ich ihn am Arm nahm und ihn über die Straße zog. «Wie dumm du bist, Javier!»

«Ach, jetzt bin ich auch noch dumm.»

«Ja, ein armer Dummkopf... Denn es scheint unglaublich, daß du zum jetzigen Zeitpunkt noch nicht bemerkt hast, daß ich dich nicht einmal besitzen will» – ich unterbrach mich abrupt und umarmte ihn, damit er mir nicht entwischen konnte – «ich will dir nur noch gehören.»

Das verstand er schließlich. Er sah mir in die Augen, umarmte mich ganz lange und so fest, daß er mir fast weh tat, küßte mich auf den Mund und drückte danach mit seiner rechten Hand meinen Kopf an den seinen und mit dem linken Arm umschlang er meine Taille.

Diese Hände verließen mich die ganze Nacht nicht, sie hielten mich fest in seiner Erinnerung, während ich meinen und Amandas Koffer packte, während ich ruhig schlief und auch danach noch, sie wichen nicht einen Millimeter, als ich mich an der Haustür von meiner Tochter verabschiedete, sie begleiteten mich weiter durch den Tumult des letzten Arbeitstages, und sie wurden tollkühner, drängender, noch fester während des jährlichen Abschiedsessens, das Fran allen Teams ihrer Abteilung zu spendieren pflegte und das ich so schnell wie möglich und noch vor dem Kaffee hinter mich brachte. Als ich mich schon von der Tür des Mesón de Antoñita aus mit einem Küßchen für alle verabschiedet hatte, schloß sich mir Rosa im letzten Augenblick an.

«Fährst du nach Hause?» fragte sie mich. «Laß mich an der Metrostation Avenida de América raus, ja? Ich habe alle meine Schulden beglichen und gerade festgestellt, daß ich keine Pesete mehr habe...»

Als wir im Taxi saßen und in dem wahnsinnigen Stau standen, der die Firmenessen am letzten Arbeitstag zu beenden pflegte, stützte sie den Ellbogen auf die Kante des offenen Fensters, ließ ihren Kopf in ihre linke Handfläche sinken, drehte sich mir zu und schnaufte, als wäre sie sehr erschöpft.

«Widerlich, meine Liebe! Ich schwöre dir, ich habe keine Lust, dieses Jahr in den Urlaub zu fahren. Und das, obwohl ich fix und fertig bin, das kannst du mir glauben...»

«Ihr fahrt nach Cercedilla?»

«Natürlich, noch heute nachmittag, in das Haus meiner Schwiegermutter, eine tolle Vorstellung... Und du? Was wirst du machen?»

«Ich fahre am Dienstag nach Fuengirola, in das Sommerhaus meiner Eltern, zu Amanda, meinen beiden Schwestern, meinen beiden Schwagern und meinen fünf Neffen und Nichten. Das ist auch nicht schlecht.»

«Aber leben deine Eltern nicht getrennt?»

«Ja, aber sie haben ein Vermögen ausgegeben, um sich eine Art Palast in einer Luxussiedlung auszubauen, und keiner der beiden ist bereit, ihn aufzugeben, und beide mögen die Costa del Sol und machen sich gerne gegenseitig das Leben schwer, so verbringen wir den Urlaub alle zusammen. Es ist alles so wie früher, außer, daß mein Vater jetzt in Antonios Zimmer schläft, das glücklicherweise genauso groß ist wie das frühere Elternschlafzimmer, wäre dem nicht so, hätte man umbauen müssen. Und da noch vier oder fünf Zimmer übrig sind, könnte sich Antonio, sollte er schwach werden und auch kommen, was er nicht tun wird, das aussuchen, das ihm am besten gefällt...»

«Aha... Und Javier?»

«Fährt nach Santander.»

«Verdammt!» Sie lachte. «Denn es gibt nichts, was weiter weg läge.» Ich mochte keinen Kommentar abgeben, und sie faßte sich sofort wieder. «Und er fährt mit der ganzen Familie.»

«Ja.» Ich konnte nicht verkneifen, sie ein bißchen zu ärgern. «Er fährt auch am Dienstag... Seine Familie ist schon seit vierzehn Tagen dort.»

«Und wie geht's dir damit?»

«Gut.» Ich sah sie an und stieß auf eine skeptische Miene, die ich nur allzugut verstand, und deshalb betonte ich nochmals auch für mich: «Mir geht's gut damit, noch geht's mir gut. Ehrlich...»

In Wirklichkeit wußte ich nicht genau, wie es mir damit ging, denn ich sorgte dafür, nicht darüber nachdenken zu müssen, daß ich auf einem Trapez lebte und fröhlich über der Realität hin- und herschwang. Unendlich sorgfältig und mit einer Geduld, die ich nie aufzubringen geglaubt hatte, analysierte ich jedes von Javiers Worten, jede seiner Reaktionen, jede seiner Handlungen, jeglichen Hinweis, der mir zu erahnen erlaubte, was er fühlte, welche Absichten er hatte, was er mit mir zu tun gedachte, aber ich hatte es noch nicht gewagt, mich mit der Möglichkeit auseinanderzusetzen, daß unsere Beziehung zum Stillstand kommen könnte, während die Zeit weiterlief, vielleicht weil ich nicht die Kraft hatte, es mir auch nur vorzustellen. Noch nie hatte ich es gewagt, auch nur zu denken, was ich jetzt Rosa gegenüber wiederholte, und während ich es sagte, wurde mir bewußt, daß ich es wirklich glaubte, und ich freute mich unendlich, es zu hören.

«Ich glaube, er hängt an mir, weißt du? Ich ziehe es vor, nicht so viel darüber nachzudenken, aber ich bin mir fast sicher, daß es so ist, er wirkt nicht wie der Typ Mann...», der unbegrenzte Zeit ein Doppelleben führen kann, wollte ich sagen, aber an dem Punkt ließen mich meine Stimme und mein Mut gleichzeitig im Stich. «Nun... Du wirst es nicht glauben, aber gestern abend trafen wir Juan Carlos Prat auf der Straße, und du weißt ja, wie der einen abknutscht, und er hat mir eine Eifersuchtsszene gemacht...»

«Eifersüchtig auf den Schmuser?» Ich nickte, und sie fing zu lachen an. «Na, das ist vielleicht eine Eifersucht!» Sie machte eine Pause, bevor sie mir die Frage stellte, die ich von Beginn der Unterhaltung an erwartet hatte. «Und was glaubst du, was geschehen wird?»

«Am Ende? Ich weiß es nicht. Aber im Augenblick ist das einzige, dessen ich mir absolut sicher bin, daß ich sehr an ihm hänge, aber wirklich sehr, ehrlich, mehr kann man nicht an jemandem hängen... Momentan interessiert mich nur, daß es nicht aufhört, deshalb setze ich ihn nicht unter Druck. Wir sprechen nie darüber.»

«Aha...» Sie gab mir nickend recht, bevor sie mir eine leichte, wenn auch nicht weniger abgedroschene Version der banalen Kommentare darbot, die mir in der letzten Zeit alle ständig aufdrängen wollten. «Männer sind ausgesprochen feige.»

«Das ist dasselbe, wie zu sagen, alle Männer sind einarmig, Rosa... Es gibt einarmige und es gibt welche mit zwei Armen.»

«Ist ja gut... Ich sage schon nichts mehr.»

Und tatsächlich hielt sie den Mund, bis das Taxi ein paar Minuten später am Metroeingang anhielt.

«Paß auf dich auf», empfahl sie mir, nachdem sie sich verabschiedet hatte.

«Das werde ich», versprach ich und winkte ihr zum Abschied hinterher.

Vier Tage später im *Talgo*, der mich gnadenlos von einem roten Auto, das zur selben Zeit in die sozusagen mathematische Gegenrichtung fuhr, entfernte, sagte ich mir, daß dies natürlich keine schlechte Empfehlung gewesen war, besonders weil ich kaum etwas anderes tun konnte, als in der unerbittlichen Zeit, die ich vor mir hatte, auf mich aufzupassen. Aber gut zu essen, viel zu schlafen, im Meer zu schwimmen, mich zu sonnen, abends ziellos herumzuspazieren, stundenlang zu lesen und jeden Abend ins Sommerkino zu gehen, Aktivitäten, die in jeder anderen Phase meines Lebens ausgereicht hätten, um eine persönliche Definition von Vergnügen darzustellen, verwandelten sich in eine Art unerträgliche Verpflichtung während der bleiernen Tage, die ich lieber sinnlos und ohne etwas anderes zu tun, als neben dem Telefon zu sitzen, verbracht hätte, in einem Haus, das mir doch immer gefallen hatte und das mir jetzt wie eine Art Gefängnis vorkam, und an einem Ort, der zu sehr einem Garten ähnelte, um in das Bild der öden Wüste zu passen, die meine Augen peinigte. Ich war so weit von mir selbst, dem Raum und dem Ort, den mein Körper einnahm, entfernt, daß mir nicht einmal heiß war, als hätte sich die heiße, aber nichtsdestoweniger atembare Luft der langen Julisiestas in das Kennwort einer bestimmten Zeit verwandelt, die mir kein Thermometer je wiederfinden half. Da hatte ich zum ersten Mal Angst, daß dieser Urlaub nie zu Ende gehen, daß diese schreckliche Spielart der Nichtexistenz Richtschnur für mein restliches Nichtleben sein würde, daß sich mein Blick für immer mit dieser schmalen Palette von Grautönen zufriedengeben mußte, um eine kranke Welt zu sehen, die jegliche Farbe, jeglichen Glanz und jede Fülle verloren hatte, die sich erst wieder einstellten, wütend lebendig und strahlend, erst wenn das Telefon genau um halb eins mittags, um halb fünf nachmittags und um halb acht abends klingelte.

«Ich vermisse dich sehr, Ana», war das erste, was er am elften August sagte, als er überraschend zur Siestazeit anrief. «Und ich bin sehr durcheinander, weißt du, denn, um ehrlich zu sein, ich glaubte das hier viel besser zu überstehen. Ich denke viel an dich, die ganze Zeit... Übermorgen muß ich nach Madrid, weil ich an einem dieser Kurse von der Complutense-Universität in El Escorial teilnehmen muß, ein interdisziplinäres Geschwätz über Landschaft... Na ja, ich hasse diese Mode mit der Sommeruniversität, das weißt du ja, und wenn ich es mir nicht vom Hals halten kann, habe ich eine Woche lang schlechte Laune beim bloßen Gedanken daran, mitten im Urlaub arbeiten zu müssen, und trotzdem habe ich diesmal große Lust, nach Madrid zurückzukehren, ehrlich, einfach ein paar Tage dort zu sein, auch wenn du nicht da bist... Du hast übermorgen nicht zufällig was in Madrid zu erledigen, oder?»

«Ich weiß es noch nicht...» antwortete ich nach einer Weile, als ich meinen Atem wieder in der Gewalt hatte.

Ich nehme an, in dem Augenblick war schon alles entschieden, sosehr er mir hinterher auch versicherte, daß er es sich nie hätte verzeihen können, wenn ich meinen Urlaub nur unterbrochen hätte, um ihn zu sehen, sosehr er sich auch bewußt war, daß Fuengirola ziemlich weit weg war, so bitterlich er sich auch seine Schwäche vorgeworfen hatte, mir von seinen Plänen erzählt zu haben, nehme ich an, daß ich in dem Augenblick schon beschlossen hatte, daß ich nichts Besseres zu tun hatte, als ein paar Tage nach Madrid zu fahren, aber an jenem Abend konnte ich noch keinen Entschluß fassen und auch am nächsten Morgen nicht, während ich wie besessen die Vorteile und die Risiken dieser grenzenlosen Auslieferung gegeneinander abwog, und als der Abend hereinbrach, hatte ich es immer noch nicht gewagt, es auch nur anzudeuten, und ich nehme an, ich wußte schon, daß ich fahren würde, aber ich weiß auch, daß ich nicht genau wußte, was ich tun sollte, bis ich nach dem Abendessen von der Küche aus ein so ohrenbetäubendes Geschrei vernahm, daß ich das Glas stehen ließ, mit dessen Hilfe ich endlich den Mut zu finden hoffte, und ins Wohnzimmer rannte, um herauszufinden, was passiert war.

Als ich zur Tür hereinkam, übertönte Amandas Stimme – «Lauf, Mama, das mußt du sehen» – das ohrenbetäubende Durcheinander aus Lachen und Empörung. Alle hingen am Bildschirm und verfolgten gebannt die Entwicklung einer Szene, die ich anfangs nicht verstand. Eine häßliche und ziemlich dicke Jugendliche wand sich wie ein mißhandelter Koloß in den Armen dreier Männer, die sie festhielten und trotz aller Kraft nicht verhindern konnten, daß sie Zentimeter um Zentimeter vorwärts kam, indem sie ihr ganzes Gewicht nach vorn stemmte und dabei mit dem Kopf wie ein wilder Stier zum Angriff auf etwas ansetzte, was ich nicht erkennen konnte. Mit ihrem grotesk verzerrten Mund und ihrem langen, glatten, vom Weinen schon ganz nassen Haar hörte dieses Mädchen nicht auf, zu schreien und zu weinen, und befand sich schon fast auf dem Weg zu einem schrecklichen hysterischen Anfall, und zuerst dachte ich, daß es sich um die Überlebende einer Katastrophe oder um eine radikale Demonstrantin irgendeiner Bewegung handelte, so wirkte die übermenschliche Bemühung, mit der sie sich ihren Feinden entgegenstemmte, aber dann schwenkte die Kamera nach links, um das verblüffte, erschrockene Gesicht eines populären Sängers zu zeigen, der sicher nicht damit gerechnet hatte, solche Reaktionen hervorzurufen, und da wurde mir klar, daß die Männer, die sie festhielten, keine Polizisten waren, sondern Sicherheitsleute, und als ich sie endlich verstehen konnte, begriff ich alles. Opfer einer Leidenschaft, die sie bis an ihr unbekannte Grenzen ihrer selbst trieb, drückte sich dieses Mädchen in einer absolut nicht zu ihrem Alter, ihrem Leben und ihrer Kleidung passenden Sprache aus, indem sie Worte sagte, die der kummervollsten Heldin eines Schmachtfetzens im Nachmittagsprogramm würdig gewesen wären, Sätze, die klangen, als wären sie aus irgendeinem romantischen Groschenroman entliehen, und dennoch bekam ich vor Rührung eine Gänsehaut, als ich sie hörte, und mir stiegen Tränen in die Augen, als ich ihr zusah, während ich ihre von der Verzweiflung entstellte Stimme hörte, während ich spürte, daß sie mich mit allen ihren Gesten rief. «Sieh mich an», rief sie diesem Trottel zu, der sich weigerte, ihr den Gefallen zu tun, und den Kopf statt dessen in die entgegengesetzte Richtung drehte, wobei er ein künstliches, hohles Lächeln zeigte, das des schmerzlichen Spektakels, das er provozierte, absolut unwürdig war. «Schau mich an, bitte, nur einmal, schau mich an, ich flehe dich an, schau mich nur einmal an, und ich verschwinde von hier, ich bitte dich auf Knien darum, warum willst du mich nicht ansehen, ich flehe dich an, schau mich an, bitte, schau mich an...»

«Hast du heute die hiesige Zeitung gekauft, Papa?» fragte ich, als die Reportage zu Ende war, aber ohne den Blick vom Bildschirm zu wenden.

«Ja.» Mein Vater wühlte in einem Haufen Zeitungen herum, die auf dem Boden neben seinem Sessel lagen, und fand sie gleich. «Wozu brauchst du sie?»

«Da steht doch der Fahrplan vom *Talgo* drin, nicht wahr?» fragte ich zurück, während ich die letzten Seiten durchblätterte und gleichzeitig aus den Augenwinkeln den alarmierten Blick meiner Mutter wahrnahm.

«Ja, ich glaube schon... Aber wozu...?» Mein Vater, der wie fast immer etwas geistesabwesend war, interpretierte mein Interesse in die falsche Richtung. «Wie schön, sag bloß nicht, daß morgen Antonio kommt...»

«Nein», antwortete ich, als ich mich schon für den Zug um halb elf entschieden hatte. «Aber ich fahre morgen nach Madrid.»

Der Kalender hatte uns schlagartig in den Herbst katapultiert, aber der Himmel des zweiundzwanzigsten September klarte in reinstem Blau auf und kündigte eine leuchtende Sonne an, die ihre Kraft nach Belieben und noch weit vor Mittag an den nackten Umrissen der trokkenen Erde, der wilden Abfolge von sandigen Gipfeln, kahlen, völlig nackten Bergen auslassen würde, die mir an jenem Morgen wie der großartigste Ort der Welt vorkamen. Wir frühstückten im Speisesaal des Hotels, einem alten gläsernen Wintergarten, von dem aus man die stets gleichbleibende Wüstenlandschaft in alle vier Himmelsrichtungen sehen konnte, und Javier, der zwei Tassen Kaffee getrunken hatte, während er den Inhalt einer Tasche voller Hefte und Instrumente überprüfte und sich auf einem Block Notizen machte, schien so vertieft in die Umgebung, daß er mich plötzlich ansah, als würde ihn meine Anwesenheit überraschen.

«Tut mir leid, aber heute werden wir ein bißchen arbeiten müssen», sagte er. «Ich hoffe, du hast dich innerlich darauf eingestellt, ein paar Stunden zu wandern. Schließlich war es deine Schuld, daß ich nicht früher herkommen konnte...»

Er fing an zu lachen, aber ich konnte nicht mitlachen, denn ich sah den Moment gekommen, ein paar Risiken einzugehen.

«Hör mal, Javier... Was du heute nacht gesagt hast...»

Er packte seine Sachen in die Tasche, schloß sie und lehnte sich in seinem Stuhl zurück, blieb ruhig sitzen und sah mich mit überkreuzten Armen und einem weichen, ironischen Lächeln an.

«Was?»

Unter dem Tisch drückte ich mir die Daumen, bis sie schmerzten, bevor ich es laut wiederholte.

«Daß du sehr verliebt in mich bist.»

«Ja», bestätigte er, als hätte ich ihn etwas gefragt.

«Stimmt das?»

«Ja», sagte er noch einmal in einem Ton, als hätte ich ihn gefragt, ob er Javier Álvarez heiße.
«Aha», murmelte ich. «Gut, also. . . Ich möchte dir sagen, daß auch ich sehr verliebt in dich bin. . .» Dann verstummte ich, als könnte ich mein ganzes Leben lang kein weiteres Wort hinzufügen, aber dann erinnerte ich mich daran, ihm schon oft gesagt zu haben, daß ich alles für ihn tun würde. «Gut, jetzt weißt du es. Wir haben nur nie darüber gesprochen. . .» Dann begann ich doch zu lachen. «Ich wollte es dir auch sagen.»
Er sah mich schweigend an, mit demselben weichen, ironischen Lächeln wie vorher, lange Sekunden, die sich dehnten, bis sie Minuten wurden, oder lange Minuten, die sich so schnell verflüchtigten, als wären sie Sekunden, eine so ungewisse Zeitspanne, daß mich der Klang seiner Stimme, als er das Schweigen brach, wie das Echo eines Schreis aufschrecken ließ.
«Willst du mich sonst nichts fragen?»
Ich dachte über den Sinn seines Angebots nach, bis ich eine Formulierung gefunden hatte, die mir erlaubte, sie zu akzeptieren und gleichzeitig abzulehnen.
«Ich traue mich nicht.»
«Also gut.» Er stand auf, hängte sich die Tasche über die Schulter und sah mich wieder an. «Jedenfalls muß diesbezüglich etwas geschehen. . . Geh rauf in unser Zimmer und hol dir eine Jacke, los, draußen ist es bestimmt kalt.»
Wir sprachen den ganzen Tag nicht mehr über das Thema, nicht am Morgen, als wir etliche Stunden wanderten, nicht während des Essens, das sich in eine detaillierte Lektion über Funktion und Beschaffenheit der geheimnisvollen Instrumente verwandelte, die ich ihn hatte anwenden sehen, ohne etwas zu verstehen, auch nicht nach der kurzen Siesta – die viel zu überstürzt war, als daß ich es gewagt hätte, zu behaupten, daß sich zwischen uns definitiv etwas geändert hatte, als hätten wir uns des letzten Schutzes, einer unsichtbaren, ganz feinen Schicht entledigt, um uns viel nackter zurückzulassen, als wir es gewesen waren, solange wir uns in Schweigen gehüllt hatten –, auch nicht auf dem Rückweg nach Madrid, der nicht lang dauerte, weil wir mehr als rechtzeitig losgefahren waren, um den sonntäglichen Nachmittagsstau zu umgehen, aber als Javier vor der Haustür meiner Mutter an-

hielt, so etwa um acht Uhr abends, drehte ich mich ihm zu und sagte ihm zum zweiten Mal am selben Tag etwas, was er sicherlich schon wußte:

«Hör mal, Javier... Ich möchte, daß du weißt, daß du mit mir rechnen kannst, solltest du dich irgendwann und irgendwie entscheiden. Alles, was ich habe, meine Wohnung, meine Sachen, mein Einkommen, mich selbst... Nun, du weißt schon. Und danke... für alles.»

Er streckte einen Arm nach mir aus, legte seine Hand in meinen Nacken, beugte sich über mich und küßte mich. Wir verabschiedeten uns ohne weitere Worte, und ich stellte mich der Katastrophe, die mich im Haus meiner Mutter erwartete, in seltsamem Gemütszustand, einerseits so euphorisch, wie ich nie geglaubt hätte, es je sein zu können, andererseits schrecklich bedrückt angesichts der Vorstellung, daß dieses Wochenende schon zu Ende war, und außerdem voller Angst vor den Auswirkungen, die der ausklingende Tag meinen Schultern aufbürden könnte, die schon zu belastet waren mit heftigen Gefühlen, um das zusätzliche Gewicht der drohenden Schuld tragen zu können, die ich seit vergangenen Mittwoch geschickt verdrängt hatte, als ich die schreckliche Folge von Botschaften abhörte, die meine Tochter auf den Anrufbeantworter hinterlassen hatte.

Amanda hatte die Aufnahmeprüfung für die Ballettakademie nicht bestanden, die sie die letzten zwei Jahre besucht hatte, aber das war, wenn auch schlimm, nicht das Schlimmste. Florence, ihre Lehrerin, hatte ihr, angeregt von einem Geist, von dem ich anfangs nicht wußte, ob ich ihn als anständig oder grausam einordnen sollte, in einem langen Gespräch erklärt, sie glaube ehrlich gesagt nicht daran, daß sie talentiert genug sei, um den Gipfel des Erfolgs zu erreichen. Meine Tochter hatte reagiert, wie es für ein Wesen in ihrem Alter vorherzusehen war: Sie war völlig zusammengebrochen, mit aller Bitterlichkeit, allem Mißtrauen in ihre Kräfte und allen Fehlschlägen, die man in siebzehn Jahren Leben anhäufen kann. Obwohl sie wußte, daß sie in anderen Schulen mit weniger hohen Anforderungen ohne Schwierigkeiten angenommen werden würde, hatte sie entschieden, das Tanzen aufzugeben, denn die Aussicht, eine mittelmäßige Ballerina zu werden, schien ihr das Opfer der brutalen Diäten, die Stunden am Barren und die wunden Füße, dieses alltägliche Martyrium, auf das das Tanzen ihr Leben reduziert hatte, nicht wert.

Obwohl ich mich schon seit Jahren genau darauf vorbereitet hatte, brach ich wie sie zusammen, und ich mußte mich beherrschen, um der Versuchung zu widerstehen, sie anzurufen, bevor ich die notwendige Gelassenheit wiedergefunden hatte, um sie zu überzeugen, daß nichts passiert sei, daß sie noch ihr ganzes Leben vor sich hätte, um eine weniger erschöpfende und passendere Berufung zu finden als diese, daß es mich freute, eine Tochter zu haben, die mit dreißig Jahren nicht am Ende sein würde, und daß es darauf ankäme, sich auf etwas anderes zu konzentrieren, zu lernen und das nächste Mal eine bessere Wahl zu treffen.

«Du hast noch nicht einmal zu studieren angefangen, Amanda, du hast noch ein Jahr vor dir und das Glück, eine klare Vorstellung davon zu haben, was du machen willst. Das geht nicht allen in deinem Alter so, weißt du? Häufig sind es Mißerfolge, die Menschen wachsen lassen...»

«Mir geht's schrecklich, Mama.» Sie konnte mir nicht zuhören, sie hatte sich in ihrem Schmerz festgefahren. «Sehr schlecht, ich fühle mich wie ein Nichts, ehrlich, wie ein Nichts... Und ich will nicht hierbleiben. Ich will nach Hause. Sofort, schon morgen. Ich hasse diese Stadt, ich hasse Florence, ich hasse die Pariser Oper...»

«Na gut, hervorragend, wunderbar, mach dir keine Sorgen. Ich kann gleich morgen in deine Schule gehen und fragen, ob noch Plätze für die Universitätsvorbereitung frei sind und wenn nicht, werde ich irgendwo anders einen Platz für dich finden. Durch die Schulbuchabteilung im Verlag kenne ich viele Gymnasiallehrer, das weißt du ja. Es wird kein Problem sein, Amanda, wirklich kein Problem. Ich glaube, das Schuljahr hat noch nicht einmal angefangen...»

Um halb neun am nächsten Morgen war meine Tochter schon in der Lope-de-Vega-Schule angemeldet, die sie bereits vor ihrer Übersiedelung nach Paris besucht hatte. Die stellvertretende Direktorin, die ich nur aus reiner Höflichkeit anrief, als schon alles besprochen war, weil sich Javier mit ihr in Verbindung gesetzt hatte – er hatte sich erinnert, daß sie in den Geographie- und Geschichtsseminaren Kommilitonen gewesen waren –, teilte mir mit, daß der Unterricht erst in der ersten Oktoberwoche beginne. Als ich Amanda anrief und ihr alles berichtete, schien sie sich endlich zu beruhigen, verkündete mir jedoch gleich darauf, daß ihr Félix schon für den kommenden Samstag einen Flug nach Madrid gebucht hätte und sie etwa um die Mittagszeit ankommen würde.

«Ach, was für ein Pech, liebes Kind!» Und es war wirklich Pech, denn Javier und ich hatten seit über vierzehn Tagen genau an diesem Wochenende einen Ausflug in die Monegros-Berge geplant. «Ich werde am Samstag nicht in Madrid sein. Ich muß zu einer Tagung des Verlags... Aber das ist nicht so schlimm. Ich rufe gleich deine Großmutter an, sie soll dich abholen. Du kannst bis Sonntag abend bei ihr bleiben. Wenn ich wieder in Madrid bin, komme ich direkt zu euch und hole dich ab, und wir beide fahren hierher, einverstanden? Du wirst noch eine Woche Ferien haben.»

In dem Augenblick war mir nicht bewußt, daß ich es nicht einmal für nötig erachtet hatte, einen Augenblick innezuhalten und zu entscheiden, was ich tun sollte, mit Javier zu fahren oder zu Hause zu bleiben, um meine Tochter im schlimmsten Moment ihres Lebens zu trösten, und als mir das klar wurde, fühlte ich eine Sekunde lang den Boden unter meinen Füßen weggleiten, aber ich faßte mich sofort wieder, indem ich mir sagte, daß Amanda schließlich endgültig nach Hause käme und mir genug Zeit, Monate, ganze Jahre, bleiben würde, um sie für meine gerechtfertigte Abwesenheit zu entschädigen. Meine Mutter sah das nicht so, aber als ich es satt hatte, ihr zuzuhören, legte ich einfach den Telefonhörer auf. Während ich nun drei Tage später das kurze Stück Weg zwischen Fahrstuhl und ihrer Wohnungstür zurücklegte, wußte ich schon, daß es nicht einfach werden würde. Von nahem betrachtet war es sogar schrecklich.

«Halb neun, wunderbar... Bist du jetzt zufrieden?»

«Wo ist Amanda?» fragte ich statt einer Antwort und trat vorsichtig in den Flur.

«Sie ist mit ihrer Tante Mariola und ihren Cousins ins Kino gegangen... Klar, wenn ihre Mutter so beschäftigt ist...»

«Laß gut sein, Mama.»

«Nein, nichts ist gut, gar nichts...» Sie ging mir voraus ins Wohnzimmer und deutete wie zur unmißverständlichen Einleitung der Foltersitzung, die sie sich für mich ausgedacht hatte, auf einen Sessel genau dem gegenüber, auf den sie sich setzte. «Ana Luisa, mein Kind, was ist los mit dir? Ich verstehe dich nicht. . . Du bist schon immer verrückt gewesen, eine impulsive, dumme Verrückte, entschuldige, daß ich das so sage, aber es ist die Wahrheit, ein unverbesserlicher Dummkopf bist du, man braucht dich nur anzusehen. . . Aber du bist immer eine wunderbare Mutter gewesen, so ist das eben, das habe ich von Anfang an gesagt, seit du Félix verlassen und Amanda allein großgezogen hast, eine beispielhafte Mutter, das stimmt, jetzt hingegen. . . Wie kannst du so etwas bloß tun? Du weißt doch, wie es deiner Tochter geht. Niedergeschlagen, krank, traurig, total fertig, und du. . . Denkst du eigentlich nur daran, mit diesem Mistkerl zu schlafen, der –»

«Mama!» schrie ich. «Wenn du noch ein Wort sagst, stehe ich auf und gehe.»

«Nun, ich werde es trotzdem sagen. . .» Ich stand auf und ging durch den Flur. «Ich sage es dir ganz deutlich: Das führt nirgendwo hin, er spielt mit dir, du machst dich zum Narren, er wird seine Frau nie –»

Ich verließ die Wohnung, schlug die Tür hinter mir zu, was dem Vortrag barmherzig ein abruptes Ende setzte, und lehnte mich an die Tür, um wütend, erschöpft und dieses verfluchten Satzes überdrüssig loszuheulen, der mich wie ein unfehlbarer Spürhund, der darauf trainiert ist, mich früher oder später mit seinen Zähnen zu zerfleischen, in alle Winkel meines Lebens verfolgte.

Aber manchmal ändern sich die Dinge.

Es scheint unmöglich, es ist unglaublich, aber manchmal geschieht es.

Ich weiß das, weil es am zwölften Oktober, einem Feiertag, dem früheren Völkertag, um dreiviertel zwei nachts an meiner Tür klingelte, genau in dem Moment, als ich glaubte, gerade eingeschlafen zu sein. Amanda war fast eine Stunde früher ins Bett gegangen, und deshalb sprang ich auf, zog mir den Morgenmantel mit den Pagoden und den chinesischen Mädchen über und rannte in den Flur, ohne erst lange darüber nachzudenken, wer vor der Tür stehen könnte, ich wollte nur dem zweiten Klingeln zuvorkommen, damit es sie nicht weckte, und als ich öffnete, stand Javier vor mir, in einer klaren Vollmondnacht absurderweise in einen grauen Regenmantel gehüllt.

«Immer wecke ich dich. . .» sagte er beim Eintreten. «Tut mir leid.»

«Macht nichts», versicherte ich ihm lächelnd. «Es würde mir gefallen, wenn du mich jede Nacht wecken würdest.»

«Ja?» fragte er lächelnd, während er seine linke Hand unter meinen Morgenmantel schob und mich dann auf den Mund küßte. «Nun, dann kannst du dich beglückwünschen... Ich habe Adelaida nämlich gerade mitgeteilt, daß ich ausziehe.»

Namenverzeichnis und Karten

Als mich Marisa darauf aufmerksam machte, daß meine Augen seltsam aussähen, und ich während der Fahrt diese dämliche Ausrede mit der Wimperntusche und dem mit Abschminke getränkten Wattebausch vorschob, wurde mir klar, daß es mir schon viel besser ging, und ich bedauerte den kleinen Kampf nicht einmal, den ich mit mir allein im Badezimmer ausgetragen hatte, als spürte ich, daß dieses sinnlose private Ritual das Ende der schlimmsten Zeitspanne meines Erwachsenenlebens bedeutete, das Ende der verhaßten Tyrannei einer Schwäche, die sich in meinem Innern zum Preis einer fast vollständigen Erschöpfung stark gemacht hatte. Obwohl schon zweieinhalb Monate vergangen waren, seit meine Schwester Natalia mir meine Einladung zum Essen mit dieser unbedeutenden und trügerischen Vertraulichkeit vergolten hatte, dem endgültigen Beweis dafür, wie mein Mann am liebsten seine Freizeit verbrachte, und obwohl sie aufgehört hatte, mich bei Familienessen mit fragendem Blick anzusehen, hatte ich alles völlig unter Kontrolle, und jedes Stück, jede Einzelheit, jedes Element des Planes, den ich unterdessen entwickelte, um ihn nach und nach zu perfektionieren, hatte mit solcher Leichtigkeit seinen vorgesehenen Platz eingenommen, als wäre es am Ende an mir, die Zinsen dieses riesigen Glaubenskapitals zu kassieren, das ich zuvor ergebnislos in das Schicksal investiert hatte. Der enorme Arbeitsaufwand für das Register des Sammelwerkes, das jeden Morgen wie ein nervenzerrendes Geduldsspiel auf meinem Tisch lag, half mir zu denken und mich abends zu Hause unsichtbar zu machen, denn nichts ist überzeugender bei dem Hinweis, daß man erschöpft ist, als wenn die Erschöpfung sich mühelos in jedem Winkel des Gesichts ablesen läßt. Ich hatte gedacht, daß es vielleicht am besten wäre, mit den Kindern zu verreisen, sobald ich meinem Mann die Freiheit, mit anderen im eigenen Bett zu vögeln, zurückgegeben hätte. Der Abschluß des letzten Heftes des Atlas fiel auf die erste Aprilwoche, und Fran hatte beschlossen, daß wir den Osterurlaub fünf Tage früher als vorgesehen antreten könnten. Ignacio senior, der in dem Augenblick bestimmt in Gedanken gleich die Telefonnummern in seinem Adreßbuch durchgegangen war, hatte nichts gegen meinen Plan gehabt, und in der Schule sah Ignacio juniors Nachhilfelehrer, der mir die geheimnisvolle Aussöhnung des Jungen mit der Mathematik schon angedeutet hatte, keinerlei Nachteil für den Jungen, die Schulzeit um vier Tage zu verkürzen, er sah mich nicht einmal schief an, als ich ihm meine Absicht, mich von meinem Mann zu trennen, kundtat. Als er mir erzählte, daß auch er getrennt lebe, und mir Mut für die Zukunft machte, unterstellte ich gar einen Moment lang, daß er mich schätzte, und ich verließ sein Zimmer in bester Stimmung, dankbar für seinen Anstoß, als wäre er so real wie sinnbildlich gewesen. Die Kinder waren natürlich begeistert darüber, mit mir nach Rom zu fahren. Ich hatte mit den Flugzeiten, mit der Lage des Hotels und sogar mit dem Preis Glück gehabt, deshalb traf es mich so, als mir Adela an einem friedlichen, sonnigen Märzvormittag, als absolut alles in gemäßigtem, ruhigem und sanftem Rhythmus seinem Ende entgegenging, über die Sprechanlage verkündigte, daß mich ein sogenannter Nacho Huertas, Fotograf, sprechen wolle.

Ich mußte meiner Stimme keinerlei Gewalt antun, um meine Sekretärin zu bitten, sie solle ihm ausrichten, daß ich sehr beschäftigt sei und ihn zurückrufen würde, sobald ich Zeit hätte, und danach zweifelte ich keinen Moment daran, nicht nur das Richtige, sondern das einzig Mögliche getan zu haben, doch konnte ich nicht verhindern, mir kurz auszumalen, welche Verwirrung meine Antwort bei dem Mann wohl auslöste, der jetzt seinerseits Abweisung erfuhr, und ich stellte mir sogar ein letztes Treffen vor, ein letztes Mal, bei dem ich entscheiden und wählen würde, bei dem ich die Kontrolle hätte, und noch bevor ich es wagte, mir einzugestehen, daß mir ein letztes Mal Vögeln mit ihm gar nicht schlecht gefiele, ohrfeigte ich mich in Gedanken selbst und verbot mir erfolgreich, diesen Faden weiterzuspinnen, so harmlos er auch sein mochte, ein Hirngespinst selbst für mich. Damals und auch später rief ich nicht zurück und erwartete auch nicht, daß Nacho noch einmal anrufen würde, aber er tat es, eine Woche später, und da sprach er mit Ana, die ich bat, ihn ausdrücklich in meinem Namen anzurufen und ihm auszurichten, daß ich sehr eingespannt sei und er alle Probleme auch mit ihr lösen könne, und ich dachte, das müßte ausreichen, weil Ana mir bestätigt hatte, daß Nacho kein Problem hatte, sondern er nur einfach mit mir reden wollte. Ich hatte beschlossen, daß ihm das nie wieder gelingen sollte, als am selben Nachmittag, während Lobezno tobend durch die Tunnel im Erdinnern raste und den verrückten Wissenschaftler suchte, der in der Lage war, ihm ein Gegenmittel zu dem Gift zu verabreichen, das seine Mutanteneingeweide paralysierte und das auch schon Júbilo in eine Art tödliche Lethargie versetzt hatte, in meinem Wohnzimmer das Telefon klingelte und ich frei von jeder Neugier auf die Stimme, die am anderen Ende der Leitung sein würde, abnahm.

«Na endlich, Rosita!» fing er an, aber ich war schon immun gegen seine Verniedlichungen, und sein feierlicher Tonfall nervte mich mehr, als ich mir je hätte vorstellen können, so daß ich nicht antwortete. «Wo steckst du bloß?» insistierte er. «Ich sehe mir mit meinen Kindern eine Zeichentrickfilmserie an», klärte ich ihn auf. «Wie amüsant!» – «Ja, es ist sehr lustig...» In der darauffolgenden Pause fragte ich mich, ob er es wagen würde, den Vorwitzigen zu spielen, aber ich hatte kein Glück. «Mir scheint, du hast keine Lust, mit mir zu reden», sagte er nur. «Ja, das ist richtig», antwortete ich und hängte ohne ein Wort des Abschieds auf, aber ich erfuhr nichts über die Auswirkungen der grünlichen Flüssigkeit aus der Glasampulle, die der Werwolf sich gerade in seinen haarigen, absterbenden Arm injizierte, ich konnte nicht verfolgen, ob sie ihn dem Leben, das ihn schon momentweise verließ, zurückgab oder nicht, denn ich sah auf die Uhr und sagte mir, daß es für einmal nicht schlecht wäre, mich rechtzeitig fertigzumachen, und als ich aufstand, war ich ruhig, ruhig und mit mir im reinen, und dieser Eindruck hielt vor, als ich die Badezimmertür schloß, er leistete mir beim Duschen und Anziehen und auch, als ich mit einem Pinsel etwas Rouge auftrug, Gesellschaft, aber als ich die Wimperntusche schon in der Hand hielt, wurde mir bewußt, daß meine

Augen zu stark glänzten, und obwohl mich mein Gesicht seit Jahren nicht mehr überrascht, nicht einmal, wenn ich mir die Haare habe schneiden lassen, mußte ich zugeben, daß ich im Begriff war, in Tränen auszubrechen.

Doch wurde mir auch bewußt, daß mein Plan einen ernsten Fehler enthielt, und obwohl ich vor dem Gehen den Umschlag aus der Schreibtischschublade nahm, in der er seit fast zwei Monaten zwischen Kinderfotos und wild durcheinandergeratenen Rechnungen lag, obwohl ich sogar eine dieser Briefmarken daraufklebte, die ich immer im Portemonnaie habe, begriff ich, daß ich diesen Abschiedsbrief nie hätte schreiben sollen, er war eine so armselige Falle wie jene Liebesbriefe, in denen die schmerzliche und grausame Chronik meiner Verzweiflung über Nacho Huertas festgehalten war. Denn von der Vornehmheit des Widerstands zur Niederträchtigkeit der Feigheit ist es nur ein Schritt, und es blieb mir nichts anderes übrig, als noch am selben Abend mit Ignacio zu reden, ich konnte nichts anderes tun, als ihm alles ins Gesicht zu sagen, bevor ich ging. Das war der gerechte Preis für den Frieden.

Nachdem ich festgestellt hatte, daß Rosa recht merkwürdig wirkte und Frans Verhalten noch seltsamer war, mußte ich mich fragen, ob es nicht vielmehr ich selbst war, die sich merkwürdig verhielt. Gründe gab es selbstverständlich genug.

Nach Verlassen des Verlags war ich im Reisebüro vorbeigegangen, um mein Ticket und das Reiseprogramm abzuholen. Am nächsten Morgen würde ich für eine Woche nach Cartagena de las Indias in Kolumbien fliegen. Es wäre das letzte Mal, deshalb war es mir egal, ob ich das Geld zum Fenster rausschmiß. Und es klang natürlich wunderbar, aber ich hatte den Ort nicht wegen der exotischen Schönheit seines Namens ausgesucht, sondern weil er das entlegenste Ziel war, das ich unter den Ferienclubs der spanischsprachigen Länder finden konnte. Diese Kleinigkeit, der Alejandra Escobar niemals irgendwelche Bedeutung beigemessen hätte, war für mich grundlegend, denn ich konnte keine wirklich wichtige Entscheidung treffen, wenn ich nicht richtig verstand, was um mich herum gesagt wurde. Sosehr ich auch entschieden war, in ihrem Namen zu reisen, wußte ich doch, daß sie nie mehr ganz ich sein würde, ich würde mehr und für immer ich sein, aber seit ich das Ticket in die Tasche gesteckt hatte, begann diese innere Versöhnung mit meiner Identität, weit davon entfernt, mich zu beruhigen, die dunkelsten Schatten auf mein Bewußtsein zu werfen, und obwohl ich das Ticket, bevor ich das Haus verließ, auf das Tischchen im Flur gelegt hatte, eher, um es aus den Augen zu verlieren, denn aus Angst, es wirklich zu verlieren, stieg die eigenwillige Vorahnung einer Katastrophe mit mir aus dem Auto, betrat wie mein Schatten das Restaurant und setzte sich zwischen Rosa und Fran neben mich an den Tisch.

Ich hatte mich schon damit abgefunden, daß diese düstere, abscheuliche Stimme, die meine Handlungen immer vorab und unabhängig von mir lenkte, ebenso meine war wie die Entscheidungen, die sie verleugneten, und ich hörte sie nicht mehr aus dem Lärm aus Schreien, Spötteleien und mehr oder weniger dunklen Warnungen heraus, die seit Tagen wie ein gellender Chor zwischen meinen Schläfen dröhnten, den ich bis zu diesem Moment, dem letzten, unter Kontrolle gehabt hatte, der jetzt jedoch lauter wurde, bis er ein fast ohrenbetäubendes Getöse war, während ich die kleine, vornehme und ausgesuchte Karte dieses Restaurants studierte, nur um irgendwohin zu sehen. Dann, weil es danach keinen Moment mehr geben würde, fand ich keinen Weg mehr, den düstersten Vorhersagungen, diesen von einer familiären Verachtung, die nur ich in einundvierzig Jahren hatte anhäufen können, geprägten Fragen auszuweichen: «Wo gehst du hin, Marisa?» fragten mich diese Stimmen. «Wo gehst du hin, mein Kind? Schau nur, wie dumm du bist», und anfangs hatte ich zu antworten versucht. «Nach Kolumbien», behauptete ich, aber sie glaubten mir nicht. «Nach Kolumbien. . .?» wiederholten sie gnadenlos. «Nein, du gehst viel weiter weg oder viel näher heran, je nachdem, wie man es betrachtet, in Wirklichkeit hättest du keinen Grund, aus Madrid wegzugehen, du könntest dir jeden Tag für nur hundertfünfundzwanzig Peseten die Zeitung kaufen, die Anzeigenseiten sind voll von atemberaubenden Männern, die dich glücklich machen wollen, jungen, hübschen, abstinenten Männern, die darauf geschult sind, dir ins Ohr zu flüstern, daß du eine ganz besondere Frau bist und blond, so blond. . .» – «Es reicht jetzt, es reicht jetzt, es reicht jetzt, das ist es nicht, das ist es nicht, das ist es nicht!» – «Ach nein? Natürlich ist es das.» – «Nein, das ist es nicht!» – «Doch, das ist es, dein Haus atmet, Marisa, zuerst holt es wie ein Mensch Luft, und dann bläst es sie langsam, ganz langsam aus.» – «Das sind die alten Holzbalken und das Rohrgeflecht, das den Stuck trägt, mein Cousin Arturo hat es mir einmal erklärt, und er ist Architekt, die Wände senken sich jeden Tag ein wenig, alte Häuser hören nie auf, sich zu setzen.» – «Dein Haus atmet, Marisa, wie ein Mensch, zu groß ist die Stille, in der absoluten Stille hört man Geräusche besser.» – «Das hat nichts damit zu tun, und außerdem werde ich nichts Schlechtes tun, ich fliege nach Kolumbien in den Urlaub, eine Woche nur.» – «Du fliegst allein?» – «Ja, allein, na und?» – «Nichts, es ist immer dasselbe, das weißt du, allein Urlaub machen, allein Weihnachten feiern, allein Geburtstag feiern, irgendwer wird dich begraben, das bestimmt, man wird nicht zulassen, daß du im dritten Stock der Calle Santísima Trinidad verwest, ein Nachbar wird die Feuerwehr rufen oder so ähnlich, mach dir keine Sorgen.» – «Seid still, ich will nicht, seid endlich still.» – «Wir wollen nicht still sein.» – «Seid still, ich fliege nach Kolumbien.» – «Nein, nicht nach Kolumbien.» – «Doch, nach Kolumbien, nach Kolumbien, nach Kolumbien...» – «Na gut, nach Kolumbien, und was hoffst du dort zu finden? Im schlimmsten Fall, das weißt du ja, gar nichts, so ist es immer gewesen, immer, außer dem einen Mal, und was für ein Glück du hattest! Ein achtundzwanzig Jahre alter verheirateter Tunesier mit zwei Kindern, der kaum lesen konnte und nach zwei Minuten kam, du hast natürlich nie wieder von ihm gehört, weil es immer häßliche, blonde und alleinstehende Touristinnen geben wird, er wird kaum Zeit gehabt haben, sich zu erinnern, wie du heißt, und natürlich hat er nie erfahren, wie du wirklich heißt, nun, ein tolles Glück!» – «Seid still, ich will nicht, ihr versteht das nicht.» – «Natürlich verstehen wir das, wir waren dort, erinnerst du dich nicht mehr?» – «Laßt mich in Ruhe, das ist es nicht.» – «Doch, das ist es.» – «Ich fliege nach Kolumbien.» – «Foro liebt dich.» – «Seid still.» – «Foro liebt dich.» – «Na und? Ich werde nichts Schlechtes tun, ich fahre nur eine Woche in den Urlaub.» – «Foro liebt dich.» – «Das weiß ich.» – «Das Leben präsentiert immer die Rechnung für die Fehler, die ein Dummkopf wie du begeht.» – «Das ist nicht wahr.» – «Doch, das ist es, Foro liebt dich, du Dummkopf.» – «Ich fliege nach Kolumbien.» – «In Kolumbien liebt dich niemand.» – «Das ist es nicht.» – «Doch, das ist es.» – «Aber ich bin nicht in Foro verliebt.» Und in dem plötzlichen Schweigen des absoluten Nichts dachte ich es noch einmal, ich wiederholte es langsam, betonte jede Silbe, als würde ich den Satz laut aussprechen: «Ich bin nicht in Foro verliebt.»

«Wenn du bleiben würdest, wärest du es vielleicht in einem Jahr...» Diese vereinzelte, düstere Einzelstimme belog mich in einem ganz anderen Ton als dem, mit dem sie mich sonst zu quälen pflegte. Sie beschimpfte mich nicht, indem sie mich Dummkopf, Dummkopf, Dummkopf nannte, sie nutzte ihre Überlegenheit mir gegenüber nicht aus, sie wollte mich nicht mißhandeln. Da begriff ich, daß ich sie von den anderen nicht hatte unterscheiden können, weil sie sich bisher gar nicht in die unerträgliche vielstimmige Peinigung eingemischt hatte. Und sie fügte kein einziges weiteres Wort hinzu, aber sie projizierte eine Reihe von konkreten, kleinen friedlichen Bildern auf den gepeinigten Bildschirm meines Geistes. Ein Paar schmutzige, braune alte Schuhe, die vom vielen Tragen ausgelatscht waren und an den Nähten aufzuplatzen drohten und die mit dem jeweiligen Socken darin ordentlich nebeneinander am Fußende meines Betts standen, wie die Schuhe eines Kindes, das sich in Erwartung des Nikolaus schlafen gelegt hat. Das Foto eines Jugendlichen in einer Plastikhülle in einer ledernen Brieftasche, die so abgegriffen war, daß sie wie aus Pappe wirkte. Zwei rote Kleider, ein kurzes, das ich zufällig in einem Schaufenster entdeckt hatte, als ich zu Fuß durch die Calle de Goya nach Hause ging, und ein anderes, eleganteres, enganliegendes mit Spaghettiträgern, das erste bodenlange Kleid, das ich je in meinem Leben besessen habe. Eine Plastikschüssel mit gelbem Deckel mit einer Papiertischdecke auf einem Eisentisch am Rastplatz in Casa de Campo direkt am See. Einen Ventilator, der sich in der stickigen Dunkelheit der Sommernächte langsam über meinem Bett dreht. Eine Spieldose, wie sie mir noch niemand geschenkt hatte.

Rosa erzählte Fran, daß sie mit den Kindern am nächsten Tag nach Rom fliege. Als sie mich fragte, wann mein Flugzeug ginge und ob wir uns womöglich am Flughafen treffen würden, antwortete ich ihr, daß ich vielleicht am Ende doch in Madrid bliebe.

Das Nackenoedem meines Kindes war drei Millimeter breit. Der diensthabende Arzt bewegte den Ultraschallkopf über meinen Bauch, der in der sechzehnten Schwangerschaftswoche noch kaum gewölbt war, als er laut und in einem völlig neutralen Tonfall diese Zahl nannte. Ich glaube, von da an spürte ich das eisige, klebrige und transparente Gel nicht mehr, das er zuvor auf meinen Bauch aufgetragen hatte, denn endlich konnte auch ich scharf und deutlich den Kopf meines Kindes sehen, der in einem mehr als riesigen Maßstab auf einen Bildschirm gegenüber der Liege, auf der ich lag, reproduziert wurde. Links davon war Martíns Kopf, der mit offenem Mund daraufstarrte, fast genauso groß. Ich hörte diese Worte, Nackenoedem, drei Millimeter, und eine Krankenschwester, die so auf den Bildschirm konzentriert war wie wir, notierte etwas auf einer Karte, auf der vorher nur mein Name, meine zwei Familiennamen und mein Alter gestanden hatten: Francisca Antúnez Martínez, neununddreißig Jahre. Zu meiner Linken verfolgte eine Assistentin schweigend die Szenerie, und ich fragte sie fast ohne nachzudenken: «Was bedeutet das?» Sie sah mich lächelnd an, bevor sie mir antwortete: «Das bedeutet, daß das Kind kein Down-Syndrom aufweist.»

Der Gott im weißen Kittel begann, den Ultraschallkopf schneller zu bewegen, wobei er im selben neutralen, aber sanften Tonfall eine ganze Reihe von Wörtern aussprach, die ich mühelos verstand. «Dann sehen wir mal», sagte er, «Herz, Lungen, Leber, linke Niere... Augenblick, mal sehen... und rechte Niere» – die Krankenschwester notierte eifrig alles, ohne ihn zu unterbrechen – «Blase», fuhr er fort, «Geschlechtsorgane...», da wandte er sich an mich: «Wollen Sie das Geschlecht wissen?» Ich wagte kaum, den Kopf zu bewegen, aber Martín sagte: «Ja, das wollen wir.» – «Es ist ein Junge», antwortete der Arzt völlig neutral. «Gut!» Meinem Mann gelang es nicht, seinen Gemütszustand zu verschleiern, was alle Anwesenden lächeln ließ. «Das ist der Penis», fügte der Arzt hinzu, wobei er mich über seine Brille hinweg ansah, «und ein... zwei Hoden», dann fuhr er ruhig fort: «Gehen wir zum Kopf hinauf, die Wirbelsäule, normal entwickelt, Schädelstruktur vollständig, Gesicht... wir sehen jetzt das Gesicht», erklärte er, und es stimmte. In jener gräulichen Masse von merkwürdig solidem Aussehen, in der dieses winzige Wesen ohne es zu wissen schwamm, wie ein einfacher Frosch, glücklich in seiner Einfachheit, hoben sich die Augenhöhlen, die winzige Erhebung der Nase und die Linie des Mundes ab. Ich sah es an, ohne es ganz glauben zu können, eine ältere Erstgebärende, hin- und hergerissen zwischen der Panik, die nicht weichen wollte, und der Rührung, als ich feststellte, daß dieses Kind, das ich noch nicht wirklich gespürt hatte, jenseits der verschwommenen Schatten der ersten Ultraschallaufnahmen tatsächlich existierte, es existierte, weil es ein Gesicht hatte und ich es sehen konnte. «Wir werden jetzt die Herzfrequenz messen», sagte der Arzt und fügte ein paar rätselhafte Zahlen hinzu, bevor er den Ultraschallkopf von meinem Bauch nahm und ihn in die Apparatur steckte, in die er die ganze Zeit etwas mit der linken Hand eingegeben hatte. «Es ist alles in bester Ordnung», sagte er zu mir. «Jetzt werden wir noch Fruchtwasser abnehmen.»

Die Assistentin neben mir schmierte mir den Bauch wieder mit Gel ein und plazierte den Ultraschallkopf direkt auf dem Fötus. Der Arzt beugte sich mit einer großen Spritze in seinen behandschuhten Händen über mich. «Das tut nicht weh», erklärte er mir, «es ist nur ein Stich.» Das Kind, denn jetzt war es ein Kind, bewegte sich lustig und ziemlich plump, wie ein schlechter Tänzer in einem Zeitlupenfilm. Bis die Nadel meinen Bauch durchbohrte. Während das Ultraschallgerät uns erlaubte, ihr spitzes Ende durch die Wände meines Körpers hindurch zu sehen, hielt es plötzlich still, blieb unbeweglich, als wäre es tot. «Warum bewegt es sich nicht mehr?» fragte ich. «Es ist noch klein, aber es ist nicht dumm», antworteten sie mir, «in seinen Lebensraum ist gerade ein Fremdkörper eingedrungen, und das Kind zieht es für den Fall der Fälle vor, nicht gesehen zu werden...» Später, als die Spritze mit einer weißlichen, geheimnisvollen trüben Flüssigkeit gefüllt war, verschwand die Nadel vom Bildschirm, und mein Kind, das noch nicht wußte, wie zufrieden seine Mutter mit seinem Instinkt war, bewegte sich wieder, um die Herrschaft über sein Hoheitsgebiet zurückzuerobern. Wenn ich allein gewesen wäre, hätte ich den Tränen freien Lauf gelassen, die ich angestaut und unbeweglich in meinen Augen zurückhielt, weil es mich immer beschämt hat, vor anderen zu weinen.

Während ich an jenem Tisch im Restaurant darauf wartete, daß die anderen Frauen eintrafen, las ich wieder und wieder das Gutachten, das ich vor dem Gehen aus dem Briefkasten gezogen hatte. Da standen alle Ergebnisse der genetischen Voruntersuchung des Fötus, eins nach dem anderen schriftlich festgehalten, mit Einzelheiten, die ich bei meiner telefonischen Anfrage, ob alles in Ordnung sei und ob es keinen Zweifel daran gab, daß es ein Junge ist, vor ein paar Wochen nicht erhalten hatte. Jetzt hingegen konnte ich es lesen und lesen, bis ich die lange Liste von unverständlichen Begriffen auswendig konnte, all diese unbekannten Krankheitsbilder, die tröstlicherweise auf der rechten Seite mit einem Wort ausgeschlossen wurden: negativ, negativ, negativ, all diese ungeahnten Proteine in derselben Spalte, die glücklicherweise mit einem anderen Wort, aber der gleichen Silbenzahl bestätigt wurden: positiv, positiv, positiv, und das endgültige Ergebnis der höchst genauen Echographie: Lungen, ja, Herz, ja, Leber, ja, linke Niere, ja, rechte Niere, ja, Schädelstruktur, ja, Gesicht, ja. Denn wir hatten sein Gesicht gesehen.

Ich glaube, daß mir keine meiner Verpflichtungen, einschließlich der schon weit zurückliegenden donnerstäglichen Psychoanalyse, die zu erfüllen ich mich in meinem Leben genötigt gefühlt hatte, je so mühselig erschienen ist wie dieses Abendessen, sosehr ich es mir auch selbst als eine feierliche, fast triumphale Verabredung verordnet hatte. Wir hatten den Atlas abgeschlossen, er war ausverkauft. Zwar hatte ich nie die geringste Befürchtung gehegt, daß wir es nicht schaffen könnten, aber wir hatten es geschafft, und das mußte gefeiert werden. Trotzdem hatte ich keine Lust, hier zu sitzen, zu Abend zu essen und meinem Team für seinen Einsatz zu danken, denn ich konnte den Augenblick nicht erwarten, in dem ich nach Hause zurückkehren würde, um Martín diesen wunderbaren Rosenkranz erstaunlicher Formeln zeigen zu können, alle Negative und Positive, alle Ja und Nein, die ihn rechtzeitig für seinen Glauben entschädigten, eine Gewißheit, die sich über alle meine und alle seine Zweifel gelegt hatte, was so weit gegangen war, daß er weit vor Erhalt der Ergebnisse aus der Fruchtwasseruntersuchung aller Welt von meiner Schwangerschaft erzählt hatte, während ich noch immer nicht wagte, es jemandem zu erzählen. Und trotzdem mußte ich an diesem Abend mit den anderen über das Thema reden, denn sicherlich würde der Moment kommen, in dem ich sie stark belasten müßte. Der voraussichtliche Geburtstermin fiel auf die erste Augustwoche, die Urlaubszeit, aber ich hatte schon beschlossen, wie jede Sekretärin den ganzen Mutterschaftsurlaub zu nehmen, was bedeutete, daß ich die Arbeit bis Dezember nicht wieder aufnehmen würde. Und es würde Arbeit geben. Das wäre die zweite Nachricht des Abends.

Ich hatte noch nicht entschieden, womit ich anfangen sollte, als Rosa mir zum zweiten Mal eine Zigarette anbot, während Ana endlich auf dem leeren Stuhl rechts von mir Platz nahm. «Hast du mit dem Rauchen aufgehört?» fragte sie mich verwundert. «Ja», antwortete ich, «und außerdem muß ich euch etwas mitteilen...»

Es war nie einfach gewesen, mit meiner Mutter einkaufen zu gehen, aber an jenem Nachmittag war ich schon im Begriff, sie allein mit den zwanzig oder fünfundzwanzig Badeanzügen in der Umkleidekabine stehenzulassen, die sie nach sorgfältiger Prüfung der Wirkung an ihrem Körper einen nach dem anderen verworfen hatte. Alle machten ihr einen Bauch, denn sie hatte einen Bauch, alle hinterließen Falten im Ausschnitt, denn sie hatte Falten im Ausschnitt, keiner betonte ihre Taille, denn sie hatte keine Taille mehr, aber ich hütete mich sehr, ihr das zu sagen, denn ich war nicht bereit, für nichts und niemanden, das wunderbare Wohlbefinden aufs Spiel zu setzen, das mich wie ein guter Rausch hartnäckig und anhaltend über den Köpfen dieser erbärmlichen Erdbewohner schweben ließ, über all diesen armen Menschen, die imstande waren, zu Beginn der Saison in einer Umkleidekabine eines Geschäfts zu verzweifeln. Als ich dies den anderen erzählte, um meine Verspätung zu rechtfertigen, fragte mich Rosa, ob ich meine vierzehn Tage Urlaub auch nutzen und irgendwohin fahren würde, und ich antwortete ihr mit nein, weil ich keine verdammte Pesete hätte. Das stimmte so unwiderruflich, wie es mir egal war, nichts zu haben, wie Marisa aus dem Tonfall, in dem ich gerade meine Mittellosigkeit geäußert hatte, laut schlußfolgerte. Tatsächlich hätte mir keine Reise an einen wunderbareren Ort oder auf irgendeinen anderen Planeten mehr gefallen als der Plan, den sich Javier und ich für die kommenden zwei Wochen ausgedacht hatten und der darin bestand, uns zu Hause einzuschließen, viel zu vögeln, viel zu lesen, viele Filme im Fernsehen anzuschauen, nach Mitternacht viele Schweinereien zu essen und unmittelbar danach auszugehen und viele einheimische

Liköre zu trinken. Das war unsere Formel für das Glück, und sie war billig.

Die Trennung hatte Javier in den Ruin getrieben, aber ich hätte nie gedacht, daß es jemand so genießen könnte, Rechnungen zu bezahlen, wie ich es genoß, als ich genau wie vorher für alle Ausgaben meiner Wohnung aufkam, obwohl er jetzt jede Nacht bei mir schlief und Amanda in das Zimmer am Ende des Flurs umgezogen war. Jede Pesete, die ich los wurde, trug auf halbem Wege zwischen Preis und Herausforderung einen kleinen Sieg in sich, und am Monatsende, wenn mein Girokonto in die roten Zahlen rutschte, sagte ich mir, statt besorgt zu sein: Mir könnt ihr nichts... Die arme Adelaida war unerbittlich gewesen, und der zuständige Familienrichter – der meine alte Intuition bestätigte, daß es den oberen Gesellschaftsschichten eines jeden Staates, so weltlich und fortschrittlich er sich auch darstellte, nicht paßt, wenn sich Paare scheiden lassen – hatte ihr eine zeitlich begrenzte Entschädigung auf zehn Jahre zugesprochen, obwohl sie in Wirklichkeit nicht nur eine berufstätige Frau, sondern sogar Unternehmerin war. In dem vorläufigen Urteil wurde stillschweigend anerkannt, daß es rechtmäßig sei, den moralischen Schmerz der Klägerin finanziell zu entschädigen, und daß das Bedienen des Telefons, das Holen der Post aus dem Briefkasten und die Zubereitungen von Abendessen, wenn Gäste angemeldet waren, grundlegend und indiskutabel zum beruflichen Erfolg des Beschuldigten beigetragen hatten, was sie dazu berechtigte, die Hälfte seines Einkommens zu erhalten. Meine erste Reaktion beim Lesen dieser Reihe von Unsinnigkeiten war loszulachen, und ich machte sogar Witze über die Ansprüche, die meine Haushaltshilfe Angustias von mir einfordern könnte, wenn ich beschließen würde, sie zu entlassen, aber in Wirklichkeit war die Angelegenheit gar nicht witzig, und Javier schnaubte jedesmal vor Wut, wenn er sich daran erinnerte. Dennoch führten nicht einmal seine Schimpftiraden über die reaktionären Machtverhältnisse und ihr mit vagem feministischen Anstrich übertünchtes Gebaren dazu, auch nur eine Minute der unschätzbar neuen und wundervollen Zeit zu verlieren.

Obwohl der Umstand, jeden Monat kaum ein Viertel seines Gehalts ausgezahlt zu bekommen, meinen Freund dazu zwang, viel zu reisen, um an allen Konferenzen, runden Tischen, Kongressen und

Promotionskursen teilzunehmen, die irgendeiner seiner Freunde an irgendeiner Geographiefakultät innerhalb oder außerhalb Spaniens für ihn organisieren konnte, und obwohl ich ihn fast nie begleiten konnte, stimmten zu jenem Zeitpunkt, als wir schon sechs Monate zusammenlebten, einzig die Zahlen nicht. Amanda hatte Javier schließlich ohne Schwierigkeiten akzeptiert und entscheidend bei der Anpassung von Adelaidas Kindern an eine Situation mitgeholfen, die für die beiden viel konfliktreicher als für sie selbst war, auch wenn sie drei Monate später als meine Tochter davon erfahren hatten. Trotz alledem und trotz aller Vorsichtsmaßnahmen waren die Dinge anfangs alles andere als leicht gewesen. Javiers älterer Sohn war elf Jahre alt und sehr gut erzogen; obwohl er seinen Vater sehr liebte, glaubte ich dennoch manchmal, daß er mich haßte. Carlitos, der Kleinere, war erst sieben Jahre alt; bei ihm hatte ich den Eindruck, daß ich ihm von Anfang an so gut gefiel wie er mir. Beide jedoch bewunderten Amanda, die sie mit ins Kino oder zu McDonald's nahm, mit ihnen im Park Fußball spielte und ihre jüngeren Cousins und Cousinen zu Versteckspielen einlud, bei denen sie das ganze Haus okkupierten, ohne daß sie sich je darüber beklagte, daß immer sie alle anderen suchen mußte, und abends erzählte sie ihnen Horrorgeschichten, verzichtete alle vierzehn Tage auf ihre Wochenendpläne, die sie eigentlich viel mehr reizen mußten als die Aufgaben eines behelfsmäßigen Kindermädchens. Ich zeigte ihr meine Dankbarkeit auf jede mögliche Weise, indem ich ihr Taschengeld erhöhte und sie abends länger ausgehen ließ, aber sie, obwohl dankbar für meine Zugeständnisse, machte mir sofort ihre Position klar: «Ich bin auch ein Kind geschiedener Eltern, Mama, ich weiß sehr gut, wie schlecht es ihnen geht.»

In jedem anderen Augenblick meines Lebens hätte mir dieses knappe Geständnis wie jede bittere und unanzweifelbare Wahrheit sehr weh getan, aber meine Liebe zu Javier, die mir den Wert der Dinge, das Vergehen der Zeit, die kleinen häuslichen Vergnügungen und das Altern meines Körpers, ja sogar den Tod, der mir eines Tages alles nehmen würde, merkwürdig bewußt werden ließ, hatte mir auch einen seltsamen Zustand von Unsensibilität beschert für alles, was außerhalb von mir und außerhalb meiner Liebe zu ihm stattfand, so daß es mir immer schwerer fiel, mich über die Welt, die uns beherbergte, zu empören. Hin- und hergerissen zwischen einer grenzenlosen Großmütigkeit, die meine eigene Auflösung beinhaltete, und einem ausgeprägten Egoismus, der mir untersagte, aufmerksam zu betrachten, was mich umgab, interessierte mich an der kaum erträglichen Routine meines Alltagslebens nichts, was nicht für die Erinnerung, den Namen und den Körper dieses Mannes bestimmt war. Zu den Objekten dieses Desinteresses gehörte selbstverständlich auch das feierliche Essen zum Abschluß des Atlas. Noch bevor ich im Restaurant angekommen war, hatte ich bereits beschlossen, gleich nach dem Nachtisch wieder nach Hause zu fahren und mich auf kein weiteres Glas einzulassen, aber im nachhinein bereue ich nicht, teilgenommen zu haben, denn über meiner unmittelbaren Zukunft schwebte eine konkrete, fürchterliche und nahe bevorstehende Gefahr, sosehr ich mich auch weigerte, daran zu denken, die Fran in der Pause vor dem zweiten Gang bannte.

«Wie kommst du darauf?» fragte Ana lächelnd. «Ich habe keine einzige Pesete übrig...»
Als ich das hörte, spürte ich, wie meine Beine plötzlich nachgaben, obwohl sie keinerlei Gewicht tragen mußten.
«Also, das scheint dir aber nicht viel auszumachen...» flüsterte Marisa, und ich konnte einen gewissen Anflug von Neid daraus heraushören.
«Nein, um ehrlich zu sein, es macht mir nichts aus.»
Ana lächelte noch immer und sah mich an.
«Nun, mir würde es sehr viel ausmachen», rutschte mir heraus, und alle sahen mich gleichzeitig an, aber keine wagte etwas zu fragen. «Ich werde mich von Ignacio trennen.»
«Das erscheint mir richtig», gab mir Ana nickend recht.
«M-mir auch», schloß sich Marisa sofort an und nickte ebenfalls. Fran sagte nichts, aber sie deutete eine ähnliche Geste an, und ich dankte jeder von ihnen für ihre Haltung, obwohl ich ganz genau wußte, daß sie mir nichts nützen würde, wenn ich erst vor meinem Mann stünde.
«Gut...» fuhr ich trotzdem fort, weil das einzig Sinnvolle war, bis zum Ende zu gehen, und das laute Durchgehen meines Planes mir einen seltsamen Trost gab. «Deshalb fahre ich mit den Kindern nach

Rom, um sie für den Anfang da rauszuhalten, weil... Ignacio es noch nicht weiß. Ich habe ihm einen Brief geschrieben, das Übliche: Lieber Ignacio, wundere dich nicht darüber, daß ich dich ‹Lieber› nenne, denn in dem Moment, wo ich dir diese Worte schreibe, liebe ich dich wirklich, aber ich kann nicht weiter mit dir zusammenleben... Na ja, ihr wißt schon. Ich hatte die Absicht, den Brief morgen am Flughafen einzuwerfen, aber mir ist klargeworden, daß das Blödsinn ist. Ich werde versuchen, heute abend oder morgen beim Frühstück, kurz vor unserer Abreise, mit ihm zu reden, ich weiß noch nicht. Vielleicht war das mit dem Brief doch keine so schlechte Idee, denn, um ehrlich zu sein, habe ich panische Angst vor diesem Gespräch...»

«Mach dir keine Sorgen.» Ana legte mir ihre Hand auf den Arm. «Mit der Zeit wirst du ein dickeres Fell bekommen.»

«Aber behalte die Wohnung, das rat ich dir...» schlug Marisa vor.

«Nein, nein» – ich machte eine verneinende Handbewegung, als würde mich die bloße Vorstellung erschrecken – «bestimmt nicht. Ich hasse die Wohnung. Ich hasse den Portier, ich hasse meine Nachbarn, und ich hasse den gehobenen Lebensstandard... Ich will in das Viertel zurück, in dem ich aufgewachsen bin, irgendwo zwischen dem Paseo Recoletos und der Calle de Hortaleza, Calle del Barquillo, Calle Fernando VI, Calle del Almirante, Calle Conde de Xiquena, Calle Bárbara de Braganza, Calle Piamonte... Die Straße ist egal, aber ich will eine Wohnung mit drei Meter hohen Decken. Ich werde versuchen, Ignacio davon zu überzeugen, die Wohnung zu verkaufen und das Geld aufzuteilen, und wenn er nicht will, werde ich ihm sagen, daß er mir meinen Teil abkaufen soll, auch wenn er dafür einen Kredit aufnehmen muß, denn ich will es nicht in Raten von ihm bekommen, und das wird er versuchen, das weiß ich, weil ich ihn kenne. Aber die Reise nach Rom hat mein Girokonto eher... leergeräumt, und jetzt, wo der Atlas fertig ist... Ich weiß schon, daß ich nicht Hungers sterben werde, aber jedenfalls...»

«Dann werden wir Nachbarinnen sein.» Ich hatte keine Zeit, auf Anas Bemerkung einzugehen, denn Frans Stimme hob sich wie ein Wunder über ihre hinaus.

«Wegen des Geldes brauchst du dir keine Sorgen zu machen, es gibt Arbeit», sagte sie, und wir drei sahen sie erstaunt an, obwohl keine wagte, etwas zu fragen. «Seht mich nicht so an, das habt ihr doch gewußt, oder nicht?»

«N-nein», antwortete Marisa nach einer kurzen Pause.

«Doch», insistierte Fran. «Ich habe euch schon vor Monaten erzählt, daß es ein Projekt gibt.»

«Ja, a-aber Projekte, Projekte... Ich kann dir sagen, immer gibt es überall einen Haufen Projekte, und vom Projekt zur Ausführung...»

«Na gut, aber dieses ist abgesegnet. Es gibt nur eine Sache, die mir Sorgen macht, aber zunächst... Mögt ihr Musik?»

«Alles, was nötig ist», versicherte ich und merkte, daß ich leichter atmete.

«Eine Musikgeschichte?» fragte Ana vorsichtig, und Fran gab ihr mit einem Lächeln recht, das sofort mit einem noch strahlenderen erwidert wurde.

«Die westliche Zivilisation vom Glockengeläut bis zum Krach», resümierte ich halblaut, während ich spürte, daß mich Musik plötzlich wie nichts anderes auf der Welt begeistern konnte.

«Genau», bestätigte Fran, «aber das Beste wißt ihr noch nicht... Zweihundertzwanzig Hefte.»

«Vier Jahre!» schrie ich.

«Viereinhalb», korrigierte mich Marisa.

«Vier-ein-halb Jahre», faßte Ana zusammen und betonte jede Silbe jubelnd mit geballten Fäusten. «Wie findet ihr das?»

«Sehr g-gut.»

«Wundervoll!»

«Wann geht's los?»

«Also» – Fran war sogar in der Stimmung, Einzelheiten herauszulassen – «durch die Verzögerung, die es gab, weil Planeta Agostini uns den Titel des Atlas weggeschnappt hat, laufen eure Verträge zum ersten Mai aus. Ihr könnt am selben Tag die neuen Verträge kriegen. Es ist zeitlich alles etwas knapp, aber wenn wir gleich nach Ostern zu arbeiten anfangen, könnten wir zu Weihnachten mit der Veröffentlichung beginnen. Oktober wäre besser, aber das werden wir natürlich nicht schaffen. Aber vorher, das habe ich euch ja schon gesagt, gibt es noch einiges, was mir Sorgen macht. Ich habe das Thema unter einer Bedingung durchgekriegt. Theoretisch schließt der Preis eines jeden Heftes eine CD mit dem Werk des entsprechenden Komponisten ein.

Wir machen was anderes. Wir verschenken mit jedem Heft eine CD-ROM. Es ist natürlich kein richtiges Geschenk, denn die Kosten dafür sind einkalkuliert, aber das ist nicht das Problem, sondern die CD-ROM selbst» – sie wandte den Kopf nach links – «wirst du das schaffen, Marisa?»

«N-natürlich, klar», antwortete ich, ohne mein Erstaunen über diese Frage zu verbergen, «das f-fehlte noch. Ich kann gleich morgen anfangen. Ramón beschäftigt sich seit ein paar Jahren mit dem Thema, und, um ehrlich zu sein, das ist wie Churros machen, hast du eine, hast du alle... Natürlich hätte ich im Gegensatz zu den anderen doppelte Arbeit, obwohl ich annehme, daß wir das M-material von den Heften wiederverwenden werden» – Fran nickte – «aber die CD-ROMs muß man genau wie ein Buch neu gestalten und layouten, und sosehr man sich auch bemüht, die Seiten auf dem Bildschirm einander anzupassen, wird man sehen müssen, wie man das hinkriegt, eine nach der anderen... A-außerdem w-werden wir ein neues Equipment brauchen, und sicherlich einen CD-Brenner und...» – ich überlegte kurz – «und ich mindestens einen Assistenten, denn ich kann das alles nicht auf einmal machen. Aber sonst ist alles klar...» Als mir auffiel, daß ich schon wieder Foros charakteristischen Satz anhängen wollte, hielt ich abrupt inne. «Schön.»
«Das mit dem Assistenten geht klar...» Fran lächelte mich erleichtert an. «Ich habe es Ramón vor ein paar Tagen erzählt, er meinte, es wäre besser, zwei Leute einzustellen. Du kannst gleich nach dem Urlaub mit den Vorstellungsgesprächen anfangen.»
«Iiich...?» fragte ich, diesmal wirklich überrascht. «Ich soll mit den Leuten reden?»
Es entstand eine Pause, in der die drei mich verständnislos ansahen.
«Wenn du willst, kann auch ich die Gespräche führen», antwortete Fran schließlich, als sie den Sinn meiner Frage begriff. «Oder Rosa kann es machen, aber es ist Blödsinn, weil weder Rosa noch ich wissen, was die Leute können und tun müssen...»
«N-nein, nein...» winkte ich ab, nachdem ich einen Lachkrampf unterdrückt hatte, meine innere Antwort auf ein mir noch unbekanntes Bild meiner selbst als leitender Angestellter mit vielen Befugnissen.

«Ich werde die Vorstellungsgespräche führen, und ich w-werde sehr streng sein...»

Meine Versicherung bewirkte lautstarkes Gelächter, das sofort in eine ausgesprochen angeregte dreistimmige Unterhaltung über Musikgeschichte im allgemeinen und unsere im besonderen überging und einen Haufen spontane Fragen aufwarf, auf die noch keine zufriedenstellenden Antworten zu finden waren: Wo fangen wir an? Was würde jedes Heft kosten? Nach welchen Kriterien gehen wir vor? Werden wir den wirklich wichtigen Komponisten mehr als ein Heft widmen, oder wird es nur ein Heft pro Musiker geben? Wieviel hoffen wir verkaufen zu können? Wer wird die Stücke für die CD-ROM auswählen? Wird es Fernsehwerbung geben? In wie vielen Sendern? Rosa wirkte hoch zufrieden und Ana vollkommen euphorisch über die Aussicht, nach diesen kurzen Ferien wie ein Pferd arbeiten zu können, während Fran jede Frage mit einem geduldigen Lächeln beantwortete, das die Eintönigkeit ihrer Antworten Lügen zu strafen schien: «Ich weiß es noch nicht», «Darüber habe ich noch nicht nachgedacht», «Das mag ich dir gar nicht sagen», «Das werden wir noch entscheiden müssen...» Ich hingegen wußte noch nicht genau, wie ich mich fühlte. Ich war nie eine freie Mitarbeiterin wie meine Kolleginnen gewesen. Meine frühere Beschäftigung als Stenotypistin in der Layoutabteilung hatte mir einen Arbeitsplatz als Angestellte mit festem Arbeitsvertrag gesichert, und meine Einkünfte hingen nicht davon ab, ob ich an einem bestimmten Projekt mitarbeitete oder nicht. Diese Musikgeschichte schien mir einerseits einen dicken beruflichen Aufstieg zu garantieren, denn die CD-ROMs würden mich in eine Chefin mit eigenem Team verwandeln, andererseits band sie mich fast endgültig an Foro, denn Ana wäre nicht bereit, auf ihn zu verzichten, und mit über vierzig sind viereinhalb Jahre viel Zeit. Wenn wir beim postmodernen Krach ankommen würden, wie Rosa es genannt hatte, wäre ich schon sechsundvierzig, jenseits der Grenze, an der es vernünftig erscheint, eine wichtige Entscheidung zu treffen. Oder zumindest erschien es mir so, während ich nicht umhin konnte, den Frieden und die Harmonie, in der ich mit Fran, Rosa und Ana in den vergangenen drei Jahren zusammengearbeitet hatte, die wir für den Atlas gebraucht hatten, gegen die Konflikte und Unannehmlichkeiten abzuwägen, die sich möglicherweise in einem anderen Team entwickelt hätten.

«Was ist los mit dir, Marisa?» Fran unterbrach meine Gedanken abrupt. «Hast du keine Lust darauf?»

«Doch, doch...» Ich protestierte mit den Händen, um meine Bestätigung zu unterstreichen. «Ihr w-werdet das nicht verstehen, aber... Ich w-weiß nicht. Ich muß etwas tun, und ich weiß nicht was...»

«Das ist mir schon aufgefallen», sagte Ana.

«Mir auch», bestätigte Rosa. «Du bist ziemlich komisch, mein Kind... Geht es um einen Mann?»

Die innere Stille, die mir gestattet hatte, über die Vorteile und die Schattenseiten dieser echten Herausforderung nachzudenken, die mir unversehens unendlich banal vorkam, dehnte sich wie durch einen Zauber aus, als diese Frage in meine Ohren drang, woraufhin alle Stimmen, die in meinem Kopf lebten, plötzlich und gleichzeitig ein einziges Wort zu schreien anfingen, wie einen endgültigen Befehl, ein unbarmherziges Ultimatum, eine lautstarke Formel der Hoffnung und der Geringschätzung: «Erzähl es ihnen!» schrien sie. «Rede!» drängten sie. «Sag es ihnen, sprich seinen Namen aus und es wird wahr werden, es existiert nur, was man benennen kann, erzähl es ihnen, rede, sag es ihnen, rede, trau dich, rede, erzähl es ihnen endlich, rede, rede, rede...»

«Du bist doch nicht schwanger, oder?»

Ich war nahe daran gewesen, das Handtuch zu werfen, endgültig die Burgwälle meiner Bedenken zu überwinden, mich der Wahrheit hinzugeben, als wäre sie eine tröstliche und sanfte Droge, als Fran mir mit einer Heftigkeit, die an ihr verwunderlich war, diese Frage stellte.

«N-nein», antwortete ich, als ich wieder sprechen konnte. «N-nein, das ist es nicht...» Und dann sah ich Rosa an. «Ja, es ist ein Mann.»

«Aha!» sagte Fran, deren Augen meinem Blick auswichen und aufmerksam ein Stück Tischdecke zu meiner Linken studierten. «Nun, ich schon.»

«Ich bin schwanger», präzisierte ich und hob den Kopf, um endgültig jeden Zweifel zu beseitigen. «Das ist das zweite, was ich euch sagen wollte. Natürlich ist das weder ein Zufall noch ein Rechenfehler, nichts dergleichen. Wir wollten dieses Kind, und, na ja, wir haben es versucht. Es ist ein Junge. Er wird Martín heißen, genau wie sein Vater.»

«Herzlichen Glückwunsch, Fran!» Ana beugte sich zu mir herüber und gab mir einen Kuß auf die Wange. Diese Reaktion hatte ich nicht erwartet, und ihre Wirkung war ambivalent, denn sie beruhigte mich zwar, aber nur zum Preis dafür, daß sich meine Wangen erhitzten und sich wie bei einem Schulmädchen grundlos färbten.

«Herzlichen Glückwunsch!» wiederholte Rosa und drückte meine auf dem Tisch liegende Hand. «Freust du dich?»

«Ja», gestand ich und huldigte meinem Erröten, ohne Widerstand zu leisten. «Sehr. Obwohl ich es anfangs zwiespältig aufgenommen habe. Ich hatte große Angst, das ist wahr. Na ja, in vierzehn Tagen werde ich vierzig, und es ist das erste, so daß... Aber ich habe eine Fruchtwasseruntersuchung und einen Haufen anderer Untersuchungen machen lassen, und jetzt geht es mir viel besser. Das Kind wird völlig gesund sein. Es hat sogar einen längeren Oberschenkelknochen als üblich...»

Ana fing an zu lachen.

«Na, wenn du es gemacht hast», sagte sie zu mir, «wie sollte es anders sein?»

«V-vollkommen, wie alles», fügte Marisa hinzu. «Das ist wunderbar, Fran.»

«Ja», räumte ich ein, «das stimmt schon. Und ich freue mich sehr, daß ihr es so aufnehmt, na ja... Ihr werdet mir unter die Arme greifen müssen.»

Ana und Rosa, zwei erfahrene Mütter, die entschlossen waren, nicht den geringsten Zweifel an ihren Erfahrungen zuzulassen, beugten sich gleichzeitig über den Tisch und signalisierten ihre Bereitschaft, sich anzuhören, was auch immer ich ihnen anvertrauen wollte. In dem Augenblick hatte ich den Eindruck, gerade einem Club beigetreten zu sein, von dessen Existenz ich bis zu dem Zeitpunkt nichts geahnt hatte, und dieses Erlebnis erschien mir recht seltsam.

«Wann ist der Geburtstermin?» fragte Ana zuerst.

«In der ersten Augustwoche», antwortete ich und kam ihrem Schweigen mit einem Lächeln zuvor. «Niemand ist perfekt, auch ich nicht.»

«Das macht nichts.» Rosa nahm wieder meine Hand. «Ich habe

Clara Mitte September bekommen, das ist noch schlimmer, denn ich mußte den ganzen Sommer durchhalten. Andererseits trifft sich das mit den Ferien, das ist doch gut.»

«Du kannst Mitte Juli an den Strand fahren», schlug Ana vor.

«Nein», antwortete ich und unterstrich es mit einem Kopfschütteln. «Ich will, daß mein Sohn in Madrid zur Welt kommt. Auch wenn ich zwei Monate lang die Beine hochlegen muß.»

«Recht hast du. Mir stinkt es immer noch, daß Amanda in Paris geboren wurde...»

«Das ist doch das geringste», tadelte uns Rosa in sanftem und gleichzeitig ungeduldigem Tonfall. «Wirst du –?»

«Ich h-habe schon gemerkt, daß du sehr hübsch bist, Fran», unterbrach Marisa, und sie verteidigte sich gegen Rosa, noch bevor dieser Zeit blieb, uns erneut zu tadeln. «Das ist n-nicht das geringste, es ist wichtig...»

«Und außerdem ist es die Wahrheit», gab ihr Ana nickend recht. «Das ist immer so. Wenn du es gut aufnimmst, bekommt dir eine Schwangerschaft wunderbar, ehrlich...»

«Kann ich auch etwas sagen?» Rosa kam wieder aufs Thema zurück, um zu demonstrieren, daß sie ihren Eifer zum Organisieren und Befehlen, der mich in den ersten Monaten der Zusammenarbeit am Atlas so sehr an Maritas Eifer erinnert hatte, wiedergefunden hatte. «Wirst du Mutterschaftsurlaub nehmen?»

«Ja», antwortete ich, «und zwar den ganzen.»

«Selbstverständlich», hieß Marisa das gut.

«Natürlich», fügte Ana hinzu.

«Und der Verwaltungsrat? Wissen sie es schon?» Ich antwortete Rosa mit einem Nicken, seit dem Morgen wußten es alle. «Und wie haben sie es aufgenommen?»

«Na ja...» antwortete ich. «Es gab von allem etwas. Mein Bruder Miguel, beispielsweise, fand das nicht schlecht. Antonio hingegen hat sich sehr aufgeregt, er ist der Meinung, daß wir uns so was nicht leisten können...» – «Zum Teufel mit der Sippschaft», sagte eine, und ich betonte: «Es ist mir egal. Ich werde den ganzen Mutterschaftsurlaub nehmen, sollen sie doch sagen, was sie wollen. Ich will ihn so lange wie möglich stillen. Das wird uns aber die Arbeit ziemlich kompliziert machen.»

«N-nein.» Marisa beugte sich mit glänzenden Augen zu mir herüber, als hätte sie etwas gehört, was ihre Zunge löste, wie ein geheimnisvolles Heilmittel für jene Verwirrung, die sie seit meiner Ankündigung, daß die Musikgeschichte unsere nächste Arbeit für die kommenden Jahre sein würde, so abwesend und tief in sich versunken wirken ließ. «Warum? Ich kann dir zu Hause in kürzerer Zeit, als du amen sagst, einen Arbeitsplatz installieren.»

«Ist das möglich?» fragte ich sie, ohne noch richtig zu wissen, ob mir die Vorstellung gefiel.

«Na klar! Du hast doch zu Hause ein Telefon, oder? Na, mehr brauchen wir nicht. Wenn du nicht mehr ins Büro kommst, nehme ich deinen Computer, stelle ihn dir auf, wo immer du willst, und in einer Viertelstunde habe ich dich an alle Terminals des Stockwerks angeschlossen. Du brauchst nicht einmal anzurufen. Du kannst über das Internet mit uns kommunizieren und, noch bevor wir durch den Flur bis zu deinem Büro gegangen sind, jede Seite, jedes Titelblatt, jeden Text aufrufen. Das ist abgemacht. Es ist ganz einfach.»

«Und ich versichere dir, daß Neugeborene noch die wenigste Arbeit machen...» Rosa machte mir vom anderen Ende des Tisches aus Mut. «Zwischen dem Stillen hast du zweieinhalb Stunden Zeit und kannst machen, was du willst. Sie schlafen den ganzen Tag.»

Bis zu dem Augenblick war mir noch nicht in den Sinn gekommen, die Stillzeit mit der Arbeit zu verbinden. Ich hatte eher an eine totale Unterbrechung gedacht, vier Monate absoluter Abwesenheit, eine kurze, aber unerläßliche Zeitspanne für eine Lehrzeit, vor der ich viel mehr Angst hatte als vor der Geburt, sosehr auch alle Welt immer diese zweifelhafte Theorie vom Mutterinstinkt beschwört. Ich war nicht darauf eingestellt, zwischen den Stillzeiten zu arbeiten, und ich wußte nicht einmal, ob ich es wollte. Ich versuchte mich schweigend zu entscheiden, und Ana merkte es.

«Nur, wenn du willst», sagte sie zu mir. «Wenn du lieber abtauchen willst, können wir uns um alles kümmern.»

«Nein», antwortete ich schließlich. «Ich glaube, ich könnte es gar nicht. Das mit dem Computer bei mir zu Hause ist eine gute Idee. Wenn ich keine Lust habe, mache ich ihn eben nicht an.»

«Natürlich», gab Ana mir recht, bevor sie sich über den Tisch beugte und die ihr gegenübersitzende Marisa mit einem bohrenden

Blick ansah. «Und meinen Scanner? Könnte ich den auch mit nach Hause nehmen und die Bilder über das Netz schicken?»

«Sieh mich nicht so an», sagte ich und lachte über den panischen Gesichtsausdruck, der Marisas Gesicht in eine Karnevalsmaske verwandelt hatte. «Das war ein Scherz.»
«Ja, ja, so fängt das an, und später...»
«Und später gar nichts», beharrte ich. «Wir haben kein Geld, um die Kinder zu unterhalten, die wir beide haben... Wir passen nicht einmal alle bequem in die Wohnung, mit anderen Worten, um noch eines zu haben...»
«Aber du hast darüber nachgedacht», behauptete Rosa.
«Nein, im Ernst», stritt ich ab und war aufrichtig, aber keine glaubte mir. «Ehrlich nicht, werdet nicht nervig. Ehrlich, im Augenblick sind wir nicht für Dummheiten zu haben... Wenn sich die Situation änderte, würde ich vielleicht in den nächsten Jahren anfangen, darüber nachzudenken. Und nicht, weil ich Lust hätte, das ist es nicht, denn mich befällt schon schrecklicher Widerwille, wenn ich nur daran denke, daß ich wieder diese Einlagen in den Büstenhalter stecken muß, sondern weil, na ja..., weil ich es Amanda nicht erklären könnte, sie würde es falsch verstehen, sie würde es nie verstehen, und ehrlich gesagt hat es mit ihr gar nichts zu tun, ich bete meine Tochter an und ich werde sie immer genauso lieben, davon bin ich überzeugt, und daß unsere Beziehung immer einmalig und sogar besonders bleiben wird, wegen all dem, was wir zusammen durchgemacht haben, das würde sich nicht ändern, auch wenn ich Drillinge bekäme, aber was mich manchmal wütend macht... Ich weiß nicht. Mit diesem Blödmann von Larrea eine Tochter zu haben und mit diesem Mann, der wirklich der Mann meines Lebens ist, kein Kind zu haben...»
Rosa und Marisa beklatschten diesen letzten Satz lautstark. «Geht zum Teufel, ich meine es wirklich ernst. Aber im Augenblick geht es mir zu gut, um es zu wagen, das Schicksal herauszufordern, und der wunderbarste Augenblick meines Lebens beginnt, wenn Amanda an irgendeinem Wochenende nach Paris zu ihrem Vater fährt und wir Javiers Kinder nicht bei uns haben. Ich schwöre euch, daß ich zur Zeit das Gefühl habe, daß es mehr als genug Kinder auf der Welt gibt. Aber

manchmal denke ich auch, wären die Dinge anders verlaufen, zu einer anderen Zeit, mit einem anderen Einkommen, dann hätte ich schon Lust, ein Kind mit Familiennamen Álvarez zu haben.»

«Du spinnst, Ana!» Rosa sah mich kopfschüttelnd und mit so mutlosem Gesichtsausdruck an, als hätte ich einen Krebs im Endstadium gebeichtet. «Du weißt ja, Fran, schmeiß bloß nichts weg, weder die Umstandskleider noch die Wiege, noch den Kinderwagen, noch die Badewanne... Das werden wir wieder brauchen, bevor wir bei Béla Bartók angekommen sind.»

«Aber nein!» protestierte ich.

«Aber doch! Du wirst schon sehen», und sie wandte sich an die beiden anderen. «Wieviel wettet ihr?»

«K-keine Pesete», antwortete Marisa. «Und natürlich könnte ich dir den Scanner zu Hause aufstellen und dich an das Internet anschließen. Nur keine Sorge.»

«Die große Zauberin hat gesprochen», sagte ich scherzhaft, um das Thema zu begraben. «Amen. Ich werde keine Kinder mehr bekommen. Ist das klar?»

«Ich werde jedenfalls nichts wegwerfen, nur für den Fall...»

Sogar Fran lachte, und ich überließ sie gelassen ihrem Irrtum. Denn tatsächlich hatte ich nicht daran gedacht, sosehr ich auch spürte, daß der Augenblick kommen könnte, in dem ich es tat, aber die Vorstellung war noch so vage, so weit weg und nebulös, daß kein Scherz über das Thema mich stören konnte, nicht einmal im Vorauswissen, daß niemand auf der Welt so gut wie ich weiß, wie sehr sich die Dinge im Leben ändern können.

«Jedenfalls», versuchte ich über einen Umweg auf Béla Bartók zurückzukommen, «stimmt es, daß ich momentan keine Schwangerschaft brauche, um euch zu gestehen, daß mir die Musik das Leben gerettet hat. Ehrlich, Fran. Ich hatte schon angefangen, mich nach einem Job umzusehen, und, um die Wahrheit zu sagen, ich habe nichts Besonderes gefunden.»

«Bei Santillana bereiten sie eine *Illustrierte Schulenzyklopädie* vor», fügte Rosa hinzu, um zu zeigen, daß ich nicht die einzige Vorausschauende an diesem Tisch war. «Aber sie werden sehr wenig Arbeit nach draußen vergeben.»

«Ja, ich weiß schon», und wie ich es wußte. «Nur Politik und Ge-

genwartsgeschichte, wie immer. Und dann gibt es ein Heimwerkerhandbuch...»

«Ja, das habe ich auch gehört, aber ich glaube, das werden sie direkt aus dem Englischen übersetzen lassen und auch die Fotolithos übernehmen.»

«Ja, diese Mode wird uns noch arbeitslos machen.»

«O nein. Euch bleibt immer noch der Kreuzstich.»

«Und die Englischkurse für Verzweifelte.»

«Und Innendekoration für jedermann.»

«Und die praktische Küche –»

«Gut.» Fran unterbrach entschieden die Erinnerungen an die weniger herausragenden Kapitel unseres Arbeitslebens. «Im Augenblick können wir auf den Erfinder der Musik anstoßen...»

Sie schenkte sich einen Schluck Rotwein ein und lenkte den weiteren Verlauf des Abends in ihrer gewohnt nachdrücklichen Art. Als ich schon nach einer Ausrede suchte, um nicht mit in die Kneipe gehen zu müssen, wo wir solche Feiern mit einer Unzahl von Cocktails abzuschließen pflegten, wurde die Rechnung gebracht. Fran bezahlte sie mit der Verlagskarte, hinterließ ein Trinkgeld, das genau zehn Prozent der Gesamtsumme ausmachte, und stand auf.

«Ich werde nach Hause gehen», verkündete sie, als sie ihr Jackett angezogen hatte. «Ich bin hundemüde, ich bin ständig müde, und da ich weder rauchen noch etwas trinken kann...»

«Ja...» Rosa hatte plötzlich einen trüben Blick und zitternde Hände, denen es nicht gelang, die Tasche zuzumachen; sie nickte zustimmend und holte aus irgendeinem Winkel den gezwungenen Anschein von Gelassenheit. «Das ging mir in den ersten Monaten genauso... Gut, ich gehe auch.»

«Ich auch...»

Marisa war nicht nur die erste, die sich mit Küßchen verabschiedete, sondern erstaunlicherweise auch die erste, die ein Taxi anhielt, obwohl sie nicht weiter entfernt von dem Restaurant wohnte als ich. Fran bot mir an, mich mitzunehmen, aber ich antwortete, das sei nicht nötig. Als ich losging, gelang es mir nicht, mehr als eine Faser meiner Gedanken auf diese schreckliche Angst zu verschwenden, die während des ganzen Abendessens wie eine Wolke, die ihr eigenes Gewicht nicht tragen kann, über dem Tisch geschwebt hatte: Rosas

Angst, konkret und unmittelbar, fast zu kauen, Frans Angst, dunkel, dicht und vertraut, und Marisas Angst, unbekannt und ernst und vielleicht deshalb die bedrohlichste. Ich hingegen hatte aufgehört, Angst zu haben. Während ich die Zahl der guten Tage auszurechnen versuchte, die mir zum Leben blieben, vergaß ich meine Kolleginnen fast und überlegte sogar, mein neues üppiges Leben zu krönen und auch ein Taxi zu nehmen, obwohl ich zu Fuß nur eine Viertelstunde bis nach Hause brauchte.

Als ich die Haustür öffnete, hatte ich mich schon an die Vorstellung gewöhnt, daß meine Finger mit ihrem selbständigen, unbeherrschbaren und verhaßten Zittern mir nicht mehr gehorchen und mich genau dann in eine Art tolpatschige Behinderte verwandeln würden, wenn ich es am dringendsten nötig hatte, beherrscht zu sein, aber ich hatte nicht damit gerechnet, daß sich mein Herz plötzlich wie eine Bombe mit schadhaftem Zeitzünder einem eigenwilligen Poltergeist anschloß. Trotzdem passierte es und ging so weit, daß die wahnsinnige Frequenz jener Schläge, ein regelrechtes Herzjagen, mich wirklich erschreckte. Das hat mir gerade noch gefehlt, dachte ich, daß ich jetzt einen Herzinfarkt bekomme, und obwohl ich mir das träge Vergnügen täglich zu verbieten pflegte, nahm ich den Fahrstuhl in den zweiten Stock.

Bevor ich die Wohnungstür aufschloß, blieb ich ein Weilchen im Treppenhaus stehen und starrte ohne zu blinzeln auf den Spion, als würde ich erwarten, daß er sich von einem Augenblick zum anderen weiten und mir gestatten würde, zu sehen, was drinnen geschah. Ich konnte das schwache, entfernte Echo des eingeschalteten Fernsehgeräts aus der Nachbarwohnung oder vielleicht aus meiner Wohnung hören, und ich glaube, daß ich mich noch nie schlechter gefühlt habe. Als ich den Schlüssel ins Schloß steckte, wobei ich meine linke Hand mit der rechten stützen mußte, spaltete sich das Innere meines Körpers scharf in zwei Hälften, zwei unterschiedliche Einheiten, voneinander getrennt durch die Wirkung einer mächtigen Eisenfaust, die Stück für Stück meinen Magen zusammenpreßte, um ihn sauber in der Mitte zu teilen und an den beiden Ufern des ausgedehnten Nichts, das haargenau in die Grenzen meiner Hüften paßte, zwei verschiedene

Mägen, einen oberen und einen unteren, zu erschaffen. In dem Augenblick dachte ich, daß ich es niemals genug würde bereuen können, bei diesem Abendessen nicht geschwiegen zu haben, denn das mir ungefragt entschlüpfte Geständnis hatte mich zwei Stunden lang in eine ganz andere Gegenwart versetzt als die, die mich hinter dieser Wohnzimmertür erwartete und die ich jetzt dank einer eingeschalteten kleinen Lampe genau erkennen konnte, als wäre das Reden darüber, daß ich mich von Ignacio trennen würde, genau dasselbe, wie mich schon getrennt zu haben, als wäre die Tatsache, daß ich es meinen Freundinnen gesagt hatte, dasselbe, wie es ihm selbst und direkt zu sagen.

Ich werde es nicht können, sagte ich mir, während ich durch den Flur ging, ich werde es nicht können, versicherte ich mir, als ich die Tür öffnete, ich werde es nicht können, wiederholte ich, als ich mich in einen Sessel rechts vom Sofa fallen ließ, auf dem er im Pyjama saß und aus den schmalen Schlitzen seiner Augen, weil ihm die Lider vor lauter Müdigkeit zufielen, fernsah.

«Wie war's?» fragte er, und ich sah ihn an und begriff, daß ich es doch konnte.

«Gut. Hör mal, Ignacio, ich... Ich habe dir einen Brief geschrieben, aber... Ich muß dir etwas sagen, und ich bin froh, daß du noch nicht schlafen gegangen bist, weil... Weil es so besser sein wird...» Er sagte etwas, was ich in dem Moment nicht hören wollte, und ich sprach weiter, wobei ich fest auf das Teppichmuster starrte. «Das hier hat keinen Sinn mehr, Ignacio. Es wäre mir lieber gewesen, wenn es nie so weit gekommen wäre, aber... Niemand ist schuld. Ich liebe dich sehr, du bist der Vater meiner Kinder und ein wunderbarer Mann, ehrlich, ich glaube, ich werde dich immer lieben, du bist wie ein Bruder für mich, aber genau deshalb will ich nicht mehr mit dir zusammenleben.» Ich hob endlich den Kopf, und meine Augen prallten auf seine weit aufgerissenen in einem vertrauten und gleichzeitig vor Verblüffung merkwürdig entstellten Gesicht. «Ich glaube, es ist besser, wenn wir uns trennen.»

«Aber... warum?» gelang es ihm nach einer unendlichen Folge von Gestammel zu formulieren. «Wir sind doch glücklich...»

«Ignacio!» rief ich, und obwohl nichts weniger passend war, fing ich an zu lachen.

Als ich die Hand hob, um ein Taxi anzuhalten, hatte ich schon keine Kraft mehr, mich weiter mit diesen Stimmen auseinanderzusetzen, die meine eigene Stimme und keine waren, denn es hätte sie nicht gegeben, wenn ich beschlossen hätte, sie nicht zu hören. Mein Charakter ist viel mehr als schwach, und vielleicht reicht dieser Grund aus, um zu erklären, warum mich Würfeln reizt, warum es mich immer gereizt hat. Ich kann Versuchungen schlecht widerstehen.

Deshalb, und obwohl ich schon beschlossen hatte, was ich tun würde, denn das Anhalten eines Taxis hatte keinen anderen Hintergrund gehabt, als mir ein paar Minuten Vorsprung vor Ana zu verschaffen, um sicherzugehen, daß ich bei meinem Telefon anlangte, bevor sie zu Hause angekommen war, entschied ich mit dem Telefonhörer in der Hand, die beiden Telefonate in einer bestimmten Reihenfolge zu erledigen und die Würfel zum letzten Mal zu werfen. Zuerst Foro, sagte ich mir. Wenn er nicht beim dritten Klingeln abnimmt, fliege ich nach Kolumbien, dann passiert auch nichts, redete ich mir ein, es ist ja nur für eine Woche, eine Reise wie jede andere. Ich vernahm keine andere Meinung zu diesem persönlichen und gänzlich idiotischen Pakt, aber ich hörte auch nicht mehr als ein Klingelzeichen, obwohl es schon halb eins war.

«Ja?»

«Hallo, ich bin's... Ich weiß schon, daß es ziemlich spät ist, aber... Nun gut, ich habe gerade beschlossen, daß ich morgen nicht verreisen werde, weil... Nun, wir könnten zu Ostern zusammen verreisen, wenn du willst, obwohl ich nicht weiß, ob du große Lust dazu hast, nach Jaén zu fahren, auch wenn –»

«Doch, große.»

«Ja?» Es ist vorbei, sagte ich mir, es ist vorbei, kein einziges Weihnachten mehr allein feiern, keinen einzigen Geburtstag mehr allein verbringen, keinen Urlaub mehr allein machen. «Hör mal, Foro, sieh mal... Ich weiß, daß es schon sehr spät ist, aber... Würdest du gleich den Wagen nehmen und herkommen, um bei mir zu schlafen?»

«Natürlich», antwortete er mit einer Zärtlichkeit, die ich nicht verdiente. «Ich bin gleich da.»

Danach wählte ich Anas Telefonnummer, und das Schicksal gewährte mir den kleinen Gefallen, auf den mechanischen Klang des

Anrufbeantworters zu stoßen, nachdem ich schon befürchtet hatte, Javier Álvarez' Stimme anzutreffen.

«Ana? Hier ist Marisa... Es ist nichts passiert, ich wollte nur, daß du erfährst... Also, Foros Freundin, weißt du, na ja, also, das bin ich.»

Als ich auflegte, lächelte ich, aber dabei stieg mir unaufhaltsam ein sehr scharfer, ein sehr bitterer Geschmack die Kehle hoch.

Martín war schon zu Bett gegangen, schlief aber noch nicht. An einen Haufen Kopf- und Sofakissen gelehnt las er ein einseitig bedrucktes Blatt, das wohl zu einem Haufen Papieren gehörte, die ich alle über die Bettdecke verteilt sah, die Zusammenfassung eines Prozesses vielleicht, dachte ich, oder ein Urteil. Er sagte nichts, aber er nahm die Brille ab und lächelte mich zur Begrüßung an. Ich setzte mich neben ihn auf die Bettkante und streckte den Arm zum Nachttisch aus, um mir eine Zigarette aus seinem Päckchen zu angeln, aber er hielt ihn fest.

«Wie viele hast du heute schon geraucht?»

«Drei.»

«Das glaube ich nicht.»

«Ich schwör's dir... Ich habe bei dem Essen nicht rauchen wollen, weil wir etwas zu feiern haben.» Ich zog aus meiner Tasche das ebenfalls einseitig bedruckte Blatt Papier und begann, laut vorzulesen. «In allen analysierten Metaphasen der aus der Fruchtwasserprobe stammenden Zellkulturen wurden 46 normale XY-Chromosomen gefunden...» Ich hielt nur inne, um die Zigarette festzuhalten, die er mir zwischen die Lippen steckte.

«Glückwunsch», flüsterte er, während er mein Gesicht küßte und mir gleichzeitig Feuer gab.

«Ebenfalls...» Der erste Zug war schon immer der beste gewesen, dachte ich beim Inhalieren.

Schließlich legte ich den ganzen Weg zu Fuß zurück, und als ich zu Hause ankam, ging ich direkt ins Bett. Im Vorbeigehen sah ich das rote Blinken des Anrufbeantworters im Wohnzimmer, aber das wurde mir erst hinterher bewußt, als Javier, der schon halb schlief, auf meinen Schwall von Küssen mit einem unzusammenhängenden, verschlafenen Satz antwortete: «Es hat... jemand angerufen», sagte er, «ich weiß nicht...» Ich umarmte ihn, und erst da erinnerte ich mich daran, daß ich das Lämpchen hatte blinken sehen, aber dann spürte ich, daß mich der Schlaf überwältigte. An dieser fiebrigen Grenze zum Unbewußten konnte ich noch denken, daß nur ein paar Monate zuvor der schlichte Verdacht, auf diesem Apparat könnte eine ganze Nacht lang eine Nachricht auf mich warten, ausgereicht hätte, mich stundenlang wachliegen zu lassen, und ich weiß nicht, ob ich noch Zeit zum Lächeln hatte.

Denn manchmal ändern sich die Dinge.

Ich weiß schon, es scheint unmöglich, es ist unglaublich, aber manchmal geschieht es.